PAUL SOUDAY

LES LIVRES DU TEMPS

(Deuxième série)

NOUVELLE ÉDITION

PARIS
ÉDITIONS ÉMILE-PAUL FRÈRES
14, RUE DE L'ABBAYE, VIe
1929

LES

LIVRES DU TEMPS

(Deuxième série)

DU MÊME AUTEUR

Les Livres du Temps (première série), un volume, nouvelle édition. . . . . . 15 fr.

Les Livres du Temps (deuxième série), un volume, nouvelle édition . . . . . 15 fr.

Les Livres du Temps (troisième série), un volume . . . . 15 fr.

Éditions Émile-Paul Frères.

PAUL SOUDAY

LES LIVRES DU TEMPS

(Deuxième série)

PARIS
ÉDITIONS ÉMILE-PAUL FRÈRES
14, RUE DE L'ABBAYE, VIe

1929

LES LIVRES DU TEMPS

(Deuxième série)

GOBINEAU (1)

On sait que le comte Joseph-Arthur de Gobineau, né en 1816 à Ville-d'Avray, mort en 1882 à Turin, est à peu près inconnu en France, mais célèbre et même populaire en Allemagne depuis une vingtaine d'années. Il existe, outre-Rhin, une *Gobineau-Vereinigung*, fondée par M. le docteur Ludwig Schemann, de Fribourg-en-Brisgau. Elle n'a longtemps eu et n'a peut-être encore que deux membres français, lesquels, il est vrai, ne sont pas des moindres : MM. Paul Bourget et Édouard Schuré. A la fin de sa vie, Gobineau rencontra Wagner à Rome et à Venise, se lia d'amitié avec lui, fut un des hôtes de la Wahnfried et collabora aux *Bayreuther Blætter*. Nietzsche a subi sans aucun doute l'influence gobinienne. Les wagnériens se trouvèrent généralement gobinistes, et M. Houston Stewart Chamberlain,

(1) A propos d'une réédition des *Nouvelles asiatiques*, 1 vol., Perrin, 1913. (Tous les articles recueillis ici ont paru dans le *Temps* en 1913, à deux exceptions près.)

notamment, gobinisa avec ardeur; il n'en convient pas volontiers, mais M. le professeur Eugen Kretzer, de Francfort-sur-le-Mein, auteur d'un ouvrage considérable sur Gobineau, sa vie et son œuvre, déclare que « le livre de Chamberlain (*Die Grundlagen des XIXe Jahrhunderts*) eût été simplement *impossible* sans Gobineau ». Il paraît que l'empereur Guillaume II est un grand admirateur de M. Houston Stewart Chamberlain : il l'est donc nécessairement aussi de Gobineau. Plusieurs des ouvrages de celui-ci ont remporté en Allemagne des triomphes de librairie, et je ne parle pas des lectures publiques dans les collèges, ni des représentations de sa tragédie de jeunesse, *Alexandre le Macédonien*. Bref, c'est la gloire.

En France, Gobineau fut ignoré de son vivant, bien que Mérimée et Renan, qui l'avait aperçu chez les Scheffer et le cite en passant dans *les Apôtres*, semblent avoir eu pour lui une certaine estime. Il était diplomate, vivait éloigné de Paris et passait pour un amateur. Il paraît établi que Taine l'a connu personnellement (1), mais ne l'a pas lu et s'amusait de ses paradoxes sans le prendre au sérieux. Depuis quelques années, d'intéressantes études ont été publiées ici : il y a *le Comte de Gobineau et l'Aryanisme historique* (2), de M. Ernest Seillière, un gros volume très érudit; *la Vie et les prophéties du comte Gobineau* (3), de M. Robert Dreyfus, ouvrage clair, alerte, amusant, dont la lecture est la meilleure initiation au gobinisme; des *Pages choisies* de Gobineau (4),

(1) Probablement chez la princesse Mathilde.
(2) Plon.
(3) *Cahiers de la quinzaine.*
(4) *Mercure de France.*

avec préface de M. Jacques Morland; des articles d'Albert Sorel, de MM. André Hallays, Édouard Schuré, Jacques Bainville, etc... Mais Gobineau continue à n'être apprécié que d'un petit nombre de curieux. Obtiendra-t-il un retour de fortune, comme Stendhal, avec lequel son esprit présente quelques analogies? Je ne crois pas qu'il conquière jamais une renommée comparable à celle de Stendhal : on ne peut sans exagération, il me semble, considérer absolument Gobineau comme un grand penseur ou un grand écrivain. Mais c'est un homme extrêmement intelligent, remarquablement instruit, merveilleux à remuer et inventer des idées, très spirituel, presque trop spirituel, se complaisant dans le paradoxe et le poussant parfois, j'en ai peur, jusqu'aux confins de la mystification; littérairement un bon écrivain, ferme et parfois brillant dans ses ouvrages théoriques, agréable, fin, tout à fait charmant dans ses contes et ses souvenirs de voyage. C'est une injustice de méconnaître Gobineau : en s'abstenant de le lire, on se prive d'un plaisir très vif. Par malheur, plusieurs de ses ouvrages sont depuis longtemps épuisés. Tel est le cas, entre autres, de sa « somme » doctrinale, de son grand *Essai sur l'inégalité des races humaines*, paru de 1853 à 1855 chez Firmin-Didot en quatre tomes in-8°. Il faut rééditer Gobineau : le moment est venu pour lui sinon de l'apothéose comme en Allemagne, du moins d'un succès extrêmement honorable.

I. *L'Essai sur l'inégalité des races.*

Je n'entreprendrai ni d'examiner tous les travaux de Gobineau (le *Traité des écritures cunéiformes*, qui lui attira des démêlés avec feu Oppert, échappe trop à ma compétence, et sur l'*Histoire des Perses*, je m'en rapporterai au jugement très favorable de James Darmesteter); ni même d'analyser méthodiquement tout l'*Essai sur l'inégalité des races humaines*, qui est un essai sur l'histoire universelle depuis les plus lointaines origines de l'humanité jusqu'à nos jours, avec vues sur ses destinées à venir. C'est une sorte de forêt touffue, où l'on ne s'ennuie point, mais de proportions si vastes et de végétation si luxuriante qu'il faudrait des années et des volumes pour l'étudier en détail. Dans sa dédicace au roi Georges V de Hanovre, et dans sa conclusion générale, Gobineau annonce qu'il s'est proposé d'introduire l'histoire « dans la famille des sciences naturelles » et de faire « de la géologie morale ». Il suit donc, en principe, la même direction intellectuelle que les Sainte-Beuve, les Taine et les Renan. Mais il se montre singulièrement chimérique dans l'application.

Il a son système. Pour lui, la clef de l'Histoire, c'est la question ethnique. Autrement dit, l'unique facteur historique, c'est la race. Ni les milieux physiques, ni l'état des mœurs (1), ni les religions (le christianisme n'est pas civilisateur), ni les institutions, ni les lois, ni les gouvernements, ni les grands hommes n'ont une action déterminante : l'unique cause efficiente, c'est le génie de la race ; quant à ces autres éléments, tantôt ils sont l'expression fidèle du génie national et par conséquent en dérivent, tantôt ils ne s'accordent pas avec lui et ne sont point même nuisibles, mais inopérants. Voici tout de suite une divergence capitale entre les thèses de

(1) Mérimée le louait fort d'avoir démontré que ni la licence, ni l'irréligion ne détruisaient les sociétés

Gobineau et celles du nationalisme contemporain, que M. Robert Dreyfus regarde comme très voisines. Gobineau professe avec les adversaires actuels de la Révolution française que les meilleures lois, même celles des anges, ne conviendraient pas à un peuple dont elles rompraient la tradition. Mais pour lui ces erreurs ne sont que ridicules et sans conséquence. Il affirme que jamais un mauvais gouvernement n'a suffi pour perdre une nation. C'était nier par avance la devise de M. Charles Maurras : « Politique d'abord ! » On conçoit parfaitement que M. Paul Bourget n'ait pas beaucoup insisté sur son admiration pour Gobineau, et que l'école nationaliste actuelle ne l'ait pas adopté. Il est vrai qu'ailleurs il reconnaît que, sans Lycurgue, les Spartiates n'eussent été qu'un ramassis de brigands. Il se contredit souvent. Pourtant, son fatalisme ethnique est bien sa pensée maîtresse.

La race supérieure, c'est la race aryenne, qui l'emporte non seulement, bien entendu, sur les jaunes et les noirs, mais sur les autres races blanches, sémites et chamites. Les races primitives ont cessé depuis longtemps d'exister à l'état pur. Depuis l'origine, l'histoire des peuples n'est que celle des amalgames entre les races diverses. La valeur de chaque peuple est proportionnelle à la quantité de sang aryen qui coule dans ses veines. Contrairement à l'opinion générale, les Grecs et les Romains en avaient fort peu. C'étaient des métis, dont la sémitisation ne fit que s'aggraver et entraîna leur décadence. Les peuples les plus purement aryens sont les Persans, jusqu'à Darius, et ensuite les Germains. L'infusion de sang aryen-germanique régénéra, à l'époque des invasions, l'empire romain déliquescent et créa la civilisation du moyen âge, qui est la plus belle période de l'Histoire. Puis, selon l'inévitable loi, ce sang noble commença de se diluer peu à peu, par suite des croisements. Nous marchons vers l'amalgame ethnique pleinement égalitaire et partout semblable, dont la démocratie est l'expression politique, et dont la déchéance est le terme. Et comme à présent il ne reste plus aucune réserve aryenne sur la surface du globe, aucune régénération n'est plus à espérer : l'humanité sombrera infailliblement, d'ici à sept ou huit mille ans, dans la décrépitude finale.

Tel est, résumé en quelques lignes, le système de Gobineau. Il part d'un fait exact, qui est la dissemblance, et dans une certaine mesure, l'inégalité des races. Personne ne conteste qu'un blanc soit supérieur à un bóschiman ou à un papou. Mais ensuite que d'arbitraire ! Par quelle chimie M. de Gobineau a-t-il analysé, à chaque moment de l'Histoire, le sang de chaque peuple ? Que de raisonnements étranges ! Les Grecs sont métissés de sémites dès le seizième siècle avant Jésus-Christ. Savez-vous pourquoi ? C'est que Deucalion est fils de Prométhée, lui-même fils de Japhet et d'Asia ! Est-ce que M. de Gobineau ne se moquerait pas un peu de nous ? Très souvent, il n'invoque aucun document d'aucune sorte : c'est ainsi, parce qu'il en a ainsi décidé. On a l'impression qu'il subordonne tranquillement ses conjectures ethnographiques à ses passions ou à ses caprices. Il déteste la Grèce et Rome. Il adore le moyen âge. Alors il faut que les Grecs et les Romains soient de quasi-Sémites et que les féodaux soient des Aryens. Mais la vraie raison, c'est que M. de Gobineau est lui-même un féodal, de goût et de tempérament, et qu'il abomine la démocratie, dont l'antiquité classique a donné les premiers et les plus illustres exemples.

Sa manie l'emporte à de bien bizarres excès. Pour lui, les populations nobles de la Grèce, ce sont les Béotiens et les Macédoniens. Ne pouvant nier l'éclatante supériorité intellectuelle et esthétique d'Athènes, ni l'infériorité des barbares germains à ce point de vue (bien qu'il chicane un peu sur leur degré de barbarie), il prend le parti d'admettre que les arts, les lettres et les sciences ne sont pas le fait des races pures, mais des races métissées et dégénérées. (En quoi il se rencontre, lui contre-révolutionnaire et aristocrate, avec cet autre artisan de chimères, Jean-Jacques Rousseau.) Il va même, dans son zèle, jusqu'à soutenir sérieusement (du moins en apparence) que l'origine du sentiment artistique se trouve — tenez-vous ! — chez les nègres. Il ajoute, à la vérité, que ce sentiment premier serait insuffisant si les blancs ne le fertilisaient par l'apport de l'élément intellectuel. Mais enfin, il reste que pour Gobineau, s'il n'y avait point eu de nègres, les arts n'auraient jamais existé, et que ce sont bien les nègres qui ont inventé les arts (1) !

Ce sont eux aussi qui ont inventé le polythéisme ! N'objectez pas que les dieux helléniques sont blancs et que la Vénus de Praxitèle n'a pas des formes hottentotes. M. de Gobineau vous répondra que précisément les Grecs ont divinisé la race aryenne, parce qu'ils ont reconnu qu'elle planait bien haut au-dessus d'eux ! C'est un humouriste. Quelquefois il se dispense de toute explication. Par exemple, il triomphe de la physionomie orientale des statues éginétiques. N'est-ce point

(1) La fécondité littéraire de l'Espagne sous l'empire (Sénèque, Lucain) tient, d'après lui, au voisinage de l'Afrique et de ses populations noires.

une preuve de la fameuse sémitisation des Grecs ? Mais il avoue que « l'art grec ne fut sémitique que jusqu'à Phidias exclusivement ». Or, comme il n'y a que Phidias et son école qui comptent, que subsiste-t-il de la thèse gobiniste ? Que nous importent les tâtonnements qui ont précédé Phidias? Ne résultent-ils pas d'un apprentissage par imitation, plutôt que d'une parenté naturelle? Si les Grecs sont des Sémites, d'où surgit brusquement cet art de Phidias — apogée et résumé du génie grec — qui n'a plus rien du tout de sémitique? Les attributions ethniques coûtent peu à Gobineau. Ailleurs, il affirme négligemment que Firdousi est un poète germanique, et Thésée un vrai Scandinave. Pourquoi pas ? Lui, le wagnérien et l'ami de Wagner, il flétrit les « trivialités de Hans Sachs » et méprise si bien ce poète-savetier, promu dans les *Maîtres chanteurs* à la dignité de représentant du génie allemand, qu'il le traite à peu près de « Gaulois », ce qui est un comble.

M. de Gobineau aimait tant les plaisanteries qu'il n'a pas cessé d'en faire après sa mort. Ce diable d'homme aurait-il prévu que sa germanolâtrie lui vaudrait en Allemagne l'engouement auquel nous assistons aujourd'hui ? Il a, par avance, pris soin d'en tirer un parti savoureux. Ouvrons le quatrième volume de l'*Essai sur l'inégalité*. Nous y lisons, à la page 29, que « les Anglo-Saxons représentent, parmi tous les peuples sortis de la péninsule scandinave, le seul qui, dans les temps modernes, ait conservé une certaine portion apparente de l'essence ariane (1). C'est le seul qui, à proprement parler, vive encore de nos jours ». A la page 73, en note :

(1) Gobineau écrivait *arian* et non aryen. L'orthographe ne fait rien à l'affaire.

« ... Si l'Allemand moderne a emprunté au latin l'expression *schreiben*, écrire, c'est que *les Allemands ne sont pas d'essence germanique* » ! A la page 168 : « En remontant le fleuve (le Rhin, vers le cinquième siècle après J.-C.) dans la direction de Bâle (c'est-à-dire par l'Alsace), les masses germaniques, revenant à *se celtiser* davantage, se rapprochaient du type bourguignon ; à l'est, le mélange gallo-romain se compliquait, dès la Bavière, de nuances slaves. » Aux pages 172-173 : « ... Après le cinquième siècle, les multitudes slaves, entraînées par les convulsions ethniques dont les Teutons et les Huns étaient les principaux agents, furent jetées entre les pays scandinaves et l'Europe méridionale... Ces Slaves, victimes encore une fois des catastrophes qui agitaient les races supérieures, arrivèrent dans des contrées connues de leurs ancêtres, il y avait déjà bien des siècles; peut-être même s'avancèrent-ils plus loin que ceux-ci ne l'avaient fait deux mille ans avant notre ère. Ils repassèrent l'Elbe, remontèrent le Danube, apparurent au cœur de l'Allemagne... Les circonstances, agissant avec énergie en leur faveur, amenèrent les choses à ce point que l'*élément germanique s'affaiblit considérablement dans toute l'Allemagne.* » A la page 175 : « ... *Les populations de l'Allemagne... se trouvèrent en définitive très peu germanisées.* Tout en porte témoignage, les institutions commerciales, les habitudes rurales, les superstitions populaires, la physionomie des dialectes, les variétés physiologiques. De même qu'il n'est pas rare de trouver dans la Forêt-Noire, non plus qu'aux environs de Berlin, des types parfaitement celtiques ou slaves, de même il est facile d'observer que le naturel doux et peu actif de l'Autrichien et du Bavarois n'a rien de cet esprit de feu qui animait le Frank ou le Longobard. » Enfin, à la page 183 : « ... Il n'est pas douteux que c'est encore en Suède et surtout en Norvège que l'on peut aujourd'hui retrouver le plus de traces physiologiques, linguistiques, politiques de l'existence disparue de la race noble par excellence... Si les populations norvégiennes et suédoises étaient plus nombreuses, l'esprit d'initiative qui les anime pourrait n'être pas sans conséquences; mais elles sont réduites par leur chiffre à une véritable impuissance sociale; on peut donc affirmer que le dernier siège de l'influence germanique n'est plus au milieu d'elles. *Il s'est transporté...* EN ANGLETERRE. C'est là qu'il déploie encore avec le plus d'autorité la part qu'il a gardée de son ancienne puissance. »

Je ne me charge pas plus de rechercher si les Allemands modernes sont effectivement des Celto-Slaves (1) que si Thésée était Scandinave et Ulysse Phénicien. Mais il faut avouer que ces textes sont bien divertissants, lorsqu'on les recense après toutes les manifestations d'enthousiasme dont l'Allemagne contemporaine a comblé Gobineau. J'imagine bien que les professeurs gobinistes des universités allemandes doivent avoir découvert des distinctions, des objections et des rectifications qui leur permettent de reporter sur leurs compatriotes actuels tout l'honneur des dithyrambes entonnés par Gobineau à la mémoire de ceux d'il y a quinze cents ou deux mille ans. Il n'en demeure pas moins certain que Gobineau n'était pas germanomane, quant aux temps modernes, qu'il l'était beaucoup moins que Renan,

(1) Est-ce que feu d'Arbois de Jubainville ne regardait pas aussi la plupart des Allemands comme des Celtes et les Gaulois comme des Germains?

que Taine ou que Michelet, et que la guerre de 1870 n'a nullement influencé son jugement puisqu'il écrivait avant 1855. L'idée du nouvel impérialisme allemand, du *Deutschland über alles*, de l'Allemagne exaltée comme le peuple-chef, le premier peuple du monde, destiné à régner sur tous les autres par droit naturel, constitue une interprétation excessivement audacieuse ou pour mieux dire radicalement fausse du gobinisme. Gobineau n'était, sous aucun prétexte et à aucun degré, un pangermaniste. Il avait de la fantaisie : mais il ne la poussait point jusque-là.

Que faut-il penser du système gobiniste? L'idée de race est taxée de préjugé par divers critiques, notamment par M. Jean Finot et M. Salomon Reinach. M. Robert Dreyfus montre avec esprit qu'au fond M. Salomon Reinach est d'accord avec Gobineau. Ce dernier serait même plus modéré, puisqu'il ne croit plus à l'existence d'aucune race pure. Mais les amalgames ont produit des équivalents de races, des races historiques. Il est clair qu'un Européen ne ressemble pas à un Chinois ou à un Congolais et que les divers peuples d'Europe ont encore des physionomies assez tranchées. Quant à l'évaluation des diverses composantes ethniques qui ont formé chacun d'eux, elle est encore évidemment et sera peut-être toujours réduite à l'hypothèse et à l'à-peu-près. Mais la méthode de Gobineau est certainement fâcheuse. Il procède par *a priori*, tandis que c'est l'expérience qui juge la valeur des différents peuples. Nous n'aurons peut-être jamais une connaissance ethnologique exacte des Grecs ni des Germains. Mais il est certain que les Grecs, Aryens ou non, furent le plus merveilleux peuple qui ait jamais vécu, parce qu'ils ont créé la plus belle et la plus féconde civilisation; que M. de Gobineau a tort de ne pas vouloir « s'incliner devant la majesté du nom romain », parce que Rome a donné à une vaste partie de l'univers le bienfait de l'ordre, dû à son génie politique, et nous a transmis le flambeau de l'intellectualité grecque ; que le moyen âge, plus ou moins germanisé (et beaucoup moins, si je ne me trompe, d'après Fustel de Coulanges que d'après Gobineau), occupe dans l'histoire de l'humanité civilisée un rang plus modeste; et qu'enfin la tradition helléno-latine continue d'être la source vive des arts et des sciences, comme le plus grand des Allemands, Gœthe, et l'un des plus ingénieux, Nietzsche, n'ont pas été des derniers à le proclamer bien haut.

II. *Les Pléiades.*

Les Pléiades (1) sont à proprement parler le seul roman qu'ait publié le comte de Gobineau, à moins qu'on ne veuille considérer par ironie l'*Essai sur l'inégalité des races humaines* comme une vaste composition romanesque sur le plan de l'Histoire universelle. Cette façon de prendre les choses ne serait pas nécessairement pour rabaisser Gobineau. Que son érudition ne soit pas toujours sûre (encore que fort étendue), ni sa logique très serrée, ni son jugement bien soumis aux faits, c'est extrêmement soutenable et même parfaitement certain. Mais dans le domaine de l'histoire, de la philosophie, de la politique, de toutes ces sciences que Renan appelait conjecturales, les premiers rangs reviennent non pas aux modestes travailleurs qui n'ont que le don d'une prudente exactitude, mais aux génies originaux,

(1) Un vol. 1874, Plon (épuisé).

novateurs et animateurs, dont les thèses imprévues, même si elles ne se font pas pleinement adopter, auront vivifié, passionné et enrichi l'esprit public. Les uns, dont le rôle de mise au point et de consolidation est certes fort utile, servent en quelque sorte dans les armes auxiliaires; les autres sont les militants et les conquérants du monde intellectuel. Cet aristocrate de Gobineau appartenait bien à cette race brillante, ainsi d'ailleurs qu'un Jean-Jacques ou un Michelet, avec lesquels il n'avait guère d'autre trait commun. Il abominait la Révolution et la démocratie. Il partageait le culte des romantiques pour le moyen âge et pour les peuples nordiques; mais son style conserve la marque du classicisme. Il n'a que peu de religion et pas du tout de religiosité: catholique à peu près nominal (1), il est en réalité presque aussi voltairien et antichrétien que Nietzsche, Mérimée et Stendhal. Cependant il n'est pas plus athée que jacobin : il est déiste, comme Voltaire. Littérairement, c'est de Stendhal qu'il se rapproche le plus, sans l'égaler tout à fait, ce qui laisse place encore à des mérites séduisants et singuliers.

Il ne s'en cache point. *La Chartreuse de Parme* est citée en toutes lettres à la troisième page des *Pléiades*, qui ont paru en 1874, c'est-à-dire à une époque où Stendhal, qui garde et gardera toujours des détracteurs, était beaucoup moins généralement connu et admiré qu'aujourd'hui. Après Mérimée et Taine, Gobineau peut

(1) Mme la baronne de Guldencrone, fille de Gobineau, m'a fait l'honneur de m'écrire pour m'assurer que son père était vraiment catholique. Gobineau lui-même affirmait son catholicisme dans une lettre à Tocqueville. (V. *Correspondance de Tocqueville et de Gobineau*, 1 vol. Plon.) Mais la lecture de ses œuvres laisse bien l'impression que j'ai dite et que Tocqueville avait eue avant moi.

passer pour un des stendhaliens de la première heure (1). Et que dites-vous de ceci :

> C'est un dogme qui fleurit dans l'Europe occidentale surtout que l'amour n'est pas durable, et que quelques mois ou au plus quelques semaines suffisent pour détruire jusqu'à la racine une plante si fragile. Cependant pas loin de là, dans un pays qui n'est pas absolument aux confins de la terre habitée, en Italie, on rencontre des femmes et des hommes, des amants qui depuis de longues années ont dépassé les sentiers verts de la jeunesse et continuent à cheminer au milieu des froideurs de l'âge, toujours indissolublement attachés, l'un à l'autre. Le soir, à la Scala de Milan, comme au San-Carlo de Naples, on en voit, de ces couples, qui s'adorent et n'ont pas et n'auront jamais l'idée d'y renoncer, etc. (2).

C'est du triple extrait de Stendhal. Ces lignes n'ont pu être écrites que par un homme qui non seulement avait lu Stendhal, mais qui en était imprégné. Dans le roman des *Pléiades*, il est manifeste que Gobineau a tenté de donner un pendant à cette *Chartreuse de Parme*, qui avait ses prédilections comme celles de tous les véritables stendhaliens. Les analogies sont frappantes. Presque toute l'action se déroule à la cour d'un petit prince régnant d'Allemagne, Jean-Théodore de Wœrbech-Burbach, confrère direct de Ranuce-Ernest. Les intrigues politiques se mêlent aux aventures d'amour, qui constituent l'essentiel du récit. Il y a, chez Gobineau, un certain Louis de Laudon, Français léger et vaniteux, qui est visiblement une nouvelle épreuve du portrait

(1) Je n'oublie pas le bel et généreux article de Balzac sur la *Chartreuse*. Mais on ne peut qualifier Balzac de stendhalien : il était trop balzacien pour cela.

(2) *Les Pléiades*, page 300.

satirique que Stendhal a tant de fois tracé de ses compatriotes. Sans être jacobin comme son illustre devancier, Gobineau a raillé avec la plus spirituelle cruauté les conservateurs de chez nous, en la personne de l'éloquent et niais comte de Gennevilliers, qui se nourrit de lieux communs et moud des phrases à l'infini. Assurément, on ne comparera point la fantasque et insupportable comtesse Tonska de Gobineau à l'adorable duchesse Sanseverina (qu'il nomme aussi, page 16), mais cette comtesse slave, entre le prince Jean-Théodore et le sculpteur Conrad Lanze, est un peu dans la même situation que la Sanseverina entre Ranuce-Ernest et Fabrice del Dongo. Aurore-Pamina rappelle à certains égards Clelia Conti. Surtout, l'atmosphère du livre, le tour d'esprit, le goût des âmes énergiques et passionnées, le procédé analytique, cette poésie volontairement contenue sous un style sobre et presque sec (1), tout cela est du plus incontestable et du plus pur beylisme.

Il est vrai que tout n'est pas de la même qualité dans *les Pléiades* et qu'on y trouve quelques longueurs. Mais c'est un livre des plus attachants, des plus variés, des plus aigus et des plus pénétrants en certaines de ses parties. C'est un livre qu'il faut lire, et qu'il faut d'abord réimprimer au plus vite, puisqu'il est épuisé. Je trouve M. Robert Dreyfus, si fervent gobiniste par ailleurs, un peu tiède pour *les Pléiades*. Il prononce à ce propos le nom de Cherbuliez. Sans mépriser Cherbuliez, il me semble que Gobineau, même comme romancier, est d'une classe supérieure. Plaçons, si vous voulez, *les*

(1) M. Charles Morice a dit : « Stendhal est un poète. » Rien n'a été dit de plus juste sur Stendhal.

Pléiades à un niveau intermédiaire et équidistant entre *la Chartreuse* et *le Comte Kostia*.

Je ne vous raconterai pas les amours du prince Jean-Théodore avec la comtesse slave et ensuite avec sa cousine Aurore-Pamina, pour laquelle il abdique, veut divorcer et va jusqu'au bord du suicide; ni celles de l'Anglais Wilfrid Nore avec Harriet Coxe, sublime modèle d'abnégation; ni celles de Conrad Lanze avec la Tonska, déjà nommée; ni celles de Louis de Laudon avec la belle et sotte Mme de Gennevilliers; ni celles de la petite Liliane Lanze, qui s'amourache à l'étourdie de Wilfrid Nore et finit par épouser un robuste officier. Mais il y a dans ces *Pléiades* une foule d'idées dont certaines doivent au moins être signalées brièvement. Il y a, au début, la fameuse classification (fameuse parmi les gobinistes) qui répartit les hommes en quatre catégories : les fils de roi, les imbéciles, les drôles et les brutes. Cet aristocratisme, à première vue, semble étrangement radical. Il est provocant surtout dans les mots. M. de Gobineau n'interdit pas la générosité envers les brutes, c'est-à-dire la masse des pauvres gens qui ne vivent guère que d'une vie organique ou végétative. Il admettrait même quelque indulgence pour les drôles, que l'on peut utiliser en les dirigeant. Il n'est impitoyable que pour les imbéciles : ce sont ceux que Flaubert appelait les « bourgeois », sans leur témoigner plus de tendresse. Quant aux « fils de roi », entendez bien qu'il s'agit d'une métaphore : c'est, simplement, l'élite noble, dont la noblesse peut n'être pas constatée par l'état civil. Cependant, le grand théoricien de la race n'a pas, vous le devinez bien, renoncé à son principe. Mais il en fait ici une application individualiste, par le moyen de l'atavisme. Tout le monde l'a remarqué empiriquement : il arrive qu'un homme ressemble moins à ses ascendants directs qu'à un trisaïeul ou un arrière-grand-oncle. Ces lois de l'atavisme sont restées jusqu'ici mystérieuses. Aussi autorisent-elles toutes les suppositions. Tel fils du peuple peut avoir une nature de fils de roi. Nous autres, penseurs timides, nous nous bornons à constater le fait et à honorer la valeur personnelle, d'où qu'elle vienne. M. de Gobineau, homme à système, veut que cet individu exceptionnel tienne sa supériorité d'un de ses ancêtres qui vivait peut-être il y a quelques siècles. Ce n'est pas impossible. C'est une rêverie, qui amuse l'imagination et ne blesse même pas la raison, si elle ne la convainc pas. La vérité est qu'on n'en sait rien du tout. Mais il n'y a rien de déplaisant à se figurer que Renan descendait d'un druide et Flaubert d'un Wiking. Inversement, Gobineau, esprit indépendant, qui n'a rien d'un snob ni d'un conservateur au sens vulgaire, reconnaît qu'un authentique fils de roi selon la chair peut n'être qu'un drôle ou un imbécile, et il offre, dans *les Pléiades*, des exemples de ces deux cas avec les princes Ernest et Maurice de Wœrbech-Burlach, frères du souverain, dont l'un est un viveur crapuleux et besogneux, qui conspire et fait du chantage contre son aîné, tandis que l'autre est un *minus habens* qui ne s'occupe que de ses équipages et de ses nœuds de cravate.

Une longue et intéressante discussion politique entre le prince Jean-Théodore et ses hôtes, Wilfrid Nore et Louis de Laudon, ramène le pessimisme gobinien, la perspective d'une décadence fatale de l'humanité qui s'enlizerait peu à peu dans la bassesse des soucis matériels exclusifs. Il est vrai qu'ailleurs (dans *Ottar-Jarl*) Gobineau admet que le besoin de l'instruction naît de la prospérité et la démontre; mais il s'agit alors pour lui de faire l'éloge de son cher moyen âge, et nous avons déjà vu qu'il lui arrivait de se contredire. Dans *les Pléiades*, il aboutit à l'individualisme. Parmi cette décrépitude générale, la culture individuelle reste, à son avis, la seule ressource des fils de roi, dont il évalue le nombre à trois mille cinq cents environ pour notre temps. C'est peu. Mais individualiste, au fond, ce féodal l'a toujours été. Les périodes d'hégémonie de la race aryenne avaient surtout à ses yeux l'avantage d'établir la domination des individus d'élite sur les masses inertes. La hiérarchie, selon lui, ne change pas, mais s'affaiblit par le réveil des démocraties, qui réduit les êtres supérieurs à la sécession. Bien que son point de vue soit différent, Gobineau a des affinités certaines avec les Théophile Gautier, les Flaubert, les Goncourt, les Loti, tous les artistes ou esthètes contempteurs de ce que Renan nommait la panbéotie moderne. Le dédain qu'il affecte parfois pour les lettres et les arts lorsque sa discussion l'exige, lorsqu'il veut dénigrer Athènes et Rome, n'est sans aucun doute qu'un expédient, puisqu'il fulmine dans *les Pléiades* contre « un monde d'insectes de différentes espèces et de tailles diverses, armés de scies, de pinces, de tarières et d'autres instruments de ruine, attachés à jeter à terre mœurs, droits, lois, coutumes, ce que j'ai respecté, ce que j'ai aimé; un monde qui brûle les villes, abat les cathédrales, ne veut plus de livres, ni de musique, ni de tableaux et substitue à tout la pomme de terre, le bœuf saignant et le vin bleu ». L'auteur de *Salammbô* vociférait des choses de ce genre, dans son « gueuloir » de Croisset. Quel dommage que M. de Gobineau n'ait pas été l'un des convives des dîners Magny !

III. *Les Nouvelles.*

Les *Nouvelles asiatiques*, parues en 1876 et fort opportunément rééditées cette année, les *Souvenirs de voyage* (*Céphalonie, Naxie et Terre-Neuve*), parus en 1872 et depuis longtemps épuisés, rappellent aussi Stendhal, le Stendhal des *Chroniques italiennes*, parfois Mérimée, parfois même les contes de Voltaire. Ces deux volumes de nouvelles (car les *Souvenirs de voyage* se composent de trois petits récits) contiennent ce que M. de Gobineau a écrit de plus achevé. Il y montre une grâce charmante et un esprit souvent éblouissant. L'Orient a joué dans la pensée de Gobineau un peu le même rôle que l'Italie dans celle de Stendhal : c'est le pays de ses complaisances, que la réalité justifie dans une certaine mesure, mais il embellit probablement le tableau pour le plaisir de s'enchanter lui-même et d'opposer cette Salente à ses compatriotes dégénérés. Il faut compléter la lecture des *Nouvelles asiatiques* par celle de *Trois ans en Asie*, des *Religions et philosophies de l'Asie centrale*, volume qui commence par cette phrase : « Tout ce que nous pensons et toutes les manières dont nous pensons ont leur origine en Asie », et même par l'*Histoire des Perses*, bien qu'elle s'arrête à Darius.

Dans la *Vie de voyage*, la sixième et dernière des *Nouvelles asiatiques*, un savant et subtil vieillard, nommé Séyd Abdourrahman, nous dit quelques-unes de nos vérités, un peu à la façon du Huron de Voltaire ou des Persans de Montesquieu. Ce sage consacre toute son existence à voyager avec des caravanes, par choix, pour s'instruire, pour se distraire, pour éviter « les fatigues bien plus grandes de la vie sédentaire, un métier, la société permanente des imbéciles, l'inimitié des grands, les soucis de la propriété, une maison à conduire, des domestiques à morigéner, une femme à supporter, des enfants à élever ». C'est ce patriarche nomade, notons-le en passant, qui réconforte un shemsiyèh, c'est-à-dire un païen que son attachement à une religion ancienne fait persécuter par les sectateurs de l'Islam :

> Tes pères ont été puissants, lui explique-t-il, leurs erreurs se sont étendues sur tant de pays, qui désormais professent d'autres dogmes, que sous le ciel il n'était pas alors de place pour des religions différentes... Tout est changé. L'esprit des hommes s'est tourné vers d'autres opinions ; mais console-toi, ces opinions seront un jour traitées comme la tienne ; et les multitudes considéreront un musulman, un juif, un chrétien, du même œil qu'elles te regardent aujourd'hui.

Dans les *Religions et philosophies de l'Asie centrale*, Gobineau nous présente aussi les Orientaux comme beaucoup moins fanatiques qu'on ne le croit, voire comme très accessibles à une sorte de renanisme et de relativisme historique. Pour en revenir à la critique de l'Occident, ce Séyd Abdourrahman, à la question d'un Européen qui suit la caravane, répond en ces termes :

> Il n'y a pas d'intérêt pour un sage à voyager dans les pays européens. D'abord on n'y est pas en sûreté. On rencontre à chaque pas des soldats qui marchent d'un air rébarbatif ; les hommes de police remplissent les rues et demandent à chaque instant où l'on va, ce que l'on fait et ce que l'on est. Si l'on manque à leur répondre, on est conduit dans une prison d'où l'on a beaucoup de peine à se tirer. Il faut avoir les poches pleines de bouyourouldys, de firmans, de teskerèhs et d'autres papiers et documents sans fin...

J'ajouterai que si l'on a eu le bonheur d'échapper à ces périls et de ne pas être mis en prison pour avoir fait une chose ou l'autre qu'il ne fallait pas faire, on est toujours en grand danger de mourir de faim. Si l'on est pauvre, il ne faut pas le dire ; personne ne songe à vous demander si vous avez dîné, et ce qui, dans les pays musulmans, ne coûte pas un poul, exige des sommes folles dans vos pays avares. Alors que peut-on devenir ? Ici, et partout ailleurs, que je me couche sur le chemin pour dormir, on ne me dira rien ; chez vous, la prison rentre en question ; il en est de même pour tout ; dureté de cœur chez les hommes, cruauté et sévérité chez les gouvernants, et de la liberté nulle part ; il n'y a que contrainte ; par-dessus le marché un climat aussi inhospitalier que possible.

Et le progrès scientifique, la civilisation industrielle, dont nous sommes si fiers ? Séyd Abdourrahman réplique qu'on n'apprend dans nos écoles que des métiers d'esclaves :

Il n'est jamais passé par la tête de personne que les Européens, qui savent les choses grossières et communes, possèdent la moindre idée des connaissances supérieures. Ils ne savent ni théologie, ni philosophie. On ne parle point de leurs poètes parce qu'ils ignorent tous les artifices du beau langage, ne connaissent ni le style allitéré, ni les façons de parler fleuries et savantes ; d'ailleurs j'ai ouï dire que leurs langages ne sont au fond que des patois rudes et incorrects. De tout ceci il résulte que l'Europe ne saurait exercer aucun attrait sur les natures délicates, et c'est pourquoi je vous répète que jamais un galant homme n'y met les pieds, quand il n'y est pas contraint par les ordres de son gouvernement.

Mais, au contraire, ceux des Européens qui viennent demeurer en Orient ne peuvent plus s'en détacher.

Ainsi triomphe le bon Séyd Abdourrahman. Il ne se

dit pas que cette faculté d'adaptation des Européens provient peut-être de ce qu'ils sont plus capables de comprendre. M. de Gobineau ne le dit pas non plus, et je ne crois pas que ce soit son opinion. Il déclare que les Asiatiques sont extrêmement intelligents. Il préfère l'Orient, en vérité, et se fût volontiers fait Persan, comme Loti et Théophile Gautier auraient aimé à être Turcs. Son dégoût de notre société contemporaine va jusque-là. Peu s'en faut qu'il ne date le déclin de l'humanité du jour où les Aryens ont quitté les plateaux d'Asie pour se commettre avec la canaille d'Europe. Il apprécie beaucoup aussi le pittoresque oriental, mais n'a pas, pour le décrire, la plume magique de l'auteur des *Désenchantées*. Et son diabolique esprit l'entraîne, malgré son affection pour les Orientaux, à les railler souvent sans merci. Rien de plus comique que l'*Histoire de Gambèr Aly*, que la protection d'un valet de chambre nommé le Lion de Dieu fait entrer au service du gouverneur de Shyraz, ni que la *Guerre des Turcomans*, racontée avec un optimisme digne de Candide par le soldat Ghoulam Hussein. Le désordre, le gaspillage, l'incurie, la haine de toute réforme, la corruption rebondissant du haut en bas de l'échelle et les cascades de baschichs, les vizirs mangeant les généraux, qui mangent les officiers, qui mangent les soldats, qui mangent les paysans ou ne mangent pas du tout, ces vices incroyables des administrations orientales sont décrits par Gobineau avec une incomparable verve caustique. Mais il conclurait volontiers, comme son soldat exploité, pressuré et envoyé au feu sans munitions, parce que les chefs les avaient vendues :

Je sais bien qu'il se passe assez de vilaines choses dans

l'Iran et qu'on y trouve bien du mal; pourtant c'est l'Iran, et c'est le meilleur, le plus saint pays de la terre. Nulle part au monde on n'éprouve autant de plaisir ni autant de joie. Quand on y a vécu, on y veut y retourner; et quand on y est, on y veut mourir.

M. de Gobineau adorait voyager, avec une très juste préférence pour les terres historiques, qui ont une âme; et par ses vues sur ce point, il continue dignement Chateaubriand, qui malgré quelques défauts a été le grand initiateur à la poésie et à la philosophie du voyage. Mais, en dépit de son infatigable curiosité, M. de Gobineau n'aurait peut-être jamais quitté l'Orient si le quai d'Orsay ne l'avait envoyé à Stockholm et à Rio-de-Janeiro; et les années qu'il a passées à Téhéran à deux reprises, d'abord comme secrétaire de légation, puis comme ministre de France, ont été les plus heureuses de sa vie. Ce sont également celles qui lui ont inspiré ses meilleures œuvres. Il restera parmi les premiers orientalistes de la littérature française.

Dans les *Souvenirs de voyage*, avec un conte qui se passe à Terre-Neuve et plaisante la présomption ignorante d'un boulevardier égaré (c'est la *Chassé au caribou*), il y a une tragique histoire très stendhalienne d'amour et de meurtre (le *Mouchoir rouge*), qu'on peut rapprocher de deux des *Nouvelles asiatiques* (la *Danseuse de Shamakha* et les *Amants de Kandahar*); et il y a surtout la délicieuse *Akrivie Phrangopoulo*, aventure d'un officier de marine anglais qui s'éprend d'une ravissante jeune fille de l'île de Naxos, parce qu'elle a toute la simplicité et la divine candeur des âges primitifs, parce qu'elle restitue en plein dix-neuvième siècle les mœurs homériques et qu'elle est véritablement une sœur de Nausicaa. Outre qu'il renferme les plus belles pages descriptives de Gobineau (voyez surtout l'éruption du volcan dans les Cyclades), ce conte est un de ceux qui précisent les conceptions générales de l'auteur, et c'est un petit chef-d'œuvre de fraîche sensibilité, quelque chose comme *Aziyadé* avec moins de romantisme ou comme *Paul et Virginie* avec moins de fadeur.

IV. *La Renaissance* (1).

La Renaissance est considérée en Allemagne, paraît-il, comme le chef-d'œuvre de Gobineau. M. Schemann a déclaré à M. Robert Dreyfus : « Nous autres Allemands, nous reconnaissons dans *la Renaissance* une des créations éternelles du génie humain... » Le même M. Schemann et M. Houston Stewart Chamberlain témoignent de l'attention qu'y a prêtée Wagner. En France, M. Edouard Schuré, wagnérien de la première heure, professe également pour cette *Renaissance* la plus violente admiration : c'est, d'après lui, « le miracle d'un devin et d'un poète — en un mot, une création de génie » (2). Par contre, M. Ernest Seillière y voit « le moins significatif des ouvrages de Gobineau », et d'ailleurs « une anomalie, une saute de vent dans la pensée de l'auteur ». Le même critique, citant cette phrase de Gobineau : « Je tente une chose nouvelle... une grande fresque murale », ajoute que sa fresque est « une grisaille ». M. André Hallays juge le style « uniforme et terne » ; et il parle de « composition scolaire ».

C'est un gros volume de plus de six cents pages, une

(1) *La Renaissance*, scènes historiques (1876), 1 vol. in-8°. Plon.
(2) *Précurseurs et révoltés* (Perrin).

suite de scènes dialoguées qui forment sinon cinq actes. du moins cinq parties : Savonarole, César Borgia, Jules II, Léon X, Michel-Ange. Ce n'est point un drame au sens courant du terme, ni même une série de cinq drames à proprement parler. L'action, extrêmement dispersée, ne se soumet point aux conditions du théâtre. Gobineau a défini lui-même son œuvre avec une parfaite justesse : c'est une fresque historique. Les interprétations wagnériennes pourraient bien être purement arbitraires, non point qu'on veuille leur en opposer une autre, mais parce qu'il n'y a peut-être lieu d'en rechercher aucune. C'est ici, me semble-t-il, un tableau purement objectif, composé sans autre souci que d'y voir clair dans une période de l'Histoire, en dehors de toute visée symbolique, philosophique ou morale. L'anomalie signalée par M. Ernest Seillière consiste, je crois, non dans un démenti au système gobinien, mais dans une absence de système qui peut surprendre, et même dérouter au premier abord, chez un homme si terriblement systématique en temps ordinaire. L'éternelle question des races n'est même pas posée. Le César germanique, Charles-Quint, joue un rôle néfaste. On pouvait s'attendre, de la part du contempteur de la romanité, de l'admirateur passionné du moyen âge, à un dénigrement de la Renaissance. Il n'y a rien de pareil. Gobineau ne fait point chorus avec Ruskin, Courajod et les autres gothicistes. Il ne manifeste aucune malveillance contre l'Italie, ni en général contre les races latines, ni contre l'humanisme et le réveil de l'antiquité.

Si vastes que soient les proportions de l'ouvrage, son plan n'embrasse pas tout le sujet. La Renaissance est un mouvement européen d'émancipation intellectuelle, sous l'influence des découvertes scientifiques, de la culture antique restaurée et de l'art italien. Michelet et Burckhardt, entre autres, ont fortement marqué la révolution accomplie contre la tradition scolastique du moyen âge. Elle a été moins brusque en Italie que partout ailleurs, puisqu'il faut bien faire dater la Renaissance italienne sinon de Dante, au moins de Pétrarque. de Boccace et de Giotto. Non seulement Gobineau ne s'occupe que très incidemment des autres nations et se cantonne dans la péninsule, mais il commence son étude tout à fait à la fin du quinzième siècle, c'est-à-dire plus d'un siècle et demi après que l'Italie avait commencé de retrouver pour son compte la véritable civilisation. Les limites que s'est imposées ici cet esprit habituellement si généralisateur démontrent bien son dessein. Il ne soutient pas une thèse d'histoire universelle. Il examine avec soin et s'efforce de faire revivre un moment d'Histoire, qui n'est pour lui qu'un épisode. *La Renaissance* ne se rattache même pas, comme l'*Histoire des Perses*, *les Pléiades* ou *Ottar-Jarl*, aux principes essentiels de sa pensée : ce n'est pour lui qu'une diversion et un délassement, à peu près comme les *Nouvelles asiatiques* et les *Souvenirs de voyage*. Telle est du moins l'impression que laisse la lecture de l'ouvrage, qu'il serait donc exagéré de tenir pour capital au point de vue de l'exposition du gobinisme, mais qui n'en a pas moins une grande valeur intrinsèque et une réelle importance pour le jugement d'ensemble à porter sur Gobineau.

Si ce n'est pas tout à fait un chef-d'œuvre, M. André Hallays en a signalé la raison très justement, bien qu'avec trop de sévérité : le style a de la précision, et même du relief, mais il est vrai que Gobineau n'est pas très poète, et l'on s'en aperçoit non seulement dans son poème d'*Amadis* (1), mais même lorsqu'il écrit en prose. On est d'autant plus déçu que la forme de ces scènes historiques fait penser à Shakespeare et à Musset. Gobineau manque de lyrisme. Mais *la Renaissance* doit le grandir dans l'opinion, parce qu'il y prouve des qualités qu'on pouvait avoir envie de lui dénier, à savoir la faculté de s'affranchir de toute idée préconçue et la plus noble impartialité jointe à une perspicacité des plus rares, des plus instructives. Les professeurs allemands ne s'y sont pas trompés : on ne saurait trop conseiller ce livre aux étudiants en histoire. Et l'on y trouve, en un sens plus large que celui du théâtre ordinaire, un intérêt dramatique passionnant ; nous assistons aux efforts successifs et infructueux de l'Italie pour conquérir cette unité à laquelle Dante et Pétrarque aspiraient déjà.

Le *Savonarole* est caractéristique de la manière équitable et nuancée qu'adopte ici Gobineau. Rappelez-vous Michelet ! Jérôme Savonarole appartenait au parti démocratique ; il combattait les tyrans Médicis ; il a été brûlé par la volonté du pape. Cela suffit pour assurer au prédicateur dominicain la tendresse et l'enthousiasme de Michelet. Ces sentiments sont ceux de nombre de touristes libres-penseurs qui déchiffrent l'inscription commémorative de la place de la Seigneurie à Florence. Gobineau, mieux informé, ne refuse certes pas sa pitié, ni même une certaine sympathie aux beaux côtés de Savonarole, qui fut un patriote, qui rêva de libérer l'Italie, qui « s'était échafaudé, dès son plus jeune âge, un poème de religion, d'honnêteté, de sagesse, de droiture », et qui mourut courageusement pour son rêve. Mais Gobineau n'oublie pas que cette victime de la

(1) Œuvres posthumes, 1 vol. in-8°, Plon.

tyrannie et de la papauté fut une espèce d'iconoclaste et de vandale, un des plus cruels ennemis de la culture et de la beauté. Les voyageurs qui s'indignent devant le lieu où il périt traversent ensuite la place pour entrer au musée des Offices, sans réfléchir que ce musée voisin n'existerait pas si Savonarole avait triomphé. Le fanatisme de ce moine, qui dégoûta Léonard et le poussa à s'exiler à la cour de Ludovic le More, fut effroyablement oppressif et destructeur. Sous prétexte de protéger la foi et la vertu, Savonarole fit des hécatombes de livres, de tableaux et d'objets d'art : il suscita la division et la délation dans les familles, excita des polissons à molester les femmes et les commerçants, réclama avec insistance la torture pour les libertins ou prétendus tels.

Gobineau rappelle ces faits dans des scènes d'une spirituelle ironie ou d'une chaude éloquence. Croyez-vous qu'il exagère? Lisez Burckhardt. L'honnête et lourd historien allemand, qui n'a ni préjugés aristocratiques ni goût du paradoxe, expose ceci :

Savonarole n'était rien moins que libéral : aux astrologues impies, par exemple, il réserve le bûcher sur lequel il devait finir lui-même... Il a peu respecté la vie privée : c'est ainsi qu'il voulait que les domestiques se fissent les espions de leurs maîtres, afin d'arriver par ce moyen à réformer les mœurs... A ce propos, il convient de rappeler surtout cette troupe de jeunes gens organisée par Savonarole, qui pénétrait dans les maisons et qui exigeait les objets nécessaires pour le bûcher... C'est ainsi que les grands autodafés de la place de la Seigneurie purent avoir lieu le dernier jour du carnaval de 1497 et de 1498. Au pied de la pyramide étaient amoncelés des masques, des fausses barbes, des costumes de fantaisie; puis venaient les livres des poètes latins et italiens, entre autres le *Morgante* de Pulci, Boccace, Pétrarque, des parchemins précieux et des manuscrits ornés de miniatures; ensuite c'étaient des parures de femmes et des objets de toilette, des parfums, des miroirs, des voiles, de fausses nattes; plus haut on voyait des luths, des harpes, des échiquiers, des trictracs, des cartes à jouer; enfin les deux gradins supérieurs étaient couverts de tableaux... tous les tableaux de Bartolomeo della Porta, qui en fit le sacrifice volontaire et, paraît-il, aussi, quelques têtes de femmes, chefs-d'œuvre de sculpteurs de l'antiquité. La première fois, un marchand de Venise qui se trouvait à Florence offrit à la seigneurie 22.000 écus d'or pour tout ce que portait la pyramide... (1).

On refusa, naturellement, et après l'autodafé, tous les partisans de Savonarole, laïques, clercs et religieux, dansèrent sur la place San-Marco, devant le couvent décoré par le suave Fra Angelico de Fiesole, une triple ronde concentrique et triomphale. Savonarole n'était point vil, parce qu'il était de bonne foi. On eût pu lui faire grâce de la vie. Mais avouons qu'il fallait absolument le mettre hors d'état de nuire davantage et couper court à ces vertueuses saturnales. Il est heureux que ce dominicain n'ait pu brûler que quelques exemplaires de Boccace et de Pétrarque, et non point anéantir, comme il l'eût souhaité, l'œuvre même de ces grands écrivains. C'est une chance que Botticelli, converti sur le tard par Savonarole, n'ait point imité Bartolomeo della Porta et livré aux flammes moralisatrices le *Printemps* ou la *Naissance de Vénus*. Au moins, les papes simoniaques et les cardinaux athées ne détruisaient-ils point les chefs-d'œuvre.

(1) *Civilisation en Italie*. VI 2.

Gobineau n est pas moins impartial en ce qui touche les Borgia, dont il ne dissimule ni les crimes ni les trahisons ; mais César, l'assassin, a mérité que Machiavel se tournât vers lui par patriotisme et le crût un instant capable de réaliser l'unité italienne. Jules II, très admiré de Stendhal, l'est aussi de Gobineau. Ce pape fut le plus éclairé protecteur des arts et il tenta, lui aussi, de créer politiquement l'Italie. Mais Gobineau n'atténue ni ses violences, ni ses perfidies ; il souligne plaisamment la situation privilégiée de ce pontife guerrier, brandissant à la fois contre ses adversaires l'épée et l'excommunication, ce qui n'est pas d'un jeu loyal. Enfin Gobineau admet que même pour des Italiens très sincèrement catholiques, l'unification sous l'autorité du Saint-Siège n'était pas désirable. Il juge Léon X aimable, spirituel, un peu frivole. Il fait des croquis charmants et, en somme, presque sympathiques de la renaissance du paganisme dans cette Rome de la première partie du seizième siècle. Qu'il nous les montre intelligents et fins, ces cardinaux paganisants !

Une brillante assemblée de beaux esprits, de poètes, d'artistes, de dames, de prélats, de seigneurs se réunit aujourd'hui chez le banquier de Sienne, Augustin Chigi ; et là, on se propose de célébrer un sacrifice à la déesse Vénus, avec des colombes, du laitage, des fleurs, des sonnets, des madrigaux, force vers saphiques et adoniques en grec, latin et langue vulgaire... Le seigneur Gabriel Merino, que l'on vient de faire archevêque de Bari pour l'excellence de sa voix, chantera les épodes et jouera de la lyre à sept cordes ; François Paolosa, le nouvel archidiacre, se fera entendre sur la viole d'amour, etc...

Evidemment, cela ne pouvait beaucoup durer. Le

cardinal Sadolet remarque avec un peu d'inquiétude : « Comment maintenir un établissement à la sainteté duquel nous déclarons du matin au soir que nous ne croyons pas ? » Mais son ami le cardinal Bibbiena dit : « Les trésors que nous absorbons servent à la nourriture et à l'invigoration de la science, des arts et des autres bonnes disciplines .. Toute société cultivée est une société corrompue ; faut-il pour cela retourner à la barbarie ? » Et qui fut plus joliment sceptique que Léon X ? Il ne laissait jamais perdre l'occasion d'une plaisanterie sur les moines et ne voulait point écouter les récriminations des ignorants franciscains contre ce Lutherus, qui n'était point un sot... Sans en convenir expressément, Gobineau semble avoir des complaisances pour la Rome de Léon X et, tout en ne la jugeant pas viable, parce qu'elle reposait sur une contradiction, il ne serait peut-être pas éloigné de la préférer à l'ère imminente de l'ennuyeuse contre-Réforme. En tout cas, il goûte peu Charles-Quint, que le fanatisme détermine à persécuter à la fois les protestants et les païens, à propager l'Inquisition, à ordonner l'abominable sac de Rome pour punir la papauté insuffisamment déchaînée contre l'hérésie. Si la Renaissance et la Réforme se heurtèrent sur certains points, Charles-Quint fut également le mortel ennemi de l'une et de l'autre. Il échoua contre la Réforme, mais il écrasa l'Italie. Dès qu'il y est le maître, c'en est fait des espérances de liberté : une période de décadence et d'abaissement s'ouvre pour cette nation, dont les malheurs ne laissent pas Gobineau insensible, bien qu'elle soit latine et que son bourreau arrive des Flandres. Tel est le dénouement pessimiste de ce drame national.

Mais à côté des politiques, il y a les artistes, et c'est

à ceux-ci que Gobineau demande des compensations En quoi il est d'accord avec son roman des *Pleiade*. plus qu'avec son *Essai sur l'inégalité des races humaines*. La vérité historique ne lui laissait pas le choix en l'espèce, et nous avons vu que dans la *Renaissance* il pratique la soumission à l'objet. Il est clair que l'époque de la Renaissance italienne est plus grande dans l'histoire des arts que dans l'histoire politique. A Bembo, qui gémit sur les incursions des étrangers, Lucrèce Borgia, devenue la sage et digne duchesse de Ferrare, répond :

Ingrat ! les étrangers qui viennent chez vous, est-ce que vous ne les dominez pas ? N'êtes-vous pas, dans l'univers, le foyer des connaissances, des réflexions, des philosophies, des grandes pensées, et l'atelier où les muses se sont assises pour produire leurs magiques créations ? N'est-ce pas de vous que se détache l'étincelle de génie parcourant le monde et le vivifiant ? Quelle gloire égale la vôtre ? Quelle puissance lui est supérieure ?

En outre, deux grandes figures dominent l'ouvrage : Raphaël et Michel-Ange. On pouvait craindre que selon les tendances de l'esthétique romantique et septentriomane, Gobineau ne sacrifiât le premier au second. Il n'en est rien. Raphaël est merveilleusement compris de Gobineau, qui présente la plus adorable image de cet être céleste, de ce jeune fils des dieux, peintre de la candeur et de la lumière, universellement aimé, comblé de dons et de biens, en outre parfaitement doux, bon et modeste, empressé à reconnaitre ce qu'il doit à ses maîtres ou devanciers et à s'incliner devant le génie farouche de Michel-Ange. Celui-ci, fier, tourmenté, sauvage, semblable à un Vulcain enfumé par la forge des Cyclopes, est d'abord entraîné par son instinct et la violence de son sang à jalouser ses rivaux ; mais il est trop grand pour ne pas rendre justice à Léonard et à Raphaël. La scène où Michel-Ange apprend la mort de Raphaël et pleure cet enfant divin atteint au sublime. Et il n'y a rien de plus émouvant que la dernière scène entre Michel-Ange et Vittoria Colonna, où le vieil artiste s'afflige à cause du sort de sa patrie, mais ne désespère point de l'avenir. Il parle de vie future, et l'on sait qu'il était chrétien. C'est pourquoi Wagner et les wagnériens, sans en excepter M. Edouard Schuré, aperçoivent dans ces pages de Gobineau le germe de la théorie de la régénération par l'art et la religion combinés.

A vrai dire, il faut considérablement solliciter les textes pour en tirer quelque chose d'analogue aux derniers écrits théoriques de Wagner. Gobineau fait à peine allusion à la foi religieuse de Michel-Ange. Un simple stoïcien ne parlerait guère autrement. La conclusion de la *Renaissance* est, en réalité, individualiste comme celle des *Pléiades :* l'individu supérieur peut se cultiver et se perfectionner lui-même malgré la dégénérescence collective, et nous voyons en effet le caractère de Michel-Ange s'ennoblir, s'épurer progressivement tandis que son pays s'achemine à travers les échecs vers le déclin final. Gobineau n'est pas tout à fait un prénietzschéen, puisque son élite n'aspire pas à la domination ; mais — M. Ernest Seillière a raison sur ce point — il est plus près de Nietzsche que de Wagner, il a eu beaucoup moins d'influence sur l'auteur de *Parsifal* que sur celui de *Zarathustra.*

MAURICE BARRÈS

La Colline inspirée (1).

M. Maurice Barrès nous avait déjà entretenus à diverses reprises de la colline de Sion-Vaudémont, notamment dans *Un homme libre* (mais elle lui apparaissait alors si triste et si délaissée qu'il ne l'aimait qu'avec une nuance de pitié), dans *Amori et Dolori Sacrum* (le 2 novembre en Lorraine), dans *les Amitiés françaises* (Philippe sur la côte de Vaudémont). Il ne se lasse point de retourner à ce lieu de pèlerinage, le « plus favorable pour que nous recevions, dans le recueillement, la pensée profonde de la Lorraine ». Il y avait, au livre deuxième d'*Un homme libre*, une prosopopée de la Lorraine, qui disait à M. Maurice Barrès : « ...Tu es la conscience de notre race. C'est peut-être en ton âme que moi, Lorraine, je me serai connue le plus complètement. » A cette époque, après avoir analysé l'histoire de sa province, il partait pour Venise. Plus

(1) Un vol. Émile-Paul.

tard, au contraire, il a été obsédé partout, et jusqu'en Grèce, par la nostalgie de son clocher mosellan. Mais si son régionalisme est devenu de plus en plus absorbant, il est chez lui fort ancien, et l'on doit constater l'unité essentielle de son œuvre. Il n'y a pas d'opposition entre ses premiers ouvrages et ceux qui ont suivi : dès sa jeunesse, peut-être d'une façon plus instinctive que raisonnée (mais ce n'en serait que plus caractéristique), il énonçait les principes directeurs de sa vie littéraire. « Quand je reviens toujours à ma rude Lorraine, dit-il dans *les Amitiés françaises*, croyez-vous donc que j'ignore tant de douceurs, tant de merveilles épandues sur le vaste monde ? » Et qui donc a mieux décrit quelques-unes de ces merveilles ? Mais l'expérience et la méditation l'ont ramené, par un choix réfléchi, à la terre natale. Faut-il le regretter ? Non, sans doute, puisqu'il sait en faire jaillir incessamment de nouvelles sources de poésie.

La Colline inspirée est l'un des plus amples et des plus pénétrants épisodes de son cycle lorrain. D'abord le sujet surprend un peu. Non point, certes, qu'il puisse scandaliser aucun lecteur de jugement droit, et il faut être imbu d'étranges préjugés pour y voir matière à scandale. Il est stupéfiant qu'une certaine partie du public en ait pu prendre ombrage. Une pareille intolérance aboutirait bientôt à rendre toute littérature impossible. On ne songerait même pas à signaler ces « inquiétudes » de quelques esprits opaques, si M. Maurice Barrès lui-même n'y avait fait allusion. L'aventure qu'il raconte est une aventure vraie, et il a mis dans sa narration une réserve presque excessive. Si le sujet étonne un peu au début, ce n'est certes pas qu'on y trouve rien de choquant ni de trop audacieux, c'est qu'il semble mince et de portée restreinte. Que nous importe ce vague curé de campagne et son hérésie falote, qui n'a exercé aucune influence en dehors d'un petit cercle rustique et n'a laissé aucune trace dans l'Histoire ?

M. Maurice Barrès a prévu l'objection, qui vaut non seulement contre son curé, mais contre Vintras, dont cet abbé Baillard avait adopté la doctrine :

Qu'est-ce donc, disent-ils avec dédain, que ce Vintras... qui reçoit un beau jour la visite de l'archange saint Michel? Cela ne mérite pas de retenir un instant notre attention. Un mauvais drôle de trente-quâtre ans, dont toute la science se borne à la lecture, à l'écriture et au calcul... qui prétend réformer l'Église, qui se dit le prophète Elie réincarné! Laissez-nous rire de pitié. Certainement nous sommes en présence d'un aliéné doublé d'un escroc. Soit! Va pour escroc et pour aliéné, mais pourtant autour de ce Vintras, les gens s'amassent.

Ce ne serait peut-être pas une raison décisive, car il arrive que les badauds s'attroupent pour une niaiserie ; et puis il n'apparaît pas qu'ils se soient tant attroupés autour de Vintras, ni de Léopold Baillard. Mais M. Maurice Barrès a fait mieux que de prévoir l'objection, il l'a résolue, par le prestige de son talent. « Arrière, dit-il encore, ces yeux médiocres qui ne savent rien voir, qui décolorent et rabaissent tous les spectacles, qui refusent de reconnaître sous les formes du jour les types éternels et, sous une redingote ou bien une soutane, Simon le magicien et le sorcier moyenâgeux ! » On peut avouer que même Simon le magicien et les sorciers du moyen âge n'ont le don de nous passionner vraiment que lorsqu'ils sont évoqués par un Renan, un Flaubert ou un Michelet. Réduites à leurs attraits intrinsèques, ces balivernes risqueraient de paraître affligeantes et fastidieuses. On sait bien que toutes sortes d'illusions et d'impostures ont déshonoré l'humanité : on préfère prêter attention à des êtres plus sains et à des idées plus fécondes. Mais la véritable magie est celle des grands écrivains qui vivifient ces misères, les revêtent d'un pittoresque éclatant, y découvrent une valeur suggestive et des prétextes à philosopher. C'est à M. Maurice Barrès, et à lui seul, que l'abbé Léopold Baillard doit la bonne fortune imprévue d'avoir pu nous intéresser.

Il a fallu premièrement que ce Baillard intéressât M. Maurice Barrès. Ce qui a séduit le biographe, c'es l'amour du héros pour la colline de Sion-Vaudémont. Dans ses fréquentes promenades sur ces lieux où souffle l'esprit, de la chapelle de Notre-Dame de Sion aux ruines du château de Vaudémont, berceau de la famille de Habsbourg-Lorraine, M. Maurice Barrès avait souvent pensé à l'abbé Léopold Baillard et à ses deux frères qui « se donnèrent pour tâche de relever la vieille Lorraine mystique et de ranimer les flammes qui, brûlent sur ces sommets ». Ils renouaient ainsi une très antique tradition, car cette colline fut de tout temps un centre religieux, et déjà à l'époque celtique, la déesse Rosmertha, sur la pointe de Sion, faisait face au dieu Wotan, honoré sur l'autre pointe, à Vaudémont. (Du reste, l'idée du caractère sacré des lieux hauts n'est nullement particulière aux Gaulois, comme en témoignent le Sinaï et le Thabor, Delphes et l'Acropole.) M. Maurice Barrès trouva par un heureux hasard, à la bibliothèque de Nancy, un lot de manuscrits des Baillard. Son livre est fait de ses songeries sur la montagne sainte et de l'étude patiente de ces grimoires un peu arides. Les Baillard étaient presque oubliés dans leur pays même et parfaitement ignorés partout ailleurs. M. Maurice Barrès déclare avec raison : « Je puis dire que je suis arrivé auprès de ces phénomèmes religieux et sur le bord de cet étang aux rives indéterminées quand personne n'en troublait encore le silence. J'ai surpris la poésie au moment où elle s'élève comme une brume des terres solides du réel. »

L'abbé Léopold Baillard était né en 1796, d'une famille catholique militante. Sur la tombe de son père, il fit graver cette épitaphe, révélatrice de son orgueil sacerdotal : « Ci-gît Léopold Baillard, père de trois prêtres. » A peine sorti du séminaire, il entreprit de « rouvrir sur sa terre les fontaines de la vie spirituelle ». Il était passionnément Lorrain, se souvenait que Godefroy de Bouillon était son compatriote, et voulait entreprendre une nouvelle croisade lorraine contre le rationalisme. Son zèle apostolique s'accompagnait d'une « concupiscence paysanne de posséder de la terre ». Il fut un grand fondateur, bâtisseur ou acquéreur d'églises et de couvents, à Flavigny, à Mattaincourt, à Sainte-Odile, surtout à Sion-Vaudémont, où il créa et dirigea un institut religieux, avec l'aide de ses frères François et Quirin, entrés comme lui dans les ordres. Il s'attira l'animosité non seulement des libres penseurs, mais de son évêque, que son indépendance d'autochtone irritait et qu'effrayaient ses imprudences financières. Dans la lutte qui ne tardera pas à s'engager entre les Baillard et le clergé concordataire, M. Maurice Barrès aperçoit une résistance du Celte contre le Romain. Léopold Baillard s'était de bonne heure institué thaumaturge, mais l'évêque de Nancy refuse d'homologuer la guérison miraculeuse de la sœur Thérèse, qui appartenait au couvent de Sion. Le particularisme des Baillard supporte mal l'immixtion du prélat dans leurs affaires. C'est bientôt la faillite. Léopold se présente sans succès à la députation en 1848. L'évêque envoie alors les trois Baillard faire une retraite à la Chartreuse de Bosserville. « Il plonge ces âmes brûlantes dans la tranquillité du cloître comme un fer rouge dans l'eau froide. » Un chartreux, le père Magloire, conseille inconsidérément à Léopold d'aller voir Vintras, le voyant de Tilly-sur-Seulles, en Normandie.

Ce Vintras n'est pas tout à fait un inconnu pour ceux qui ont lu Huysmans. Il est nommé, dans *Là-bas*, comme le maître de l'abbé Boullan, que le romancier appelle le docteur Johannès. Des publications récentes, *Une étape de la conversion de Huysmans*, par M. André du Fresnois, *J.-K. Huysmans et le satanisme*, par M. Joanny Bricaud, ont apporté d'amusantes révélations sur les pratiques bizarres auxquelles se livrait cet abbé Boullan, dont certains occultistes imputèrent la mort à un envoûtement qu'aurait opéré Stanislas de Guaita. Je note simplement que M. Joanny Bricaud, assez dur pour la mémoire de Boullan, concède pour Vintras que s'il a laissé une réputation discutée et troublante, ceux qui l'ont connu peuvent témoigner de la sainteté de sa vie. « Il exerçait une puissance de fascination extraordinaire. Mystique, il s'élevait de terre, devant témoins, lorsqu'il priait. Quand il consacrait, les hosties sortaient du calice et restaient suspendues dans l'espace ; d'autres gardaient des stigmates sanglants. » Ainsi s'exprime M. Bricaud, qui ajoute d'ailleurs que certains détails du récit de la messe noire donné par Huysmans étaient empruntés à des documents anciens tirés des archives de Vintras. Mais Vintras ne souffla mot de magie noire à Léopold Baillard et se contenta de lui inculquer sa théologie, qui n'était pas bien neuve, mais rappelait les vieilles hérésies gnostiques et montanistes (1). Vintras ne reconnaissait pas la hiérarchie ecclésiastique et n'admettait que l'inspiration directe. Il se prétendait en communication constante avec le monde des esprits invisibles. Il croyait à un nouveau Messie, qui ne serait autre que le Paraclet et dont la venue devait être précédée d'une réincarnation du prophète Elie. Bien entendu, Élie, c'était lui. Ces billevesées charmèrent immédiatement l'abbé Léopold Baillard, qui revint à Sion-Vaudémont fervent vintrasien.

La petite église de Baillard se composait, outre ses deux frères, de cinq religieuses et de quelques villageois. Léopold, entre autres manies, avait celle de s'assimiler aux saints, et aussi celle d'annoncer de terribles vengeances célestes contre ses adversaires. Avec la plus spirituelle ironie, M. Barrès nous montre ce digne prêtre et ses ouailles cherchant dans les gazettes la nouvelle des fléaux et des catastrophes, qui leur apportaient de pieuses joies et les faisaient battre des mains... Interprétant sottement un songe de Thérèse, Léopold eut la barbarie d'abattre une quantité d'arbres séculaires. A parler franc, il n'acquiert pas toutes nos sympathies. C'est un illuminé et un fanatique assez fâcheux. Nous comprenons que son évêque l'ait interdit, et nous goûtons médiocrement la guerre mesquine et grotesque qu'il soutient contre le P. Aubry, que l'ordinaire du diocèse lui donne pour successeur. Le tableau des extases et des jongleries de Vintras, qui vient faire une

(1) Cf. Renan : *Les Origines du christianisme, passim.*

visite à Sion, ne nous enchante pas non plus ; du reste. M. Maurice Barrès ne se gêne pas pour railler ce prophète, qui prétend voir le paradis ouvert et les parents Baillard assis aux côtés de l'Eternel. Une autre fois, le nouvel Elie se vante d'avoir assisté au Conseil de Dieu et de lui avoir donné des avis dont le Très-Haut a su profiter. Il ne dit pas si les soixante-dix mille esprits dont il était habituellement escorté l'avaient accompagné à cette séance céleste ou s'ils étaient restés dans l'antichambre. Ce Vintras était partisan de la justification par l'amour et recommandait donc l'amour à ses fidèles comme un moyen de salut. Il était éloquent et persuasif...

Renan a remarqué que le mysticisme a toujours été un danger moral, parce qu'il laisse trop facilement entendre que par l'initiation on est dispensé des devoirs ordinaires (1). Les gnostiques du deuxième siècle disaient : « L'or peut traîner dans la boue sans se souiller. » Et encore : « A la chair ce qui est de la chair, à l'esprit ce qui est de l'esprit. » Cependant les amours des frères Baillard et de trois de leurs religieuses furent certainement exemptes de libertinage vulgaire et colorées de poésie. Le couple le plus intéressant est celui de Léopold et de sœur Thérèse, la miraculée. Ici, M. Maurice Barrès a glissé trop rapidement. On eût souhaité un récit plus circonstancié, non point par malice ou perversité, mais parce que la psychologie de ces deux êtres, égarés de bonne foi, eût été extrêmement curieuse. M. Maurice Barrès a poussé un peu loin une discrétion louable en soi. Du moins ses brèves indications sont-elles d'un style et d'un sentiment exquis.

---

(1) L'*Église chrétienne*, pp. 152 et 153.

Sœur Thérèse ne pouvait se retrouver en pleine campagne, au milieu du décor et des soins agricoles, sans être envahie par les souvenirs de son enfance de bergère... Léopold l'avait initiée à de plus mystérieuses effusions... Associée à cette nature par une fraîcheur, un parfum, des couleurs dont la suavité s'accordait avec les parties les plus inexplicables de son âme, cette sœur paysanne était une image de la fantaisie. Toutes les fées étaient dehors: Silène et les bacchantes, dans les vignes... Dans cette journée de bonheur, l'esprit de Thérèse avait les vire-voltes d'un martin-pêcheur, tout bleu, tout or, tout argent, sur un paisible étang de roseaux.

Et plus loin : « Autour du sanctuaire de la Vierge, c'est une prodigieuse ronde, qui ne peut se comparer qu'à certaines fêtes païennes dans la saison des vendanges. » C'est bien joli, mais c'est une idylle. Après avoir admiré les délicieuses phrases de M. Maurice Barrès, on se demande s'il est très vraisemblable d'attribuer ces faits à un retour de paganisme. Malgré ses aberrations, le mysticisme de Vintras et des Baillard était d'ordre chrétien et supposait non un défaut, mais un excès mal compris de spiritualité. Comme les vieux gnostiques, ils associaient les femmes à la célébration des offices divins. Ne seraient-ils pas tombés dans ces erreurs de conduite non point par simple sensualité naturaliste et païenne, mais par les voies plus subtiles d'une téméraire recherche de l'union des âmes ? Ce qui tendrait à fortifier cette hypothèse, c'est que Thérèse se repentit bientôt, disparut pour jamais dans un couvent régulier, et que Léopold ne la remplaça point. Le cas n'est pas définitivement élucidé.

Le récit de M. Maurice Barrès devient tout à fait émouvant, et nous ne refusons plus notre pitié aux

Baillard, dès que commence pour eux l'ère de l'adversité. Un bref pontifical d'excommunication leur est signifié solennellement. Aussitôt l'opinion se retourne contre eux. Ils sont chassés, persécutés, chansonnés. Les gamins leur jettent des pierres. On leur donne d'injurieux charivaris. Le maire se présente dans le local où Léopold dit la messe selon Vintras et l'inculpe de réunion illicite (nous sommes sous l'Empire). François se bat avec ce maire, est arrêté, passé à tabac par les gendarmes, condamné à la prison. Quirin, terrorisé, s'est enfui. Léopold se réfugie à Londres, auprès de Vintras, puis rentre en France, et fait un an de cachot. Dès qu'il est libéré, après cinq ans d'absence, il revient à sa chère colline, qu'il ne devait plus quitter. Mais dans quel état ! Maltraité, outragé, honni, solitaire, il ressemble au roi Lear sur la lande. Il vit désormais dans son rêve. Comme William James *(l'Expérience religieuse)*, M. Maurice Barrès observe que ces rêveries mystiques comporteraient plus aisément une traduction musicale, et il déplore que Léopold Baillard n'ait pas eu le génie d'un Beethoven: « Sitôt que Léopold arrive sur les chaumes, c'est comme si de toutes parts se levait une assemblée de choristes. Le vent perpétuel, la plaine immense, les nuages mobiles éveillent la grande voix de ses idées fixes... » Mais avec de simples mots, M. Maurice Barrès rend merveilleusement ces « symphonies de la prairie ». Pour Léopold, la colline est peuplée d'êtres surnaturels, de messagers aériens, de cohortes angéliques. Il a trouvé le bonheur, son bonheur :

Ce n'est plus de construire des châteaux, c'est de délivrer le chant qui sommeille dans son cœur. Jadis il voulait l'exprimer, cette musique profonde. en bâtiments. en cérémonies, en fondations, et maintenant il en jouit mieux que s'il l'eût réalisée dans une forme sensible. A cette heure il s'enivre de ce qui faisait dans son âme le support mystérieux et puissant des œuvres qu'il rêvait de créer... Léopold aimait prier auprès des sources. Ces eaux rapides, confiantes, indifférentes à leur souillure prochaine, cette vie de l'eau dans la plus complète liberté le justifiait de s'être libéré de tout lien dogmatique. C'est un miroir des cieux. Qu'en va-t-il devenir? Elles jaillissent et d'un bond réalisent toute leur perfection. A deux pas elles se perdent. Il songeait à Thérèse, il songeait à ces vies trop parfaites qui se corrompent sitôt qu'elles sont sorties de l'ombre. De ces eaux courantes mêlées à ses pensées hérésiarques et à ses souvenirs, Léopold faisait spontanément des prières...

Et M. Maurice Barrès nous dit encore que le vieux Baillard, « rejeté par les prêtres, prenait pour sa part ce qu'ils laissent, tout ce qui flotte de vie religieuse et sur quoi l'Eglise n'a pas mis la main. Avec un amour désespéré, ce maudit, toujours marqué pour le service divin, ramassait les épis dédaignés ». Ce qui le gâte un peu, c'est son nouvel accès de fanatisme en 1870 : les désastres de la guerre lui paraissent un triomphe pour lui, une réalisation de ses prophéties, une manifestation de la justice de Dieu. Mais sa mort (en 1883) est touchante. Conseillé par le P. Aubry, qui se repent d'avoir trop malmené Léopold, un jeune oblat lui témoigne une affection dont le pauvre octogénaire est si attendri qu'il consent à se rétracter et à rentrer dans le giron de l'Église.

Tous ces derniers chapitres sont admirables. Pourtant, parce que Léopold Baillard, exclu des églises et des monastères, se promenait dans les champs et dans les bois et voyait partout du surnaturel, est-il bien juste de le rattacher, par un lointain atavisme, aux anciens druides? Son surnaturel, à lui, était très différent. N'y a-t-il pas, d'autre part, quelque exagération à le rapprocher de Faust, de Manfred et de Prospero? Il est vrai que M. Maurice Barrès en a fait une figure presque aussi belle. Tout de même, si magnifique que soit cette transfiguration, trop de réalisme (surtout dans la première partie) empêche Léopold d'égaler les sublimes créations de Gœthe, de Byron et de Shakespeare. M. Maurice Barrès termine par un dialogue entre la chapelle et la prairie, dont l'une signifie l'autorité et la discipline, l'autre l'enthousiasme et l'inspiration. Il conclut à la nécessité de la coexistence des deux éléments, en souhaitant que le second se soumette au premier. Rien de plus désirable en effet, surtout si la liberté n'était jamais représentée que par des hallucinés tels que Léopold Baillard. Nous nous sommes laissé gagner par le pathétique des dernières années de ce visionnaire : nous ne pouvons oublier tout à fait ses extravagances ridicules. Il n'y a pas lieu de le reprocher à son biographe, qui a voulu se montrer historien exact et impartial, et qui a écrit néanmoins un très beau livre. Cependant le Symbole reste toujours supérieur à l'Histoire, comme le prouvent précisément les exemples de Prospero, de Manfred et de Faust, et l'on aimerait encore mieux que M. Maurice Barrès, qui en est fort capable, eût délibérément fait œuvre de poète.

BARRÈS ET RENAN (1)

M. Maurice Barrès réimprime en un volume trois opuscules fort connus, mais depuis longtemps épuisés, qui datent de la première période de sa vie et appartiennent à ce qu'on peut appeler sa première manière. Celui qui est intitulé *Huit jours chez M. Renan* fut édité en librairie peu après *Sous l'œil des Barbares*, en 1888. Les *Trois stations de psychothérapie* sont de 1891, l'année du *Jardin de Bérénice*. *Toute licence sauf contre l'amour* parut en 1892, a peu près en même temps que *l'Ennemi des lois*. Comme ce dernier roman, ces divers essais se rattachent à la série du « culte du moi ». Ils sont fort divertissants par eux-mêmes, et à les relire après un quart de siècle, ou peu s'en faut, on mesure les changements survenus dans la pensée et dans l'art de M. Maurice Barrès. Mais on s'aperçoit que cette

(1) *Huit jours chez M. Renan ; Trois stations de psychothérapie ; Toute licence sauf contre l'amour*. Nouvelle édition. 1 vol. Émile-Paul.

évolution se réduit à peu de chose et que le fond reste identique.

La principale différence entre ce Barrès d'il y a vingt-cinq ans et celui d'aujourd'hui est de pure forme. Il pratiquait alors l'ironie. Il s'y adonnait avec un rare bonheur et d'une façon constante, visiblement méthodique. Il y a, en somme, renoncé. Il préfère maintenant les amples harmonies d'un style où dominent l'adagio et la sonorité des grandes orgues. Mais déjà, en ces temps anciens, un accent profond vibrait en sourdine sous les variations humouristiques. Cet humour n'était qu'un procédé d'expression. M. Barrès employait l'ironie à parer et à pimenter son langage : ou lorsqu'elle était plus spontanée, elle se révélait très âpre et très caustique, car on ne connaît guère d'écrivain plus méprisant que M. Barrès. Mais ses mépris sont délimités, et d'autant plus furieux. Jamais il ne professe ce léger dédain qui n'exclut pas l'indulgence et qui n'offense rien, ni personne, parce qu'il s'applique à tout et à tous ; jamais il ne se laisse pénétrer de cette ironie universelle qui implique une philosophie narquoise, mais bienveillante et amusée. L'influence de Renan a été sur lui considérable, mais presque uniquement littéraire. Philosophiquement, dès le début, il s'est insurgé contre le renanisme. Il a beaucoup admiré Renan, et non pas seulement comme tout le monde (à l'exception de quelques illettrés) : il l'a étudié assidûment, il en est manifestement imprégné et presque obsédé, mais il ne l'a jamais aimé.

Dans un avis au lecteur, il a bien précisé ses sentiments :

Les amis de ce grand homme eussent voulu que je le

traitasse avec plus de réserve qu'il n'avait lui-même traité les héros et les saints. Ils disaient, en levant leurs bras, qu'il était un auteur vivant. Pitoyable raison ! Que pour les gens de l'Institut, des salons et de sa famille, M. Renan fût un homme en chair et en os, c'est possible, c'est indéniable, et par la suite moi-même je le vis sourire, parler, manger, mais pour moi, dans ma petite chambre d'étudiant ignoré, il était trente chefs-d'œuvre sans plus, que mon âme seule animait .. En mûrissant, en vieillissant, j'ai perdu de mon idéalisme. Je n'excuse plus aujourd'hui cette sorte d'ivresse que me donnait la pensée renanienne et qui me poussait, explique qui pourra, à bâtonner lyriquement mon maître.

On se souvient sans doute de cet épisode de *Sous l'œil des Barbares* où le disciple, exaspéré par les propos sceptiques et dissolvants que lui tient un vénérable philosophe, et « poussé par un respect peut-être héréditaire pour L'impératif catégorique, passa tout d'un trait les bornes mêmes du pyrrhonisme qu'on lui enseignait, jusqu'à soudain administrer à ce vieillard compliqué une volée de coups de canne ». L'allusion à Renan est transparente et d'ailleurs avouée. Bien entendu, ces coups sont purement symboliques, et M. Barrès ne conseillait pas à la jeunesse de manquer par des actes réels au respect qui était dû à Renan. Il voulait montrer l'irritation que peut susciter chez un jeune homme confiant et ingénu cette ironie transcendantale, et à l'illustre penseur pour qui rien n'avait d'importance prouver son erreur par un exemple sensible. Cependant le symbole était étrangement irrévérencieux, et le prétendu abrégé de renanisme qui motivait la colère du disciple l'était bien davantage, ne résumant point du tout avec exactitude, mais travestissant audacieusement les idées du maître. Renan, certes, n'a jamais prêché ce plat arrivisme ni ce cynisme d'estaminet. Et d'abord, quoi qu'en ait dit M. Maurice Barrès, il a toujours traité avec déférence les héros et les saints, même ceux qui comme saint Paul, lui étaient le moins sympathiques.

Dans *Huit jours chez M. Renan*, la caricature est plus discrète, mais c'est encore une caricature. M. Maurice Barrès a pris pour épigraphe une phrase de Sainte-Beuve : « Et pour parler convenablement de M. Renan lui-même, si complexe et si fuyant quand on le presse et qu'on veut l'embrasser tout entier, ce serait moins un article de critique qu'il conviendrait de faire sur lui, qu'un petit dialogue, à la manière de Platon. » (*Nouveaux lundis*, II, 413.) Et M. Barrès insiste dans une préface : « J'essaye un dialogue dans la manière qu'a imaginée Platon pour peindre mieux, chez son maître Socrate, l'attache des idées et de l'homme. Fut-il jamais divertissement plus intellectuel ? » Non sans doute, ni de plus spirituel non plus et le badinage de M. Barrès est exquis en soi. Mais ce mode purement badin avait, il faut le reconnaître, de quoi choquer Renan et son entourage. « Au dessert d'un banquet celtique, ajoute M. Barrès, l'illustre vieillard, couronné de ses Bretons familiers, a cru devoir protester contre les pages qu'on va lire. Son charmant petit discours m'a étonné. Comme me voilà méconnu par un maître que je goûte fort ! » Ce discours n'a pas été recueilli dans les œuvres complètes de Renan. D'après un fragment qu'en publie M. Barrès, Renan se serait offusqué surtout de ce passage : « Dans la bibliothèque, nous avons un instant regardé ses livres. Je crois bien que le plus fatigué est le traité de Cousin, *Du vrai, du beau et du bien*. — C'est, me dit-il, un maître presque complet, un écrivain éloquent et un manieur d'hommes... Mais peut-être ne voyait-il pas de différence très nette entre l'influence de Jésus sur les apôtres et sa propre dictature à l'École normale. » Renan se plaignit qu'on eût présenté ce volume de Cousin comme son livre de prédilection. M. Barrès répond qu'il n'a pas dit cela. Il ne l'a pas dit, en effet. Il semble pourtant attribuer à Renan une admiration pour Cousin, qui était un peu compromettante et, d'ailleurs, démentie par un article de Renan (1) sur le livre de Paul Janet : *Victor Cousin et son œuvre* (1885). Ce n'est, il est vrai, qu'un détail.

Ce qui est plus grave et ce dont Renan avait surtout le droit de s'émouvoir, c'est que M. Barrès ne mettait en scène — plus ou moins exactement, d'ailleurs — que les petits côtés de sa vie ou de sa pensée et négligeait systématiquement l'essentiel de son œuvre. De son monument, de ses *Origines du christianisme*, il n'est pas question, où bien il n'y est fait que des allusions dérisoires :

Je doute parfois très sérieusement de l'esprit humain, qu'à douze ans je ne songeais même pas à critiquer. Je possédais alors les dons et même les rhumatismes qu'on me voit aujourd'hui. Je n'ai rien acquis, sinon l'usage des dictionnaires... Quoique j'aie vu Victor Hugo y exceller, je vous avoue que je ne goûte guère cet exercice (le calembour). C'est que j'y suis inférieur. Peut-être comme érudit m'est-il arrivé de jouer sur les mots ; les évêques me l'ont reproché ; mais c'était sur des mots syriaques, avec mes confrères de l'Académie des inscriptions... Je suis sûr d'avoir fait une bonne tâche et durable, puisque mon contemporain Sainte-

(1) Recueilli dans *Feuilles détachées*, p. 295.

Beuve m'a aimé, et puisque vous-même, monsieur, d'une génération qui pour moi est déjà l'avenir, *vous m'inventeriez plutôt que de vous passer de me connaître.* Ainsi je fis avec Jésus, avec saint Paul, avec Marc-Aurèle.

Tels sont quelques-uns des propos que M. Barrès prête à Renan. Celui-ci ne pouvait évidemment admettre que le grand ouvrage de toute sa vie se composât d'un résidu de dictionnaires, d'une suite de calembours et d'une gerbe d'imaginations romanesques. M. Barrès fait fi de l'érudition, de la philologie, de l'histoire. Libre à lui! Mais il était peut-être excessif de placer ce persiflage dans la bouche de Renan qui, malgré quelques sourires, prenait sa tâche et sa gloire d'historien fort au sérieux. Lorsqu'il accorde, en passant, que ces sciences historiques et philologiques ne sont que « de pauvres petites sciences conjecturales », c'est une réserve de principe et un hommage à l'évidence des sciences mathématiques et physiques; mais conjecturales ou non, il entend bien avoir cultivé celles qui furent son partage avec toute la conscience et tout l'honneur qu'elles comportent. Et il a bien raison. Jamais il n'a rien dit qui autorisât les attaques de ses ennemis, par lesquels il était accusé d'être un ignorant ou un imposteur et une espèce de romancier. M. Barrès lui donnait gratuitement une posture tout à fait fausse et humiliante.

En ce qui concerne la philosophie du maître, M. Barrès dit des choses très justes, dans un épilogue. Avec son ami Simon, il songe à la mort de Renan.

Le monde en deviendra plus triste et plus vulgaire, me disait Simon, mais la légende de Renan, que dès aujourd'hui nous voyons se faire, s'épanouira largement... — Je prévois, lui répondis-je, que la légende de Renan sera poussée à l fadeur. Son attitude d'écrivain trompe sur le fond même de sa pensée... Sur cinq ou six points, les plus importants de la pensée humaine, il est affirmatif et net autant qu'aucun esprit réputé vigoureux et brutal.

Rien de plus vrai. Mais pourquoi n'y a-t-il pas trace de ces cinq ou six points, ni de ces affirmations catégoriques dans tout ce qui précède? Pourquoi M. Barrès s'est-il contenté de parodier quelques opinions, hypothèses et paradoxes, dont Renan lui-même a eu soin de dire : « Bien des choses ont été mises afin qu'on sourie : si l'usage l'eût permis, j'aurais dû écrire plus d'une fois à la marge : *cum grano salis.* » Les *Souvenirs d'enfance et de jeunesse*, du reste délicieux, et les discours prononcés *sub rosa*, ne constituent qu'une partie relativement secondaire de l'œuvre de Renan. M. Barrès ne s'occupe guère d'autre chose. M. Emile Faguet a très bien défini Renan : « Une intelligence souveraine, qui eut quelquefois des jeux de prince. » M. Barrès néglige délibérément l'intelligence souveraine; il ne montre que les jeux, et c'est pour les tourner en ridicule. Passe encore pour ces plaisanteries, mais sa brochure était désobligeante surtout par omission. Elle ne ressemble guère à un dialogue de Platon, qui ne bafouait pas Socrate et s'attachait d'abord à exposer aussi complètement et aussi sérieusement que possible ses idées maîtresses.

Quelles sont les causes de cette antipathie intellectuelle profonde qui a toujours séparé M. Barrès de Renan? Racontant l'accueil d'une « écrasante bienveillance » fait par Renan à quelques jeunes gens, M. Barrès ajoute : « Tandis qu'il roule sur ses épaules sa tête grossièrement ébauchée, et qu'il tourne ses pouces sur son ventre merveilleux d'évêque, tous lui sont indifférents. Il ne s'intéresse qu'aux caractères spécifiques : l'individu pour lui n'existe pas. » C'est très exact, et c'est le nœud du débat. Dans sa très importante étude sur Amiel, Renan a dit :

L'homme qui a le temps d'écrire un journal intime nous paraît ne pas avoir suffisamment compris combien le monde est vaste. L'étendue des choses à connaitre est immense. L'histoire de l'humanité est à peine commencée; l'étude de la nature réserve des découvertes absolument impossibles à prévoir. Comment, en présence d'une si colossale besogne, s'arrêter à se dévorer soi-même, à douter de la vie? Il vaut bien mieux prendre la pioche et travailler. Le jour où il serait permis de s'attarder aux jeux d'une pensée découragée serait celui où l'on commencerait à entrevoir qu'il y a une borne à la matière du savoir. Or, en supposant que, dans des siècles, on aperçoive une pareille borne pour l'histoire, on ne l'apercevra jamais pour la nature... Mon ami M. Berthelot aurait le temps de s'occuper pendant des centaines de vies consécutives, sans jamais écrire sur lui-même. J'estime qu'il me faudrait cinq cents ans pour épuiser le cadre des études sémitiques, comme je les entends, et si jamais le goût, chez moi, venait à s'en affaiblir, j'apprendrais le chinois... Le scepticisme subjectif, le doute sur la légitimité de nos facultés, est la glu où se prennent les natures attaquées de la maladie du scrupule. Les appréhensions de ce genre viennent toujours d'une certaine oisiveté d'esprit. Celui qui a soif de la réalité est entraîné hors de soi... Amiel n'a pas cet amour de l'univers qui fait qu'on n'a d'yeux que pour lui. Pendant plus de trente ans, il ne laissa pas passer un jour sans s'observer et sans décrire son état d'âme... (1).

---

(1) *Feuilles détachées*, pp. 358-360.

C'est tout de même ce que fait infatigablement le héros du *Culte du moi*. Lorsque M. Barrès évoluera, il préconisera le nationalisme, l'enracinement, le culte de la terre et des morts, parce qu'il y verra d'abord un principe de vie morale élargie pour l'individu, dont le sort l'inquiète autant que celui de sa race ou de sa nation, qui lui en paraît inséparable. Bref, M. Barrès restera toujours individualiste et moraliste avant tout. Et toujours il le sera avec ardeur, avec fièvre, avec le désir passionné d'une certitude. M. Paul Bourget avait très bien vu ce pathétique de *Sous l'œil des Barbares*. On s'y est trompé, parce que M. Barrès a parlé du moi. On aurait mieux compris s'il avait dit : l'âme. C'était bien l'âme qu'il voulait dire.

Renan est le pur intellectuel, à qui cette petite vie intérieure, ces méditations intimes, cette âme (au sens des confesseurs et des mystiques) et ce vague à l'âme semblent de simples sornettes, comme les fameuses « vapeurs » féminines. C'est lorsqu'il parlera de tels sujets ou de sujets connexes, par aventure et pour se délasser, qu'il ne s'interdira point le ton joyeux ou goguenard. Qu'un jeune bourgeois, arrivé de sa province au quartier latin, organise son petit train d'existence et ses petites expériences de psychologie appliquée comme il l'entendra : Renan s'y intéressera très modérément et au besoin s'en moquera. Au contraire, il apportera son grand effort, tout son sérieux et son génie à la science, à la philosophie, à l'art même (1), à tous les travaux d'ordre général qui peuvent contribuer à notre connaissance de l'univers et au progrès de l'esprit

(1) « L'art nous apparaît comme le plus haut degré de la critique. » (*Etudes d'histoire religieuse*, p. 431.)

humain, dont il n'a jamais douté. La psychologie qui lui importe est celle de l'homme, ou au moins celle d'un peuple, et en tant que source d'un mouvement religieux, philosophique ou historique : celle d'un adolescent désœuvré ou d'une femmelette ayant des peines de cœur le laisse extrêmement froid. Dans son essai sur Marie Bashkirtseff, M. Barrès se déclare plus soucieux d'éthique que d'esthétique; il loue cette jeune Russe d'avoir évité la poussière des bibliothèques; et il va jusqu'à écrire ceci :

> Le suffisant dédain eût enseigné à Marie Bashkirtseff à considérer les peintres, les écrivains, les artistes, simplement parce qu'ils ressentent des émotions qu'elle éprouvait elle-même. C'est pour cette qualité de leur sensibilité qu'ils méritent qu'on les classe avec honneur. Quant à leur capacité de traduire et de juger leurs sentiments avec des couleurs, des phrases ou du marbre, elle les désigne comme des utilités agréables, voire nécessaires, dans une maison bien montée, mais ne peut en aucun cas les placer dans la hiérarchie plus haut que les âmes de leur qualité.

Ainsi l'œuvre, la réalisation, la création ne comptent pas ! Ce qui compte, ce sont des nuances psychologiques plus ou moins certaines. Et l'artiste créateur n'est que l'humble domestique de l'inutile qui cultive stérilement ces nuances devant sa glace ! Or, tout à l'heure, M. Barrès reprochait à Renan de faire trop peu de cas du talent, parce que, selon la tradition de Port-Royal et de Saint-Sulpice, il condamnait les vains ornements littéraires et prescrivait le souci exclusif de la vérité (qui produit une bien meilleure littérature et des talents infiniment plus solides).

En bref, Renan est objectiviste et M. Barrès subjectiviste. Ces mots sont peu élégants, mais clairs. Deux esprits aussi différents ne pouvaient évidemment s'accorder. C'est nous qui les réunirons dans notre admiration : mais tout en savourant Barrès, il faut, je crois, reconnaître la supériorité du point de vue de Renan.

BARRES ET PÉLADAN

Les Églises (1).

On a réuni en une élégante plaquette à tirage restreint un discours et plusieurs articles de M. Maurice Barrès relatifs à la question des églises. Ces pages n'ont pas été écrites à l'intention des bibliophiles : mais elles unissent la beauté littéraire au souci de l'utilité publique. C'est une beauté grave et nue, qui ne se pare point d'ornements romantiques et ne doit rien qu'à la force de l'expression et à la grandeur du sujet. On sait que M. Maurice Barrès admire Chateaubriand ; mais ici, il ne le suit point. Voici pourtant une phrase magnifique : « Ce beau clocher qui est l'expression la plus ancienne et la plus saisissante du divin dans notre race,

(1) *Autour des églises de village*, 1 plaquette in-8° écu, Messein (Société des Trente). — On sait que M. Maurice Barrès devait un peu plus tard reprendre la question et la traiter à fond dans son admirable ouvrage, *La Grande Pitié des Églises de France* (1 vol. Émile-Paul), dont il sera parlé dans la troisième série des *Livres du Temps*.

cette voûte assombrie où l'on prend le sentiment d'avoir vécu jadis et de devoir vivre éternellement, cette table de pierre où reposent les grands principes qui sont la vie morale de notre histoire, rien de tout cela ne vous persuade, rien ne vous retient de renverser cette maison, qui par sa porte ouverte à toute heure, au milieu du village, crée une communication avec le divin et le mêle à la réalité quotidienne? » Même en cet endroit, le style est plus sobre que celui du *Génie du christianisme*, plus philosophique aussi : et certains termes font songer à Renan. Ailleurs M. Maurice Barrès célèbre cette immense floraison d'architecture religieuse, ininterrompue chez nous depuis plus de dix siècles et variée à l'infini. « Il n'y a pas, dit-il, sur la terre de France, deux églises qui soient en tous points pareilles, pas plus qu'il n'y a deux feuilles identiques dans la vaste forêt. Églises romanes, églises gothiques, églises de la Renaissance française, églises de style baroque, toutes portent un témoignage magnifique, le plus puissant, le plus abondant des témoignages en faveur du génie français... Elles sont la voix, le chant de notre terre, une voix sortie du sol où elles s'appuient, une voix du temps où elles furent construites et du peuple qui les voulut... » Ces paroles qui ne visent qu'à convaincre et qui sont admirables, pour ainsi dire, par surcroît, s'adressaient à la Chambre des députés, le 25 novembre 1912.

Dans tout ce discours, M. Maurice Barrès se montre *debater* précis et pratique. Il insiste avec vigueur sur un paradoxe de la situation actuelle : cette faculté qui est donnée aux conseils municipaux de laisser s'effondrer les églises, même lorsque des particuliers offrent de prendre les réparations à leur charge. Pour tout homme d'esprit libéral, il semble que deux cas se présentent et comportent chacun une solution facile : il y a les églises offrant un intérêt artistique et historique, dont l'État doit assurer la conservation, et il y a les autres, dont l'entretien dépendra naturellement de la générosité des fidèles. Mais il faut un étrange fanatisme pour refuser les dons bénévoles et pour exiger systématiquement la ruine d'un monument qui eût pu être sauvé par l'initiative privée, sans qu'il en coûtât rien au budget national, départemental ou communal. M. Maurice Barrès s'est honoré en combattant le vandalisme : mais il ne saurait se dissimuler que cette passion n'est pas une nouveauté. Edgar Quinet ne pardonnait pas à Robespierre d'avoir, par son décret de décembre 1793, arrêté le mouvement des iconoclastes hébertistes et la dévastation générale des églises catholiques. « Ce jour-là, déclarait Quinet, cité par M. Barrès, Robespierre fit plus pour l'ancienne religion que les Torquemada et les Saint Dominique. » Et Michel de Bourges, que le cléricalisme de Robespierre ne révoltait pas moins, écrivait : « Puissé-je dormir de mon dernier sommeil au bruit des temples catholiques s'écroulant sous les coups du marteau populaire ! » Mais, interpellant ses contradicteurs, M. Maurice Barrès leur dit : « Comme autrefois l'humanité rejeta les dieux de l'hellénisme, vous croyez le moment venu pour que le Christ n'ait plus ni temples ni fidèles ! » C'est indiquer que les vrais devanciers des hébertistes furent les chrétiens du IVe et du Ve siècle, qui en haine du paganisme, par l'ordre ou avec la connivence des évêques et des empereurs convertis, détruisirent des milliers de temples et de statues antiques. Ils ne crurent pas pouvoir rejeter les dieux de l'hellénisme sans se livrer à un carnage de chefs-d'œuvre. Il y eut sans doute des précédents à des époques plus reculées et encore plus barbares : mais pour notre âge moderne, c'est là l'origine de la tradition. L'épicier de Bornel a de qui tenir.

Dans un passage assez piquant de son livre substantiel et touffu sur le même sujet (1) M. Joséphin Péladan raconte qu'au moment où l'on discutait le sort des églises, il assista à une représentation de *Polyeucte* et crut remarquer un certain malaise dans l'assistance. « Néarque a déplu, et seule la majesté de Corneille a sauvé l'incivilité de Polyeucte :

> Allons briser ces dieux de pierre et de métal !

La salle eût protesté pour un rien : et ce frisson, qui a couru de l'orchestre aux troisièmes galeries, m'a rendu joyeux, dit M. Péladan : ce public témoignait en l'honneur de la civilisation. » Je crois que M. Péladan a raison, lorsqu'il montre le salut des monuments et des autres œuvres d'art religieux dans la prédominance du sentiment esthétique, qui est le seul sur lequel croyants et incroyants puissent s'accorder. On a vu que M. Maurice Barrès l'invoquait, lui aussi, à l'occasion; mais peut-être en faisait-il trop bon marché et préférait-il trop complaisamment le point de vue moral. Que l'église soit « la part du divin au village », c'est une considération propre à lui gagner de très nombreuses sympathies et qui permet à M. Barrès d'ajouter : « Oui, l'église nous attire tous, elle attire le fidèle, et celui-là

---

(1) *Nos églises artistiques et historiques*, 1 vol. Fontemoing.

même qui n'a pas la foi. » Cependant il faut compter avec ceux qu'elle n'attire pas à ce titre, parce qu'ils ont une foi contraire. Mais ces négateurs consentiront-ils à passer pour des ignorants et des béotiens ? M. Maurice Barrès est peut-être imprudent d'écarter ce qu'il appelle le « verbiage de l'art, de la beauté, des charmes du passé », ou encore « le point de vue de l'amateur, de l'heureux automobiliste... ».

Plus politique peut-être, M. Péladan répond :

« Défendre les églises en artiste paraît quelque chose de pire que de les attaquer ! Il blasphème, celui qui ne voit dans le Saint-Graal qu'une orfèvrerie !... Oh ! je comprends l'énervement du fidèle : qu'il le surmonte et qu'il réfléchisse. S'il n'assume pas la conservation du Saint-Graal comme eucharistique, il faut accepter qu'il soit sauvé comme vase précieux. » D'ailleurs M. Péladan considère que « les valeurs esthétiques sont les plus universelles parmi les valeurs morales ». Profondément respectueux de la religion, il ne croit pourtant pas qu'elle soit la principale victime : l'évêque de Versailles a construit vingt-trois églises et il y en a cinquante nouvelles projetées pour Paris. « Ma paroisse, dit-il, a deux sanctuaires de plus depuis la séparation. » La victime, c'est l'art. Tandis que les catholiques se satisferont de bâtir des églises neuves et laides, les vieilles et admirables églises s'écrouleront. Or, ce qui importe, ce n'est pas le Sacré-Cœur, c'est Notre-Dame. Entendez-le au sens symbolique : il est clair que Notre-Dame n'a rien à craindre, mais il existe en France, d'après M. Péladan, qui en a fait un dénombrement complet, dix mille églises antérieures à l'an 1600 et qui sont toutes artistiquement intéressantes. On peut même le trouver bien exclusif, puisqu'il renonce à défendre celles du XVIIe siècle (1). M. Péladan estime donc que le premier devoir est de « séparer l'art de la religion », afin que les églises ne soient pas les innocentes blessées d'une lutte doctrinale. Il ajoute : « Oserai-je dire qu'il y a une impiété véritable à les solidariser avec la religion qui les a inspirées? La même qu'il y eut à détruire les chefs-d'œuvre du paganisme. » Il faut condamner les vandales de l'ère constantinienne et théodosienne, et non les imiter. « Le Parthénon d'Athènes a cessé depuis de longs siècles de réunir les fidèles de Pallas ; il n'a pas cessé d'être visité par les hommes les plus divers... Le Parthénon est beau, il n'est que cela ; et cependant ce sanctuaire de l'Attique s'auréole d'un caractère aussi sacré dix-neuf cent dix ans après Jésus-Christ qu'aux jours de Périclès... » Autrement dit, vous devez, vous tous, députés libres penseurs et anticléricaux, sauver les dix mille églises de France qui sont des œuvres d'art, sans vous préoccuper de leur caractère religieux, uniquement par respect pour la beauté, pour le génie national, pour la civilisation. Telle est la position de M. Joséphin Péladan : elle me paraît inexpugnable.

Il y a bien d'autres choses dans le volume de M. Péladan. Il y a des détails désolants sur les razzias opérées dans les églises de France par la brocante. « On peut dire, en face de tout objet d'art, sous un toit ecclésial, que son destin est d'être bazardé ou par le curé ou par les fidèles, ou par la commune ou par l'État. Il n'y

(1) Voir les beaux travaux de M. Marcel Reymond, qui a utilement rectifié les théories gothicistes trop étroites, à la Ruskin ou à la Courajod.

a pas de doute sur la vente, mais seulement sur le vendeur. » Étonnez-vous, après cela, qu' « en deux ans, 1906-1907, dans le seul port de Bordeaux, on ait embarqué pour l'Amérique 2.800 caisses de fragments d'architecture religieuse ». Et depuis 1907, ce trafic n'a fait qu'augmenter ! Il y a encore dans cet ouvrage des vues générales sur l'architecture, que M. Péladan tient pour l'art suprême. Il est vrai que c'est un art admirable et assez difficile à comprendre : il y faut, au moins aujourd'hui, des voyages d'études et de nombreux points de comparaison. Lamartine, devant l'Acropole, dit adieu au gothique. Mais il était tout lyrisme. Pour d'autres, au contraire, le Parthénon et les cathédrales se font valoir mutuellement. Le pèlerinage d'Italie, à tout le moins, est presque nécessaire pour nous ouvrir les yeux par contraste sur les merveilles de notre vieil art français. Ici se révèle une difficulté. La culture indispensable manque à la plupart des édiles dévastateurs. qui souvent, de très bonne foi, n'aperçoivent pas plus la valeur de leur église qu'un novice en musique ne distingue celle d'un oratorio de Bach ou d'un motet de Palestrina. Un autre ennui, c'est la fragilité de la plupart de ces églises gothiques, qui ont besoin de réparations incessantes, tandis que le Parthénon serait encore intact si les hommes ne l'avaient saccagé. Et malgré tout, dans tous les cas, la poésie brave mieux les années et les revers. M. Péladan se demande encore quelles sont les raisons de l'épanouissement de l'architecture à certaines époques et de sa décadence actuelle. Ne peut-elle se passer de la communion de foi de tout un peuple ? La condition réalisée dans l'Athènes classique et dans notre moyen âge, n'est pas suffisante, puisque dans cet ordre la Réforme n'a rien produit.

Inversement, la Renaissance, époque d'émancipation de l'individu (Burckhardt), a été très favorable à l'architecture. D'où vient donc la misère présente de cet art jadis glorieux? M. Péladan avoue qu'il n'en sait rien, et je n'en sais pas davantage. Notre consolation est de constater la même indigence dans tous les pays.

LE CLASSICISME D'ANATOLE FRANCE (1)

M. Anatole France réunit en un volume intitulé *Génie latin* diverses notices qui avaient servi de préfaces à des éditions d'auteurs fameux. Dans un avertissement trop modeste, il annonce qu' « elles consistent pour la plupart en de simples biographies abrégées, avec peu ou point de critique littéraire ». Quand il serait vrai, le volume n'en aurait pas moins son prix. Les biographies de la reine de Navarre ou de Scarron, de Molière, de Bernardin de Saint-Pierre ou de l'abbé Prévost gagnent en agrément à être contées par Anatole France plutôt que par un faiseur de manuels. Mais dans ces simples exposés de faits, dans ces essais de vulgarisation, on pense bien qu'un esprit si original n'a pas laissé d'introduire quelques idées caractéristiques. Nombre d'aperçus ingénieux et piquants renou-

---

(1) Anatole France : *Génie latin*, 1 vol., Lemerre. — G. Michaut : *Anatole France, étude psychologique*, 1 vol. Fontemoing.

vellent ou égayent la matière, et de l'ensemble des jugements portés sur ces écrivains divers se dégage, en somme, une doctrine. L'avertissement se termine par ces mots :

Il n'en faut pas croire le titre de ce recueil; on ne trouvera rien qui le justifie. C'est un acte de foi et d'amour pour cette tradition grecque et latine, toute de raison et de beauté, hors de laquelle il n'est qu'erreur et trouble. Philosophie, art, science, jurisprudence, nous devons tout à la Grèce et à ses conquérants qu'elle a conquis. Les anciens, toujours vivants, nous enseignent encore.

Ce qui justifie le titre du recueil, c'est que M. Anatole France s'y montre l'ardent défenseur du pur goût classique. Si l'on songe que ces notices sont assez anciennes, on reconnaîtra dans M. Anatole France, tout parnassien qu'il était alors, un précurseur de la réaction contre le romantisme et ses succédanés. S'il partageait encore quelques préjugés de sa génération, il avait déjà en lui des raisons puissantes de s'en affranchir. Par exemple, il nous avise qu'il a retranché quelques pages de l'article sur Racine. « En dépit des romantiques, j'ai toujours aimé Racine : mais j'avais des sévérités. Aujourd'hui je ne me retiens plus d'adorer en chacun de ses vers le plus parfait des poètes. » Lorsqu'on aime Racine, on ne tarde pas à l'adorer en effet. Dès ses débuts, M. Anatole France était sur la pente fatale, et il devait donner bien des inquiétudes à Catulle Mendès. Il écrit plus loin : « Jean Racine vécut au moment précis où le génie français atteignait sa plénitude, où la langue, entièrement formée, gardait encore toute sa jeunesse, à l'âge d'or... Ainsi son temps, son éducation, sa nature conspiraient à faire de lui le plus parfait des poëtes français et le plus grand par la continuité de sa grandeur. » On voit que M. Anatole France rend un hommage complet non seulement au poète d'*Athalie*, mais au XVIIe siècle. Voltaire ou Nisard n'auraient pas mieux dit.

Bien significatives à cet égard sont les études sur Benjamin Constant et sur Chateaubriand. M. Anatole France prend parti pour Adolphe contre Ellénore. Il ressent une « immense pitié pour ce prétendu bourreau » qui lui apparaît « comme la plus lamentable des victimes ». Ellénore, c'est le romantisme.

Que l'on est loin déjà du dix-huitième siècle, de ses façons plaisantes, de sa charmante légèreté, de son élégance et de son scepticisme!... Il n'y a pas à dire, ces gens-là avaient bon air, du courage, de la tenue; ils n'assourdissaient pas tout un siècle de leurs cris et de leurs gémissements. Ils pouvaient être légers et libertins, ils ne furent jamais lâches. Mais le coup de pistolet de Werther fit école et l'amour devint... une chose tragique dont il convenait de mourir bruyamment.

Cette Ellénore n'était pas supportable pour un homme comme Adolphe, qui se rattachait encore à l'âge précédent.

Adolphe ne sut pas, comme René, son illustre contemporain, feindre avec lui-même et se donner le spectacle d'une éclatante comédie; il n'eut point le génie prestigieux, le lyrisme de l'auteur d'*Atala* et des *Natchez;* mais son goût fut plus sûr, son sens plus net, sa conscience plus sincère. L'abbé Morellet, *ce dernier représentant du vieux goût français*, n'aurait rien trouvé à reprendre aux pages irréprochables d'*Adolphe*. Et sans doute ce fut aussi le goût qui souvent se trouva froissé chez ce délicat, ce furent les déclamations, les formules théâtrales, l'emphase qui déplurent à cet esprit tout pénétré de l'élégance sans apprêt de notre race.

On sait que Stendhal, qui comprit assez bien la passion, détestait aussi la rhétorique d'Ellénore. *Adolphe* n'est pas seulement le conflit de deux amants, mais de deux époques. Toutes les préférences de M. Anatole France sont pour celle de la discrétion et de la simplicité. Selon lui, un des charmes du roman de Benjamin Constant, c'est que rien n'y révèle l'homme de lettres. « Car l'homme de lettres a beau être de génie, il est du métier et son œuvre en garde les façons. » Et ce trait vise Chateaubriand, dont l'art est merveilleux, mais ne se laisse pas oublier.

A vrai dire, celui de Benjamin Constant n'est guère moins travaillé, quoique d'un autre genre : et l'homme de lettres est toujours présent dans une œuvre littéraire. Seulement, il s'étale plus ou moins. Le comble de l'habileté est de paraître simple, sans être négligé. Et cette simplicité savante excite à bon droit l'admiration, mais ne trompe pas les connaisseurs.

Donc M. Anatole France n'est pas tendre pour Chateaubriand. Il lui accorde cependant « la magie d'un style prestigieux, d'une imagination brillante et capiteuse ». C'est beaucoup. C'est presque assez pour satisfaire les partisans de l'enchanteur. Car au fond, tenons-nous tant que cela à ce fameux naturel? Nous saurons à la rigueur nous en passer, s'il y a des compensations. Nous pardonnerons à l'artifice, s'il est éblouissant. Sous prétexte de sobriété, nous ne voudrions pas être réduits à quelque brouet. Quant aux défauts de Chateaubriand, on ne les nie point. M. Anatole France les appelle des

« défauts éclatants ». C'est cela même. Il relève ceux de l'homme avec quelque âpreté, mais sans épigrammes frivoles :

Le secret de René, de son ennui plein de fantômes, de ses nuits que ses songes et ses veilles troublent également, n'est que le manque d'amour dans une âme assez avide pour en demander au monde entier et trop froide pour en donner à personne... Il traversa son siècle avec toutes sortes de gloires, et il assista comme un demi-Dieu à la première moitié du nôtre; mais on dit qu'il ne put jamais chasser de sa poitrine cet ennui qui fait sa proie des cœurs vides.

Ces violences sont du moins d'un ton digne de Chateaubriand et contrastent avec les privautés de M. Jules Lemaître, dont M. Anatole France croit devoir mentionner en note et approuver expressément l'ouvrage très postérieur à cette étude.

D'ailleurs, M. Anatole France écrira plus loin, dans le chapitre sur Sainte-Beuve poète : « Quoi de plus charmant que le dégoût de vivre qu'on puise à vingt ans dans de beaux livres comme *Werther* ou *René?* » Il est bien trop sensible pour résister à ce charme. Dès qu'on ne prend pas ces beaux livres trop au sérieux, il les loue volontiers. Ce qu'il ne pardonne pas aux romantiques, c'est d'avoir pontifié et vaticiné. La morgue, la pompe et la pose de Chateaubriand l'irritent. Si les chefs du romantisme avaient eu un peu d'ironie, avaient su remettre les choses au point, il aurait pu se plaire à leurs jeux d'imagination. Il leur oppose les Grecs, qui « ne haussaient pas le ton mal à propos et savaient garder la mesure ». Reconnaissons avec notre bon maître Anatole France que malgré tout leur génie, les

Hugo et les Chateaubriand ont manqué d'atticisme. Il est, du reste, amusant de constater, comme on l'a pu faire pour *Les Dieux ont soif*, que M. Anatole France juge le romantisme et la Révolution avec une sévérité presque égale à celle de certains théoriciens de droite et les a même devancés dans cette voie. Il faut croire que ces opinions historiques et littéraires n'ont pas de lien nécessaire avec telles ou telles opinions politiques.

M. G. Michaut, maître de conférences à la Sorbonne, consacre tout un volume à M. Anatole France et nous en promet un second. Certes, ce n'est pas trop de deux volumes pour étudier un écrivain si considérable. La première partie de l'étude de M. G. Michaut — la seule qu'il ait encore publiée — est intéressante, très documentée, bardée de citations et de références. Mais elle appelle quelques réserves.

Dès les premières lignes de la préface, nous apprenons que lorsque Renan mourut, en 1892, M. Anatole France eût mérité la couronne de prince des dilettantes et qu'il y aurait même eu plus de droits que Renan, lequel « n'a donné et, autant que possible, n'a réalisé la formule du dilettantisme qu'à la fin de sa vie ». Qu'est-ce donc que M. G. Michaut entend par dilettantisme? Il n'apporte point de définition. Mais on devine qu'il ne veut point parler de ce dilettantisme supérieur, de cette impartiale et objective compréhension des diverses formes de culture et de pensée, qui n'est que l'expression la plus haute et la plus complète de l'esprit critique. M. G. Michaut, qui n'aime pas les derniers écrits de Renan, et qui a grand tort, conçoit apparemment le dilettantisme comme une façon détachée et capricieuse de toucher à tous les sujets et il en fait à peu près un synonyme de frivolité. Qu'il y ait eu de ces dilettantes purement badins, ce n'est pas douteux. mais on ne saurait ranger parmi eux ni Renan, même à la fin de sa vie, ni M. Anatole France, bien qu'il n'ait pas de prétentions à une gravité doctorale.

Pour démontrer que M. Anatole France est un dilettante, M. G. Michaut examine successivement son intelligence, son imagination et sa sensibilité. Il veut bien admettre que M. Anatole France est extrêmement intelligent, mais il estime que son intelligence, si vive et si souple, n'est pas puissante, parce qu'elle ne se subordonne à rien. (Cette autonomie est peut-être au contraire un signe de puissance : il faut se suffire à soi-même pour rester si indépendant.) Il explique que M. Anatole France n'est pas un homme d'action (c'est vrai, il ne l'a été qu'occasionnellement), ne construit pas de systèmes (c'est encore vrai), et ne se propose même pas d'atteindre la vérité, ne croyant même point qu'il y en ait une qui nous soit accessible, ni que la découverte en puisse être bienfaisante. D'après M. Michaut, M. Anatole France n'a qu'une curiosité épicurienne, dont le seul objet est la joie de s'exercer librement, et il est donc incapable de sortir de lui-même, parce qu'il ne cherche que son plaisir.

Que voilà de surprenantes confusions ! M. Michaut oublie que M. Anatole France n'est ni un homme politique, ni un philosophe de carrière, ni un savant de profession, mais un littérateur, un artiste, qui n'est donc tenu ni d'agir, ni de systématiser, ni de procéder avec la rigueur scientifique. Nul n'est, dans sa sphère, plus ami de la vérité. Mais enfin, sa tâche propre, c'est la recherche du beau et du plaisir esthétique. S'il compare ses travaux à de simples jeux, c'est par modestie, par souci du vrai, pour ne rien surfaire. Il sous-entend que ces jeux sont les plus nobles emplois de l'activité humaine. Il ne nie pas la science : mais il en voit les limites. La vérité qu'il déclare hors de notre portée, c'est la vérité métaphysique et totale. Son universelle curiosité prouve qu'il désire sortir de lui-même autant qu'il est possible : il sait que nul n'y peut réussir pleinement, mais il n'y a pas de sa faute. Certes, c'est toujours le voyageur qui voyage, qui voit avec ses yeux et comprend avec son esprit : il a pourtant raison de voyager, de regarder, de comprendre. Il est ainsi beaucoup moins subjectiviste, assurément, que celui qui se borne à se tâter le pouls et à contempler son nombril. M. G. Michaut confond le subjectivisme métaphysique, qui nie la réalité du monde extérieur — et qui n'a pratiquement aucune conséquence, puisque tout se passe comme si le monde extérieur existait, — avec ce subjectivisme pratique, narcissiste et nombrilien dont M. Anatole France, grâce à sa curiosité, est parfaitement exempt.

M. G. Michaut accorde à M. Anatole France l'imagination fantaisiste et humouristique, non l'imagination créatrice. Pour M. Michaut, ne sont créateurs que les romanciers et les auteurs dramatiques, qui créent des personnages vivants. Le comble de la création est de créer un type qui reste populaire. Balzac, Daudet, Dickens sont des créateurs. Renan et Taine n'en sont pas. M. Anatole France non plus, bien qu'il ait écrit des romans, mais ses protagonistes (Jérôme Coignard, Bergeret) lui ressemblent trop. Ils ne comptent pas. — Singulière théorie ! Un poète lyrique, un philosophe, un peintre paysagiste, un architecte, un musicien de symphonie et de musique de chambre, ne pourrait donc jamais être un créateur ! Victor Hugo aurait créé, dans *Han d'Islande* et dans *Angelo, tyran de Padoue*, non dans *les Contemplations ;* Beethoven dans *Fidelio* seulement, non dans la Neuvième symphonie ni dans les derniers quatuors ; Descartes et Kant n'auraient rien créé, ni Claude Lorrain, ni Turner ; le Parthénon et les cathédrales ne seraient pas des créations. Mais Henri Monnier, qui a créé les deux types de Joseph Prudhomme et de Jean Hiroux, serait un des plus grands écrivains français ! Quelle plaisanterie ! Un artiste créateur, c'est un artiste original, qui par le moyen de personnages et de fables ou par tout autre moyen, crée des idées, des sentiments, des formes, un esprit, un style. M. Anatole France est un créateur, puisqu'il n'y a peut-être pas une page de lui qui ne soit immédiatement reconnaissable. Quant aux emprunts qu'il a pu faire à des ouvrages antérieurs, mais qu'il a complètement transformés et fondus dans son œuvre toujours personnelle de tour et d'accent, ils n'excèdent point ce que se permettaient Shakespeare, Corneille, Racine, Molière ou Gœthe. M. G. Michaut fait, d'ailleurs, des rapprochements un peu puérils. Le conflit du paganisme et du christianisme, dans *les Noces corinthiennes*, serait emprunté aux *Martyrs !* Est-ce que Chateaubriand a inventé l'histoire des religions ? Jean Servien est pion : imitation du *Petit Chose !* etc... Musset a dit :

C'est imiter quelqu'un que de planter des choux.

Pour prouver que M. Anatole France n'a qu'une imagination discursive et peu cohérente, M. Michaut relève de prétendues contradictions : par exemple, le recteur qui détestait M. Bergeret dans *le Mannequin d'osier* lui témoigne de la sympathie dans *l'Anneau d'améthyste.*

Il est expliqué en toutes lettres, à la page 194 de ce dernier ouvrage, que le changement d'attitude du recteur Leterrier est déterminé par sa communauté d'opinions avec M. Bergeret dans l'affaire Dreyfus. « A la page 4 du *Mannequin d'osier* il est dit que les filles de M. Bergeret ne l'aimaient pas : or, à la page 350, on voit que Pauline, l'aînée... » etc. Pardon ! Il est dit, à la page 4 du *Mannequin d'osier*, simplement que M. Bergeret, dans une crise de mélancolie, *songeait* que ses filles ne l'aimaient pas : et le départ de sa mère a pu rendre à Pauline, à la fin du volume, un peu plus de liberté et d'expansion.

Je note que plusieurs références sont inexactes, par erreur de copie ou faute d'impression ; il y a aussi des erreurs ou des grossissements dans l'interprétation. M. Michaut attribue à M. Anatole France la pensée que Maupassant et Feuillet sont de grands écrivains : le mot est un peu fort, surtout pour Feuillet, mais il ne se trouve pas dans les textes auxquels M. Michaut renvoie et qui sont élogieux, mais pas à ce point. De ce que M. Anatole France a raillé Léon Cladel de ne pas admirer *Candide* et de donner pour raison que « ce n'est pas écrit », M. Michaut conclut que c'est justement là le motif de l'admiration de M. Anatole France. Je gagerais ce qu'on voudra que M. Anatole France trouve que *Candide* « est écrit ». M. Michaut devrait laisser à d'autres les accusations d'immoralité ou de calomnie contre la vie française ; Berquin seul, dans ce système, échapperait à de tels soupçons. M. Michaut parle du « fidéisme » de l'abbé Jérôme Coignard et pareillement du « fidéisme » de M. l'abbé Lantaigne. Or le fidéisme est cette théorie qui fonde la croyance religieuse uniquement sur la foi et considère la raison comme abso-

-ument inhabile et inutile en ces matières. M. Coignard (*Rôtisserie*, 200—201) parle des « preuves tirées des livres saints et des écrits des Pères » et ajoute : « Je vous montrerai Dieu s'imposant à la raison des hommes. » Et M. Lantaigne (*Orme du Mail*, 108) déclare : « On ne méprise pas la science sans mépriser la raison ; on ne méprise pas la raison sans mépriser l'homme ; on ne méprise pas l'homme sans offenser Dieu. Le scepticisme imprudent qui s'en prend à la raison humaine est le premier degré de ce scepticisme criminel qui s'attaque aux mystères divins. » C'est la doctrine orthodoxe : la raison n'explique pas les mystères, mais elle démontre la nécessité d'y croire ; elle ne remplace pas la foi, mais elle y conduit. L'Église est, dans une assez large mesure, intellectualiste. On peut voir à ce sujet, dans le livre d'Agathon (1), la réplique de M. Méritain aux catholiques bergsoniens.

Enfin, M. Michaut n'a pas de peine à mettre en lumière le paganisme profond de M. Anatole France. Il y voit une des causes de son évolution. Il en voit une autre dans sa célèbre polémique avec Brunetière, à propos du *Disciple* de M. Bourget. Il croit que cette polémique a révélé à M. Anatole France que le dilettantisme — ou indifférence entre les doctrines — était désormais intenable pour lui, puisqu'il était amené à défendre une vérité et par conséquent à reconnaître qu'il y en a une. D'abord, le dilettantisme n'est pas l'indifférence : on peut tout comprendre et avoir néanmoins des prédilections. Je dirai même que plus on comprend et mieux on classe. Ensuite, M. France a défendu contre Brunetière et M. Bourget non pas préci-

(1) Voir plus loin, page 257.

sément une vérité, mais une liberté — la liberté de penser. Un dogmatique, quel que soit son dogme, peut ne pas tenir absolument à cette liberté, s'il espère la confisquer à son profit. Un dilettante, au sens élevé, en a besoin absolument pour continuer ses enquêtes et ses expériences. M. Anatole France était logique avec lui-même et cette polémique a pu lui signaler l'opportunité d'une action défensive, mais non modifier sa position intellectuelle.

EN LISANT FAGUET

La morale de La Fontaine et ses nouveaux critiques (1).

On n'accusera pas notre époque de négliger La Fontaine. Il n'y a peut-être pas un classique qui soit plus souvent réimprimé. A ce propos, il serait intéressant que quelque jeune bibliographe érudit, quelque disciple de M. Gustave Lanson, recherchât quels ont été exactement, depuis l'origine, les succès de librairie des maîtres du seizième, du dix-septième et du dix-huitième siècle. M. Joannidès a donné le nombre de représentations obtenues jusqu'à nos jours, à la Comédie-Française, par les pièces de Molière, de Corneille, de Racine. On aimerait savoir combien il y a eu d'exemplaires vendus de Rabelais, de Montaigne, de Pascal, de La Fontaine, de Bossuet, de Fénelon, de La Bruyère, de Voltaire, de Rousseau. Cette enquête serait évidemment

---

(1) Emile Faguet : *La Fontaine*, 1 vol. Lecène et Oudin. — G. Michaut : *La Fontaine*, 1 vol. Hachette. — Louis Roche : *Vie de Jean de La Fontaine*, 1 vol. Plon. — Edmond Pilon : *La Fontaine*, 1 vol. *ibid.* (Bibliothèque française, publiée sous la direction de M. Fortunat Strowski).

très ardue. Les éditeurs d'autrefois n'avaient guère l'habitude de rendre des comptes. Et il y avait en ces temps anciens énormément de contrefaçons. Si l'on pouvait néanmoins établir des chiffres simplement approximatifs, ce seraient là des documents précieux pour l'histoire de l'esprit public. Ne disons pas trop de mal de l'érudition ni de la bibliographie : elles sont fort utiles. Sous prétexte d'en combattre les abus, quelques penseurs finissent par soutenir qu'il est à peu près superflu de se renseigner sur une question pour la traiter. C'est avoir beaucoup de confiance dans ses propres forces et pousser bien loin le culte de l'intuition. Les plus profonds intuitifs, livrés à eux-mêmes, s'exposent à découvrir ce qui a été dit avant eux ; les intuitifs moins bien doués risquent de ne rien découvrir du tout. Vous connaissez ce cliché : « A quoi bon tant de commentaires? Ne vaut-il pas mieux lire les textes? » Il faut lire les textes et s'aider des commentaires pour les mieux pénétrer. Qui oserait prétendre que Taine ne lui a rien appris sur le fabuliste? Remercions MM. Louis Roche, Edmond Pilon, G. Michaut et surtout M. Emile Faguet d'avoir publié ces nouvelles études. Si savants que nous soyons ou que nous croyions être, ces critiques nous apprendront bien aussi quelques petites choses. S'il nous arrive de n'être pas entièrement de leur opinion, la discussion nous obligera de préciser la nôtre. Et relisant La Fontaine pour y chercher des arguments, nous y trouverons à tout le moins un plaisir extrême.

Le livre de M. Edmond Pilon, comme tous ceux de la même excellente collection qui comprend déjà un *Fon-*

tenelle, de M. Emile Faguet, un *Montesquieu*, de M. Fortunat Strowski, un *Racine*, de M. Charles Le Goffic, un *André Chénier*, de M. Firmin Roz, etc., se compose d'une biographie et d'analyses critiques encadrant de copieux extraits. Ce travail de M. Edmond Pilon est tout à fait attrayant.

M. Louis Roche, qui s'en tient à une biographie, déclare dans un avant-propos qu'il l'a écrite pour « être agréable aux amis de La Fontaine » et convient qu'on n'y trouvera « rien qui éclaire d'un jour bien nouveau son œuvre ». Certains jugeront peut-être qu'il aurait donc pu se dispenser de l'écrire. Mais nous reviendrons sur l'utilité des biographies de grands écrivains à propos de l'ouvrage de M. Emile Faguet. D'autre part, M. Louis Roche ne manquera pas d'être agréable aux amis de La Fontaine, qui seront toujours ravis qu'on les entretienne du « bonhomme ». Ils loueront le labeur de M. Louis Roche, attesté par d'innombrables citations et références. Ils lui reconnaîtront le mérite d'être instructif. Ils regretteront qu'il ne le soit pas davantage. M. Louis Roche abonde en allusions, en réticences : il semble avoir sans cesse un doigt sur la bouche et un bœuf sur la langue. Il faudrait s'entendre. A qui son livre s'adresse-t-il ? Ce n'est point sans doute aux pensionnats de demoiselles, où les notices placées en tête des éditions classiques des *Fables* suffisent largement. Quant à nous, lecteurs adultes, nous pouvons et nous voulons tout savoir, surtout lorsque nous prenons la peine de lire 400 pages nouvelles sur un sujet dont nous connaissons déjà au moins les grandes lignes. Jeter un voile sur les frasques de La Fontaine, se dérober au moment de reproduire une épigramme ou une chanson sous prétexte qu'elle est trop leste, c'est une mauvaise plaisanterie. Il ne s'agit pas de nous édifier, mais de nous renseigner. Une vague de pruderie passe en ce moment sur le monde des lettres, au grand dommage de la littérature et de l'histoire littéraire. Les faits sont les faits : il faut les relater sans omissions ni circonlocutions lorsqu'on écrit pour un public sérieux. Les droits de la vérité avant tout ! Le vrai seul, disait Sainte-Beuve. Et tout le vrai ! Une bégueulerie intempestive a l'inconvénient de laisser le champ libre aux hypothèses les plus exagérées. Si La Fontaine n'a pas vécu en ascète, il n'a rien commis de bien terrible. A lire M. Louis Roche, on s'imaginerait que le bonhomme s'est livré à de si épouvantables orgies que ce biographe ne peut les raconter par respect pour ses lecteurs. Cette discrétion de mauvais augure s'aggrave d'adjectifs troublants : c'est ainsi que M. Roche déplore les « voies fangeuses » où se serait engagé La Fontaine. Qu'est-ce que ce malheureux a donc pu faire? M. Louis Roche est-il en mesure de nous révéler des secrets pleins d'horreur? Alors qu'il ne se gêne pas! Nous sommes prêts à l'écouter. S'il ne sait rien de plus que ce qui a traîné un peu partout, qu'il modère un peu ses épithètes ! On ne voit pas trace de fange dans la vie de La Fontaine. Il était un peu libertin, et peut-être éprouva-t-il, selon le mot d'Alphonse Karr, que la punition des hommes qui ont trop aimé les femmes est de les aimer toujours. Encore est-il qu'une critique bienveillante (celle de M. Faguet), interprète comme une fanfaronnade le fameux texte :

Le reste ira, ne vous déplaise,
En vins, en joie, *et cætera.*
Ce mot-ci s'interprètera
Des Jeannetons, car les Clymènes
Aux vieilles gens sont inhumaines.

Il est constant aussi qu'il appréciait fort et apprécia longtemps

> Plaisans repas, menus devis,
> Bon vin, chansonnettes jolies,

et qu'ayant la barbe grise, il soupait volontiers au Temple, chez les Vendôme. Il paraît même qu'un certain Lanjamet le ramena chez lui, un matin, un peu éméché. M. Jules Lemaître a très joliment présenté cette anecdote dans un de ses contes « en marge des vieux livres ». Il n'a eu garde de s'indigner avec fracas. Il ne s'agit pas de proposer la conduite de La Fontaine en exemple : mettons qu'elle fut un peu légère, mais sans malice, sans perversité et sans opprobre. Une vertueuse colère dépasse le but : un sourire indulgent convient et suffit. Un sourire attendri aussi ; car la vieillesse du pauvre grand poète ne fut pas toute égayée de jeux et de ris, mais, surtout après la mort de Mme de La Sablière, torturée par la crainte de l'au-delà. M. Louis Roche nous donne de curieux détails sur les exigences du vicaire de Saint-Roch, l'abbé Pouget, qui présida à sa conversion. Ce prêtre le contraignit à jeter au feu une pièce de théâtre complètement achevée ! Il n'y a point apparence que ce fût un chef-d'œuvre, car l'âge avait un peu refroidi la verve de La Fontaine et ce n'est pas dans le genre dramatique qu'il avait du génie. Cependant une pareille intransigeance nous étonne. Le même vicaire et un autre ecclésiastique organisèrent une pénible cérémonie expiatoire. Pour être admis à recevoir le viatique, La Fontaine dut prononcer, dans sa chambre de malade, en présence d'une foule pieuse et de délégués de l'Académie française, une amende honorable pour ses écarts passés et notamment pour son

« livre de contes infâmes ». Il dut même, lui si besogneux, renoncer à toucher le prix convenu pour une nouvelle édition qui allait paraître en Hollande. Le duc de Bourgogne envoya aussitôt au poète repenti une bourse de cinquante louis d'or. Voilà qui fait honneur au jeune élève de Fénelon. La Fontaine vivra deux ans encore, et c'est après cette conversion qu'il publiera le douzième livre de ses *Fables*, composé, il est vrai, avant sa maladie. Il n'y a point ajouté, sans doute, mais il n'en a pas retranché non plus la fable du *Cerf malade* où sont ces deux vers :

> Il en coûte à qui vous réclame,
> Médecins du corps et de l'âme!

Certes, pendant ces deux dernières années, son retour à la religion ne se démentit pas. Il fut, en ce soir d'un beau jour, aussi bon chrétien qu'il avait été païen convaincu. Est-ce trop s'aventurer que de lui supposer un regret et une rancune pour l'autodafé de sa comédie, sinon pour l'humiliation publique? Et n'est-ce point par pure obéissance qu'il désavoua ses *Contes*? L'abbé Pouget obtint sa soumission aux ordres de l'Eglise, mais humainement ne le persuada pas.

Divers autres points encore vaudraient d'être relevés. Ainsi M. Louis Roche estime que Boileau ne fut pas tout à fait juste pour La Fontaine. Sans doute Nicolas prit le parti de La Fontaine contre un médiocre rival, auteur d'un autre *Joconde*. Il n'affecta jamais de se scandaliser des *Contes*, pas plus d'ailleurs que Mme de Sévigné, Mme de La Fayette, ni Chapelain, ni personne avant Mme de Maintenon et l'abbé Pouget. Mais M. Louis Roche signale le silence de l'*Art poétique*. A quoi

M. Faguet répond que dans l'*Art poétique* Boileau n'a nommé aucun de ses contemporains. Seulement, pourquoi n'a-t-il rien dit de la fable? M. Faguet déclare qu'il n'en sait rien. On ne trouve dans le reste des œuvres de Boileau rien qui corresponde aux éloges décernés nommément à Molière et à Racine, rien qui tende à placer La Fontaine sur le même rang. Enfin, quoique plus jeune de quinze ans, Boileau se présenta contre La Fontaine à l'Académie et refusa de retirer sa candidature, malgré la demande que lui en fit naïvement La Fontaine. « Boileau, qui était assez ferme de caractère, dit M. Faguet (le mot est plaisant), lui représenta qu'il était un champion plutôt qu'un candidat, qu'il représentait quelque chose, la littérature de 1660, avec toutes ses marques, avec tout ce qui la constituait, tandis que La Fontaine était un fantaisiste, et enfin... qu'il tenait à la place. » C'est clair. Pour Boileau, La Fontaine n'était évidemment pas le premier venu, mais il comptait peu: un talent charmant, mais non classé et, somme toute, secondaire. Pour moi, c'est M. Louis Roche, ici, qui a raison. Et je crois deviner le motif de l'injustice relative de Boileau: c'est que La Fontaine ne cultivait pas un de ces grands genres comme l'épopée, l'ode ou la tragédie, qui ont nécessairement une place et une préséance dans les *Arts poétiques*. C'est ce même préjugé qui a fait parfois hésiter un peu le jugement de Voltaire sur La Fontaine. M. Faguet n'a de sévérités que pour Voltaire: en l'espèce, Boileau est le premier coupable. Quant à son procédé académique, il est d'autant moins défendable que d'après M. Faguet lui-même, si La Fontaine tenait tant à être académicien, s'il s'obstina à le devenir et à le rester, malgré les affronts de l'Académie (qui le blackboula une première fois, puis le fit morigéner en séance de réception par un sot, nommé La Chambre) et malgré ceux du roi (qui patronnait Boileau et refusa d'approuver l'élection de La Fontaine, jusqu'à ce que son candidat fût élu), c'est tout bonnement à cause des jetons de présence qui constituaient un petit revenu enviable pour cet homme de génie plus que sexagénaire. Et Boileau ne pouvait l'ignorer. Cette affaire est la tache de la vie de Nicolas : elle révèle quelques traits de caractère plus fâcheux que les inoffensifs déportements de La Fontaine, qui ne fit jamais de tort à personne et qui, lui, ne manqua jamais à l'amitié.

M. G. Michaut, maître de conférences à la Sorbonne, nous a donné seulement le premier tome d'un ouvrage qui en aura au moins deux et qui est le résumé d'un cours fait aux étudiants. C'est, en général, un excellent travail de professeur consciencieux et informé. On ne le pourra d'ailleurs juger définitivement que lorsqu'on en connaîtra les conclusions.

Dans son premier chapitre, M. Michaut critique Taine d'une façon peu convaincante. Taine a gardé tous les ennemis qu'il s'est créés dans les diverses étapes de sa longue et glorieuse carrière. Il a des ennemis à gauche, pour ses trois volumes sur la Révolution ; il en a encore également à droite, qui ne lui pardonnent pas sa méthode, son esprit scientifique, son déterminisme. Il en a même qui sont à cheval sur les deux camps et qui utilisent le bergsonisme contre sa philosophie afin de ruiner indirectement ses thèses historiques et politiques. Il y aurait une étude curieuse à écrire sur les ennemis de Taine qui sont souvent aussi, comme il est naturel, ceux de Renan. M. G. Michaut appartiendrait, je crois, à la catégorie de ceux qui n'ont pas encore digéré la fameuse phrase de la préface de l'*Histoire de la littérature anglaise* dont s'irritait si fort Monseigneur Dupanloup : « Le vice et la vertu sont des produits, comme le vitriol et le sucre. » Voulant démolir la théorie des climats (qui est déjà dans Montesquieu), M. G. Michaut objecte, en ce qui concerne spécialement La Fontaine, qu'étant né en Champagne, le fabuliste n'a pourtant rien de champenois. Il s'appuie sur Michelet, pour qui (*Tableau de la France*) la Champagne est un pays « plat, pâle, d'un prosaïsme désolant ». Voilà qui ne convient guère à La Fontaine, s'écrie triomphalement M. Michaut, et il ajoute :

Michelet y retrouve (en Champagne) un esprit de niaiserie maligne auquel il a peine à accorder le nom de naïveté. La Fontaine, s'il est malin, n'est pas niais. Michelet attribue à la Champagne le génie narratif, les longs poèmes et les belles histoires : ce n'est pas en ces genres-là qu'a brillé La Fontaine. Michelet conclut : Histoire et satire sont la vocation de la Champagne. La Fontaine n'est pas un historien ; il est plus et mieux qu'un satirique ; il est surtout poète. Mais Michelet n'a pas décrit la Champagne en tête d'une biographie de La Fontaine ou à l'intention de La Fontaine.

Ce n'est pas une pierre, c'est un tombereau dans le jardin de l'auteur de *La Fontaine et ses fables*. M. Michaut n'oublie qu'une chose, c'est que Michelet, s'il avait composé une biographie de La Fontaine, n'eût pas décrit en commençant toute la Champagne, ni la plus grande partie de la Champagne ; il eût décrit ce petit coin de Château-Thierry qui est situé aux confins de l'Ile-de-France et lui ressemble beaucoup plus géogra phiquement qu'à la province limitrophe. C'est pourquoi il est probable que Michelet se fût accordé ici avec Taine plutôt qu'avec M. Michaut.

M. Michaut remarque, en outre, que Lesage et Brizeux sont bretons, comme Chateaubriand et Lamennais; Rabelais et Destouches, tourangeaux, comme Descartes et Vigny. Laissons Brizeux et Destouches, qui n'ont pas une importance capitale. On pourrait prétendre que le chef-d'œuvre de Lesage, *Gil Blas*, suppose un esprit aventureux que Chateaubriand et Lamennais ont appliqué à d'autres objets ; que Rabelais, Descartes et Vigny ont au moins ce caractère commun de n'être pas des gens à qui l'on en fait accroire. Mais Taine n'a jamais prétendu tout expliquer par la race ou le climat : il n'a jamais soutenu que tous les natifs d'une même province (dont les origines lointaines sont souvent obscures) dussent avoir un caractère absolument identique. Cette identité ne se constate même pas entre fils d'un même père et d'une même mère. Taine a voulu définir certaines influences qui expliquent en partie l'œuvre d'un écrivain. M. Michaut reproche « aux théoriciens de la race », c'est-à-dire à Taine, d'avoir négligé l'action d'une même tradition littéraire, et encore de ce simple fait que les nouveaux venus ont lu les œuvres de leurs devanciers. Or Taine a noté trois influences principales: celles de la race, du milieu et du moment. Et par milieu, il n'entend pas seulement le milieu physique, mais aussi le milieu intellectuel et social. En parlant du moment, il a expressément dit ce que M. Michaut l'accuse d'avoir oublié. « Enfin, poursuit M. Michaut, quand bien même la théorie de la race serait démontrée et certaine..., nous connaîtrions par là en quoi La Fontaine ressemble à tous les autres Gaulois ou à tous les autres Champenois ; et ce qu'il nous importe de savoir, c'est en quoi il se distingue de tous les autres. » Je crois qu'il nous importe de savoir et en quoi il ressemble aux autres, et en quoi il s'en distingue : ce n'est qu'à la condition d'élucider ces deux points que nous le connaîtrons complètement lui-même. Pense-t-on que Taine fût assez borné pour ne point voir que La Fontaine se distinguait de ses compatriotes ? Le fabuliste avait le génie en plus. Pourquoi celui-ci a-t-il du génie, tandis que ses voisins n'en ont pas ? Problème non résolu, peut-être insoluble, que Taine, en tout cas, n'a pas prétendu résoudre. Cela n'empêche pas que la direction suivie par ce génie et la physionomie des œuvres réalisées par lui nous soient rendues dans une large mesure plus intelligibles par la méthode de Taine. Elle se justifie donc parfaitement en principe. Il est vrai seulement qu'il faut user de prudence dans l'application, à cause de la complexité et de l'incertitude des phénomènes humains. C'est pourquoi les analyses minutieuses et circonstanciées à la Sainte-Beuve restent indispensables, comme préface ou comme correctif aux puissantes synthèses à la manière de Taine

L'ouvrage de M. Emile Faguet est ce qu'on a publié de plus pénétrant, de plus digne du sujet, depuis celui de Taine. D'ailleurs, M. Emile Faguet rend hommage à son illustre prédécesseur. Il ne lui fait qu'un reproche. Taine, dit M. Faguet, « considère trop exclusivement La Fontaine comme un moraliste satirique. La Fontaine est cela, je l'ai reconnu assez loyalement, assez complaisamment devant vous, mais il est bien autre chose, et La Fontaine considéré comme poète, je ne dirai pas n'est pas traité dans le livre de Taine, non certes; mais il y est insuffisamment traité ». En effet, on ne peut prétendre que Taine ait méconnu le fabuliste comme poète; il le compare à Homère, simplement. Mais il est vrai que Taine a développé de préférence la thèse originale de son livre et a montré avant tout dans les fables une peinture de la société du dix-septième siècle.

M. Emile Faguet avertit le public qu'il lui offre la sténographie de huit conférences faites aux mois de janvier, février et mars 1913 à la Société des Conférences. Il arrive que cette forme ait l'inconvénient de déterminer une certaine recherche d'agrément frivole et des concessions excessives au goût de l'auditoire. Ce n'est certes point le cas. Ce volume ne se distingue dans l'œuvre de M. Emile Faguet que par une familiarité et une vivacité particulièrement savoureuses, mais qui ne sont pas chez lui absolument exceptionnelles: qu'il parle ou qu'il écrive, on sait qu'un ton apprêté et guindé n'est jamais son fait. Cependant, il lui serait bien impossible aussi, même dans la causerie la plus librement improvisée, de ne point abonder en idées suggestives, ingénieuses et hardies, si hardies parfois qu'elles n'évitent pas toujours une allure un peu paradoxale. Mais les paradoxes de M. Faguet sont plus instructifs et plus succulents que le froid bon sens d'une critique terre-à-terre. Je dois pourtant noter, dans ce livre si spirituel et si joli, un ou deux points sur lesquels M. Faguet ne me semble pas tout à fait équitable pour La Fontaine.

Nous avons vu que M. Louis Roche appréciait sans ménagements la vie de La Fontaine, qui lui paraît médiocre, fangeuse, répugnante, etc. Le même biographe écrivait : « On hésite : sommes-nous en face d'une nature fine ou vulgaire? » La question est étrange. M. G. Michaut ne condamne pas la conduite du Bonhomme avec moins d'âpreté. M. Michaut est un rigoriste : il flétrit le « cynisme » et l' « inconscience » de La Fontaine ; il proscrit impitoyablement ce qu'il appelle les mauvais livres et s'étonne que La Fontaine se soit permis, dans l'épître à Huet, cet aveu :

> Je chéris l'Arioste et j'estime le Tasse :
> Plein de Machiavel, entêté de Boccace,
> J'en parle si souvent qu'on en est étourdi.

M. Michaut observe que trois au moins de ces auteurs sont un peu légers, pour ne pas dire plus, et qu'il est quasiment scandaleux d'en parler à un futur évêque d'Avranches. Mais Huet était un humaniste, qui en avait lu bien d'autres et qui ne jugeait point nécessaire de supprimer, sous prétexte de morale, les trois quarts de la littérature italienne et de presque toutes les littératures.

M. Émile Faguet, qui ne se pique point de céder à l'esprit du temps, a cru néanmoins devoir, lui aussi, défendre la morale contre le pauvre La Fontaine. Comme les deux censeurs précédents, il lui refuse son certificat de bonne vie et mœurs.

> Je vous ai raconté la vie de La Fontaine, déclare-t-il, parce que je crois bien qu'il faut raconter même les existences dont le récit laisse une assez fâcheuse impression. La Fontaine, évidemment, n'a pas eu une belle vie. On ne peut pas dire, quelque indulgence que l'on puisse avoir pour lui, on ne peut pas dire qu'il ait eu une belle vie.

Mais je suis sûr qu'il faut toujours finir par raconter l'existence des grands hommes de lettres.

Si M. Faguet croit à l'utilité des biographies de grands écrivains, c'est d'abord parce qu'elles contribuent généralement à expliquer leurs œuvres. C'est, en outre, dans un intérêt moral, mais non point de la façon que vous allez peut-être imaginer.

C'était, dit M. Faguet, une erreur de nos professeurs, autrefois, que de s'arranger toujours de manière à nous présenter les existences les plus déplorables des grands hommes de lettres comme des existences parfaitement convenables et presque saintes. Ceci est une erreur, parce que c'est habituer les jeunes gens à considérer en effet tout grand artiste comme un homme détenteur de la beauté et de la vérité morales, et alors cela les porte à se laisser aller à toutes les suggestions des livres de ce grand homme qu'ils liront. Il faut savoir dire, et je le dirais devant des jeunes gens comme je le dis devant vous, qu'il n'y a pas de rapports nécessaires entre l'art et la morale, qu'un très grand artiste peut avoir mené une vie qui n'est pas du tout exemplaire, et qu'il faut bien se garder de confondre ces deux points de vue...

M. Faguet suppose que les inventeurs de cette méthode critique, qui consiste à tout connaître et à tout faire connaître de la biographie des hommes illustres, ont obéi à un sentiment de malignité. Ils se seraient dit : « Quelque grand que soit cet homme, si nous étudions sa vie, nous le ferons petit. » Et en effet, ajoute M. Faguet, « presque tous les hommes illustres sont, dans leur vie, plus petits que leurs œuvres : il y en a très peu qui échappent à cette dissection ». Bref, s'il faut raconter la vie des grands écrivains, c'est à peu près pour leur faire jouer devant la jeunesse le rôle des îlotes à Lacédémone. Je confesse que cette théorie ne me convainc pas pleinement.

Que l'on découvre quelques faiblesses dans la vie de certains grands écrivains, il se peut. Mais je crois que leur moralité est d'une moyenne très supérieure à celle de leur temps. Et la raison, c'est précisément qu'ils ont fait leur œuvre. Même aux époques d'extrême désordre des mœurs, par exemple à la Renaissance italienne, un Benvenuto Cellini, dont M. Gabriel d'Annunzio admire si justement les *Mémoires*, pouvait s'accorder les mêmes libertés que ses plus effrénés contemporains; une grande part de ses journées n'en était pas moins absorbée par un patient labeur et des soucis de l'ordre le plus élevé. Il ne peut y avoir de bassesse foncière dans l'âme ni dans la vie d'un homme qui consacre à la contemplation et à la réalisation du beau le meilleur de ses forces. Je me souviens d'un remarquable feuilleton où M. Pierre Lalo constatait que dans Wagner, l'homme eut quelques défauts assez déplaisants, mais que l'artiste fut un héros. Tout grand artiste est un héros en quelque mesure. Même ceux qui n'ont pas à vaincre les obstacles que rencontra Wagner doivent dépenser une énergie peu commune, surmonter les pensées de doute et de découragement, être animés d'un constant et parfois épuisant désir de perfection. Le moralisme un peu conventionnel des professeurs de jadis exprimait indirectement une vérité profonde.

En ce qui concerne spécialement La Fontaine, M. Faguet l'accuse de paresse, parce qu'il n'a pas beaucoup produit. C'est qu'il n'improvisait pas. On a retrouvé, si je ne me trompe, le brouillon d'une de ses fables : il était effroyablement surchargé de ratures.

Certains portent longtemps un sujet dans leur tête et n'écrivent que lorsque l'œuvre est à point. Aucun ouvrage parfait n'a paru sans avoir coûté à l'auteur de longs et souvent pénibles efforts. Qu'importent, après cela, quelques écarts ou quelques erreurs de l'homme privé ? Ce qui compte dans la vie d'un artiste, ce qui remplit cette vie, ce ne sont pas les événements qu'enregistrent les biographes et qui peuvent être insignifiants ou médiocres : c'est sa pensée et son labeur. La vie de La Fontaine est une belle vie, parce qu'elle a été tout entière vouée à la poésie, parce qu'elle a été ce qu'il fallait qu'elle fût pour l'épanouissement de son génie, parce qu'elle a été plus profitable à l'humanité que celle du plus vertueux des époux ou du plus ponctuel des fonctionnaires. Du reste, on ne relève contre La Fontaine qu'un manque d'ascétisme et de régularité: péchés véniels ! Cet homme immoral ou amoral n'a jamais commis une vilenie. M. Faguet estime que sa fidélité à Fouquet est sa seule bonne action : c'est du moins une bonne action qui ne s'est jamais démentie et qu'il a payée cher, sans faiblir. Elle lui a valu la malveillance implacable de Colbert, qui l'a exclu de toutes les grâces et dont il a dû attendre la mort pour pouvoir être élu à l'Académie ; un peu aussi celle du roi, qui plus tard a été indisposé contre lui par Mme de Maintenon. (M. Michaut note que le privilège royal fut accordé d'abord aux *Contes*, puis refusé aussitôt après l'entrée en faveur de la veuve Scarron.)

Si nous en venons à la morale que professe La Fontaine, M. Faguet la trouve un peu meilleure, mais non pas de beaucoup, que celle qu'il a pratiquée. M. Faguet ne regarde pas les *Fables* comme entièrement démoralisantes, mais il accorde à Jean-Jacques que « nous avons tort de les donner à lire aux enfants » ! Il reproduit cette apostrophe de M. René Doumic : « Oh ! si vous trouvez un atome de morale dans les fables de La Fontaine, monsieur, c'est que vous avez de l'imagination. » Et il ajoute :

Je suis à peu près, à très peu près, de l'avis de M. Doumic là-dessus. Cependant, je vous montrerai que La Fontaine, je le crois, touche à la morale, à quelque chose, du moins, qui peut s'appeler une morale ; cela à certains moments ; mais je reconnaîtrai aussi que ces moments sont assez rares.

Il établit une distinction très juste entre ce qui est, dans La Fontaine, simple constatation des faits et ce qui est conseil ou précepte. Oui, c'est tout à fait juste, et il est évident que lorsque La Fontaine nous dit :

La raison du plus fort est toujours la meilleure,

il veut dire qu'ainsi va le monde et non point qu'il faille l'en approuver. Cependant, même lorsque La Fontaine se borne à l'observation et à la constatation du réel, il y a bien toujours dans ses fables un jugement au moins implicite. Mais, contrairement à ce dont on l'incrimine, c'est toujours un jugement droit. Les détracteurs de la morale des *Fables* raisonnent souvent comme s'ils n'en avaient lu que de courts fragments détachés. Voici, par exemple, Napoléon qui dit en substance : « La raison du plus fort... C'est de l'ironie. Mais l'enfant le comprendra-t-il ? » Pour que l'enfant le comprenne, il lui suffit de lire jusqu'au bout. Le loup est dépeint dans cette fable sous des couleurs si odieuses que le plus naïf ou le plus ignorant lecteur ne peut que le détester et compatir au triste sort de l'agneau. En vérité, ce n'est pas là un simple constat de fait : c'est la plus généreuse protestation contre les abus de la force, la plus tendre leçon de pitié pour les victimes. Dans *les Animaux malades de la peste*, où M. Faguet voit aussi une constatation, et qui en est une assurément, il est manifeste que La Fontaine dénonce l'hypocrisie des forts et s'apitoie sur le pauvre baudet. Le trait final :

> Selon que vous serez puissant ou misérable
> Les jugements de cour vous rendront blanc ou noir

est un trait violemment satirique, et nul ne peut s'y tromper. Bien loin de s'aplatir devant l'iniquité triomphante, La Fontaine la dénonce tantôt avec une indignation contenue mais frémissante, tantôt avec un humour sarcastique et tout aussi clair. Parfois il s'égaye des bons tours qui déjouent les entreprises des brutes toutes-puissantes.

> Plusieurs se sont trouvés qui d'écharpe changeans
> Aux dangers, ainsi qu'elle (1) ont souvent fait la figue.
> Le sage dit, selon les gens :
> Vive le roi ! Vive la ligue !

Selon M. Faguet, ce n'est pas une constatation, c'est un conseil de lâcheté et de pleutrerie. Je ne l'entends pas tout à fait ainsi. J'y vois de l'ironie. J'y vois surtout un blâme pour les insupportables fanatiques qui veulent vous embrigader dans leur parti, avec de terribles menaces, et dont le sage, c'est-à-dire non pas le héros sans doute mais l'homme d'esprit, le malin, se moque par des moyens dont il leur laisse la responsabilité. A

---

(1) La Chauve-souris.

des dangers injustes, un pauvre homme sans défense est excusable de « faire la figue » comme il peut. L'être haïssable, c'est le persécuteur. Même morale dans *la Cour du Lion*. Que faire de mieux pour se garer d'un tyran fantasque et sanguinaire que de lui « répondre en Normand » ? Tout le monde n'a pas la vocation du martyre : tous les torts sont au bourreau, et l'un des plus graves est de placer les gens tranquilles dans une pareille situation. Pour les sots La Fontaine est assez dur. Dans la fable du *Renard et du bouc*, il ne propose certes pas le renard en modèle, comme Jean-Jacques a paru le croire ou comme il a pensé que les enfants le croiraient; mais il est vrai qu'il ne plaint pas énormément le bouc, ou même qu'il ne le plaint pas du tout. C'est que les sots sont rarement seuls à souffrir de leur sottise, laquelle est, d'ailleurs, habituellement intéressée. Ils sont non seulement exaspérants, mais presque toujours malfaisants. Témoins le maître d'école qui laisserait l'enfant se noyer pendant qu'il lui débite sa harangue, les grenouilles qui demandent un roi et perdent leur nation, les raseurs qui poursuivent le meunier et son fils de leurs remontrances contradictoires, la mouche intrigante, encombrante et nuisible à laquelle le fabuliste oppose la modeste et laborieuse fourmi. Ce n'est peut-être pas une besogne spécifiquement morale mais c'est une besogne salubre que de ridiculiser les sots, de nous enseigner à n'être point leurs dupes et à tâcher de leur ressembler le moins possible. Il est de même excellent de démasquer et de bafouer les superstitions qui sont une forme de la sottise (*l'Astrologue, l'Horoscope, l'Animal dans la lune*).

M. Faguet énumère les fables qui recommandent la résignation, le travail, la prudence, la médiocrité (*aurea mediocritas*), l'indépendance et la pauvreté fière. Seulement il estime que tout cela n'est point encore de la morale véritable, parce que ce n'est que de la morale d'intérêt bien entendu, Cette restriction se retrouve chez M. Michaut, pour qui les plus judicieuses maximes de La Fontaine sont gâtées par les arguments utilitaires qui les appuient. « Il donne des conseils utiles, dit M. Michaut; cela est moralement indifférent. » Et pour M. Faguet, la morale commence au moment où l'on préfère à son intérêt celui d'autrui. C'est, il me semble, une conception incomplète et un peu sectaire de la morale. Les conflits entre notre intérêt et celui du prochain ne sont pas fréquents : ces deux intérêts se confondent dans le train courant des choses (je parle pour les honnêtes gens au sens vulgaire, et non pour les apaches).

Ce que La Fontaine enseigne, si vous voulez, c'est la sagesse, c'est-à-dire le perfectionnement de soi-même et l'art de se conduire dans la vie. Cela n'est point moralement indifférent, car ce qui importe, c'est que le bien règne, et non pas que quelques virtuoses de la vertu acquièrent des mérites en restant moraux contre vents et marées. Tout homme qui vit en « prud'homme » ou en sage s'épargne à lui-même et épargne à quelques-uns de ses concitoyens le risque de devenir un inutile, ou un désespéré, ou un criminel, ou un anarchiste. Cette sagesse était le fond de la morale grecque. Elle n'exclut ni la solidarité, ni l'altruisme. M. Faguet cite *le Cheval et l'âne* (Il se faut entr'aider), *le Loup et les brebis*, *le Villageois et le serpent*, mais en ajoutant que dans les fables de cet ordre, les délinquants sont habituellement punis. La Fontaine réprime durement l'ingratitude (*le Cerf et la vigne*), la dérision des malheureux (*le*

Lièvre et la perdrix). Mais lorsqu'il nous fait assister au triomphe des méchants, on l'accuse d'être démoralisateur (bien qu'il s'en indigne); lorsqu'il nous donne le spectacle de leur châtiment, ou celui de la récompense d'une bonne action comme dans le *Lion et le rat*, *la Colombe et la fourmi*, on le taxe d'utilitarisme. Il faudrait s'entendre. Veut-on des sanctions ou les repousse-t-on afin d'obtenir une morale absolument désintéressée? La morale religieuse prévoit des sanctions. En fait, il y en a toujours, ou à peu près, dans La Fontaine : c'est tantôt une punition effective, tantôt le mépris de l'honnête homme. Pour les enfants, cela est sans doute préférable et c'est pourquoi on n'a point coutume de considérer que les fables de La Fontaine puissent leur être pernicieuses. Il est presque plus moral que la vie réelle. Seulement, depuis Rousseau, nous avons pris l'habitude de nous figurer la morale comme inséparable de la déclamation. Et La Fontaine ne déclame jamais.

Reste l'héroïsme. La Fontaine lui a fait sa part exacte. On a peu d'occasions de le pratiquer. Mais le fabuliste en rapporte des exemples auxquels il ne marchande pas son admiration. Dans *l'Aigle et l'escarbot*, une chétive bestiole se conduit comme un paladin, comme un chevalier errant. Dans *l'Homme et la couleuvre*, l'animal inoffensif tient tête à son bourreau et affronte la mort comme un personnage cornélien. M. Faguet en convient. Il admet aussi que *le Loup et le chien* a pu inspirer à Vigny sa sublime *Mort du Loup*. *Le Cerf malade* fait également songer à Vigny : le rapprochement semble même plus frappant. Et ne dédaignons pas non plus l'humble Dom Pourceau qui pense déjà, à sa manière, que « seul le silence est grand, tout le reste est faiblesse ».

On ne peut tout dire. Quelle belle chose encore que *le Vieillard et les trois jeunes gens!* M. Faguet n'a eu garde de l'omettre. Il insiste aussi, à bon droit, sur les leçons de bonté pour les animaux que nous donne La Fontaine. Après avoir douté de sa sensibilité, M. Faguet n'oublie point *les Deux pigeons* ni *les Amis du Monomotapa.* Il a peut-être trop soupçonné La Fontaine de ne connaître que la galanterie, et non l'amour: outre *les Deux pigeons*, on pourrait invoquer *le Lion amoureux, Tircis et Amarante,* les deux vers adorables :

> Les tourterelles se fuyaient :
> Plus d'amour, partant plus de joie...

et ce mot de la fin si riche de sens :

> Phèdre sur ce sujet dit fort élégamment :
> « Il n'est pour voir que l'œil du maître. »
> Quant à moi, j'y mettrais encor l'œil de l'amant.

Mais ce sujet n'est point de ceux où La Fontaine pouvait s'attarder, dans un recueil qu'il destinait lui-même à l'enfance. Et puis, en ces matières non plus, il ne déclame pas. Il a quelques caractères communs avec Jean-Jacques, ainsi que M. Faguet l'a signalé. Il recommande même les métiers manuels, dans *le Marchand, le Gentilhomme, le Pâtre et le fils de roi.* Mais il n'emploie pas plus le style de *la Nouvelle Héloïse* que celui de *l'Emile* ou du *Contrat social.* D'autre part il déclare tout net :

> Quoi qu'en disent les sots, le savoir à son prix.
> Faute de cultiver la nature et ses dons,
> Oh! combien de Césars deviendront Laridons!

Au total je crois qu'on peut laisser les fables de La

Fontaine aux mains des enfants, et que M. Raymond Poincaré, cité par M. Louis Roche, n'a pas mal jugé son œuvre en la qualifiant de « salutaire » et de « vivifiante ». C'est, au surplus, l'impression que laisse le livre de M. Emile Faguet, malgré ses réserves un peu sévères, et c'est pareillement, en définitive, la conclusion qui se dégage du premier volume de M. G. Michaut, nonobstant ses réquisitoires un peu rogues. Ce qui explique avec une lumineuse brièveté les hostilités que devait s'attirer La Fontaine, c'est la péroraison de la fable du *Philosophe scythe* :

> ...Ce scythe exprime bien
> Un indiscret stoïcien :
> Celui-ci retranche de l'âme
> Désirs et passions, le bon et le mauvais,
> Jusqu'aux plus innocents souhaits.
> Contre de telles gens, quant à moi, je réclame.
> Ils ôtent à nos cœurs le principal ressort ;
> Ils font cesser de vivre avant que l'on soit mort.

Nous avons aujourd'hui une foule bruyante de ces indiscrets stoïciens, mais leurs criailleries ne peuvent égarer longtemps les philosophes qui ne sont point scythes, étant bien français, comme M. Emile Faguet, voire M. G. Michaut et M. Louis Roche. Aussi, même s'ils disent d'abord quelques duretés au Bonhomme, finissent-ils par se laisser prendre au charme persuasif de cette morale qui n'est pas diablesse, mais parfaitement saine et vraiment humaine.

Jean-Jacques Rousseau (1).

On a célébré l'an dernier le bicentenaire de la naissance de Jean-Jacques Rousseau non seulement par diverses cérémonies officielles, avec discussions parlementaires et polémiques de presse, mais par la publication d'un assez grand nombre d'ouvrages de biographie et de critique. On eût souhaité de voir paraître, ou au moins annoncer à cette occasion l'édition définitive qui fait cruellement défaut. Il est un peu singulier, pour ne pas dire scandaleux, qu'on en soit réduit aux éditions Musset-Pathay, Petitain ou Dalibon, qui sont anciennes, incomplètes, et ne se trouvent plus que chez les bouquinistes. Puisque aucun éditeur ne se rencontre pour assumer spontanément cette entreprise, le Parlement, qui sur les rapports de M. Viviani à la Chambre et de M. Lintilhac au Sénat a voté trente mille francs pour le bicentenaire, aurait mieux fait de destiner cette somme à nous donner les moyens de lire commodément Rousseau qu'à organiser de vagues festivités éphémères et superflues. La meilleure manière d'honorer les grands écrivains est évidemment de répandre la connaissance de leurs œuvres. Les cortèges de ministres, de fanfares

(1) Emile Faguet : la *Vie de Rousseau; Rousseau contre Molière;* les *Amies de Rousseau; Rousseau penseur; Rousseau artiste*, 5 vol. Lecène et Oudin. — Cf. Joseph Fabre : *Jean-Jacques Rousseau*, 1 vol. Alcan. — Harald Hœffding : *Jean-Jacques Rousseau et sa philosophie*, 1 vol. Alcan — Pierre-Paul Plan : *Jean-Jacques Rousseau raconté par les Gazettes de son temps*, 1 vol. Librairie du *Mercure de France*. — Daniel Mornet : le *Romantisme en France au dix-huitième siècle*, 1 vol Hachette.

et de pompiers semblent moins directement profitables à la littérature et à l'esprit public.

M. Emile Faguet s'est employé pour sa part avec une activité aussi efficace que rapide à servir la mémoire de Jean-Jacques Rousseau. Il ne lui a pas consacré moins de cinq volumes d'environ quatre cents pages chacun et qui ont paru coup sur coup dans le cours d'une année. Il serait parfaitement capable de lui en consacrer cinq autres, qu'alimenteraient aisément sa vaste érudition et son inépuisable provision d'idées, s'il n'était sollicité par mille autres sujets que sa plume toujours prête se hâte de traiter avec la même aisance et la même pénétration. La fécondité de M. Emile Faguet tient du prodige et plonge ses contemporains dans un émerveillement sans cesse renouvelé. On ne peut cependant lui appliquer le mot de Moréas sur un confrère qui « ne lisait rien parce qu'il écrivait tout le temps ». M. Emile Faguet a tout lu, anciens et modernes, français et étrangers, romanciers frivoles et philosophes nébuleux : il a sur toutes les questions une documentation imposante et des vues personnelles; la moindre de ses improvisations est plus substantielle que beaucoup de gros bouquins fort éloignés d'offrir le même agrément. Il a par-dessus tout le don si précieux de clarifier et de vivifier, par une dialectique allègre et pressante, les problèmes les plus complexes ou les plus abstrus. La plupart des penseurs et des moralistes deviennent infiniment plus intelligibles dans les études de M. Faguet qu'ils ne l'étaient dans leur propre texte. Même si l'on ne souscrit pas à toutes ses conclusions, son lumineux talent d'exposition rend d'inestimables services.

On ne saurait trop recommander la lecture de ces

cinq volumes sur Rousseau. Ceux qui ne le connaissent pas très bien y apprendront à peu près tout ce qu'il peut être utile d'en savoir. Ceux qui le connaissent y trouveront une quantité d'opinions et d'aperçus, qu'ils discuteront quelquefois, mais dont ils ne contesteront point l'intérêt et l'originalité. Deux de ces volumes, la *Vie* et *les Amies de Rousseau*, sont aussi récréatifs que des romans : ce sont des romans, en effet, parce que Jean-Jacques Rousseau, « romancier français », a été aussi romanesque dans son existence agitée que dans ses aventureux écrits. *Rousseau contre Molière* établit abondamment qu'il n'est pas tout à fait exact de voir dans le poète comique, comme l'a fait Brunetière, un philosophe de la loi naturelle, ou qu'en tout cas il ne comprenait pas du tout la nature de la même façon que Jean-Jacques : Molière était éminemment social, et c'est ce que l'autre ne lui pardonne pas. *Rousseau penseur* et *Rousseau artiste* étudient à loisir tous les aspects d'un génie dont on ne saurait assurément prétendre qu'il soit méconnu, mais qui compte des adversaires, même parmi ses admirateurs.

Tout le monde aujourd'hui s'accorde à proclamer l'importance de cet initiateur de la Révolution française et du romantisme, et personne, ou bien peu s'en faut, ne refuse un hommage au grand écrivain. Mais le jugement d'ensemble à porter sinon sur son génie, du moins sur son rôle historique, dépend de celui qu'on adopte sur les événements politiques et littéraires dont il a manifestement la principale responsabilité. Peut-être cependant exagère-t-on un peu, en ce qui concerne la crise révolutionnaire, et il semble que ce soit l'avis de M. Faguet, bien qu'il n'examine pas très longuement l'action exercée par Jean-Jacques sur les hommes de 93.

Sans s'étendre beaucoup sur ce point d'histoire, il indique bien que Robespierre n'a fait que réaliser les idées de Rousseau. Mais il admet avec Saint-Marc Girardin, avec MM. Gustave Lanson et Eugène Lintilhac, que ces idées n'avaient pas cette rigueur ni surtout cette valeur pratique dans les intentions de l'auteur du *Contrat social*. Comme les théologiens, Jean-Jacques faisait la distinction de la thèse et de l'hypothèse. Autrement dit, il était audacieux et absolu dans la théorie, mais presque timide et volontiers conciliant dans l'application. Il est très vraisemblable qu'en l'interprétant trop à la lettre, Robespierre et les jacobins aient prouvé qu'ils ne l'avaient pas compris.

Quand au romantisme, bien que M. Daniel Mornet en discerne les premiers symptômes avant l'avènement de Jean-Jacques, on ne peut nier et M. Mornet ne nie point que son intervention ait été prépondérante et décisive. Il ne s'agit que de savoir ce que l'on doit penser du romantisme même. M. Faguet en pense beaucoup de bien. Il y voit un réveil de l'imagination et de la sensibilité, un renouveau littéraire qui était devenu indispensable. Il ne croit pas à la malfaisance sociale du romantisme qui s'est manifesté dans toute l'Europe et ne doit donc point être accusé d'avoir affaibli un peuple au bénéfice des autres, puisqu'ils ont tous été semblablement atteints.

Ce qu'il faut concéder, je crois, c'est qu'en soi l'art classique est plus pur, plus haut, plus parfait. Le romantisme n'en a pas moins brillé d'un éclat magnifique et opportun, à une époque où le classicisme était épuisé, et nous devons aux grands romantiques, tous plus ou moins héritiers de Jean-Jacques, une floraison de lyrisme qui demeurera, malgré quelques déchets, l'un des titres de gloire de notre littérature. Sous réserve de quelques nuances, M. Faguet me paraît avoir jugé assez équitablement l'influence tant politique que littéraire de Jean-Jacques.

C'est pour Voltaire qu'il est injuste. Il exècre Voltaire et ne perd pas une occasion de lui lancer quelque injure. On n'ignore pas que Voltaire ne fut pas un saint mais M. Faguet se laisse emporter par sa haine à d'incroyables excès. Il y a des polémistes qui se font une carrière de l'invective, et l'on s'amuse, sans trop les prendre au sérieux, des imprécations d'un Veuillot ou d'un Léon Bloy. On n'est même pas surpris des diatribes de Proudhon contre Rousseau. Mais on ne s'attend point à trouver de pareilles violences de langage dans un livre du critique habituellement impartial et réfléchi que M. Anatole France appelle « le sage Faguet ». Dans la fameuse querelle de Voltaire et de Rousseau, M. Faguet veut que Voltaire ait eu tous les torts, comme s'il n'était pas beaucoup plus probable qu'ils furent partagés. C'est bel et bien Rousseau qui a commencé, avec son « impertinente lettre » adressée à Voltaire à propos du poème sur le tremblement de terre de Lisbonne. A un homme illustre et plus âgé que lui, qui n'avait eu pour lui jusque-là que de bons procédés, Jean-Jacques déclare la guerre à l'improviste. Il lui dit, sans raison : « Je ne vous aime pas, monsieur », et il lui reproche de corrompre sa patrie, sous prétexte que Voltaire avait voulu se donner le divertissement de la comédie sur le territoire genevois. M. Faguet certifie que la *Lettre à d'Alembert sur les spectacles* n'était point une manœuvre dirigée contre Voltaire, alors en querelle avec Genève pour cette affaire de théâtre, et il est vrai que le thème de cette lettre concorde avec la doctrine générale de

Rousseau : mais Voltaire pouvait-il ne pas la trouver au moins intempestive?

Brunetière, qui n'était pas un fervent voltairien, a écrit cette phrase aussi spirituelle que judicieuse : « On n'était pas impunément l'ennemi de Voltaire, mais cela valait presque mieux que d'être l'ami de Rousseau. » Bien entendu, une fois que les hostilités furent engagées, Voltaire ne ménagea pas son agresseur et se permit de terribles représailles. Il eut néanmoins encore de bons mouvements. Lorsque Rousseau fut décrété de prise de corps à Paris et à Genève, après l'*Émile*, Voltaire lui offrit l'hospitalité. M. Faguet convient que cela est prouvé par des témoignages certains. Rousseau refusa dédaigneusement. Comment s'étonner qu'outré de cette rebuffade Voltaire ait aussitôt repris les armes? M. Faguet consent à expliquer toutes les brouilleries de Rousseau par le délire de la persécution : avec le seul Voltaire il l'approuve d'avoir toujours soupçonné des pièges. M. Faguet accuse Voltaire de s'être fait délateur et valet de bourreau, pour avoir écrit dans un billet anonyme : « Il faut lui apprendre (à Jean-Jacques) que, si l'on châtie légèrement un romancier impie, on punit capitalement un vil séditieux. » La plaisanterie est assez féroce, mais pour se convaincre que ce n'était qu'une plaisanterie, il suffit d'observer que Rousseau ne courait alors aucun risque, n'étant plus sur le territoire de cette république de Genève dont Voltaire aurait, d'après M. Faguet, engagé les magistrats à le pendre ou le brûler vif. Brunetière en a, lui aussi, fait la remarque : Voltaire n'était pas en situation de nuire à Jean-Jacques autrement qu'en paroles.

Dans *Rousseau penseur*, M. Faguet oppose le patriotisme de Rousseau à l'antipatriotisme de Voltaire. Il s'appuie sur l'article « Patrie » du *Dictionnaire philosophique*. Il y voit d'abord une contradiction parce que Voltaire raille les mondains qui croient aimer leur patrie et n'aiment que d'y avoir toutes leurs aises, et parce qu'il demande si les déshérités ont une patrie. C'est au contraire fort cohérent : Voltaire met en regard l'égoïsme des uns, qui ne voient dans la patrie que l'agrément qu'ils en tirent, et l'abnégation des autres qui ne laissent pas d'être patriotes bien qu'ils n'aient rien à y gagner. Le sens général de l'article est que tous les citoyens devraient avoir un intérêt à être patriotes. Naturellement, selon son habitude, Voltaire n'use pas de grands mots et donne à sa pensée un tour ironique. C'est pourquoi il conclut que logiquement les propriétaires seuls ont une sérieuse raison de patriotisme. Mettons que son ironie soit un peu sèche. En tout cas, on ne distingue aucune différence profonde entre sa position et celle de Rousseau, de qui M. Faguet, pour confondre et pour écraser Voltaire, cite ce passage :

> Comment les hommes aimeraient-ils leur patrie, si la patrie n'est rien de plus pour eux que pour des étrangers et qu'elle ne leur accorde que ce qu'elle ne peut refuser à personne? Ce serait bien pis s'ils n'y jouissaient pas même de la sûreté civile et que leurs biens, leur vie ou leur liberté fussent à la discrétion des hommes puissants sans qu'il leur fût possible ou permis d'oser réclamer les lois. Alors... le mot de patrie ne pourrait avoir pour eux qu'un sens odieux ou ridicule.

Jean-Jacques Rousseau dit exactement la même chose que Voltaire, et en termes plus agressifs. Au surplus, n'est-il pas vrai que la patrie doit être une mère et non une marâtre ? Il y a un fond de bon sens dans ces théories. Les hommes du dix-huitième siècle ne pouvaient avoir les mêmes susceptibilités patriotiques que nous. Voltaire n'a jamais vu la France en danger. Il retrouvait partout en Europe la langue et la culture françaises, dont l'hégémonie était alors incontestée, même à la cour du roi de Prusse. Pour n'avoir pas exactement le caractère du nôtre, son patriotisme n'en était pas moins réel.

Dans la querelle avec Rousseau, c'est encore Brunetière, dont le voltairianisme n'était pas très exalté, qui reconnaît à Voltaire le mérite d'avoir combattu non pas seulement par rivalité littéraire ou par fureur vindicative, mais pour défendre une cause philosophique d'une extrême gravité, à savoir la cause des sciences, des lettres et des arts, du goût, du progrès, en un mot de la civilisation. Sur ce chapitre, le procès est jugé. C'est Voltaire qui avait raison contre Jean-Jacques. A supposer même que l'état de nature célébré par celui-ci eût été l'âge d'or qu'il prétendait et eût fait régner la vertu, il resterait encore à savoir s'il conviendrait de tout sacrifier à cette vertu que le citoyen de Genève posait *a priori* comme le souverain bien. En somme, ce n'est qu'un postulat. Si Rousseau le tient pour évident, ce ne peut être qu'en l'étayant implicitement sur l'impératif catégorique dont Kant devait apporter la formule, et c'est pourquoi l'on ne comprend pas que M. Faguet s'inscrive en faux contre cette filiation de Kant à Rousseau, enregistrée par M. Joseph Fabre, M. Harald Hœffding, M. Charles Maurras et la plupart des critiques, amis ou ennemis de ces deux grands penseurs. Mais l'impératif catégorique lui-même n'est pas si invulnérable, et Victor Brochard a montré que les Grecs construisaient sans lui des morales fort rationnelles et même fort élevées.

Le moralisme de Rousseau est incommode, envahissant et pour tout dire, trop onéreux. Si les sciences, les lettres, la civilisation même étaient foncièrement immorales, on pourrait hésiter sur le choix à faire. Je ne conçois pas comment M. Faguet accepte cette prétendue incompatibilité. Le dilemme est au moins imprudent. Renan répliquera que la beauté vaut la vertu. Qui voudrait immoler au Moloch moral imaginé par Rousseau toute vie sociale, esthétique et intellectuelle? Savez-vous ce qu'est au fond Jean-Jacques dans cette affaire? C'est le pire des réactionnaires, des oppresseurs et des esclavagistes. Il ne veut point que l'homme développe librement ses facultés ; il veut nous interdire tout perfectionnement, tout désir de progrès, nous réduire, sous couleur de morale et de vie simple, à l'ignorance et à la servitude primitives. Il ressemble aux Savonarole, à tous les fanatiques iconoclastes et puritains, qui invoquent le souci de la vertu pour détruire les arts et courber l'humanité sous le joug. Son mobile, c'est la manie égalitaire. C'est par égalitarisme forcené qu'il proscrit la raison et la vie civilisée ; la morale est pour lui un moyen de nivellement. Il n'admet pas plus les inégalités naturelles que les inégalités sociales : c'est la société seule qui donne l'essor aux talents ; dans l'état de nature, on n'en a pas besoin, on ne les aperçoit même pas, ils n'ont aucune occasion de se révéler. Voilà, pour moi, la clef du système politique de Rousseau. M. Faguet voit dans le *Contrat social* une contradiction avec les autres œuvres de Jean-Jacques, notamment avec les deux *Discours*, parce qu'il aurait été individualiste partout ailleurs et n'aurait institué que dans le *Contrat social* le despotisme étatiste et démocratique. Il me paraît que son individualisme des *Discours* n'était qu'une apparence, résultant de ce qu'il s'insurgeait contre la société existante, mais que son principe fondamental a toujours été le culte du prétendu état de nature, c'est-à-dire un despotisme égalitaire, vertueux, patriarcal et quasi théocratique, dont le *Contrat social* n'est qu'un essai de réalisation adapté aux conditions possibles de la cité moderne.

C'est la part décidément chimérique et insupportable de la doctrine de Rousseau. Il n'y a là, du reste, pas même une ombre de romantisme, puisqu'au lieu d'affranchir trop l'individu, il l'étouffe sous un couvercle de plomb. L'individualisme se retrouve, à la vérité, dans l'*Héloïse* et les *Confessions*, avec l'exaltation de la sensibilité et la proclamation des droits de la passion dressés contre les conventions sociales. Il y a bien deux hommes ou deux penseurs en lui et une brisure dans son système, mais non point où la montre M. Émile Faguet. Elle sépare, en lui, le sociologue et le poète. Le *Contrat social* n'est pas isolé dans son œuvre et fait corps avec tout ce qui n'y est pas purement romanesque ou poétique. Il est conséquent avec lui-même en réduisant à peu de chose l'instruction d'Émile et à presque rien celle de Sophie. M. Faguet constate cet ignorantisme de Rousseau, et ne devrait point le taxer de stupidité parce qu'il n'est pas féministe : comment ferait-il de Sophie une femme savante, alors qu'Émile n'en saura pas beaucoup plus long? Et comment émanciperait-il les femmes, quand il ne rêve que d'asservir les hommes?

Enfin, même dans ses ouvrages de la catégorie non politique, il masque la lézarde du système sous une épaisse couche de vertu. Saint-Preux et Julie sont vertueux intarissablement. Jamais précepteur ne séduisit plus vertueusement la « demoiselle du château », pour emprunter à Jean-Jacques une de ses locutions. Il est vrai qu'il professait à la fois l'amour de la vertu et celui de la passion. L'unité qu'il leur impose reste factice.

Et parce qu'on ne peut tout dire dans l'espace d'un article, je n'aurai guère fait que critiquer M. Faguet, dont les cinq volumes n'en sont pas moins excellents, et Rousseau lui-même, qui n'en est pas moins un de nos plus grands écrivains. Peut-être même me risquerais-je à chercher encore une chicane à M. Faguet, si j'en avais le loisir, à propos de la phrase de Rousseau, moins pittoresque peut-être, mais beaucoup plus harmonieuse et nombreuse qu'il ne le dit, à cause qu'elle contient peu de vers blancs. L'abus du vers blanc dans la prose me paraît une erreur. Mais je ne puis insister. Et je préfère terminer par ces lignes bien connues et toujours justes de Sainte-Beuve sur celui qui eût mérité, avant Chateaubriand, d'être appelé l'enchanteur : « Pour nous, quoi que la raison nous dise, pour tous ceux qui, à quelque degré, sont de sa postérité poétiquement, il nous sera toujours impossible de ne pas aimer Jean-Jacques, de ne pas lui pardonner beaucoup pour ses tableaux de jeunesse, pour son sentiment passionné de la nature, pour la rêverie dont il a apporté le génie parmi nous et dont le premier il a créé l'expression dans notre langue. »

La Jeunesse de Sainte-Beuve (1).

Il faut d'abord avertir le public que le très captivant et très substantiel ouvrage de M. Émile Faguet est un essai de critique, et non point une collection d'anecdotes avec documents plus ou moins inédits. Ce dessein surprendra peut-être certains lecteurs, qui considèrent un peu trop exclusivement l'histoire littéraire comme une province de la chronique galante et qui ne s'intéressent à la jeunesse de Sainte-Beuve qu'en raison de la liaison fameuse d'où est sorti le *Livre d'amour*. C'est un point de vue un peu étroit. Non point que ces détails biographiques puissent être négligés par l'historien de la littérature ; mais ils ne se justifient que par les contributions qu'ils apportent à l'étude des œuvres. M. Émile Faguet lui-même a minutieusement examiné les relations de Sainte-Beuve et du ménage Hugo dans un volume antérieur : *Amours de gens de lettres*. M. Gustave Michaut, dans *Sainte-Beuve amoureux et poète*, M. Léon Séché, dans *Sainte-Beuve, son esprit, ses idées, ses mœurs*, d'autres encore, ont procédé à des enquêtes sur cette question brûlante. Après bien des discussions passionnées, la vérité semble avoir été dite par M. Jules Lemaître dans son récent opuscule sur les *Péchés de Sainte-Beuve*. D'abord, il n'est plus possible de contester l'exactitude des faits, qui d'ailleurs n'ont en soi rien d'exceptionnel. Ce n'est qu'un adultère de plus,

> Et la garde qui veille aux barrières du Louvre
> N'en défend point nos rois.

---

(1) Émile Faguet : *La Jeunesse de Sainte-Beuve*. 1 vol. Lecène et Oudin

M. Émile Faguet, lui-même, assez sévère pour Sainte-Beuve, n'admet pas qu'il ait menti. Quant à la divulgation du *Livre d'amour*, Sainte Beuve la réserva pour la postérité. Il ne commit pas, du vivant des intéressés, l'indiscrétion, indigne d'un galant homme, qu'on lui a imputée un peu vite. M. Jules Lemaître fait observer que du reste, les romantiques se confessaient et confessaient les autres avec une prodigieuse facilité. Dans sa pensée, Sainte-Beuve ne déshonorait point Adèle « puisque elle-même, selon la morale particulière de la poésie romantique, n'y voyait rien de déshonorant et puisque au contraire elle avait prêté les mains à ce projet de révélation posthume de leurs poétiques amours... ». Le *Livre d'amour* a été publié, en 1904, par M. Jules Troubat. Et lorsqu'on le relit, on est encore de l'avis de M. Jules Lemaître : « Peut-être que dans tout cela le plus grand crime de Sainte-Beuve est de n'avoir pas su faire, sur son amour, des vers assez beaux, et de s'être un peu trompé sur leur qualité. » On y trouve des aveux d'une timidité un peu touchante :

Qui suis-je ? Qu'ai-je fait pour être aimé de toi ?

. . . .

Elle aime en moi son rêve et non l'être réel...

Cependant on s'appuie toujours sur ce *Livre d'amour* pour traiter Sainte-Beuve d'insupportable fat, et M. Faguet remarque plaisamment que Musset, comblé par les femmes, ne nous entretient guère que de leurs trahisons, tandis que Sainte-Beuve nous étourdit de sa bonne fortune, qui demeura unique dans sa vie. Sans doute il ne dissimule point la joie qu'il eut de ce triomphe, mais j'y vois précisément l'effet de sa modestie : c'était si inespéré qu'il avait peine à y croire. Cette félicité, il redoute presque tout de suite de la perdre. Et la plus belle pièce est celle que lui fournit finalement l'inévitable catastrophe et qui avait déjà paru dans le recueil des *Pensées d'août* avec cette note en épigraphe : « Il y faudrait de la musique de Gluck » :

Laissez-moi ! Tout à fui. Le printemps recommence ;
L'été s'anime, et le désir a lui ;
Les sillons et les cœurs agitent leur semence.
Laissez-moi ! Tout a fui...

Oh ! laissez-moi, sans trêve, écouter ma blessure,
Aimer mon mal et ne vouloir que lui.
Celle en qui je croyais, celle qui m'était sûre...
Laissez-moi ! Tout a fui.

Des quatre recueils de poésie de Sainte-Beuve, le *Livre d'amour* n'est pas le meilleur. Le bonheur l'inspire moins que la tristesse et le désir. Et peut-être alors n'était-il guère capable d'être heureux. Cette inaptitude est un des traits essentiels de l'âme romantique, qui n'est donc pas entièrement une nouveauté, puisque l'humeur inquiète, la mélancolie, le *tædium vitæ* datent à peu près des origines du genre humain et dureront vraisemblablement autant que lui. Tout au plus peut-on dire que les générations romantiques furent particulièrement désarmées et hors d'état de réagir contre ce mal, qu'elles prirent le parti de cultiver au contraire avec une singulière complaisance. Sur le romantisme de Sainte-Beuve, M. Émile Faguet présente des observations très ingénieuses, mais un peu trop restrictives à mon gré.

En somme, pour lui, Sainte-Beuve n'a pas été réellement romantique, mais il a cru l'être, il a voulu l'être un instant, par curiosité intellectuelle et sous l'influence de Victor Hugo. Il goûta vivement l'amitié du grand poète jusqu'à la rupture qui ne fut point déterminée d'ailleurs par les événements auxquels vous pensez et que Victor-Hugo semble avoir ignorés, mais par des articles insuffisamment élogieux et qui ne désobligèrent pas moins Adèle que son mari. Certes Sainte-Beuve ne tarda pas beaucoup à s'éloigner du romantisme, et il faut accorder à M. Faguet qu'il n'y avait pas été amené par sa nature première. Mais la désespérance de *Joseph Delorme,* qui valut à Sainte-Beuve d'être traité par Guizot de « Werther carabin », et les vagues aspirations mystiques des *Consolations* portent bien la marque de l'époque et de l'école. Le romantisme n'aura été qu'un épisode dans la carrière de Sainte-Beuve, une expérience de jeunesse, mais encore assez prolongée et assez profonde. Il a lui-même noté finement la nuance, dans une des *Pensées* publiées en appendice au troisième volume des *Portraits littéraires :*

J'ai commencé franchement et crûment par le dix-huitième siècle le plus avancé, par Tracy, Daunou, Lamarck et la physiologie : là est mon fond véritable. De là je suis passé par l'école doctrinaire et psychologique du *Globe*, mais en faisant mes réserves et sans y adhérer. De là j'ai passé au romantisme poétique et par le monde de Victor Hugo et j'ai eu l'air de m'y fondre. J'ai traversé ensuite ou plutôt côtoyé le saint-simonisme, et presque aussitôt le monde de Lamennais, encore très catholique. En 1837, à Lausanne, j'ai côtoyé le calvinisme et le méthodisme, et j'ai dû m'efforcer à l'intéresser. Dans toutes ces traversées, je n'ai jamais aliéné ma volonté et mon jugement, hormis un moment dans le monde de Hugo et par l'effet d'un charme...

Lorsqu'il a rédigé ces lignes, il désirait plutôt atténuer ce qui lui semblait désormais une erreur ; il admet pourtant une différence entre cette étape et la plupart des autres. Au surplus, comment cet étudiant pauvre, sensuel, assoiffé d'amour et presque disgracié, n'aurait-il pas eu sa crise de romantisme sincère, quand bien même il n'eût jamais fréquenté le cénacle ?

Cette vue est confirmée par une théorie de M. Maurice Barrès, qui l'exagérant même un peu, préfère le Sainte-Beuve de *Joseph Delorme*, des *Consolations* et de *Volupté* à celui des *Lundis*.

Écartant les œuvres du critique, dit-il, je m'en tins au Sainte-Beuve de la vingtième année, aux misères de celui qui s'étonnait devant soi-même et qui, par la vertu de son orgueil studieux, trouvait des émotions profondes dans un intime détail de sa sensibilité... Je t'aime, jeune homme de 1828... A l'âge où Benjamin Constant était ambitieux et amant, tu fus amoureux et mystique... Tu pleurais de dépit de n'être pas aimé et de ne pas aimer Dieu. Tu as jusqu'à l'épithète un peu grasse et sensuelle du prêtre qui désire. Ta rêverie religieuse était pleine de jeunes femmes... Dès que le sentiment te parut vain, tu ne t'obstinas pas à te faire aimer et vers le même temps tu cessas de vouloir croire. C'était fini de ces merveilleux frissons qui te valent mon attendrissement : tu ne fus désormais que le plus intelligent des hommes.

Il faut toujours faire la part de l'ironie humoristique, dans ces premiers livres de M. Maurice Barrès. Il est bien certain, si l'on parle sérieusement, que c'est surtout dans les *Lundis* et dans *Port-Royal* que Sainte-Beuve se révéla comme un grand esprit et un grand écrivain. Sa jeunesse n'en demeure pas moins singulièrement attachante et authentiquement romantique. M. Maurice Barrès, qui le loue encore d'être né, avant tout, pour « n'aimer que le désarroi des puissances de l'âme », a écrit dans ces pages d'*Un homme libre* un chapitre de critique dont la forme fantaisiste ne doit pas faire méconnaître la solidité.

M. Émile Faguet s'appuie sur les *Pensées* de Joseph Delorme, relatives à André Chénier, et sur le *Tableau de la poésie au seizième siècle*, pour exclure Sainte-Beuve du véritable romantisme. Vouloir donner pour précurseurs aux poètes de 1830, comme l'a fait Sainte-Beuve, l'athée André Chénier et le païen Ronsard, qui étaient essentiellement humanistes et absolument classiques, n'est-ce pas prouver, explique M. Faguet, qu'on ne comprend rien au romantisme, ou qu'on s'efforce de l'orienter avec astuce dans une voie qui n'est pas la sienne? Prétendre substituer ces influences à celles de Chateaubriand et de Mme de Staël, n'est-ce point avouer qu'on n'attache guère d'importance qu'à la technique du vers? Peu s'en faut, dit M. Faguet, que le romantisme n'ait consisté pour Sainte-Beuve à faire des enjambements.

Mais on peut répondre d'abord que la forme emporte le fond et qu'une plus grande liberté prosodique entraînait un affranchissement de la poésie même. C'était bien l'avis de Victor Hugo lorsqu'il se vantait d'avoir mis « un bonnet rouge au vieux dictionnaire ». La versification de Ronsard et celle de Chénier étaient incontestablement plus souples même que celle de Racine, à plus forte raison que celle des pseudo-classiques décrépits et figés du dix-huitième siècle et de l'Empire. Ronsard et Chénier procèdent sans contredit du classicisme et du meilleur, mais c'est en quoi ils étaient à cent lieues de ressembler au parti rétrograde de 1820. Ils différaient même du dix-septième siècle par un trait capital : ils étaient lyriques. La poésie lyrique manque à la gloire du siècle de Louis XIV. Et au point de vue purement littéraire, le principal but des efforts de l'école romantique était précisément la restauration du lyrisme. Il était donc bien naturel qu'elle se réclamât des seuls grands poètes qui l'eussent encore pratiqué en France. En proposant Ronsard et Chénier comme modèles à ses camarades, Sainte-Beuve leur donnait un assez bon conseil et qui n'était nullement arbitraire. Au surplus, le *Tableau de la poésie française au seizième siècle* est de 1828, et *Joseph Delorme* de 1829. Sainte-Beuve ne pouvait alors prévoir les développements que le romantisme devait prendre par la suite, et qui lui ont valu de nos jours tant de sévères critiques. Le virus anarchiste qu'on a découvert aujourd'hui dans le romantisme était encore extrêmement bénin et fort peu apparent chez l'auteur des *Méditations* et celui des *Odes et Ballades*, tous deux alors royalistes et catholiques, comme Chateaubriand lui-même, dont les méfaits n'avaient pas vivement frappé ses contemporains.

Bien qu'il insiste avec un peu de malignité sur les fautes de langue et de style de Sainte-Beuve, qui rima toujours assez laborieusement, M. Émile Faguet rend justice à son talent de poète, qui n'est pas de haute envergure, mais très réel et parfois délicieux. M. Anatole France a dit : « Toute cette poésie-là boite ; du moins elle ne rampe pas. » Sainte-Beuve poète est un devancier de Baudelaire, de Coppée, de Sully Prudhomme, peut-être même de Rimbaud et des symbolistes : la célèbre pièce des *Rayons jaunes* tend à l'indiquer. Les idées nouvelles et hardies n'étaient pas ce qui faisait défaut à Sainte-Beuve, ni l'imagination, ni même au besoin la grandeur, comme suffirait à l'établir cette évocation de l'homme impuissant devant l'écoulement des choses :

Les bras toujours croisés, debout, penchant la tête,
Convive sans parole, on assiste à la fête.
On est comme un pasteur frappé d'enchantement,
Immobile à jamais près d'un fleuve écumant,
Qui, jour et nuit, le front incliné sur la rive,
Tirant un même son de sa flûte plaintive,
Semble un roseau de plus au milieu des roseaux
Et qui passe sa vie à voir passer les eaux.

Dans cette période juvénile, Sainte-Beuve ne fut pas seulement poète, mais romancier. Aimez-vous *Volupté?* Il est entendu que ce roman d'analyse est inscrit dans l'histoire littéraire comme un des types les plus complets du genre. Mais le lit-on encore avec plaisir ? M. Émile Faguet, qui l'étudie d'une façon très pénétrante et très impartiale, lui reproche de manquer de vie. C'est vrai. Mais cela ne tient peut-être pas au procédé de Sainte-Beuve, si éloigné de celui de Tolstoï ou de Dickens, que lui oppose M. Faguet. Sans parler de Stendhal, dont le cas est trop particulier pour entrer ici en ligne de compte, *Adolphe* ne soulève certes pas le même grief ; et pourtant l'action en est au moins aussi sobre et le style aussi abstrait. Il l'est même davantage, car Sainte-Beuve recherche les images et s'adonne (avec un peu d'excès) à la prose poétique. *Volupté* languit un peu, parce que la concision n'a jamais été la qualité maîtresse de Sainte-Beuve, mais surtout, me semble-t-il, parce que les caractères sont presque tous indécis et fuyants. Dans *Adolphe*, si le roman est fait des hésitations du héros, la question du moins est nettement posée. Les principaux personnages de *Volupté* semblent ne jamais savoir non seulement ce qu'ils veulent, mais ce dont il s'agit. Leurs actes, leurs paroles et leurs méditations n'ont point un aspect de nécessité.

On se souvient que le héros, Amaury, après une velléité d'amour honnête pour une jeune fille de province, Amélie, qu'il pourrait épouser et à qui il demande un délai de deux ans pour réfléchir, s'éprend de Mme de Couaën, vertueuse et dévote, et concurremment d'une coquette, Mme R..., mais n'obtenant point de succès décisif auprès de ces belles dames, se plonge dans la débauche tout en poursuivant simultanément ses deux flirts. La coquette est un caractère connu, dont il n'y a rien à dire. Mais Amélie est bien patiente ; Mme de Couaën est bien illogique, car elle prétend à la fois ne rien accorder au fougueux Amaury et, néanmoins, exiger de lui la fidélité; Amaury lui-même, égoïste et perfide avec Amélie, est trois fois naïf, puisqu'il l'est premièrement avec Mme de Couaën, deuxièmement avec Mme R..., et qu'en troisième lieu il regarde ses banales passades comme des orgies infernales entraînant la damnation dans ce monde, et non pas seulement dans l'autre. A la fin, il se fait prêtre, sans que ses raisons nous apparaissent comme impérieuses. Et Mme de Couaën ayant attendu son ordination pour mourir, il lui administre les derniers sacrements. Il y a certes dans *Volupté* des pages magistrales ou exquises, mais j'avoue que je n'ai jamais pu relire ce roman illustre sans un peu d'impatience et d'agacement.

UNE NOUVELLE ÉDITION DE STENDHAL (1)

Enfin nous allons avoir une bonne édition de Stendhal ! Ses œuvres étaient dispersées chez divers éditeurs : plusieurs étaient devenues introuvables ; la plupart avaient été imprimées sans aucun luxe, ou même sans beaucoup de soin. Un comité, présidé par M. Chéramy, — lequel avait été comparé par quelques amis au comte Mosca, sans que personne en eût jamais aperçu la raison, — se proposait d'élever à Stendhal un monument. Le monument le plus nécessaire à sa renommée et le plus profitable au public est celui que lui construisent les éditeurs Honoré et Édouard Champion : une nouvelle édition autant que possible complète et définitive, qui com-

(1) Stendhal : *Vie de Henri Brulard*, publiée intégralement pour la première fois d'après les manuscrits de la bibliothèque de Grenoble, par M. Henri Debraye, 2 vol. in-8°, Honoré et Édouard Champion.

prendra trente-cinq volumes environ, et pour laquelle on ne ménagera ni les recherches savantes, ni les raffinements matériels. Dans une note préliminaire, M. Édouard Champion annonce qu'il s'est procuré « un impérissable papier pur chiffon », qui assure à cette édition l'immortalité. Elle durera donc juste autant que la gloire de Stendhal. Les deux premiers volumes, qui viennent de paraître, sont pleinement satisfaisants pour l'œil et pour l'esprit. Tous les stendhaliens vont attendre avec impatience la suite de cette magnifique collection.

Ces deux volumes contiennent la *Vie de Henri Brulard*, par laquelle il était naturel de commencer la série, bien que cette autobiographie n'ait été rédigée qu'en 1835-1836 (1) et éditée qu'en 1890. Mais on sait que Henri Beyle y raconte ses années d'enfance et de jeunesse, depuis sa naissance à Grenoble en 1783 jusqu'à son arrivée à Milan avec l'armée d'Italie en 1800. On n'ignore pas que cette *Vie de Henri Brulard* avait été publiée, chez Fasquelle, par Casimir Striyenski, l'auteur des *Soirées du Stendhal-Club*, qui l'an dernier, très peu avant sa mort prématurée, en avait donné une réédition chez Émile-Paul. Casimir Striyenski écrivait dans sa préface :

J'ai reproduit presque entièrement le texte, me permettant toutefois de supprimer les redites et de couper quelques longueurs. Beyle, au cours de son travail, à maintes reprises, demande à son éditeur (si jamais j'en ai un, ajoute-t-il) de sacrifier telles parties qu'il jugera être sans intérêt. J'ai *fort peu profité* de cette permission — je suppose que les lecteurs ne s'en plaindront pas.

(1) A Rome et au Consulat de Civita-Vecchia.

Les lecteurs ne s'étaient pas plaints, parce qu'ayant une confiance sans bornes dans le zèle et la piété beylistes de Casimir Striyenski, ils l'avaient cru sur parole et n'avaient pas douté qu'il n'eût en effet élagué que quelques broutilles. Il y avait bien, surtout dans la première édition, des fautes de lecture ou d'impression manifestes, mais les manuscrits de Stendhal, conservés à la bibliothèque de Grenoble, sont notoirement si difficiles à déchiffrer, qu'on ne pouvait tenir rigueur à Striyenski de quelques bévues. Nous découvrons aujourd'hui avec une certaine surprise qu'il se jouait de notre candeur, et que loin d'avoir *fort peu profité* de la permission théorique donnée par Stendhal à son éditeur éventuel, il en avait singulièrement abusé.

M. Édouard Champion raconte malicieusement qu'il avait sollicité le concours de Casimir Striyenski, que celui-ci avait d'abord décliné cette offre quant à l'ensemble de l'entreprise, puis l'avait acceptée pour *Henri Brulard* et avait enfin refusé purement et simplement, lorsque l'éditeur lui avait exprimé sa volonté absolue de corriger les épreuves sur le manuscrit de Grenoble et d'y relever les variantes et les inédits. Évidemment, Striyenski n'appelait point de tous ses vœux les révélations qui devaient sortir de ce travail et dont, mieux que personne, il connaissait l'importance. Deux chiffres suffisent à la mesurer : les éditions de Striyenski ont trois cents pages, l'édition Champion en a environ cinq cents (texte seul, préfaces, notes et annexes non comprises). C'est donc plus d'un tiers du manuscrit que Striyenski avait éliminé. On admettra malaisément que la permission de Stendhal s'étendît jusque-là. M. Paul Arbelet a tenté une apologie de Striyenski : « Il fallait, dit-il, glaner et extraire : œuvre personnelle que chacun entend à sa façon, œuvre difficile où l'on ne saurait contenter tout le monde, mais qui est ici inévitable. Et il faut admirer Striyenski si, du premier coup, il sut aller à l'essentiel... (1) » On ne voudrait pas accabler l'infortuné Striyenski, alors qu'il ne peut plus se défendre, et l'on n'oublie pas non plus qu'il a cependant rendu de brillants services. Mais il y va d'un principe capital que l'on est stupéfait de voir encore méconnaître et discuter.

Les éditeurs d'autrefois avaient coutume d'en prendre à leur aise avec les manuscrits et de les tripatouiller fort librement. On s'imaginait que ces mœurs avaient disparu, grâce aux progrès de l'esprit critique et du respect des maîtres. Il est un peu décourageant de découvrir que des stendhaliens de carrière appliquent à l'objet de leur culte ces procédés cavaliers, ou les approuvent sans hésitation. De quel droit M. Paul Arbelet affirme-t-il, comme chose évidente, qu'il fallait glaner et extraire ? Que voilà un beylisme étrangement timoré ! Ce qui émerveille au contraire dans Henri Beyle, c'est ce tour inimitable, ce je ne sais quoi, cette espèce de sortilège qui donnent une grâce et une originalité aux moindres lignes tombées de sa plume. Aucun style n'est plus simple, plus nu, plus dépouillé : cependant il n'en est pas de plus reconnaissable que celui de Beyle, et il n'y a peut-être pas un écrivain dont on puisse plus justement dire que tout ce qu'il écrit est signé. Sans doute, la *Vie de Henri Brulard* est demeurée inachevée : ce que

(1) Je ne crois pas que ces lignes puissent s'interpréter autrement. Mais l'expression a mal servi M. Paul Arbelet. Il m'a fait savoir qu'il était d'accord avec moi sur le principe et qu'il avait voulu seulement louer Striyenski d'avoir fait le meilleur choix entre les divers manuscrits non édités avant lui.

nous en possédons n'est qu'un premier jet, une ébauche que Beyle avait résolu de reprendre et de mettre au point. Lui, il avait qualité pour couper, remanier et condenser, s'il le jugeait à propos. Mais c'est une singulière outrecuidance que de prétendre se substituer à lui, comme les premiers éditeurs des *Pensées* s'étaient dans une certaine mesure substitués à Pascal. Et c'est marquer une défiance absolument injustifiée, tant à l'égard des lecteurs qu'envers de tels écrivains, que de considérer ces rafistolages comme indispensables au succès de leurs ouvrages posthumes. Tous les brouillons, même informes, d'un Pascal ou d'un Stendhal nous intéressent : nous voulons tout connaître, et nous saurons bien distinguer nous-mêmes ce que des feuillets improvisés renferment d'exquis ou d'excellent. Au moins Casimir Striyenski, s'il pensait avoir de sérieuses raisons pour trancher dans le vif, aurait-il dû les exposer sans détours et nous avertir nettement de l'étendue des sacrifices. Mais sa préface ne pouvait que nous induire en erreur, et il s'est bien gardé, au cours du volume, d'indiquer la place et la dimension des coupures. Il a craint de rebuter un public frivole, s'il lui servait le texte intégral, et de s'aliéner les stendhaliens, s'il leur avouait de quelle masse il l'avait allégé.

Maintenant, nous devrons à M. Henri Debraye, archiviste paléographe, qui a établi ce texte *in extenso* pour l'édition Champion, de pouvoir apprécier en fait la valeur des scrupules de Casimir Striyenski. Je crois bien que pour ceux qui n'aiment pas Stendhal les trois cents pages de Striyenski devaient être déjà trop longues. Pour ceux qui l'aiment, les cinq cents pages restituées par M. Henri Debraye sont délicieuses d'un bout à l'autre. Stendhal est un de ces écrivains avec lesquels il n'y a pas de demi-mesures : on l'exècre ou on en raffole. Encore ses deux grands romans, *la Chartreuse de Parme* et *le Rouge et le Noir*, ont-ils la chance d'exciter, même chez les profanes, une certaine curiosité; et ses *Promenades dans Rome* sont instructives pour tout le monde. Mais dans la *Vie de Henri Brulard* comme dans ses autres ouvrages autobiographiques et dans la *Correspondance*, sa personnalité s'affirme trop exclusivement pour plaire à des lecteurs tièdes ou distraits. Une édition *ad usum delphini* était parfaitement vaine ; même sous un format réduit, l'ouvrage ne pouvait agréer au dauphin. Qu'on se reporte à l'*Histoire des œuvres de Stendhal* de M. Adolphe Paupe, on constatera que la publication de Striyenski n'a pas été accueillie par un unanime concert d'éloges. M. Augustin Filon, dans la *Revue Bleue*, se montra sévère. M. Arthur Chuquet, pourtant auteur d'un gros livre sur Stendhal, ne se révéla pas non plus très enthousiaste. Striyenski se réjouissait d'avoir vendu les mille cinq cents exemplaires de la première édition. Bien que Stendhal ait déclaré qu'il n'écrivait que pour cent lecteurs, on ne s'étonnera pas trop qu'il ait fini par en trouver quinze cents. Pour justifier Striyenski, il en aurait fallu cinquante mille. Son opération n'a même pas l'excuse d'un éclatant succès de librairie.

Mais qu'avait-il coupé exactement, et peut-on accorder à son défenseur M. Paul Arbelet que « du premier coup il sut aller à l'essentiel » ? On déplorera que M. Henri Debraye, puisqu'avec raison il n'a pas voulu feindre d'ignorer l'édition Striyenski, n'ait pas indiqué par un signe typographique quelconque les passages négligés par son prédécesseur et imprimés pour la première fois dans cette nouvelle édition ? Tous les amateurs lui auraient su gré de leur épargner un long et ennuyeux travail de collationnement. La place me ferait défaut pour en indiquer ici les résultats détaillés : car Striyenski n'a pas adopté le système de la large coupure franche, comme un auteur dramatique qui supprime carrément un acte entier. Quelquefois, Striyenski abat dix ou vingt pages d'un seul tenant ; plus souvent il rabote de-ci de-là quelques paragraphes ou quelques lignes. Eh bien, il est vrai qu'il n'a pas altéré profondément l'esprit de l'œuvre et que Stendhal apparaît à peu près sous les mêmes traits dans le texte mutilé que dans le texte authentique. Le pauvre Striyenski avait une détestable méthode, mais ce n'était cependant pas un faussaire. Il admirait trop Stendhal, malgré les familiarités qu'il se permettait avec lui, pour le corriger volontairement, et il le connaissait trop bien pour le travestir par mégarde. Certes, il s'est efforcé de conserver ce que M. Arbelet appelle l'essentiel, et au point de vue du document psychologique sur Stendhal, il ne nous a pas grossièrement trompés. Malgré tout, des nuances ont disparu.

En gros, les suppressions faites par Striyenski m'ont paru être de trois sortes. Il a rayé des passages qui l'ont inquiété par leur violence ou leur caractère scandaleux. A la rigueur, on conçoit ce scrupule lorsqu'il s'agit de personnages qui ont peut-être des descendants vivants. Mais qu'importe à Striyenski que Stendhal trouve Gœthe plat (Beethoven aussi l'accusait d'être trop courtisan), Buffon emphatique ou le *Génie du Christianisme* ridicule, qu'il fulmine contre la noblesse, contre les généraux de Napoléon devenus réactionnaires et serviles sous les régimes qui ont suivi, qu'il déclare que Lamartine n'a fait que deux cents beaux vers et doit sa grande renommée à l'esprit de parti (nous ne sommes qu'en 1835), qu'il n'aime réellement de Voltaire que ses *Satires*, qu'il traite La Harpe et Marmontel de « Jean-Sucres », que ses parents, par passion antirévolutionnaire, aient souhaité la défaite des armées de la Révolution ? D'ailleurs Striyenski maintient une foule d'autres choses tout aussi virulentes et aussi roides. Sa timidité est intermittente, et l'on n'en découvre point la loi. Secondement, il biffe ce qu'il regarde comme des répétitions. Il ne voit pas que Stendhal a des façons de se répéter qui ne sont qu'à lui, et qui ajoutent presque toujours quelque chose à ce qu'il avait déjà dit. Troisièmement, Striyenski aperçoit des longueurs et veut y parer.

Il écarte ainsi une quantité de récits sur les relations de Stendhal avec ses professeurs et ses camarades. Il l'a exposé de ce fait au reproche de froideur et d'ingratitude. Tel biographe s'est indigné que Stendhal n'eût point parlé de celui-ci ou de celui-là : il en avait parlé. et même longuement, et c'est Striyenski seul qui l'avait fait taire. Nombre de digressions idéologiques ou psychologiques ont été omises ou abrégées par Striyenski, soucieux de la rapidité de la narration, et présentaient pourtant un vif intérêt. Tous les détails d'ordre littéraire, volontiers retranchés par Striyenski, comptent dans la vie de ce passionné littérateur. Nous ne sommes pas fâchés d'apprendre que sa mère tant aimée et tant regrettée lisait Dante assidûment ; qu'il croit que le culte des grands hommes est odieux aux prêtres ; qu'il attribue aux poètes un noble cœur et aux savants un triste penchant à la servilité ; qu'il s'imagine qu'en abolissant l'aristocratie politique Siéyès a fondé l'aristocratie littéraire ; que son père et son grand-père possédaient chacun un exemplaire de l'*Encyclopédie*, coûtant de sept à huit cents francs, ce qui semble dénoter au moins un moment de sympathie pour le parti philosophique, etc., etc. Au second volume de l'édition Champion, pages 133-137, il y a des choses frappantes, que Striyenski nous avait laissé ignorer, relativement à l'amour de Beyle pour Cervantès, Shakespeare, Corneille, l'Arioste, à la « doctrine intérieure fondée sur le vrai plaisir, plaisir profond, réfléchi, allant jusqu'au bonheur » que ces grands hommes lui avaient fait goûter et qui le détournèrent du faux goût des Delille, des Daru, et même de Voltaire poète tragique. Et ceci n'est-il pas curieux :

> De 1796 à 1804, l'Arioste ne me faisait pas sa sensation propre. Je prenais tout à fait au sérieux les passages tendres et romanesques. Ils frayèrent à mon insu le seul chemin par lequel l'émotion puisse arriver à mon âme. Je ne puis être touché jusqu'à l'attendrissement qu'après un passage comique. De là mon amour exclusif pour l'*opera-buffa*. Là seulement, dans l'*opera-buffa*, je puis être attendri jusqu'aux larmes. La prétention de toucher qu'a l'*opera-seria* à l'instant fait cesser pour moi la possibilité de l'être... De là mon complet éloignement pour la tragédie, mon éloignement jusqu'à l'*ironie* pour la tragédie en vers.

Et dans un autre ordre, n'était-ce pas dommage de perdre cette phrase si purement stendhalienne : « Je vois aujourd'hui que ce que nous ambitionnions était la victoire sur cet animal terrible : une femme aimable, juge du mérite des hommes, et non pas le plaisir » ?

Non, Striyenski n'avait pas positivement trahi Stendhal, mais il l'avait affaibli et affadi. Il nous l'avait montré moins tenace et moins méprisant dans ses colères, moins fidèle et moins insistant dans ses amitiés, moins analyste et raisonneur en littérature et en esthétique, enfin moins sentimental et moins tendre. Tous les éléments constitutifs étaient indiqués, mais l'impression d'ensemble n'avait pas la même force et la même richesse. L'abondance dénoncée par Striyenski sous le nom de longueurs ne dément-elle point déjà les légendes encore accréditées sur la prétendue sécheresse de celui qui fut au contraire le plus sensible, le plus passionné et le plus romanesque des hommes ? La prédominance du romanesque, allié à un esprit supérieur, comme disait Taine (tandis que cette tendance s'accompagne habituellement de fadeur et de niaiserie), voilà peut-être ce qui définit d'un mot l'incomparable séduction du caractère et de l'œuvre de Stendhal.

Ce sera une joie d'avoir une occasion de le relire, au fur et à mesure que paraîtront les volumes de l'édition Champion, que je n'ai qu'à louer, sauf deux ou trois réserves. Je regrette que les notes soient renvoyées à la fin de l'ouvrage : c'est incommode et cela ne donne pas envie de les consulter. Je déplore surtout que M. Debraye n'ait pas respecté les petites manies de Stendhal, qui écrivait la « gionreli » pour la religion, un « tejé » pour un jésuite, etc., afin de dépister la police. Ces bizarres anagrammes sont partie intégrante de la physionomie de l'œuvre et de son style vrai. Enfin je n'aurais pas été fâché que M. Debraye nous dît l'origine du passage où se trouve le mot fameux : « Dans les vingt-quatre heures où l'on t'aura quitté, fais une déclaration à une femme ; faute de mieux, fais une déclaration à une femme de chambre. » Ce sont les derniers conseils de l'oncle Romain Gagnon à son jeune neveu partant à seize ans pour Paris. Ce passage (pp. 62-63 de l'édition

Fasquelle) est évidemment interpolé, puisqu'il n'y en a plus trace dans l'édition Champion ; mais où donc Striyenski l'avait-il déniché ?

Et puisque nous parlons de Stendhal, je veux au moins vous signaler quelques publications récentes : l'*Itinéraire de Stendhal*, de M. Henri Martineau, étude infiniment précieuse sur la chronologie de cette vie errante ; les substantiels ouvrages de M. Jean Mélia, la *Vie amoureuse de Stendhal*, les *Idées de Stendhal*, les *Commentateurs de Stendhal* ; enfin le numéro stendhalien, copieux et ingénieux, de la *Revue critique des idées et des livres*.

UN ROMAN POSTHUME D'ALFRED DE VIGNY (1)

Daphné a paru quatre mois avant le cinquantenaire de la mort d'Alfred de Vigny. Il est singulier qu'on ait attendu si longtemps pour publier un ouvrage posthume de cette importance. Louis Ratisbonne, apparemment, le jugeait indigne de l'impression. Cet exécuteur testamentaire était certes fort diligent et consciencieux, mais il avait le goût un peu timide et des idées qui ne sont plus les nôtres. Son édition du *Journal d'un poète* est très précieuse, mais très incomplète : ce sont, dit M. Fernand Gregh, des pensées extraites des « petits cahiers » de Vigny. Pourquoi ne pas nous avoir donné ces « petits cahiers » en entier, au lieu de se borner à des extraits? Louis Ratisbonne avoue lui-même naïvement qu'il ne nous a pas livré tous les croquis des

(1) *Daphné*, œuvre posthume publiée d'après le manuscrit original, avec une préface et des notes par M. Fernand Gregh. 1 vol. Delagrave.

visites académiques de Vigny, mais seulement ceux « qu'il y a le moins d'indiscrétion à publier et qui ne feront de peine à personne ». Le doux Ratisbonne soumet Vigny à sa petite censure personnelle ; ainsi faisait Striyenski pour Stendhal, mais il n'était pas, du moins, son exécuteur testamentaire. Ainsi ont fait autrefois tous les éditeurs d'ouvrages posthumes des grands écrivains. Ce sont des procédés inadmissibles. Le respect de la vérité, des auteurs et du public exige que ces publications soient exactes et intégrales. On lira, en appendice à ce nouveau volume, des notes de Vigny, qui « constituent, dit M. Ferdinand Gregh, comme un fragment inédit du *Journal d'un poète* ». Pourquoi n'y ont-elles pas trouvé place ? On lira, en outre, une page relative à *Daphné*, de la main de Ratisbonne : « Elle est des plus intéressantes, dit M. Gregh ; malheureusement, nous ne possédons pas les documents où Ratisbonne avait puisé pour l'écrire ; nous ne savons même pas s'ils existent encore. » Que sont devenus ces documents ? Et comment Ratisbonne veillait-il sur les papiers qui lui étaient confiés ? Enfin le manuscrit même de *Daphné*, « par suite de diverses circonstances, s'est trouvé divisé ». Voilà des circonstances bien fâcheuses, et il est encore heureux que M. Tréfeu, gendre de Ratisbonne, en ait pris copie avant cette dispersion « dans des conditions qui lui permettent d'en garantir l'authenticité absolue ». Mais ne nous rendra-t-on jamais les morceaux du *Journal d'un poète* élagués par Ratisbonne ? Sont-ils irréparablement perdus ? L'excellente édition Delagrave doit-elle être considérée comme vraiment définitive ? Ou quelque détenteur d'inédits nous ménage-t-il des surprises, maintenant que les œuvres de Vigny sont entrées dans le domaine public ?

Il est mort le 17 septembre 1863; il n'avait plus rien publié depuis 1835, qui est l'année de *Grandeur et servitude militaires* et de *Chatterton : les Destinées* (1864) et le *Journal* (1867) avaient seuls paru depuis lors. Avec *Daphné*, cela donne trois volumes posthumes : n'a-t-il rien fait d'autre dans les vingt-huit dernières années de sa vie ? Après tout, ce ne serait pas impossible. Vigny avait du génie, et même du talent (mais déjà moins) et pas du tout de facilité. Il y a de lui quelques poèmes qui sont parmi les plus beaux de la langue française; mais la moitié environ du recueil (assez mince) de ses poésies complètes est de faible intérêt. Son *Cinq-Mars* est bien ennuyeux, son *Stello* bien encombré de phraséologie, et son théâtre ne compte plus guère, pas même son *Chatterton*, qui n'est d'ailleurs qu'une nouvelle mouture de l'un des trois épisodes de *Stello*. C'est un grand poète et une grande âme, mais ce n'est ni un esprit fécond, ni un écrivain parfait. Évidemment, *Daphné* ne nous apporte rien de comparable au *Mont des Oliviers* ou à *la Maison du berger*, et la prose de Vigny ne vaut jamais ses meilleurs vers, mais de ses ouvrages en prose, toujours un peu laborieux et guindés, voici, je crois, le plus ferme et le plus captivant.

Ce devait être une suite à *Stello*, et M. Fernand Gregh a mis en sous-titre : « Deuxième consultation du docteur Noir. » Dans sa pénétrante préface, M. Fernand Gregh nous apprend que ce roman, resté inachevé, devait être composé sur un plan analogue à celui de *Stello*, et même plus compliqué encore. Stello et le docteur Noir, qui représentent, comme vous savez, l'un le sentiment ou l'idéal, l'autre le raisonnement ou le sens du réel, et qui sont les deux aspects de la pensée de Vigny, devaient premièrement se livrer à des dialogues philosophiques comme dans le précédent ouvrage, secondement assister au roman d'un jeune philosophe qui se serait appelé Trivulce, ou Samuel, ou Emmanuel, ou Christian, troisièmement voir s'intercaler par un artifice quelconque dans l'histoire de ce jeune homme trois épisodes historiques, rappelant ceux de Gilbert, de Chatterton et d'André Chénier, et qui auraient eu trait non plus à trois poètes, mais à trois réformateurs religieux : l'empereur Julien, Mélanchton et Jean-Jacques Rousseau. Nous y aurions constaté que les réformateurs religieux n'étaient pas moins maudits que les poètes. La conclusion, identique à celle de *Stello*, aurait été une nouvelle ordonnance du noir docteur, prescrivant aux uns comme aux autres de se tenir loin de la vie active, loin des foules stupides et ingrates, dans la solitude de leur tour d'ivoire. Ce plan un peu compliqué n'a été exécuté que très partiellement. Nous avons seulement quelques pages de conversation, une brève et insignifiante apparition du jeune homme, et pas un mot sur Mélanchton ni sur Jean-Jacques. Encore les entretiens de Stello et du docteur sont-ils alourdis d'une rhétorique surannée. Il convient pourtant d'en retenir ces lignes excellentes, qu'ont suggérées à Vigny le sac de l'archevêché (1831) et la destruction de la bibliothèque archiépiscopale par la populace, qui s'amusait à jeter les livres rares dans la Seine :

Il croit nous faire peine, poursuivait-il (le docteur Noir, parlant à un homme du peuple), comme si personne pouvait savoir mieux que nous l'inutilité des idées dites ou écrites. A nous deux, l'ami ! Déchirons et noyons les livres, ces ennemis de la liberté de chacun de nous, ces ennemis du loisir qui prétendent nous forcer de penser, chose odieuse, fatigante et maudite! nous forcer de savoir ce que l'on a senti avant nous, et nous faire croire que l'on gagne quelque chose à se connaître! Fi donc! Nous sommes bien au-dessus du passé à présent!

L'ironie a de la saveur, et il est piquant de montrer, parmi les parchemins de prix lancés à la rivière, un document relatif à l'incendie de la bibliothèque d'Alexandrie.

Mais l'histoire proprement dite de *Daphné*, ou de l'empereur Julien, qui est supposée être la reproduction d'un vieux manuscrit appartenant au jeune réformateur, forme dans l'ébauche du grand ouvrage un morceau entièrement achevé, qui présente une signification intrinsèque, que Vigny aurait pu imprimer isolément et qui pourrait se lire à part. C'est surtout dans ce fragment, qui est un tout, que réside l'intérêt du présent volume. M. Fernand Gregh évoque à ce propos *Salammbô*, *Thaïs*, les *Dialogues philosophiques* et les *Martyrs*. Vigny n'a ni la poésie de Chateaubriand, ni l'art de Flaubert, ni la richesse de pensée de Renan, ni la grâce d'Anatole France. *Daphné* n'est pas un chef-d'œuvre. On y découvre, çà et là, un peu de sécheresse et de gaucherie, mais plus de pittoresque qu'il n'y en a de coutume dans les récits de Vigny, et une idée extrêmement ingénieuse et suggestive, sinon absolument neuve et convaincante.

Daphné, ici, n'est pas la nymphe poursuivie par Apollon et changée en laurier, laquelle a inspiré au Bernin son délicieux groupe de la villa Borghèse. Le bon Ratisbonne semble s'y être trompé et n'avoir point lu le manuscrit remis à sa garde, ou ne l'avoir feuilleté que jusqu'à la page 51 (la nymphe y est nommée en passant), puisqu'il a écrit, dans une note du *Journal d'un poète* (p. 88) : « Alfred de Vigny a porté longtemps l'idée d'un roman et même d'un drame dont Julien dit l'Apostat eût été le héros, Daphné l'héroïne. » Il s'agit, en réalité, de Daphné, faubourg d'Antioche, célèbre pour son bois sacré et son temple d'Apollon. Le récit est présenté sous la forme de quatre lettres d'un jeune juif, Joseph Jechaïah, à son ami Benjamin Elul, d'Alexandrie.

Nous sommes en 363 après Jésus-Christ, sous le règne de Julien (1). On sait peut-être que son frère Gallus, étant César, et obéissant aux ordres de son oncle l'empereur chrétien Constance, fils de Constantin, avait non point abattu le temple d'Apollon, mais négligé volontairement de le réparer : M. Paul Allard, historien catholique, souligne cette nuance, sans formuler aucune objection. C'est Julien qui fit consolider ce temple et remplacer les colonnes enlevées ou écroulées. Julien avait pour maître et pour ami l'illustre rhéteur païen Libanius, ce précurseur de M. Maurice Barrès, et qui devait s'honorer plus tard, en 384, par sa pétition à Théodose en faveur de la conservation des temples, non réparés et le plus souvent démolis de fond en comble par les chrétiens avec l'approbation du gouvernement. Alfred de Vigny attribue à Libanius les fonctions de grand prêtre du sanctuaire de Daphné. Joseph Jechaïah, fort impartial en sa qualité de juif, assiste, dans les rues

(1) V. Emile Lamé : *Julien l'Apostat*, 1 vol. Charpentier 1861. — Naville : *Julien l'Apostat et sa philosophie du polythéisme.* — Paul Allard : *Julien l'Apostat*, 3 vol. in-8°, Lecoffre. — Mgr Duchesne : *Histoire de l'Église*, tome II, Fontemoing. — Ibsen *Empereur et Galiléen*, 1 vol. Stock, etc.

d'Antioche et sur la route de Daphné, aux entreprises de vandalisme des chrétiens, qui brisent les statues sans que les Hellènes citadins osent résister. Dans la campagne, les païens sont plus méchants : ils se défendent et défendent les images de leur dieux. « J'allais, dit-il, calculant en moi-même combien de trésors vient de perdre cette folle cité (Antioche), l'innombrable quantité de statues d'or et d'argent que les Nazaréens ont brisées, celles que les Helléniens ont enfouies par frayeur, et celles que nos frères ont reçues pour les fondre et les échanger contre des monnaies romaines... » A travers les frais ombrages du bois sacré où murmurent les sources vives, il approche du temple et constate que « l'entrée en est sévèrement interdite dans la crainte continuelle où l'on est des attaques des chrétiens ».

Or Julien était empereur depuis plus d'un an et demi : on devine combien de temples ont été saccagés sous Constantin et Constance, qui encourageaient ces dévastations. Mais certains historiens réservent leurs sévérités pour la prétention qu'a eue Julien de réfréner le zèle des démolisseurs. A propos des temples de Jupiter et d'Apollon, démolis à Césarée, sous Constance, par ordre de l'administration municipale, M. Paul Allard écrit : « Les villes étaient propriétaires de leurs temples ; au point de vue de la stricte légalité, cet acte demeurait irréprochable. » Il n'énonce d'ailleurs aucun reproche à aucun point de vue. Mais que penserait-il d'un ministre qui opposerait une pareille réponse à une interpellation de M. Maurice Barrès ?

Joseph Jechaïah reçoit l'hospitalité chez Libanius et entend ses causeries avec deux de ses disciples, qui ne sont autres que Jean Chrysostome et Basile de Césarée, puis avec l'empereur Julien lui-même, qui vient faire une dernière visite à son vieux maître avant de partir pour la guerre de Perse, où il devait succomber. Basile raconte ses souvenirs sur la période chrétienne de Julien, qui était fervent alors ; dans une cérémonie à l'église, le chrétien Julien et le païen Paul de Larisse étaient les seuls dont les yeux brillaient d'un sentiment céleste, parmi l'inertie et l'indifférence de la foule. D'après Basile, c'est-à-dire d'après Vigny, Julien aurait renoncé au christianisme, parce que l'évêque arien Aëtius, pour qui le Christ n'était qu'un homme, avait déçu sa haute conception de la divinité du Verbe. Julien se serait écrié : « Où est mon Dieu? Qu'avez-vous fait du Dieu? » Ainsi, c'est par esprit religieux qu'il se détourne de l'arianisme. forme officielle du christianisme sous Constance. Il trouve au contraire à satisfaire sa religiosité dans la métaphysique de Platon et des néo-platoniciens, surtout de Jamblique, avec laquelle, selon Vigny (page 149), la doctrine de Nicée (trinité, consubstantialité) n'est pas sans présenter quelque analogie. Emile Lamé estime pareillement que Julien aurait presque pu s'entendre avec Athanase. Et Voltaire l'avait déjà indiqué (1).

Ce qui est certain, c'est d'abord que Julien fut toujours guidé par les motifs les plus nobles, et qu'il conviendrait d'appliquer l'épithète d'apostat à ceux-là seuls qui changent d'opinion pour des motifs inavouables : du reste, les historiens catholiques veulent bien aujourd'hui rendre hommage au caractère de Julien. Même ceux qui lui témoignent le plus de malveillance ont renoncé à le noter d'infamie. Ce qui, ensuite, est tout à fait exact,

(1) V. *Mélanges*, p. 208 du 45e vol. de l'édition Beuchot.

dans le livre de Vigny, c'est que Julien ne fut pas un sceptique, mais un dévot. Il le fut même plus encore que ne le suppose Vigny. Il admettait parfaitement les dieux de l'Olympe, et M. Paul Allard y insiste, bien loin de le traiter d'imposteur. Ces dieux de l'Olympe avaient pour lui une existence réelle, mais ils n'étaient que des divinités secondaires, des formes particulières du Dieu éternel : il conciliait ainsi le monothéisme et le polythéisme. Bien entendu, il n'acceptait pas à la lettre toutes les légendes imaginées par les poètes : il expliquait la mythologie par le symbolisme, ce qui n'équivaut à la nier que pour les juges un peu simplistes qui n'ont pas lu le *Polythéisme hellénique* de Louis Ménard. Ce que Louis Ménard critique chez Julien, ce n'est pas son symbolisme, c'est la philosophie monothéiste à laquelle il l'adosse et qui tendait à la subversion même de l'hellénisme, d'après cet éminent penseur, qui date la décadence de Socrate.

Vigny, au contraire, loue la philosophie de Julien et regrette son polythéisme persistant. Il prête (d'une façon bien invraisemblable, mais il ne fait pas œuvre d'historien) à Libanius, qui a constamment approuvé Julien, une condamnation formelle de son entreprise de restauration du paganisme. Faute d'avoir pénétré la valeur des symboles, Vigny s'imagine que Julien, en toute bonne foi, certes, et pour le bien de l'État, a voulu rétablir ce paganisme sans y croire positivement, par une simple sympathie intellectuelle et politique pour la tradition hellénique que représentait l'ancienne religion. De même Voltaire avait dit : « Il (Julien) avait besoin d'un parti ; et s'il ne se fût piqué que d'être stoïcien, il aurait eu contre lui les prêtres des deux religions et tous les fanatiques de l'une et de l'autre. Le peuple n'aurait pu alors supporter qu'un prince se contentât de l'adoration pure d'un être pur et de l'observation de la justice (1) ». Cette dernière phrase résumait par avance les vues de Vigny, avec qui devait s'accorder aussi bien Renan : « La philosophie avait tout vu, tout exprimé en un langage exquis ; mais il fallait que cela se dît sous forme populaire, c'est-à-dire religieuse (2). » Et Louis Ménard, lui-même, le païen mystique, avoue : « Il fallait un symbole nouveau. » Voilà le principal de la thèse de Vigny (qui avait sans doute lu Voltaire, mais non Louis Ménard ni Renan, et pour cause : il rédigeait *Daphné* en 1837). Bref, Vigny (par la bouche de Libanius) affirme d'abord que le peuple grossier ne peut se nourrir de philosophie, mais a besoin de symboles, c'est-à-dire (selon lui) d'illusions et de fables ; en second lieu, que les dieux grecs sont usés et qu'il faut accueillir les symboles chrétiens, auxquels les multitudes ajoutent une foi aveugle. Dans l'empire énervé et déclinant, le trésor de la vérité morale, qui importe avant tout, sera gardé par les barbares grâce au christianisme qui seul leur convient. C'est pourquoi le philosophe Libanius blâme ici le philosophe Julien d'avoir perdu ses forces à cet essai dangereux de résurrection du paganisme mourant.

Il y aurait beaucoup à dire. Libanius se résigne un peu vite non seulement à la chute de l'empire, mais à l'abolition bien autrement grave de la civilisation gréco-latine. Julien n'est un personnage si intéressant que parce qu'il a fait, plus ou moins habilement, une tentative désespérée pour la sauver. Gaston Boissier conteste que le

---

(1) *Dictionnaire philosophique*, p. 409 du 30e vol. de l'édition Beuchot.

(2) *Marc Aurèle*, p. 566.

christianisme ait tué l'empire : mais la question n'est pas là. Il a certainement étouffé pour mille ans (jusqu'à la Renaissance) la culture antique. Un empire chrétien devait avoir à cet égard à peu près les mêmes résultats qu'une invasion de barbares : on l'a bien vu à Byzance. Comment Libanius ne le soupçonne-t-il point? Comment oublie-t-il ses chers temples et les chefs-d'œuvre de l'art, qu'il voue soudain à la ruine? Comment ne devine-t-il pas que son jeune ami Chrysostome allait bientôt ravager les sanctuaires du Liban? (Duchesne, II, p. 467.) D'ailleurs, le récit se termine par l'incendie du temple même de Daphné, allumé par les chrétiens d'Antioche. Et le juif Jechaïah conclut : « J'ai vu ainsi une idolâtrie en détruire une autre, mais il se passera, je crois, bien des âges avant que la seconde serve de voile, comme disait le maître Libanius, à d'aussi belles pensées que la première. »

SAINT AUGUSTIN ET M. LOUIS BERTRAND (1)

L'auteur de *la Cina* et de *Pepete le Bien-Aimé* (2) vient de faire ses débuts dans l'hagiographie. Débuts très brillants et accueillis par un murmure flatteur, dès la publication de ce *Saint Augustin* dans la *Revue des Deux Mondes*. Je crois bien qu'on a parlé de chef-d'œuvre... La plupart des lecteurs tireront de cet ouvrage, à divers points de vue, de vives satisfactions. Les catholiques, qui peuvent déjà s'enorgueillir de Paul Claudel, de Francis Jammes, de Charles Péguy, verront avec plaisir un écrivain de la valeur de M. Louis Bertrand confesser sa foi en termes exprès et enrichir d'un volume remarquable la littérature apologétique. On annonce qu'une édition de ce *Saint Augustin*, à l'usage de la jeunesse, va paraître sous peu ; il sufira d'en retrancher quelques épisodes, et il n'y aura rien à y ajouter, pour le rendre tout à fait édifiant.

---

(1) Louis Bertrand : *Saint Augustin*, 1 vol., Fayard.

(2) Voir *les Livres du Temps*, première série, pages 223-233.

D'autre part, les admirateurs du romancier qu'est M. Louis Bertrand retrouveront ici ses savoureuses qualités de conteur et de paysagiste. Il a eu raison d'appliquer à cet essai historique les procédés d'exécution du roman. On l'a dit très justement : l'Histoire est un roman vrai, le roman est de l'Histoire qui aurait pu être. L'historien qui ne se confine pas dans l'érudition et le romancier qui ne se consacre pas à la rocambolade ont tous deux le même objet, qui est de peindre la vie. Ce *SaintAugustin* est certes très vivant..

M. Louis Bertrand connaît à fond l'Afrique du nord, où s'est écoulée presque toute l'existence de l'évêque d'Hippone, : grand voyageur méditerranéen, excellent coloriste, il a reçu en outre la forte culture classique pour laquelle il s'est parfois montré ingrat, mais qui lui était indispensable en un tel sujet. Il a coutume de mépriser les livres, l'éducation livresque, et de n'apprécier que le plein air et l'activité pratique. Il affiche couramment un terrible modernisme, qui ne touche point à la théologie, mais qui est peut-être une hérésie tout de même, analogue et du reste antérieure à celle de M. Marinetti. Bien en a pris à ce précurseur du futurisme de posséder, comme ancien normalien, les bonnes méthodes pour l'étude du passé. Il a pu lire les *Confessions* dans le texte, et non pas simplement dans l'étonnante paraphrase qu'Arnauld d'Andilly donnait tranquillement pour une traduction. Il a su évoquer non seulement les sites et les villes où a séjourné Augustin, depuis les bourgades numides jusqu'à Rome et à Milan, mais aussi les mœurs locales et le milieu politique : il nous transporte vraiment dans l'empire romain de la fin du quatrième et des premières années du cinquième siècle.

C'est une fête de l'imagination. Tous ceux qu'enchantent le *Saint Paul* et le *Marc Aurèle* de Renan découvriront, quoique à un degré un peu moindre, les mêmes attraits dans le *Saint Augustin* de M. Louis Bertrand. Malheureusement, il y a d'autres mérites qui lui font défaut, et qui étaient d'ailleurs parfaitement compatibles avec son orthodoxie religieuse, mais qui l'étaient moins avec ses principes et ses dons littéraires. S'il oppose constamment aux idées ce qu'il appelle la vie, c'est peut-être qu'il érige en système sa propension naturelle à être moins idéologue que pur impressionniste. Il esquive habituellement les exposés d'idées et, s'il s'y aventure, il ne manque guère de s'embrouiller. Peu importe, tant qu'il nous raconte les faits et gestes de rouliers ou d'apaches algériens. Lorsqu'il s'attaque à un personnage de l'envergure de saint Augustin, l'inconvénient devient plus grave, et l'on finit par se demander si ce sujet, malgré les apparences, lui convenait entièrement.

Le prologue (ou préface) contient des assertions extraordinaires. On y apprend que Jansénius a eu bien tort de se réclamer de saint Augustin et que s'il y a des hommes qui ne ressemblent pas à celui-ci, ce sont les jansénistes. A la bonne heure ! C'est là une thèse imprévue et hardie : l'auteur va sans doute employer la majeure partie de son livre à la démontrer. Détrompez-vous! La question de la grâce obtient quelques lignes à la page 363 et un paragraphe à la page 436. Dans ce dernier passage, on lit ceci :

Cette âme si douce, si mesurée, si délicatement humaine, formula une doctrine impitoyable qui est en contradiction avec son caractère. Mais il estimait sans doute qu'en face des ariens et des pélagiens, ces ennemis du Christ, qui demain peut-être seraient les maîtres de l'empire, on ne pouvait trop affirmer la nécessité de la rédemption et la divinité du Rédempteur.

M. Louis Bertrand mêle ici deux affaires très différentes : celle de l'arianisme et celle du pélagianisme (1). Pélage ne niait nullement, comme Arius, la divinité et la consubstantialité du Fils. Et voilà ce que l'auteur d'un volume de quatre cent soixante pages sur saint Augustin donne à la question de la grâce ! En tout état de cause, ce serait dérisoire. Mais après avoir affirmé, contrairement à l'opinion générale et peut-être à l'évidence, que le jansénisme n'a rien de commun avec saint Augustin, c'est en vérité se moquer du monde.

Où M. Louis Bertrand prend-il que la « doctrine impitoyable » de la prédestination, adoptée plus tard par Calvin, puis par Jansénius, et aujourd'hui abandonnée non seulement par l'Eglise catholique depuis le Concile de Trente, mais par toutes les Eglises chrétiennes, « sauf par quelques sectes attardées du protestantisme » (Scherer), où M. Bertrand prend-il que cette doctrine de saint Augustin soit en contradiction avec son caractère ? *A priori*, si l'on considère la place capitale qu'elle a tenue dans sa vie et dans son œuvre, c'est bien invraisemblable. Mais en fait, c'est absolument faux. Sa doctrine de la grâce s'accorde pleinement avec son caractère, qui n'était ni doux ni délicatement humain. Augustin était, au contraire, un évêque dogmatique et autoritaire, un apôtre violent, un chrétien

(1) Bien entendu je n'accuse pas M. Louis Bertrand d'ignorer la différence de ces deux hérésies, mais de les avoir arbitrairement accouplées dans une phrase qui prête à la confusion.

sombre et rigoriste. La théorie de la prédestination s'est toujours accompagnée d'une austérité intransigeante : on l'a vu chez Calvin, puis à Port-Royal. L'initiateur n'avait pas fait exception.

M. Louis Bertrand a été abusé par les développements et les effusions sur l'amour de Dieu, dont les *Confessions* sont abondamment ornées. Il en conclut que, pour Augustin, Dieu n'est pas un justicier redoutable, mais un tendre père. M. Bertrand oublie que le devoir d'aimer Dieu était un point sur lequel les jansénistes se montraient intraitables, tandis que les molinistes restaient plus indécis. Boileau, très favorable au jansénisme, s'emporta un jour contre un jésuite qui n'affirmait pas qu'on fût en conscience obligé d'aimer Dieu. Tout comme M. Bertrand, Arnauld d'Andilly s'émerveille de « ce feu de l'amour divin qui a embrasé le cœur de saint Augustin », mais, plus versé dans les problèmes de spiritualité, le port-royaliste discerne que si les *Confessions* sont un « ouvrage d'amour », cet amour ne s'attache qu'aux félicités éternelles et consume « une grande âme que nulle créature n'occupait plus ». En d'autres termes, saint Augustin n'aimait Dieu si ardemment qu'en raison d'un complet détachement des biens périssables et des affections terrestres. L'amour divin, c'était pour lui la haine de la nature. Nul n'est plus convaincu de la perversité foncière de l'homme et même de l'enfant; nul ne pourchasse plus farouchement la concupiscence qu'il aperçoit partout. L'horreur de la chair est chez lui une idée fixe : une obsession de morale ascétique et tyrannique remplit les *Confessions* et toute son œuvre.

D'autre part, il fit appel au bras séculier contre les hérétiques après quelques tergiversations et contre les païens sans aucun scrupule : Gaston Boissier (1), si timoré, le qualifie de « théoricien de la persécution légitime ». Oui, c'est saint Augustin qui a édifié la théorie d'où sont sorties l'Inquisition et les dragonnades, et il l'a fait appliquer lui-même chaque fois qu'il l'a jugé utile au bien de l'Eglise. M. Louis Bertrand prétend (page 386) qu'Augustin et plus généralement l'Eglise chrétienne persécutrice ne faisaient que continuer la tradition créée par les persécutions païennes. On pourrait se demander où était alors le progrès moral. Mais en outre, ce n'est point exact. Le régime de l'empire romain était en principe la tolérance, et de nombreuses religions et sectes ont pullulé sur son territoire sans être jamais inquiétées. Le christianisme seul a été persécuté, moins qu'on ne l'a dit, et on a beaucoup exagéré le nombre des martyrs ; mais enfin il a été réellement persécuté, pour deux motifs : d'abord parce que les chrétiens refusaient l'hommage rituel aux empereurs, qui était une formalité civique plutôt que vraiment religieuse (et qui fut d'ailleurs maintenue sous les empereurs chrétiens) ; en second lieu à cause de l'intolérance agressive des chrétiens, dont Corneille nous a montré dans *Polyeucte* un exemple caractéristique. Le paganisme, n'encourant aucun de ces deux griefs, aurait dû, en bonne équité, bénéficier sous les empereurs convertis de la liberté qu'il avait accordée avec ces seules réserves à tous les autres cultes. On peut consulter à ce propos l'excellent ouvrage de M. Bouché-Leclercq sur *l'Intolérance religieuse et la Politique* (2).

Quoi qu'il en soit, où donc M. Louis Bertrand,

(1) *La Fin du Paganisme.*
(2) 1 vol. Flammarion.

qui ne nie pas la propension persécutrice d'Augustin, et s'efforce seulement de l'excuser ou de l'atténuer, discerne-t-il là dedans une douceur particulière ? C'est Renan qui avait raison, dans la conclusion de son *Saint Paul.* (Saint Augustin avait pris dans saint Paul les éléments de sa doctrine de la grâce, mais en allant à l'excès et en faisant même avec la Vulgate un contre-sens dans une phrase de l'épître aux Romains (1).) Renan affirmait ses préférences pour saint François d'Assise et l'auteur de l'*Imitation*, qui lui semblaient plus fidèles à la parole du Maître. « Ce n'est plus l'épître aux Romains qui est le résumé du christianisme, c'est le Discours sur la montagne. Le vrai christianisme, qui durera éternellement, vient des Evangiles, non des épîtres de Paul... Paul est le père du subtil Augustin, de l'aride Thomas d'Aquin, du sombre calviniste, de l'acariâtre janséniste, de la théologie féroce qui damne et prédestine à la damnation... » Si le dessein essentiel de M. Louis Bertrand était de réfuter ce jugement en ce qui concerne saint Augustin, il faut dire que son livre est manqué.

Un détail curieux, c'est qu'étant un historien sincère et loyal, M. Bertrand a longuement insisté, sans réticences et sans ménagements, sur l'épisode biographique qui révèle le plus crûment cette rudesse de caractère de saint Augustin. Je veux parler du brutal renvoi de la mère de son fils Adéodat. Les faits sont consignés dans les *Confessions.* M. Bertrand ne les pallie point et en souligne même toute la signification. C'est après neuf ans de vie commune qu'Augustin a congédié cette mal-

(1) Mgr Duchesne : *Histoire ancienne de l'Eglise*, tome III, chapitre VI.

heureuse; il l'aimait, dit-il; elle l'aimait en tout cas, elle lui avait donné un fils (qu'il garda), elle était irréprochable et, par-dessus le marché, chrétienne! Pourquoi ne l'a-t-il donc pas épousée? C'est que sa mère, sainte Monique, qui avait consenti à vivre sous le même toit que cette concubine, ne daigna accepter sous aucun prétexte une mésalliance. Elle voulait pour son fils un beau mariage. Et il se laissa faire. La pauvre abandonnée donna à Monique et à Augustin une leçon de dignité : elle s'éloigna sans plainte et vécut pieusement dans la retraite. Tel était l'ascendant des préjugés de caste, de l'égoïsme bourgeois et, comme dit M. Bertrand, des plus « sordides calculs d'intérêt » sur ce futur saint et sur cette sainte en exercice. On ne voit point d'excuse à Monique. Augustin en a une: cet incident peu glorieux appartient à la période de ses désordres et a précédé sa conversion. Ce n'est pas le saint, ni même le chrétien, mais le débauché qui est responsable. Soit! Mais il y a des débauchés moins durs. Cette âpreté innée se conserva, sous d'autres formes chez Augustin. Au surplus, les idées et les sentiments évoluent; le fond du tempérament ne change guère. Pour nous faire regarder Augustin comme un homme sensible, il faudrait pouvoir supprimer le chapitre XV du sixième livre des *Confessions*. C'est bien ce qu'a essayé de réaliser Boissier, qui résume l'incident par ces mots : « Elle le quitta... » Mais le texte original subsiste, et on lira les *Confessions* plus longtemps encore que *la Fin du paganisme*, où il y a d'ailleurs des inspirations plus heureuses.

Par exemple, Boissier admet que les mœurs n'étaient pas si corrompues au quatrième siècle qu'on l'a prétendu. beaucoup sur le témoignage des apologistes et spécialement d'Augustin : il estime en outre qu'Augustin n'a pas compris grand'chose au paganisme. M. Louis Bertrand accable avec un zèle de néophyte la vieille religion de l'antiquité. Il n'y voit que mesquinerie, laideur, superstition. Il s'écœure à la pensée des sacrifices d'animaux (alors interdits depuis un siècle); il affirme que voir dans le paganisme la religion de la beauté, c'est une invention des esthètes d'aujourd'hui! Il oublie Hypatie, Libanius et quelques autres, pour ne citer que des contemporains d'Augustin : il oublie le καλὸν κἀγαθόν, et Platon, et les vieillards troyens qui admiraient Hélène auprès des Portes Scées. Augustin aurait pu être tout de même un profond chrétien, un éminent docteur, le premier des Pères de l'Eglise d'Occident : il aurait sans doute parlé avec moins d'animosité et d'injustice du paganisme, s'il avait mieux su le grec. Il ne le savait pas du tout; il a lui-même avoué qu'il avait lu Platon pour la première fois à trente-deux ans, dans une traduction latine! Cette culture insuffisante explique aussi son style de mauvais goût, sautillant, brillanté, tout en allitérations, en jongleries et en cliquetis de mots.

Gibbon, dans son énorme *Histoire de la décadence de la chute de l'empire romain*, accorde à peine une page à saint Augustin : « Quelques critiques modernes, dit l'historien anglais, ont pensé que son ignorance de la langue grecque le rendait peu propre à expliquer les Saintes Ecritures, et Cicéron ou Quintilien aurait exigé la connaissance de cette langue dans un professeur de rhétorique. » C'est féroce et un peu sommaire. Saint Augustin reste un personnage considérable, qui laisse une œuvre immense et qui suscite toujours l'admiration par son éloquence, sa fécondité et son ardeur apostolique; mais on ne distingue en lui rien qui nous ressemble. Que nous soyons croyants ou non, nous ne le sommes assurément pas comme lui. M. Louis Bertrand chante son « âme fraternelle » : il le présente comme un intellectuel venu à l'action et à la foi. Mais son intellectualisme était médiocre, et son christianisme subséquent affecta une nuance aujourd'hui hors d'usage. C'est un grand homme, sans doute ; mais Homère et Virgile sont beaucoup plus près de nous.

OCTAVE MIRBEAU (1)

Le nouveau roman de M. Octave Mirbeau est l'histoire d'un chien, — personnage éminemment désigné aux prédilections d'un philosophe cynique. C'est un livre très amusant, comme tout ce qu'a écrit M. Octave Mirbeau. Je sais qu'il y a nombre d'honnêtes gens que M. Octave Mirbeau n'amuse pas, mais irrite, indigne et scandalise. Il l'entend bien ainsi, et son plaisir, à lui, consiste précisément à les exaspérer. Pour y réussir, tous les moyens lui sont bons. Il n'emploie pas toujours les mêmes, car tout homme a besoin de varier ses divertissements et un écrivain doit renouveler sa matière; mais il se propose toujours le même objet, à savoir de faire hurler les gens calmes et raisonnables, tout en exerçant ses dons exceptionnels de virulence et de causticité.

En 1883, il fondait une petite gazette hebdomadaire,

(1) *Dingo*, 1 vol. Fasquelle.

à l'instar de la *Lanterne* d'Henri Rochefort, et qui s'appelait les *Grimaces*. Son premier article était intitulé : « Ode au Choléra ». On y lisait ceci :

Autrefois la France était grande et respectée... Des hommes la prirent et commencèrent sur elle l'œuvre maudite. Ce que l'Allemand n'avait pu faire, des Français le firent; ce que l'ennemi avait laissé debout, des républicains le renversèrent. Ils s'attaquèrent aux hommes, aux croyances, aux respects séculaires du pays. Ils chassèrent le prêtre de l'autel, la sœur de charité du chevet des moribonds et traquèrent Dieu partout où la prière agenouillait ses fidèles devant la Croix outragée. Comme ils avaient peur de l'armée, ils l'insultèrent... Ils apprirent aux soldats à mépriser leurs chefs, encouragèrent la révolte, primèrent l'indiscipline, exaltèrent le parjure... Ce n'était pas assez de la politique de haine, il leur fallait la politique de l'ordure... Le marquis de Sade dut compléter l'œuvre de Jules Ferry. Priape s'associa avec Marianne. Ils appelèrent alors la littérature obscène à leur secours, et pendant que les livres religieux étaient proscrits des écoles, l'on vit s'établir aux devantures des libraires, librement protégé, tout ce qui se cachait honteusement au fond de leurs bibliothèques secrètes, etc.

Et M. Octave Mirbeau appelait sur ces criminels, les républicains, la justice du choléra exterminateur. Nous qui ne lisions pas encore les journaux en 1883, nous n'avons connu qu'un Mirbeau farouchement anticlérical, internationaliste et anarchiste. En 1883, il était non moins farouchement catholique, militariste et royaliste. Il défendait même la pudeur et les bienséances, avec lesquelles il devait prendre, par la suite, quelques libertés. Dans le second numéro des *Grimaces*, il reprochait au *Figaro* d'avoir, en somme et malgré son enseigne conservatrice, uniquement servi la République. Il qualifiait ce journal de « funeste en politique » pour avoir été « la cause principale du désarroi des conservateurs ». M. Octave Mirbeau se souvenait encore d'avoir été sous-préfet du Seize-Mai. Et l'ardeur de ses convictions religieuses supposait une opinion très différente de celle qu'il devait exposer plus tard, dans *Sébastien Roch*, sur l'enseignement des jésuites, qu'il avait reçu au collège de Vannes. Un de ses biographes, M. Edmond Pilon, a dit : « Comme celle de Jules Vallès, l'enfance de M. Octave Mirbeau a été d'un réfractaire. » En 1883, il avait trente-trois ans, et le réfractaire tardait encore à se montrer.

Une légère évolution semble se dessiner dans le cinquième numéro des *Grimaces* (18 août 1883), à l'occasion de la mort du comte de Chambord :

Le comte de Chambord était resté le Prince. Il fût peut-être devenu le Roi. Dieu ne l'a pas permis. Avec lui meurt la Royauté... Le comte de Chambord avait l'âme trop belle, l'intelligence trop haute, le cœur trop généreux pour régner sur nous. Les peuples ont les gouvernements qu'ils méritent, et la France ne méritait pas ce gouvernement de bonté, de justice et de pardon.

Ici s'annonce déjà la manie de dénigrer son pays, manie qui devait inspirer une part de plus en plus considérable de l'œuvre de M. Octave Mirbeau. Mais puisqu'il tient la royauté pour morte, va-t-il se proclamer républicain ? Pas encore !

A la France, corrompue et salie par la République, il faut non point la main bénissante d'un roi, mais la poigne pesante et armée d'un dictateur. Il faut, au lieu des chants d'allégresse célébrant la venue du Bienfaiteur, le cliquetis des sabres traînant sur les trottoirs, le pas lourd des patrouilles résonnant sur le pavé des rues et la menace grondante des casernes. Il faut des flots de sang pour laver ces flots de pus.

Bref, si M. Octave Mirbeau cesse d'être royaliste et répudie les princes d'Orléans, « enfants gâtés de la Révolution », c'est pour devenir provisoirement bonapartiste ou césarien. Dans le sixième numéro, il se révèle même antisémite. Telles étaient, il y a trente ans, les aspirations du futur collaborateur de l'*Aurore*.

Il n'y a d'ailleurs aucun argument à tirer de ces variations ni contre l'une ou l'autre des doctrines que M. Mirbeau a successivement soutenues, ni contre M. Mirbeau lui-même, dont la bonne foi n'a jamais été douteuse à aucune étape de sa vie. Car non seulement il avait, comme tout le monde, le droit de changer, mais il n'a pas changé tant que cela et l'on aurait tort de trop regarder aux apparences. En réalité, si l'on va au fond des choses, M. Octave Mirbeau ne s'est pas démenti un instant. L'essentiel, pour lui, c'était l'attaque aussi violente et mordante que possible contre la société contemporaine et même contre toute société. Il lui faut un parti, comme on a besoin d'un point d'appui pour frapper de grands coups. Peu lui importe l'étiquette de ce parti, pourvu qu'il soit d'opposition intransigeante. On est également bien placé, à l'extrême droite ou à l'extrême gauche, pour invectiver contre le centre. Une étonnante conversion, une criante palinodie, une totale métamorphose de M. Octave Mirbeau, c'eût été son adhésion aux idées gouvernementales et modérées. En passant d'un extrême à l'autre, il est resté fidèle à sa nature de pamphlétaire paroxyste et forcené. Homme de lettres avant tout, il a constamment pratiqué le même genre littéraire, et l'on peut donner sa carrière pour un modèle d'unité. Une certaine incohérence, qui lui est habituelle, résulte de son tempérament toujours identique et ne détruit pas cette harmonie supérieure.

Ses romans sont aussi des pamphlets et se recommandent par leur âpreté satirique ou leur brutale truculence. Le goût de la crudité est assez répandu chez les écrivains de cet ordre, et s'il en est un aujourd'hui dont la coprolalie invétérée dépasse celle de l'anarchiste Mirbeau, c'est le catholique Léon Bloy. Pour la hantise de l'ordure et la virtuosité dans l'usage du vocabulaire poissard, seul l'auteur des *Dernières colonnes de l'Eglise* peut l'emporter sur celui de la *628-E-8*. Mais M. Léon Bloy, malgré tout, appartient à une autre sphère intellectuelle, et ses romans, *le Désespéré*, *la Femme pauvre*, ont plus d'envergure et de style. M. Octave Mirbeau procède de l'école naturaliste. Peu s'en est fallu qu'il ne collaborât aux *Soirées de Médan*. Même lorsqu'il peint une passion tragique, comme dans *le Calvaire*, ou un caractère furieusement original, comme dans *l'Abbé Jules*, il applique l'esthétique de l'école, sa minutie morose dans l'étude du détail vulgaire. Toute l'œuvre de M. Octave Mirbeau est remplie d'une foule de petits bourgeois, de paysans ou de domestiques, invariablement répugnants, ridicules et stupides. On a souvent l'impression d'un jeu de lettré, transposant des commérages d'office, et le *Journal d'une femme de chambre* est peut-être le chef-d'œuvre de M. Octave Mirbeau. J'ai lu quelque part que Tolstoï l'avait félicité pour la profonde moralité de ce *Journal d'une femme de chambre*. Je n'y contredirai point. Oscar Wilde avait décerné le même certificat aux romans d'Émile Zola. C'est au point de vue artistique qu'il les jugeait critiquables et qu'on peut en effet, malgré l'espèce d'attrait que le souffle épique de Zola ou la goguenardise frénétique de M. Mirbeau prêtent à de semblables histoires, en déplorer la foncière insignifiance. Que nous chaut l'ignominie ou la sottise de ces gens, qui ne comptent pas plus que les balayures de l'omnibus de Pentonville, comme disait Ruskin, et n'existe-t-il point d'autres types d'humanité un peu plus intéressants ?

M. Octave Mirbeau se moque volontiers des psychologues, des idéologues ou idéalistes, des symbolistes et plus généralement des poètes. Cependant son art à lui ne retient un moment notre attention que par un tour de force, par le prestige de sa verve, et l'on s'en fatiguerait assez vite, car les sujets qu'il affectionne sont parfaitement insipides en soi. On déplore parfois que la politique — révolutionnaire ou réactionnaire, peu importe — n'ait pas absorbé davantage M. Octave Mirbeau et qu'il ait gaspillé une partie de son talent à caricaturer avec emportement des êtres dont la plate banalité ne mérite que le silence. Il en a eu sans doute le sentiment, et c'est pourquoi, dans la *628-E-8*, sous couleur d'impressions de voyage, il avait abandonné le roman réaliste pour revenir au pur pamphlet sous une forme fantaisiste et discursive. Cette *628-E-8*, qui serait un livre fort haïssable, si on le prenait tout à fait au sérieux, est peut-être néanmoins celui qu'on relirait le plus volontiers parmi tous ceux de M. Octave Mirbeau. Ce génie de la diatribe, qu'il possède à un si haut degré et dont nous pouvons nous divertir en dilettantes sans acquiescer le moins du monde à d'agressifs et fallacieux parodoxes, s'exerce au moins cette fois sur des questions qui peuvent nous captiver, valeur de l'esprit français, de l'esprit allemand, de l'esprit belge, futurisme (M. Octave Mirbeau est, avec Vallès, le précurseur direct de M. Marinetti), etc...

Dingo continue la série des ouvrages composites et fragmentaires où un lien un peu lâche réunit des épisodes et des digressions hétérogènes. Mais sans contester l'agrément très vif de ce *Dingo*, on regrettera peut-être qu'il fasse moins songer à la *628-E-8* qu'aux *Vingt et un jours d'un neurasthénique*. Les aventures du bon chien Dingo servent de prétexte à divers récits et portraits qui se rattachent à la veine réaliste de M. Octave Mirbeau. Il nous présente notamment toute une galerie de paysans peu sympathiques, mais peu inédits, qui ressemblent à ceux de Balzac ou à ceux de Zola, parfois même, plus simplement, aux « bons villageois » de Sardou. Ils sont rapaces, hargneux, tracassiers, routiniers, méfiants, malveillants, exploiteurs. Ils ont tous les défauts qui peuvent rendre la vie insupportable à des voisins de nerfs sensibles, mais qui ne fournissent pas des spectacles bien palpitants à l'observateur désintéressé. Les finasseries du maire Théophile Lagniaud et du garde champêtre Cornelius Fiston, la désinvolture du voiturier Vincent Péqueux, dit La Queue, les criailleries et les déportements de la grosse Irma Pouillaud nous laissent assez froids, et nous sommes modérément émus par les difficultés que rencontre M. Mirbeau pour faire couper ou vendre ses foins.

Plus savoureuse est l'histoire du maréchal ferrant et cabaretier Jaulin, radical méliniste, électeur influent et usurier, qui a le mérite d'être gai dans un pays où tous sont tristes, bon enfant alors que ses concitoyens sont tous méchants et jaloux ; car cet homme si gai et si bon enfant descelle les pierres d'une sorte de balcon sans garde-fou, afin que sa vieille mère choie dans le vide et se fracture le crâne, ce qui ne manque pas d'arriver. On ne saurait se débarrasser de sa mère plus discrètement. Personne ne s'y trompe dans le village et l'on se plaît à reconnaître que ce Jaulin a « du tact ». L'anecdote du vieux petit chemineau qui étrangle et viole une fillette est un peu prévue, mais se relève par un trait plaisant : la foule pousse des cris sur son passage, mais sans beaucoup d'entrain et en quelque sorte pour la forme, parce que, après tout, il n'a rien volé ! Cependant M. Mirbeau, que révolte ce souci unique de la propriété, s'échauffe dans une tirade sur les pillages qu'il attribue, plus ou moins exactement, aux troupes européennes en Chine. La propriété a pour lui plus ou moins d'importance selon qu'il s'agit de flétrir les paysans ou les militaires. Le principal est qu'il flétrisse quelqu'un. Assez comique, le tableau de l'inaltérable confiance que ces paysans si soupçonneux accordent à des notaires, qui lèvent le pied régulièrement, sans que l'autorité du notariat en soit jamais atteinte. Il y a aussi Pierre Piscot, journalier très pauvre, assez ivrogne, mais plus affranchi que ses congénères, et qui devient victime d'une machination judiciaire comme en ont conté Georges Courteline et Jules Moinaux. Il y a encore l'entomologiste Édouard Legrel, auteur de savantes recherches sur la myologie de l'araignée, et qui passe pour un génie méconnu, mais n'est qu'un vaniteux et un ignorant, etc.

Et Dingo ? Dingo est le représentant d'une race australienne, c'est-à-dire de la vie sauvage selon la nature. Il est beau, il est fort, il est affectueux, il a toutes les qualités. Mais ses libres instincts ne s'adaptent pas très bien aux exigences de la vie dite civilisée. Il a des idées exclusivement réalistes : il n'habite pas un « chenil d'ivoire » ; il se moque de l'idéal ; c'est un esprit sain. Il a besoin de liberté, de soleil, d'espace et de carnage. Il savoure pleinement les joies, si touchantes, de la destruction. Il commence par massacrer toute la basse-cour de son maître, poules, dindons, paons, lapins de Sibérie. Il assassine ensuite méthodiquement dans tout le village où il ne reste bientôt plus d'autres bêtes vivantes que les villageois. Il rayonne dans la campagne, égorge même les moutons et les bœufs, puis, un peu avant l'ouverture de la chasse, tous les lièvres et toutes les compagnies de perdreaux. Il expédie pareillement le mouton précieux et rare envoyé à Mlle Irène Legrel par sir John Lubbock. Tout le pays est terrorisé et ameuté contre Dingo et contre son propriétaire. Que pense M. Mirbeau de ces exploits meurtriers ? Il les trouve extrêmement drôles. Il lui est impossible de condamner sincèrement les crimes de Dingo. Il se résigne à payer des indemnités et finalement à déménager. Mais il est ravi que le terrible chien le venge de ces odieux paysans et réveille en lui « cette exaltation sanguinaire qui dort obscurément au fond de l'âme de tous les braves gens ». Dingo avait gardé les saines allégresses de la nature, il était pur de tout contact humain, vierge de toute civilisation. Aussi M. Mirbeau n'a-t-il pour lui que de l'affection, de l'admiration, il va même jusqu'à dire du respect. Eh quoi ? Cet internationaliste, ce pacifiste, ne réprouve donc plus l'effusion du sang ? Pas le moins du monde. Apparemment, ce qui lui déplaît dans la guerre, c'est qu'elle s'accomplisse pour le bien de la patrie. Anarchiste avant tout, il apprécie le meurtre, s'il est élégamment exécuté par un individu émancipé. « Qu'importent les vagues humanités, si le geste est beau ? » Il n'a pas la prétention de réformer la nature, qui comporte de perpétuelles tueries et ne fait aucun cas de la vie des faibles.

Vous vous souvenez peut-être du panégyrique de la nature que prononçait l'abbé Jules :

> Qu'est-ce que tu dois chercher dans la vie ? Le bonheur... Et tu ne peux l'obtenir qu'en exerçant ton corps, ce qui donne la santé, et en te fourrant dans la cervelle le moins d'idées possible, car les idées troublent le repos et vous incitent à des actions inutiles toujours, toujours douloureuses et souvent criminelles... Ne pas sentir ton moi, être une chose insaisissable, fondue dans la nature, comme se fond dans la mer une goutte d'eau qui tombe du nuage, tel sera le but de tes efforts... Le mieux est de diminuer le mal, en diminuant le nombre des obligations sociales et particulières, en t'éloignant le plus possible des hommes, en te rapprochant des bêtes, des fleurs, en vivant comme elles de la vie splendide qu'elles puisent aux sources mêmes de la nature, c'est-à-dire de la Beauté...

Mais encore imbu, sans doute, d'un reste de préjugé chrétien, l'abbé Jules ajoutait : « Tu ne tueras point... » M. Mirbeau a fait de nouveaux progrès dans la philosophie naturaliste. Lorsque Dingo meurt de maladie, M. Mirbeau dit : « On ne prend pas un chien de la brousse pour en faire un chien d'appartement... Il tuait les poules, mais il m'aimait et je l'aimais... » Les chiens d'appartement, c'est nous, hommes modernes, enfermés dans nos lois et nos cités : M. Mirbeau préfère la brousse, avec le droit de tuer les poules, et tant pis pour les poules ! Ici, il est logique, et la nature lui donne raison. Reste à savoir s'il faut suivre la nature à la lettre, ou si *Dingo* n'aboutit pas à une démonstration par l'absurde des principes sociaux que l'abbé Jules, disciple éperdu de Jean-Jacques, avait niés à l'étourdie.

LE SERMON DE M. MAETERLINCK SUR LA MORT (1)

M. Maurice Maeterlinck a lancé, en plein carnaval, un ouvrage intitulé *la Mort*. C'était peut-être prématuré : mais il fut d'actualité le mercredi des Cendres. *Memento, homo, quia pulvis es et in pulverem reverteris!* Il faut ajouter que, sans prétendre à la folâtrerie, la méditation nécessairement un peu funèbre de M. Maurice Maeterlinck veut être rassurante. Nouveau Lucrèce, il ne prend la plume que pour dissiper les vaines terreurs et les superstitions. Il voudrait nous procurer à tous les bienfaits de ce que les philanthropes contemporains, enragés pour parler grec depuis que personne n'y comprend plus rien, appellent l'euthanasie, c'est-à-dire une mort aussi agréable que possible.

Il s'efforce donc de nous persuader qu'on peut très bien la regarder en face, quoi qu'en ait dit La Rochefoucauld, et que cette éventualité, pour qui veut bien y réfléchir, n'est nullement effrayante. Il s'accorde avec

(1) *La Mort*, 1 vol. Fasquelle.

Bossuet, auteur d'un autre sermon sur la mort plus généralement connu jusqu'à présent, pour nous avertir qu'il convient d'y penser à temps, sans attendre que la maladie nous ait épuisés et laissés sans défense contre les sombres mirages d'une imagination affolée. M. Maeterlinck entend dégager la mort de tout ce qui l'entoure et dont elle n'est point responsable. La maladie appartient à la vie, puisqu'on en peut guérir. L'agonie même pourrait être sinon abrégée, au moins adoucie par la science. « Ce n'est pas la mort qui attaque la vie : c'est la vie qui résiste injurieusement à la mort. » Autrement dit, c'est le lapin qui a commencé. M. Maeterlinck exagère un peu. Il ajoute : « Accusez-vous le sommeil de la fatigue qui vous accable si vous ne lui cédez point? » Eh! il y a une nuance. Le mot de « dernier sommeil » n'est qu'un euphémisme hardi. M. Maeterlinck nous détourne ensuite des réflexions shakespeariennes sur les horreurs du sépulcre. L'incinération empêcherait Hamlet de s'attarder avec les fossoyeurs. « Purifié par le feu, le souvenir vit dans l'azur comme une belle idée, et la mort n'est plus qu'une naissance immortelle dans un berceau de flammes. » C'est peut-être plus poétique, mais le *de cujus* n'y gagne pas grand'chose.

« Il n'est donc, continue M. Maeterlinck, qu'un seul effroi propre à la mort : celui de l'inconnu où elle nous précipite. » Est-ce le seul? Il y a aussi l'insurrection de l'instinct, la rébellion du vouloir-vivre, le déchirement des séparations. M. Maeterlinck fait trop bon marché de ces faits. Voyons comment il combat la crainte du saut dans l'inconnu. Il écarte les religions positives, qu'il ne juge pas fondées en raison. On peut du moins admettre qu'il sied de chercher des solutions rationnelles pour ceux qui n'adhèrent pas aux dogmes religieux. En dehors de ces enseignements dogmatiques, il y a quatre hypothèses : « l'anéantissement total, la survivance avec notre conscience d'aujourd'hui, la survivance sans aucune espèce de conscience, enfin la survivance dans la conscience universelle ou avec une conscience qui ne soit pas la même que celle dont nous jouissons en ce monde. »

M. Maeterlinck déclare un peu vite que l'anéantissement serait un dénouement de tout repos, puisqu'il terminerait tout. Il ne compte vraiment pas assez avec le vouloir-vivre et se persuade trop aisément qu'un au-delà de souffrances résume tout ce qu'on peut redouter. En fait, si quelques bouddhistes et quelques pessimistes, disciples de Schopenhauer ou de Leconte de Lisle, aspirent peut-être au néant, la majorité des hommes y répugnent profondément et ne regarderaient nullement cette perspective comme consolante. Je ne parle pas seulement d'hommes simples et vulgaires : un écrivain philosophe comme M. André Suarès s'insurge avec angoisse et avec fureur contre l'anéantissement. D'ailleurs M. Maeterlinck le tient pour impossible. Mais ses raisonnements paraissent un peu arbitraires et scolastiques.

Nous sommes prisonniers d'un infini sans issue où rien ne périt, où tout se disperse, mais où rien ne se perd. Ni un corps ni une pensée ne peuvent tomber hors de l'univers, hors du temps et de l'espace. Pas un atome de notre chair, pas une vibration de nos nerfs n'iront où ils ne seraient plus, puisqu'il n'est pas de lieu où rien n'est plus... Pour pouvoir anéantir une chose, c'est-à-dire la jeter au néant, il faudrait que le néant pût exister ; et s'il existe, sous quelque forme que ce soit, il n'est plus le néant... Il est aussi contraire à la nature de notre raison, et vraisemblablement de toute raison imaginable, de concevoir le néant que de concevoir des limites à l'infini...

Est-ce que cela vous semble très convaincant? D'abord on découvre avec quelque surprise que M. Maeterlinck ne discute même pas la réalité objective du temps et de l'espace. (Plus loin il notera en passant qu'on en peut douter, mais n'entrera pas davantage dans la discussion.) Ensuite, dire que si le néant existe, il n'est plus le néant, dire que l'existence du néant limiterait l'infini, chose impossible par définition, c'est tout bonnement jouer sur les mots. Le néant peut très bien exister en tant que néant : le non-être n'est pas un être, c'est entendu; mais nous pouvons concevoir la non-existence, puisque certains métaphysiciens conçoivent même celle de Dieu. De ce que l'univers serait infini (principe qui d'ailleurs n'est pas évident et a été controversé) il ne résulterait pas que tous les possibles soient nécessairement et simultanément réalisés. Dans l'intérieur de cet infini se meuvent d'innombrables êtres ou phénomènes finis, et M. Maeterlinck lui-même s'en apercevra deux cents pages plus loin : « En lui (dans l'univers) flottent des milliards de mondes bornés par l'espace et le temps. Ils naissent, meurent et renaissent. Ils font partie du tout, et l'on voit donc qu'il y a des parties de ce qui n'a ni commencement ni fin, qui commencent et finissent. » Il se réfute lui-même. Inutile de constater que notre corps ne s'anéantit pas, mais se dissout dans la matière, car c'est de notre pensée qu'il s'agit, et pour lui appliquer la règle du « rien ne se perd, rien ne se crée », il faudrait démontrer d'abord que cette pensée est une substance ou une force, et non pas une simple « phosphorescence », comme le professait M. Maeterlinck dans un précédent ouvrage, ou comme disait Taine, une série de phénomènes qui peut parfaitement prendre fin, sans laisser seulement un sillage après elle. Cette démonstration de la substantialité de l'âme, M. Maeterlinck ne l'a pas tentée. Faute de quoi l'hypothèse de l'anéantissement n'est pas détruite et reste même assez vraisemblable, d'autant plus que M. Maeterlinck n'invoque pas non plus, comme Rousseau ou Kant, l'argument moral, la nécessité d'une survie pour assurer le triomphe du bien, la récompense des bons et le châtiment des méchants.

La survivance avec conservation de la conscience individuelle est, d'après M. Maeterlinck, peu probable et même peu souhaitable. Il faut avouer qu'en dehors de la religion et de la morale, elle n'a guère pour elle que le vœu de la plupart des mortels, ce qui n'est, certes pas une preuve. La substantialité de l'âme ne suffirait même pas à garantir la persistance de la notion du moi. M. Maeterlinck est logique avec lui-même en ne s'arrêtant pas à cette seconde hypothèse. Il reproduit divers développements qu'on a déjà lus dans une étude sur l'immortalité, recueillie dans le volume de l'*Intelligence des fleurs*. Il montre sans peine que cette conscience du moi est fragile, intermittente, et fondée sur la mémoire qui est la plus débile de nos facultés. Où je ne le comprends plus, c'est lorsqu'il affirme que cette conscience du moi nous infligerait une affreuse gêne dans l'éternité, parce qu'exiger qu'elle nous accompagne dans l'infini pour que nous le comprenions et que nous en jouissions, ce serait vouloir percevoir un objet à l'aide d'un organe qui n'est pas destiné à cette perception. Pas du tout! Nous désirerions conserver notre conscience individuelle et la voir doter d'organes nouveaux nous permettant de comprendre l'infini et d'en jouir. Peut-être est-ce impossible, mais l'argumentation de M. Maeterlinck ne l'établit pas et sa comparaison de l'aveuglé-né en même temps paralytique et sourd se retourne contre lui. Cet infirme serait certes ravi de posséder enfin les sens qui lui manquaient et d'entrer ainsi dans un monde nouveau, mais sa joie serait accrue par le maintien de sa conscience personnelle et par le sentiment de l'identité de son moi naguère souffrant, maintenant tranporté au septième ciel.

Plus loin, M. Maeterlinck dira sans doute ; « Je suis persuadé que des êtres qui seraient des millions de fois plus intelligents que le plus intelligent d'entre nous ne le posséderaient pas encore (le secret de l'univers), ce secret devant être aussi infini, aussi insondable, aussi inépuisable que l'univers même. » Ce ne serait donc pas seulement notre chétive conscience individuelle, ce serait toute conscience humaine, même modifiée, transformée et agrandie, qui ne pourrait jamais comprendre l'infini. Cet infini ne pourrait être compris que de lui-même. (Et encore! S'il se dédoublait en sujet comprenant et en objet de compréhension, serait-il encore infini, c'est-à-dire unique?) Mais nous retombons dans la logomachie : car comprendre un objet n'équivaut pas à être cet objet, et si nous pouvons concevoir l'infini, comme l'admet M. Maeterlinck, pourquoi ne concevrions-nous pas son secret? Il répondra peut-être que concevoir n'est pas comprendre. Cependant un vrai concept suppose bien au moins un commencement de compréhension; et le concept qui n'en suppose pas du tout pourrait bien n'être qu'un mot. Les mots et les arguties sur des mots ont un rôle excessif dans la métaphysique de M. Maeterlinck.

Au surplus, après avoir nié, à la page 176, la possibilité de comprendre l'infini, il l'affirme à la page 200:

> ... Quant à celle-ci (à la douleur de ne pas comprendre), on en peut dire qu'elle ne serait intolérable que si elle était sans espoir: il faudrait que l'univers renonçât à se connaître ou admît en lui un objet qui y demeurât à jamais étranger. Ou la pensée (après la mort) n'apercevra pas ses limites et partant n'en souffrira pas, ou elle les outrepassera à mesure qu'elle les apercevra: car comment l'univers aurait-il des parties éternellement condamnées à ne pas faire partie de lui-même et de sa connaissance? En sorte qu'on ne comprend point que le tourment de ne pas comprendre, à supposer qu'il existe un instant, ne finisse par se confondre avec l'état de l'infini, qui, s'il n'est pas le bonheur tel que nous l'entendons, ne saurait être qu'une indifférence plus haute et plus pure que la joie.

Donc, même dans l'hypothèse préférée de M. Maeterlinck, c'est-à-dire survivance sans conscience du moi au sein de la conscience universelle, nous ne serions encore que des parties de l'infini et nous pourrions néanmoins le comprendre. Par conséquent, il n'est pas indispensable pour cela de s'identifier à lui. D'où il suit qu'une conscience individuelle peut aussi bien y parvenir qu'une conscience ayant perdu la notion de son individualité, mais demeurée partielle et inadéquate à l'infini. Je m'excuse de cet abus d'abstraction: l'auteur m'y a contraint.

Cependant, quoique un peu confus et incohérent, son livre se lit avec grand intérêt, et malgré quelques paralogismes, sa thèse ne laisse pas d'être soutenable. C'est une sorte de panthéisme optimiste qui n'a rien d'absurde en soi ni de foncièrement déplaisant. L'auteur a trop la notion des limites de la connaissance pour vouloir l'imposer. C'est, en somme, une rêverie de poète, et avec les chapitres où il démolit le plus spirituellement du monde les théories spirites tout en leur témoignant la plus franche cordialité, ses meilleures pages sont celles où, quittant le ton de l'école, il s'abandonne à sa fantaisie poétique et chante magnifiquement sa confiance dans la bonté de l'infini. En renonçant au pessimisme de ses premiers drames, il n'a pas perdu son sens du mystère et de l'inconnaissable, et il ne protestera peut-être pas très énergiquement si, pour lui emprunter une de ses images, on conclut que tout cela est très suggestif, parfois très beau, mais n'a pas au fond beaucoup plus d'efficacité que la pluie qui tombe sur la mer.

UNE CANTATE DE M. PAUL CLAUDEL (1)

« Les jeunes gens de mon temps ont perdu l'habitude de la vénération. Pour moi, je me trouve fort honoré de compter parmi mes contemporains Claudel que je n'ai jamais vu et dont je ne connais pas la figure. Mais il n'importe! Paul Claudel respire en même temps que moi sur la terre, et cette idée ne peut pas se présenter à mon esprit sans me donner du plaisir et de la fierté. Le monde des lettres n'a sans doute jamais été aussi avili qu'à l'époque actuelle, cela pour mille raisons qu'il serait oiseux d'analyser. Mais la présence, dans un siècle, de quelques hommes tels que Paul Claudel, permet à ce siècle de faire noblement figure en face de l'Histoire. » Ainsi s'exprime, dans la conclusion d'un récent opuscule, M. Georges Duhamel, du *Mercure de*

(1) *Cette heure qui est entre le printemps et l'été*, cantate à trois voix, 1 vol. in-4°. Editions de la *Nouvelle revue française*. — GEORGES DUHAMEL : *Paul Claudel*, 1 plaquette. Librairie du *Mercure de France*.

France, critique renommé et redouté pour la rudesse de ses jugements.

L'admiration de quelques autres critiques, qui ne sont d'aucun cénacle, et surtout le triomphe de *l'Annonce faite à Marie*, représentée cet hiver par M. Lugné-Poë, auraient pu nuire à M. Paul Claudel dans l'esprit de subtils censeurs dont la farouche indépendance n'apprécie que les génies méconnus. L'essai de M. Georges Duhamel arrive à propos pour dissiper ces craintes. Il avoue pourtant que les éloges et les applaudissements recueillis par M. Paul Claudel depuis un an n'étaient pas sans danger. « Singulière minute pour parler de Claudel que celle-là où les gens qui lisent semblent avoir pris parti. Heureusement Claudel, qui n'a cessé de tenir en grand mépris tout ce qui touche à la chose littéraire et à la vie littéraire, n'en a pas moins rencontré les quelques contempteurs nécessaires à sa gloire. » Le piquant de l'affaire, c'est qu'il en a rencontré dans la maison même où l'on rééditait son *Théâtre* et à laquelle appartient M. Georges Duhamel. Le critique dramatique du *Mercure de France*, M. Maurice Boissard, s'est exprimé sur M. Paul Claudel en termes si sévères, qu'il a un peu réhabilité aux yeux de son terrible collaborateur un écrivain fort compromis par des succès si imprévus sur la rive droite.

Il reste encore à M. Georges Duhamel une consolation. Il estime que les contemporains de M. Paul Claudel sont « trop près de son œuvre pour en découvrir toutes les raisons et en comprendre intégralement l'architecture... » Bref, il espère bien que ceux qui ont loué M. Paul Claudel ne l'ont pas compris. Et mon Dieu, ce n'est pas impossible. Qui sait ? On discute encore sur la signification d'*Hamlet* et du *Misanthrope*, de

Faust et de la *Divine Comédie*. Mon cher maître Faguet déclare que *Pantagruel* n'en a aucune, et que Rabelais n'est pas le moins du monde un penseur. Si les ouvrages de M. Paul Claudel prêtent à des explications diverses, il est en bonne compagnie. Les poètes ont le droit d'être un peu mystérieux : c'est un charme de plus, qui sied à la grande poésie, et l'on pourrait même soutenir qu'il lui est presque nécessaire. Mais on peut les admirer en toute sûreté de conscience sans être certain d'avoir pénétré tous les secrets de leur pensée. On peut goûter vivement la grâce et la fraîche majesté d'une forêt, et cependant s'y égarer, comme le Petit-Poucet : ce serait une aventure inoffensive, si M. Georges Duhamel ne semblait aspirer à y jouer le rôle de l'Ogre.

M. Paul Claudel est d'abord un poète dramatique, et c'est avant tout de ses drames, destinés principalement à être lus, bien que l'expérience du théâtre de l'OEuvre ait montré qu'ils pouvaient être joués, que j'ai dû m'occuper dans un précédent article (1). Mais le lyrisme est le trait essentiel du talent de M. Paul Claudel et ne s'affirme pas seulement dans la liberté et la fantaisie ailée de son dialogue si fréquemment shakespearien. Il a écrit des morceaux proprement lyriques, des *Hymnes*, qui ont paru dans des revues et ne sont pas encore réunies en volume, des *Vers d'exil*, insérés dans le quatrième tome de la nouvelle édition de son *Théâtre*, et surtout les *Cinq grandes odes suivies d'un processionnal pour saluer le siècle nouveau* (1910).

La troisième de ces *Cinq grandes odes* est un éclatant et fervent *Magnificat*, qui aurait réjoui César Franck, si épris de ce chant liturgique, au témoignage de M. Vin-

---

(1) Voir les *Livres du Temps*, première série.

cent d'Indy, et qui l'aurait peut-être inspiré pour ses improvisations à l'orgue de Sainte-Clotilde. Vous savez peut-être que M. Paul Claudel est chrétien et catholique : il le proclame assez haut dans ce *Magnificat*, dans toutes ces *Odes* et ces *Hymnes*, sans parler du *Chemin de la Croix* publié en 1911 par la revue *Durendal*. Ses pièces, au moins à partir de la seconde (*la Ville*), ne laissaient aucun doute à cet égard, et la première *(Tête d'or)*, sans aboutir encore à cette conclusion expresse, la faisait évidemment prévoir. M. Paul Claudel cherchait alors à la façon de Pascal : « Tu ne me chercherais pas, si tu ne m'avais déjà trouvé. »

Mais bien qu'il croie devoir lancer parfois l'anathème aux impies et manifester quelque dogmatisme, son âme de poète et d'artiste reste toujours largement ouverte aux autres courants intellectuels et aux autres formes de beauté. Il m'est revenu que M. Paul Claudel aimait Chateaubriand. Comme l'auteur des *Martyrs* et de l'*Itinéraire*, il a subi la séduction du paganisme et de l'hellénisme : sa belle et pénétrante *Ode aux Muses* en serait un témoignage suffisant, et l'on sait qu'il a pratiqué les tragiques grecs assez intimement pour donner une traduction de l'*Agamemnon* d'Eschyle. D'autre part, il a un profond sentiment de la nature et non pas seulement de la nature extérieure, des ciels et des paysages, mais de notre nature corporelle et sensuelle, du naturalisme humain. Il va beaucoup plus loin dans ce sens que saint François d'Assise ; il ne se borne pas à des effusions idylliques, mais connaît toute l'ardeur du sang et toute la fougue des passions. M. Paul Claudel est un poète chrétien pour qui le grand Pan n'est pas mort. Peut-être cela prouve-t-il simplement que sa foi ne l'empêche pas de se bien porter et d'y voir clair.

Au risque de ruiner définitivement cet auteur dans l'opinion de M. Georges Duhamel, je dois confesser que j'ai lu avec un extrême plaisir la « Cantate à trois voix » que M. Paul Claudel intitule : *Cette heure qui est entre le printemps et l'été*. Le joli titre, motif de rêverie à lui seul, et qui ne pouvait être trouvé que par un vrai poète ! Il n'a qu'un défaut : il est si expressif, si suggestif, qu'on s'attarde à le considérer et qu'on serait presque tenté d'imaginer un poème, au lieu de lire celui de M. Paul Claudel. Mais on y perdrait trop.

Trois femmes, que M. Claudel nomme Laeta, Fausta et Beata, « toutes trois parées... — Les bras et le sein dévoilés... — Assises... — La face levée au ciel... — Nulle de l'autre regardée... — Assises et demi-renversées. — En robes solennelles. — D'où dépasse la pointe d'un pied doré », sont réunies dans un site des bords du Rhône. Ce sont des personnages symboliques. La courte description que je viens de citer rappelle le goût des peintures galantes du dix-huitième siècle et des opéras ou des cantates mythologiques de Rameau. Le mot de cantate est tout à fait juste. De courts récitatifs dialogués relient les fragments lyriques, j'allais dire les airs, que chante successivement l'une ou l'autre des trois interlocutrices. Le style et la prosodie se rattachent à la manière symboliste, mais ont l'originalité propre à M. Claudel. Les récitatifs sont écrits en vers libres, rimés ou assonancés. Les airs sont en versets, spécialité claudelienne, ainsi que vous ne l'ignorez point. Les images magnifiques ou familières abondent. Ce n'est pas toujours absolument limpide, mais c'est toujours très beau.

Lacta, qu'on nous dit « fille du sol latin », personnifie la joie et la douceur de vivre, une sorte de paganisme ingénu. Fausta, c'est une princesse exilée, au cœur noble et fier, qui supporte courageusement l'adversité, mais que dévorent les fièvres romantiques. Beata, c'est l'idéaliste, l'élue, qui sait découvrir sous les apparences transitoires l'essence éternelle et divine. On peut, d'ailleurs, admettre que ces trois personnes représentent trois états, trois hypostases d'une même âme, celle du poète et, dans une certaine mesure, la nôtre. Telle est du moins l'interprétation que je propose, sans en garantir absolument l'exactitude. Je ne serais nullement surpris que certaines nuances m'eussent échappé.

Donc, c'est la dernière nuit avant l'été. Le printemps est fini : demain l'été commence. Ce moment climatérique excite traditionnellement l'allégresse populaire, qui le célèbre par les feux de la Saint-Jean. Wagner a situé à cette date la péripétie décisive de la vie de Hans Sachs. Dans la cantate de M. Paul Claudel, « cette heure qui n'est qu'une fois », ce « mot suprême de l'année » induisent Fausta et même Laeta en réflexions mélancoliques sur la fuite du temps. Beata leur réplique qu'elles ne savent pas voir, qu'elles ne savent pas entendre. Laeta se demande si celui qu'elle épouse l'aimera toujours; Fausta, si celui qui l'a quittée reviendra. Quant à Beata, celui qu'elle aime est mort : c'est pourquoi il ne lui échappera plus, elle le possède désormais à demeure, « tel qu'en lui-même enfin l'éternité le change », comme eût dit Mallarmé. Cette heure, qui n'est ni le jour, ni la nuit, cette heure qui est entre le printemps et l'été, ce point culminant de l'année, symbolise pour Beata precisément l'éternité, dont la saveur inoubliable peut se goûter dans un instant suprême, comme on aspire en une seconde toute l'âme d'une rose dans son parfum. « Ah ! je vous le dis, ce n'est point la rose, c'est son odeur, — Une seconde respirée qui est éternelle. » Laeta n'en disconvient pas: « A quoi sert d'être une femme sinon pour être cueillie? » Puis elle chante un « cantique du Rhône », qu'on peut citer même après Mistral. « Il faut bien des montagnes pour un seul Rhône! — Il n'y a qu'un seul Rhône et cent vierges pour lui dans les altitudes!... — Cent montagnes et au milieu d'elles un seul Rhône... — Toutes les sources de bien loin entendent sa voix, comme les vaches qui de cime en cime répondent à la corne du pasteur. — Tout conflue vers lui... » L'image est merveilleuse; mais observez comme ce poète de haute envolée use du mot propre et du détail familier. A quoi sert « la vie, sinon à être donnée? Et la femme, sinon à être une femme entre les bras d'un homme? » conclut Laeta, qui entonne ensuite un « cantique de la Vigne » vraiment digne de Bacchus.

C'est un dieu, sans doute, et non pas un homme qui a inventé de joindre, comme pour notre sang même, — Le feu à l'eau! — Un dieu, je vous le déclare, et non un homme, qui a inventé de faire tenir ensemble dans un verre, — Et la chaleur du soleil, et la couleur de la rose, et le goût du sang, et la tentation de l'eau qui est propre à être bue... — Ah! s'il ne veut point qu'elle le croie, — Il ne fallait pas que cet homme prenne la jeune fille par la main et lui dise qu'il l'aime et qu'elle est belle... — Ah! s'il ne veut pas épuiser la coupe, il ne faut pas y mettre les lèvres!... — Ah! s'il est avare et *s'il n'aime que ces choses qu'on acquiert l'une après l'autre...*, — Ah! s'il a toujours quelque chose à faire au préalable et besoin de s'enquérir et de juger et de savoir et de raisonner, — Ah! qu'il ne mette point les lèvres à cette coupe qui raccourcit le temps et nous donne tout à la fois! — Car, ah! cette vie est trop longue et le temps est ennuyeux, et le moment seul est éternel qui n'a aucune durée!... — Ah! s'il tient à rester intact, il ne faut point étreindre le feu! — Et si pour lui la coupe est inattendue, — Que sera-ce de la femme? Que sera-ce de la mort?

Le dernier trait ne s'accorde pas trop au caractère de Laeta, ou du moins à celui que je lui supposais. C'est le poète qui parle, semble-t-il, plutôt que son héroïne. Mais quelle impétuosité! Quel élan vers la vie intense et dionysiaque!

C'est le tour de Fausta, l'exilée. Dans le « cantique du Peuple divisé », elle évoque sa terre natale, la Pologne, et la houle infinie de ses moissons. Prisonnière, elle s'écrie : « Dites, qui me rendra l'espace libre et cet âpre coup de vent de la liberté qui vous enlève comme un garçon brutal qui fait sauter sa danseuse entre ses deux mains. » Mais comme Kundry, Fausta veut « servir ». Elle n'ouvre même pas sa « chambre intérieure », le secret de son amour, à l'époux qu'elle craindrait d'enlever au service de la patrie en le retenant auprès d'elle. En son absence elle administre ses biens et change tout en or. Mais elle finit par être accablée par la vanité de tout. Elle repousse les demi-mesures, les pieux mensonges. Elle est dévorée d'un « désir qui est pur de tout espoir »... Et elle finit son « cantique du Cœur dur » par cette exclamation satanique : « Si le désir devait cesser avec Dieu, — Ah! je l'envierais à l'enfer. »

Aux fureurs de cette malheureuse décidément insatiable s'oppose la quiétude transcendante de Beata : « Il fallait que celui que j'aime mourût. — Afin que notre amour ne fût plus soumis à la mort. » Et elle chante la mort de la chair, la vie de l'Esprit, le désir de la nuit et de l'éternel repos. Certains passages font songer à *Tristan et Yseult*. Mais le poème s'achève dans une tonalité sereine et apaisée qui, plus directement, rappelle les discours d'Anne Vercors, le père de Violaine : « Je vis, sur le seuil de la mort, et une joie inexplicable est en moi », ou encore certaines pages de l'*Art poétique* de M. Claudel sur « la mort, notre très-précieux patrimoine... ». C'est en quoi se révèle le christianisme immanent de cette cantate profane.

Dans sa cinquième Ode, M. Paul Claudel prononçait cette prière : « Faites que je sois comme un semeur de solitude et que celui qui entend ma parole — Rentre chez lui inquiet et lourd. » Je crois qu'il a été exaucé. Ce nouveau poème, paré de tant d'attraits, est de ceux qui inclinent aux longues méditations et laissent une impression aussi sérieuse que durable. C'est une des particularités de M. Paul Claudel. Au début, ses œuvres peuvent paraître un peu abstruses et hérissées, mais lorsqu'on a fait l'effort indispensable pour les bien connaître, on ne les oublie plus.

L'ASCÉTISME DE M. ANDRÉ SUARÈS (1)

M. André Suarès a donné coup sur coup trois volumes : dans le premier il maudit la chair et dans les deux autres l'esprit. Que reste-t-il ? Le cœur ! L'auteur de *Voici l'homme*, du *Bouclier du Zodiaque*, des essais *Sur la vie*, n'est pas de ceux qui évoluent volontiers (2). Il est capable de variété et surtout d'abondance, mais très attaché à certains thèmes fondamentaux et à certaines allures caractéristiques. Généralement original et souvent profond, il vise à la profondeur et cultive avec soin son originalité. C'est un prophète, un mystagogue, ou à tout le moins un intuitif. Il exècre la raison et les méthodes logiques. A quelques égards, il fait songer à Carlyle. Mais, malgré son mépris des anciens, il a subi, plus

---

(1) *Cressida*, 1 vol. Emile-Paul ; *Idées et visions*, 1 vol. *ibid.*; *Trois hommes (Pascal, Ibsen, Dostoïevski)*, 1 vol. Éditions de la *Nouvelle Revue française*.

(2) Voir *les Livres du Temps*, première série, pp. 288-298.

qu'il ne voudrait peut-être en convenir, l'influence gréco-latine. Sa tristesse romantique et sa septentriomanie ne l'empêchent pas d'être sensible à la beauté des formes. Et les souvenirs antiques le hantent. On dirait parfois d'un normalien déguisé. Il a écrit, en vers libres, il est vrai, une *Tragédie d'Electre et Oreste*. On ne s'étonnera point de le voir publier une *Cressida* qui, par delà Shakespeare, évoque le monde de l'*Iliade*, et qui, en dépit d'une manière plus dense et plus âpre, ressemble un peu à une fantaisie d'Anatole France ou de Jules Lemaître. On y discernera même, par surcroît, des indices d'une parenté secrète avec M. Gabriel d'Annunzio.

Cressida n'est pas un drame, mais une suite de scènes, interrompues par quelques récits ou parabases. M. André Suarès n'a pas suivi le scénario de Shakespeare, lequel s'était inspiré de Boccace et de Chaucer. Vous vous rappelez que dans Shakespeare, Cressida, présentée par son oncle Pandarus à Troïlus, cédait à l'amour de ce fils de Priam et lui jurait de grands serments de fidélité, puis devait se rendre comme captive au camp des Grecs, par suite d'un échange de prisonniers, et désespérait son doux ami par sa facilité à écouter les propos galants de Diomède. Cressida était un type d'inconstance ingénue et de naïve fragilité féminine. Émile Montégut pensait même que le nom de cette jeune Troyenne trop volage avait pu fournir la racine du mot français *grisette*. L'hypothèse étymologique est sans doute aventureuse, mais la psychologie de l'héroïne de Shakespeare ne prête pas à la discussion. M. André Suarès l'a complètement modifiée, comme c'était son droit, puisqu'il s'agit d'une fiction symbolique. Il semble n'avoir retenu du texte shakespearien qu'une réplique du début de la pièce, où Cressida confesse à Pandarus son penchant pour Troïlus.

mais ajoute qu'elle n'en laissera rien paraître (du reste elle n'exécutera pas plus cette résolution que les autres): « Les femmes, explique-t-elle, sont des anges tant qu'on leur fait la cour ; une fois obtenues, les choses perdent leur prix : l'âme du plaisir est dans la poursuite... Celui qui a obtenu est un maître, celui qui n'a pas obtenu est un suppliant... » La Cressida de M. André Suarès, merveilleusement belle et parfaitement froide, sera l'implacable coquette, l'idole de marbre, la femme fatale, qui n'aime qu'elle-même et se fait adorer de tous les hommes, mais les désespère sans merci.

Cressida abandonne sa chevelure à Troïlus, comme Mélisande à Pelléas : mais ce n'est qu'une manœuvre. « Avec douceur, Troïlus, lui dit-elle, passez le peigne dans l'herbe d'or parfumée. Caressez-moi du râteau, bon jardinier, sans me toucher. N'êtes-vous pas assez récompensé de tenir pour un moment, entre vos doigts, les moissons de la chevelure ? » Troïlus répond : « Je sais bien, sous le couvert de ce chaume en rayons, que tu souris. Sans voir ton visage, où résident toute la joie du monde et toute l'illusion, je sais que la raillerie pétille dans tes yeux, comme le soleil sur les vagues ; et j'entends que ton cœur est plein de rire : tu ris de m'avoir fait ton esclave. Je le fus, sourire de la mer ! Je le suis. » Et plus loin : « Tu te glisses dans mes moelles, et tu vogues, perfide, flux et reflux, sur les ondes de mon sang. Tu soulèves mes orages et tu les abats. Ta présence, tes cheveux, ton accent, le murmure de ta gorge, tes yeux que je devine, tu es une caresse de sel sur mon cœur à vif, et de feu, de miel cythéréen et de lave mordante, de fraîche menthe et de suie qui brûle. Et jamais, jamais ce ne sont tes lèvres... » Tout cela n'est-il pas un peu d'annunziesque ? Et voici du Sully-Prudhomme :

« Mystère du désir : un rien le fait naître ; un rien le tue et l'anéantit. Le timbre de la voix, une inflexion, un trait, une odeur, et le désir s'empare de l'homme, ou le déserte. Une ligne de plus ou de moins dans le sourire : plus de feu dans le regard, ou plus de mélancolie... » Vous vous souvenez ?

Comment fais-tu les grands amours,
Petite ligne de la bouche ?

Il existe un bleu dont je meurs
Parce qu'il est dans des prunelles...

Cressida, intraitable, se vante d'être « la reine criminelle, le doux fléau à faire voler la poussière des hommes », qui pour sentir l'églantine naissante de son sourire sur ses lèvres, marcheraient dans le cœur de leur mère. Elle considère que l'esprit n'est qu'un vieux sot, courbé sur les livres, et que la bonté n'est qu'une vertu de mendiant.

Il faudrait prendre mon cœur. Essaye, timide amant, déclare-t-elle à Troïlus. C'est alors que je serais petite et faible, et femme, comme toutes. Alors, tu jouirais d'être le maître, ô bel amant. Vaincue et prosternée, j'aurais toutes les vertus dans ma défaite, adorant la main qui frappe et qui m'a courbée. Tout l'univers travaille pour me parer et pour me plaire. Et très humblement, ployée sur mes genoux, j'offrirais à mon maître tout le travail du monde, me dépouillant pour lui, et ajoutant le don de moi-même à la dépouille de l'univers. Non, va, Troïlus, n'essaye pas ! Non, je ne donnerai pas mon cœur, pour être esclave.

Quelle est la raison profonde de cette insensibilité de Cressida ? C'est que « le cœur corrompt ». L'amour est une immolation. La beauté ne se conserve qu'intacte. Et la loi des sexes est la guerre. « Guerre ! guerre ! Je ne laisserai pas tomber mes armes. La fleur est trop cruelle, si elle est égoïste : c'est votre éternelle plainte. Elle ne l'est pas plus que vous, qui ne vivez que pour la tuer et la cueillir. » Cressida se moque du deuil d'Andromaque et des faiblesses d'Hélène, qui se laisse aller à dire : « Nous vous faisons la guerre dans l'espoir d'être vaincues... » Cressida la redresse vertement : « En vérité, Hélène, tu vieillis... » Inutiles, les discours de Nestor, de Prométhée et de Cassandre, les bons offices de Pandarus, les supplications de Diomède, les velléités de violence du bouillant Achille. Une fois seulement, Cressida s'humanise, pour le bel adolescent Cressidès, mais c'est lui qui la repousse : conflit de deux narcissismes ! Et ce Cressidès n'est pas sans une lointaine analogie avec le Saint Sébastien de M. d'Annunzio. Troïlus va mourir, malgré les essais de consolation de la tendre Polyxène, Diomède également, et Cressida danse, comme un Zarathustra femelle : « C'est mon devoir de vivre, d'être toujours le charme de la vie... Si je ne souriais plus, où serait le sourire ? »

Cette œuvre, très païenne d'apparence et même jusqu'à un certain point de sentiment, aboutit à une conclusion austère. « S'il vient de la chair, l'amour la quitte... La chair est le boulet de l'âme... Entre l'homme et la femme, il n'y a que la chair : mais ce n'est pas l'amour. » Ainsi s'exprime l'ombre de Pâris, dont on ne récusera pas le témoignage. Après ce petit voyage d'études — et un peu aussi d'agrément — au Walpurgis classique, M. André Suarès pourra revenir à sa forte et dure vie intérieure.

Le volume intitulé *Idées et Visions* est très attrayant par la diversité des sujets traités ou effleurés, et il est presque constamment clair, ce qui n'est pas une qualité commune à tous les ouvrages de M. André Suarès. Seule, la partie intitulée *Réflexions sur la Décadence* reste un peu nuageuse; encore chacune de ces «réflexions», prise à part, offre-t-elle un sens facilement saisissable; toutefois, si l'on regarde l'ensemble, on ne sait pas trop où l'auteur veut en venir. Mais les *Croquis de Provence,* datés de juin 1908, sont charmants. M. Suarès s'y montre brillant paysagiste. C'est un impressionniste solide et vigoureux. L'objet réel contient utilement son imagination. Si elle prend l'essor jusqu'au mythe, c'est avec une précision directement pittoresque : «Le soleil est sur la mer, au ras du rivage... Sa splendeur purpurine enflamme, sans les dissiper, les voiles tristes du crépuscule. Lui seul, comme un héros qui chante, dans une robe rouge, flamboie, sanglant, sur l'horizon. C'est Hercule sur le bûcher, dans sa fatale tunique... » Il y a aussi des peintures vivantes et grouillantes des vieilles rues de Toulon, un peu dans la manière de M. Louis Bertrand. Mais M. Suarès, qui sent et traduit si bien les grâces de cette terre méditerranéenne, lui reproche d'inviter au plaisir plutôt qu'à la méditation. Il n'y a peut-être pas d'incompatibilité nécessaire. Il est exact pourtant qu'un climat de brume convient mieux aux sombres rêveries où l'auteur se complaît.

Voici donc *Lord Spleen en Cornouailles*. « Une tristesse sans bornes. Ici je suis dans mon pays... » Mais les descriptions de Bretagne font vite place à des « pensées » sur une foule de questions morales, politiques ou littéraires. M. Suarès est violemment antiféministe : il poursuit de terribles sarcasmes la femme nouvelle, sottement égoïste et insurgée contre sa nature. Il estime que le « moi » tue la famille et vide la maison. Il raille la démocratie. Vivre seul, pour ne point haïr les hommes. Le peuple est femelle. Amour des arbres et des animaux. Horreur de l'américanisme. Culte de l'art. « L'art est le recours suprême de l'ordre contre l'anarchie. Qu'il parle pour l'anarchie tant qu'il lui plaira, le grand artiste est la preuve de l'ordre... Au bout du compte, le génie, c'est le style. » Mais « combien s'y connaissent? — Et certes, jamais une femme. Le style, comme la force, leur fait peur ». La science est aristocrate. L'art aussi, bien qu'il soit le contraire de la science. (Le contraire, c'est beaucoup dire.) L'art est « le suprême recours de l'homme et du cœur contre l'éphémère. Les lettres sont l'art suprême pour cette raison qu'entre toutes, les œuvres écrites sont affranchies de la matière ». Admiration, raison de vivre, point d'appui en ce monde au levier de l'esprit. Adoration à la Michelet pour l'être douloureux et sublime qu'est la femme, la vraie femme, point féministe. La morale tend à l'uniformité, puisqu'elle veut imposer à tous les mêmes devoirs : de là, peut-être, « le dégoût que la morale inspire aux artistes ». Spinoza n'oublie que d'être homme. Il pense et ne sent pas. « Nous qui sommes dans la mort, nous avons un appétit de vie intolérable. » (Évidemment, M. Suarès, qui a l'obsession de la mort, ne peut goûter Spinoza, qui a dit : « La chose du monde à laquelle un homme libre pense le moins, c'est la mort ; et sa sagesse n'est point une méditation de la mort, mais de la vie (1). » Mais l'auteur de l'*Éthique* a parlé de l'amour de Dieu de façon à prouver qu'il n'avait point une âme glacée. Une intense

(1) *Éthique*, IV, 67.

ardeur intellectuelle s'exprime chez lui en style volontairement géométrique.)

Telles sont, cueillies au hasard, quelques-unes des opinions capricieusement exprimées par M. Suarès, dans une forme concise et mordante, non sans quelque goût de paradoxe, mais avec un fond de traditionalisme assez curieux. M. Suarès a quelques traits communs avec Barbey d'Aurevilly. Il partage au moins son horreur du bas-bleu. Il est chrétien, ou quasi chrétien, lorsqu'il exige que l'on trouve un sens à la douleur et à la mort. Mais je veux citer surtout ces lignes magnifiques et singulières :

Il ne faut pas réduire au désespoir une grande âme, à l'heure où elle a toute sa verdeur et toute sa force : car c'est alors qu'elle réclamait la joie du triomphe ; alors elle pouvait la goûter... Je sais un livre admirable, un des maîtres livres du monde, qui n'a pas d'abord été lu par vingt personnes. Le genre humain se passe bien de livres. Souffrez donc que tel livre ait pitié du genre humain... La lune luit dans sa lanterne de nuages blancs, veilleuse dans la chambre du ciel malade. La mer étouffe ses sanglots dans la nuit sourde ; comme elle pleure doucement sur les rochers ! Demain où sera ma jeunesse ? Où seront tant de volontés, qui volaient à la conquête, comme des flammes d'or au vent d'ouest ? C'en est fait. Ma jeunesse tombe dans le passé, comme une pierre dans le fleuve. Et toute ma volonté s'épuise dans la solitude. La sourde nuit est là. C'en va être fait ! Que n'es-tu sourde, ô toi-même, comme elle, ô mon âme ? Étouffe tes sanglots, comme la mer sur les rochers du phare. C'en sera fait demain. C'en est fait.

Ce livre admirable, un des maîtres livres du monde, qui n'a pas d'abord trouvé vingt lecteurs, ne serait-ce pas un de ceux de M. Suarès, probablement. *Voici l'homme*, ou peut-être les *Images de la grandeur*, ou encore *le Bouclier du Zodiaque?* Mais quelle lamentation poignante! Quel chant de détresse!

Le recueil se termine par un *Colloque avec Pascal*, qui fait une transition avec le volume des *Trois hommes;* ces trois hommes sont Pascal, d'abord, puis Ibsen et Dostoïevski. (Ces études ont paru dans les *Cahiers de la Quinzaine:* mais le portrait d'Ibsen avait été inséré en premier lieu, au moins partiellement, dans la *Revue des Deux Mondes.*) On connaît l'enthousiasme de M. Suarès pour Pascal, qui est son héros, son modèle, et qu'il ne laisse pas d'imiter dans son style. Il y a, dans les *Idées et Visions*, un éloge autorisé de l'ellipse pascalienne. « L'ellipse est le trope des solitaires. Le grand style de l'imagination est toujours elliptique. » Sur le génie de Pascal, nous sommes bien tous d'accord. Seulement, pourquoi M. Suarès écrit-il: « La grandeur de Pascal n'est pas dans l'intelligence, si grande soit la sienne; mais d'avoir l'âme si intense et si nue »? Vous reconnaissez la thèse favorite de M. Suarès, aussi furieux ennemi de l'intellectualisme que M. Romain Rolland. Mais si Pascal n'avait pas eu cette grande intelligence, sa grande âme n'eût-elle pas été perdue pour nous, n'ayant pu s'exprimer dans les pages immortelles qui nous l'ont fait connaître? Et ces deux grandeurs sont-elles réellement séparables? On peut à la rigueur concevoir un saint, n'ayant que celle de l'âme et vivant dans une obscure solitude. Et encore, est-on bien sûr que sa sensibilité égalerait celle d'un Pascal, si l'intelligence ne la fournissait pas d'aliments? Ce pourrait être un grand saint, mais pas tout à fait du même ordre. Quant à la supériorité de l'esprit, elle s'accompagne nécessairement d'une émotivité supérieure, qui peut sans doute ne pas s'enfiévrer et déborder comme chez Pascal, mais se maîtriser ou même se dissimuler sous un aspect d'impassibilité voulue, comme chez Spinoza (pour lequel M. Suarès se montre ici plus équitable). Dans aucun cas, on n'accomplit une grande œuvre sans passion. Ce peut être une passion intellectuelle, un amour des idées ou du beau, non des créatures vivantes. C'est alors une autre forme de la sensibilité, plus rare peut-être, moins spontanément humaine, mais dont le foyer n'en doit donc être que plus ardent. Même chez les savants, que M. Suarès paraît confondre avec des automates, chez un Pasteur ou un Claude Bernard, par exemple, ne faut-il point un fervent amour de la nature, une convoitise de surprendre ses secrets? Qui n'a point de sensibilité ni de désir ne pense pas plus qu'il n'aime ou qu'il n'agit, mais végète mécaniquement selon la loi d'inertie,

Bien entendu, ces études sur Pascal, Ibsen et Dostoïewski ne ressemblent pas à celles que pourrait écrire un critique de profession. M. Suarès ne condescend pas à analyser les œuvres ni à les discuter point par point. Il nous offre des espèces de visions synthétiques et il exprime lyriquement ses impressions d'ensemble. Il adore Pascal, ou l'homme en quête de la vie éternelle, l'âme à qui il faut un Dieu. (Je suis Pascal sans Jésus-Christ, dit M. de Séipse, personnage créé par M. Suarès à son image.) Il admire Ibsen, il l'admire même un peu trop, puisqu'il le préfère à Gœthe; mais il ne l'aime pas, pas plus qu'il n'aime Gœthe: ce sont des intellectuels! On conçoit que ses dédains affichés pour la science, son pragmatisme, son dénigrement de l'antiquité aient plu à Brunetière. Enfin, il exalte Dostoïevski, sa « sensibilité sublime » et sa « foi dans la vie ». Il en abuse pour égratigner Flaubert au passage, et il conclut: «Dostoïevski, si je ne me trompe, et moi-même à mon rang, nous sommes l'antidote de la tyrannie rationnelle, des philosophes, et de tout poison inhumain : Dostoïevski, le cœur le plus profond, la plus grande conscience du monde moderne. »

Mais où prend-il cette tyrannie rationnelle ? La tyrannie, elle est en germe dans ces phrases éminemment brunetièresques du portrait d'Ibsen : « Je ris d'une sagesse qui détruit tout le bonheur. Athènes n'a pas mal fait de donner la ciguë au trop sage Socrate. Je ne vois point de bonheur qui ne justifie toute ignorance... Comme s'il devait tant s'agir de l'esprit, quand il s'agit d'abord de vivre ? etc... » Quels sont les aspirants à la tyrannie, en cette affaire, sinon ceux qui, sous prétexte qu'ils veulent vivre, — ce dont personne ne les empêche, — ont la prétention de proscrire ou de brider la pensée ?

ANDRÉ GIDE (1)

Le premier ouvrage de M. André Gide, les *Cahiers d'André Walter*, parut en 1891, sans nom d'auteur, à la librairie de l'Art indépendant. L'édition est depuis longtemps épuisée : le volume n'a jamais été réimprimé. La littérature de M. André Gide est éminemment ésotérique et cénaculaire. Cet écrivain semble mettre autant de soins à fuir la publicité que d'autres à la rechercher : il écrit, dirait-on, pour lui-même, ou tout au plus, comme Stendhal, pour cent lecteurs. L'art ne lui apparaît pas comme une fin, ni son œuvre comme un être qui, une fois détaché de lui, doive avoir une vie propre, durer et se perpétuer. Il ne considère point les choses littéraires *sub specie æternitatis*. C'est un esprit foncièrement subjectif. Ses livres ne sont que des confidences, où il a exprimé par une sorte de besoin personnel un moment de sa pensée, et qui par la suite ne lui paraissent pas plus importantes que les paperasses jaunies ou les fleurs fanées. Peut-être, certains soirs d'hiver, remue-t-il au

(1) La première partie de cette étude a paru dans le *Temps*, en 1119, à propos de la ubplication d'*Isabelle*.

coin du feu ces vieux souvenirs et ces archives intimes, mais il se persuade avec une sorte de pudeur maladive qu'il doit dérober au public les traces de son passé. Peut-être relit-il parfois *André Walter* ; mais il ne désire point que nous le relisions. Étant homme de lettres, malgré tout et quoi qu'il en ait, il n'a pu complètement résister au désir de l'impression ; mais il se replie et rentre dans la retraite avec délices ; il est l'homme du volume introuvable ; au fond, il regrette vraisemblablement la faiblesse qui l'a empêché de rester tout à fait inédit, et il appartient à la famille des Amiel, des Marie Baskirstsef, des Maurice et des Eugénie de Guérin, de tous ces auteurs clandestins, grands rédacteurs de mémoires et de confessions, que l'horreur de la foule et la passion de la solitude contemplative réservent pour les gloires posthumes.

C'est comme une « œuvre posthume » que se présentaient les *Cahiers d'André Walter* : M. André Gide n'avait même pas mis sa signature, selon l'usage, à titre d'éditeur des papiers d'un ami défunt. Cependant, je me souviens que dans les milieux symbolistes où je fréquentais alors, on avait su tout de suite qui était l'auteur véritable, et bien que le hasard ne m'eût point permis de rencontrer M. André Gide, je n'avais plus oublié ce nom. Depuis *Sous l'œil des barbares*, on n'avait pas vu de début aussi remarquable. D'ailleurs, puisque M. Gide n'a jamais fait mystère de ses attaches religieuses, je puis bien mentionner qu'on l'avait surnommé le Barrès protestant. Pendant la fameuse mode des surnoms, il y en a eu de moins exacts, et de plus malveillants aussi.

André Walter, dont le journal en deux cahiers — cahier blanc et cahier noir — était livré au public, avait eu le chagrin d'aimer vainement sa cousine Emmanuèle.

qui ne s'en était même point aperçue et qui avait épousé un M. T... La mère d'André lui avait, en mourant, conseillé la résignation. Quelques mois après, Emmanuèle meurt à son tour. André brûle pour la morte d'un amour rétrospectif, mais ardent et halluciné, qui le conduit au tombeau par les voies rapides de la fièvre cérébrale, Bien entendu, André Walter est un jeune homme de lettres. Ses méditations esthétiques alternent avec ses effusions sentimentales. Point d'action, point de récit : rien que de l'analyse. Je viens de me replonger, après vingt ans, dans ces *Cahiers d'André Walter :* je les ai peut-être un peu moins admirés, mais j'y ai pris encore un vif intérêt. C'est un petit livre très distingué vraiment, et qui garde une valeur historique. M. André Gide devrait bien le rééditer. Il est fort substantiel et l'on y retrouve un tas de choses significatives. Nietzsche était alors inconnu en France : il est vrai que M. André Gide avait pu le lire dans l'original. (M. André Gide sait l'allemand, ainsi que l'anglais, l'italien, le latin et le grec, et il cite beaucoup de textes dans ces diverses langues : les textes grecs sans l'ombre d'accentuation, malheureusement.) Mais puisqu'il ne le nomme point, on peut croire que M. Gide, qui parlera plus tard de Nietzsche avec ferveur, l'ignorait encore lorsqu'il écrivit *Walter*. Il le devine, il le pressent, et il met ainsi en lumière, sans le savoir, la filiation qui à certains égards relie Nietzsche à nos Jeune-France de 1830 et à leurs successeurs immédiats. Lorsque M. André Gide fulmine contre le repos, contre le confort et les félicités endormantes, lorsqu'il s'écrie : « La vie intense, voilà le superbe !... » et lorsqu'il précise : « Multiplier les émotions... Que jamais l'âme ne retombe inactive ; il faut la repaître d'enthousiasmes... », on se demande s'il annonce Nietzsche et son « Vivre dangereusement ! » ou s'il continue nos romantiques, leur soif d'aventureuse exaltation et leur haine des platitudes bourgeoises.

D'autre part, on aperçoit dans ces *Cahiers* un autre romantisme, le vaporeux et sentimental romantisme à l'allemande, métaphysique et clair de lune, tartines de confitures et armoire à linge, *Werther* et Novalis. Dans le « cahier blanc », Emmanuèle ressemble un peu à Charlotte, avec moins de petits frères. Il y a beaucoup de larmes sans cause et de baisers immatériels, entre les soins du ménage, les lectures instructives et les promenades sous les étoiles. Et tout un mysticisme se développe, qui nous fait penser aujourd'hui à M. Maurice Maeterlinck, mais ne lui doit rien sans doute, puisque les deux auteurs sont sensiblement contemporains : la traduction de *Ruysbroeck l'Admirable* est aussi de 1891. Comme tous les mystiques, au surplus, M. André Gide établit une distinction entre l'esprit et l'âme. « L'esprit, ce n'est rien... L'esprit change, il s'affaiblit, il passe : l'âme demeure... » Il reproche ceci à Emmanuèle : «Ton esprit dominait ton âme... Je t'en veux de n'avoir pas frémi devant l'immensité de Luther... Tu comprends trop les choses et tu ne les aimes pas assez... » Il se plaint : « Nos esprits se connaissent tout entiers. Au delà, l'âme était tout aussi inconnue. » Il aboutit logiquement à l'ascétisme, au dégoût de la chair, à cause de « l'impossible union des âmes par les corps ». Il a le culte de la chasteté. En revanche, l'amour des âmes continue après la mort. Bien mieux, « tant que le corps vivra, l'amour sera contraint, mais sitôt la mort venue, l'amour triomphera de toutes les entraves ». C'est lorsqu'Emmanuèle est morte qu'il la possède enfin, puisqu'elle ne vit que dans sa pensée à lui et que lui ne vit que par l'amour de la bien-aimée. Mais ces rêveries finissent par lui déranger le cerveau. « La connaissance intuitive est seule nécessaire, disait-il aussi ; la raison devient inutile... Voilà ce qu'il faut : engourdir la raison et que la sensibilité s'exalte ! » Certaines de ces phrases semblent annoncer M. Bergson. Et tout cela est évidemment un peu fumeux, comme il est naturel sous la plume d'un tout jeune homme, mais vivant et attachant. On peut regretter surtout qu'André Walter considère le raisonnement dialectique comme la seule forme de la raison, et que, enclin à faire la critique de la connaissance, il ne songe même pas à tenter celle du sentiment. Au surplus M. André Gide reviendra de son antiintellectualisme juvénile, comme aussi de son dédain (théorique) pour la syntaxe. De sa poétique, assez décadente, un précepte est à retenir, entre beaucoup d'autres qui portent seulement la marque de l'époque. Bien entendu, M. Gide veut « de la musique avant toute chose ». Mais il renoue, peut-être inconsciemment, la tradition des vrais maîtres en ajoutant : « ... Que le rythme des phrases ne soit point extérieur et postiche par la succession seule des paroles sonores, mais qu'il ondule selon la courbe des pensées cadencées par une corrélation subtile. » La formule est très belle et d'une grande portée, profondément intellectualiste du reste.

J'ai peut-être trop insisté sur ce premier volume, mais il explique toute l'œuvre de M. André Gide. Le *Voyage d'Urien* est une fantaisie symbolique dans la manière de Novalis, dont nous avons déjà dépisté l'influence ; *Paludes* est un livret d'égotisme humoristique. (J'aime moins ces deux opuscules.) Les *Nourritures terrestres*, ce sont encore des « Cahiers », des notations directes, sans cadre romancé. Le nietzschéisme s'affirme. « Une existence pathétique plutôt que la tranquillité. Je ne souhaite pas d'autre repos que celui de la mort... » Un goût de la nature toute simple, sans luxe ni artifice, à la Rousseau : « Je n'aime pas que ma joie soit parée, ni que la Sulamite ait passé par des salles... » (Curieux historiquement, comme réaction contre Baudelaire et Huysmans.) Du voltairianisme modernisé : « Moi aussi, j'ai su louer Dieu, chanter pour lui des cantiques, et je crois même, ce faisant, l'avoir un peu surfait. » Des impressions de voyages, brèves, drues, synthétiques, évidemment influencées par Barrès. Du philosophisme assez vigoureux sous sa traduction symbolique : « Eau captée, vous êtes comme la sagesse des hommes. Sagesse des hommes, vous n'avez pas l'insaisissable fraîcheur des rivières. » Est-ce qu'avec un peu de bonne volonté on ne pourrait pas voir dans cette jolie phrase un poétique énoncé du fameux principe de Carnot ? Du donjuanisme intellectuel : « Choisir, c'est renoncer pour toujours, pour jamais, à tout le reste. » Aversion pour les foyers, les familles, les fidélités, pour n'importe quelle possession par peur de ne plus posséder que cela : chaque nouveauté doit nous trouver toujours disponibles. M. Gide découvrira probablement par la suite que ce bohémianisme devient à la longue un peu monotone ; que la variété, comme le bonheur, est en nous : que ce qui dure est moins décevant après tout que ce qui change et que le premier de ces éléments est nécessaire pour goûter toute la saveur du second : on n'a tout le plaisir du voyage que si au départ on quitte un foyer avec la perspective de le retrouver au retour. Mais avec les réserves qu'on peut faire, ce petit livre, un peu inégal, n'en est pas moins brillant d'originalité et plein de suc.

L'Immoraliste inaugure la série des « récits », qui se poursuivra par *la Porte étroite* et la toute récente *Isabelle*. M. André Gide n'a peut-être pas une vraie vocation de romancier ; aussi bien se défend-il de composer des romans. C'est un conteur d'anecdotes singulières, dont la signification psychologique ou morale importe plus que le scénario : le côté narratif et pittoresque est un peu sacrifié. Dans le récit, puisque récit il y a, M. Gide fait un peu figure d'amateur, comme Mérimée, à qui il ne ressemble guère par ailleurs, comme Benjamin Constant, à qui il ressemble davantage, comme le Sainte-Beuve de *Volupté* et le Fromentin de *Dominique*, je dirais même comme Stendhal, si celui-ci n'échappait par son génie aux classifications : mais enfin il est clair qu'on sent plus le professionnel dans *Madame Bovary* que dans *la Chartreuse de Parme*. J'adore, quant à moi, cette libre allure de l'esprit qui domine son sujet : par comparaison, dans l'autre école, et malgré les dons les plus magnifiques, on a toujours l'air un peu serf. M. André Gide, que je n'égale point à ces « amateurs » illustres, se rattache visiblement à la lignée ; peut-être en abuse-t-il parfois, et, sous prétexte qu'il n'est point un romancier obligé de tout dire, escamote-t-il un peu trop les points essentiels.

L'Immoraliste est de la veine nietzschéenne, comme le titre suffit à l'indiquer. «Nous autres immoralistes...» C'est une formule de Nietzsche. Mais par instants, ce livre, c'est aussi du Flaubert. Lorsque le héros de M. André Gide s'écrie : « J'ai les honnêtes gens en horreur », on croit entendre le bon géant de Croisset fulminer contre les épiciers et les philistins. L'immoralisme de Nietzsche consiste, bien entendu, à remplacer les morales existantes par une morale nouvelle, extrêmement haute et même assez farouche. Il n'en peut être autrement. On ne se passe pas plus de morale dans la vie que de boussole sur la mer. Ajoutons que les gens peu moraux, c'est-à-dire modérément intéressés par ces questions, adoptent machinalement et par souci du moindre effort la morale courante ; l'immoraliste au contraire, ainsi nommé parce qu'il a répudié la morale de tout le monde, est précisément un homme si enragé de morale qu'à force d'y penser uniquement et d'en être obsédé il a fini par s'en inventer une. Mais le héros de M. André Gide n'est pas, il faut l'avouer, un très puissant penseur : il est même un peu puéril. C'est un érudit qui, ayant été malade, découvre la vie lorsqu'il entre en convalescence et se met alors à mépriser la culture ; puis qui, au lieu d'être reconnaissant à sa jeune femme qui l'a bien soigné, la trompe, la laisse seule et va courir les mauvais lieux, tandis qu'elle agonise à son tour. Entre temps, à Biskra, il démoralisait un petit Arabe en l'encourageant à voler des ciseaux, et en Normandie il protégeait les braconniers qu'il aime pour leur mépris des lois. Je pense que *l'Immoraliste* est une satire. M. André Gide aura voulu montrer avec une ironie de pince-sans-rire ce que deviendrait l'éthique de Nietzsche pratiquée par des gens d'intelligence médiocre. Zarathustra n'a pas parlé pour les majorités.

La Porte étroite nous ramène à l'ascétisme, dont nous avons vu les sources dans *André Walter*. L'héroïne, Alissa Bucolin, jeune protestante, aime son cousin Jérôme et en est aimée : mais elle ne l'épousera pas, elle ne sera jamais à lui, par volonté de renoncement et aspiration à la perfection spirituelle. Le livre est d'une qualité rare, mais un peu décevant, parce que cet ardent piétisme d'Alissa Bucolin ne s'exprime point avec le lyrisme qui conviendrait à un sentiment si puissant, mais dans une langue abstraite, rigide et glacée. C'est très curieux.

Isabelle, ressemble à un conte de ce Barbey d'Aurevilly que M. André Gide n'aime point, je ne sais pourquoi. (*Nouveaux prétextes*, pp. 68 sqq.). Certes M. Gide ne s'est pas approprié le style flamboyant du vieux laird, mais c'est bien là un sujet qu'il eût volontiers traité. Un castel de Basse-Normandie, habité par des fossiles, deux couples de vieillards falots et un enfant infirme. On découvre que l'enfant infirme est le fils naturel de noble et puissante demoiselle Isabelle de Saint-Audéol, petite-fille ou petite-nièce des bons vieux. Isabelle, il y a quelques années, allait s'enfuir du château, se faisant enlever par son amant le vicomte de Gonfreville. Au dernier moment, elle a eu une faiblesse inexplicable : elle s'est confessée à Gratien, vieux domestique fanatiquement dévoué à la race des Saint-Audéol, et ce Caleb du Calvados a tué d'un coup de fusil le malencontreux vicomte. C'est pourquoi le petit infirme Casimir n'a point de père. Sa mère Isabelle vit on ne sait où ; de loin en loin, elle revient au château, mais de nuit, en grand mystère. Cependant les vieux meurent, Isabelle s'installe avec un homme d'affaires, son nouvel amant, coupe les arbres, livre le manoir et le parc au pillage, puis l'homme d'affaires l'ayant abandonnée, elle part avec un cocher. Triste fin d'une noble maison ! Et tout cela est étrange, inquiétant, angoissant à souhait. Mais l'entrée en matière est peut-être un peu longue : on nous présente avec luxe de détails le compère de la revue, un jeune sorbonnard qui va au château en question consulter des manuscrits précieux pour la préparation de sa thèse de doctorat. En revanche, sur le point capital, c'est-à-dire la psychologie d'Isabelle, les motifs qui l'ont poussée à faire assassiner un homme qu'elle aimait pourtant, M. André Gide se montre laconique avec excès et il raffine l'ironie jusqu'à nous faire remarquer que n'étant pas romancier de profession il n'est pas tenu de nous cuisiner des développements.

M. André Gide a écrit aussi des drames : *Saül, le Roi Candaule*, etc... Ne pouvant être complet, je terminerai en vous recommandant particulièrement ses deux volumes de critique : *Prétextes* et *Nouveaux prétextes*. Il y a là de bien pénétrantes études sur divers sujets d'esthétique et certains écrivains d'aujourd'hui, par exemple sur Nietzsche encore, dont M. Gide a si justement montré que ce n'est point un pessimiste, mais un croyant, si peu exclusivement démolisseur qu'au contraire « il construit à bras raccourcis » ; sur Mallarmé, Villiers de l'Isle-Adam, la traduction des *Mille et une nuits* du docteur Mardrus, M. Charles-Louis Philippe, Charles Péguy, etc.

Je cite de préférence les éloges. Il y a aussi des exécutions généralement justifiées. M. André Gide sait que les choses sérieuses doivent échapper à la convention mondaine de l'approbation systématique. Philinte est un homme qui n'aime pas la littérature. D'ailleurs, il arrive qu'on ferraille vigoureusement avec un adversaire pour qui l'on n'a que de l'estime. C'est le cas de M. Gide rompant une lance en faveur de Baudelaire contre notre bon maître Faguet, qui partage les préventions de Brunetière contre cet original et captivant magicien. Mais le morceau vraiment sans prix, dans ces deux volumes, c'est l'étude sur les Influences littéraires, leur rôle nécessaire et fécond, la ridicule peur moderne de perdre sa personnalité en subissant l'influence des maîtres. Ce sont des pages d'un robuste bon sens, d'un grand goût classique et d'un belliqueux entrain qui font à M. André Gide le plus grand honneur. Il va, lui, l'ancien antiintellectualiste des *Cahiers d'André Walter*, jusqu'à blâmer les préjugés d'aujourd'hui contre la part de la raison, de l'intelligence et de la volonté, de la composition en un mot, dans l'œuvre d'art digne de ce nom. Il reviendra plus loin sur ce thème et dira spirituellement : « Combien de ces artistes dont l'imperfection seule est personnelle, et qui, forcés de pousser l'œuvre plus avant, l'amèneraient à l'insignifiance ! »

La souplesse du talent de M. André Gide lui permet certes d'aborder avec succès tous les genres : insignifiant, lui, il ne le sera jamais. Mais c'est peut-être, comme Oscar Wilde, dans la critique et dans les provinces voisines qu'il me paraît supérieur. Mettons qu'il excelle dans l'essai, comme Montaigne. Tout le monde ne pouvant être poète épique, c'est encore un assez joli lot.

***

Le volume intitulé *le Retour de l'Enfant prodigue* (1), ne contient rien d'entièrement inédit ni de tout à fait récent. Des six traités qui le composent, deux seulement, *Bethsabé* et *le Retour de l'Enfant prodigue*, n'avaient jamais paru en librairie, mais ils avaient été insérés dans *Vers et Prose*, la revue de M. Paul Fort, il y a cinq ou six ans. Le *Traité du Narcisse* et la *Tentative amoureuse* datent l'un de 1892, l'autre de 1893, c'est-à-dire

(1) *Le Retour de l'Enfant prodigue, précédé de cinq autres traités*, 1 vol. 1913. Éditions de la *Nouvelle revue française*.

de l'époque des débuts, et ont immédiatement suivi *André Walter*. *El Hadj* est de 1897, et *Philoctète* de 1898. Mais on est heureux d'avoir une occasion de lire ou de relire ces opuscules, depuis longtemps épuisés. Un vif intérêt s'attache à tout ce qu'a produit cet écrivain subtil, souvent un peu quintessencié, mais toujours original. Il est bon de contrôler par une seconde lecture les impressions qu'il nous donne, et l'on en retire généralement le même profit que d'une seconde audition de musiques difficiles. Le présent volume ne marque point une étape nouvelle de sa pensée. Mais ces six traités, comme ils les appelle, en précisent certaines nuances, et ils offrent d'ailleurs le plus rare agrément. On se demande même si son esprit mobile et inquiet n'est pas plus à l'aise dans ces courts essais que dans des compositions plus étendues.

Les trois premiers, le *Traité du Narcisse*, la *Tentative amoureuse* et *El Hadj*, appartiennent à la période où M. André Gide était sous l'influence symboliste. Ce sont les plus ardus : les trois derniers sont beaucoup plus accessibles, et si l'on veut s'initier progressivement, on pourra commencer par la fin, quitte à reprendre ensuite l'ordre chronologique. Bien entendu, ces « traités » ne sont pas des exposés de doctrine en termes abstraits et dogmatiques, mais des contes ou des dialogues philosophiques : c'est ce qui les rend légèrement obscurs. Il faut retrouver l'idée sous le symbole. Les choses se compliquent, lorsqu'un même écrivain est à la fois un artiste et un penseur. Mais ce mélange, du reste peu fréquent, est bien savoureux.

Le *Traité du Narcisse* s'enveloppe d'un hermétisme mallarméen. Narcisse sent que son âme est adorable, mais voudrait en connaître la figure sensible et cherche un miroir. Il s'arrête au bord du fleuve du temps, regarde les apparences qui s'y réflètent, qui passent et fuient, et recommencent toujours, comme si elles s'efforçaient vers une perfection première et malheureusement perdue. Cette perfection a existé, dans le paradis terrestre, chaste éden, jardin des idées : mais Adam s'est ennuyé de cette splendide immobilité ; d'un geste, il a détruit la féerie idéale et fait naître la vie. Le rôle du poète est maintenant de discerner sous le flot du réel les archétypes paradisiaques qui s'y cachent désormais. Narcisse, se mirant dans l'eau courante, ne saurait toucher son image sans en brouiller les contours et ne peut que la contempler à distance. Comme Mallarmé, M. André Gide supprime les transitions et les enchaînements logiques. On est par instants un peu dérouté. En somme, cette théorie est fort platonicienne et par conséquent assez claire. Nous n'avons aucune connaissance directe de rien, pas même de notre âme ; mais toute réalité est symbolique, tout n'est que symbole. Voilà, je crois, ce qu'a voulu dire M. André Gide.

La *Tentative amoureuse* ou le *Traité du vain désir*, est un petit conte délicieux, mais qu'il est impossible de résumer. C'est une série de croquis pittoresques et psychologiques, dont le charme ironique et poignant réside surtout dans le style et le choix des détails. Luc rencontre Rachel, à la lisière d'une forêt, non loin de la mer, un matin de printemps. Ils s'aiment, ils sont heureux presque tout l'été, et se séparent à l'automne. C'est tout. La première inquiétude vint à Rachel, lorsqu'elle sentit que Luc commençait à penser. La joie est brève, et l'attrait de la vie immense ne permet point de s'attarder à l'amour. Un incident décisif et avant-coureur de la rupture est une promenade où les deux amants marchent silencieux, préoccupés, parce que cette fois ils ont un autre but qu'eux-mêmes. Ils ne réussissent pas à entrer dans le parc qu'ils voulaient visiter. Mais peu importe. C'est peut-être le mirage d'une activité décevante qui les séparera : la séparation n'en est pas moins inévitable. « Deux âmes se rencontrent un jour, et, parce qu'elles cueillaient des fleurs, toutes deux se sont crues pareilles. Elles se sont prises par la main, pensant continuer la route. » Illusion ! Chacune continuera solitairement la sienne. Chacune cède à sa nature et au désir du nouveau. M. André Gide veut qu'on se quitte tout naturellement et sans larmes, l'histoire étant achevée. Quelle mélancolie dans cette placidité de surface ! Un dénouement de tragédie est moins profondément triste. « Levez-vous, vents de ma pensée, qui dissiperez cette cendre ! » conclut M. André Gide. Magnifique stoïcisme intellectuel, d'une qualité morale bien supérieure aux fameux « orages désirés » de René. Mais cette cendre ne se laisse pas dissiper si aisément et il advient que les plus énergiques volontés y échouent.

El Hadj est l'histoire ultra-symbolique d'un prophète qui console par de pieux mensonges et ramène dans sa ville un peuple égaré dans le désert, à la recherche d'un Chanaan chimérique et à la suite d'un prince mystérieux, toujours caché dans sa litière ou sous sa tente et dont personne n'a pu voir le visage. Seul le prophète a fini par être admis auprès du prince, mais plus il l'approchait, plus le prince dépérissait : on ne peut pourtant avouer au peuple qu'il est enfin mort, si tant est qu'il ait jamais vraiment existé. On devine que ce prince, c'est la foi, qui mobilise les nations et déplace les montagnes, mais s'accommode mal des curiosités indiscrètes. Cette histoire sent un peu le fagot. Mais le style est d'un lyrisme biblique.

Philoctète ou le *Traité des trois morales* est un drame philosophique, qui met en présence Ulysse, ou la raison d'État, Néoptolème, ou la pitié, Philoctète, ou la vertu esthétique et nietzschéenne, qui nous invite à nous dépasser nous-mêmes, sans souci d'utilité, sans considération du prochain, pour la beauté du fait et par amour de l'art, si l'on ose s'exprimer ainsi. On sait que, dans Sophocle, Philoctète ne renonce à sa rancune que sur l'intervention d'Héraklès. M. André Gide lui prête une générosité spontanée, dictée par les motifs que je viens d'indiquer. Héraklès ne lui est point extérieur, mais habite en lui. C'est cette morale de Philoctète qui a toutes les sympathies de notre auteur, foncièrement individualiste, mais idéaliste aussi. Cette moderne paraphrase de l'antique est vigoureusement conçue. L'écriture est moins poétique que dans les traités précédents, mais ferme et pénétrante.

Bethsabé, autre petit drame, nous ramène à la poésie de la Bible, dont M. André Gide s'approprie élégamment la grandeur imagée. L'idée est encore tout à fait intéressante. Lorsque le roi David a commis cet odieux abus de pouvoir d'enlever la femme de son pauvre et dévoué serviteur Urie, il est déçu, non que Bethsabé ne soit merveilleusement belle et délectable, mais ce que le puissant souverain avait envié, ce n'était pas seulement Bethsabé, c'était tout l'ensemble de ce qui constituait l'humble bonheur d'Urie, c'est-à-dire évidemment la sincérité de l'amour et la simplicité du cœur. Cela, rien ne peut le lui donner. Il renvoie Bethsabé et se flatte qu'Urie ignorera tout. « Car la trace du navire sur l'onde, de l'homme sur le corps de la femme profonde, Dieu lui-même ne la connaîtrait pas. » Mais Urie a été tué au siège de Raba, par la faute d'un courtisan, qui croyant plaire à David, a exposé ce brave à l'endroit le plus périlleux. Un premier crime engendre toujours une série de désastres. Et le vieux roi, qui ne peut plus supporter la vue de Bethsabé en deuil, sera désormais obsédé de remords.

Le Retour de l'Enfant prodigue, variation sur le thème de la parabole évangélique, exprime une fois de plus l'incoercible individualisme de M. André Gide. Sans doute, M. Gide ne blâme pas le prodigue d'être rentré dans la maison paternelle, puisqu'il était malheureux et fatigué. Vous entendez bien que cette maison paternelle représente les conservatismes et les traditionalismes politiques et religieux. Tout cela est excellent pour les faibles. Les forts ont le droit et peut-être le devoir de s'en passer. « J'aime, disait ailleurs M. Gide, ce qui met l'homme en demeure de périr ou d'être grand. » Il recommande de vivre dangeureusement, si on le peut, selon la formule de Nietzsche.

Vous ai-je vraiment quitté ? dit le prodigue. Père, n'êtes-vous pas partout? Jamais je n'ai cessé de vous aimer... — Toi, l'héritier, le fils, pourquoi t'être évadé de la Maison? — Parce que la Maison m'enfermait. La Maison, ce n'est pas vous, mon père... Vous, vous avez construit toute la terre, et la Maison et ce qui n'est pas la Maison. La Maison, d'autres que vous l'ont construite; en votre nom, je le sais, mais d'autres que vous...

Il ne s'accordera jamais avec son frère aîné, qui personnifie le joug et l'orthodoxie étroite. A sa mère, qui lui parle avec tendresse, il avoue : « Rien n'est plus fatiguant que de réaliser sa dissemblance. Ce voyage à la fin m'a lassé. » Il a été réduit à servir d'autres maîtres : il a préféré rentrer au bercail et servir du moins ses parents. C'est un vaincu, il est résigné, mais non persuadé. Et il ne décourage point son frère cadet de tenter à son tour la même aventure ; il lui souhaite seulement plus de force et plus de chance. L'horreur de toute contrainte, de toute entrave, de toute limitation, voilà ce qui caractérise avant tout M. André Gide. Il a été tenté d'évoluer, comme tant d'autres ; il n'a pu s'y résoudre. « On m'attend. Je vois déjà le veau gras qu'on apprête... Arrêtez ! Ne dressez pas trop vite le festin ! » On considérera peut-être les principes de M. André Gide comme trop purement négatifs ; mais il ne les a pas modifiés depuis vingt-deux ans. Cet ami du changement montre un esprit de suite bien exceptionnel. C'est peut-être qu'il est resté jeune. Peut-être ses origines normandes expliquent-elles ses instincts nomades. Au surplus, on a tellement insisté en ces dernières années sur la nécessité des disciplines, qu'il n'est pas mauvais que la thèse contraire garde quelques défenseurs. La vérité comporte des aspects divers, dont aucun ne doit être sacrifié. M. André Gide contribue utilement pour sa part à l'équilibre de la littérature et de l'esprit public.

LES POÈMES CHOISIS

DE M. CHARLES DE POMAIROLS (1)

Il y aurait beaucoup à dire sur notre goût actuel pour les anthologies. Elles sont recherchées par les gens pressés, mais peut-être plus profitables aux lecteurs sérieux qui connaissent déjà les œuvres complètes de l'auteur et trouvent ainsi l'occasion de se les remettre en mémoire. Bien entendu, une anthologie ne satisfait jamais que ceux qui sont hors d'état de la discuter. Les autres auraient toujours voulu la composer différemment et déclareront qu'on en a exclu précisément les pages qui avaient le plus de droits à y figurer. Il faudrait, pour contenter tout le monde, autant d'anthologies que de lecteurs, et chacun serait peut-être sage de se confectionner la sienne. J'avoue que si j'avais été chargé d'élaborer le florilège de M. Charles de Pomairols,

(1) Avec préface de M. Maurice Barrès, 1 volume. Éditions du *Temps présent*. — Voir *les Livres du Temps*, première série, pages 160-171.

j'aurais donné une place plus considérable à ses poèmes païens, où se trouve peut-être, à mon gré, les plus beaux vers qu'il ait écrits. Certes, plus d'un admirateur de cet « exquis et noble poète », comme l'appelait Jules Tellier, regrettera de ne pas apercevoir dans le présent volume des pièces comme *Paysage d'août*, *l'Aurore*, *l'Oracle de Dodone*, *Kalléméra*, *l'Abandon du dieu Pan*, *Koré Perséphoné*. M. Charles de Pomairols se rattache, ainsi que MM. Anatole France et Frédéric Plessis, à la lignée d'André Chénier. Nul n'a mieux compris le génie de la Grèce et

> Ces dieux à hauteur d'homme, où son art fit un jour
> Tenir tout l'infini dans un parfait contour.

Plutôt que le relief un peu dur de la statuaire et surtout que la pesanteur massive et métallique de Leconte de Lisle, terrible forgeron, la langue poétique de M. Charles de Pomairols a le charme tendre de certains peintres des seizième et dix-septième siècles, du Corrège, du Dominiquin ou du Poussin. Et voici qui semble transcrit d'après un tableau de l'Albane :

> ... L'herbe indécise et molle des clairières,
> Qui ne peut sans fléchir supporter aucun poids,
> Flotte dans l'or limpide, et les nymphes des boi
> Qu'attire la lueur idéale et profonde,
> Sur le gazon léger enlacent une ronde.

Mais un trait original par où M. Charles de Pomairols se distingue de la plupart des « renaissants » et des néo-grecs, c'est qu'il demeure toujours idéalement chaste. « Il restera le poète de la pureté », dit M. Maurice Barrès dans l'admirable préface qu'il a écrite pour les

Poèmes choisis. Rien de plus caractéristique que la persistance de cette qualité en des sujets où elle n'était pas strictement indispensable. Le poète la combine avec un très vif sentiment de la nature. Il conte d'un ton délicieusement naturaliste, mais tout à fait pur et touchant, la romanesque passion d'un berger pour

L'aurore au front de lys, la vierge matinale.

Lisez cette pièce dans *la Nature et l'âme* : c'est un petit chef-d'œuvre. Quant à *Kalléméra*, elle symbolise la lumière sereine, menacée par le dieu du soleil, dont les ardeurs excessives menacent de tout gâter et d'amener l'orage. Phoibos à l'arc d'argent

Aime d'amour ardent cette nymphe mortelle ;
Il s'élève, il grandit, il se rapproche d'elle,
Mais elle craint ce dieu qui, brûlant, irrité,
Aime sa beauté seule et non sa pureté.

Et le poète nous conte le mythe de Daphné, qui n'échappe aux poursuites d'Apollon qu'en se métamorphosant en laurier. Les vers de M. de Pomairols ont une grâce aussi fine et aussi juvénile, mais certes moins voluptueuse que le fameux groupe du Bernin, qui est à la villa Borghèse. Notre auteur a dédié la plupart de ces poèmes « à la mémoire de son voisin de campagne Maurice de Guérin ». Il a lui-même, à un degré éminent, l'imagination mythique. Il a expliqué des mythes, comme celui d'Apollon hyperboréen, qui avaient dérouté avant lui les mythologues professionnels. Il en a même créé, comme celui de cette Hespéris, déesse du soir, qu'il a nommée et chantée le premier.

Ces deux pièces ont été heureusement recueillies

dans le présent volume, ainsi que *les Danaïdes* et l'adorable *Naissance des nymphes d'Artémis*. On ne peut donc prétendre que la veine hellénique ait été positivement proscrite et désavouée par le poète, qui a présidé lui-même à la fabrication de son anthologie ; mais elle a été réduite à la portion congrue. Sainte-Beuve écrivait justement, à propos des Guérin : « C'est peu de dire que Mlle Eugénie de Guérin est chrétienne, elle l'est comme aux temps de la foi la plus fervente et la plus austère ; elle désire que son frère l'ait été aussi ; elle sent bien que c'est une grande et profonde infidélité à l'humble foi primitive que de poursuivre comme il l'a fait et d'embrasser aveuglément la vague nature en elle-même et d'adorer le dieu Pan, ce plus redoutable des adversaires, le seul peut-être tout à fait dangereux... » Dans une pièce de *la Nature et l'âme* qui n'a pas non plus été conservée, M. Charles de Pomairols rapporte, d'après Hérodote, les plaintes du dieu contre les Athéniens qui l'avaient négligé, et qui, pris de repentir, bâtirent au milieu

De la ville où le Beau montre son pur exemple,
A l'humble Pan sauvage un temple, un petit temple.

Ils lui en élevaient sans doute dans leur cœur un plus grand. M. de Pomairols avait su faire sa part au dieu Pan, lui réserver son petit domaine. Il conciliait alors l'esprit de Maurice de Guérin et celui d'Eugénie : il traitait chrétiennement des sujets païens. C'est l'inverse qu'avait fait Chateaubriand, et la littérature de notre âge pourra quelquefois étonner les générations futures, mais ne manquera certainement pas de les intéresser.

Pour M. de Pomairols, après cette période de juste équilibre, il semble bien que la tendance d'Eugénie de Guérin l'ait décidément emporté chez lui sur celle de Maurice. La table des matières de ces *Poèmes choisis* en est une nouvelle preuve, après ses deux romans : *Ascension* et *le Repentir*. On sait aussi qu'il organise avec un zèle infatigable des concours de littérature spiritualiste. « Dans le monde spiritualisé où nous entraîne M. de Pomairols, dit M. Maurice Barrès, on éprouve une sorte de joie délicate, dépouillée, choisie. Délivré de la pesanteur brutale, on se trouve dans un milieu plus affiné que baigne une transparence légère. Oublier le corps, associé fortuit, souvent hostile, avoir présent le principe essentiel de sa personne, sentir uniquement son âme, l'âme qui pense et qui aime, c'est un état aérien, sublime, qui donnerait une félicité d'espèce supérieure. C'est l'état que goûtait pleinement Joubert, le délicat, le raffiné, à peine mêlé à la vie ! Mais précisément ce nom m'éclaire sur le spiritualisme de M. de Pomairols. Nous entrons au royaume des anges de la littérature. » M. Maurice Barrès ajoute que mieux que personne, ce poète « a chanté une tradition qui nous vient du fond des âges celtiques, une tradition qui fait notre gloire, l'attrait infini pour tout ce qui est pur, vierge, enfantin, intact dans la nature ». Et l'on pourra aussi comparer M. de Pomairols à César Franck, le *Pater seraphicus* de la musique moderne. Vraiment on aurait tort de trop jeter l'anathème à la prétendue corruption générale de notre temps, et plus favorisé que Sodome, Paris possède manifestement beaucoup plus de justes qu'il ne lui en faut pour être sauvé.

Si l'éthique de M. Charles de Pomairols a toujours été d'orientation chrétienne, ses opinions métaphysiques ont longtemps subi l'influence de la philosophie moderne. Il était allé, dans sa jeunesse, l'étudier en Allemagne. A Paris, il fut lié avec Taine, Gaston Paris, Gabriel Monod, Sully Prud'homme, etc. Son idéalisme s'accordait avec l'amour de la nature, le culte de la race et de la terre, qui lui suggéra ses fameuses pièces sur la « poésie de la propriété » et la dignité de propriétaire :

C'est un très grand honneur de posséder un champ.

A cet égard, il s'apparente à Mistral et à Barrès. Il est décentralisateur et enraciné. Il est un merveilleux poète de l'amour légitime et des joies du foyer : « Un Sully Prud'homme père de famille et campagnard », selon la définition de M. Jules Lemaître. La noblesse de ses aspirations ne le détournait point de la vie totale. Ce n'est qu'assez tard dans sa carrière qu'il se dirigea vers les voies de l'ascétisme et de la spiritualité mystique. Ses quatre premiers recueils ne contiennent même rien qui contredise les thèses de l'agnosticisme. M. Paul Bourget, qui n'est pas suspect, et qui d'ailleurs a rendu pleine justice au talent du poète, constate que c'est seulement dans son cinquième volume de vers, *Pour l'enfant*, que l'on découvre pour la première fois des indications nettement religieuses et même spiritualistes au sens métaphysique du mot.

Pour l'enfant, a paru en 1904, sans nom d'auteur sur la couverture, mais avec cette dédicace : « A la mémoire de la petite Lili de Pomairols, plaintes paternelles. » M. Maurice Barrès expose ainsi la catastrophe : « C'était une de ces enfants bénies qui ressemblent aux pensées les plus profondes de leur père. En elle vivaient la suite de ses parents et la pureté des prairies et des sources. Et l'imagination du poète, intervenant de la manière la plus touchante et la plus magnifique, donnait des ailes à la tendresse paternelle. Le poète prolongeait la vie de son enfant dans le rêve et se la représentait égale aux circonstances qui réclament le plus de sacrifices. Oh! le malheureux! Il tisse les jours de sa fille avec des fils d'argent, et déjà la Parque apprête ses ciseaux. La petite Lili de Pomairols est apparue et ne s'est posée que treize années au foyer de son père. La pièce intitulée l'*Enlèvement* nous raconte l'instant terrible, la minute mortelle dont l'esprit du poète ne s'est plus détaché. » Il n'y a rien eu d'aussi émouvant en ce genre dans la littérature française depuis les *Pauca meæ* de Victor Hugo. Et telle est la force d'un sentiment profond que sans avoir assurément le génie ou la virtuosité de l'auteur des *Contemplations*, M. de Pomairols ne nous touche pas moins et soutient cette effrayante comparaison sans en être écrasé. Certains de ses vers sont de ces purs sanglots dont a parlé Musset. Il évoque ses souvenirs paternels avec une simplicité déchirante.

Parfois je ne puis croire à cette chose sombre...
... Et marchant comme on fait quand on va deux en-
[semble,
Je me tiens bien souvent sur un bord du chemin
Et vers l'autre côté j'étends alors la main
Comme pour ressentir le contact de la sienne.
O geste favori de l'habitude ancienne...
L'enfant qui souriait en me donnant la main,
Je l'ai perdu, je l'ai perdu sur le chemin.

Le père affligé et indigné de l'iniquité du destin veut du moins que sa fille ne soit pas abandonnée, ni humiliée, et elle tiendra autant ou même plus de place dans sa pensée que si elle vivait. Tout la lui rappelle, les êtres et les paysages familiers. Le premier printemps qui suit la mort de l'enfant irrite le père comme un non-sens. Il est plein d'horreur

> ... devant la sombre aurore
> Où le tendre avenir s'éteint au lieu d'éclore.

Le seul adoucissement à sa peine est que la pauvre petite se soit éteinte subitement et sans souffrance.

> Si j'avais entendu ta voix me dire : « Père !
> Père ! vous êtes fort !... un monstre me poursuit.
> Oh ! j'ai peur, sauvez-moi !... Sans vous je désespère !... »
> Lamentables appels expirant dans la nuit !...
>
> Poursuivi d'une image aux tortures sans nombre
> J'aurais voulu briser mon front contre le mur,
> Ou bien j'irais, errant, le cœur submergé d'ombre,
> En demandant justice à quelqu'un dans l'azur.

On songe à Victor Hugo, à ses clameurs illustres : « Oh ! je fus comme fou dans le premier moment... », etc. Mais pendant assez longtemps, les méditations de M. de Pomairols sont beaucoup plus imprégnées de l'esprit de l'antiquité. Le plus spiritualiste des deux, c'est d'abord Victor Hugo. L'auteur de *Pour l'enfant* parle de l'au-delà avec l'horreur physique d'un Grec amoureux de la lumière. C'est sans doute au cours d'un voyage aux terres païennes d'Italie ou de Grèce qu'il s'écrie :

> Mais voici que debout sur d'illustres rivages,
> Tenant en main la coupe où ces divins breuvages
>   Pour elle auraient pu resplendir,
> Il l'offre vainement aux lèvres d'un fantôme,
> Triste et pâle habitant du ténébreux royaume
>   Où ne vit plus aucun désir.

Et la mort est le gouffre d'ombre, l'abîme d'épouvante, l'exil dans le froid et les ténèbres, sinon le néant pur et simple. Et telle est l'angoisse que dégage ce mystère sinistre qu'on ne supporte pas sans trembler l'idée qu'un de ces morts chéris puisse revenir et nous apparaître

... La stupeur
Me prend à la pensée, où tout mon cœur succombe,
Qu'on frémirait d'effroi si tu quittais la tombe.

Le volume est déjà assez avancé lorsque surgit et s'impose décidément l'espoir dans l'immortalité. Et le poète entre comme autrefois, avec le peuple, dans la vieille église :

O Dieu de mon enfance, o vous, Dieu de douceur,
Qui venez de nouveau là tout près de mon cœur,
Secouez-moi! Donnez à ma peine cruelle
La pleine vision de la vie éternelle!

Et c'est une bien jolie invention, digne de la *Légende dorée* ou des *Fioretti*, que l'histoire de la pauvre petite fille entrant tout intimidée et sans bien comprendre ce qui lui arrive dans le grand paradis du bon Dieu, parce que son papa qu'elle n'avait encore jamais quitté n'est pas là pour lui donner des explications et lui servir de guide.

Mais la douleur a fini son œuvre. Le cycle est accompli. Et comme l'a noté avec raison M. Maurice Barrès, ce livre par lequel on est si souvent pris aux entrailles s'achève sur une impression de relative sérénité. Il n'y a de détresse complète que dans l'absolu pessimisme. Le deuil accidentel du poète a trouvé une consolation dans la foi. Et l'on termine la lecture de ce très beau recueil de poignantes élégies avec la gravité affectueuse et la mélancolie apaisée que suggère un campo-santo italien, où le cloître se rehausse de fresques préraphaélistes et où l'atmosphère lumineuse adoucit et veloute jusqu'à la noire verdure des cyprès.

LA COMTESSE DE NOAILLES (1)

Après *le Cœur innombrable*, dont l'apparition en 1901 révéla qu'un poète nous était né, la comtesse de Noailles avait donné coup sur coup cinq autres ouvrages, dont trois romans, *la Nouvelle Espérance*, *le Visage émerveillé*, *la Domination*, et deux autres volumes de vers, *l'Ombre des jours* et *les Éblouissements*. Puis était venue une longue période de silence, qu'interrompt enfin la publication de ce nouveau recueil lyrique : *les Vivants et les Morts*, que l'auteur date des années 1907-1913. Si le public l'attendait avec quelque impatience, du moins son attente ne sera-t-elle pas déçue. *Le Cœur innombrable* avait excité une surprise ravie ; *l'Ombre des jours* et *les Éblouissements* avaient confirmé et encore accru ce premier triomphe. Mais ces trois livres appartenaient

---

(1) *Les Vivants et les Morts*, 1 vol., Fayard ; *De la rive d'Europe à la rive d'Asie*, un vol. in-8°, Dorbon. — Cf. *le Cœur innombrable*, *l'Ombre des jours*, *la Nouvelle Espérance*, *le Visage émerveillé*, *la Domination*, *les Éblouissements*, 6 vol., Calmann-Lévy.

à un même cycle et développaient à peu près les mêmes thèmes : on pouvait se demander si l'auteur serait capable de se renouveler. *Les Vivants et les Morts* dissipent tous les doutes, et depuis l'éclatant début de Mme de Noailles marquent la plus importante étape de sa carrière.

La première partie du nouveau recueil s'intitule : *les Passions ;* c'est à savoir les passions de l'amour, comme eût dit Pascal. L'amour avait fourni les sujets des trois romans de Mme de Noailles. Qui ne se souvient de Sabine de Fontenay, l'héroïne de *la Nouvelle Espérance,* qui se suicide pour n'avoir pas réussi à se faire aimer, ou du moins à régner sans partage sur l'homme qu'elle aimait ; de la petite nonne éperdument et candidement amoureuse de ce *Visage émerveillé,* qui semble un prologue aux *Lettres de la religieuse portugaise* ; enfin d'Antoine Arnault, le héros de *la Domination,* qui ressemble un peu à ceux de M. Gabriel d'Annunzio, et qui, après des aventures vénitiennes, aime sa petite belle-sœur Elisabeth, la voit mourir et meurt quelques jours plus tard ? Cependant l'amour tenait assez peu de place jusqu'ici dans les poèmes de Mme de Noailles, que remplissait l'adoration enthousiaste et minutieuse de la nature et qui paraphrasaient incessamment, mais avec une inépuisable originalité, la fameuse phrase de Flaubert que j'ai déjà eu l'occasion de citer : « Il y a des endroits de la terre si beaux qu'on voudrait les serrer sur son cœur. » Mme de Noailles a parlé elle-même, dans *l'Ombre des jours,* de son « âme faunesse ». Elle avait des après-midi mallarméens, sans préjudice des matins et des soirs. Elle était la nymphe habituée des jardins et des potagers. Elle les aspirait et les possédait par tous ses sens. Lorsqu'elle détournait ses regards des fleurs familières et des humbles plantes, c'était encore pour embrasser des horizons champêtres. Elle était infatigablement idyllique et virgilienne, avec un mélange bien savoureux de précision dans le détail et de lyrisme passionné :

Il n'est pas suffisant qu'on regarde et qu'on touche
Les vergers odorants et verts,
Je voudrais n'être plus qu'une amoureuse bouche
Qui goûte et qui boit l'univers.

Dans cette églogue, il ne pouvait guère être question que d'amours gentiment pastorales, passagères et encouragées par le *Carpe diem* :

Couples fervents et doux, ô troupe printanière !
Aimez au gré des jours...
Tout, l'ombre, la chanson, le parfum, la lumière
Noue et dénoue l'amour.

Epuisez, cependant que vous êtes fidèles,
La chaude déraison,
Vous ne garderez pas vos amours éternelles
Jusqu'à l'autre saison

Une sensibilité frémissante et intense animait cette poésie, mais se dépensait dans le culte panthéiste ou païen de la beauté des choses.

Tout au contraire, dans *les Vivants et les Morts*, ce sont des sentiments humains, et d'abord l'amour, qui occupent le premier plan. Il ne s'agit plus de bergeries ni de folâtreries, mais d'émotions ardentes et graves, qui deviendront aisément tragiques. La nature ne se laisse point oublier tout de suite et, si l'on peut dire, elle se défend. Mais elle est vaincue.

Autrefois étendue au bord joyeux des mondes,
Déployée et chantant ainsi que les forêts,
J'écoutais la Nature insondable et féconde
Me livrer des secrets...

A présent je ne vois, ne sens, que ta venue,
Je suis le matelot par l'orage assailli
Qui ne regarde plus que le point de la nue
Où la foudre a jailli.

C'est en vain que l'orgueil exploite ces souvenirs pour combattre l'envahisseur et s'écrie :

L'univers dans vos bras n'aura pas de rival.

Ce jeune rival supplante parfaitement le vieil univers, dont il résume avec avantage toutes les merveilles :

Je verrai dans tes yeux profonds et fortunés
Tout ce que l'univers n'a pas pu me donner :
O grain d'encens par qui l'on goûte l'Arabie !
Etroit sachet humain où je touche et déplie
Des parfums, des pays, des temps, des avenirs,
Plus que mon vaste cœur ne peut en contenir...

L'amour a donc entièrement conquis et dominé ce cœur fervent, exalté, ce cœur

Qui s'élevait aux cieux comme la pierre choit.

Et il y a quelques beaux accents d'amour heureux, notamment ce mot si touchant :

Je ne puis pas comprendre encor que tu sois né...

Et encore, dans la même pièce, cette effusion si tendre :

L'amour que le matin a pour toutes les choses
Lorsqu'il comble d'azur le torrent, les glaïeuls,
Le chanvre, les osiers, les goyaves, les roses,
Mon cœur plus chaud que lui le répand sur toi seul

A vrai dire on remarque dans ce dernier quatrain — mais c'est une autre question, et, si vous voulez, une parenthèse — un léger défaut de l'art de Mme de Noailles, qui est de ne pas toujours obéir à une nécessité évidente. Ici les glaïeuls sont nécessaires, et pareillement les roses, pour la rime. Mais le chanvre et les osiers auraient pu être remplacés par d'autres végétaux et les goyaves par des fruits moins exotiques. On n'a pas toujours l'impression que les traits choisis soient les plus beaux, ni les plus caractéristiques, les mieux adaptés à la pensée ou au mouvement de la phrase. Le style de Mme de Noailles, avec de magnifiques trouvailles où éclate le don poétique, semble souvent un peu arbitraire et improvisé. Elle ne prend non plus nul souci de la composition, ni de l'unité logique. Elle multiplie les points de vue, mais ne s'efforce pas de les confronter ni de les coordonner comme le ferait un esprit gœthien ou renanien ; elle passe de l'un à l'autre, successivement, comme au hasard, avec des détours et des retours imprévus. Elle nous rappelle par instants que la concision n'est pas une vertu féminine. Elle se contredit en toute ingénuité, comme nous aurons l'occasion de le voir tout à l'heure. Et l'on se demande parfois si elle avait une raison décisive pour exprimer à un certain moment cette idée plutôt qu'une autre ou pour ne la point traduire par d'autres mots. Mais on peut estimer que ce laisser-aller et ce désordre apparents donnent à la poésie une grâce spontanée qui a son prix. Je ferme la parenthèse.

Lorsque l'âme est remuée à une certaine profondeur, les grands problèmes de la destinée surgissent invinciblement, et l'on passe des joies ou des souffrances de l'amour à l'évocation de la mort. Dès les premières strophes, en plein bonheur, le spectre apparaît :

...Quelque chose de toi sans cesse m'abandonne
Car rien qu'en vivant tu t'en vas.

...Hélas ! quand ton élan, quand ton départ m'oppresse,
Quand je ne peux t'avoir dans l'espace où tu cours,
Je songe à la terrible et funèbre paresse
Qui viendra t'engourdir un jour.

...Tu seras mort, ainsi que David, qu'Alexandre,
Mort comme le Thébain lançant ses javelots,
Comme ce danseur grec dont j'ai pesé la cendre
Dans un musée, aux bords des flots.

Les idées de Mme de Noailles sur la mort ont beaucoup varié. Même dans ses premiers livres, tantôt elle la repousse avec horreur :

Ah ! faut-il que mes yeux s'emplissent d'ombre un jour !...

tantôt elle l'accepte comme une loi naturelle, assez douce et même salutaire, — comme un repos :

O mort, de t'avoir crainte un jour je me repens.
O fille de Cybèle auguste et du dieu Pan
Dont les bras ont porté la terre et le feuillage,
Toi, divine, par qui le cœur est enfin sage...

Elle continuera d'osciller entre ces deux pôles. L'innovation du présent ouvrage est de substituer au souriant paganisme d'autrefois une sorte de religiosité fiévreuse, assez romantique, et qui peut, d'ailleurs, s'exercer aussi bien dans les deux sens. Déjà dans le charmant volume de prose, *De la rive d'Europe à la rive d'Asie*, on trouvait une belle invocation à la mort désirée. Voici une pièce qui fait songer à Lamartine (Je te salue, ô Mort, libérateur céleste...) :

Mais venez, chère mort ; mon âme vous appelle,
Asseyez-vous ici et donnez-moi la main.
Que votre bras soutienne un front longtemps rebelle...

Mais, quarante pages plus loin, nous revenons à l'effroi et a la révolte :

Un bondissant désir comme un torrent me gagne.
Ah ! que je hante encor le sommet des montagnes,
Que je livre mes bras aux vents de l'Occident :
Le vert genévrier de ses senteurs me grise,
Un frein couvert d'écume éclate entre mes dents.
Se pourrait-il vraiment que l'univers détruise
Ce qu'il a fait de plus ardent !

On se rappelle ce morceau de *l'Ombre des jours*, où la protestation de la vitalité débordante aboutissait à cette antithèse :

D'autres seront alors joyeux, vivants, contents...
Mais ceux-là qui liront les pages de mon livre,
Sachant ce que mon âme et mes yeux ont été,
Vers mon ombre riante et pleine de clarté
Viendront, le cœur blessé de langueur et d'envie,
Car ma cendre sera plus chaude que leur vie...

Tantôt la perspective de la mort ajoute de l'attrait et de la valeur aux biens qu'on ne goûtera qu'un temps, et il est dit, dans le *Cœur innombrable:*

Aimez la mort aussi, votre bonne patronne,
Par qui votre désir de toutes choses croît...

Tantôt *(les Vivants et les Morts)* ce qui n'est pas éternel ne vaut pas d'être recherché, et un découragement inerte serait trop légitime, et c'est un grand mérite que de n'y point céder :

O mon cœur sans repos ni peur, je vous vénère
D'avoir tant désiré, sachant qu'il faut mourir.

De même la paix intérieure, qui semble un demi-sommeil et presque une image de la mort, est alternativement convoitée ou maudite et déclarée pire que les pires douleurs. Et puisque nous signalons quelques contradictions, notons que l'héroïsme des grandes passions et des ascensions sur les sommets abrupts est tour à tour préconisé, puis déconseillé au profit de la modeste et commune simplicité ; que l'été est ici considéré comme la folle et perverse saison qui trouble l'âme et l'égare, là comme une source d'apaisement, de détente et d'acceptation. Mais qu'importe ? Ces conceptions contraires ont pu se trouver également vraies selon les cas. Le poète note des sentiments au moment où il les éprouve et n'a pas à résoudre les antinomies.

Ce qui décide de l'orientation définitive de l'ouvrage, après ces quelques flottements, ce n'est pas un raisonnement philosophique, qu'on n'attend point, mais une raison de fait : la perte d'un être cher, la mort non plus conçue abstraitement ni même imaginée, mais vue de près et pour ainsi dire touchée du doigt :

> A présent, sans détour, s'est présentée à moi
> La vérité certaine, achevée, immobile ;
> J'ai vu tes yeux fermés et tes lèvres stériles.
> Ce jour est arrivé, je n'ai rien dit, je vois.
>
> Je m'emplis d'une vaste et rude connaissance
> Que j'acquiers d'heure en heure, ainsi qu'un noir trésor
> Qui me dispense une âpre et totale science :
> Je sais que tu es mort...

Il suffit. Les consolantes théories d'autrefois sont abjurées ! Le poète se lamente et s'indigne, comme M. André Suarès, de l'égoïsme barbare qui permet de survivre à certaines séparations :

Vivre quand ils sont morts ! Respirer les saisons !
Voir que le temps sur eux s'épaissit et s'étire !
Commettre chaque jour cette ample trahison...

Et voici le plus curieux, le plus pathétique aussi. Sous l'action de ce déchirement, la païenne, la bacchante de jadis a été atteinte d'une crise religieuse et a fait appel au Dieu des chrétiens :

Mon Dieu, je ne sais rien, mais je sais que je souffre
Au delà de l'appui et du secours humain,
Et puisque tous les ponts sont rompus sur le gouffre,
Je vous nommerai Dieu, et je vous tends la main...
Les lumineux climats d'où sont venus mes pères
Ne me préparaient pas à m'approcher de vous,
Mais on est votre enfant dès que l'on désespère
Et quand l'intelligence à plier se résout...

C'est l'instinct de l'être blessé, torturé, qui va s'agenouiller dans la pénombre d'une église. Il n'y a rien de plus normal, ni de plus émouvant. Mais n'ayant à donner qu'une exacte analyse du présent ouvrage, je dois constater qu'il serait au moins prématuré de vouloir ajouter le nom de l'auteur à la liste des conversions littéraires. Mme de Noailles n'a pas encore suivi le chemin de Huysmans, de Coppée et des autres que l'on connaît. Voici pourtant encore de beaux vers, d'une éloquente spiritualité :

Comme vous accablez vos préférés, Seigneur !...
Il semble que votre ample et salubre courage
Veuille assainir en nous quelque obscur marécage,
Tant vous nous arrachez, par des sueurs de sang,
L'âcre ferment vivant, orgueilleux et puissant.
On pense qu'on mourra du mal que vous nous faites...
Et puis, c'est tout à coup la fin de la tempête...

Mais cet esprit ne se maintient pas, et le reste se rattache au pessimisme négateur, au stoïcisme amer et au « froid silence » d'Alfred de Vigny. Quoi qu'il en soit, toute cette seconde moitié des *Vivants et des Morts* apporte une nouveauté frappante dans l'œuvre de Mme de Noailles. Malgré quelques longueurs et quelques faiblesses, ce volume est d'une beauté superbement lyrique et profondément humaine qui lui assure un rang éminent dans nos admirations. Du ton de l'anthologie grecque Mme de Noailles s'est élevée sans effort à celui de la grande poésie.

LES ROSES DE SAADI (1)

La Perse a été fort à la mode ces temps-ci. Ce n'étaient que fêtes persanes, expositions de miniatures persanes, ballets russes ou même français évoquant des légendes de la Perse. L'opinion s'était si bien retournée, depuis Montesquieu, que les Parisiens auraient volontiers demandé : « Comment peut-on ne pas être Persan? » Grâce à M. Franz Toussaint, qui a eu l'idée opportune de traduire Saadi, la littérature iranienne pourra profiter dans une certaine mesure de cette vogue un peu inattendue. Jusqu'à présent, ces études étaient restées le monopole de quelques érudits, parmi lesquels il faut citer Anquetil-Duperron, qui le premier traduisit le *Zend-Avesta*, Eugène Burnouf, Sylvestre de Sacy, Jules Mohl, James Darmesteter, Barbier de Meynard, etc... Il n'y avait évidemment pas un grand nombre de persa-

---

(1) Saadi : le *Jardin des roses*, traduit du persan par M. Franz Toussaint, préface de la comtesse de Noailles. Un vol. Fayard.

nisants, en dehors du Collège de France, de la Société asiatique et de l'École des langues orientales. Les grandes œuvres littéraires de l'Iran ont été traduites en français pour la plupart, mais généralement en éditions peu accessibles ou depuis longtemps épuisées. Il existait une traduction du *Gulistan,* ou *Parterre des roses* de Saadi, publiée par Defrémery, en 1858, chez Didot. Celle de M. Franz Toussaint ne présente peut-être pas des garanties exceptionnelles d'exactitude. Sans être moi-même en état de la confronter avec le texte, j'ai sujet de croire qu'elle n'est pas absolument complète ni rigoureusement littérale. Mais elle est fort agréable à lire ; elle possède cette fidélité supérieure, qui manque souvent aux travaux des doctes spécialistes, et qui consiste à rendre le véritable esprit, la grâce et la vie de l'original.

Est-ce que Mme de Noailles ne s'avance pas beaucoup en présentant Saadi comme « celui qui devait, dans son œuvre, fixer la langue persane, en rendant flexible et musical le primitif instrument dont, jusqu'à lui, on n'avait tiré que des sons barbares » ? Avant Saadi, il y avait eu l'illustre Firdousi, l'Homère persan, l'auteur du *Livre des Rois* (1), qui florissait au dizième siècle ; l'aveugle Roudaghi, Kisaï, Avicenne, Abou Saïd, que James Darmesteter oppose aux moines d'Occident ses contemporains, Omar-Kheyam, dont les quatrains ont été traduits en vers par Jean Lahor, Minoutchehr, l'auteur du *Divan,* etc... Il ne faudrait pas considérer tous ces poètes comme insignifiants. Dans une très instructive brochure sur les *Origines de la poésie persane,* James Darmesteter expose qu'après la conquête arabe du sep-

(1) Traduit par Jules Mohl.

tième siècle, la tradition nationale avait commencé de se reconstituer avec Abbas, deux cents ans avant Firdousi. Celui-ci avait eu de nombreux prédécesseurs, mais les a radicalement éclipsés. Un de ces vieux poètes, Abou Salik, a trouvé sept ou huit cents ans avant Molière ce trait : « Avec les cils de tes yeux tu m'as volé mon cœur ; tu me voles avec tes cils et tu prétends me faire condamner avec tes lèvres. Faudra-t-il que je te paye l'amende pour m'avoir volé mon cœur ? Avez-vous vu jamais pareille merveille : un voleur qu'on indemnise ? » C'est Mascarille, en toute naïveté. De Roudaghi, un de ses émules, Chahid de Bactriane, disait : « La poésie chez les autres poètes ressemble à la parole : chez Roudaghi, la parole est faite de couleurs. » Ses poèmes amoureux sont en effet extrêmement pittoresques, sensuels et fleuris.

Khosravani s'est immortalisé pour avoir été l'un des premiers à pleurer la jeunesse qui s'enfuit. Firdousi ne dédaigna pas de le citer, dans ces vers qui annoncent déjà le docteur Faust :

> Je me suis donné tant de peine, j'ai lu tant d'histoires, tant de récits arabes et de récits pehlvis ! Sauf le soupir et le mal de mes fautes, quelle trace me reste-t-il de ma jeunesse ? Au souvenir de ma jeunesse, à présent je gémis et je répète le vers de Bou Tahir Khosravani : Je revois ma jeunesse jusqu'à mon enfance. Hélas ! ma jeunesse ! Hélas ! où est ma jeunesse ?

Kisaï fait songer James Darmesteter à Robert Browning, et Abou Saïd lui rappelle l'*Epipsychidion* de Shelley, ce qui n'est pas un indice d'excessive barbarie. Or, une crise se produisit à cette époque (xe siècle), dans la pensée de la Perse musulmane. « Un instant, dit James

Darmesteter, l'islam avait semblé prêt à ouvrir les portes à la philosophie et à la libre pensée. La philosophie grecque, chassée d'Alexandrie et d'Athènes par Justinien et le christianisme et réfugiée à la cour des Chosroès, était revenue à la cour des khalifes de Bagdad : il y eut un instant d'islamisme libéral. » Mais la réaction orthodoxe qui suivit eut en Perse d'importantes conséquences.

Tandis que le peuple élaborait une religion nouvelle, le chiisme, qui combinait la mythologie de la Perse ancienne avec l'intolérance dogmatique de l'islam, les esprits d'élite n'acceptaient point ce mélange indigeste. « Les uns sortirent plus ou moins ouvertement de l'islam par la science et l'incrédulité, les autres en sortirent par le mysticisme. Deux poètes représentent ces deux mouvements contraires, à l'époque de Firdousi : l'un est le médecin Avicenne, l'autre est le derviche Abou Saïd. » Il y avait des lueurs dans les ténèbres de ce moyen âge, bien avant Saadi... Avicenne a eu l'honneur d'être cité par Dante (l'*Enfer*). La plupart des poésies qui nous restent de lui sont en l'honneur du vin, mais il ne faudrait pas le confondre avec les chansonniers du Caveau. Ses chansons bachiques protestent contre l'oppression de la nature et de la raison par la loi religieuse. Le vin, proscrit par le Coran, devient pour Avicenne un symbole d'émancipation. Abou Saïd, mystique et un peu panthéiste, ne séparait point de son mysticisme le culte de la femme. Pour Darmesteter, ses Zuleika et ses Leila sont comparables à Béatrice et à Laure, aux Mary, aux Emilia et aux Madonna de Shelley. Abou Saïd a écrit : « Celui qui a enchaîné son cœur aux belles restera toujours là et ne rompra jamais la chaîne de l'idole. Dans la forme d'argile, il a lu le sens de l'âme... » Il est au moins certain que la poésie persane fut très riche et très brillante avant le bon Saadi, dont l'œuvre semble même de moindre envergure que celle de ses grands devanciers.

Saadi naquit à Chiraz dans le dernier quart du XIIe siècle (probablement en 1184). Il fit ses études à Bagdad et adhéra à la doctrine ésotérique du soufisme. Puis il voyagea. En Syrie, il fut fait prisonnier par les Francs et condamné à travailler aux fortifications de Tripoli. Dans la préface de sa traduction du *Boustan*, Barbier de Meynard assure que cet événement dut avoir lieu en 1203 ou 1204, vers la fin de la cinquième croisade. Un ami du poète, un négociant d'Alep, le racheta pour dix pièces d'or (ou dinars) et lui donna la main de sa fille avec une dot de cent dinars. Mais la jeune personne était d'humeur si maussade que Saadi eût préféré l'esclavage et prit la fuite. Il visita le Turkestan, l'Inde, l'Arménie, l'Asie-Mineure, la Mésopotamie, toute la région du golfe Persique et même l'Abyssinie. Il a laissé de son séjour dans l'Inde, un récit que Barbier de Meynard accueille avec méfiance. Il se serait fait initier aux mystères du brahmanisme, et pénétrant un soir dans les souterrains de la pagode, aurait surpris le prêtre qui, à l'aide d'un mécanisme grossier, faisait mouvoir les bras de l'idole. On constate une curieuse analogie entre cette anecdote et une scène de *la Foi* de M. Brieux, Barbier de Meynard objecte qu'on n'a pas signalé, dans l'Inde, un autre exemple d'une si puérile supercherie. Certes, Saadi et M. Brieux auraient tort de trop généraliser. Les religions n'ont pu être fondées et propagées par de simples imposteurs. Renan et toute la critique du XIXe siècle ont rectifié sur ce point un voltairianisme trop radical. Mais il arrive que des gens très convaincus poussent le zèle jusqu'à user de manœuvres contestables pour soutenir la bonne cause et mettent le mensonge au service de ce qu'ils croient très sincèrement être la vérité. Le cas rapporté par Saadi n'est pas psychologiquement invraisemblable et n'exclut point la bonne foi des brahmines dont Barbier de Meynard s'est institué l'avocat.

Quoi qu'il en soit, Saadi revint au soir de sa vie se fixer à Chiraz, et il était plus que septuagénaire lorsqu'il acheva ses deux grands ouvrages, le *Boustan* (ou Verger) et le *Gulistan* (ou Jardin des roses). On peut admettre qu'il y travaillait depuis de longues années. Il mourut à Chiraz, dans un âge très avancé (cent vingt ans, selon Doolet-Schah, son plus ancien biographe). Son tombeau existe encore, non loin de celui de son concitoyen le poète Hafiz, qui vécut après lui, au XIVe siècle. Pierre Loti l'a visité :

Ici (à Chiraz), les petits enfants mêmes redisent encore ses vers. Patrie enviable pour tous les poètes, cette Perse où rien ne change, ni les formes de la pensée ni le langage, et où rien ne s'oublie ! Chez nous, à part des lettrés, qui se souvient de nos trouvères contemporains de Saadi ; qui se souvient seulement de notre merveilleux Ronsard ? Toutefois le cheikh Saadi ne possède qu'un tombeau modeste ; il n'a point, comme Hafiz, une dalle en agate, mais rien qu'une pierre blanche, dans un humble kiosque funéraire, et tout cela, qui fut pourtant réparé au siècle dernier, sent déjà la vétusté et l'abandon. Mais il y a tant de roses dans le bocage alentour, tant de buissons de roses ! En plus de celles qui furent plantées pour le poète il y en a aussi de sauvages, formant une haie le long du sentier délaissé qui mène chez lui. Et les arbres de son petit bois sont pleins de nids de rossignols. (*Vers Ispahan.*)

Il n'est pas un salon ni un pensionnat de demoiselles où, grâce à Leconte de Lisle et surtout à Gabriel Fauré, l'on ne sache que la Perse est le pays des roses.

> Les roses d'Ispahan dans leur gaine de mousse,
> Les jasmins de Mossoul...

La rose occupe naturellement une aussi large place dans la poésie de la Perse que dans ses jardins. Roudaghi s'écriait : « Une seule fois dans l'année vient la rose : ton visage est pour moi une rose éternelle. » Et Kisaï : « La rose est un trésor descendu du ciel : l'homme au milieu des roses en devient plus noble. Marchand de roses, pourquoi vends-tu des roses pour de l'argent? Que pourrais-tu bien acheter avec l'argent de tes roses qui soit plus précieux que tes roses ? » Et plus tard Hafiz : « O mon cœur, tu t'es flétri sans que j'aie pu cueillir les roses du jardin de la vie. » On pourrait multiplier les exemples. Il est naturel que Saadi n'ait pas fait exception et qu'il ait chanté les roses comme tous ses confrères. Il est poète et ne manque point de reprendre ce thème obligatoire et traditionnel. Cependant, il n'est peut-être point aussi éperdument lyrique que Mme la comtesse de Noailles nous le donne à entendre :

> Certains noms humains semblent traverser les âges, portés sur l'amour des hommes, et leur gloire circule dans une zone inaltérable, entre les jardins et les cieux. Ainsi la renommée du brillant Saadi se trouve mêlée aux suaves calices et au limpide éther : aujourd'hui encore, aux yeux des poètes du monde entier, chaque brise qui effeuille les roses semble répandre sur son tombeau des libations odorantes... Je songe à vous, ce soir, Saadi, habitant des jardins ! Dès l'enfance, j'ai pressenti et partagé vos rêves. J'ai tant aimé l'azur qu'il a pénétré mon être et m'a fait un cœur de turquoise.

Les jolies phrases! Mais on comprendrait mieux qu'elles eussent été inspirées par Roudaghi, par Minoutchehr, par Hafiz, par n'importe quel autre de ces poètes. De tous, Saadi est sans doute celui à qui elles s'appliquent le moins exactement. Lui aussi, il est à l'occasion rêveur, contemplatif, mélancolique et voluptueux, mais enfin ce lyrisme n'est pas chez lui au premier plan. En somme, il est un moraliste et un conteur. Son *Jardin des roses* contient surtout des roses purement symboliques et dont il ne dissimule guère les épines. Ce qui fleurit surtout dans ce jardin, c'est la sagesse acquise par l'expérience des hommes. Le volume se compose d'une série d'apologues et d'anecdotes, d'où se dégagent des maximes de morale pratique, toujours pleines de bon sens, souvent relevées d'ironie et de scepticisme. Pour savoir s'il avait autant de génie que notre La Fontaine, il faudrait pouvoir le lire dans le texte. Entre nous, j'en doute un peu. Mais la traduction prouve suffisamment qu'il aurait à peu près les mêmes chances que le fabuliste d'être accusé d'immoralité par Jean-Jacques Rousseau, Lamartine et M. Emile Faguet (1).

Ce n'est pas qu'il manque de bonhomie, de douceur et de gentillesse. On pourrait même lui attribuer à la rigueur une âme franciscaine, lorsqu'il parle à une jeune fille de ses sœurs les roses ou lorsqu'il note ce trait digne des *Fioretti* :

Un voleur se glissa dans la cabane d'un ermite, ne trouva rien à emporter, et s'affligea. L'ermite, qui s'aperçut de son désespoir, jeta sur le sentier par où il devait passer un tapis

(1) Il aurait même des chances moins discutables, en raison de plusieurs chapitres franchement licencieux, recueillis dans le présent volume.

de feutre qui lui servait de couche. Ainsi le larron ne s'en alla pas les mains vides. Les hommes de Dieu évitent de contrister leurs ennemis. Comment donc pourrais-tu leur ressembler, puisque tu es en guerre avec tes amis?

Ce ne sont que des détails isolés. Saadi prêche souvent l'indulgence mutuelle, mais beaucoup moins, dirait-on, par souci de charité envers le prochain que par complaisance pour les écarts de conduite. Il aime à montrer en posture fâcheuse les cadis, qui ont pour mission de défendre les bonnes mœurs et de surveiller les délinquants. Un de ces cadis, dont les désordres étaient particulièrement scandaleux, est condamné à mort par le sultan, qui lui déclare : « Je crois bon de te faire précipiter du haut de ma citadelle. Ce châtiment servira d'exemple au peuple... » Le juge répondit : « O maître du monde, ta famille m'a toujours honoré de ses faveurs, et je ne suis pas le seul homme de la ville qui ait commis cette faute. Fais donc précipiter un autre coupable, afin que son châtiment me serve d'exemple... » Le sultan éclata de rire et gracia le juge. Le lendemain, il faisait dire aux dénonciateurs : « Vous avez tous des défauts. Ne blâmez donc pas les défauts de vos frères. Quiconque voit son propre vice est indulgent pour autrui. » C'est très spirituel et, après tout, très juste, car il n'y a rien de plus haïssable que les pharisiens et les professeurs de vertu, plus ardents à combattre le pécheur que le péché. Cependant, l'excellent Saadi, sous couleur de tolérance et de bienveillance, excuse et n'est pas loin d'approuver toutes les incartades. Il pousse très loin le respect de la bonne loi naturelle. Mais il est impitoyable pour la bêtise.

Un mal d'yeux survint à un homme qui était innocent.

Il alla trouver un vétérinaire et lui dit : « Donne-moi un remède. » Le vétérinaire lui instilla dans l'œil le collyre dont il se servait pour les yeux des animaux, et notre innocent devint aveugle. On porta l'affaire devant le cadi, lequel déclara : « Le vétérinaire n'aura pas d'amende à payer. Si ce malade n'avait pas été un âne, il ne serait pas allé le consulter. »

Il raille l'astrologue trompé par sa femme (La Fontaine le fera tomber dans un puits) et qui prétend découvrir ce qui se passe dans le ciel, alors qu'il ne voit pas ce qui se passe dans sa maison. Il ne croit pas à l'efficacité de l'éducation, à la réhabilitation des déchus, à l'amélioration des natures ingrates : « Ne lave pas sept fois ton chien dans la mer, car il n'en sentira que plus mauvais. Si l'on conduisait à la Mecque l'âne de Jésus, lorsqu'il en reviendrait il serait encore un âne. » Il a très bien vu l'inconvénient capital d'une certaine sensiblerie : « Avoir pitié de la panthère, c'est être injuste envers les moutons. » Il prodigue les avis de prudence désabusée. Dans l'*Esclave triomphante*, il indique déjà un bon conseil que Labiche devait développer dans *Edgard et sa bonne*. Mais il ne blâme point le pauvre amoureux qui se laisse houspiller et tourner en bourrique, parce qu'il souffre encore moins des mauvais procédés de sa bien-aimée qu'il ne souffrirait d'une rupture. Il recommande beaucoup le silence et la discrétion.

Un marchand qui venait de perdre mille dinars, dit à son fils : « Garde pour toi seul cette triste nouvelle.— Mon père, » répliqua le jeune homme, je t'obéirai, mais daigne m'expliquer pourquoi nous devons taire notre malheur. — » C'est afin qu'il n'y en ait pas deux : la perte de la somme » et la joie maligne du voisin. »

Il exagère un peu lorsqu'il dit : « Frappe la tête de la vipère avec le poing de ton ennemi : il en résultera nécessairement un bien pour toi. Si ton ennemi est vainqueur, la vipère sera tuée, et s'il est mordu, tu auras un ennemi de moins. » Mais il atteint rarement à cette âpreté où il y a peut-être plus d'humour que de véritable machiavélisme.

La morale de Saadi est un peu terre à terre ; elle n'en est peut-être que plus raisonnable et plus utile, puisqu'elle s'adresse à la majorité. D'ailleurs elle ne manque pas de noblesse, puisqu'il enseigne la modération des désirs, la soumission aux volontés divines, le mépris des vaines agitations et des choses fortuites ou éphémères :

Tous les arbres, sauf le cyprès, produisent des fruits. Tantôt, grâce à ces fruits, ils sont verts et étincelants, tantôt ils sont dépouillés de feuilles et lugubres. Le cyprès, lui, n'a point de fruits, mais il ést éternellement vert. Tel est l'attribut de l'homme libre. N'attache pas ton cœur à ce qui est passager... Si tu en as le pouvoir, sois généreux comme le palmier, et si tu en es empêché, sois libre comme le cyprès !

Quant à l'amour, nul n'y peut rien et le moraliste y perdrait son persan... Saadi n'est pas héroïque, ni même très idéaliste, ni surtout bien romantique, mais c'est un aimable homme, un écrivain charmant, et qui voit clair dans la réalité.

PIERRE LOTI. CHAMPION DE L'ISLAM (1)

On ne s'étonnera pas que l'auteur d'*Aziyadé*, de *Fantôme d'Orient* et des *Désenchantées* ait tenu à élever la voix en faveur de la Turquie. C'est sa généreuse habitude de défendre les vaincus : il l'a montré lors de la guerre de Cuba et de celle du Transvaal. Il a de tout temps professé pour les Turcs une sympathie particulière, et l'on pense bien qu'il n'allait pas choisir pour la lui retirer l'instant où ce peuple est abattu par le sort. En dehors de toute question politique, il est intéressant de rechercher les raisons de cette ardente turcophilie, qui n'a rien de commun avec celle de certains diplomates, mais constitue un trait caractéristique de la physionomie littéraire et morale de M. Pierre Loti. On y pourrait voir l'effet d'un souvenir de jeunesse, d'un attendrissement sur la mémoire d'Aziyadé. Mais d'autres aventures semblables, aux quatre coins du monde, n'ont pas

(1) *La Turquie agonisante*, 1 vol. Calmann-Lévy.

laissé dans son esprit des traces aussi profondes. Ni Rarahu, ni Fatou-Gaye, ni Madame Chrysanthème n'ont su lui inspirer le même attachement pour leur nation. Il aurait pu chérir de tout son cœur la petite Circassienne aux yeux verts, et la regretter longtemps, sans étendre à la Turquie tout entière ce sentiment passionné. Mais dès son premier séjour en Orient, il est séduit, il se sent tout doucement devenir Turc, et l'on se demande si ce n'est pas au contraire par amour de la vie turque qu'il a tant aimé la jeune épouse du vieil Abeddin, comme la plus charmante personnification de l'enchantement oriental. Sans doute il a toujours eu le goût de l'exotisme, des races primitives et près de la nature, l'horreur de notre civilisation prosaïque et utilitaire. Ce sentiment, si répandu chez la plupart de nos écrivains depuis plus d'un siècle, domine toute sa vie et toute son œuvre, mais il semble n'avoir trouvé à le satisfaire pleinement qu'à Constantinople. Il n'a certes dédaigné ni l'Afrique, ni l'Extrême-Orient, ni l'Océanie, mais il a ressenti dès l'abord et a toujours gardé une véritable prédilection pour la capitale des kalifes et pour l'islam.

C'est peut-être qu'il y a rencontré la plus vive sensation de dépaysement, dans les conditions les moins onéreuses, j'entends aux portes de l'Europe, chez une race moins différente de la nôtre et civilisée aussi à sa manière. Tahiti est trop sauvage, le Japon est trop loin. A Constantinople, M. Pierre Loti avait le plaisir de changer de milieu, sans devenir absolument un étranger et sans tomber radicalement dans l'inconnu. Il ne perdait pas tout à fait le contact avec l'Occident voisin, il se mêlait à une civilisation nouvelle, mais assez raffinée encore et suffisamment intelligible. A Constantinople, il avait l'impression d'être chez lui et de retrouver une patrie. D'ailleurs ce sentiment s'appuyait sur des admirations d'artiste et sur des affinités spirituelles. Il a publié dans *l'Exilée*, une longue description de Constantinople ; il en a maintes fois dépeint les paysages dans ses romans et jusque dans le présent volume. Il a toujours été extrêmement sensible à la beauté de cette ville, des rives du Bosphore et de la Corne-d'Or, des dômes et des minarets, à l'originalité des types et des costumes, à toute cette féerie à grand spectacle, comme il disait dans les premières pages d'*Aziyadé*. Il est un de nos grands écrivains orientalistes. Mais il ne se borne pas à jouir des lignes et des couleurs : c'est l'âme même de ce pays qui lui est infiniment chère. Peu s'en faut qu'il n'ait eu, comme Théophile Gautier, des velléités de se faire musulman. « Les Turcs, écrivait-il dans son premier livre, ont l'amour du passé, l'amour de l'immobilité et de la stagnation. » Voilà qui le ravit, lui qui exècre l'agitation et la fièvre modernes, lui qu'obsède l'idée de la fuite irréparable du temps et de l'universelle caducité des choses.

Il ne tarit point sur le charme des places du vieux Stamboul, avec leurs platanes, leurs fontaines et leurs petits cafés, où l'on se repose aussi librement que dans la solitude de quelque bourgade ; « refuges adorables où l'on retrouvait le silence des vieux temps calmes, près des mosquées, sous des arbres centenaires ». En plein centre de l'immense cité, on découvre de ces asiles de tranquillité provinciale, et M. Pierre Loti raffole des vieilles provinces turques :

Oh! ces villes du passé, perdues au fond de l'Anatolie, ces villages dans la verdure groupés autour des minarets blancs et des cyprès noirs, comme on y respire la paix et la confiance, combien la vie s'y révèle honnête et patriarcale ! Oh ! ces hommes, laboureurs ou modestes artisans, qui vont à la mosquée s'agenouiller cinq fois par jour et qui le soir s'asseyent à l'ombre des treilles, près des tombes d'ancêtres, pour fumer en rêvant d'éternité...

Il s'apitoie sur cet humble monde débonnaire, exempt des désirs effrénés et de l'envie haineuse qu'on souffle au peuple de nos villes, et plié par sa foi religieuse à la perpétuelle résignation. Il conteste la férocité qu'on attribue à ces Turcs, qu'il présente au contraire comme compatissants et doux. Ils n'ont pas besoin qu'on leur recommande d'être bons pour les animaux. C'est une municipalité composée en majorité d'Arméniens, et non de musulmans, qui a détruit les légendaires chiens errants de Constantinople. A Brousse, il existe un hôpital pour les cigognes qui, blessées ou trop vieilles, n'ont pu fuir à l'entrée de l'hiver. Avec les populations soumises à leur empire, M. Pierre Loti affirme que les Turcs étaient naturellement tolérants, respectant les religions, n'imposant même pas aux Macédoniens l'obligation d'apprendre la langue turque, protégeant les missionnaires et les congréganistes catholiques. Pourtant on ne peut nier que des massacres aient eu lieu à de nombreuses reprises et que ces gens si placides soient sujets à d'abominables crises de fanatisme. M. Pierre Loti n'y contredit pas positivement, mais assure que les Turcs ont souvent été provoqués et que leurs adversaires balkaniques ont commis des excès aussi graves, bien qu'on y insiste moins. En outre, il demande qu'on ne confonde point la nation ottomane avec son gouvernement, ou ses gouvernements successifs. On remarquera qu'il n'a pas beaucoup d'amitié pour les jeunes-turcs. Dès 1876, dans *Aziyadé*, il annonçait que la Turquie serait perdue par le régime parlementaire, qui peut effectivement ne pas convenir à tous les peuples. Entre autres méfaits, il reproche avec amertume aux jeunes-turcs les « embellissements » qui ont saccagé quelques-uns des vieux quartiers de Stamboul. Aucune contrée n'échappe donc à ce fléau !

Dans sa haine du modernisme et du prétendu progrès, qui n'est souvent, on doit en convenir, qu'un industrialisme rapace, hideux et démoralisant, M. Pierre Loti jugeait déjà Abdul Hamid trop libéral et n'accorde son affection qu'à la plus vieille Turquie, « dernier refuge du calme, du respect, de la sobriété, du silence et de la prière ». Il considère que Stamboul est « un domaine sacré de l'Histoire, de l'art et de la poésie », et que « le jour où le Croissant n'y sera plus, là-haut dans l'air, du même coup son charme et sa magie vont s'éteindre ». Il dit encore :

Il n'y a pas, dans la vie, que des usines, des chemins de fer, des débouchés commerciaux, des shrapnells, de la vitesse et de l'affolement. En dehors de tout ce néfaste bric-à-brac, devant quoi se pâme la masse des médiocres et qui mène aux finales desespérances, il y a aussi le calme qu'il faudrait nous conserver quelque part, il y a le recueillement et le rêve. A ce point de vue, la Turquie, la vieille Turquie des campagnes, la Turquie honnête et religieuse, comme une sorte d'oasis au milieu de tourbillons et de fournaises, serait aussi utile au monde que ces grands jardins dont on sent de plus en plus la nécessité au milieu de nos villes trépidantes.

Il est certain que si la Turquie conquérante et envahissante révoltait l'opinion européenne, comme on l'a constaté depuis la guerre de l'indépendance grecque, on peut s'associer à la chevaleresque pitié de M. Pierre Loti pour une Turquie à son tour en détresse. Il n'est pas moins évident que l'européanisation progressive de la planète n'en rendra pas le séjour très régalant pour les rêveurs épris de pittoresque et de diversité. Du reste, Constantinople a porté malheur à tous ceux qui l'ont occupée : des germes de décadence flottent dans son atmosphère; depuis Constantin qui, en s'y installant, perdit Rome, c'est le tombeau des empires. Les alliés balkaniques feront aussi bien d'y laisser les Turcs.

JÉROME ET JEAN THARAUD

Dans les Balkans (1).

MM. Jérôme et Jean Tharaud n'ont pas été précisément des correspondants de guerre. Ils ne nous offrent pas l'équivalent du volume : *De Sofia à Tchataldja*, de M. René Puaux, lequel, ayant suivi la campagne du côté bulgare, nous en a donné un récit documenté, passionnant comme un roman d'aventures, et qui en est un en effet, mais d'aventures authentiques. M. René Puaux use d'un style excellent, vivant et alerte ; cependant il n'est allé sur le théâtre de la guerre que pour assister du plus près qu'il se pourrait à un spectacle historique et pour le décrire avec une scrupuleuse exactitude. La vérité et la rapidité de l'information étaient ses premiers et même ses uniques soucis. S'il écrivait bien, c'était par habitude, sans presque y songer. Et le lecteur n'y songe qu'à la réflexion, étant d'abord empoigné par l'intérêt des événements. MM. Jérôme et

(1) *La Bataille à Scutari d'Albanie*, 1 vol. Émile-Paul.

Jean Tharaud ont, au contraire, cherché au Montenegro moins des faits que des impressions, et ils ont voulu faire œuvre littéraire. Ils n'ont point envoyé de télégrammes ni de lettres hâtivement improvisées, et c'est au retour qu'ils ont rédigé leur livre à loisir. Ils ont tenu néanmoins à lui garder le caractère de notes de voyage, transcrites avec beaucoup de soin et agréablement ornées, mais non point intégrées comme de simples matériaux dans quelque conception d'ensemble. Ils ne racontent que des choses vues et n'esquissent, à l'aide de ces éléments, aucune étude d'histoire, de psychologie ethnique ou de politique internationale. On regrette parfois qu'ils n'aient pas élargi leur plan. Peut-être se défient-ils trop de l'érudition et des idées générales. Leur ouvrage n'en est pas moins attrayant et délicat.

Ils sont partis afin de « voir des gens qui se battent, des hommes qui croient à quelque chose et qui donnent leur vie pour cela ». Déjà dans tous les ports slaves de la côte dalmate, ils ont trouvé un grand enthousiasme. De Cattaro, ils ont gagné Cettigné à dos de mulet, par des sentiers en lacet dans la montagne. Apre et morne séjour ! « Qu'il a fallu haïr le Turc, pour venir chercher un refuge dans cette affreuse solitude ! » Soit ! Mais le Montenegro était-il inhabité avant l'invasion turque? Ailleurs, MM. Jérôme et Jean Tharaud nous ont parlé du « Lovtchen monténégrin qui de sa masse puissante domine tous les sommets d'alentour » et ont ajouté : « A la cime, un point blanc : c'est la chapelle où le prince-évêque Pierre II, poète, législateur et guerrier, dort son dernier sommeil sous la garde des Vilas, les belliqueuses fées protectrices de la Tcherna-Gora. » Que nous aimerions avoir quelques renseignements sur ce prince-évêque, sur ces fées belliqueuses, sur tout ce passé! Ailleurs encore : « Comme on comprend dans cette solitude la petite patricienne de Venise que son mari Georges IV ramena un jour du Lido pour régner sur ces rochers! Sa vie ne fut plus qu'un soupir vers sa belle patrie. Elle finit par persuader son faible mari de l'y suivre. Et ce fut ainsi que prit fin dans la Tcherna-Gora la dynastie des Maramont qui, avec les princes des Baux — une autre famille française — a donné tant de chefs à ce Montenegro... » Combien un aperçu de la biographie de ces princes français et de cette petite princesse vénitienne nous eût enchantés! Plus loin, MM. Jérôme et Jean Tharaud mentionnent en passant les chansons populaires monténégrines, « ces belles chansons que Gœthe égalait à l'*Iliade* et que l'on chante encore dans les villages en s'accompagnant de la guzla ». Que nous souhaiterions d'en connaître quelques-unes! A chaque instant, d'un mot ou d'une allusion, MM. Tharaud piquent notre curiosité ; et puis ils dédaignent de la satisfaire, étant pressés de se remettre en route. Tous ces sujets, à peine effleurés, nous intéresseraient pourtant beaucoup plus que des détails circonstanciés sur la difficulté de trouver une monture, un guide ou une auberge passable.

A Podgoritza, défilent trois mille prisonniers turcs, indifférents et fatalistes. La ville possède un ancien quartier turc.

Par un vieux pont en dos d'âne, je traverse le torrent boueux, profondément enfoncé dans ses berges, pour aller respirer là-bas l'air de secret et de mystère que l'Orient porte partout avec lui, et que nos civilisations s'entendent si bien à détruire. Charmant petit pont turc, bel accent circonflexe jeté sur la rivière! Ce n'est pas notre arc roman, ce n'est pas non plus notre ogive; c'est quelque chose de nouveau, une ligne imprévue ; avec elle, on pénètre dans un autre royaume, le dénuement, la poésie, la riche fantaisie musulmane : d'un coup, on enjambe l'Orient.

On savait, par *la Fête arabe*, que MM. Jérôme et Jean Tharaud goûtaient fort le pittoresque oriental; on ne s'étonnera pas de les voir regretter, comme Pierre Loti et pour des raisons analogues, l'effondrement de la puissance turque. A Dulcigno, ils entendront avec émotion la prière du muezzin : « Dans ce jour qui finit, elle exprime si bien la plainte de l'islam, hautaine et résignée ! » Et ils lui supposeront cette signification :

Je suis le repos, le rêve, la contemplation, l'humilité, la sagesse: je suis les grandes étendues, les roses de la Perse, les jardins dans les sables, les cyprès dans les cours; je suis la vie dans la mort. Inventez, pour me détruire, des machines meurtrières ! Vaincu sur votre petit coin du monde, je refleuris ailleurs, dans la Chine innombrable, les Indes embrasées et dans la sombre Afrique. Vos religions à vous ne s'épanouissent que dans les brumes. Mon domaine à moi est celui du soleil, et vous ne détruirez ni l'eau, ni les palmiers, ni la fleur du rosier, ni l'ombre du cyprès.

Telle est la prosopopée de l'islam, imaginée par les frères Tharaud. Avec Loti, ils conçoivent l'Orient musulman comme une oasis de vie contemplative, menacée par la banale et bruyante civilisation moderne. Plus loin, ils y reviendront, sous forme d'apostrophe à un fonctionnaire turc :

Pauvre kaïmakan ! Que cela t'a mal réussi de vouloir devenir un homme d'Occident ! Ta race est faite pour le rêve, pour l'action rapide et violente, pour le loisir et la paresse, pour toutes ces choses divines que nous autres, gens d'Europe, nous célébrons encore dans la prose et dans les vers sans jamais bien les comprendre. Va, renonce à nous pour toujours; tu es fait pour d'autres âges et pour d'autres climats. Là-bas, dans les jardins d'Asie, va continuer ta vie indolente et facile. Et cela encore durera autant que cela pourra. Puis un jour, de nouveau, on interrompra ton rêve, on viendra troubler ta paresse, nous te rejetterons plus loin, et cette fois je ne sais plus où...

Ainsi l'européanisation totale de la planète apparaît comme le fléau futur. C'est assurément une perspective redoutable, qui a depuis un siècle inquiété presque tous les artistes. Et la turquerie fournissait de très amusante couleur locale. Mais les Turcs furent de terribles conquérants : on constate bien leur inaptitude au progrès, on croit moins à leur douceur, et des vertus qu'on leur prête, ce n'est point, en tout cas, la plus invétérée.

Il est vrai que le climat balkanique n'y semble point favorable. MM. Jérôme et Jean Tharaud ont rencontré des blessés à qui les vainqueurs monténégrins avaient coupé le nez et les oreilles.

Aujourd'hui le règlement militai.. est formel : tu ne mutileras pas l'ennemi, et qu'il soit vivant ou mort tu ne lui couperas pas la tête. Mais comment résister à un entraînement séculaire? L'habitude est la plus forte! A Podgoritza, l'autre jour, après la prise de Touzi, on vit arriver deux gendarmes qui portaient deux corbeilles; la population tout entière s'assembla autour d'eux. Les corbeilles contenaient une cinquantaine de nez et quelques douzaines d'oreilles plus ou moins dépareillées. L'autorité militaire fit enterrer ces funèbres débris. Ainsi s'avance la civilisation dans le Montenegro : hier encore, on les eût laissés dans leurs corbeilles, au milieu de la ville, pour l'édification du peuple.

Non sans peine, car l'état-major monténégrin ne leur

facilite pas le voyage, MM. Tharaud arrivent à Mouritchan, d'où l'armée du roi Nicolas bombarde la forteresse turque de Tarabosch. De vastes espaces vagues, entre deux montagnes. « Et ce grand paysage ne serait en rien différent de ce qu'il est toujours à la même saison, si ce shrapnell qui éclate ne faisait fleurir tout à coup un buisson blanc sous la pluie. » Inutile d'errer indéfiniment de batterie en batterie. « Toute cette journée interminable, monotone, sans accidents, se passe dans un mortel ennui. Pourtant ici je vois la guerre, la guerre dans son trantran sans gloire, dans sa ténacité paisible et son immobilité. C'était ainsi, point autrement, très simple, pas du tout romanesque, terriblement ennuyeux. » Gœthe, plus heureux, put dire, après avoir assisté à une autre canonnade : « Je pense que sur cette place et à partir de ce jour commence une nouvelle époque pour l'histoire du monde. » Mais c'était à Valmy.

Pour se désennuyer, MM. Tharaud quittèrent le Montenegro et se rendirent par mer au mont Athos, cette presqu'île de la Chalcidique qui est entièrement occupée, comme on sait, depuis plus de mille ans, par des couvents, où sont réunis plusieurs milliers de moines orthodoxes. Dans une nature enchantée, parmi les bois et les sources, autour du mont pareil à un obélisque de marbre, ces religieux forment une sorte de république gouvernée par les délégués des monastères, les épistates, qui siègent à Karyès. « Cette capitale de l'Athos, c'est un pauvre village, bâti de granit noir comme un village auvergnat. Une centaine de maisons basses se pressent autour d'une petite église couleur de sang caillé, merveille de vieillesse, cassolette de parfums, la plus ancienne église de l'Athos, bâtie par saint Athanase. » Il eût été prudent d'avertir le lecteur distrait qu'il ne s'agit point de saint Athanase, patriarche d'Alexandrie et père du concile de Nicée, lequel florissait au quatrième siècle, mais d'Avramios de Trébizonde, en religion saint Athanase, qui s'établit au mont Athos en 964 et fonda le couvent d'Aghia-Lavra. Melchior de Vogüé dit aussi : « La plus ancienne de ces églises est sans contredit la métropole de Karyès, dédiée à la Vierge, patronne de l'Athos ; on peut la faire remonter sans crainte aux origines de la communauté, au onzième ou au dixième siècle. Elle reproduit fidèlement, en très petites dimensions, le plan de Sainte-Sophie. »

C'est en 1875 que Melchior de Vogüé visita le mont Athos (1). Au fait comment MM. Tharaud n'ont-ils pas rappelé, au moins d'un mot, le souvenir de cet illustre prédécesseur, dont les pages restent, après trente-huit ans écoulés, singulièrement captivantes ? Le rapprochement entre le récit de Melchior de Vogüé et celui des frères Tharaud est pourtant très significatif, à deux points de vue. Sur les faits extérieurs, la concordance est complète et met en pleine lumière l'immutabilité caractéristique de ce monachisme oriental. Ensuite on constate que si le mont Athos n'a pas changé, il n'en va pas de même des modes littéraires, et que les nôtres ne valent peut-être pas celles de l'époque où débutait Vogüé, sous l'évidente influence de Taine. Le morceau des Tharaud est charmant, mais presque purement descriptif : sous prétexte d'éviter le pédantisme, de n'être point livresque, de saisir directement la vie, on tombe au simple reportage. Combien le chapitre

(1) *Syrie, Palestine, mont Athos*, 1 vol. Plon.

de Vogüé était plus nourri, plus instructif, et en somme plus vrai ! Vogüé a pris la peine d'étudier sérieusement l'architecture et la peinture de l'Athos, de comparer Panselinos à Giotto, de rechercher les causes de la décadence byzantine et de la floraison italienne. Il analyse, non sans pénétration ni même sans profondeur, la psychologie de ces moines d'Orient, et il ne se refuse pas à les juger. Il les juge même assez sévèrement. Ecoutez au contraire MM. Tharaud :

Tout un peuple de moines, d'ermites et d'anachorètes, recruté dans tous les cantons de la religion orthodoxe, s'établit dans ces forêts, au milieu de ces rochers pour y faire régner à jamais une pureté virginale. Depuis dix siècles, pas une femme, pas un animal femelle : poule, chèvre ou ânesse, n'a profané ce sol... Les masses des monastères, badigeonnés de rouge et comme trempés du sang du Christ, apparaissent au bord des grèves ou suspendues aux roches à des hauteurs vertigineuses, pareilles à ces châteaux qu'un génie des contes de fée bâtit et défait en un jour... Il faudrait pour les peindre, ces grands châteaux de l'âme, la poésie d'un Byron, la fantaisie d'un Turner..., etc.

C'est joli, mais c'est vu du dehors. D'ailleurs, nulle contradiction avec Vogüé pour ce qui tombe sous les sens. Mais n'avez-vous pas été révoltés de cette monomanie antiphysique, de cette proscription des femmes, des enfants, et même des animaux femelles ? MM. Tharaud l'ont enregistrée sans observation. Vogüé réagit : « Ces défenses puériles, pour ne pas dire révoltantes, n'ont jamais été enfreintes depuis dix siècles ; elles contribuent plus que toute chose à donner un caractère étrange à ce coin de terre, mis hors la loi de nature aussi loin que la fureur ascétique peut la poursuivre. »

Il ne dédaigne pas de nous apprendre que cette blancheur est purement idéale, attendu que la règle de saint Basile proscrit l'usage non seulement de la viande, mais des bains, et que les moines portent toute la barbe et ont la chevelure ramenée en nattes sous un haut cylindre d'un tissu grossier : car l'Eglise orientale a conservé l'antique croyance que le fer ne doit pas toucher la tête de ceux qui se vouent au Seigneur. A entendre MM. Tharaud parler de ces grands « châteaux de l'âme », on pense nécessairement à sainte Thérèse. Rien de plus faux qu'une semblable comparaison, si l'on en croit Vogüé, que MM. Tharaud n'ont ni réfuté ni cité. Ces moines de l'Athos sont, d'après lui, ignorants et paresseux. Ils ne font rien, ne lisent rien. « La méditation, qui tient une si grande place dans la vie monastique de l'Occident, leur est encore plus inconnue que la lecture. Cette forme de notre pensée religieuse ne serait même pas comprise par eux... Les seules rigueurs sont les jeûnes et les privations matérielles ; mais on sait combien la sobriété orientale est indifférente sur ce chapitre. Ainsi tout effort d'esprit ou de volonté est soigneusement exclu de cette existence ; les droits de l'intelligence y sont méconnus : ceux de la moralité sont-ils mieux respectés ? » Vogüé reconnaît qu'à l'origine le recrutement était plus brillant : « Bon nombre des premiers qui abordèrent à l'Athos étaient des victimes de la prodigieuse instabilité byzantine : fortunes politiques brisées, débris des conspirations de cour, proscrits du tyran de la veille, rhéteurs vaincus de l'académie, capitaines battus à la frontière, cochers dépassés dans le cirque... » De nos jours, « le grand secret de vie de l'Institution », c'est « l'horreur invincible de l'Orient pour la dure loi du travail ». Ce sentiment, assez naturel, n'exige peut-être pas le lyrisme d'un Byron pour être dignement célébré.

MM. Jérôme et Jean Tharaud ont eu la bonne fortune d'être là lorsque l'escadre grecque vint « libérer » le mont Athos. Son esclavage consistait dans la présence d'un kaïmakan chargé de percevoir pour le sultan un tribut dérisoire (600 livres turques, c'est-à-dire 13.800 francs, d'après Vogüé). Ce malheureux devait subir la loi de l'Athos et y vivre en célibat forcé ! Il faut avouer que ces Turcs qui laissaient les moines se gouverner à leur guise et imposer la règle de saint Basile aux fonctionnaires musulmans étaient de bonne composition. Cependant les moines se lamentent encore sur les cinq siècles de souffrances et d'opprobre où « cette terre bénie, la plus sainte qu'il y ait au monde avec la terre de Judée, a dû subir la souillure d'un fonctionnaire ottoman ». Mais enfin « Christ a vaincu » ! La délivrance de ce saint lieu s'opère avec la plus extrême aisance, et bientôt les vaisseaux de l'amiral Coundouriotis emportent ces « cinq siècles de servitude sous la forme d'un kaïmakan et de quatre soldats en bas roses ». C'est un si grand événement qu'il « ne pouvait être dépassé, dans l'ordre spirituel, que par la prise de Constantinople ». Mais l'enthousiasme des libérés fera bientôt place à des discordes, qui commencent à poindre lorsque MM. Tharaud se rembarquent pour la France...

Ravaillac (1).

MM. Jérôme et Jean Tharaud ont eu l'idée un peu imprévue de consacrer une étude biographique et psy-

(1) *La Tragédie de Ravaillac*, 1 vol., Émile-Paul.

chologique approfondie à l'assassin de Henri IV. Leur *Tragédie de Ravaillac* est manifestement très documentée ; elle est, en outre, vivante et captivante comme un roman, ce qui la distingue des ouvrages de nombre d'érudits et d'historiens professionnels. On savait que Ravaillac était un mystique et un fanatique. MM. Jérôme et Jean Tharaud le prouvent longuement, avec une si louable impartialité que les faits articulés par eux permettent de discuter sur quelques points leurs conclusions. Il leur est arrivé ce qui arrive presque fatalement lorsqu'on étudie un sujet avec beaucoup de patience et de conscience. Ils ont fini par s'intéresser à leur client, et non point certes par l'excuser, mais par lui trouver quelques circonstances atténuantes. Cependant, si tout assassinat est un crime, celui qu'a commis Ravaillac est particulièrement exécrable, d'abord parce que ce n'était pas seulement un attentat contre la vie d'un homme, mais contre la patrie elle-même que le meilleur des rois avait tirée de périls mortels et sauvée d'une ruine imminente ; ensuite parce que c'est précisément pour les vertus qui faisaient de lui un grand roi, pour sa sagesse, sa tolérance, sa politique pacificatrice et vraiment française, que Henri IV a été frappé par ce misérable, qui ne lui pardonnait point d'avoir apaisé les dissensions intérieures et mis fin à la guerre civile. Si Henri IV avait consenti à révoquer lui-même son édit de Nantes et à pourfendre la religion prétendue réformée, Ravaillac lui eût accordé la vie sauve. Il n'a jamais varié sur ce point, s'indignant encore dans son interrogatoire d'entendre décerner le titre de roi très chrétien à un monarque qui n'avait pas voulu anéantir l'hérésie et osait même (comme devait le faire également Richelieu) protéger les huguenots d'Allemagne.

Ce que MM. Jérôme et Jean Tharaud ont nettement établi, c'est qu'on peut regarder la responsabilité de Ravaillac non point comme diminuée par les excitations auxquelles il aurait dû savoir résister, mais comme largement partagée par les sermonnaires et pamphlétaires qui se répandaient en provocations au régicide. Ravaillac avait onze ou douze ans lors de l'avènement du Béarnais. Dès ce moment, à Angoulême, sa ville natale, repaire de fieffés ligueurs, « il entendit en pleine chaire les prêtres et les moines traiter ce roi de bâtard et de bougre qui traînait derrière lui des bandes de larrons incestueux, de faussaires et d'athées, et demander à grands cris s'il n'y aurait pas quelque cœur généreux, mâle ou femelle, pour délivrer son pays du tyran, comme cette bonne dame Judith du sauvage Holopherne... » Plus tard, il put lire ces innombrables libelles, tant latins que français, inspirés du Père Mariana, où l'on examinait s'il est loisible ou non de se défaire d'un tyran...

Seigneur! répètent inlassablement ces pamphlets meurtriers, vous défendez l'homicide, et pourtant saint Augustin appelle les bons catholiques des massacreurs de corps, par la raison qu'ils exécutent l'hérétique. Et David n'a-t-il pas dit : je me lèverai de bon matin pour exterminer de la Cité de Dieu tous ceux qui opèrent iniquité ?... S'il nous est permis de nous défendre contre les maladies et la peste, à plus forte raison est-il permis de lutter contre le plus grand des maux, qui est la doctrine de Genève, la justice d'Angleterre, l'établissement dans le royaume de la paillarde Babylone, la persécution ouverte des serviteurs de Dieu, et contre l'auteur de ces maux, qui est le prétendu roi de France ? Est-il roi, celui qui est un tyran au lieu d'un roi, un usurpateur au lieu d'un légitime seigneur, un profanateur des choses sacrées, un oppresseur de la religion, un relaps, un hérétique, un excommunié, la pierre de scandale qui fait chopper tous les Français, l'écueil où ils brisent le navire de leur conscience, le levain qui les corrompt, le maléfice qui les charme, la peste qui les envenime, le poison qui les suffoque, l'ange de l'abîme qui les infecte ? etc...

N'étaient-ce point des serviteurs de Dieu, tous ces auteurs de tentatives d'assassinat auxquelles Henri IV avait si fâcheusement échappé : ce Jean Chastel, ce jésuite Guignard, ce vicaire de Saint-Nicolas, et Jean Guesdon, avocat, et Pierre Barrière, et Denys, chantre à Nantes, et le capucin Langlois, et Nicole Mignon, et les deux jacobins de Gand, et Davenne Flamand, et ce laquais du pays de Lorraine, tous roués, pendus, réduits en cendres ? Et le jésuite Varade ? Et le curé de Saint-André des Arcs et son vicaire, brûlés en effigie ?

Oui, Ravaillac était trop pieux pour ne pas tenir le plus grand compte de ces nobles leçons et de ces salutaires exemples. Sa dévotion était admirable. Il avait des visions ; le diable l'honorait de tentations privilégiées et lui apparaissait sous la forme d'un grand chien noir. Ravaillac avait été frère convers aux Feuillants. Il passait le carême dans la prière et le jeûne. Il portait sur lui tout un lot de chapelets et de reliques, notamment un cœur en velours sur lequel était inscrit le nom de Jésus et qui était censé contenir un fragment de la vraie croix. Il fréquentait assidûment des ecclésiastiques et des religieux. Hésitant encore, il trouve un couteau dans une auberge, le vole et considère cet incident comme un signe de la volonté du ciel. C'est à genoux devant un christ, sur la route d'Étampes, qu'il prend les suprêmes résolutions. MM. Jérôme et Jean Tharaud voient une délicatesse sublime dans ce fait que n'osant pas communier, comme Jean Chastel, avant de commettre son crime, il s'agenouilla simplement derrière sa mère pendant qu'elle était à la sainte table. Pendant son procès, il est tourmenté par des scrupules de conscience : il ne peut dénoncer ses complices, puisqu'il n'en a pas, mais n'est-il pas responsable du péché de jugement téméraire où sont induites les personnes qui soupçonnent tel ou tel (par exemple la reine, d'Épernon, les Espagnols ou les jésuites) d'avoir armé son bras? etc... Ce qu'il faut noter en faveur de Ravaillac, c'est qu'il a supporté la torture et le supplice avec courage. Mais tout en faisant amende honorable, il croyait encore à sa mission. Il fut stupéfait de s'apercevoir que le peuple n'était pas avec lui, mais pleurait le roi et accablait l'assassin de malédictions. MM. Tharaud ont un faible pour Ravaillac. Ils l'appellent « l'infortuné, le pauvre visionnaire », etc... Ils préfèrent ce mystique aux robins qui le jugeaient. J'avoue que j'aime encore mieux les robins. Enfin, dans un parallèle avec Caserio, qui est mort sans crânerie, MM. Tharaud signalent, à l'avantage de Ravaillac, le « singulier pouvoir que la religion possède de maintenir dans un cœur criminel des sentiments d'humanité véritable et de créer du sublime jusque dans l'homme qu'elle égare ». C'est possible, mais l'anarchiste est mieux dans son rôle, et la pire des abominations humaines, il semble bien que ce soit le fanatisme qui travestit la religion, principe d'amour et de fraternité, en instrument de haine, de destruction et de carnage. On a beau dire, Voltaire avait raison : il n'y a rien de plus odieux ni de plus dangereux que les fanatiques.

LES JEUNES GENS D'AGATHON (1)

Cet Agathon n'a rien de commun avec celui (2) qui signait des chroniques sur les idées dans la *Revue encyclopédique*, il y a quelque quinze ans, ni avec celui du *Banquet*, et ce n'est pas précisément à un entretien philosophique qu'il nous convie. Ce serait plutôt à un déboulonnage général de la philosophie et à une charge à fond contre les idées. En dépit de ce pseudonyme, on ne saurait être moins platonicien. Les jeunes gens dont il s'agit ici ne ressemblent guère, malheureusement, à ces jeunes gens de Platon, auxquels Taine a consacré un de ses plus beaux *Essais*.

Voici donc une nouvelle « Enquête sur la jeunesse ». Ces enquêtes se multiplient de tous côtés. C'est un passe-temps quelquefois agréable, qu'il est difficile de prendre plus au sérieux que les enquêtes parlementaires, universellement connues pour ne jamais aboutir. Une

(1) *Les jeunes gens d'aujourd'hui*, 1 vol. Plon. — Emile Henriot : *A quoi rêvent les jeunes gens*, 1 vol., Champion.

(2) M. Charles Maurras.

enquête sur la jeunesse est nécessairement arbitraire. Quels jeunes gens interrogerez-vous ? Vos amis, ou tout au plus, par un grand souci d'impartialité, certains personnages considérés comme représentatifs, par exemple le « cacique » de la dernière promotion de l'Ecole normale, le président de telle ou telle association d'étudiants, etc... Bref, vous vous en remettrez fatalement au hasard des concours, des élections, ou de vos relations personnelles. Or il n'est pas du tout assuré que vos interlocuteurs représentent autre chose qu'eux-mêmes. On porte un de ses camarades à la présidence d'une association parce qu'il est sympathique, dévoué, débrouillard : cela ne prouve pas le moins du monde qu'on partage toutes ses opinions, ni même qu'il en ait de très arrêtées. Il y a même beaucoup de chances pour que les plus distingués n'aient encore que des opinions flottantes ; le dogmatisme ne sied point aux années d'apprentissage, et ce ne serait plus la peine d'étudier si l'on avait la science infuse, avec des solutions définitives pour tous les problèmes. Au sortir du collège, un garçon intelligent et modeste n'est sûr que de sa prédilection pour quelques maîtres. Il n'a point de doctrine philosophique, politique, sociale, ni même littéraire: il cherche, se réserve et travaille (ou s'amuse) de son mieux.

Une autre raison de scepticisme, quant à ces enquêtes, c'est qu'elles préjugent témérairement de l'avenir. Celui qu'il eût fallu questionner, celui qui exercera peut-être une influence décisive sur son temps, qui sait s'il ne passe pas sa jeunesse dans une épaisse obscurité, loin du quartier latin, ignoré de tous et s'ignorant lui-même? Arrivât-il une fois par aventure que toute une jeune génération, au lieu de se répartir en groupes de tendances divergentes, fût tout entière unie par la plus étroite ressemblance, il resterait encore à savoir si la vie ne différencierait pas ces milliers de frères jumeaux et si les principaux d'entre eux, les esprits chefs, n'auraient pas sensiblement évolué au moment de réaliser leur œuvre et de s'inscrire dans l'Histoire. Lorsque Jean-Jacques Rousseau ou Napoléon avaient vingt ans, aucun enquêteur n'aurait songé à les prendre en considération. Jean-Jacques touchait à la quarantaine lorsqu'il publia le premier de ses ouvrages, qui devaient pour une si grande part déterminer la Révolution française. Chateaubriand jeune était imbu de la philosophie du dix-huitième siècle : c'est à trente-quatre ans qu'il donna le *Génie du christianisme*, etc... Il y a des génies précoces : ce ne sont pas les plus nombreux.

Il n'y a donc pas lieu de s'affliger outre mesure des résultats de l'enquête menée par Agathon. Elle n'est même pas très documentée. Les lettres des correspondants sont rejetées en appendice, et d'ailleurs contradictoires. Agathon présente un tableau d'ensemble, sans indiquer ses sources. Il est possible que cette aventureuse synthèse exprime moins une réalité que les théories personnelles de l'auteur (ou plutôt des auteurs, car ils sont deux) (1).

D'après Agathon, ce qui caractérise aujourd'hui la jeunesse intellectuelle, c'est le mépris de l'intelligence. Avant tout, elle a le goût de l'action. Elle considère que « le dilettantisme d'un Renan, d'un Goncourt, n'était qu'une impuissance d'aimer et de choisir » ; que « l'esprit d'analyse d'un Stendhal, d'un Amiel, d'un Dumas vouait le cœur à la sécheresse ». Affirmations étranges ! Renan et Goncourt étaient si dissemblables, que les

(1) MM. Henri Massis et Alfred de Tarde.

Goncourt n'ont rien compris à Renan ; et le dilettantisme renaniste n'est nullement une impuissance d'aimer, mais au contraire une faculté d'aimer trop et d' « étreindre trop de certitudes », comme l'a dit M. Paul Bourget, à qui se réfère souvent Agathon. Stendhal, Amiel et Dumas fils n'appartiennent point à la même famille, et aucun d'eux n'est sec. D'ailleurs, quelques pages plus loin, Agathon reconnaît que l'analyse de Stendhal est « tournée vers la vie ». Mais il n'aperçoit « nulle trace d'un sentiment humain » chez Amiel, le noble, méditatif et douloureux Amiel, admiré par Renan, Scherer, Caro, Bourget et quelques autres, qui n'ont pas non plus la passion du monstrueux. Mais il faut faire à tout prix le procès des aînés, qui ont chéri ces écrivains auxquels M. Bourget a consacré ses deux volumes d'*Essais de psychologie contemporaine*, si intéressants avant qu'il les eût subrepticement tripatouillés (1). (Observons que M. Bourget, lui aussi, apporte par son exemple une objection aux enquêtes sur la jeunesse : ni à vingt ans, ni même à trente, il ne s'annonçait comme un doctrinaire de la monarchie et un père de l'Eglise.)

Agathon insiste beaucoup sur l' « antinomie de la pensée et de l'action », qui était un des leitmotivs des *Essais de psychologie*. Je crois qu'on l'exagérait et qu'à son tour Agathon interprète trop strictement telles paroles de Taine, de Renan ou même de cet Amiel, que l'abus de l'analyse n'a pas réduit à une impuissance complète puisqu'il a laissé un beau livre. Lorsque Taine écrivait : « Ce jeune M. Barrès n'arrivera jamais à rien, car il est sollicité par deux tendances absolument con-

(1) Voir les *Livres du Temps*, première série, pages 123-124.

tradictoires, le goût de la méditation et le désir d'action », il se trompait en fait, parce qu'il y a des cas exceptionnels ; il n'avait tout de même pas entièrement tort en principe, parce que ces cas ne sont pas fréquents et que l'homme de pensée, qui veut édifier une grande œuvre, sera sage d'y employer toutes ses forces et tout son temps. Mais si Taine et Renan considéraient comme salutaire cette solitude du spéculatif, c'est que ce labeur est aussi une forme de l'action, et même la plus haute de toutes. « Singulier détour de l'orgueil ! De cette inaptitude à vivre ils allaient jusqu'à se glorifier. » Pas du tout ! Mais ils croyaient vivre d'une vie plus pure, plus intense et même plus féconde que la vie pratique, et ils avaient bien raison.

Les jeunes gens d'aujourd'hui résolvent cavalièrement cette fameuse antinomie en sacrifiant la pensée. Ils oublient que si la pensée est aussi une action, l'action ne peut se passer d'une direction et d'une parure intellectuelle. Tout le monde ne peut être philosophe, écrivain ou savant ; mais tout homme digne de ce nom doit être cultivé et n'est capable de jouer un rôle utile qu'à cette condition. L'antiintellectualisme n'est qu'un synonyme de la barbarie. Lorsqu'on nous vient dire que les jeunes gens d'aujourd'hui lisent très peu, qu'ils ont substitué le sport à la lecture, qu'ils ne veulent qu'agir, tout de suite, sans débat ni commentaire, que la seule affaire pour eux est d'« aller toujours de l'avant et de faire davantage de chemin », on se demande si nous allons assister à l'avènement définitif de la panbéotie annoncée dans la *Prière sur l'Acropole*, et l'on s'inquiéterait vraiment, si l'on ne se rappelait le caractère heureusement conjectural de ces enquêtes pénibles et de ces lugubres prophéties.

Il faut ajouter qu'Agathon est optimiste et présente cet abaissement intellectuel comme le symptôme essentiel d'une renaissance de l'énergie française. Il remarque que ces jeunes gens sont patriotes et prétend que ceux de 1890 ne l'étaient pas. Il abuse des boutades de quelques écrivains alors débutants et un peu enclins au paradoxe sensationnel. Mais on croyait alors que la paix ne pouvait être compromise que par quelques chauvins. Ce sont les menaces venues récemment du dehors qui ont réveillé la fierté nationale ; les mêmes causes, il y a vingt ans, eussent produit les mêmes effets. Agathon déclare aussi que les jeunes gens sont maintenant plus moraux et plus religieux ; pour préciser, il affirme une renaissance du catholicisme. Il se peut. J'avoue que je n'en sais rien. Cependant, un des correspondants d'Agathon note que le recrutement des séminaires devient de plus en plus difficile. Laissons cela.

Quoi qu'il en soit, les causes auxquelles Agathon rattache cette évolution ne semblent ni bien solides ni bien réjouissantes. La morale et la religion sont évidemment excellentes en soi ; mais encore faut-il prendre garde à la qualité. Le sport est tonique et même, jusqu'à un certain point, moralisateur, mais non pas lorsqu'il finit par donner « le goût du sang », comme le dit M. Raymond Guasco, qui s'en félicite, sans qu'Agathon l'en désapprouve. Une jeunesse anémiée serait fâcheuse : ce serait tomber de Charybde en Scylla que de la remplacer par une jeunesse sanguinaire. A l'admiration pour le philosophe et le savant, Agathon oppose le culte des grands hommes : d'où il résulte qu'un philosophe ou un savant ne peut être un grand homme. « La plus belle œuvre, à leurs yeux (aux yeux des jeunes gens d'aujourd'hui), c'est une belle vie, et ainsi s'explique la curiosité qu'ils accordent aux nobles biographies », notamment, paraît-il, à celles de Michel-Ange, de Pascal, de Beethoven, de Gœthe et de Napoléon. Mais les vies de ces grands hommes sont belles parce qu'ils ont créé de belles œuvres ! C'est une pétition de principe. Et que d'illogismes ! Pour Napoléon, il paraît que « c'est précisément sa défaite finale qui est admirable ». Voilà qui est réconfortant !

Agathon flétrit « l'inhumanité qui est au fond de la science d'un Taine. La réalité ne l'intéresse que pour les idées qu'il en tire ». Autrement dit, Taine n'étudie l'univers que pour tâcher de le comprendre. Quel ennemi du genre humain ! Au nom de la vie morale, Agathon condamne Baudelaire, Barbey d'Aurevilly, Anatole France, Jules Renard, Maeterlinck, déclare Nietzsche inutile, Barrès insuffisant, et accuse la Nouvelle Sorbonne de ne tenir compte que des besoins de l'intelligence ! ! ! Je m'imaginais naïvement qu'on lui reprochait au contraire de n'en pas tenir compte autant qu'il le faudrait et de se perdre dans le détail d'une érudition mécanique. Agathon loue ses jeunes gens de n'avoir pas « ce mépris de l'argent que l'intellectuel affectait volontiers jadis ». C'est évidemment une tare que d'être désintéressé : espérons pour cette jeunesse si morale qu'elle donnera l'exemple de la fortune !

Dans le chapitre sur la renaissance catholique, Agathon attribue l'honneur de ce mouvement à M. Bergson (1). M. Bergson a découvert que le domaine de l'intelligence, c'est le monde matériel et inorga-

(1) Agathon insiste peu sur Claudel, Jammes et Péguy, appréciés surtout d'un public d'esthètes.

nique, tandis que le monde de la vie et de l'âme relève de l'intuition. Il affirme donc « la priorité sur l'activité réfléchie d'une activité plus obscure et plus riche qui consiste dans la faculté de saisir immédiatement la vie »... Plus riche, je n'en jurerais pas, mais plus obscure, assurément. C'est cette intuition plus obscure et plus riche qui a, paraît-il, la vertu de ramener à Dieu. Moi, je veux bien, comme disait Sarcey, et le proverbe assure que tous les chemins mènent à Rome. M. Bergson a cru devoir rassurer sur son orthodoxie un éminent jésuite, le P. de Tonquédec, qui dans un article publié par les *Etudes*, revue officielle de la Compagnie de Jésus, l'avait soupçonné de panthéisme. L'auteur de *l'Evolution créatrice* s'en défendit, et dans une lettre au P. de Tonquédec, exposa que de son œuvre « se dégageait nettement l'idée d'un Dieu créateur et libre, générateur à la fois de la matière et de la vie, et dont l'effort de création se continue du côté de la vie, par l'évolution des espèces humaines ». On ne voit pas bien ce que peut être un « effort » de Dieu, qui étant tout-puissant et infiniment parfait, doit réaliser sans peine ce qu'il a conçu. On espère pourtant que M. Bergson aura mieux réussi qu'Auguste Comte à s'accorder avec le Gesù.

Quant à l'accord qu'Agathon prétend voir entre un bergsonien comme M. Le Roy et Henri Poincaré, on l'admettra plus malaisément. Dans son livre sur *la Valeur de la Science*, l'illustre Poincaré a énergiquement combattu l'antiintellectualisme et nommément réfuté les théories de M. Le Roy. Il n'accepte pas du tout que la science soit une construction artificielle et il en maintient la valeur objective. Il ajoute que « la vérité pour laquelle Galilée a souffert reste la vérité, encore qu'elle n'ait pas tout à fait le même sens que pour le vulgaire ». Henri Poincaré dit encore :

Ce n'est que par la Science et par l'Art que valent les civilisations. On s'est étonné de cette formule : la Science pour la Science ; et pourtant cela vaut bien la vie pour la vie, si la vie n'est que misère, et même le bonheur pour le bonheur, si l'on ne croit pas que tous les plaisirs soient de même qualité... Toute action doit avoir un but. Nous devons souffrir, nous devons travailler, nous devons payer notre place au spectacle ; mais c'est pour voir, ou tout au moins pour que d'autres voient un jour (1). Tout ce qui n'est pas pensée est le pur néant ; puisque nous ne pouvons penser que par la pensée et que tous les mots dont nous disposons pour parler des choses ne peuvent exprimer que des pensées, dire qu'il y a autre chose que la pensée, c'est donc une affirmation qui ne peut avoir de sens... La pensée n'est qu'un éclair au milieu d'une longue nuit. Mais c'est cet éclair qui est tout.

J'ai tenu à citer ces lignes admirables, qui montrent combien Poincaré était éloigné de toute doctrine hostile à la science et à la raison. Il était certes beaucoup plus près de Renan que de Bergson. Il a été parfois si mal compris que certains scoliastes se figurent qu'il a donné tort à Galilée et justifié l'Inquisition !

Dans les appendices, Agathon a impartialement enregistré deux démentis à l'antiintellectualisme, qui valent d'être signalés. L'un vient du lieutenant Ernest Psichari, qui s'est conduit comme un héros dans la brousse africaine et n'est point suspect de dédaigner l'action, mais qui, en vrai petit-fils de Renan, écrit : « Ce serait singuliè-

(1) Et dans un autre endroit : « C'est la connaissance qui est le but et l'action qui est le moyen. »

rement rabaisser la foi patriotique que de la croire fonction de la barbarie et de l'inculture... Quoi que nous fassions, nous mettrons toujours l'intelligence au-dessus de tout. » L'autre témoignage, peut-être plus significatif encore, est celui de M. Jacques Maritain, agrégé de philosophie, professeur au collège Stanislas, catholique notoire. Il qualifie de « dégradante » la méfiance de l'intelligence et professe que le mépris des idées n'est en soi que le modernisme à l'état latent. Au fidéisme en vogue il oppose l'intellectualisme thomiste. Que l'élite cultivée étudie saint Thomas ! Elle verra ensuite « s'il lui reste du goût pour Bergson, pour le P. Laberthonnière et pour Le Roy ». Il conclut que « la vocation chrétienne est une vocation contemplative » ; que « c'est par l'intelligence qu'au ciel nous aurons notre béatitude », et que « du plus illettré au plus érudit, les chrétiens sont proprement des *intellectuels* »... Magnifique revanche pour « ce noble mot d'intellectuel », dont le lieutenant Psichari rappelait tout à l'heure que chez quelques jeunes gens d'aujourd'hui il « est devenu la pire des insultes ». On peut ne point partager toutes les convictions de M. Jacques Maritain, mais au moins avec des théologiens de cet ordre on a la satisfaction de parler la même langue.

Décidément les courants d'opinion observés par Agathon dans une partie de la jeunesse contemporaine ne semblent pas destinés à un succès durable (1). Au surplus, ils ne sont peut-être pas si nouveaux. Il y a une vingtaine d'années, on apercevait déjà nombre de

---

(1) Déjà M. Marcel Drouin, professeur de philosophie au lycée Henri-IV, croit pouvoir signaler chez les plus jeunes philosophes un renouveau d'intellectualisme. La mode intuitionniste et pragmatiste est déjà la mode d'hier et ne sera pas celle de demain.

jeunes gens qui pensaient peu, mais bien, qui haïssaient l'art et la littérature, ne faisaient point fi de l'argent et préféraient le nécessaire de l'action positive aux intellectualités superflues. Que dis-je? Il y a eu en tout temps de ces petits philistins. Ils ont même été généralement en majorité. Mais ils ont toujours passé sans laisser de trace dans la mémoire des hommes. La seule nouveauté, c'est que le bergsonisme et le pragmatisme leur aient procuré un semblant de philosophie et qu'ils aient eu la présomption de parler en maîtres, au lieu de se blottir silencieusement dans leur insignifiance.

Une autre enquête, celle de M. Emile Henriot, est purement littéraire, comme celles de M. Jules Huret (1890), de MM. Georges Le Cardonnel et Claude Vellay (1905). Le sujet est moins vaste : d'autre part, la limite d'âge est moins précise. Agathon étudiait la jeunesse sous tous ses aspects, mais ne s'occupait que de vrais jeunes gens de vingt à vingt-cinq ans au plus. En littérature, on peut rester un « jeune » beaucoup plus tard. Certaines réponses enregistrées par M. Emile Henriot lui ont été fournies par des écrivains qui ont notoirement franchi la quarantaine. Et alors on se demande quelquefois : Pourquoi ceux-ci et non pas d'autres? En ces matières aussi, le libre arbitre de l'enquêteur dispose d'une certaine latitude. Cependant M. Emile Henriot n'a pas manqué de consulter les directeurs ou les principaux rédacteurs de la plupart des revues dites indépendantes, où est censé se préparer le mouvement d'avant-garde. Il ne pouvait mieux faire. Je regrette seulement de ne trouver dans son livre, si informé et si amusant, ni l'avis de M. Paul Fort, directeur de *Vers et prose*, ni celui de M. Raymond de La Tailhède, directeur de la

Revue des lettres françaises. M. Paul Fort est prince et M. Raymond de La Tailhède, héritier de la pensée de Moréas, n'est plus un adolescent. Mais tous deux appartiennent à ce qu'on est convenu d'appeler la jeune littérature et ni l'un ni l'autre ne sont encore des ancêtres. Le *Mercure de France*, qui commence à devenir vénérable, est du moins représenté par M. Georges Duhamel, successeur de Pierre Quillard pour la critique des poètes.

Tous ces jeunes écrivains s'entendent sur un point, qui implique qu'ils ne sauraient s'entendre sur aucun autre. Ils crient tous très haut qu'il n'y a plus d'écoles. Une exception unique est celle du groupe de la *Revue critique des idées et des livres*, qui se réclame de M. Charles Maurras et enseigne le classicisme. Mais pour le surplus, il y a consentement universel. M. Nicolas Beauduin avait eu l'imprudence de parler d'une école paroxyste : les poètes désignés comme adhérents ont repoussé ce paroxysme avec frénésie. M. Jules Romains avait cru pouvoir mentionner une école unanimiste, dont il eût été le chef : cet unanimisme n'a obtenu que l'unanimité du seul M. Jules Romains. M. Georges Duhamel a signifié qu'il était son admirateur, mais non point son disciple. Il n'existe plus que des maîtres, et chacun veut être original. M. Jean-Louis Vaudoyer, dont certains autres jugements sont singuliers, a raillé avec esprit les fondateurs d'écoles, qui ne cherchent qu'un moyen de réclame et un prétexte à dénigrer les devanciers et les camarades. C'est vrai. Certaines écoles ont pourtant fait assez bonne figure, à commencer par la Pléiade. La farouche monadologie littéraire d'aujourd'hui est un peu ridicule, et l'originalité ne se décrète pas.

. . .

En somme, M. Emile Henriot a joué le rôle d'un spirituel compère de revue, et ses personnages nous donnent agréablement la comédie. Quant à discerner, parmi ces propos confus, ces petits débinages ingénieux et ces gentilles complaisances pour les amis, une indication sur ce que sera la littérature de demain, c'est ce qui m'a paru bien impossible. Peut-être le symbolisme, encore plus vivant qu'on ne croit, selon la juste remarque de M. Jean Royère, pourrait-il se combiner avec la doctrine classique reconstituée. Mais, en somme, on en est réduit à de vagues conjectures. Qui vivra verra.

DEUX NÉOPHYTES

M. François Mauriac (1).

M. François Mauriac est l'auteur de deux volumes de vers juvéniles et d'une phrase lapidaire : « Ce faux bonhomme de Renan nous ennuie. » Une des enquêtes récentes sur la jeunesse fournit à M. François Mauriac l'occasion de porter ce jugement mémorable, qui prouve bien qu'il avait tous les titres à être consulté, je veux dire qu'il était très jeune. Il publie un premier roman, *l'Enfant chargé de chaînes*, qui n'indique pas encore qu'il ait atteint la maturité. Il a peut-être lu Renan, mais il le cite inexactement. « Il faut respecter ton ancienne idole, Vincent. — Hélas! il ne me reste plus qu'à la rouler *dans ce lambeau de pourpre où dorment les dieux morts.* » Pardon! le texte dit : le linceul. Cela n'a l'air de rien, mais cette erreur si légère détruit l'harmonie et révèle donc une oreille peu exercée, ce qui est grave pour un poète. (Par le fait, beaucoup de vers de M. François

(1) *L'Enfant chargé de chaînes*, 1 vol. Grasset.

Mauriac étaient faux ou boiteux.) Peut-être Renan pourrait-il ennuyer un peu moins M. Mauriac, si celui-ci le lisait avec plus d'attention.

A la page 31 de *l'Enfant chargé de chaînes*, il est question d'un vieil universitaire encroûté, qui avoue n'avoir jamais rien compris à Barrès et trouver *le Jardin de Bérénice* particulièrement inintelligible. « Jean-Paul se garda bien, dit M. Mauriac, de défendre le maître qu'il aimait. Son vieux cousin n'avait jamais eu de goût que pour les ouvrages d'un renanisme facile. Il lui importait peu que la substance en fût médiocre : l'œuvre d'Anatole France le contentait parfaitement. » On ne nous a pas changé notre Mauriac. Il oublie qu'on a le droit de discuter les maîtres les plus illustres, mais non de les exécuter d'un mot, sans exposé de motifs. Que l'auteur du *Jardin d'Epicure* et de *Jérôme Coignard* soit médiocrement substantiel, vous pouvez essayer de le démontrer, si c'est votre avis, mais cela ne va pas de soi, et une affirmation si cavalière, dépourvue du moindre essai de preuve, est au moins l'indice d'une extrême présomption. D'autre part, si cet estimable professeur a tant de goût pour le renanisme, comment n'apprécie-t-il point *le Jardin de Bérénice*? Ce livre délicieux n'est pas si abstrus, et l'influence de Renan ne laisse pas d'y apparaître, ailleurs même que dans la célèbre conversation avec Chincholle. Ce Jean-Paul Johanet, le héros de M. François Mauriac, déclare un peu plus loin : « Je suis un collectionneur exigeant et qu'embarrasse l'esprit critique. » Il n'en faut pas beaucoup pour l'embarrasser. Plus loin encore, dans une sorte de confession générale, il s'accuse d'être « intelligent ». Sur cet article, nous lui donnerions volontiers l'absolution.

Ce garçon, riche et oisif, mène à Paris la vie d'étudiant ou de jeune littérateur, fréquente le cercle du Luxembourg, aligne de temps à autre quelques vers et s'ennuie, même sans lire Renan. Il est catholique, avec des alternatives d'exaltation et de tiédeur. M. Mauriac croit pouvoir le qualifier de « dilettante », parce qu'au fond il ne s'intéresse à rien et cherche partout des moyens de se distraire ou, comme il dit, de se délivrer de lui-même. Expression impropre, car il n'a aucune personnalité, et le problème consiste pour lui, au contraire, à combler son néant. Il pense trouver une distraction à l'union *Amour et foi*, dont le fondateur Jérôme Servet est une espèce d'apôtre démocrate-chrétien, mal vu à Rome, très orateur et — d'après M. Mauriac — très pénétré de son importance. Cette partie, fort satirique, du livre de M. Mauriac, est évidemment à clef. Il donne de bons ridicules à son Jérôme Servet, mais son Jean-Paul Johanet n'a pas non plus un rôle bien brillant. Il est entré dans cette association apostolique et démocratique comme un étourneau, sans l'ombre de vocation, et il en sort piteusement, chassé par Jérôme, qui ne semble pas avoir tort de l'exécuter. Jean-Paul se laisse accabler et courbe la tête, comme un écolier pris en faute : il n'a pas plus de dignité que d'esprit de suite. Il s'est arrangé pour blesser profondément un apprenti, à qui il a juré une amitié éternelle (allons au peuple!), quitte à le tenir à distance quelques jours plus tard.

Après ces exercices d'apostolat, notre novice veut tâter de la vie de plaisir. Car il reconnaît qu'il n'a pas un profond besoin de vie intellectuelle : et nous nous en étions toujours doutés. Il entretient donc une certaine Liette, avec laquelle il court les restaurants de nuit. Il en a vite assez, ce qui se peut admettre. Mais, parce que sa maîtresse a cessé de lui plaire, il s'écrie : « Mon Dieu, vous m'avez exilé, même de l'amour humain. » On gagerait que Dieu n'était pas intervenu dans cette affaire. Parce que Jean-Paul s'est lassé des cabarets plus ou moins artistiques (et nous ne songeons pas à l'en blâmer), M. Mauriac ajoute : « Quelle douleur, pour Jean-Paul, d'évoquer, parmi les obscènes frénésies d'un orchestre tzigane, le large apaisement de la *Sonate au clair de lune !* » Cette grande douleur ne nous bouleverse point, et nous connaissons des infortunes plus tragiques. Il est si simple de ne point aller au bar, si l'on n'aime pas cela ! Jean-Paul est touché par la grâce, une nuit, en revenant de Montmartre. Ce réveil de sa sensibilité religieuse le décide à faire une retraite chez les jésuites, puis à épouser sa cousine, qui est amoureuse folle de lui, probablement parce qu'il s'est conduit avec elle comme un fat et un grossier personnage. Pauvre petite ! Mais quel dommage que ce jeune serin ait des rentes ! Tout le mal vient de son désœuvrement et de son inaptitude à trouver en lui-même des raisons de vivre. S'il était obligé de gagner son pain, il ferait, par exemple, un excellent commis de nouveautés, et cette occupation honorable le préserverait de commettre tant de sottises pour se désennuyer.

M. Robert Vallery-Radot (1).

M. Robert Vallery-Radot a dédié son roman l'*Homme de désir*, à M. François Mauriac : « A vous mon cher ami, pour qui le monde invisible existe, je dédie ce livre où les libertins ne voudront voir qu'extravagances. » Ainsi M. Robert Vallery-Radot semble croire que seul le sujet de son livre peut prêter à la discusion. C'est un peu présomptueux. Beaucoup de lecteurs, libertins ou non, sont trop informés pour opposer une sorte de question préalable à un ouvrage dont le mysticisme n'a rien de si surprenant, ni de si neuf. Mais ces lecteurs, que ce sujet n'effarouche aucunement, jugeront qu'il ne suffit pas non plus d'être mystique pour être un grand, ni même un bon écrivain. L'histoire d'une vocation religieuse peut assurément fournir un beau livre : celui de M. Robert Vallery-Radot manque par malheur de diverses qualités fort nécessaires.

Le scénario est des plus simples, et même des plus vides. Après une soirée passée « dans un salon luxueux de la rive gauche, où l'on avait fêté une jeune femme de sang illustre qui avait imaginé de divertir son ennui en inventant un roman de langueur spirituelle sur la vie des cloîtres », où l'on avait vu « des jeunes gens équivoques exalter le chant grégorien et Palestrina », où un « frisson voluptueux avait couru sur les épaules nues, quand une diseuse de salon avait déclamé avec emphase un fragment de l'œuvre en vogue, décrivant dans les termes les plus troubles les noces de l'époux et de l'épouse », le jeune Augustin, « l'homme de désir »,

(1) *L'Homme de désir*, 1 vol. Plon.

et son ami Bernard, écœurés de cette religiosité profane, résolurent, en remontant les Champs-Elysées, de fuir le monde pour appartenir sérieusement à Dieu. Augustin se retire à la campagne, dans sa famille. Il nous fait part de ses combats intérieurs. Il cherche Dieu dans la nature: erreur, vanité, déception ! « Voici qu'en croyant vous saisir (c'est au Seigneur que ce discours s'adresse), le soleil, les arbres, les parfums de l'été m'avaient détourné de votre visage... » Il faut comprendre que ce n'est pas le soleil, mais Augustin qui a cru saisir le Seigneur. Etrange anacoluthe ! Augustin est « devenu captif de la terre ». Entendez par là qu'en se promenant à travers bois il a aperçu une jolie femme devant sa maison et l'a immédiatement convoitée. Mais rassurez-vous ! Il ne lui a pas parlé, il ne lui parlera pas. Evidemment il n'a tenu qu'à lui qu'il y eût un adultère de plus : du moins il n'en doute pas un instant. Mais la grâce opère et l'écarte de la « maison impure », qu'il assimile aimablement à Babylone. Ces galants anathèmes nous étonnent un peu. Pourquoi impure? Nous ne sommes pas aussi sûrs qu'Augustin lui-même qu'il soit irrésistible, et nous pensons que sa réserve lui a peut-être épargné d'être mis à la porte.

Après avoir professé le « dédain des livres et de leur science vaine », il lit Platon, qui n'est pas un auteur sacré, et le *Phèdre* le détourne de l'amour des sens. Son front est alors comme « un tabernacle où réside le Dieu vivant ». Aussi, ajoute-t-il, « avec respect je l'appuyais sur ma main ». Il reconnaît qu'« il n'est pas d'autre route, pour remonter à Dieu, que ses épines (les épines de Jésus-Christ), ses clous, son sang ». Les métaphores de M. Robert Vallery-Radot ont volontiers quelque incohérence. Il s'exprime, en général, sans excès de simplicité. « Le curé attendait près du confessionnal, lisant son bréviaire : je m'agenouillai dans l'abîme de mon cœur. » Cette posture doit être un peu incommode...

Augustin n'a pas de fausse modestie. Il ne nous cache pas qu'il avait l'intention de rénover le lyrisme moderne et de pulvériser définitivement Dionysos. Lorsqu'il se décidera à entrer dans les ordres, il s'écriera : « Seigneur, pour vous, j'ai tout quitté, et mon père et ma mère et ma maison, mon enfance et ma gloire... Adieu, disciples, fils qui auraient pu naître de ma pensée ! Adieu, triomphe casqué de lauriers, foules, acclamations, etc... » *Qualis artifex pereo !* Ce garçon ne méconnaît pas sa propre valeur et sait faire sentir à l'Eternel que ce n'est pas le premier venu qui veut se consacrer à lui. Avant d'en arriver à ce dénouement prévu, nous passons par quelques épisodes : entre autres, une pseudo-amourette, aussi insignifiante que la première, avec une jeune fille nommée Sabine. Il ne l'enlèvera pas. Il échange avec elle des propos sur l'amour humain et l'amour divin. Un instant il s'émancipe. « Sa chambre était voisine de mon cabinet de travail. Souvent je collais mon oreille au mur pour l'entendre marcher, ranger ses affaires... » Diable ! « Ce qui me rassurait, c'est que ma passion restait absolument spirituelle. » Nous respirons !

A l'idée qu'il aurait pu épouser cette jeune fille charmante et amie de sa sœur, Augustin remercie le ciel, à cause de l'abîme d'où Dieu l'a tiré. Que d'abîmes ! C'est pourquoi, sans doute, ce nouveau Diafoirus se demande : « Qui démêlera jamais l'inextricable complexité de l'homme ! » Ce qui est apparemment une remarque originale. Malgré son mépris des livres, il lit beaucoup, mais moins qu'il ne l'affirme. « Je venais d'achever la lecture du second *Faust* lorsque du sein des ombres

Hélène s'avance à l'appel éperdu de l'amour. » S'il avait lu vraiment le second *Faust* jusqu'au bout, il aurait vu que l'épisode d'Hélène ne termine pas ce poème. Partout, il prodigue les apostrophes et les exclamations : O ma jeunesse !... Joies du renoncement !... O misère ! O maison natale !... O clarté ! etc... Et il compare son âme à la Sulamite allant au-devant de l'époux. Et il imagine force colloques entre cette âme et cet époux. Mais on songe plutôt aux manuels d'édification qui se débitent rue Saint-Sulpice qu'au *Cantique des Cantiques* ou à l'*Imitation*. Et malgré tant d'artifices, le livre languit et paraît froid.

LA CONVERSION DE MADAME ADAM (1)

Des personnes peu familières avec l'œuvre de Mme Juliette Adam pourraient seules prendre texte de son nouveau roman, *Chrétienne*, pour annoncer sa conversion à la rubrique des dernières nouvelles. Cette conversion de Mme Adam n'est certes pas l'une des moins frappantes d'une époque qui a vu celles de Brunetière, de Coppée, de Huysmans, de Bourget, de Francis Jammes, de Paul Claudel, de Charles Péguy, d'Adolphe Retté, de Charles Morice; et j'en oublie sans doute. Mais si considérable que soit cet événement, il remonte à plusieurs années déjà, sans qu'il soit possible d'en fixer la date d'une façon absolument précise. En 1903,

(1) Madame Adam (Juliette Lamber) : *Chrétienne*, 1 vol. Plon; *Païenne*, édition définitive avec une nouvelle préface de l'auteur, 1 vol. *ibid.*

une nouvelle édition de *Païenne* était précédée d'un avertissement de l'éditeur où on lisait ces lignes : « Le culte de la liberté dont elle (Mme Adam) est fanatique lui a fait renier les idées paternelles, qui lui ont paru de plus en plus tyranniques, sous prétexte de libre pensée ; ce culte l'a ramenée aux croyances traditionnelles d'une grand'mère très aimée, dont les sentiments ont revécu en elle. » En manière d'appendice à cette vingt-quatrième édition de *Païenne*, on avait ajouté le *Rêve sur le Divin*, qui est d'un spiritualisme un peu vague. Mais le terme « croyances traditionnelles » ne laisse place à aucun doute. Mme Adam était certainement devenue chrétienne en 1903. Dans le premier volume de ses souvenirs qu'elle intitulait le *Roman de mon enfance et de ma jeunesse*, et qu'elle avait publié un peu auparavant, elle raconte que sa grand'mère lui est apparue et ajoute : « Lorsque les croyances religieuses rentrèrent en mon âme, cette apparition de ma grand'mère fut pour moi l'une des plus grandes preuves des vérités de l'au-delà. » Dans le septième et dernier volume de ses mémoires, intitulé *Après l'abandon de la revanche*, Mme Adam signale les débuts de son évolution dès l'année 1879. Elle jugea « que la République ne pouvait être patriote que si elle était respectueuse des traditions religieuses, comme en Amérique, comme en Suisse, et que la République persécutrice de la religion catholique ne devait plus être patriote ». Il est vrai qu'ailleurs elle oppose à la troisième République, trop pacifique à son gré, la République plus guerrière, mais non moins anticléricale assurément, de 1793. Quoi qu'il en soit, républicaine de la veille, Mme Adam commença alors à se séparer de son parti. Elle resta l'amie personnelle de Gambetta, malgré des dissentiments qui n'avaient donc pas une gravité décisive (1), mais elle blâma sa politique, ainsi que celle de Jules Ferry. Et dans la préface qu'elle vient d'écrire pour la vingt-septième édition de *Païenne*, elle insiste sur ce caractère de sa conversion : « Le croirait-on, c'est dans la politique et dans mon patriotisme que je trouvai peu à peu les éléments du retour à la foi de mes ascendances ? »

La conversion de Mme Adam serait donc une conversion politique ? Soit ! Mais encore fallait-il que la constitution générale de son esprit n'y mît point obstacle : car il n'est pas question simplement d'alliance avec le catholicisme pour raison politique, mais bien de catholicisme intégral et pratiquant. C'est ici que de nombreux lecteurs, songeant à l'ancien paganisme si militant de Juliette Lamber, s'émerveilleront qu'elle ait pu, comme on dit, revenir de si loin, et verront dans cette métamorphose totale soit un coup de la grâce, soit à tout le moins un phénomène psychologique étrange et déconcertant. Mais cet ébahissement résultera peut-être d'une excessive attention prêtée à de simples apparences. Beaucoup plus perspicace, en même temps que fort bon prophète, était l'illustre Littré, qui dînant en 1858 avec Mme Adam, la comtesse d'Agoult et Dupont-White, concluait une discussion philosophique *sub rosa* par ce mot : « Nous verrons sûrement cette païenne devenir chrétienne (2) ». En effet, ce qui est singulier,

(1) La polémique de parti s'est emparée de ce volume de Mme Adam : le seul fait, loyalement noté par elle, que ses relations amicales avec Gambetta ne furent interrompues que par la mort, suffit à écarter toute interprétation fâcheuse pour la mémoire du grand orateur.

(2) *Mes premières armes littéraires et politiques*, p. 119.

dans le cas de Mme Adam, ce n'est pas qu'elle ait passé du paganisme au christianisme, attendu que des milliers, puis des millions d'êtres humains en ont fait autant dans les quatre premiers siècles de notre ère. depuis les premières prédications de saint Paul, apôtre des Gentils, jusqu'à la destruction autocratique de l'ancien culte et de ses temples par les Constantin et les Théodose. L'originalité de Mme Adam a consisté surtout à être païenne à la façon des anciens, poussée même à l'excès, et non point comme on a pu et comme on peut l'être encore dans les temps modernes. Il y a là une distinction nécessaire, que l'on oublie parfois lorsqu'on étudie les survivances du paganisme et de l'hellénisme.

Il est bien certain que Ronsard et ses amis immolant en pompe un bouc à Dionysos, les prélats et les artistes du règne de Léon X se réunissant à Rome chez Augustin Chigi pour offrir en sacrifice à Vénus des colombes, du laitage, des fleurs et des sonnets, se livraient à de pures fantaisies esthétiques auxquelles ils n'attachaient nullement un sens littéral. Ils avaient pour les dieux antiques une admiration passionnée et un tendre respect, parce qu'ils les considéraient comme une des plus belles créations de l'imagination des peuples et des poètes ; ils admettaient même comme éternellement vrais et bienfaisants les principes exprimés symboliquement par ces mythes ; mais enfin ils ne croyaient pas à l'existence réelle de ces divinités charmantes. Même Louis Ménard, l'auteur des *Rêveries d'un païen mystique* et le penseur contemporain avec lequel Mme Juliette Adam a eu le plus d'affinités, ne professait qu'un paganisme purement symbolique. Il y a moins encore. Le véritable paganisme contemporain, le paganisme qu'on a qualifié d'immortel, peut très bien, en saluant toujours la Grèce comme l'initiatrice de toute civilisation, se désintéresser de la mythologie et ne point même s'inspirer directement des modèles helléniques : car il consiste avant tout dans l'amour de la nature, de la joie, de la beauté sensible et intelligible, de l'émancipation intellectuelle et morale, sentiments qui ont eu leur origine et leur plus parfaite expression en Grèce, mais qui se prêtent à bien des modalités inédites et des développements variés. Si André Chénier et Maurice de Guérin ont adopté les cadres de la fable et de la poésie grecques, beaucoup d'autres et dans des genres très différents, depuis Montaigne jusqu'à M. Anatole France, ont paganisé en liberté.

Mais ce qui distingue au contraire le paganisme de Mme Adam et ce qui l'assimile à celui des anciens, c'est qu'au lieu de s'appuyer sur un rationalisme ou un scepticisme solides, il est une religion et même une exaltation de la religiosité. Dans *Païenne*, Mélissandre de Noves et son amant Tiburce Gardanne parlent de leurs dieux, et notamment de Phœbus Apollon, avec le sérieux de croyants sincères. Mme Adam n'échappe même pas au fanatisme que déterminent souvent les convictions ardentes : pour ses amusantes et innocentes opérettes, Offenbach est accusé par elle d'impiété sacrilège et voué aux dieux infernaux. Dans sa conversation avec Littré, elle s'emportait contre la conception scientifique des lois abstraites et invariables. « Vous peuplez l'univers de mathématiques, disait-elle, je le peuple de divin. » Mélissandre de Noves réprouve l'athéisme, voit dans le soleil « l'expression la plus sensible du divin, celle qui prépare le mieux la germination de l'idée religieuse dans l'homme », et c'est toujours la révélation du divin qu'elle demande à la nature ou à l'amour. Tiburce Gardanne, se mettant au diapason, lui réplique : « Je sens avec un tremblement religieux que le divin à travers toi me protège... » Ce ton de ferveur mystique se soutient pendant tout ce roman par lettres, dépourvu d'incidents, où la passion de Mélissandre, la belle païenne, et du peintre Tiburce s'épanche avec une brûlante éloquence. On songe tantôt à Maurice de Guérin, tantôt à Corinne, dont Mélissandre partage le goût pour le laurier,

Au point de vue littéraire, *Païenne*, qui date d'une trentaine d'années, se relit avec plaisir et intérêt ; au point de vue psychologique, ce roman d'autrefois explique lumineusement celui qui vient de paraître. Dans le langage populaire, païen veut dire mécréant : mais on a vu que cette acception convenait aussi peu que possible à Mme Adam, dont Mélissandre de Noves traduit manifestement la pensée. Les conversions difficiles sont notoirement celles des païens en ce sens vulgaire, c'est-à-dire des incrédules absolus, dont la raison éprouve une radicale incompatibilité d'humeur avec un dogme quelconque. Saint Augustin l'avait observé : les plus récalcitrants des païens étaient ceux qui déjà ne croyaient pas au paganisme, et il était plus aisé de convertir tout un collège d'aruspices ou de vestales qu'un seul philosophe de l'espèce de Lucien. Pour Mme Adam le pas à franchir n'était pas d'une négation à une affirmation, mais d'une foi à une autre. Et elle avait tant de goût pour le surnaturel, dès sa phase païenne, que le christianisme devait évidemment ne la troubler en rien, mais combler ses désirs.

A la fin du chant d'amour alterné qui forme tout le roman de *Païenne*, nous apprenions que M. de Noves, le mari fêtard peu gênant, s'était enfin décidé à mourir, ce qui permettrait à Mélissandre, sa veuve, et à Tiburce, de s'unir par des liens légitimes. Au début du nouvel ouvrage, tout est changé. M. de Noves n'est plus le vibrion qui s'élimine sans laisser de traces. C'est un maudit, un damné, qui s'est répandu sur son lit de mort en propos sataniques. Et par un paradoxal choc en retour, étant plus odieux, il devient plus encombrant. Il avait un oncle, colonel en retraite, fougueux catholique, qui ordonne à M. de Moral, père de Mélissandre, de se convertir sur l'heure, et lui démontre que tout est arrivé par sa faute. En effet, si M. de Moral avait donné à sa fille une éducation chrétienne, elle aurait pu exercer une meilleure influence sur son époux. Avec un pareil gaillard, c'est bien problématique. Mais voilà M. de Moral et Mélissandre pénétrés de remords. La mère de Mélissandre fut une sainte ; elle apparaît à sa fille la nuit, avec des orbites vides, qui signifient que Mélissandre est aveugle. Mme Adam nous a confié ailleurs qu'elle a été elle-même favorisée d'une apparition semblable, mais il s'agissait de sa grand'mère. Mélissandre, très émue, obéit docilement au colonel, qui commande en maître. Elle se laisse rabrouer avec une patience d'ange non seulement par cet ancien officier supérieur qui ressemble à « une superbe figure de Detaille », mais par une vieille servante dévote nommée Marie-Rose.

Tiburce (le roman est par lettres, comme *Païenne*) n'élève aucune objection. Il était jadis païen pour être agréable à sa bien-aimée : il se fera maintenant chrétien, et il se ferait bouddhiste ou parsi pour peu qu'elle l'en priât. C'est un homme d'un caractère accommodant. Par ordre du colonel, il se sépare pour un an de Mélissandre et va faire un séjour en Grèce : excellente idée puisqu'elle nous vaut de jolis croquis d'Athènes, d'Eleusis et de Delphes. Prenant tout de suite le *la*, il répond à une lettre où Mélissandre citait abondamment Lacordaire et Dupanloup par un petit éreintement d'Homère, qui ne lui semble plus maintenant assez moral. Pour ménager la transition, il se fait d'abord pythagoricien. Il a de longs entretiens en Attique, au pied de l'Acropole ou au bord de l'Ilissus, comme Socrate et ses disciples, avec un jeune Grec épicurien, un Français élève de l'école d'Athènes qui est platonicien, et un sien cousin, Paul Gardanne, qui est chrétien et aura naturellement le dernier mot. Ce bon Tiburce, qui n'avait pas lu Ernest Havet, découvre avec étonnement qu'il y a déjà beaucoup de christianisme dans Platon, lequel doit être tenu pour un précurseur. « Savez-vous que Platon croyait à l'immortalité de l'âme ? » Oui, estimable Tiburce, nous le savions. Mais ce n'est peut-être pas cela qui prouve que Platon ait lu les livres de Moïse (1).

Pendant ce temps, Mélissandre fait aussi des découvertes, notamment celle de Jeanne d'Arc (c'est en l'honneur de la bienheureuse Jeanne d'Arc qu'elle va pour la première fois à la messe), puis celle du patriotisme, que son paganisme excluait apparemment. « Aime la France autant que ta Grèce ! » Certes : mais où était l'antinomie? Comme cette amie d'un peintre de grand talent s'offusque de la laideur des statues d'église, le colonel lui répond : « Qu'importe si l'on voit les saints avec les yeux de la foi ? » Autre axiome : « Il faut être avec ses pères, de sa religion et de sa

(1) Rien, absolument rien, au témoignage des érudits les plus compétents, n'est venu confirmer cette légende, lancée, si je ne me trompe, par saint Justin.

race. » Mais si l'on a des pères qui ont, entre eux, différé d'opinions? Beaucoup de jeunes Français actuels sont issus de trois ou quatre générations de voltairiens et de libres penseurs. Et si les hommes des premiers siècles après J.-C. avaient opposé aux apôtres ce principe traditionaliste? Ensuite, bien que Mélissandre n'ait guère hésité et que sa conversion ait paru certaine depuis la première page, un miracle se produit. Au cours d'une promenade dans la rade de Marseille, elle est surprise par une tempête et périrait sans le moindre doute, si Notre-Dame-de-la-Garde ne déposait miraculeusement la barque dans le vieux port. Tiburce, informé aussitôt, bénit par télégramme Notre-Dame-de-la-Garde et Mélissandre monte en pèlerinage d'action de grâces à la chapelle d'où l'on a une si belle vue (il y a un ascenseur). Elle « pèlerine » aussi à la Sainte-Baume, où sont conservées les reliques de Marie-Madeleine et où Marie-Rose, la vieille bonne qui a plus de dévotion que de tact, lui déclare : « Si vous avez des péchés de corps, Mélissandre, ne craignez rien, ils vous seront pardonnés par Marie-Madeleine, à qui Notre-Seigneur Jésus les a pardonnés. » On admet que cette vieille croie que Marie de Magdala était païenne, tandis qu'elle était juive, mais l'assimilation entre le passé un peu chargé de cette sainte repentie et celui de Mme de Noves aurait pu être mal accueillie, si cette dernière n'avait fait de magnifiques progrès dans la voie de l'humilité.

Elle s'installe au mas Saint-Jean, en Camargue, avec le colonel, son père et deux autres officiers démissionnaires. D'agréables paysages encadrent opportunément les exposés d'idées du colonel, qui est terriblement dogmatique. D'après lui, « la raison ne sert à rien dans la croyance... Par la grâce, exclusive de toute raison, de toute preuve, on croit et on voit... Raisonner est absurde... » Ne côtoierait-il pas le fidéisme? A quoi serviraient alors l'apologétique et la théologie? Il dit aussi : « ...La science devra revenir un jour aux mains des prêtres, comme elle le fut en Egypte, en Grèce (?), comme elle l'est aux Indes, en Perse. Ils réglementeront ses découvertes, augmenteront ses bienfaits, supprimeront ses dangers. » On s'imagine malaisément la Sorbonne du vingtième siècle soumise à la censure ecclésiastique et transformée en annexe du grand séminaire. L'Église a pu combattre jadis la liberté de la science, mais tout semble indiquer aujourd'hui qu'elle l'accepte. Ce colonel serait-il plus papiste que le pape?... Là-bas, Tiburce, étant voisin du tertre où s'élevait l'Aréopage, étudie saint Paul : son cousin Paul s'indigne du peu de succès qu'obtint cet apôtre auprès des Athéniens, qui ne l'auraient écouté, croit-il, que pour la beauté de sa parole. Encore se fait-il des illusions. Saint Paul avait de l'inspiration, des traits heureux, mais il parlait un mauvais grec incorrect et barbare. A Delphes, Tiburce constate que décidément le Grand Pan est mort en lui. Mélissandre flâne à Aigues-Mortes où le colonel lui montre dans les remparts une « superbe preuve des énergies françaises sous la royauté ». Les remparts d'Aigues-Mortes sont beaux et solides; il est délicieux d'en faire le tour et de contempler de cet observatoire la plaine où les éléments semblent vivre et lutter à l'état cosmique primitif. Mais enfin ce n'est pas un ouvrage cyclopéen et les Romains ont fait encore mieux.

Mélissandre cite une phrase de Taine de cette manière : « Dès que le catholicisme est en baisse, les mœurs publiques et privées se dégradent. » Elle a souvent la citation peu exacte, Mélissandre : ici, elle fausse très gravement la pensée de Taine. Dans le *Régime moderne*, volume II, page 118, Taine dit que le *christianisme*, « sous son enveloppe grecque, catholique ou protestante », est encore pour quatre cents millions d'hommes « la grande paire d'ailes indispensables » et que « sitôt que ces ailes défaillent ou qu'on les casse, les mœurs publiques et privées se dégradent ». Et bien loin d'avoir uniquement désigné le catholicisme, il explique au contraire dans les pages suivantes du même volume (le dernier qu'il ait écrit avant de mourir) que la forme catholique est des trois formes chrétiennes celle qui lui paraît la moins heureuse. Certes, on pourrait discuter, mais si l'on cite, il faut d'abord citer exactement. Enfin Mélissandre fait, à vingt-sept ans, sa première communion aux Saintes-Maries-de-la-Mer. Elle a une hallucination; dont on se demande pourquoi elle ne la considère pas comme une vision, car elle ne nous indique pas la différence et nous ignorons son critérium. Et elle pourra enfin, l'année étant révolue, épouser Tiburce. Mais y tiennent-ils encore? Leur amour paraît bien refroidi, et l'on s'attendait presque à les voir entrer chacun dans un monastère.

Tel est cet ouvrage qui parfois étonne un peu et excite à la controverse, mais qui reste toujours captivant. Il y a dans la manière de Mme Adam une sorte de vitalité puissante et d'âpreté combative, qu'on admire même lorsqu'on n'est pas pleinement convaincu.

MADAME COLETTE WILLY (1)

Mme Colette (Colette Willy) a des admirateurs qui ne lésinent pas sur l'expression de leur enthousiasme. Un docte journal la qualifiait, hier encore, de grand écrivain. C'est très ennuyeux. Comment, après cela, tourner un éloge qui n'ait point l'air d'un éreintement sournois ? Ne se donnera-t-on point la figure d'un détracteur si l'on se borne à dire qu'on aime beaucoup le talent primesautier de Mme Colette Willy, sa fraîcheur et sa justesse d'impressions, son style imagé, sensuel, palpitant de vie, mais toujours sobre, ferme et mesuré ? Ce dernier trait est celui qui définit Mme Colette Willy et lui fait une place à part dans la littérature féminine d'aujourd'hui. Comme la plupart de ses consœurs, elle

---

(1) Colette (Colette Willy) : *l'Envers du music-hall*, 1 vol. in-18, Flammarion ; *Prrou, Poucette et quelques autres*. 1 vol. in-4°, Librairie des Lettres ; Cf. *Sept dialogues de bêtes*, *les Vrilles de la Vigne*, *la Retraite sentimentale*, *la Vagabonde*, etc.

ne transcrit guère que des sensations, d'ailleurs extrêmement vives, aiguës et subtiles : mais elle ne se laisse point déborder par toute cette matière et elle sait la plier, sinon à l'ordre supérieur de la pensée, du moins à la discipline instinctive d'un art très fin.

Avec plus d'aisance et de souplesse, moins de recherche et de maniérisme, elle ressemble surtout à Jules Renard, qui fut le plus concis et le plus scrupuleux des néo-goncouristes. Il se trouve qu'elle partage son amour de la vie rustique et des animaux. Elle est moins purement descriptive, bien qu'elle observe d'un coup d'œil aussi net : l'objectivité n'est point le fait de son sexe. Le choc du réel détermine chez elle un frémissement de toute la machine sensible. L'émotion intérieure, toujours immédiatement appuyée sur le concret, s'en distingue assez, cependant, pour enrichir et diversifier l'expression.

Alors, voilà ! Je veux faire ce que je veux... Je n'irai plus aux premières, sinon de l'autre côté de la rampe. Car je danserai encore sur la scène, nue ou habillée, pour le seul plaisir de danser, d'accorder mes gestes au rythme de la musique, de virer, brûlée de lumière, aveuglée comme une mouche dans un rayon... Je danserai, j'inventerai de belles danses lentes où le voile parfois me couvrira, parfois m'environnera comme une spirale de fumée, parfois se tendra derrière ma course comme la toile d'une barque... (*Les Vrilles de la vigne*).

Ici, c'est l'élément psychologique, le désir de révolte et de liberté, qui déclanche le jeu de l'imagination et compose le tableau. Plus fréquemment, un spectacle physique touche le cœur, éveille de mélancoliques souvenirs ou de légères rêveries. Je n'en citerai point d'exemple, parce qu'il faudrait tout citer. Mme Colette Willy ne participe à aucun degré de l'indifférence scientifique, ni de la sérénité olympienne ; elle pratique presque constamment la littérature personnelle, et lorsqu'elle ne se raconte point elle-même, elle s'intéresse au bonheur ou aux chagrins de ses personnages comme une confidente et une amie.

Le volume intitulé *l'Envers du music-hall* n'est pas précisément une suite de *la Vagabonde*, mais se rattache au même cycle. Vous vous rappelez cette *Vagabonde*, qui fut jusqu'ici, je crois, le plus grand succès de Mme Colette (réserve faite pour les *Claudine*, écrites en collaboration avec M. Willy). L'héroïne, Renée Néré, était une jeune femme divorcée, qui s'était mise à jouer la pantomime et à danser dans les musics-halls pour gagner sa vie et qui continuait par vocation.

Il y avait dans *la Vagabonde* une belle histoire d'amour. Renée Néré, danseuse et mime, était aimée d'un galant homme, d'ailleurs très riche, qui lui offrait le mariage. Elle était tentée, hésitait quelque temps, animée des meilleures intentions pour son soupirant, mais se demandant si elle l'aimait.

Tu n'y mettais pas tant de façons, se disait-elle, lorsque l'amour, fondant sur toi, te trouva si folle et si brave ! Tu ne t'es pas demandé, ce jour-là, *si c'était l'amour !* Tu ne pouvais t'y tromper : c'était lui, l'amour, *le premier amour*. C'était lui, et ce ne sera plus jamais lui ! Ta simplesse de petite fille n'a pas hésité à le reconnaître et ne lui a pas marchandé ton corps, ni ton cœur enfantin. C'était lui, qui ne s'annonce point, qu'on ne choisit pas, qu'on ne discute pas. Et ce ne sera plus jamais lui ! Il t'a pris ce que tu peux donner seulement une fois : ta confiance, l'étonnement religieux de la première caresse, la nouveauté de tes larmes, la fleur de ta première souffrance !... Aime, si tu peux ; cela te sera sans doute accordé, pour qu'au meilleur de ton pauvre bonheur tu te souviennes encore que rien ne compte, en amour, hormis le premier amour...

Et elle répète : « ...Le premier, le seul amour ! »

Tout cela est d'une pénétrante analyse, en même temps que d'un sentiment un peu exceptionnel sous la plume d'un écrivain dont les premiers récits faisaient plus souvent songer aux contes d'un Crébillon fils ingénu ou d'un abbé de Voisenon modernisé. Mais cela signifie surtout que Renée Néré n'aime pas Max Dufferein-Chautel, qu'elle lui préfère son indépendance et sa profession nomade. Or, cette Renée Néré, mime et danseuse, est aussi femme de lettres, bien que le travail des planches lui ait fait un peu négliger la littérature, Elle y pense de nouveau, en contemplant un paysage de mer et de salines, par la portière d'un wagon :

Pendant combien de temps venais-je, pour la première fois, d'oublier Max ? Oui, de l'oublier... comme s'il n'y avait pas de soin plus impérieux, dans ma vie, que de chercher des mots, des mots pour dire combien le soleil est jaune, et bleue la mer, et brillant le sel en frange de jais blanc... Oui, de l'oublier, comme s'il n'y avait d'urgent au monde que mon désir de posséder par les yeux les merveilles de la terre ! C'est à cette même heure qu'un esprit insidieux m'a soufflé : Et s'il n'y avait d'urgent, en effet, que cela ? Si tout, hormis cela, n'était que cendres ?...

Cependant, après avoir adressé à Max une lettre de rupture, qui rappelle un peu celle de Sapho, elle part — seule, il est vrai — pour une tournée en Amérique du Sud. Pas plus que l'amour, la littérature ne peut l'arracher au music-hall.

C'est là une nouveauté assez curieuse et une bonne fortune pour un genre habituellement un peu dédaigné. Les romanciers contemporains s'occupaient volontiers du music-hall, qui leur fournissait des motifs pittoresques, des occasions de rivaliser avec Manet ou Toulouse-Lautrec. Ils l'ont toujours fait avec une ironie et un mépris non dissimulés. Huysmans, notamment, fulmine avec une énorme truculence contre l'ineptie des programmes et l'imbécillité du public. Mme Colette Willy est probablement la première qui ait parlé du music-hall avec sympathie, et l'on n'ignore point que comme sa Renée Néré, elle a joué elle-même des mimodrames dans ces établissements populaires. Toutefois, c'est surtout au petit monde des coulisses qu'elle s'intéresse, et l'on remarquera qu'elle ne surfait pas la valeur des spectacles. Elle se contente de ne pas leur jeter les anathèmes furibonds d'un Huysmans, lequel, du reste, se déchaînait non moins violemment contre les théâtres classés. Si Mme Colette Willy adopte le ton de l'indulgence tandis que Huysmans s'emportait avec une perpétuelle frénésie, ils s'accordent en somme et considèrent sans doute, comme beaucoup d'artistes un peu intransigeants, qu'il n'y a pas tant de différence entre le théâtre et le café-concert, qu'au fond cela se vaut à peu près, et ne vaut pas grand'chose...

L'Envers du music-hall, comme le titre l'annonce, étudie les mœurs des chanteurs et chanteuses, mimes, acrobates et figurantes. Ce sont de nouvelles scènes du même roman comique, mais des scènes détachées, sans affabulation suivie. Voici des comédiens en tournée, poussiéreux, fatigués, usés, qui se promènent en attendant leur train dans un parc fleuri. Ils sont gênés et s'en vont très vite. Ainsi dans un conte de Coppée, une actrice de l'Odéon souffrait du contraste entre sa vie artificielle et l'épanouissement printanier du Luxembourg voisin. Mme Colette s'attendrit sur l'imprévoyance habituelle de ces pauvres gens, qui ne sentent venir ni le lendemain, ni le malheur, ni la vieillesse, et dont la plupart ont connu ou connaîtront la misère et la faim. Ils restent, malgré tout, courageux et gais. Bien rares sont, dans ce milieu, les femmes qui ont le moyen ou le goût de faire des économies : elles n'en ont pas moins des vertus ménagères.

Pendant l'entr'acte, la loge commune des petites marcheuses se transforme en ouvroir. La grosse Ida confectionne elle-même les gilets de flanelle de son mari Hector ; et elle trouve que toutes les villes sont pareilles, n'ayant le loisir de rien voir en dehors de ses occupations professionnelles et domestiques. Cette autre, pendant les tournées, fabrique en wagon des paletots qu'elle envoie à une maison de Paris pour augmenter ses maigres ressources. La petite danseuse Bastienne installe dans sa loge le berceau de son bébé qu'elle allaite entre deux entrées de ballet. Cette Bastienne est popote et casanière : ce sont des dispositions plus répandues qu'on ne croirait parmi ce personnel. Voici l'accompagnatrice, qui déclare que sa nature est de rester dans son coin avec son jeune fils ; la caissière qui, dans son antre de sybille, moralise par allusions ; la digne habilleuse, en déplacement à Nice, qui pleure de n'avoir pas été là, pour le coup de feu de la revue de Noël, dans son vieil Empirée-Clichy, où elle a vécu pendant tant d'années, comme en famille. Il y a aussi bien des types ridicules, comme la jeune utilitaire préoccupée d'arriver, sans savoir à quoi, comme la danseuse moscovite bruyante et vantarde qui pense éblouir la galerie de son illustre lignée et de ses magnifiques relations. Mais on éprouve surtout, en fermant le livre, une pitié pour ces travailleurs et ces travailleuses, qui font une rude besogne et sont en général si peu payés. Comment oublier cette petite qui se désole de voir la répétition générale de la revue fixée à minuit et demi, parce que n'ayant pas de quoi se payer un fiacre, elle devra rentrer à pied du boulevard Rochechouart au Lion de Belfort, entre quatre et cinq heures du matin, et arrivera chez elle tout juste pour préparer le café de son mari et envoyer ses deux gosses à l'école ? On découvre, chez Mme Colette Willy une bonne et compatissante sensibilité, à la Coppée ou à la Dickens.

Prrou, Poucette et quelques autres, beau volume de luxe édité à tirage restreint, continue la veine des *Dialogues de bêtes*, et nous remémore agréablement les aventures de Kiki-la-Doucette ou de Toby-Chien. Prrou est une chatte perdue, recueillie par charité. Dans *la Retraite sentimentale*, ce nom de Prrou appartenait à une autre chatte, fille de Péronnelle. La ménagerie de Mme Colette est nombreuse et variée. Poum, chat inquiétant, malfaisant et fantastique, semble dire :

Je suis le diable, et je vais commencer mes diableries sous la lune montante, parmi l'herbe bleue et les roses violacées. Je conspire contre vous, avec l'escargot, le hérisson, la hulotte, le sphynx lourd qui blesse la joue comme un caillou. Et gardez-vous, si je chante trop haut, cette nuit, de mettre le nez à la fenêtre : vous pourriez mourir soudain, de me voir, sur le faîte du toit, assis tout noir au centre de la lune !...

Poucette est une chienne astucieuse qui nous explique, à nous, Deux-Pattes pesants, que toutes les bêtes nous mentent, par prudence, par sagesse ou par crainte. Elle a des ruses infernales... Cette autre chienne est jalouse de son maître, comme une femme. Cette autre, la chienne trop petite, est tyrannique et persécutrice. On l'aime tout de même. Et l'on s'apitoie sur les maux et les tristesses de la chienne à vendre...

Bien qu'elle n'écrive point de fables, mais des histoires vécues et réalistes, Mme Colette prête aux animaux des sentiments humains, comme La Fontaine. Peut-être leur en prête-t-elle un peu trop. On a parfois quelques doutes, mais il faut s'incliner devant sa compétence et reconnaître qu'elle décrit admirablement ces compagnons familiers.

Je suis née seule, disait Claudine dans *la Retraite sentimentale*, j'ai grandi sans mère, frère ni sœur, aux côtés d'un père turbulent que j'aurais pu prendre sous ma tutelle ; et j'ai vécu sans amies. Un tel isolement moral n'a-t-il pas recréé en moi cet esprit tout juste assez gai, tout juste assez triste, qui s'enflamme de peu et s'éteint de rien, pas bon, pas méchant, insociable en somme et plus proche des bêtes que de l'homme ?...

Plus loin, dans le même roman, Claudine nous entretient de son « âme terrienne », de « l'instinct fermier qui lui vint d'ancêtres cultivateurs et jaloux de leur bien ». Cette petite femme aux cheveux courts, d'humeur si fantaisiste, a toujours adoré la nature et conservé l'espèce de saine fraîcheur des terres nouvellement remuées et des plantes folles. Malgré ses aventures, Claudine doit à son enfance campagnarde, à ses habitudes de fréquents retours au pays natal, de posséder un fond solide de bon sens, de bon cœur et de bon goût. Aux jolies qualités de son héroïne, Mme Colette ajoute ce don d'écrivain qu'il est inutile d'exalter par d'ambitieuses hyperboles, mais qui est d'une essence si délicate et si rare.

*
* *

L'Entrave (1) fait suite à *la Vagabonde*. Renée Néré ayant hérité de la fortune d'une belle-sœur, soit de vingt-cinq mille francs de rente, s'est décidée à lâcher le music-hall, la pantomime et son vieux camarade Brague. La voici à Nice, désœuvrée et vivant de ses rentes, à l'hôtel, en compagnie de quelques autres oisifs. Il y a d'abord une jolie et absurde petite créature, May, qui se croit « un vrai type » parce qu'elle se livre à diverses excentricités, fume, boit, prise de la cocaïne, estime qu' « on déjeune quand on veut, on pieute quand on veut, et que l'heure c'est pour les larbins et les chefs de gare ». Cette May a pour intime ami un beau jeune homme, très opulent et très élégant, bien entendu, mais de caractère un peu imprécis sous réserve de ces deux traits indispensables. Il s'appelle Jean. Notons cependant qu'il affecte une extrême insolence avec May et qu'il la bat même à l'occasion. Mais elle est si exaspérante qu'on l'excuse jusqu'à un certain point. A ce Jean et à son copain Masseau, opiomane et humouriste, la petite May, furieuse de n'avoir pas fait triompher un caprice, criera :

Dieu, que vous me dégoûtez, tous les deux ! Quand on pense que je passe pour avoir un amant intelligent, et qu'il

(1) 1 vol. Librairie des Lettres.

y a des gens assez marteau pour dire que Masseau est un esprit distingué! Vrai, j'en suis encore à me demander ce que vous avez de rare, toi et lui! Tu t'es déjà vu, toi, l'amant intelligent, en train de chercher à me faire plaisir et de te gêner pour moi ? — Jamais, répond très nettement l'amant intelligent. Tu n'es pas une vieille dame et je n'ai pas avec toi de liens de parenté. Par conséquent...

May proclame qu'il y a des choses qu'elle n'accepte pas. Mais Renée Néré se demande lesquelles : car May « prend l'argent, reçoit les gifles, encaisse les rebuffades; le tout, c'est vrai, d'un air cassant de petite despote... ». Malgré les travers insupportables de la petite femme, est-ce que Jean ne vous paraît pas un peu mufle? « Il est le plus fort. » Oui, et il en abuse... Les menus croquis de la Riviera, crayonnés dans la première partie du roman, rappellent un peu Jean Lorrain, mais avec plus de sobriété. Jean Lorrain raffolait de cette vie factice et de cette nature méditerranéenne : Mme Colette, au fond, les a en horreur. Et peut-être ne goûte-t-elle vraiment que son village, son jardin et ses bêtes.

En tout cas, sa Renée Néré préfère Genève à Nice en février. « Au sortir du train étouffant, après Nice sèche et dorée d'un précoce soleil, je respire avec délices, dans cet air plus septentrional, l'odeur de la pluie, qui n'est plus mêlée d'iode, ni de sel, ni amollie de mimosa. » Elle a voulu se séparer de Jean, parce qu'il lui a fait comprendre qu'elle était celle dont il aurait envie s'il venait à être débarrassé de May. Et elle se dit :

Comment! j'ai pu vivre trois semaines avec ces gens-là et me contenter des cinq cents mots, toujours les mêmes, de leur vocabulaire ? Deux cents mots pour demander à boire, à manger ; cent, et quelques chiffres, pour évaluer, l'une dans l'autre, la femme et la robe qui passent; cent pour suffire à toutes les histoires graveleuses ; les cent derniers sont pour les sujets qui élèvent l'âme: morale, littérature et art...

Et Renée, à Nice, n'était pas rassurée pour sa réputation. Que pensaient ses amis? « Une femme qui s'entête à ne coucher avec personne a toujours l'air d'une avare. » Mais que pouvait supposer la galerie, à la voir inséparable d'un couple notoirement libertin? Dans l'air pur du Léman, plus d'inquiétudes. La « chaste Suisse » lui inspire un désir de cure littéraire, car elle est aussi femme de lettres. Elle lit les revues, donne à manger aux mouettes et cherche des épithètes. Puis elle rencontre son ancien compagnon Brague, qui est en représentations à l'Eden genevois. Ce Brague la divertit par la saveur de ses propos. Il lui raconte, par exemple, qu'il a monté une affaire épatante.

J'apprends aux gonzesses et aux jeunes filles du monde à bien se tenir... D'abord je les convoque à huit heures du matin, à neuf heures : de quitter le pieu si matin, elles s'imaginent déjà qu'elles travaillent. Une fois dans l'atelier, je me mets à un bout, elles à l'autre, et je leur crie: « Venez à moi en marchant naturellement ! » Tu connais l'effet. Elles se mettent à marcher comme sur une corde raide, et c'est tout juste si elles ne se cassent pas la g... en route. C'est un point de départ infaillible.

Mais elle s'aperçoit bien vite que depuis qu'elle a quitté le métier, pour Brague, elle ne compte plus; elle est jalouse de l'artiste qui l'a remplacée et qui « tourne » maintenant avec lui ; elle a, dans son désœuvrement, la nostalgie du music-hall et elle en éprouve une humiliation. « Comment, moi aussi, j'en viendrais là, à ne plus exister en dehors de la boîte ? J'en viendrais là, moi, moi !... » Et ce *moi* orgueilleux signifiait : « Moi, sensible au mouvant paysage, au châle bariolé qui passe, à la ruine rousse, effritée et puissante ; moi, délicate et cultivée... » A vrai dire, l'auteur nous a bien montré une Renée Néré douée d'une extrême délicatesse de sensations, mais non d'une culture exceptionnelle.

Nous entrons dans la seconde partie du roman, laquelle étudie une intéressante évolution psychologique et s'encombrera moins de détails superficiellement pittoresques ou même un peu oiseux. Jean est venu relancer Renée sur son lac : il a l'honnêteté de ne pas lui parler d'amour, mais après une promenade en barque et un dîner agréable dans un hôtel, à Ouchy, il lui donne sur la nuque un baiser significatif. L'amour ? Il n'en est pas question. Il s'agit de « la brève aventure ». Je n'ai pas bien compris pourquoi Jean et Renée, au lieu de poursuivre leur modeste intrigue aux lieux mêmes où ils s'étaient retrouvés, jugent nécessaire de rentrer à Paris. En wagon-restaurant, Renée fait à Jean cette observation qui révèle une certaine expérience des voyages : « N'ayez pas l'air si aimable avec moi, voyons ! On va penser que nous avons fait connaissance tout à l'heure dans le couloir. » C'est à Paris, dans le petit hôtel de Jean, boulevard Berthier, devant un grand feu de bois rose et noir qui fait ressembler le visage du jeune homme à une statue d'argile cuite avec des yeux d'argent, que Renée Néré cesse de refuser quoi que ce soit au plus intime ami de son amie May. Au moment décisif, comme dernière défense, elle a eu ce mot : « Vous ne m'aimez même pas ! » A quoi Jean a simplement répliqué d'un ton sévère : « Eh bien, et vous, donc ? » Renée est ravie. Elle a trente-six ans, et pourtant elle ignorait encore « cette joie intelligente de la chair qui reconnaît immédiatement et adopte son maître... »

Nous ne nous sommes pas beaucoup parlé mais nous nous sommes dit des choses nécessaires, agréables, véridiques. Il m'a dit : « Que tu as de beaux bras, et que j'aime te sentir pesante et solide quand je te soulève !... » Et je lui ai avoué à mon tour : « Comme tu me conviens ! Tu as une peau lisse, sèche et chaude qui ressemble à la mienne. »

Telles sont les affinités électives qui unissent Jean et Renée. La peau, si j'ose m'exprimer ainsi, y joue, comme on voit, un rôle considérable. Cet échange de deux fantaisies et ce contact de deux épidermes adéquats auraient eu l'approbation de Chamfort.

Jean, le premier, transgresse imprudemment le pacte tacite. Il murmure un jour, comme en songe : « Tu comprends... je t'aime. » Vite, elle le rappelle aux convenances : « Chut ! pas ce mot-là ! Adieu. Tais-toi. Dormons ! » Une autre fois, Jean témoigne de quelque amertume : « Il y a des jours où tu m'humilies, avec ta hâte à te déshabiller avant et à te rhabiller après... Des jours où on ne dirait vraiment pas que tu m'aimes, mais que tu... m'emploies. » Renée se contente du plaisir de l'heure et trouve bon que cette heure n'engage pas la suivante. C'est du moins l'attitude respective des deux amants au début de leur liaison. Mais les choses vont bientôt changer. Renée rencontre May, par hasard, rue de Rivoli. May a eu naturellement son congé, mais elle ne sait pas que c'est Renée qui lui succède. Aussi croit-elle pouvoir s'épancher : « Ce qu'il (Jean) a de pire, déclare-t-elle, c'est sa façon de f... le camp. » Sur quoi, Renée hèle un taxi-auto et se fait conduire en hâte boulevard Berthier : « Si Jean, en mon absence, avait f... le camp ? » Mais non : il est au contraire plus pressant que jamais. Il réduit Renée à l'état de servitude asiatique, qui est, paraît-il, celui de la femme entretenue. Elle subit ce joug imprévu avec quelque impatience.

Sache-le, toi qui dis m'aimer : la plus aimante se détourne de son amant, pendant certaines heures dont elle prépare et choie mystérieusement la venue. La plus belle, si tu l'espionnes, ne s'en tirera pas sans dommage. La plus fidèle se cache, quand ce ne serait que pour songer librement... Tu prétends m'aimer ; tu m'aimes : ton amour crée à chaque minute une femme plus belle et meilleure que moi, à laquelle tu me contrains de ressembler... Je ne crains que certaines heures, où j'ai tout à coup envie de te crier : « Va-t'en ! Ma robe de princesse et mon clair visage vont tomber ensemble, va-t'en ! Voici le temps où vont paraître, sous l'ourlet de la jupe, sous les cheveux de soie, le pied fourchu, la pointe torse d'une corne... »

Quels aveux !... Néanmoins, — et la transition est peut-être insuffisamment marquée, et la double volte-face des deux amants n'est pas motivée d'une façon claire — c'est bientôt Jean qui, loin d'obséder Renée davantage, semble assez disposé à f...aire ce que disait May, tandis que c'est au contraire Renée qui devient profondément amoureuse et cruellement tournentée. Elle s'accuse : « Quand il s'est montré discret, je l'ai jugé vide. Et quand il m'a interrogée, je l'ai relégué très loin, avec une ironie supérieure. » Elle gémit à présent de sa solitude morale : « L'amour, c'est ce choc douloureux et toujours recommencé, contre une paroi qu'on ne peut pas rompre... Comme tu te défends bien ! C'est l'heure où j'erre autour de toi, comme sous les murs d'un palais fermé. » L'amour a passé entre eux et a tout empoisonné. Comme Psyché, elle épie son sommeil :

O mon trésor de fruits épars sur la couche, se peut-il que je te dédaigne parce que je commence à t'aimer ? Se peut-il, Beauté, que je te préfère l'âme, peut-être indigne de toi, qui t'habite ?... J'ai consumé cette nuit encore à te contempler, toi qui fus mon orgueil, ma proie succulente et non aimée. Hélas ! je ne te vois plus : je pense à toi. Je vois le temps prochain où l'ombre grandissante de l'amour m'aura couverte, le temps où je serai encore plus humble, où je penserai de pauvres choses comme celles-ci : M'aime-t-il ? Est-ce qu'il me trahit ? Fasse le ciel que toutes ses pensées m'appartiennent...

Après quelques tiraillements, les choses s'arrangeront, et on nous laisse espérer que Renée sera heureuse avec son Jean, mais en reprenant sa place de femme, qui est « en deçà de l'homme ».

On admirera l'aisance avec laquelle Mme Colette s'élève de la plus joviale familiarité à un lyrisme digne d'un grand poète d'Orient. Sa psychologie n'a pas moins d'intérêt que son style ; le caractère de Renée Néré est certainement très curieux et très vraisemblable : on ne peut lui reprocher que de n'être pas très expliqué. Je crois que Renée a toujours aimé Jean, sans bien s'en rendre compte au début, et que ce qui est nouveau chez elle, ce n'est pas son amour, mais la conscience qu'elle en a prise peu à peu. La femme qui a fui

Maxime Dufferin-Chautel et qui n'a été pour Brague qu'une camarade a prouvé peu d'aptitude aux liaisons sans amour. Le pur caprice sensuel, auquel elle a cru d'abord, parce qu'elle est une femme très affranchie, reste malgré tout quelque chose de trop peu féminin : Jean, certes, en était infiniment capable, mais Renée beaucoup moins, et son illusion n'a été peut-être que le piège tendu par la nature à sa liberté. Surtout, le caprice est si loin de l'amour vrai que le passage de l'un à l'autre paraîtrait presque inconcevable, si des éléments du second ne s'étaient déjà trouvés épars dans le premier, n'attendant que l'occasion propice pour se révéler ou, comme disent les chimistes, pour se « précipiter ».

NEEL DOFF

Contes farouches (1).

Mme Neel Doff est, je suppose, flamande ou hollandaise d'origine. L'action de ses contes se déroule le plus souvent dans des milieux populaires et même populaciers de Flandre ou de Hollande : elle en parle comme on ne peut le faire qu'à la condition de les avoir observés longuement et de près. Mais il n'est pas douteux qu'elle écrive directement en français : une traduction n'aurait pas cette saveur. Elle vient de publier son second volume. Le premier, d'une inspiration toute semblable, portait ce titre significatif : *Jours de famine et de détresse*. Les récits de Mme Neel Doff sont d'un réalisme qui ne recule devant aucune audace ni aucune crudité : elle ne travaille pas pour les pensionnats de demoiselles. A des lecteurs de chez nous, elle rappellera d'abord notre école naturaliste, l'auteur de *la Maison Tellier* ou celui de *Marthe* et des *Sœurs Vatard*. Toutefois, elle se rattache

(1) 1 vol. Ollendorff.

plutôt à l'école russe, surtout à Gorki, par la fraîcheur de la sensibilité et par une tendance humanitaire qui ne devient jamais déclamatoire, mais reste toujours sobre dans l'expression. Peut-être a-t-elle subi aussi un peu l'influence de Charles-Louis Philippe et celle de Mme Colette Willy. Ses contes sont extrêmement émouvants et tout à fait remarquables. Elle ne se limite pas au petit morceau de deux ou trois cents lignes, dont le type a été établi par certains journaux qui en font une effrayante consommation. Elle pratique volontiers la nouvelle de soixante ou quatre-vingts pages, dont Mérimée, Maupassant, Gorki ont tiré un parti admirable et qui est un vrai petit roman pourvu des développements nécessaires, mais sans longueurs. Il y a beaucoup de sujets et de talents pour lesquels c'est exactement la proportion juste. Mme Neel Doff a donné en ce genre de quasi chefs-d'œuvre.

Stientje est une malheureuse fille née et élevée dans une roulotte de saltimbanques. Elle n'a pas de père. Un père, c'est bon pour les riches ! Sa mère et les hommes que sa mère amène ont l'habitude de la rouer de coups. Elle a fini par s'évader : elle a essayé de s'engager comme aide-cuisinière. Mais elle étouffait d'être enfermée : même manger et dormir régulièrement lui était à charge. De son enfance vagabonde, elle a gardé un sentiment vif de la nature. « Elle ne fut pas frappée seulement des laideurs de la vie : les matinées radieuses dans les clairières la firent chanter, et les soirées tièdes l'avaient rendue mélancolique et angoissée d'elle ne savait pas bien quoi. » Mme Neel Doff prête à presque toutes ses héroïnes, même aux plus dégradées, cet instinct de la beauté du monde extérieur. Très rarement elle met en scène de pures et simples brutes. Son choix n'a rien d'invraisemblable, et c'est beaucoup plus intéressant. On se demande pourquoi des créatures ainsi faites sont plus maltraitées par le sort que tant d'autres, qui sont moins sensibles à la grâce et au langage des choses.

Au mois de septembre, les toiles d'araignée emperlées de rosée... Elle souriait en pensant que, petite fille, elle s'était extasiée, qu'elle avait appelé sa mère pour lui demander si on ne pourrait pas fixer ces perles sur les fils, parce que cela ferait une si jolie résille pour ses cheveux... Sa mère l'avait traitée d'imbécile en donnant des coups de pied dans les toiles.

Stientje, si jeune, a dû accepter les offres d'un bourgeois marié qui, de compte à demi avec un camarade, pourvoit modestement à sa subsistance. Il faut bien vivre, et il était dans son caractère d'être avenante et soumise aux exigences des mâles. Mais son cœur est affamé de tendresse. Elle se prend d'affection pour une fillette, qui a peur toute seule, pendant que sa mère fait sa besogne de « demoiselle de nuit au Château de Verre ». La petite voisine voudrait bien que Stientje fût sa maman, et Stientje serait ravie de l'adopter. Mais la demoiselle de nuit est expédiée à l'hôpital, une parente emmène la fillette et la met aux enfants abandonnés. Stientje, par une sorte d'inertie, subit un matelot métis, qu'elle n'aime pas plus que ses deux bourgeois, mais qui la promène un peu :

Ils s'en furent déjeuner dans une guinguette au bord de l'eau. Ce fut une joie pour Stientje, maintenant que le soleil avait percé, de voir les barques et les navires passer devant eux sur une eau bleue, argentée dans les plis... Sa chair opaline et sa chevelure blonde faisaient comme partie de l'atmosphère : tout son être fuselé s'appariait aux bouleaux qui surgissaient droits et élégants dans la lumière ouatée.

C'est à Anvers et aux environs. Un jour enfin, sur le port, elle rencontre celui qui lui révélera l'amour, un beau matelot hollandais, nommé Willem. Il veut l'épouser. La pauvre fille est bourrelée de reconnaissance et de remords. Elle se dit : « Ta femme, Willem ! Moi, ta femme !... Mais je suis une roulure... » Pour se rendre moins indigne de lui, elle congédie les deux Flamands, se fait blanchisseuse. Mais le métis jaloux reparaît : il enfonce la porte, se jette sur Willem ; Stientje étrangle l'agresseur avec une corde à linge. Elle est arrêtée et, dans sa prison, s'aperçoit qu'elle est enceinte. Pourvu que l'enfant soit de Willem ! Elle gémit en songeant au bien-aimé : elle hurle qu'elle sera une honnête femme, une bonne mère ; elle l'adjure de ne pas lui tenir rigueur, de revenir à elle. La religieuse-gardienne, scandalisée de ces bruyants soliloques, la menace du cachot et s'en va en grommelant : « Toutes les mêmes... les hommes, la chair... on dirait qu'elles n'ont pas d'âme. » On s'explique ce mépris, mais qu'il est injuste ! Pauvre Stientje ! Elle met au monde un petit moricaud, l'étouffe en l'embrassant dans une crise frénétique et meurt d'un accès de fièvre puerpérale.

Lyse d'Adelmond est d'une classe très différente : elle souffrira autant que Stientje, et pour la même raison, la pauvreté. Les parents de Lyse d'Adelmond sont des nobles ruinés, très entichés de leur naissance. Lyse reproche à sa mère ce préjugé. « Oh ! toi ! dit la mère, c'est navrant. Tu n'as aucun sentiment de caste. — Oh ! si, maman, mais la noblesse s'est déplacée : ce sont les Beethoven, les Wagner, les Balzac qui sont les nobles. » Et la mère répond : « Surtout, ne dis pas ces choses devant ton père... » Comme Stientje, Lyse d'Adelmond raffole des arbres, des fleurs, du soleil et du grand vent dans la plaine. Un peu moins déshéritée, elle apprend le piano et se passionne pour la musique. Une vieille institutrice retirée, qui lui donne quelques leçons, a un frère infirme qui s'est arrangé une existence supportable entre ses livres, ses partitions et ses estampes. « L'instruction, dit-il, est le plus grand bien de la terre : elle vous met à même de jouir des choses, de comprendre ce que vous voyez et sentez, car, sans elle, si intelligent que l'on soit, on ne sait définir ses sensations... » Vérités élémentaires, et de simple bon sens, mais dont l'affirmation fait plaisir, par le temps qui court.

Les principes aristocratiques des Adelmond combattent l'envie qu'a Lyse de s'instruire : elle doit lire et travailler en cachette ; il lui est absolument défendu de songer à exercer une profession, ce qui serait déroger et déchoir. Mais rien ne l'empêche d'épouser l'opulent capitaliste Peerinckx, vieux renard friand de chair fraîche, laid, mesquin et plus que quinquagénaire. Lyse consent : elle est révoltée ; mais elle consent. Que pourrait-elle devenir ? Elle n'a, comme Stientje, d'autre ressource que de se vendre. Sa naissance lui permet seulement de se vendre plus cher, et la bague au doigt. La demoiselle de haut parage et la fille du peuple sont victimes de la même loi sociale. Ce rapprochement s'impose, mais Mme Neel Doff ne l'indique même pas d'un mot. Toute son œuvre dénonce le pouvoir homicide de l'argent ; mais elle se garde des réquisitoires et des formules. Elle se borne à conter, selon la méthode impersonnelle et objective de Flaubert : elle ne déclame point, ne discute point, et laisse l'idée se dégager spontanément des faits.

Dans son triste mariage avec ce vieux commerçant enrichi et libidineux, qui rappelle le Teissier des *Corbeaux* d'Henry Becque, Lyse d'Adelmond s'est d'abord flattée de se ménager la consolation d'une activité spirituelle intense. « Si l'amour m'est refusé, s'est-elle dit, toutes les autres portes de la vie me seront ouvertes. Je pourrai me gorger de beauté : j'en jouirai tellement qu'elle me tiendra lieu de tout. » Elle reconnaît bientôt son erreur. D'abord, son odieux mari est un jaloux et un bourgeois obtus, fermé à toute impression littéraire et artistique : il prétend lui interdire de perdre son temps à ce qu'il considère comme des niaiseries, l'obliger à s'occuper du ménage ou à entretenir d'insipides relations. Puis lorsque après s'être beaucoup débattue, elle a réussi à conquérir une liberté partielle et le droit d'étudier à sa guise, une nouvelle découverte accable la jeune femme. Elle rencontre Pierre Landing, avocat et secrétaire de Peerinckx. Désormais il n'y a plus de repos pour Lyse :

J'ai cru qu'en jouissant de la splendeur de la terre et des beautés créées par l'homme, j'aurais pu me passer de l'amour Mais tout ce que l'homme a créé, il l'a fait par l'amour et pour l'amour : je l'ignorais, et maintenant le tribut que je paye dépasse mes forces...

Sans doute il y a quelques êtres d'élite à qui les joies intellectuelles peuvent suffire, parce qu'ils y dépensent et y satisfont un amour épuré et sublimé ; mais Lyse d'Adelmond n'est point de ceux-là. Elle déborde de vitalité, mais elle est un être simplement normal. Un adultère clandestin ne la contenterait pas : elle adore Pierre, mais elle veut lui appartenir librement, elle rêve même d'avoir de lui beaucoup d'enfants. Et ce trait est probablement flamand ou hollandais : les races latines ne mêlent pas si vite les espérances de progéniture à celles d'un amour romanesque. Peut-être aussi Mme Neel Doff a-t-elle songé à prévenir l'objection des sceptiques qui pourraient dire : « Pourquoi ne trompe-t-elle pas tout bonnement son insupportable mari ? Cela vaudrait toujours mieux que de le tuer. » Car c'est un véritable meurtre qui est le dénouement de l'histoire. Au cours d'une chasse au marais, Peerinckx s'enlise accidentellement. Lyse n'aurait qu'à lui jeter une corde pour le sauver. Ivre de haine et de fureur amoureuse, elle reste sourde à ses appels désespérés et le laisse implacablement disparaître peu à peu dans la tourbière. C'est pour être toute à Pierre qu'elle commet ce crime. Elle n'en recueillera pas le fruit. Il n'y a pas eu de témoins : personne ne la soupçonnera. Pierre seul devine tout, au trouble de son regard et de son attitude : il s'enfuit avec horreur

On remarquera que le parallélisme s'est poursuivi jusqu'au bout et que la réaction d'un sang passionné contre les servitudes de la misère a transformé la fière Lyse d'Adelmond en criminelle, tout comme la malheureuse Stientje. Chacune d'elles a été acculée à la révolte par sa condition sociale ; et si ce ne sont pas des saintes, à coup sûr, ce ne sont pas non plus des méchantes ni des perverses. Au contraire, elles s'accommoderaient mieux de leur destin et ruseraient plus utilement avec lui, si elles avaient moins de faiblesse féminine et de droiture native. Une certaine habileté sans scrupules se tire toujours d'affaire. Elles ont été amenées par une sorte de docilité ingénue dans ces impasses d'où les individus et les peuples ne sortent que par la violence. Si discrètement que Mme Neel Doff voile sa sociologie, on discerne bien chez elle comme chez son maître Gorki (lequel ne s'en est pas caché), des opinions assez révolutionnaires. On sait que ces opinions-là, si contestables en soi, peuvent être littérairement fécondes. Mme Neel

Doff nous en apporte une nouvelle preuve, qui n'est pas la moins décisive. D'ailleurs on peut très bien négliger ces arrière-plans ou ces dessous de sa pensée et lire ses contes comme de belles anecdotes pittoresques et tragiques.

La meilleure objection est même que ces aventures, sans pêcher contre la vraisemblance, sont trop exceptionnelles pour comporter des conclusions générales. Une société idéale ne supporterait point qu'aucun de ses membres fût sacrifié ; mais ce n'est pas d'après des cas isolés, c'est d'après la moyenne des situations faites au plus grand nombre que l'on juge équitablement la valeur humanitaire d'une société existante. La nôtre l'emporte assurément à cet égard sur celles qui l'ont précédée : et si elle est plus combattue que les précédentes ne le furent jamais, c'est précisément un signe de sa supériorité. Les faibles étaient autrefois trop abattus pour prendre pleinement conscience de leur disgrâce, et les forts, trop distants, ne s'avisaient guère de leur déconseiller cette résignation. La pitié dont s'imprègne toute une littérature révèle un progrès dans les esprits, plus rapide que celui qu'on peut opérer dans les lois, mais qui en est inséparable, parce qu'il en résulte pour une part, et pour une autre le détermine. Enfin n'oublions pas qu'il y aura toujours des fatalités physiques et passionnelles contre lesquelles les meilleures législations resteront impuissantes ; ni que le but de l'organisation sociale n'est pas uniquement d'assurer le bonheur ou le confort individuel, mais d'accomplir de grandes œuvres ou de permettre qu'elles s'accomplissent et de servir la civilisation.

DEUX POÈTES

Charles Le Goffic (1).

M. Charles Le Goffic a réimprimé fort à propos ses *Poésies complètes*. Certains de ses recueils étaient depuis longtemps introuvables, notamment cet *Amour breton* auquel M. Anatole France consacrait, il y a vingt ans environ, une délicate et flatteuse étude. De son côté, M. Paul Bourget écrivait : « Ces vers donnent une impression unique de grâce triste et souffrante. Cela est à la fois très simple et très savant... Il n'y a que Gabriel Vicaire et lui (M. Le Goffic) à toucher certaines cordes de cet archet-là, celui d'un ménétrier de campagne qui serait un grand violoniste aussi. » Et M. Charles Maurras ajoutait : « On peut dire que l'incertitude des choses a trouvé une voix précise, une voix classique et latine dans M. Charles Le Goffic. » Enfin l'on a pu voir que M. Henri Clouard, classiciste et latiniste sévère, n'hésitait pas à placer ce Breton bretonnant entre Jules Tellier et Jean

(1) *Poésies complètes*, 1 vol. Jouve.

Moréas. De telles références pourraient me dispenser de louer à mon tour M. Charles Le Goffic.

Dans un article sur la *Poésie des races celtiques* (1), Renan signalait l'idéalisme de ces races, leur soif d'infini, leur naturalisme primitif et ingénu (culte des forêts, des pierres, des fontaines) et leur glorification chevaleresque de l'éternel féminin. « Est-ce dans l'*Edda* et les *Nibelungen*, au milieu de ces redoutables emportements de l'égoïsme et de la brutalité, qu'on trouvera le germe de cet esprit de sacrifice, d'amour pur, de dévouement exalté qui fait le fond de la chevalerie ? » Cette conception est issue, d'après Renan, des romans bretons du cycle d'Arthur. « Aucune famille humaine n'a porté dans l'amour autant de mystère... Je ne vois aucune littérature qui offre rien d'analogue à ceci. Comparez Genièvre et Iseult à ces furies scandinaves de Gudruna et de Chrimhilde, et vous avouerez que la femme telle que l'a conçue la chevalerie — cet idéal de douceur et de beauté posé comme but suprême de la vie — n'est une création ni classique, ni chrétienne, ni germanique, mais bien réellement celtique. » Renan parlait aussi du caractère concentré et du manque d'expansion des Celtes, peu propres à l'action et voués à la tristesse, mais doués d'une extrême sensibilité. « Les natures peu expansives sont presque toujours celles qui sentent avec le plus de profondeur ; car plus le sentiment est profond, moins il tend à s'exprimer. De là cette charmante pudeur, ce quelque chose de voilé, de sobre, d'exquis, à égale distance de la rhétorique du sentiment, trop familière aux races latines, et de la naïveté réfléchie de l'Allemagne... »

(1) *Essais de morale et de critique.*

Ces définitions, inspirées surtout par la poésie ancienne des pays celtes, s'appliquent assez bien à celle de M. Charles Le Goffic, où l'on trouve en effet quelque chose d'exquis, de sobre et de voilé, avec une constante fraîcheur d'impressions et beaucoup de mélancolie. L'idéalisation chevaleresque de la femme est moins accusée chez lui que dans les romans de la Table-Ronde. Il insiste plus volontiers sur les mirages de l'amour. Une petite pièce intitulée *Vos yeux* a pour épigraphe ces lignes de la *Prière sur l'Acropole :* « ...Et les yeux des jeunes filles y sont comme ces claires fontaines où sur un fond d'herbes ondulées se mire le ciel. » Voyons maintenant la paraphrase de M. Le Goffic :

Je compare vos yeux à ces claires fontaines
Où les astres d'argent et les étoiles d'or
Font miroiter, la nuit, des flammes incertaines.

Vienne à glisser le vent sur leur onde qui dort,
Il faut que l'astre émigre et que l'étoile meure,
Pour renaître, passer, luire et s'éteindre encor.

Si cruels maintenant, si tendres tout à l'heure,
Vos beaux yeux sont pareils à ces flots décevants,
Et l'amour ne s'y mire et l'amour n'y demeure

Que le temps d'un reflet sous le frisson des vents.

Les paladins d'autrefois l'avaient cru moins éphémère... Et quel abîme de désolation dans ces deux vers qui résument tout un morceau :

Toi qui fuis à pas inquiets
Je t'avais pardonné ta faute...

C'est la femme coupable qui ne pardonne pas à celui qu'elle a trahi... M. Charles Le Goffic fait plus songer à

Vigny et à sa *Colère de Samson* qu'aux vieux bardes féministes. Plus loin, le « cœur en dérive », qui ensanglante les flots, devers Ouessant, est encore « un pauvre cœur d'homme » et

Des filles riaient, pieds nus, sur la rive.

Il faut remarquer pourtant que cette misogynie suppose une adoration de la femme. Le misogyne n'a plus d'illusions, mais il aime encore, puisqu'il souffre. Il est aussi éloigné que le *patito* de l'indifférence qui constitue la seule injure inexpiable et définitive. Mais voici qui est plus inquiétant :

Pour évoquer les jours défunts
Il m'a suffi de quelques roses :
J'ai respiré dans leurs parfums
Tes lèvres closes.

Je sais des jasmins d'Occident
Aussi veloutés que ta gorge ;
Tes cheveux blonds sont cependant
Moins blonds que l'orge...

Et c'est toi toute, gorge et front.
Vieillis, pâlis, languis, qu'importe ?
L'aube a des lys qui me rendront
Ta beauté morte.

Cette fois, la femme a bien l'air d'être détrônée par la nature, et cette passion de la nature avait été notée par Renan, mais il n'avait point prévu qu'elle pût aller jusque-là. Il est vrai que dans le charmant poème dramatique *l'Ile des Sept-Sommeils*, c'est Urgande qui a le beau rôle, mais elle est fée, et son amoureux Gwion se laisse facilement convaincre. Ailleurs M. Charles Le

Goffic reprendra le thème de tout à l'heure. « Seule tu ne mens pas, Nature... » Dans la *Prière à Viviane*, un des plus profonds de ces petits poèmes, il accepte la nature, même morne et sombre, même privée des idéalisations poétiques ou mythologiques, et l'adore telle quelle, dans sa réalité nue. C'est là je crois, l'un des sentiments essentiels de M. Charles Le Goffic ; l'autre est la fidélité au passé de son pays et, il est un poète régionaliste, un petit Mistral armoricain. En somme, il n'a pas mal réussi pour son compte le programme qu'exposait M. Louis Le Cardonnel, dans une invocation à ses ancêtres celtes : à savoir, de garder

La richesse sans fond de leur ardeur pensive,
Harmonieusement unie au goût latin.

Maurice Rostand (1).

Il me semble qu'on est un peu injuste pour M. Maurice Rostand. Avouons qu'il a débuté dans de mauvaises conditions, ce qui ne veut pas dire qu'il ait dû avoir beaucoup de peine à trouver un éditeur. Peut-être, au contraire, n'en a-t-il pas eu assez. On se méfie des dynasties littéraires et artistiques. Dans une comédie dont le sujet au moins était curieux (2), M. Georges Duhamel a montré la difficulté qu'éprouvent les porteurs de noms illustres à faire œuvre personnelle. Heureux si leur vocation les consacre à un genre nouveau dans la famille ! Les titres héréditaires ne sont pas, il s'en faut, une recommandation dans la République des lettres. D'autre part, M. Maurice Rostand ne

(1) *Le Page de la Vie*. 1 vol., Fasquelle.
(2) *Dans l'ombre des Statues*.

souffre pas seulement des bienfaits dont l'a comblé sa naissance, mais de quelques défauts qu'elle ne rendait point nécessaires. Ses débuts ont été un peu hâtifs. Je crois qu'il n'avait pas vingt ans lorsque parut son premier volume de *Poèmes*. Il n'a guère dépassé cet âge fortuné, et voici déjà son second recueil, qui n'est pas une menue plaquette. Il y a des précédents : celui de Musset, par exemple. Mais il n'est pas très prudent de l'invoquer, et en général on croit malaisément que le génie se lève de si bonne heure. Autrefois, nous écrivions tous des vers, à vingt ans, mais nous évitions de les imprimer. De grands poètes comme Vigny et Baudelaire n'ont publié qu'un seul livre de poésies. Le public apprécie cette discrétion et objecte aux adolescents trop pressés que leurs vers, même agréables, eussent gagné à être médités et polis à loisir. Ceux de M. Maurice Rostand n'infirment pas complètement cette opinion. On y relève des négligences, des impropriétés, des fautes d'harmonie et de goût. Il donne volontiers dans le clinquant. Il vante quelque part le bonheur d'être créole; il ne l'est pas, mais il a ce penchant puéril à la jactance et à l'ostentation qu'on attribue aux natifs des pays chauds.

Tout cela est vrai. Mais n'est-il pas intéressant aussi de connaître les impressions de jeunesse d'un poète vraiment jeune, qui n'attend pas pour les raconter qu'elles soient atténuées et déformées par le souvenir? Cet attrait psychologique vaut bien que l'on passe sur quelques faiblesses. D'ailleurs, si M. Maurice Rostand manque de concision et d'atticisme, il possède de brillantes qualités auxquelles on aurait tort de ne pas rendre justice. Il a vraiment des idées de poète. Ses rêves, d'un romantisme somptueux et fantaisiste, s'expriment souvent par des images neuves et frappantes. Son style n'est pas pur, mais il est presque constamment poétique. Il a le don, sans aucun doute, s'il n'en fait pas toujours le meilleur usage. Et l'on peut espérer qu'il se perfectionnera, car il n'a pas le préjugé de l'inspiration spontanée, qui n'est, au fond, qu'une crise d'infatuation. M. Maurice Rostand ne se sait pas mauvais gré d'être lui-même, mais il n'a pas ce présomptueux mépris des maîtres. Il les étudie, il les cite volontiers, surtout les Grecs et les Anglais. Chacune de ses pièces est précédée de plusieurs épigraphes. Il est presque trop chargé de littérature et d'érudition. Il dit bien :

Je ne suis qu'un enfant qui secoue un flambeau.

Mais c'est donc le flambeau dont parle Lucrèce et qu'il a reçu tout allumé. Ailleurs il se définit avec plus de précision :

Bûcher sombre du grand passé mélodieux
D'où je m'élève ainsi qu'une mince fumée...

Mais c'est alors trop d'humilité, et dans cette mince fumée, il reste de la flamme. Le sentiment dominant dans ce volume, c'est l'exaltation devant la vie. Il y a du nietzschéisme en M. Maurice Rostand. Depuis que Zarathustra a dénoncé l'esprit de lourdeur et célébré la danse, on danse beaucoup dans la jeune poésie. M. Jean Cocteau a chanté la *Danse de Sophocle;* Henri Franck, la *Danse devant l'arche.* M. Maurice Rostand évoque des danses « de nacre et d'argent ». Il conte, dans un petit drame en vers mêlés de prose, l'histoire de Septentrion, le bel éphèbe qui dansait éperdument sur un cap, et qui, retiré dans sa danse comme dans une mouvante tour d'ivoire, n'entendait même pas les messagers de mauvaises nouvelles : son ami mourant, sa maison incendiée, sa mère et sa fiancée en péril. La mer montait à l'assaut de son cap comme une armée au siège d'une ville, et l'écume des vagues ressemblait à l'aigrette du casque des guerriers : malgré la tempête, au risque de périr, Septentrion dansait toujours. Mais les jeunes filles souhaitaient qu'il pût venir plus tard danser sur leurs tombes et qu'après sa propre mort, il communiquât à la terre le rythme de sa danse... C'est là, je crois, ce que M. Maurice Rostand a écrit de plus caractéristique. Dans ses moments de détente relative, il se flatte de ressembler aux jeunes gens de Platon, à Lysis, à Ctésippe, ou à ce Charmide à qui il prête d'ailleurs une outrecuidance démentie par les propos si modestes qu'on peut lire dans le dialogue de Platon. M. Maurice Rostand adore la Grèce : il a bien raison. Mais s'il en sent le charme et la beauté, elle ne lui a pas enseigné la mesure. Il voudrait que le lys se dépassât ; il demande une « magnification du paon ». Il aime les paons comme M. Robert de Montesquiou : surtout, dit-il,

Ce paon mystérieux qui fait la roue en moi.

Catulle Mendès, qui voulait de l'excès en poésie, eût été satisfait. M. Maurice Rostand s'essaye parfois à la grande tirade, dans la manière de son père. Il a le souffle plus court. Mais voici un vers qui pourrait être de l'auteur de *Cyrano* : c'est par un soir d'été, sous les arbres d'un parc :

Le rossignol a l'air de chanter dans l'étoile.

Parfois aussi, on songe à Mme de Noailles. M. Maurice Rostand a le même désir passionné de goûter et d'absorber, pour ainsi dire, la nature par tous ses sens ou de se fondre en elle :

> On se sent devenir végétal comme un fruit.

Il a la même avidité effrénée de sensations vives : il veut être celui

> Sur qui sa propre chair est un flot qui déferle.

Nulle ivresse ne l'empêche de rêver à tous les autres biens qu'il ne peut posséder du même coup, et cette pensée lui gâte la possession de ceux qu'il tient.

> Pour gagner un empire, il m'en faut perdre un autre.

Il pleure sur « l'éclatante beauté des villes disparues » : quel chagrin qu'elles soient perdues pour lui ! Il a, comme Mme de Noailles, l'obsession en même temps que l'horreur physique et intellectuelle de la mort. En vain essaye-t-il de se consoler en se disant que jamais

> Cette forme qu'on fut, tendre, exacte et suprême,
> Ne pourra revenir exactement la même
> ... Et que jamais, jamais on ne sera plus moi.

C'est l'amour de Vigny pour « ce que jamais on ne verra deux fois ». Mais ce prix inestimable du « moi », si précieux parce qu'unique, ne rend que plus désespérante la perspective de sa fin. M. Maurice Rostand s'en indigne comme d'une monstrueuse iniquité. Il fait dire à Charmide, en termes dont ce jeune Athénien eût été bien incapable d'ailleurs :

> Je suis plus beau, mon Dieu ! que toute la nature
> Et je sais qu'elle vit et que moi, je mourrai !

Du moins, demande-t-il à mourir dans une apothéose, comme Hyacinthe, tué par accident en jouant au disque avec Apollon, son ami, et métamorphosé en fleur,

> Comme Antinoüs mort d'avoir été trop beau...
> ... Comme Septentrion mort d'avoir trop dansé,

ou comme Adonis qui, blessé par un sanglier, expira dans les bras d'Aphrodite qui l'aimait.

Cela vaut mieux assurément que de finir à l'hôpital. Permis de sourire : mais il y a quelque chose de noble et de touchant dans cette aspiration vers une existence magnifique et une mort glorieuse. Ne nous est-il pas arrivé dans notre enfance, lorsqu'on nous faisait ânonner Ovide, d'envier ces héros changés en cygnes ou en aigles, en fleuves ou en fontaines, en astres ou en dieux? Et un poète ne peut-il nourrir l'ambition d'aller plus tard siéger parmi les immortels? Banville aurait compris et accordé sa plus indulgente sympathie à M. Maurice Rostand.

VUES SUR ATHÈNES

M. Jean Richepin (1).

Les deux volumes où M. Jean Richepin a réuni ses conférences de l'université des « Annales » sur l'*Ame athénienne* font un très aimable ouvrage de vulgarisation. Ancien normalien, qui jeta la robe aux orties, l'auteur des *Blasphèmes* et de *la Chanson des gueux* avait l'étoffe d'un remarquable régent de rhétorique, d'un successeur des Boissier et des Merlet. En devenant conférencier, il a retrouvé sa vocation première. Il nous avertit, dans sa préface, qu'il n'a pas voulu retoucher le texte de ces causeries : elles ont été sténographiées, et il nous les livre telles quelles. Et il est vrai qu' « elles gardent ainsi leur sincérité d'improvisation, leur allure de parole animée ». On ne s'étonne point du succès

---

(1) Jean Richepin : *L'Ame athénienne; de l'Olympe à l'Agora*; *d'Eschyle à Aristophane*, conférences faites à l'université des « Annales », 2 volumes, Fayard. — Charles Maurras : *Anthinea* (nouvelle édition), 1 vol. Champion.

qu'elles ont obtenu auprès du public de l'université des Annales. « Je me rendais bien compte, dit M. Jean Richepin, de la surprise joyeuse qu'avaient éprouvée ces âmes adolescentes et féminines à la révélation d'un paradis tout nouveau qui leur était ouvert. » Les simples lecteurs, et ceux mêmes pour qui le paradis hellénique n'est plus tout à fait une nouveauté, auront presque autant de plaisir que ce jeune auditoire à suivre l'enseignement allègre et familier de M. Jean Richepin. Il n'a pas la prétention de faire des découvertes ou de nous ménager des surprises; mais on rafraîchit ses souvenirs le plus agréablement du monde, en compagnie de ce guide si disert et si bien informé. Au fond, les plus amusants récits de voyage sont peut-être ceux qui nous entretiennent de pays que nous avons parcourus nous-mêmes. Nous sommes ravis d'y retourner en imagination et de contrôler nos propres impressions par celles du narrateur. C'est encore une façon de s'instruire, non la moins attrayante ni la moins utile : on a toujours quelque chose à apprendre même sur les matières que l'on connaît le mieux. De vieux humanistes prendront un extrême intérêt à cet ouvrage, si heureusement conçu pour l'initiation des débutants.

M. Jean Richepin a les qualités essentielles du bon professeur. Il est parfaitement clair et accessible à tous. Il est plein de son sujet; il se passionne pour la vérité qu'il annonce; il sait la rendre vivante et engageante. Il évite ce ton doctoral et pédantesque, qui a induit tant de générations d'écoliers à considérer les classiques comme ennuyeux, parce que leurs maîtres l'étaient. M. Jean Richepin aime la Grèce, et il la fait aimer. En d'autres temps, cette inspiration eût paru normale, presque banale, et la tâche n'eût point passé pour très difficile. Aujourd'hui, peu s'en faut que le service rendu par M. Richepin ne lui donne droit à une couronne civique. Sans doute, la Grèce n'a plus, en principe, que des admirateurs. Personne ne reprendrait les injustes griefs développés par Joseph de Maistre dans son livre du *Pape*. Mais si l'on ne dénigre point la Grèce, on la néglige. Le niveau des études grecques a déplorablement baissé dans les lycées, où le latin seul maintient à peu près ses positions. Les sections « latin-sciences » et « latin-langues » fournissent une sorte de terrain de conciliation entre le classique et le moderne, commode pour les partisans des demi-mesures et des cotes mal taillées. Le grec finira par être une étude de luxe, une spécialité pour érudits, comme le sanscrit ou l'hébreu.

Depuis un siècle, le culte de la Grèce avait été célébré par les plus illustres écrivains, appartenant aux nationalités et aux écoles les plus différentes : Chénier, Gœthe, Chateaubriand, Byron, Shelley, Keats, Victor Hugo, Lamartine, Musset, Renan, Taine, Louis Ménard, Théophile Gautier, Leconte de Lisle, Théodore de Banville, Paul de Saint-Victor, Nietzsche, Anatole France, Jean Moréas, et combien d'autres ! Que l'affection de nos romantiques et de nos parnassiens pour l'Hellade ne fût pas toujours très éclairée et n'exerçât pas sur leur goût toute l'influence désirable, on l'a pu soutenir avec quelque vraisemblance ; mais l'intention au moins était bonne et entretenait le feu sacré. On peut même dire qu'il n'avait pas brillé d'un aussi rayonnant éclat depuis la Renaissance, car le dix-septième siècle se bornait en somme à un hommage d'ordre purement littéraire, et encore les vrais hellénisants comme ceux de Port-Royal et leur élève Racine étaient-ils des exceptions. Seul l'auteur de *Télémaque* avait témoigné, dans ce siècle chrétien, d'une tendresse plus complète pour l'antiquité. Mais la nostalgie de la vie antique et de la beauté grecque a obsédé au dix-neuvième siècle de nombreux esprits, et un nouveau paganisme a refleuri parmi les poètes et les philosophes, adorateurs de la Nature et du Grand Pan, voire des divinités de l'Olympe, comme à l'époque où Ronsard et ses amis immolaient un bouc à Dionysos. Ces dithyrambes étonnaient encore il y a une vingtaine d'années M. Jules Lemaître, qui croyait devoir prendre la défense du monde moderne et s'inscrire en faux contre la supériorité de l'art hellénique, sans en excepter les frontons et les frises du Parthénon : c'était à propos des romans de Mme Juliette Adam, qui, on s'en souvient, s'était proclamée païenne. Mais alors nous savions tous par cœur l'*Ode à la lumière* et l'admirable invocation qui précède *les Noces corinthiennes :*

Hellas, ô jeune fille, ô joueuse de lyre !

Et nous retrouvions avec délices ce sentiment païen jusque dans les *Poèmes saturniens*, de Verlaine, et dans *l'Après-midi d'un faune*, de Mallarmé. Non, jamais la Grèce, mère des arts et des sciences, n'a été plus ardemment honorée et chérie. Cette reconnaissance filiale pour la patrie originelle de notre civilisation a même eu des conséquences politiques, puisqu'elle a contribué à déterminer le mouvement philhellénique qui a eu satisfaction à Navarin et puisqu'elle a servi en quelque sorte de palladium au jeune royaume de Georges Ier : c'est pour des considérations intellectuelles, encore plus que diplomatiques, que l'Europe ne pourrait tolérer un nouvel asservissement d'Athènes ou un autre bombardement du Parthénon. Mais dans ces dernières années, les jeunes écrivains semblent renoncer à cette tradition. En général, ils ne blasphèment point expressément contre la Grèce, mais ils ne la chantent plus guère : ils sont de préférence modernistes, ils appartiennent à la fameuse école de la Vie, ils méprisent le passé, et ils regardent vers le Nord, ou bien ils s'enracinent jalousement dans leur village, à moins qu'ils ne s'hypnotisent sur les mystères du subconscient. Ou encore la Grèce trouve d'étranges amis, qui en parlent cavalièrement, d'un ton de supériorité et de condescendance, avec des sourires plus désobligeants qu'une franche attaque à la Joseph de Maistre.

M. Jean Richepin réagit fort à propos contre ces modes récentes et pernicieuses, qui font regretter jusqu'aux excès de zèle un peu lourds d'un Leconte de Lisle. Il ne met point d'ironie, ni d'airs entendus, ni de fausse pudeur dans l'expression de son enthousiasme pour le « miracle grec ». Il l'affirme bravement, lyriquement, avec un élan juvénile et une irrésistible force de persuasion. Puisque M. Jean Richepin préside une ligue pour la défense des humanités, on espère qu'il ne s'en tiendra pas là et qu'il poursuivra obstinément une propagande qui pourrait être si salutaire. Nul n'est obligé d'être païen comme Louis Ménard. Mais la connaissance et l'amour des chefs-d'œuvre laissés par ce peuple si purement artiste et qui, en outre, inventa la raison, selon le mot de Renan, restent indispensables à la formation de la pensée et à l'éducation du goût.

Dans le premier de ces deux volumes, M. Jean Richepin offre un aperçu de la mythologie, des mystères d'Eleusis, des rites de Delphes et d'Epidaure, de la Constitution d'Athènes, de l'*Iliade* et de l'*Odyssée*, de la philosophie de Socrate et de celle de Platon; dans le second, il traite du théâtre athénien et analyse les principales œuvres d'Eschyle, de Sophocle, d'Euripide et d'Aristophane. Il n'aborde point les controverses d'érudition, qui ne convenaient pas à son dessein : il s'attache à donner une idée juste des mythes et des institutions, à définir exactement et à rendre sensible le génie des poètes. Il y réussit à merveille. C'est, dans l'ensemble, un modèle d'exposition éloquente et lucide.

Je noterai cependant quelques points de détail qui prêtent à la discussion. « Lorsque le Parthénon était tout entier debout, la déesse n'y était point enclose ; car de tous les points de l'horizon, on voyait l'aigrette de son casque, etc... » M. Richepin sait, comme tout le monde, qu'il y avait deux statues de la déesse sur l'Acropole : l'*Athéna promachos*, debout, en plein air, devant les Propylées, qui est celle dont il parle ici, et l'*Athéna* chryséléphantine de Phidias, parfaitement enclose dans le Parthénon. « On trouvait tout simple qu'Eschyle fût boxeur... Quant au philosophe Aristote, c'était un homme d'une force colossale. Vous ignorez sans doute que le meilleur disciple de Pythagore était le fameux Milon de Crotone, le type de l'hercule humain... » Il est vrai que les Grecs appréciaient et pratiquaient presque tous les exercices physiques ; mais on ne nous avait point encore dit qu'Eschyle eût été boxeur ; rien ne prouve que Milon, le pythagoricien, fût une même personne que Milon, l'athlète ; et quant au philosophe Aristote, c'était un petit homme chauve, maigre de jambes et gros de ventre, toujours tiré à quatre épingles, et qui portait des bagues à tous les doigts, sauf, selon l'habitude antique, au majeur... L'hypothèse de l'origine populaire des poèmes homériques, que M. Richepin prend encore la peine de discuter, est radicalement abandonnée. On s'étonne de sa prédilection pour les traductions barbares et souvent infidèles de Leconte de Lisle, qui était loin de savoir le grec à fond et s'aidait des traductions latines de l'édition Didot.

« En grec, il y a très peu de consonnes. Jamais on n'y rencontre trois consonnes de suite... » Alors, d'où viennent *strophe, strabisme, stratège?* « En grec, les mots finissent presque toujours par des voyelles. Les rares consonnes quelquefois terminales sont *n*, *r* et *s*. » Il est vrai que, sauf des cas fort rares, les seules consonnes terminales sont *n*, *r* et *s*, mais il y a plus de mots terminés par des consonnes que par des voyelles. D'ailleurs M. Richepin exagère, mais il a raison d'opposer à cet égard le grec à l'allemand. Il a raison aussi de préférer hautement Athènes à Sparte, qui n'a pas produit un seul grand artiste ou grand écrivain; il charge pourtant jusqu'à la caricature son tableau des mœurs spartiates. En ce qui concerne Athènes, la Constitution censitaire de Solon, dont il fait un grand éloge, n'était plus celle de la démocratie du ve et du ive siècles : il ne mentionne pas cette évolution démocratique. « Quand un artiste, un orateur, avait fait un beau discours, il avait la majorité. » Eh bien, et Démosthène? « La femme, quoi qu'on en pense, n'est pas du tout, à Athènes, comme la femme orientale... » Assurément le gynécée n'est pas le harem; mais la femme athénienne, même veuve, était considérée légalement comme une mineure. « Les métèques... pouvaient, quand ils le voulaient, se faire naturaliser. » Il leur était, au contraire, très difficile de devenir citoyens. Nous passons au second volume.

« Les acteurs... étaient revêtus d'un caractère quasi sacerdotal. » Rien n'autorise à le supposer. « Eschyle n'a été compris que très tard. De son vivant, il ne l'a été qu'à demi... » Pourtant M. Richepin constate lui-même que ce poète incompris a été cinquante fois couronné. Toute son interprétation d'Eschyle est bien romantique : en somme, il le préfère à Sophocle, ce qui est extrêmement discutable. D'après lui, Eschyle « est ce qu'on appelle un auteur difficile. Il est obscur ». Difficile à traduire, oui, mais le texte est clair. La langue de Sophocle est plus dense et plus ardue en réalité. M. Richepin cite judicieusement l'*Orestie* (1) dans la traduction de M. Paul Mazon, qui est un élève de M. Desrousseaux; mais pourquoi accuse-t-il Leconte de Lisle (dans *les Erinnyes*) d'être inférieur à Eschyle en sauvagerie et en brutalité? Leconte de Lisle en a plutôt remis. Pourquoi appelle-t-il Egisthe *Aigysthos* avec un *y* que rien ne justifie? Pourquoi emprunte-t-il à Michelet (*la Bible de l'humanité*) une version enjolivée de l'exploit de Cynégire à Salamine, raconté plus simplement dans Hérodote? Pourquoi compare-t-il à un large fleuve au cours égal ce Sophocle que l'auteur du *Traité du sublime* donne comme le type des grands génies inégaux, capables de tomber au plus bas après s'être élevés ailleurs au sublime? Il est vrai que ces inégalités se marquaient surtout, vraisemblablement, d'une pièce à une autre, plutôt que dans une seule et même pièce. Pourquoi M. Richepin veut-il voir du bergsonisme dans l'illustre réplique d'Antigone à Créon sur les « lois non écrites »? Cela n'a vraiment aucun rapport. Pourquoi attribue-t-il à Joubert le mot de La Bruyère : « Le plaisir de la critique nous ôte celui

(1) Il y a aussi une intéressante traduction de l'*Agamemnon*, par M. Paul Claudel.

d'être vivement touché de très belles choses. » Il le trouve admirable, et il l'interprète comme s'appliquant au plaisir « même de la bonne critique, surtout de la bonne ». Et, ajoute-t-il, « plus elle est bonne, plus ce plaisir est dangereux ». Je ne comprends plus du tout. Il est évident que La Bruyère a voulu parler de la manie de trouver à tout des défauts pour prouver notre supériorité, comme Destouches dans le vers fameux :

La critique est aisée et l'art est difficile.

Il s'agit peut-être d'une simple critique orale, d'une conversation ou d'une boutade de grincheux, mais non du genre littéraire qu'on appelle la critique, laquelle peut se montrer pleinement admirative, lorsqu'elle s'occupe d'un chef-d'œuvre, et ne présente alors d'autre danger que de servir à le mieux pénétrer et à l'admirer davantage. Si la critique, même bonne, est toujours dangereuse, pourquoi M. Richepin consacre-t-il sept cents pages de critique à de grands écrivains grecs qui lui sont chers? Mais plutôt que de lui chercher d'autres minces chicanes, et après lui avoir signalé pourtant l'inexactitude de maintes accentuations et l'orthographe fautive de certains noms propres (Khronos, le dieu, pour Kronos, par exemple), je terminerai par une citation où il n'y a que des motifs d'approuver : « Cette langue (le grec) est donc à la fois une langue plastique et une langue psychologique. C'est la langue d'un peuple qui a aimé la nature, qui a vu les objets concrets, qui a su les définir, qui a su les colorer, les faire vivre par les épithètes. C'est la langue, en même temps, d'un peuple qui voit clair et veut tout préciser. Les Grecs étaient des gens d'affaires, des commerçants admirables, des diplomates, des hommes d'action ; et cela ne les empêchait pas d'être en même temps, comme je viens de vous le dire, des poètes, des imagiers, des orateurs, et, donc, tout ensemble, des lyriques et des réalistes. C'est vous dire, en d'autres termes, que ce peuple a été apte à tout et qu'il a été véritablement le peuple complet. » Voilà qui est fort bien dit, et les légères objections qu'on peut soulever, de-ci de-là, n'empêchent pas l'ouvrage de M. Jean Richepin d'être excellent.

M. Charles Maurras.

On a très heureusement réédité l'*Anthinea*, de M. Charles Maurras, parue pour la première fois en librairie vers la fin de 1901 et devenue depuis longtemps introuvable. Le titre est inspiré d'une étymologie qui a été proposée en Allemagne : « Athènes nous serait venue d'*Anthinea*, qui veut dire fleurie : Athènes à l'origine dirait en grec ce que veut dire Florence en latin. » Des impressions de Grèce, de Toscane, de Corse et de Provence, composent ce volume, qui contient nombre de pages vraiment magistrales et les plus fortes peut-être qu'ait écrites M. Charles Maurras. Il vient de publier un autre ouvrage, qui n'est pas de mon ressort : *la Politique religieuse.* Il serait vain, sans doute, de se plaindre que la politique ait absorbé M. Charles Maurras; il est le meilleur juge de l'emploi de ses rares facultés, et d'ailleurs je pense que les choix de cet ordre ne sont pas arbitraires, mais s'imposent à nous par une nécessité intérieure. On peut souhaiter du moins que cette absorbante politique lui laisse le loisir de retourner de temps en temps à la littérature, et ce serait une bonne fortune pour moi que de trouver dans un nouveau livre purement littéraire de M. Charles Maurras l'occasion d'étudier cette face de son talent.

Dans *Anthinea*, dont les principaux chapitres ont été insérés par divers journaux dès 1896 ou même auparavant, on sait que M. Charles Maurras affirmait, avec le style le plus vigoureux et le plus pénétrant, avec un style d'une élégance réellement attique, son culte pour la déesse de l'Acropole, pour le génie et la sagesse des Hellènes. Il était en pleine communion d'esprit avec M. Anatole France et avec Jean Moréas, qui furent, ainsi que Mistral, les grands amis littéraires de sa jeunesse. Il renouait ainsi cette tradition dont je disais un mot tout à l'heure, mais en la dépouillant du romantisme qui s'y mêlait souvent au siècle dernier et en demandant avant tout à Athènes les suprêmes leçons de raison et de perfection classique. M. Charles Maurras a été l'initiateur du mouvement antiromantique, qui s'est développé depuis, parfois avec un peu d'exagération. Il a été aussi le premier, je crois, à observer le caractère véritable du Parthénon, qui n'est point, comme on l'a souvent prétendu, une grâce adorable et un peu menue, quelque chose comme le sublime du joli, mais au contraire la force imposante et l'héroïque majesté. Lorsque je pus accomplir moi-même, quelques années après M. Charles Maurras, le pèlerinage de Grèce, ce fut cette révélation qui me frappa le plus vivement dès ma première visite à l'Acropole. Je n'avais pas emporté *Anthinea* dans ma valise et le passage décisif n'était pasprésent dans ma mémoire : j'en constatai la justesse absolue lorsque je rouvris le volume à mon retour.

Il me semble évident que tous ceux qui ont parlé du Parthénon comme d'un délicieux bibelot ne l'ont pas bien compris. Mais les reproches qu'adresse M. Charles Maurras à Renan ne me paraissent pas strictement mérités. La célèbre « Prière » et les lignes qui la précèdent exaltent Pallas Athéné en termes magnifiquement religieux, qui ont certes répandu ou affermi sa gloire en Occident; il est vrai que Renan ajoute qu'il y a aussi « de la poésie dans le Strymon glacé et dans l'ivresse du Thrace ». N'y en a-t-il point? Il est certes permis d' « embrasser divers genres de beauté ». Il faut seulement voir que celle d'Athènes est supérieure aux autres. C'est ce que professe M. Charles Maurras et ce que Renan n'a point nié. Quant à l'ennui, « oui, l'ennui... », Renan ne l'impute point à Pallas, mais à certains de ses disciples (s'il vise les tenants de l'académisme, M. Maurras est tout à fait de son avis), et aussi à l'éloignement de notre goût corrompu pour une littérature qui serait saine de tout point. Renan aurait pu être plus explicite. Mais ces remarques subsidiaires, l'espèce d'humilité de ces aveux ne manquent aucunement de respect à la déesse éponyme et ne contestent point sa primauté.

Le nouvel Anacharsis de M. Abel Hermant (1).

Les romans de M. Abel Hermant ont un précieux mérite : ils sont amusants. L'auteur écrit avec une pureté et une élégance qui font d'autant plus de plaisir qu'elles deviennent plus rares. Par ces temps de

(1) Abel Hermant : *Coutras voyage*, 1 vol. Louis Michaud.

crise du français, la simple correction est déjà une originalité. En outre, M. Abel Hermant a beaucoup d'esprit. Il est bon observateur de la société contemporaine; il emprunte volontiers à la chronique ses types ou ses anecdotes et côtoie quelquefois le roman à clef, qui d'ailleurs se peut recommander d'exemples illustres : n'y a-t-il point des « clefs » de La Bruyère? Et M. Abel Hermant assaisonne toujours ses récits d'une ironie très personnelle. Les grandeurs de chair, comme dit Pascal, ne lui en imposent point : c'est même aux grands noms et aux grandes fortunes qu'il réserve habituellement ses brocards. Les ridicules sont comme les édifices : ils se voient d'autant mieux qu'ils sont plus haut placés. On ne saurait donc s'étonner que l'humouriste et le critique des mœurs visent surtout les personnages en vedette. Il serait moins drôle et peu généreux de blaguer les petites gens. Ce n'est pas la faute de M. Abel Hermant si les autorités sociales prêtent tant à la dérision. Au surplus, il n'est pas si féroce; il s'est pris d'amitié pour son cadet de Coutras, qu'une jeunesse agitée n'empêche pas d'être au demeurant le meilleur fils du monde. M. Abel Hermant, que l'on présente souvent comme une sorte d'anarchiste souriant et de Méphistophélès renchéri, se contente, en somme, dans le présent volume, de sacrifier la branche aînée à la branche cadette : dénouement juste milieu, presque optimiste et quasi conservateur.

On se souvient que son oncle, le duc de Coutras, a envoyé Maximilien parcourir la planète en compagnie de son précepteur Gosseline. Ce jeune normalien qui est du même âge que son disciple, ne se soucie point d'explorations trop lointaines et borne ses curiosités, selon la tradition classique, aux régions méditerranéennes.

— Le miracle grec, dit-il, est le seul auquel je crois. Vous savez que je fais partie de la Ligue pour la culture française, comme tous les honnêtes gens, même qui n'entendent ni le grec ni le latin, ou qui l'entendent, mais qui en ont dit pis que pendre il y a dix ans : l'homme absurde est celui qui ne change jamais.

— Je fais aussi partie de la ligue, dit Maximilien, et je visiterai la Grèce avec plaisir; mais y a-t-il une société, y a-t-il des femmes?

On constate ici les limites du persiflage de M. Abel Hermant : il n'attaque point ce qui est essentiel, c'est-à-dire en l'espèce les humanités elles-mêmes; mais il a bien le droit de railler le snobisme et les revirements un peu brusques de quelques-uns de leurs nouveaux défenseurs, plus dociles aux influences de la mode qu'à l'austère vérité.

Dans l'Orient-Express, le marquis Maximilien de Coutras rencontre une de ses cousines qu'il n'avait jamais vue, la baronne de Brunehaut, qui a seize ans et dont le mari sexagénaire est grand-maréchal de la cour du roi d'Albanie. Le flirt que Maximilien entame aussitôt, comme bien vous pensez, avec cette cousine engageante n'aboutira point. Mais le séjour des deux amis à Séleucie, capitale du royaume d'Albanie, est fertile en aventures. Ils font la fête avec le prince Louis-Philippe, fils puiné du roi et bon garçon dépourvu de morgue. La princesse royale Catherine, femme de l'héritier du trône, les surprend comme ils se battaient à coups d'oreiller et de traversin dans la chambre de Louis-Philippe. Cette princesse est une intellectuelle.

Elle considérait cependant les deux étrangers : elle semblait balancer entre l'agrément de Maximilien et la laideur à

...

caractère de Gosseline... Quand elle sut que le joli garçon était marquis, et l'autre ancien élève de l'École normale, elle n'hésita plus. Elle n'adressa dès lors plus un mot à Coutras et se mit à causer littérature avec Gosseline. Elle faisait sa lecture habituelle de cent petites revues de toutes les couleurs, dont il ignorait jusqu'aux titres. Ensuite elle l'interrogea sur les dernières inventions de la peinture, et témoigna un faible pour le parallélipipédisme... Elle assura que l'année dernière, elle avait failli tout lâcher et prendre un pied-à-terre à Paris, expressément afin de pouvoir suivre au Collège de France le cours de M. Bergson.

Tel est le prestige de la rue d'Ulm sur cette altesse balkanique qu'elle ordonne à Gosseline de l'enlever le soir même, après l'opéra. L'histoire de cet enlèvement est d'un bon comique. A peine a-t-on franchi la frontière, que Gosseline et son inséparable Maximilien en ont par-dessus la tête. C'est avec soulagement qu'ils rendent la princesse à l'envoyé de la famille royale. Celui-ci, qui n'est autre que le baron de Brunehaut, stipule qu'officiellement Maximilien sera tenu pour l'auteur du rapt : c'est plus convenable, et ainsi la faute ne se complique point d'une trop grave mésalliance, tandis que si son Altesse royale s'était laissé enlever par un petit précepteur, qui n'est même pas gentilhomme, il ne serait pas possible au prince héritier, son époux, de lui pardonner ni de la réintégrer dans ses droits. Il n'en est pas moins vrai que Gosseline sera authentiquement le père du petit-fils de roi qui verra le jour neuf mois plus tard. Mais une révolution tranchera bientôt les destinées de cette dynastie et ôtera à l'enfant du normalien toute chance de ceindre jamais la couronne, ce qui eût constitué une pénible atteinte au principe de l'hérédité monarchique.

A Constantinople, après avoir passé en revue quelques sites et quelques monuments, Maximilien déclare que, sans s'y connaître, il prend plaisir à regarder les objets d'art, mais ajoute que « l'humanité le passionnerait davantage ». Il propose d'aller le soir, après dîner, voir un peu comment s'amusent les Turcs. « Ils s'amusent, dit Gosseline, exactement comme nous autres. Je n'ai pas besoin d'y aller voir pour le savoir, car rien n'est plus uniforme par toute la terre que la façon de s'amuser. » Et plus loin Maximilien fait cette remarque : « Nous n'avons pas, Gosseline et moi, la même façon de voyager. Il se noie dans les détails et prétend voir tout ce que mentionne le Baedeker, moi, je ne prends garde qu'aux documents qui intéressent ma sensibilité. » L'emphase de ces derniers mots indique la moquerie. Il y a, en effet, deux écoles : l'ancienne, d'après laquelle, lorsqu'on traversait un pays historique et abondant en chefs-d'œuvre, on devait en profiter pour s'instruire; la nouvelle, qui veut que l'on méprise les glorieux souvenirs, les ruines, les vieilles pierres, toute l'antiquaille, pour ne prêter attention qu'à ce qu'on est convenu d'appeler la Vie. Assurément, l'idéal est de concilier les deux points de vue, d'étudier à la fois les chefs-d'œuvre du passé et les caractères de l'activité moderne. C'est ce qu'a fait Stendhal en Italie. Mais il y faut beaucoup de loisirs, de très longs séjours. Dans un voyage rapide, c'est aux chefs-d'œuvre qu'on doit donner le meilleur de son temps, et un soupçon de pédantisme vaut mieux qu'une affectation de frivolité. Le spirituel railleur qu'est M. Abel Hermant aurait eu belle à s'égayer aux dépens de Gosseline, de son érudition et de son Baedeker; il a eu le bon sens d'égratigner plutôt les tenants du modernisme exclusif qui croient leur sensibilité plus intéressante que celle de Phidias et aiment mieux faire des études de mœurs dans les guinguettes que de prier sur l'Acropole. Du reste, le gentil cadet de Coutras n'est pas un homme à système : il a l'ignorance ingénue et cherche surtout à taquiner son maître, que l'approche de la Grèce enivre d'un délire sacré.

M. Abel Hermant n'abuse pas du style descriptif, mais voici quelques lignes exquises.

Le ciel était encore fort pâle, et lumineux plutôt que teinté; la mer glauque, d'un ton mat, clapotait, lourde et dense; c'est la terre qui semblait moins matérielle, et elle flottait sur l'eau comme une vapeur violette. Les arêtes de la falaise étaient cependant vives, dessinées avec une netteté parfaite et l'on ne pouvait la confondre avec un nuage. L'on apercevait sur la crête une blancheur dorée comme du miel, qui étincelait au soleil levant. Gosseline tenait ses yeux fixés sur cette gloire et semblait en proie à une passion extraordinaire.

C'était le cap Sunium, avec le temple de Neptune.

Sunium! Sunium! Sublime promontoire...

s'est écrié Jean Moréas. Maximilien refuse de s'émouvoir pour quelques fûts de colonnes brisées. Une discussion s'engage; les naïfs propos du jeune Coutras parodient finement les théories de M. Louis Bertrand et celles de M. Maurice Barrès.

Vous m'assurez, monsieur, dit-il, que nous rencontrerons des monuments plus remarquables et surtout moins mutilés. J'en accepte l'augure; car si la Grèce ne devait nous offrir partout que des restes comme ceux-ci, je ne me promettrais pas grand plaisir de la visiter; et j'insisterais auprès de vous pour que nous prissions le plus tôt possible le chemin de l'Italie, où l'amour du moins nous attend.

Gosseline avec un sentiment très juste et à peine un peu trop d'éloquence réplique :

Je descends, moi (spirituellement, bien entendu), de ces Hellènes dont nous allons bientôt fouler le sol. Au moment d'y aborder, je sens que je retrouve une patrie. Je reconnais ces rivages, bien que je ne les aie jamais vus, par l'effet d'un souvenir que je n'ai pas acquis moi-même, mais hérité de mes aïeux. C'est en d'autres termes, si vous préférez, un phénomène de tradition.

Vous supposez bien que, sur le chapitre de la tradition, Maximilien ne craint personne. Mais les aïeux que s'attribuait Gosseline l'amusent énormément.

J'ai aussi les miens, dit-il. Ce ne sont pas les mêmes. Et c'est précisément pourquoi ma sensibilité diffère de la vôtre. Que voulez-vous, monsieur? Je ne suis pas Grec : les temples grecs me laissent froid. Je vous répète qu'ils pourraient à la rigueur plaire à ma vue par la beauté de leurs proportions; ils ne parleraient jamais à mon âme. Ah! lorsque j'entre dans une cathédrale, ou dans une modeste église de village, à la bonne heure!

Le bon Gosseline, conciliant, admet que le jeune marquis de Coutras, plus qu'aux temples et même qu'aux églises, s'intéresse aux châteaux que les croisés, ses ancêtres, ont semés sur ces rivages un peu partout. « Parbleu! dit en se redressant Coutras, qui ne soupçonnait pas l'existence de ces châteaux et s'en moquait comme de l'Erechtheion. » Et lorsque Gosseline lui révèle également qu'il y eut sur l'Acropole une tour franque et que ce dernier vestige du règne des ducs d'Athènes a été détruit en 1875, Maximilien en éprouve une tristesse :

Je me rappelle à présent... je crois savoir que ces ducs d'Athènes, auxquels je ne songeais plus, contractèrent maintes alliances avec ma maison; je me serais senti chez moi dans leurs palais. Voilà de ces choses qui m'émeuvent. Ce qui n'est qu'image passe devant ma vue et s'efface.

Ajoutons impartialement qu'Emile Gebhart, parfait Athénien, regrettait la démolition de cette tour franque qu'il avait connue. Peut-être l'avait-il aimée par accoutumance. Il est difficile d'avoir une opinion ferme sur cette question lorsqu'on n'a vu l'Acropole que dans son état actuel. Peut-être la tour franque ne gâtait-elle rien, comme l'a soutenu Gebhart. Mais il est certain que son absence ne fait point de lacune apparente et qu'on n'y songerait même pas si l'on n'était prévenu, tandis qu'on a le cœur serré en découvrant les injures infligées au Parthénon.

Le piquant de cette controverse, c'est qu'elle se déroule en mer, sur le bateau, avant que les deux amis aient pris contact avec la Grèce. D'où l'on peut conclure que M. Abel Hermant a voulu se gausser de toutes les idées préconçues. Cependant il paraît bien trouver celles de Gosseline moins désobligeantes. Sur l'Acropole, Gosseline, plus livresque qu'artiste, comme le faisait prévoir sa formation universitaire, ne se maintient pas au même niveau d'enthousiasme. Maximilien, plus simple, a des impressions assez vives et assez exactes. Il ne s'avise plus d'ergoter, devant le Parthénon, « dont les proportions l'avaient séduit et surtout la radieuse jeunesse. Il se prit d'affection pour ce monument vénérable, mais qui n'effarouche point. Il conçut une haine naïve contre lord Elgin qui l'a dépouillé de sa plus belle parure, contre les Vénitiens qui l'ont déshonoré de leurs boulets, et contre ces imbéciles de Turcs qui en faisaient leur magasin de poudre, qui naturellement a sauté ». Ce jeune Coutras ne sait rien, mais il est sincère et spontané, ce qui lui assure un avantage sur certains hommes de lettres en quête d'originalité à tout prix. Il est même sensible au charme des dialogues de Platon, dont son précepteur lui donne lecture le soir à l'hôtel. L'amitié de Lysis et de Ménexène l'enchante.

Lorsque le jour parut, Gosseline lisait encore, Coutras n'avait pas une fois fermé les yeux : jamais il n'aurait cru qu'il passerait une nuit blanche à écouter les discours du divin Platon. — Monsieur, dit-il, ce philosophe aimable, de qui je ne connaissais pas une ligne, m'a révélé la beauté grecque. Il me semble que je ne vois plus les choses ce matin comme je les voyais hier. Retournons, s'il vous plaît, visiter les monuments qui jusques aujourd'hui ne parlaient pas à mon âme.

Voilà encore qui est singulièrement judicieux. Sans doute, les livres ne suffisent pas à tout, et il faut se méfier, selon le mot de Taine, des illusions de bibliothèque. Mais cette préparation est indispensable, et la pire folie, c'est de prétendre écarter ces intermédiaires pour se poser face à face devant les choses. Plutôt que de visiter la Grèce sans connaître la littérature grecque et en affectant de l'oublier, mieux vaudrait rester chez soi. C'est très joli, la vision directe : mais qui n'a pas fait l'éducation de son œil et de son esprit regardera sans voir. Décidément, l'auteur de *Coutras voyage* est tout à fait exempt de préjugés modernistes.

Maximilien va donc au Céramique, puis au musée de la rue Patissia, où « les belles statues lui parurent, si l'on peut dire, aussi affables que les figures plus bourgeoises qui peuplent le vieux cimetière ». Les deux compagnons font des excursions à Epidaure, où une scène rustique leur rappelle l'*Odyssée*, à Olympie, où ils reconnaissent, comme un ami, l'Hermès de Praxitèle et ne le jugent pas pommadé, à l'Acro-Corinthe, où ils rencontrent un archéologue qui s'occupe d'épigraphie, non de beauté, et où Coutras est déçu de ne pas apercevoir de documents sur la vie des courtisanes. Gosseline, qui est un affreux sceptique à ses heures, ne se persuade point que les hétaïres fussent les seules femmes de Grèce avec qui l'on pût causer ; les femmes honnêtes, dans Aristophane, sont-elles si sottes ? « Elles exercent le plus souvent un grand empire sur leurs maris et elles pratiquent même l'adultère, qui est, pour les femmes de tous les pays et de tous les temps, le vrai signe de l'indépendance et de la supériorité. » Mais un discours moins paradoxal et plus décisif de Gosseline est celui qui combat les raisonnements tendant à dénigrer la Grèce, sous prétexte que les règles du beau n'y gouvernaient pas sans exception tous les détails de la vie. On se souvient que M. Louis Bertrand ne tarit pas sur ce sujet.

Croyez-vous, dit en riant Gosseline, que les athlètes de l'ancienne Grèce fussent polis comme le marbre et eussent la forme des statues ? Moi je pense qu'ils ne différaient guère de nos héros de sport, qu'ils amassaient, quand ils couraient, la poussière et les souillures du chemin et qu'ils transpiraient quand ils faisaient des exercices violents.

C'est ce qu'articule M. Louis Bertrand, mais il a tort d'abuser de cette évidence contre la beauté antique, et Gosseline ajoute avec raison :

La perfection n'a jamais été de ce monde, même dans

l'antiquité. La beauté n'est pas un objet sensible, mais une idée. Elle est absolue et ne souffre pas de décadence, elle est éternelle, et tous ceux qui la conçoivent ont le droit de se croire ses contemporains.

Mais ceux qui sont obsédés et opprimés par le concret ne concevront jamais cet absolu fixé dans les créations du génie hellénique.

Ainsi se termine ce voyage en Grèce du jeune cadet de Coutras : il est moins complet, moins méthodique, moins circonstancié que celui du jeune Anacharsis, mais plus divertissant; et ce récit de ton badin contient cependant plus de substance et de saine raison que n'en promettait la personnalité si parisienne du voyageur.

G. FERRERO

Entre les deux mondes (1).

Renan avait coutume d'interrompre de temps en temps ses études d'histoire et d'érudition pour examiner quelque question contemporaine. A son exemple, M. G. Ferrero, l'éminent historien italien, s'est détourné — momentanément, on l'espère — de l'empire romain, pour aborder des thèmes plus actuels. A vrai dire, bien qu'ils aient disparu depuis un peu plus longtemps de la scène politique, César et Auguste restent aussi intéressants pour le moins que M. Roosevelt. Et les six volumes de M. Ferrero sur *la Grandeur et la décadence de Rome*, qui évoquent des événements d'il y a vingt siècles, ne sont peut-être pas moins vivants que ce nouvel ouvrage, où sont relatés des entretiens et des faits de l'année dernière.

M. G. Ferrero nous avertit lui-même, dans sa préface, que ce livre renouvelle une vieille forme littéraire : celle du dialogue, dans la manière de Platon et de

(1) Ouvrage traduit de l'italien par G. Hérelle. 1 vol., Plon.

Renan. Ce dernier la jugeait « faite exprès pour traiter les graves questions que l'esprit humain recommence toujours à discuter, parce qu'il ne peut jamais en donner une solution définitive ». Ainsi, il est bien entendu que M. Ferrero n'apporte point de système, mais se borne à remuer des idées. Il en a beaucoup, et sur tous les sujets. Son livre n'est point, d'ailleurs, uniquement composé de dissertations abstraites : c'est aussi un roman, ou un récit de voyage, pittoresque et varié. Il conte sa traversée sur le paquebot qui le ramenait d'Amérique du sud en Italie. Il se met en scène lui-même, sans oublier Mme Ferrero, née Lombroso, qui prendra fréquemment la parole, ni même M. Ferrero fils, que son âge tendre dispense encore de participer à ces soutenances de thèses. L'auteur nous présente plusieurs autres voyageurs et voyageuses, tous personnages imaginaires, nous dit-il, à l'exception de l'ingénieur Emilio Rosetti, qui fut de ses amis et qui prononcera de copieux discours. Il y a les comparses, qui n'interviennent pas dans les controverses, et dont M. Ferrero se borne à tracer la silhouette et à indiquer les aventures. Au premier rang, Mme Feldmann, née Blum, qui a vu le jour à Paris, a épousé un grand financier américain et se voit menacée d'un divorce, bien qu'elle n'ait commis aucune faute, après vingt-deux ans de ménage. M. Ferrero note spirituellement la badauderie de la plupart des passagers, leur espèce de vénération pour une femme si riche, puis leur revirement dédaigneux lorsqu'ils ont vent de sa disgrâce conjugale. Les émigrants ne sont pas oubliés. M. Ferrero descend fréquemment à la troisième classe, peuplée de paysans ou d'ouvriers italiens qui reviennent d'Amérique. Là aussi, il y a des drames, des rivalités de femmes, des adultèies, des vengeances. Ces épisodes sont reposants, un peu décevants aussi, parce que M. Ferrero les a simplement esquissés et n'en suggère point le dénouement. Nous ne saurons même pas si Mme Feldmann réussira à reconquérir son mari, ni si le machiavélique Antonio parviendra enfin à tuer sournoisement sa femme et à convoler avec une autre mieux pourvue d'économies.

Pour M. Ferrero, l'essentiel, c'est évidemment le débat philosophique qui se poursuit depuis les eaux de Rio-de-Janeiro jusqu'en vue de Gênes entre une demi-douzaine de rudes champions toujours en humeur d'argumenter. Outre M. et Mme Ferrero et l'ingénieur Emilio Rosetti, penseur pénétrant et profond, qui a gagné une agréable aisance en Amérique et qui est revenu vivre en Italie, il y a l'avocat Alverighi, Italien également, mais fixé en Argentine où il fait une grosse fortune dans l'agriculture, le diplomate brésilien Cavalcanti, né au Brésil, quoique d'origine lointainement italienne, l'amiral brésilien José-Maria Guimaraès, et le docteur Montanari, Italien, commissaire de l'émigration. Montanari est franchement réactionnaire. L'amiral est de ces positivistes, disciples d'Auguste-Comte, qui ont fondé la République brésilienne. Le diplomate Cavalcanti est un méditatif, épris d'art, ami du passé. L'avocat-agriculteur Alverighi est un terrible futuriste.

Une heure après qu'on a quitté Rio et au moment où l'on se met à table pour dîner, cet Alverighi s'écrie : « C'est la plus belle ville du monde, le modèle des villes de l'avenir, l'*urbs* du vingtième siècle... » Et « il ne parlait pas, comme on aurait pu le croire, de Paris ou de Rome, mais de New-York ». (D'ailleurs, grâce à leurs municipalités, Paris et Rome ne tarderont pas à ressembler à New-York, mais cela ne veut pas dire que leur beauté célèbre retirera de cette métamorphose un lustre nouveau). Tous les voyageurs, c'est une justice à leur rendre, s'insurgent contre cette boutade d'Alverighi. Celui-ci tient tête à toutes les objections. L'harmonie et la proportion lui sont indifférentes; les souvenirs historiques, il s'en moque. La tragédie grecque lui paraît bonne pour les marionnettes. Il démolit (ou croit démolir) *Hamlet*, par des raisons un peu faibles. Il réclame la liberté de trouver beau ce qui lui plaît. Il dénonce avec fureur la tyrannie des intellectuels et des esthètes de la vieille Europe, qui veulent imposer leurs préjugés à l'Amérique. Il triomphe de ce qu'il n'existe point, en art, de critérium absolu, de ce que ni le sentiment, ni le raisonnement ne peuvent rien prouver en ces matières d'une façon irréfutable. Tandis que le plaisir procuré par la satisfaction d'un besoin véritable ne laisse place à aucun doute, le plaisir artistique est vague et incertain : on ne souffre pas d'en être privé. Du reste, le jugement esthétique ne porte que sur la qualité : or le besoin exige la quantité. Si j'ai très faim, je préfère un gros pain de munition à un exquis petit gâteau. Le plaisir de l'art ne correspond donc pas à un besoin. La seule réalité solide, le seul progrès authentique, c'est la production des richesses.

En somme, Alverighi, avec une verve assez divertissante, s'approprie tout bonnement les thèses du philistinisme ou du béotisme éternels. On est un peu surpris de voir M. Ferrero considérer ces idées comme des révélations (1). Elles ne sont ni bien neuves en leur fond, ni surtout bien justes. Que l'art ne soit pas un besoin

(1) Je n'ai point dit qu'il les prît à son compte. Il partagerait plutôt celles de l'ingénieur Emilio Rosetti.

du même genre que la nutrition, c'est évident, mais ce n'en est pas moins un besoin réel pour nombre d'esprits. La question de quantité ne se pose pas exactement de la même manière : elle se pose néanmoins. Il y a des gens que non seulement la privation totale, mais un rationnement trop étroit de nourriture intellectuelle réduirait au plus mortel ennui. Quant à l'absence de tout mètre pour mesurer la beauté, on ne peut la nier absolument, mais il ne faut pas non plus l'exagérer. La Bruyère a dit : « Il y a un bon et un mauvais goût et l'on dispute des goûts avec fondement. » Quelles que soient les divergences des jugements esthétiques, un certain accord s'établit pratiquement et peu à peu entre gens cultivés et de bonne foi. M. Ferrero remarque que l'admiration de Shakespeare est devenue une sorte de religion universelle. Plus loin, Alverighi lui-même accordera que s'il est impossible de démontrer la supériorité de tel tableau de Raphaël sur tel autre du Titien, ou inversement, il est certain que les œuvres de ces maîtres l'emportent sur les peintures d'une baraque de foire. Oui, cela est certain. Mais on ne pourrait le prouver à un rustre qui refuserait d'en convenir. Il y a des mérites techniques dont les connaisseurs sont bons juges : tout le monde n'est pas connaisseur, toutes les opinions n'ont pas le même poids, et sous prétexte qu'on ne peut lui fermer la bouche par une preuve mathématique, Alverighi abuse un peu de la licence de dire des sottises.

C'est au surplus ce qu'Emilio Rosetti finira par lui insinuer. Mais cet ingénieur prend par le plus long. Il demande comment il se fait que l'on veuille imposer aux autres ces opinions esthétiques, qui ne se fondent avec certitude ni en sentiment ni en raison. Il croit que le mobile est un intérêt, intérêt national, intérêt de parti, intérêt commercial ou intérêt d'amour-propre. Et ce qui sera beau, ce sera ce que le plus fort aura voulu être tel... Il y a du vrai, en fait, dans cette théorie d'Emilio Rosetti ; et néanmoins elle n'a aucune importance. Ce n'est pas de l'esthétique, c'est de l'anecdote. Oui, certains snobs et quelquefois des multitudes ignorantes se laissent endoctriner par l'influence d'un peuple vainqueur, d'une coterie puissante ou d'un entrepreneur de réclame. Mais cela ne compte pas. Les artistes ou amateurs d'art éliminent tous ces éléments perturbateurs et ne se décident que par des raisons désintéressées. L'intérêt détermine des modes éphémères. Seule, la beauté vraie subsiste et ne subit aucune force extérieure. Au contraire ! *Græcia capta*... S'il y avait une rivalité artistique entre l'Europe et l'Amérique, il ne s'agirait pas de savoir, comme le croit Emilio Rosetti, laquelle de ces parties du monde sera la plus forte, mais laquelle produira les plus beaux génies. Ce qui mettrait l'Amérique en bonne posture, ce serait de donner naissance à beaucoup de Whistler, d'Edgar Poe et de Walt Whitmann. D'ailleurs, est-ce que ce peintre et ces deux poètes n'ont pas été bien accueillis en Europe ? Réciproquement, les Américains n'admirent-ils pas la culture européenne ? Alverighi estime qu'ils l'admirent trop ; c'est lui qui est une exception, et il n'est même pas Américain, mais Italien, né à Mantoue, émigré en Argentine à l'âge d'homme. Ces paradoxes modernistes ou futuristes sont plus répandus actuellement en Italie qu'en Amérique et que partout ailleurs. Nous aurons bientôt l'occasion d'examiner le conflit des deux Italie (1). Quant au conflit de

(1) Voir page 356.

l'Europe et de l'Amérique, sur lequel repose l'ouvrage de M. Ferrero, il semble moins aigu.

A entendre Alverighi, que M. Ferrero ne semble pas désapprouver sur ce point, Christophe Colomb serait l'homme le plus considérable de l'histoire universelle, laquelle se diviserait en deux périodes : celle qui a précédé et celle qui a suivi la découverte de l'Amérique. Il y a bien de l'hyperbole. La face du monde n'a pas brusquement changé en 1492. La seule conséquence immédiate de la découverte a été de procurer de l'or aux rois d'Espagne. Pendant trois siècles l'Amérique n'a joué en somme aucun rôle dans l'Histoire : elle avait à peu près le rang qu'occupent aujourd'hui le Mozambique ou la Nouvelle-Calédonie. C'est à la fin du dix-huitième siècle seulement que l'Amérique s'est révélée et ce n'est que depuis un siècle qu'elle a prodigieusement prospéré. D'où vient cette prospérité ? Tout bonnement de ce que les progrès de la science et de l'industrie — dus à des initiatives européennes — ont trouvé en Amérique d'immenses terrains encore vierges à exploiter. L'Amérique s'est peuplée d'européens actifs et débrouillards, qui ont su profiter de la situation. Voilà tout, et ce n'est rien de bien mystérieux ni de bien original. Il se peut faire que dans un avenir assez lointain, des peuples caractérisés se forment dans les Amériques, avec leur civilisation, leur littérature et même leur langue à eux (car déjà l'anglais s'altère et évolue, aux États-Unis). Mais jusqu'à présent ce Nouveau-Monde n'est, en somme, qu'un succédané et un prolongement de l'ancien, avec plus de facilités et des débouchés plus larges pour les gens entreprenants.

Plus importante assurément a été la création du machinisme, sans quoi l'Amérique n'aurait pu se développer et s'enrichir comme elle l'a fait. Ruskin n'aimait pas les machines : Mme Ferrero les déteste. Il faut pourtant s'en accommoder : on ne les supprimera pas. L'Europe ne se fait pas faute de s'en servir non plus et n'a pas plus envie que l'Amérique d'y renoncer. En somme, l'opposition entre les deux hémisphères se résume dans une certaine prédominance de l'activité économique chez les Américains qui, disposant d'immenses territoires en friche, sont allés naturellement au plus pressé. Il n'en résulte pas du tout que la richesse soit le seul bien, ni que telle soit l'opinion courante en Amérique, ni que les européens, quoique bénéficiant d'une plus vieille civilisation, se confinent dans une existence purement contemplative. Pour M. Ferrero, l'Amérique est le royaume de la quantité, l'Europe, et spécialement la France, est celui de la qualité. Peut-être. Mais l'ancienne et fine culture de la France ne l'a empêchée ni de conquérir un vaste empire colonial en plein essor, ni de créer l'automobile et l'aéroplane, ni de fabriquer des canons qui ne se comportent pas trop mal, ni de posséder la plus grande quantité connue de capitaux disponibles et d'en prêter à presque tout l'univers. Une grande nation ne peut se spécialiser au point qu'imagine M. Ferrero.

Une partie amusante est celle où l'ingénieur Emilio Rosetti, acceptant la thèse de l'avocat Alverighi sur le défaut de critérium et de certitude esthétique, lui démontre que les mêmes raisonnements peuvent s'appliquer à toutes les choses humaines, même à la science, qui est subjective (1), et surtout à la morale, au progrès

---

(1) Ici encore Rosetti exagère un peu : le subjectivisme de la science est relatif à l'espèce, non à l'individu. Tous les hommes

et à la richesse. Rien ne prouve que telle œuvre d'art soit belle ou laide, soit ! Mais rien ne prouve non plus que l'argent ni la science soient des biens. On peut préférer l'ignorance et la pauvreté. L'ascète et le musulman ont peut-être raison : il est impossible de démontrer qu'ils aient tort. Tout ici bas n'est qu'apparence et illusion. Et ce ne serait pas la peine de secouer le joug des intellectuels et des esthètes pour tomber sous celuides banquiers et des constructeurs de machines. Cette fois Alverighi est cloué : il ne s'en tire que par un coup d'État, en déclarant que peu importe que l'argent soit une illusion ou non, que l'homme le veut et que cela suffit. (Certes, et ce qui est surprenant, c'est qu'Alverighi se donne la peine de chercher des arguments. Des idéalistes ne peuvent s'en passer, parce qu'ils vont contre le courant de l'instinct. Mais on est bien garanti contre toute désaffection des majorités à l'égard du métal et de la matière. Au fond Alverighi n'est pas sûr de son fait; il a un peu honte de lui-même; il cherche à s'étourdir.)

Après avoir tout détruit pour noyer le scepticisme esthétique d'Alverighi dans un scepticisme universel. Emilio Rosetti va essayer de reconstruire. Il part du concept de qualité, qui est le frein nécessaire du désir et la mesure naturelle de la quantité. Exemple : un voyageur vient d'offrir du champagne; c'est une politesse parce que ce vin est de qualité supérieure. Si tous les vins étaient égaux, l'amphitryon, pour être aussi hospitalier, devrait en offrir une plus grande quantité,

ont la même opinion sur le carré de l'hypoténuse ou les propriétés de l'azote. Et Rosetti interprète très faussement Henri Poincaré, qui n'a jamais désavoué Copernic ni Galilée, quoi qu'on en ait dit. Cf. *La Valeur de la science.*

et les invités risqueraient de s'enivrer. Auraient-ils une jouissance plus vive? Le règne de la quantité pure, ce serait la barbarie, l'orgie sotte et brutale. La qualité est le sel de la vie, la source du progrès et du bonheur. — Illusion? — Oui, si chacun est libre de son goût. — Mais nous avons vu qu'il n'y avait pas de critérium? — Si! Il y en a un, et c'est Alverighi qui l'a découvert, lorsqu'il s'est écrié : « Peu importe, si l'homme veut... » Il faut vouloir! C'est la volonté qui décide, non pas la volonté individuelle, mais la volonté collective d'un peuple, d'une église, ou d'une époque. — Et comment cette volonté collective pose-t-elle les principes? — En se limitant!

Emilio Rosetti, que je ne puis suivre dans le détail de ses déductions, est donc partisan d'une philosophie de la limitation et de l'autorité. La beauté est infinie, mais l'étroit canal de l'esprit humain ne peut la recevoir que partiellement. D'où la nécessité des grands partis pris, des écoles et des styles officiels. Conventions arbitraires? Oui, mais indispensables et enfermant une portion de vérité vivante. La liberté illimitée n'aboutit au contraire qu'à la confusion et au chaos. Sans point d'appui, la raison humaine vacille, le génie même s'égare, le public est perplexe et désorienté. C'est l'anarchie où nous pataugeons actuellement, d'après Rosetti, par la faute de la découverte de l'Amérique, de la Révolution française et du machinisme, qui ont été les trois grandes causes d'affranchissement illimité. Il faut restaurer une discipline, et même une discipline nationale : les Latins n'ont été que trop dupes des Barbares. Rosetti mettrait même Shakespeare en quarantaine. Il fait une petite salade de classicisme et de nationalisme, en oubliant que si la critique et l'esthétique ne sont pas inutiles, les grands mouvements dominateurs créant une école ou un style ne se décrètent pas. Et puis ni les Athéniens du temps de Périclès et de Platon, ni les Italiens du quinzième et du seizième siècle, ni les Français du dix-septième n'ont cru et voulu se limiter, mais au contraire s'élancer vers la vérité totale et l'idéale perfection. D'autre part, Dieu est la limite suprême, dit Emilio Rosetti, et la plus grande audace de la Révolution française a été son irréligion. Mais l'Amérique, que Rosetti nous donne aujourd'hui pour le pays de l'illimité, est extrêmement religieuse, au témoignage tout récent de M. Emile Boutroux, qui en revient. Limités, nous le sommes forcément par quelque endroit ; mais l'américanisme au sens d'Alverighi, en excluant l'art et l'intelligence, serait le comble de la limitation. Tout cela est un peu embrouillé. Rosetti, qui aime malgré tout le monde moderne, conclut par un : « Tout s'arrangera ! » d'un optimisme réconfortant, mais gratuit.

En définitive, il faut reconnaître que ce volume touffu de M. Ferrero soulève bien des doutes, manque souvent de précision dans les idées et dans les termes. Certains jugements étonnent. « Si j'admire profondément la sculpture grecque, ou la musique italienne du XIXe siècle... » Ce n'est pas Alverighi, mais Rosetti qui parle. Le même Rosetti trouve Virgile un peu froid. Et M. Ferrero semble mépriser les sciences philologiques : comme si Mommsen n'était pas aussi un grand philologue !. Cependant l'ouvrage, quoique d'une lecture assez rude, attache et fait penser. Mais après cette incursion brillante et un peu aventureuse dans le monde ou dans les deux mondes d'aujourd'hui, on souhaite que M. Ferrero nous donne bientôt le septième volume de sa passionnante *Histoire romaine*.

LE CONFLIT DES DEUX ITALIE

L'extraordinaire article de M. d'Albola, publié dans la *Revue*, ne contient rien d'imprévu : si je le qualifie d'extraordinaire, c'est à cause de l'état d'esprit qu'il exprime, et qu'il révélera peut-être à plus d'un lecteur français, mais qui est depuis longtemps bien connu de tous ceux qui ont un peu voyagé en Italie. Il consiste essentiellement à considérer non seulement comme ridicule, mais comme désobligeante et presque outrageante l'admiration des amateurs étrangers pour les merveilles de l'art et du paysage italiens. Remarquons bien la nuance. Dans tous les pays du monde, l'immense majorité de la population se moque entièrement de l'art et du paysage. Les conseils municipaux, les propriétaires, es ingénieurs et les architectes exercent leurs ravages avec l'approbation du public. Quant à ceux qui protestent contre les vandales et qui s'intéressent à la beauté, on les laisse dire et on se borne à ne tenir aucun compte de leurs critiques ni de leurs enthousiasmes. De l'autre côté des Alpes, on ne les tient pas seulement pour des maniaques inoffensifs, mais pour des ennemis dangereux.

Énumérant un certain nombre de volumes d'impressions de voyage, de valeur assurément inégale, mais parmi lesquels il range les *Sensations d'Italie*, de M. Paul Bourget et même les *Promenades dans Rome*, de Stendhal, M. d'Albola nous avertit que rien de tout cela ne trouve grâce devant le public italien, dont même une partie, sous l'influence de l'idée nationale, s'en indigne! Ce qu'on reproche à tous ces livres, et pareillement à Byron, à Shelley, à Keats, à Chateaubriand, à Théophile Gautier, aussi bien qu'à M. Pierre de Bouchaud, à M. Camille Bellaigue ou à M. Jean-Louis Vaudoyer, c'est de n'aimer et de n'étudier que ce qu'on appelle l'Italie des morts. Assez de dithyrambes en l'honneur la Rome des Césars ou de celle des papes, de la Florence des Médicis et de la Venise des doges! Foin de Dante, de Pétrarque, de Léonard de Vinci, de Raphaël, de Michel-Ange, du Titien et de Tiepolo! Arrière même les commentateurs de Carducci et de d'Annunzio! L'auteur du *Feu* appartient lui aussi, paraît-il, à l'Italie des morts. Et pareillement la nature : si vous goûtez la majesté de la campagne romaine, la noblesse et la grâce toscanes, les féeries vénitiennes ou la voluptueuse splendeur du ciel de Naples, vous insultez l'Italie. Ne vous avisez pas non plus de penser que ces sites sublimes ou délicieux font un joli cadre à une histoire d'amour. Pour avoir cru les Italiens capables de passion et avoir écrasé ses compatriotes sous leur supériorité à cet égard, non moins que pour s'être épris de leurs monuments et de leurs tableaux, Stendhal est aujourd'hui presque mis à l'index et l'on s'est demandé sérieusement s'il convenait que l'Italie s'associât à un hommage qu'il s'agissait de lui rendre. Est-ce que Gœthe aussi ne s'est pas laissé aller à aimer l'Italie artistique? Il y aurait peut-être lieu de déboulonner son buste du Pincio...

Les Italiens sont las des louanges données à cette Italie rétrospective. « Ils veulent qu'on voie et que l'on comprenne l'Italie telle qu'elle est et telle qu'elle veut être. » Et savez-vous ce que c'est que cette Italie des vivants, que l'on propose à ce nouveau culte? C'est « l'Italie des industries et du commerce, celle de la guerre et des entreprises coloniales, l'Italie qui rêve d'un impérialisme pratique à la faveur d'une force maritime reconstituée, lui permettant de développer et d'accroître sa richesse ». Soupçonnez-vous quel est le véritable devoir des touristes? C'est de visiter méthodiquement « les chantiers de l'Elba, de la Savona, de Piombino, tous les grands établissements sidérurgiques de Milan, de Turin, de Gênes et des environs, de pousser même jusqu'à Terni, le Creusot italien... » Ils devront se pénétrer de la « puissance économique » de la Lombardie et de quelques autres provinces, s'extasier devant « les usines de transformation et de transport d'énergie construites selon les dernières découvertes de la science », devant les progrès de l'éclairage électrique, la prospérité des banques et des compagnies de navigation, et aussi devant « la transformation des cités et de Rome plus que de toute autre, les voies nouvelles, larges et aérées... », etc. A cette condition, vous serez admis à l'honneur de passer d'abord pour un ami de l'Italie, et ensuite pour un homme intelligent; car c'est, d'après M. d'Albola, « l'Italie intellectuelle » qui se révolte contre les esthéticiens.

Il y a malheureusement quelques petites difficultés.

Non pas que l'on conteste la récente activité industrielle et commerciale de l'Italie, ni qu'on refuse de s'en réjouir bien sincèrement. Mais ce n'est pas du tout la question. M. d'Albola se plaint que nous n'allions pas voir les usines italiennes : est-ce qu'on se figure, en Italie, que nous visitons davantage les nôtres? Les banques, les chantiers, l'électricité, la métallurgie, tout cela est certes fort utile, et fort intéressant pour les professionnels ; mais tout le monde ne peut être ingénieur ni économiste, même distingué. Nous ignorons le Creusot italien? Sans doute, mais aussi le Creusot français. Lorsqu'on voyage autrement que pour affaires, on recherche naturellement ce que chaque pays produit ou possède d'original et de curieux. Toutes les manufactures de cotonnades ou de produits chimiques se ressemblent et dégagent pour les non-spécialistes un ennui profond. Un provincial français qui vient à Paris pour son plaisir ira au Louvre, à Notre-Dame, à la Sainte-Chapelle, à Versailles, à Fontainebleau, mais non pas à Pantin ou à Aubervilliers. Il est exact que nous aimons mieux passer notre temps dans les musées et les églises d'Italie que dans ses filatures de laine ou de soie, mais semblablement, si nous allons à Londres, nous courrons au British Museum, à la Galerie nationale, à la collection Richard Wallace, à l'abbaye de Westminster, et si nous avons le loisir de faire une excursion, nous préférerons les vieux collèges et la verdure d'Oxford aux charbonnages de Newcastle ou aux tissages de Manchester.

En somme, et cette mauvaise humeur contre d'Annunzio non moins que contre Léonard de Vinci le prouve bien, la thèse présentée par M. d'Albola n'est qu'une nouvelle manifestation de haine pour l'art et la littérature. Cela n'a rien d'inédit. Cela est éternel. Voyez Flaubert. Notre admiration pour le grand écrivain qui honore aujourd'hui l'Italie montre au contraire que nous ne songeons nullement à dénigrer sa vie actuelle au profit de son passé glorieux. Mais ce n'est pas notre faute si le forum est plus captivant que la via Nazionale et le nouveau palais de justice de Rome un peu moins beau que le Colisée.

LE MYTHE DE PSYCHÉ (1)

d'Apulée à M. Gabriel Mourey.

La *Psyché* de M. Gabriel Mourey est, bien entendu, un poème symbolique. Le règne du symbole caractérise depuis un siècle la haute poésie. Le wagnérisme dont l'influence n'a pas été seulement musicale, mais littéraire aussi, a donné une nouvelle impulsion à cette esthétique. De toute tragédie ou de tout poème considérable, nous attendons du lyrisme dans l'expression et, pour le fond, une signification philosophique incluse dans l'action apparente. C'est ce qu'oublient les ingénieux continuateurs de Henri de Bornier et d'Alexandre Parodi. Les poètes de l'école dite symboliste, à laquelle se rattache M. Gabriel Mourey, ont bien mieux vu ce qu'il fallait tenter. Evidemment, ils ne l'ont pas accompli, puisque aucun d'eux n'a su s'imposer au théâtre, et que

(1) Gabriel Mourey : *Psyché*, 1 vol. Librairie du *Mercure de France*. — La Fontaine : *les Amours de Psyché et de Cupidon*, texte revu sur l'édition originale de 1669 et orné de bois anciens, 1 vol. Payot.

leurs drames ou poèmes en forme dramatique sont restés injoués et généralement injouables. La force de réalisation leur a manqué, mais s'ils n'ont pu entrer dans la Terre promise, ils n'en avaient pas moins discerné la bonne voie. Pour nous, selon notre goût actuel, *Psyché* est un mythe dont l'érudit doit dégager le sens traditionnel et que le poète a le droit d'interpréter librement. On l'autorise à en risquer une interprétation arbitraire et paradoxale. Mais on ne concevrait point aujourd'hui qu'il se bornât à conter l'anecdote d'une façon aussi piquante que possible, sans en creuser les dessous. C'est pourtant ce qu'ont paisiblement fait Apulée, La Fontaine et Molière.

Vous n'ignorez pas qu'Apulée, qui florissait au IIe siècle après J.-C., est le seul écrivain de l'antiquité qui nous ait transmis l'histoire de Psyché. Oh! il ne l'avait pas inventée. C'était sans doute une fable milésienne. Elle n'était peut-être pas extrêmement ancienne, mais pourtant un peu antérieure à Jésus-Christ. D'autres auteurs grecs et latins ont probablement écrit aussi des *Psyché* : le hasard a voulu que celle d'Apulée survécût seule. Les monuments et les pierres gravées démontrent que cette jolie légende existait avant lui. Il en a tiré un important épisode de son roman, les *Métamorphoses ou l'Ane d'or*. Une vieille femme est censée dire ce conte à une jeune fille enlevée par des brigands, pour la distraire et la consoler. Cela commence comme un conte de fées : « Il y avait une fois, dans une certaine ville, un roi et une reine. Ils avaient trois filles, d'une remarquable beauté... » Mais la cadette surtout était si belle que le langage humain ne fournissait pas de louanges dignes de cette merveille. C'était une autre Vénus, avec quelque chose en plus : *Venerem aliam, virginali flore prœditam*... Et la déesse Vénus en fut jalouse, parce que le peuple abandonnait ses autels pour adorer cette Psyché. Un oracle ordonne au roi d'exposer cette fille chérie sur un roc, où elle deviendra la proie d'un monstre terrible. Les zéphyrs la transportent dans un prestigieux palais, où elle est aimée par un époux infiniment tendre, mais qui reste invisible, ne la rejoint que dans les ténèbres et ne dit pas son nom. La douce Psyché, qui est, dans Apulée, d'une grande simplicité d'esprit, — *simplicitate nimia*, — s'accommoderait peut-être de cette existence bizarre si ses deux sœurs, envieuses et méchantes, ne se plaisaient à l'inquiéter. C'est sur leurs conseils qu'une nuit elle allume la fameuse lampe et s'arme d'une épée, afin de voir enfin son mari et de le tuer, s'il est bien l'affreux serpent que l'on suppose. Elle découvre avec ravissement et confusion que ce mari n'est autre que l'Amour, le dieu Cupidon. Dans son émoi, elle laisse tomber sur lui une goutte de l'huile de sa lampe. Il se réveille courroucé, s'envole, et la pauvre Psyché est bien punie de sa curiosité. Elle subit de pénibles revers. Vénus la fait fouetter cruellement, lui impose de durs travaux, l'envoie demander à Proserpine un peu d'un fard dont elle a le secret. Toujours curieuse et se trouvant un peu pâle, Psyché, en revenant des enfers, ouvre la boîte d'où s'échappent des vapeurs dont elle serait asphyxiée, si l'Amour ne venait à son aide. Il l'épousera, malgré l'opposition de Vénus, sa mère, et Jupiter, pour épargner au petit dieu l'ennui d'une mésalliance, élève Psyché au rang des immortelles.

Il n'y a point autre chose dans le récit d'Apulée ; je veux dire que je l'ai résumé en élaguant les détails qui remplissent une soixantaine de pages, mais sans omettre un seul fait essentiel. Quant aux idées, Apulée n'en exprime aucune. M. Paul Monceaux estime qu'il n'en sous-entend pas davantage et que cette longue histoire, débitée dans un repaire de voleurs par une cuisinière ivre, n'est qu'une histoire pour rire. Le style en est généralement plaisant, volontiers satirique, allant presque jusqu'à l'opérette et annonçant de loin Meilhac et Halévy.

Nos poètes et nos artistes, dit M. Paul Monceaux, ont si bien idéalisé Psyché qu'ils l'ont rendue presque méconnaissable. Bien plus, des critiques transcendants ont prétendu découvrir une profonde allégorie métaphysique. Pour eux, les malheurs de la pauvre fille symbolisent les souffrances de l'âme à la poursuite de l'idéal. Au fond de cette théorie, il n'y a qu'un jeu de mots, fort ancien d'ailleurs, et dont tout d'abord il faut rendre responsable l'école néo-platonicicnne : Psyché est le nom grec de l'âme (ψυχή). On voit le reste... (1).

Effectivement, Psyché, qui veut dire l'âme, n'était pourtant qu'un nom propre sans intention particulière, comme sont pour nous Rose ou Zoé... Mais un mythe, qui n'est peut-être qu'une métaphore suivie, peut bien prendre son origine d'un calembour. Certes Apulée, qui représente Psyché comme naïve et un peu sotte, n'a pas songé à peindre sous ses traits l'âme humaine en quête d'idéal. Ce n'est pas une raison pour qu'il soit interdit à d'autres de promouvoir cette fillette et ses aventures à la dignité mythique. Peut-être Apulée parodiait-il déjà une légende accréditée avant lui. A quelle époque remonte la symbolisation de Psyché, et fut-elle de source savante ou populaire? Il est difficile de l'établir d'une manière précise. M. Maxime Collignon dit :

Quand l'art a rendu populaires ces scènes figurées, elles

(1) *Les Africains : étude sur la littérature latine d'Afrique.*

se prêtent facilement à traduire, sous une forme plastique, l'allégorie platonicienne de l'âme déchue, traversant, pour se purifier, une série d'épreuves, et enfin réunie pour jamais à l'Eros divin. C'est l'origine du mythe de Psyché, qui jouit à l'époque romaine d'une singulière faveur. Le joli conte d'Apulée en témoigne. Le groupe des deux amants, sculpté sur les sarcophages romains, fait allusion à des idées de renaissance, de vie future et de béatitude éternelle (1).

La Fontaine a fait des *Amours de Psyché et de Cupidon* un petit roman exquis, que tout le monde a lu et qu'il est bien agréable de relire dans la nouvelle édition Payot, fac-simile de l'édition princeps parue chez Barbin en 1669. La Fontaine a imaginé quelques épisodes nouveaux : il a encadré le récit dans des descriptions de Versailles et des conversations de quatre amis : Ariste, Gélaste, Acante, Poliphile, c'est-à-dire Boileau, Molière, Racine et lui-même; surtout il a orné ce petit ouvrage du charme de sa prose légère, à laquelle se mêlent des vers dont certains sont parmi les plus beaux qu'il ait écrits. Mais en somme il ne vise, comme Apulée, qu'à offrir au public un conte divertissant. « Il a fallu, dit-il, badiner depuis le commencement jusqu'à la fin; il a fallu chercher du galant et de la plaisanterie; quand il ne l'aurait pas fallu, mon inclination m'y portait... » Il badine donc, et avec une grâce qui n'est qu'à lui. Il l'emporte sur Apulée, qui n'est certes pas un écrivain méprisable; mais il ne symbolise pas non plus. S'il note ou suggère une idée, il n'insiste point. Apulée ne donnait pas de raison au mystère dont s'entourait Eros. La Fontaine en propose une excellente : « Tenez-vous pour certaine que du moment que vous n'aurez plus rien à

(1) *Mythologie figurée de la Grèce.*

souhaiter, vous vous ennuierez; et comment ne vous ennuieriez-vous pas? Les dieux s'ennuient bien... Ainsi le meilleur pour vous est l'incertitude, et qu'après la possession vous ayez toujours de quoi désirer... » Voici qui est encore plus important. Chez La Fontaine, la fumée qui s'échappe de la boîte de Proserpine a transformé Psyché en moricaude. Alors « l'Amour... lui jura par le Styx qu'il l'aimerait éternellement, blanche ou noire, belle ou non belle, car ce n'était pas seulement son corps qui le rendait amoureux, c'était son esprit, et son âme par-dessus tout ». Sans doute, fidèle à son dessein de badiner, le bon La Fontaine prête à Cupidon ce correctif galant : « Il est vrai que votre visage a changé de teint, mais il n'a nullement changé de traits; et ne comptez-vous pour rien le reste du corps? Qu'avez-vous perdu de lys et d'albâtre en comparaison de ce qui vous en est demeuré? » Cependant la conception spiritualiste de Psyché est au moins indiquée en passant. La Fontaine aurait très bien pu écrire un poème philosophique et hermétique s'il l'avait voulu. Ce n'était pas la mode de son temps. Mais cette petite touche de spiritualisme ne donne-t-elle pas toute sa valeur à l'admirable hymme final : O douce volupté...

Pourquoi sont faits les dons de Flore,
Le soleil couchant et l'aurore,
Pomone et ses mets délicats,
Bacchus, l'âme des bons repas,
Les forêts, les eaux, les prairies,
Mères des douces rêveries?
Pourquoi tant de beaux arts qui sont tous tes enfants?

Volupté, volupté, qui fus jadis maîtresse
Du plus bel esprit de la Grèce,

Ne me dédaigne pas, viens-t'en loger chez moi;
Tu n'y seras pas sans emploi.
J'aime le jeu, l'amour, les livres, la musique,
La ville et la campagne, enfin tout: il n'est rien
Qui ne me soit souverain bien,
Jusqu'au sombre plaisir d'un cœur mélancolique...

Apulée avait conclu par ces mots : « Il leur naquit (à Psyché et à Cupidon) au terme normal une fille que nous appelons Volupté. » La Fontaine n'eut garde d'oublier cette fille si séduisante : il ajoute qu'on lui bâtit des temples. Mais il devenait très important de signaler l'identification de Psyché et de l'âme, afin de ne point permettre que la Volupté fût rejetée par une morale étroite dans le domaine exclusif de la matière. Cette postérité d'Eros et de Psyché s'oppose à une interprétation purement idéaliste et platonique du mythe, mais ne le rabaisse pas non plus au matérialisme pur et simple. La distinction des sens et de l'esprit est superficielle, et La Fontaine a raison : c'est leur union qui donne à la vie tout son prix et suscite les plus magnifiques créations du génie humain.

Deux ans après la *Psyché* de La Fontaine, en 1671, Molière en jouait une devant Louis XIV. On n'ignore pas qu'il en fit le plan et en versifia seulement une partie, suppléé pour le reste par Corneille, dont les vers sont de beaucoup meilleurs : Molière avait été trop pressé et n'était peut-être pas aussi naturellement poète. Cette *Psyché*, relevée de ballets et d'intermèdes, se tient également dans le ton du badinage et de la galanterie, comme le comportait son objet. Molière et Corneille ont utilisé une gentille invention de La Fontaine : le mouvement de pitié qu'il prête à Vénus pour

Psyché malheureuse. Il n'y avait pas trace de cette pitié dans Apulée.

Et n'oublions pas les Psyché de Raphaël, à la Farnésine. Il n'y a qu'une franche joie païenne dans cette série de fresques.

C'est au dix-neuvième siècle que le symbolisme s'épanouit. Il avait eu des précurseurs, mais on les avait oubliés. Qui se souvenait de Fulgence, évêque de Carthage au sixième siècle, exhumé de nos jours par Bétolaud, et qui donnait déjà une explication chrétienne des aventures de Psyché ? Mais voici Lamartine qui, dans *la Mort de Socrate,* suppose que sur la coupe contenant la ciguë était gravée

> L'histoire de Psyché, ce symbole de l'âme...

La lampe d'où se répand sur Eros la goutte d'huile brûlante est un

> Emblème menaçant des désirs indiscrets
> Qui profanent les dieux, pour les voir de trop près !

Mais Psyché repentante et pardonnée est enfin admise dans l'Olympe :

> Ainsi par la vertu l'âme divinisée
> Revient, égale aux dieux, régner dans l'Elysée.

Victor de Laprade publia un poème intitulé *Psyché* que Lamartine qualifia généreusement « de chef-d'œuvre de la poésie métaphysique en France ». Pour Victor de Laprade, le mythe de Psyché résume toute la conception chrétienne de l'histoire universelle. Psyché au palais d'Eros, c'est le paradis terrestre, l'union de l'innocence et de l'amour. Elle en est chassée, comme Eve, par l'implacable besoin de savoir. Elle expie par des épreuves qui correspondent aux travaux de l'homme, exilé de l'Eden. La douleur était nécessaire. Enfin elle succombe et appelle l'époux mystique qui la ranime et l'introduit au ciel : union de l'âme rédimée avec Dieu dans l'éternité bienheureuse ! C'est ingénieux, gratuit et un peu inutile. Il faut que Laprade ait été notoirement un grand catholique pour qu'on ne se demande pas s'il est bien respectueux de comparer Eros à Jésus-Christ. Laprade se couvrait de l'autorité de Calderon, qui avait trouvé dans *Psyché* une préfiguration de l'eucharistie. La *Psyché* de César Franck est chrétienne aussi, d'après M. Vincent d'Indy, mais d'un christianisme moins violent et pour ainsi dire moins voyant.

Dans son livre *Du vrai, du beau et du bien*, Victor Cousin, s'écrie :

> O Psyché ! Psyché ! respecte ton bonheur; n'en sonde pas trop le mystère; garde-toi d'approcher la redoutable lumière de l'invisible amant dont ton cœur est épris. Au premier rayon de la lampe fatale l'amour s'éveille et s'envole. Image charmante de ce qui se passe dans l'âme, lorsqu'à la sereine et insouciante confiance du sentiment succède la réflexion avec son triste cortège.

Divers exégètes reprochent également à Psyché sa curiosité, source de mal et de péché, destructrice de l'idéal et de l'amour, etc. Psyché, savez-vous ce que c'est ? C'est une intellectuelle, dont le rationalisme impie et grossier est condamné tant par la théologie que par la doctrine moderne de l'intuition... Mais la curiosité que blâmait Apulée n'était que l'indiscrétion d'une femme étourdie, non la noble et virile aspiration vers la science. Wagner, dans *Lohengrin*, penche pour la servitude et la superstition du mystère. Mais Léonard de Vinci professe que « l'amour est d'autant plus profond que la connaissance est plus certaine ». C'est la doctrine des forts; Nietzsche dirait que l'autre est celle des esclaves.

M. Gabriel Mourey ne sait pas très mauvais gré à Psyché d'être si curieuse, et peu s'en faut qu'il ne l'en félicite. Grâce à ses expériences, elle n'était qu'une enfant et elle est maintenant une femme sublime. Ce point de vue me paraît intéressant, juste et assez nouveau. M. Gabriel Mourey, en outre, confronte Psyché, ou l'âme, d'une part avec Vénus, ou le plaisir des sens, d'autre part avec Pan, ou la nature. Pan, qui avait un tout petit rôle épisodique dans Apulée, vient au premier plan chez M. Gabriel Mourey. C'était une idée qui aurait pu être féconde. M. Gabriel Mourey lui doit quelques belles scènes, émouvantes et poétiques. Mais je ne saisis pas bien ce qu'il a voulu dire. Si Vénus demeure irréconciliable, Pan témoigne au contraire à Psyché une très affectueuse bienveillance : et voilà du moins qui est parfait. Mais alors pourquoi M. Mourey semble-t-il se rallier en définitive à un idéalisme intransigeant? Non seulement nous avons vu Vénus appeler la mort et maudire les éléments, se sentant vaincue par Psyché, mais Pan aussi déclare :

Mon règne est achevé ; le tien, Psyché, commence!

Et le cri fameux : « Le grand Pan est mort! » termine le poème de M. Gabriel Mourey. On préférerait pour Psyché un triomphe moins absolu, moins onéreux pour nous, et l'on regrette la sagesse moins unilatérale de notre La Fontaine.

ANDRÉ HALLAYS (1)

Victor Hugo écrivait en 1825 : « Si les choses vont encore quelque temps de ce train, il ne restera bientôt plus à la France d'autre monument national que celui des *Voyages pittoresques et romantiques*, où rivalisent de grâce, d'imagination et de poésie le crayon de Taylor et la plume de Ch. Nodier. » Guerre aux démolisseurs! C'était le titre de cette sorte de manifeste, où le poète, rappelant Caton et son *Delenda Carthago*, annonçait qu'il répéterait sans cesse : « Je pense cela, et qu'il ne faut pas démolir la France. » Il protestait avec une force nouvelle en 1832 : « ...Il n'y a peut-être pas en France, à l'heure qu'il est, une seule ville, pas un seul chef-lieu d'arrondissement, pas un seul chef-lieu de

(1) *En flânant; A travers la France; Paris*, 1 vol. in-8° écu, Perrin. — Cf *A travers l'exposition de 1900; Autour de Paris: Provence Touraine, Anjou et Maine; A travers l'Alsace; le Pèlerinage de Port-Royal, ibid.*

canton, où il ne se médite, où il ne se commence, où il ne s'achève la destruction de quelque monument historique national... » Victor Hugo ajoutait : « A Paris, le vandalisme fleurit et prospère sous nos yeux. Le vandalisme est architecte... Le vandalisme est entrepreneur de travaux pour le compte du gouvernement... Le vandalisme a ses journaux, ses coteries, ses écoles, ses chaires, son public, ses raisons. Le vandalisme a pour lui les bourgeois... » Avec impartialité, Victor Hugo dénonçait également le vandalisme pieux qui a mutilé tant de vieilles églises pour les embellir dans le goût de Saint-Sulpice, et le vandalisme philosophe, on disait alors libéral, qui voyait dans une église le fanatisme et dans un donjon la féodalité. A bon droit, l'auteur de *Notre-Dame de Paris* revendiquait pour l'école romantique l'honneur d'avoir gagné devant l'opinion éclairée le procès de l'architecture du moyen âge. Il réclamait enfin une loi de protection des monuments, qui permît de prévenir les ravages des communes et des particuliers mais il voulait qu'on se bornât à réparer et à conserver : « Surtout que l'architecte restaurateur soit frugal de ses propres imaginations... (1). »

Depuis une quinzaine d'années M. André Hallays continue l'œuvre de Charles Nodier et défend des idées sensiblement analogues à celles de Victor Hugo. Ce n'est pas à dire qu'il soit romantique, au sens complet du terme. Il est au contraire fort classique de goût et de style. Sur bien des points, il réforme les jugements de 1830. Mais on relève à présent le crime de romantisme contre tout ami du passé. M. d'Albola, dans la *Revue*, l'impute à ceux qui préfèrent les chefs-d'œuvre de

(1) *Littérature et philosophie mêlées.*

l' « Italie des morts » aux chantiers, aux manufactures et aux « larges rues aérées » de l' « Italie des vivants »(1). Un nouveau dogmatisme moderniste et industriel, qui s'inspire de notre fameuse école de la Vie et qui s'épanouit dans la bouffonnerie truculente du futurisme, prétend reléguer le culte des arts et des glorieux édifices anciens parmi les préjugés romantiques. A interpréter ainsi le romantisme, on finira par le réhabiliter. On identifiera sa cause avec celle de la civilisation. Certes, M. André Hallays est romantique dans la mesure où M. d'Albola et M. Marinetti ne le sont point. Mais quels détours singuliers ! Peut-on donner vraiment Victor Hugo pour un ennemi juré du progrès ? Voilà qui eût bien étonné M. Nisard et tout le parti classique sous Louis-Philippe et déjà même sous la Restauration. Il fut assurément un novateur, un adversaire des traditions étroites et même de certaines traditions respectables. Il n'avait de préventions ni contre son temps, ni contre les temps futurs, il s'en faut. Il était même injuste, à bien des égards, pour ce qui l'avait précédé. Seulement il ne croyait pas que l'art pût être remplacé par l'industrie ; il exécrait les barbares et les destructeurs ; il déplorait d'autant plus leur rage qu'il était bien obligé de constater, en fait, l'infériorité des bâtisseurs contemporains. A la rigueur, on pardonne, ou l'on accorde des circonstances atténuantes aux gentilshommes français qui ont rasé leurs donjons féodaux pour construire des châteaux dans le style de la Renaissance ou dans ceux du XVIIe ou du XVIIIe siècle, et pareillement aux princes romains qui ont utilisé les matériaux de la Rome des Césars pour édifier celle des papes. Mais où est la com-

(1) Voir plus haut, page 356.

pensation lorsque, pour emprunter un exemple à Victor Hugo, « on démolit Saint-Landry pour construire sur l'emplacement de cette simple et belle église une grande laide maison qui ne se loue pas » ? Et que nous offre-t on en échange de tant de dévastations opérées dans l'« admirable vieux Paris » ?

M. André Hallays est parfaitement exempt de tout parti pris. Ce « passéiste » accueille avec une sympathie très éveillée toute tentative d'art original : il a été wagnérien, puis debussyste, avant que la mode en fût généralement établie. Ce n'est pas à lui qu'on doit s'en prendre si les musiciens italiens d'aujourd'hui ont moins de talent que Monteverde et que Palestrina. Ce contempteur de son époque a consacré un volume à l'exposition de 1900; il a étudié très attentivement et en toute bonne foi les innovations des architectes, des décorateurs, des ébénistes, des tapissiers; il n'a pas tenu à lui que le fameux « modern style » n'éclipsât tous les styles antérieurs. Du reste à qui persuadera-t-on qu'un artiste ou un amoureux d'art puisse souhaiter l'épuisement et la disparition des sources de sa joie? Il ne se renferme dans la contemplation du passé que faute de trouver au présent assez d'attraits. L'admiration des vieux maîtres ne l'empêchera point d'apprécier les maîtres nouveaux, s'il s'en présente, mais au contraire l'y aidera puissamment. Il ne se passionnera guère, à la vérité, pour les matières économiques qui préoccupent tant la jeune Italie, d'après M. d'Albola; mais il n'est pas indispensable d'être romantique ou réactionnaire pour manquer de compétence sur cet article. Ni la sidérurgie, ni la séricicullure ne sont encore inscrites au programme obligatoire de toute éducation libérale.

Les Italiens trop susceptibles que désoblige la prédilection des étrangers pour leurs musées, leurs basiliques, leurs ruines et leurs paysages, constateront que M. André Hallays voyage en France et même à travers son Paris natal exactement dans le même esprit. Ses randonnées sont d'un pèlerin; non pas d'un condottière, comme dans le livre de M. André Suarès, mais d'un chevalier errant. Il recherche avidement tout ce qui est beau ou curieux, tout ce qui a une signification historique ou littéraire, et il engage en toute occasion le bon combat contre les vandales. Ses efforts n'ont pas été inutiles. Il n'a pas toujours remporté des victoires : le fléau signalé par Victor Hugo a trop de virulence, trop de complicités dans l'incompréhension ou l'incurie des propriétaires, des conseils municipaux et du pouvoir central. Cependant M. André Hallays a souvent contribué à sauver de jolis sites ou de vieilles pierres vénérables. Grâce à lui, plus qu'à tout autre, un revirement s'accomplit peu à peu dans les sentiment du public : il a secoué l'indifférence de plusieurs hommes d'Etat; et malgré la diversion burlesque du futurisme, le vandalisme est moins bien porté qu'autrefois. De mauvais coups s'opèrent encore, mais non plus sans scandale. Les protestations de M. André Hallays, même lorsqu'elles n'ont pas effectivement triomphé, ont eu le double avantage de venger la raison, puis d'inspirer aux délinquants quelques craintes salutaires pour l'avenir. C'est en grande partie aux cris d'alarme de M. André Hallays, auxquels la majorité de la presse a fait écho, que nous devons la conservation de l'hôtel de Mme de Miramion, aujourd'hui pharmacie centrale des hôpitaux, de l'hôtel Le Brun et de Bagatelle, achetés par la ville de Paris, de l'hôtel Biron acheté par l'Etat, de la pointe de la Cité, du château de Maisons, etc. S'il n'a pu préserver la Muette, ce n'est pas qu'il ne s'y soit employé de son mieux.

Il ne faudrait point, d'ailleurs, le considérer uniquement comme un polémiste. Tous les lieux qu'il a visités n'étaient pas menacés par des édiles ou des spéculateurs. De ses nombreuses campagnes, il a rapporté déjà plusieurs volumes qui n'appartiennent pas, d'un bout à l'autre, au genre militant. Il ne part en guerre que lorsqu'on l'y contraint et il préfère qu'aucun souci ne le trouble dans sa pratique d'un des plus agréables parmi les arts de la paix, qui est l'art de flâner. Il flâne en artiste, en lettré, en historien. Ce qui l'attire d'abord, c'est le charme d'un coin de nature, d'un parc, d'un édifice, d'une ville ou d'un faubourg. Il en savoure la grandeur ou la grâce pittoresque : il la traduit dans un langage sobre et fin, affranchi de manie descriptive, mais où le trait caractéristique est toujours mis en relief. Ensuite, il veut savoir quels ont été les occupants successifs de cet hôtel ou de ce château, quels événements saillants se sont déroulés dans cet endroit, et il ne manque pas d'évoquer les écrivains illustres qui y ont résidé ou qui en ont parlé dans leurs ouvrages. Il procède à des enquêtes, compulse des archives, débusque des anecdotes inédites, se livre à des digressions sur divers sujets d'histoire, d'esthétique ou de littérature. Pour lui, un paysage urbain ou rustique ne prend tout son intérêt que si l'on connaît les personnages mémorables qui y ont séjourné, et inversement on ne comprend bien un homme célèbre, ou un groupe d'hommes, qu'après avoir vu le décor qui encadrait sa vie. En somme, c'est Chateaubriand qui a été le grand initiateur de cette conception du voyage, mais il l'appliqua surtout aux majestueux foyers des civilisations antiques.

Stendhal pèlerina surtout en Italie : il parcourut aussi la France (*Mémoires d'un touriste*), mais plus encore en observateur des mœurs qu'en historien et en archéologue. Les deux méthodes se complètent et ne s'excluent pas. C'est toujours, après tout, les hommes qu'on étudie, soit sur le vif de leur activité quotidienne, soit indirectement dans les œuvres et les souvenirs laissés par les plus notoires d'entre eux.

M. André Hallays ne refuse point de s'intéresser aux questions contemporaines lorsqu'elles ont une importance sérieuse : on l'a pu discerner dans son émouvant et beau volume sur l'*Alsace*, dont l'architecture ancienne ne remplit pas tous les chapitres. En d'autres parages, on conçoit que la politique présente l'ait moins retenu. Il ne néglige pourtant pas l'actualité, lorsqu'elle en vaut la peine, et ne manque point de noter, par exemple, que le château de la Chevrière, dépeint par Balzac sous le nom de Clochegourde dans *le Lys dans la vallée*, est la propriété d'un autre romancier, M. Jules Mary. Les pages sur le pays de Balzac, celui de Rabelais, celui de Ronsard, nous font mieux pénétrer dans la pensée de ces grands écrivains. Sur place, M. Hallays a distingué plus nettement ce qu'il y a de sincère, de primesautier, de vécu, comme on dit aujourd'hui, dans les poésies de ce merveilleux Ronsard que l'on s'imagine parfois encore, d'après Boileau, comme un versificateur livresque, un pédant barbouillé de grec et de latin. En Provence, on devine qu'il n'oublia ni Mme de Grignan, ni Mistral, ni Fragonard, ni Mgr de Miollis, évêque de Digne, qui a été le modèle du Mgr Myriel des *Misérables*. Ici, il aura beaucoup à lutter contre les restaurateurs maladroits, et l'on pense que ses complaisances n'iront pas du côté des casinos et des palaces cosmopolites. Vous goûterez sans doute ces lignes, très simples, mais qui résument bien sa manière :

Les villes du Midi résistent mieux que celles du Nord aux ravages du progrès. Dans les unes comme dans les autres, les hommes se montrent insoucieux du passé et sottement glorieux de la nouveauté; mais la naturelle paresse des Méridionaux tempère leur mégalomanie : ils bâtissent volontiers comme tout le monde, mais ils ne se donnent pas la peine de démolir. C'est pourquoi Digne est partagée en deux villes, la neuve qui est sinistre, la vieille dont les rues sont tortueuses et charmantes.

Et pourtant, il y a dans la vieille ville « une cathédrale du XVe siècle que des nigauds du XIXe ont ornée d'une façade du XIIIe... »

Un des livres les plus substantiels de M. André Hallays est celui qu'il a intitulé *le Pèlerinage de Port-Royal* et auquel il a donné pour épigraphe cette phrase écrite par Renan dans un article sur le magistral ouvrage de Sainte-Beuve : « Qui admire et aime maintenant ces grands hommes d'un autre âge? Nous autres, qu'ils eussent traités de libertins. » Cependant il diffère d'avis avec Renan sur l'*Abrégé* de Racine, qu'il qualifie de chef-d'œuvre, tandis que l'auteur des *Origines* le jugeait médiocre. C'est peut-être qu'ils ne l'envisagent pas au même point de vue. M. André Hallays en apprécie la beauté littéraire, Renan en visait la valeur historique. On suit avec le plus haut intérêt M. André Hallays dans ses stations à Saint-Étienne-du-Mont, à Saint-Jacques-du-Haut-Pas, à Port-Royal de Paris qui est aujourd'hui la Maternité, à Port-Royal-des-Champs, aux Granges, où étaient les petites écoles, à Saint-Lambert, où furent jetés dans la fosse commune les ossements scandaleusement exhumés et profanés par ordre de Louis XIV, à Saint-Médard, à l'abbaye de Maubuisson que Mme d'Estrées, sœur de la belle Gabrielle aimée par Henri IV, disputa à la mère Angélique, et jusque dans la petite ville d'Aleth, en Languedoc, siège épiscopal de Nicolas Pavillon. Que de renseignements piquants et d'aperçus nouveaux ! M. André Hallays découvre des signes d'un vif sentiment de la nature chez un des solitaires, M. Hamon. Mais il ne démêle aucune trace des faiblesses humaines chez un autre de ces messieurs, qui regarde comme une grâce de Dieu que la fiancée de M. de Pontchâteau soit morte de chagrin en apprenant qu'il songeait à se retirer à Port-Royal : le catéchumène n'était-il pas libéré par là d'un souci qui pouvait nuire à sa conversion ? Un bon texte janséniste est celui qui, après avoir mentionné que le prince de Conti avait été élevé par les jésuites, ajoute négligemment : « Il n'est pas étonnant après cela que le jeune prince se soit livré aux débauches les plus excessives. » Il est vrai que les jésuites n'étaient pas en reste : ils avaient notamment témoigné une joie indécente de la mort de Saint-Cyran et l'avaient poursuivi d'affreuses calomnies jusque dans la tombe. Vous n'ignorez peut-être pas le proverbe latin : *Homo homini lupus, femina feminæ lupior, clericus clerico lupissimus.* Les jésuites ne voulaient-ils pas acheter Port-Royal-des-Champs, on ne sait dans quel ténébreux dessein, lorsque ce domaine fut mis en vente, en 1824 ? Heureusement, ils furent devancés par un acquéreur janséniste, Louis Silvy ; car il y eut des jansénistes au XIXe siècle ; bien mieux, il y en a encore... Le *Port-Royal* de M. André Hallays est désormais un appendice nécessaire à celui de Sainte-Beuve.

Dans son dernier volume, M. André Hallays nous entretient de Mme de Miramion, que sa piété et ses austérités ne détournèrent pas de rechercher la faveur de Mme de Montespan, puis celle de Mme de Maintenon. Il nous conduit dans l'Auteuil du XVIIe siècle, chez Molière, chez Boileau, dont le plus intime ami était Racine, un Racine converti, qui avait promis solennellement de ne plus écrire de tragédies et même de n'en plus voir jouer, mais qui ne quittait guère la cour, milieu si édifiant, comme on sait. Est-ce que la veuve Scarron n'accepta pas, sur la demande de Mme de Montespan, de détourner La Vallière d'entrer au couvent? Que voilà une démarche bien chrétienne pour la future instigatrice de la révocation de l'édit de Nantes! Dès que les caprices du roi étaient en jeu, les plus discrètes et dévotes personnes de ce siècle étaient prêtes à tout. On est pourtant heureux de savoir que Bossuet avait refusé la mission dont la veuve Scarron s'acquitta auprès de La Vallière. M. André Hallays reconstitue très exactement le Carmel, où cette douce Louise prononça ses vœux, et dont il ne reste plus rien qu'une porte cochère et un petit oratoire désaffecté. Une étude très captivante sur Notre-Dame de Paris au temps de Louis XIV nous apprend que la cathédrale et la Cité n'avaient pas changé depuis le XIIIe siècle jusqu'à la fin du XVIIe siècle. C'est en 1699 que, par la volonté du roi, fut élevé le nouvel autel de Robert de Cottes, qui ne subsiste plus qu'en partie et pour lequel on saccagea l'ancien chœur : et au XVIIIe siècle, le vandalisme des chanoines sévit avec intensité, préparant les voies à la Révolution. Cette triste passion est éternelle et universelle. L'histoire des propriétaires successifs de Bagatelle et de l'hôtel de Biron, construit par un Méridional, ancien barbier, devenu financier et nommé Peyrenc de Moras ; l'étude sur la maison où Voltaire est mort ; l'article sur les divers domiciles parisiens de Victor Hugo fournissent encore des pages instructives et divertissantes. M. André Hallays est un des guides les plus précieux, en même temps que des plus aimables, que doivent consulter les amis du vieux Paris et de la vieille France.

MARCEL PROUST (1)

M. Marcel Proust, bien connu des admirateurs de Ruskin pour ses remarquables traductions de la *Bible d'Amiens* et de *Sésame et les Lys*, nous donne le premier volume d'un grand ouvrage original : *A la recherche du temps perdu*, qui en comprendra trois au moins, puisque deux autres sont annoncés et doivent paraître l'an prochain. Le premier comporte déjà cinq cent vingt pages de texte serré. Quel est donc ce vaste et grave sujet qui entraîne de pareils développements? M. Marcel Proust embrasse-t-il dans son grand ouvrage l'histoire de l'humanité ou du moins celle d'un siècle? Non point. Il nous conte ses souvenirs d'enfance. Son enfance a donc été remplie par une foule d'événements extraordinaires? En aucune façon : il ne lui est rien arrivé de particulier. Des promenades de vacances, des

---

(1) *A la recherche du temps perdu : Du côté de chez Swann*, 1 vol. Bernard Grasset.

jeux aux Champs-Elysées constituent le fond du récit. On dira que peu importe la matière et que tout l'intérêt d'un livre réside dans l'art de l'écrivain. C'est entendu. Cependant on se demande combien M. Marcel Proust entasserait d'in-folios et remplirait de bibliothèques s'il venait à raconter toute sa vie.

D'autre part, ce volume si long ne se lit point aisément. Il est non seulement compact, mais souvent obscur. Cette obscurité, à vrai dire, tient moins à la profondeur de la pensée qu'à l'embarras de l'élocution. M. Marcel Proust use d'une écriture surchargée à plaisir, et certaines de ses périodes, incroyablement encombrées d'incidentes, rappellent la célèbre phrase du chapeau, dans laquelle M. Patin, en son vivant secrétaire perpétuel de l'Académie française, se surpassa pour la joie de plusieurs générations d'écoliers. M. Marcel Proust dira : « Ce doit être délicieux, soupira mon grand-père dans l'esprit de qui la nature avait malheureusement aussi complètement omis d'inclure la possibilité de s'intéresser passionnément aux coopératives suédoises ou à la composition des rôles de Maubant, qu'elle avait oublié de fournir celui des sœurs de ma grand-mère du petit grain de sel qu'il faut ajouter soi-même, pour y trouver quelque saveur, à un récit sur la vie intime de Molé ou du comte de Paris. » Ou encore : « J'allais m'asseoir près de la pompe et de son auge, souvent ornée, comme un font gothique, d'une salamandre, qui sculptait sur la pierre fruste le relief mobile de son corps allégorique et fuselé, sur le banc sans dossier ombragé d'un lilas, dans ce petit coin du jardin qui s'ouvrait par une porte de service sur la rue du Saint-Esprit et de la terre peu soignée de laquelle (?) s'élevait par deux degrés, en saillie de la maison, et comme une construction indépendante, l'arrière-cuisine. » J'ai choisi ces exemples parmi les plus courts.

Ajoutez que les incorrections pullulent, que les participes de M. Proust ont, comme disait un personnage de Labiche, un fichu caractère, en d'autres termes qu'ils s'accordent mal ; que ses subjonctifs ne sont pas plus conciliants ni plus disciplinés, et ne savent même pas se défendre contre les audacieux empiétements de l'indicatif. Exemple : ... « Certains phénomènes de la nature se produisent assez lentement pour que... la sensation même du changement nous est *(sic)* épargnée. » Ou encore : « ... Quoiqu'elle ne lui eût pas caché sa surprise qu'il habitait *(sic)* ce quartier... » (1) Le pauvre subjonctif est une des principales victimes de la crise du français ; nombre d'auteurs, même réputés, n'en connaissent plus le maniement ; des poètes joués dans les théâtres subventionnés et des critiques en exercice confondent *fusse* avec *fus*, *eusse* avec *eus*, *bornât* avec *borna*, et récemment, un de nos distingués confrères citait, pour s'en moquer comme d'un monument de cacographie, cette phrase du président du conseil, M. Doumergue, laquelle est irréprochable : « Je ne crois pas que l'honorable M. Barthou s'attendît à être renversé. » On ne se figure pas, à moins de les lire d'un bout à l'autre et avec attention, combien sont mal écrits la plupart des ouvrages nouveaux. Visiblement, les jeunes ne savent

(1) Évidemment, un écrivain aussi cultivé que Marcel Proust ne peut ignorer à ce point la grammaire, et ces grossiers solécismes sont, sans aucun doute, des fautes d'impression. Mais pourquoi M. Proust ne corrige-t-il pas ou ne fait-il pas corriger ses épreuves ?

plus du tout le français. La langue se décompose, se mue en un patois informe et glisse à la barbarie. Il serait temps de réagir. On souriait naguère des efforts d'un directeur de revue qui relevait sur épreuves tous les solécismes de ses collaborateurs. Ce n'était point, paraît-il, une sinécure. On commence à regretter ce courageux grammairien. Et l'on souhaiterait que chaque maison d'édition s'attachât comme correcteur quelque vieil universitaire ferré sur la syntaxe.

Cependant M. Marcel Proust a, sans aucun doute, beaucoup de talent. C'est précisément pourquoi l'on déplorera qu'il gâte de si beaux dons par tant d'erreurs. Il a une imagination luxuriante, une sensibilité très fine, l'amour des paysages et des arts, un sens aiguisé de l'observation réaliste et volontiers caricaturale. Il y a, dans ses copieuses narrations, du Ruskin et du Dickens. Il est souvent embarrassé par un excès de richesse. Cette surabondance de menus faits, cette insistance à en proposer des explications, se rencontrent fréquemment dans les romans anglais, où la sensation de la vie est produite par une sorte de cohabitation assidue avec les personnages. Français et Latins, nous préférons un procédé plus synthétique. Il nous semble que le gros volume de M. Marcel Proust n'est pas composé, et qu'il est aussi démesuré que chaotique, mais qu'il renferme des éléments précieux dont l'auteur aurait pu former un petit livre exquis.

Un enfant prodigieusement sensible a pour sa mère une adoration presque maladive. La solitude l'épouvante, et pour qu'il puisse au moins s'endormir, il faut que cette mère vienne l'embrasser dans son lit. Si elle ne peut ou ne veut venir, pour ne pas s'éloigner de ses invités, par exemple, c'est un vrai drame, presque une agonie. « Une fois dans ma chambre, il fallut boucher toutes les issues, fermer les volets, creuser mon propre tombeau, en défaisant mes couvertures, revêtir le suaire de ma chemise de nuit... » Mais cette curieuse nature d'enfant n'est étudiée que dans quelques pages assez pathétiques. Il ne sera presque plus question par la suite de ces terreurs nocturnes ni de cette tendresse filiale impérieuse et éperdue. D'autres souvenirs se pressent en foule, évoqués par la saveur d'une tasse de thé et d' « un de ces gâteaux courts et dodus appelés petites madeleines, qui semblent avoir été moulés dans la valve rainurée d'une coquille de Saint-Jacques ». Ce goût était celui du petit morceau de madeleine que le dimanche, à Combray, la tante Léonie offrait au petit garçon, voilà bien des années.

La vue de la petite madeleine ne m'avait rien rappelé avant que je n'y eusse goûté... Les formes — et celle aussi du petit coquillage de pâtisserie, si grassement sensuel, sous son plissage sévère et dévot — s'étaient abolies ou, ensommeillées, avaient perdu la force d'expansion qui leur eût permis de rejoindre la conscience. Mais quand d'un passé ancien rien ne subsiste, après la mort des êtres, après la destruction des choses, seules, plus frêles, mais plus vivaces, plus immatérielles, plus persistantes, plus fidèles, l'odeur et la saveur restent encore longtemps, comme des âmes, à se rappeler, à attendre, à espérer, sur la ruine de tout le reste, à porter sans fléchir, sur leur gouttelette presque impalpable, l'édifice immense du souvenir... Et comme dans ce jeu où les Japonais s'amusent à tremper dans un bol de porcelaine rempli d'eau de petits morceaux de papier jusque-là indistincts qui, à peine y sont-il plongés, s'étirent, se contournent, se colorent, se différencient, deviennent des fleurs, des maisons, des personnages consistants et reconnaissables, de même maintenant toutes les fleurs de notre jardin et celles du parc de M. Swann, et les nymphéas de la Vivonne, et les bonnes gens du village et leurs petits logis, et l'église et tout Combray et ses environs, tout cela qui prend force et solidité est sorti, ville et jardins, de ma tasse de thé.

Ce n'est pas un cas d'association d'idées, ni même d'images, mais d'impressions purement sensorielles. Et M. Marcel Proust, comme tant d'autres écrivains contemporains, est avant tout un impressionniste. Mais il se distingue de beaucoup d'autres en ce qu'il n'est pas uniquement ni même principalement un visuel : c'est un nerveux, un sensuel et un rêveur. Sa tendance méditative lui joue parfois de mauvais tours. Il s'attarde en songeries infinies sur le caractère et sur la destinée d'êtres fort insignifiants, une vieille tante maniaque, férue de pepsine et d'eau de Vichy, une vieille bonne machiavélique et dévouée, un vieux curé ennemi des vitraux anciens et dépourvu de tout sentiment artistique. Quelques lignes auraient suffi pour croquer ces silhouettes. Certains épisodes troubles n'ont pas l'excuse d'être nécessaires. Que de coupes sombres M. Proust aurait pu avantageusement pratiquer dans ses cinq cents pages ! Mais il y a de bien jolies descriptions qui ne se bornent presque jamais au rendu matériel et que magnifie le plus souvent une inspiration d'esthète ou de poète.

La haie (d'aubépines) formait comme une suite de chapelles qui disparaissaient sous la jonchée de leurs fleurs amoncelées en reposoir ; au-dessous d'elles, le soleil posait à terre un quadrillage de clarté, comme s'il venait de traverser une verrière ; leur parfum s'étendait aussi onctueux, aussi délimité en sa forme que si j'eusse été devant l'autel de la Vierge, et les fleurs, aussi parées, tenaient chacune d'un air distrait son étincelant bouquet d'étamines, fines et rayonnantes nervures de style flamboyant comme celles qui à l'église ajouraient la rampe du jubé ou les meneaux du vitrail et qui s'épanouissaient en blanche chair de fleur de fraisier.

Et cela est éminemment ruskinien. On aimera aussi les surprises et les émotions de l'enfant lorsqu'il voit pour la première fois en chair et en os la duchesse de Guermantes, dont la famille descend de Geneviève de Brabant, et qu'il s'était représentée jusque-là « avec les couleurs d'une tapisserie ou d'un vitrail, dans un autre siècle, d'une autre matière que les personnes vivantes »... Et voici l'explication du titre particulier à ce premier volume :

Il y avait autour de Combray (la petite ville où l'enfant et ses parents passent les vacances) deux côtés pour les promenades, et si opposés qu'on ne sortait pas en effet de chez nous par la même porte, quand on voulait aller d'un côté ou de l'autre: le côté de Méséglise-la-Vineuse, qu'on appelait aussi le côté de chez Swann parce qu'on passait devant la propriété de M. Swann pour aller par là, et le côté de Guermantes... Le côté de Méséglise, avec ses lilas, ses aubépines, ses bluets, ses coquelicots, ses pommiers, le côté de Guermantes avec sa rivière à têtards, ses nymphéas et ses boutons d'or, ont constitué à tout jamais pour moi la figure des pays où j'aimerais vivre...

Mais après deux cents pages consacrées à ces souvenirs et aux anecdotes sur le grand-père, la grand'mère, les grand'tantes et les servantes, nous nous engageons décidément un peu trop « du côté de chez Swann » ; un énorme épisode, occupant la bonne moitié du volume et rempli non plus d'impressions d'enfance, mais de faits que l'enfant ignorait en majeure partie et qui ont dû être reconstitués plus tard, nous expose minutieusement l'amour de ce M. Swann, fils d'agent de change, riche et très mondain, ami du comte de Paris et du prince de Galles, pour une femme galante dont il ne connaît pas le passé et qu'il croit longtemps vertueuse, avec une naïveté invraisemblable chez un Parisien de cette envergure. Elle le trompe, le torture, et finalement se fera épouser. Ce n'est pas positivement ennuyeux, mais un peu banal, malgré un certain abus de crudités, et malgré l'idée qu'a Swann de comparer cette maîtresse à la Séphora de Botticelli qui est à la chapelle Sixtine. Et que d'épisodes dans cet épisode! Quelle foule de comparses, mondains de toutes sortes et bohèmes ridicules, dont les sottises sont étalées avec une minutie et une prolixité excessives! Enfin la dernière partie nous montre le jeune héros de l'histoire follement amoureux de sa petite camarade des Champs-Elysées. Gilberte, la fille de M. Swann (que les parents du petit garçon ne voient plus depuis son absurde mariage). C'est, je pense, l'amorce du tome qui va suivre et qu'on attend avec sympathie, avec l'espoir aussi d'y découvrir un peu plus d'ordre, de brièveté, et un style plus châtié. On goûtera la conclusion mélancolique du présent volume : une flânerie de l'auteur adulte, vingt ans après, au bois de Boulogne, où il ne retrouve rien de ce qui l'avait tant charmé jadis. Il a la nostalgie des attelages et des élégances anciennes ; les automobiles et les robes entravées lui font horreur. « La réalité que j'avais connue n'existait plus... Le souvenir d'une certaine image n'est que le regret d'un certain instant ; et les maisons, les routes, les avenues, sont fugitives, hélas ! comme les années. »

. .

ABEL BONNARD (1)

M. Abel Bonnard entra tout d'un coup, en 1906, dans la célébrité. Il fut le premier à obtenir le prix national de poésie, ou bourse nationale de voyage, que décerne un jury nommé par le Ministre de l'Instruction publique et présidé par M. Emile Blémont. Les prix littéraires étaient moins pullulants à cette époque et faisaient plus d'impression. C'est son ouvrage de début, intitulé *les Familiers*, qui avait valu à M. Abel Bonnard cette récompense officielle. Les « Familiers » ce sont les animaux, le coq, le cochon, le pigeon, le faisan, l'oie, le chat, le chien, le lièvre, le lapin, les poissons, l'oursin, les moustiques, etc... Bref, un petit Buffon des familles, assez ingénieusement imagé, un peu dans la manière des *Histoires naturelles* de Jules Renard. Deux

(1) *La Vie et l'Amour*, roman, 1 vol., Fasquelle. Cf. *Les Familiers*, *les Royautés*, *les Histoires*, poésies, 3 vol.

ans après, en 1908, M. Abel Bonnard donnait deux autres recueils de vers : *les Royautés*, et *les Histoires*. L'Académie française, ne voulant pas se montrer moins bienveillante que le jury d'État ni perdre cette occasion de se porter au secours de la victoire, couronnait *les Royautés*. Il ne manquerait plus à M. Abel Bonnard que de remporter avec *la Vie et l'Amour* le prix Goncourt ou celui de la *Vie heureuse* pour compléter sa carrière de lauréat perpétuel. Ces succès, auxquels on était alors moins habitué, indisposèrent les cénacles qui, d'ailleurs, ne pouvaient apprécier très favorablement la poétique réactionnaire du triomphateur. Les griefs des cénacles n'étaient pas entièrement dépourvus de raison.

Sous prétexte que M. Abel Bonnard ne pratiquait point le vers libre, cauchemar de Sully Prudhomme, des lecteurs candides crurent que le jeune poète restaurait la saine tradition et le saluèrent comme une espèce de libérateur qui allait mettre fin aux saturnales symbolistes et décadentes. Mais la tradition à laquelle se rattachait M. Abel Bonnard n'était que celle d'un romantisme de basse époque ou d'un parnassisme fatigué ; ses vrais maîtres n'étaient pas Ronsard ou La Fontaine, mais M. Jean Richepin et M. Jean Aicard. Et il y avait plus de véritable esprit classique chez de notoires vers-libristes comme le Moréas du *Pèlerin passionné*, M. Francis Jammes ou M. Francis Vielé-Griffin. Les poèmes de M. Abel Bonnard étaient trop souvent gâtés par l'enflure et la creuse rhétorique. « On songe, disait un critique, à je ne sais quel athlète de foire soulevant à bras tendus des poids de carton, à je ne sais quel Tartarin partant pour la chasse au lion et ne tirant que sur des casquettes. » Malgré ces défauts et les trop nombreuses négligences sentant l'improvisation, *les Royautés* contenaient quelques idées heureuses et d'assez beaux vers, surtout dans la partie consacrée au mythe d'Hercule. Les juges les plus rébarbatifs accordaient qu'un avenir brillant s'ouvrait devant ce jeune rimeur insuffisamment sévère pour lui-même et de goût peu sûr, mais évidemment bien doué.

Cependant M. Abel Bonnard, jadis si fécond, et qui avait publié trois œuvres considérables dans l'espace de deux ans, se recueillait et ne donnait plus, depuis 1908, que d'élégantes chroniques en forme de variations sur des thèmes connus, généralement empruntés à l'état de la température. Il nous offre enfin aujourd'hui son premier roman. A vrai dire, si le premier volume de vers de M. Abel Bonnard a démontré immédiatement qu'il était poète, son premier roman ne suffit pas à établir qu'il soit romancier. Le plan ne laissera pas d'en paraître un peu étrange.

Il s'agit de deux amants, André Arlant, homme de lettres, et Laure Préault, jeune veuve. Les cinquante premières pages nous racontent leur rupture, qui est signifiée à Laure par André. Pourquoi rompent-ils ? Ce n'est pas extrêmement clair. Par instants, André est jaloux, sottement et sans motif sérieux. A d'autres minutes, il semble tout bonnement las et désillusionné: sa maîtresse ne lui plaît plus, il trouve qu'« elle n'a pas de si jolies épaules que ça » et qu'elle ne brille pas assez dans un salon. Mais en somme, c'est l'égoïsme d'André qui l'a détourné d'épouser Laure. Elle n'était pas — elle n'était plus surtout, depuis qu'elle lui avait cédé — une proie assez magnifique, et il ne voulait pas renoncer à de futures conquêtes. Mais elle, Laure, pourquoi n'a-t-elle pas exigé le mariage ? Ce n'est guère expliqué. On dirait qu'elle n'y a pas pensé. Toujours est-il que la faute initiale qu'ils ont commise tous deux ruinera leur liaison. Après quelques mois d'ivresse en Sicile, ils seront repris et séparés, en rentrant à Paris, par leurs obligations, leurs relations, leurs préoccupations, qui ne sont point les mêmes. Pour M. Abel Bonnard il n'y a d'amour solide que celui qui est fondé sur un engagement sérieux : il n'y a d'union véritable qu'entre époux. Le roman de M. Abel Bonnard est un roman moral.

La cause profonde de la rupture, c'est qu'André et Laure ont prétendu se contenter d'amours irrégulières et clandestines, donc empoisonnées à leur source. Soit! Mais les causes apparentes et prochaines n'en semblent pas moins frivoles. Ils n'ont rien de grave à se reprocher. On est surpris d'entendre André dire soudain : « Il faut nous quitter. » On est plus surpris encore de voir Laure subir sans protester, et sans même en demander la raison, cette séparation qu'elle ne désirait pas. Et l'on est stupéfait de découvrir qu'ils en souffrent tous deux cruellement, bien que rien ne les y ait contraints et alors que rien ne les empêcherait de se délivrer de cette souffrance en se rejoignant tout de suite. « Quand André l'avait quittée, Laure était d'abord tombée dans une hébétude par laquelle elle avait été involontairement soustraite à l'excès de son chagrin. Elle avait alors compris que si elle s'était avoué toute sa douleur elle n'aurait pas eu la force de résister... » On admettrait à la rigueur que Laure ne fît point les premiers pas vers la réconciliation, d'autant plus que c'est André qui lui a notifié son congé. Mais lui? « Le lendemain (de la rupture) il pleuvait toujours. André était chez lui. Comme les blessés qui ne bougent point pour ne pas réveiller leur mal, il demeurait immobile, inerte, avec sa douleur latente... » etc. S'il regrette Laure, que ne va-t-il la chercher?

Il faudra deux années et trois cents pages pour arriver à ce résultat si indiqué. Sans doute, les romans psychologiques nous ont accoutumés à ces longueurs, à ces interminables détours pour saisir un objet qui était à portée de la main. Mais ce qui est extraordinaire dans celui de M. Abel Bonnard, c'est que les trois cents pages en question n'ont aucun rapport avec le sujet. André et Laure ont rompu à la page 50. C'est seulement à la page 358 qu'au moment où l'on s'y attendait le moins, après deux ans de séparation et presque d'oubli, Laure se décide soudain à revoir André. Elle le revoit en effet, et la réconciliation s'opère instantanément: dès la page 368 ils sont mariés et assurés d'une éternelle félicité. Qu'ils se réconcilient et se marient, nous y consentons, encore que la chose soit devenue beaucoup moins simple au bout de deux ans. C'était indiqué jadis : ce ne l'est plus du tout à présent. Nous voudrions, au moins, quelques éclaircissements sur les états d'âme de ces amoureux à évolutions et à transformations. Tout cela ne va pas de soi. M. Abel Bonnard adopte un peu trop les procédés de composition de l'Intimé :

Il dit fort posément ce dont on n'a que faire
Et court le grand galop quand il est à son fait.

M. Abel Bonnard objectera-t-il que les trois cents pages qui s'étendent entre les deux péripéties sont précisément consacrées à rendre la seconde inévitable, puisqu'il nous fait assister aux tentatives inutiles des deux amants pour se reconstituer isolément une existence possible? On soupçonne bien que telle a été l'intention de l'auteur et qu'il n'a pas été incohérent de parti pris. Mais il n'a pas su relier ses trois cents pages centrales à l'histoire des amours de Laure et d'André. Ils se sont quittés : chacun va de son côté et essaye de refaire sa vie. Bien ! Mais même s'il n'y réussissent pas, ils peuvent poursuivre indéfiniment leurs expériences séparées et s'éloigner l'un de l'autre de plus en plus, sans se rapprocher jamais. C'est le cas le plus ordinaire : c'est celui que M. Abel Bonnard, bien involontairement, semble nous présenter pendant plus des trois quarts de ce volume. Après le premier moment de souffrance et de regret, Laure et André ont paru s'accommoder gaillardement de ce divorce à l'amiable : pendant deux ans, ils ne se rencontrent pas une seule fois, ni ne souhaitent de se rencontrer, et ils ont bien l'air de ne plus du tout penser l'un à l'autre. Il aurait fallu, au contraire, nous les montrer tous deux obsédés par leurs communs souvenirs (ce qui aurait eu, en outre, l'avantage d'expliquer avec vraisemblance que Laure, jeune, jolie et mondaine, n'aperçoive pas en deux ans un mari ou un amant acceptable, et qu'André doive se contenter pendant le même laps de passades insignifiantes).

Répondra-t-on que leurs souvenirs et leur amour subsistaient, mais dans les sous-sols de l'inconscient? Admettons-le. Il faudrait alors un événement imprévu et saisissant, un coup de théâtre, pour ramener cet amour à la surface. Mais il est ahurissant, arbitraire et fantasmagorique qu'après s'être passée d'André et l'avoir quasiment oublié pendant deux années, Laure s'avise un beau jour, sans motif nouveau ni particulièrement pressant, d'aller le relancer à son hôtel, et que lui, qui ne l'avait pas moins négligée de fait et de cœur durant ce long intervalle, tombe immédiatement dans ses bras. En somme, dans ces trois cents pages médianes, où défilent de nombreuses silhouettes de gens de lettres et de gens du monde, Laure et André, chacun de son côté, jouent à peu près le rôle de compère et de commère de revue. On dirait que M. Abel Bonnard avait noté sur ses carnets une quantité d'anecdotes et de portraits, et qu'il n'a inventé l'histoire d'André Arlant et de Laure Préault que pour leur servir de cadre, faute de savoir mieux les utiliser.

Il faut reconnaître que plusieurs de ces petits croquis sont pris sur le vif et fort spirituels. M. Abel Bonnard, que l'on a cru poète et homme d'imagination avant tout, pourrait bien être plutôt un analyste et un moraliste à la façon de La Bruyère ou de M. Abel Hermant. Il décrit et raille d'un trait finement ironique les vanités ridicules et les petites manigances du monde. Ses métaphores paraissent plaquées sur cette trame comme des ornements postiches. Et par malheur M. Abel Bonnard, souvent excellent dans le détail, ne sait pas insuffler le mouvement et la vie à l'ensemble. La pâte est assez riche, mais compacte et ne lève pas. Il vaut pourtant la peine de lire ce roman; mais il en coûte un peu d'effort.

L'UNANIMISME DE M. JULES ROMAINS (1)

M. Jules Romains vient de publier coup sur coup deux volumes de genres très différents en apparence, mais qui se rattachent l'un et l'autre, comme tous ses précédents ouvrages, à une même conception directrice. Un mérite que l'on ne contestera pas à l'œuvre de M. Jules Romains, c'est celui d'une forte unité. Ayant, dès ses débuts, fondé l'unanimisme, il n'a rien écrit qui ne se rattachât directement à cette doctrine, dont on se demande s'il ne serait point un peu le prisonnier. Toutefois, il n'a montré jusqu'à présent aucune impatience de cette captivité ni aucune vélléité d'évasion. Il est jeune et peut évoluer ; mais dans la douzaine de volumes qu'il a publiés depuis huit ou neuf ans, il n'a

(1) *Odes et prières*, poésies, 1 vol. Librairie du *Mercure de France; les Copains*, roman, 1 vol. Figuière. — Cf. *L'Ame des hommes, la Vie unanime*, le *Bourg régénéré, Un être en marche, Manuel de déification, l'Armée dans la ville, Mort de quelqu'un. Puissances de Paris.*

cessé de s'affirmer unanimiste, sans défaillance et sans merci. C'est un bel exemple de conscience et de suite dans les idées. M. Jules Romains n'est pas à demi de de son opinion. Son école n'a peut-être d'autre adhérent que lui-même, mais il y adhère bien. D'ailleurs il a témoigné d'une fertilité d'esprit suffisante pour renouveler sa matière et la présenter sous les aspects les plus divers, allant de l'idéologie la plus ardue à la plus énorme bouffonnerie.

Qu'est-ce au juste que l'unanimisme ? M. Jules Romains l'a expliqué à M. Emile Henriot (*A quoi rêven les jeunes gens*). « L'unanimisme, a-t-il dit, se caractérise par un certain mode d'expression et par une source, inconnue auparavant, d'inspiration. » Le mode d' expression que M. Jules Romains prétend appliquer c'est l' « expression immédiate », et il l'oppose à l' « expression discursive ». dont toutes les écoles du passé se sont servies. La forme discursive consiste à offrir « un enchaînement d'idées rationnel et logique à propos de la réalité, une vue de l'esprit sur la réalité ». « La poésie, la littérature un animiste, au contraire, veut être un jaillissement spontan é du réel et de l'âme. Entre la vie et nous, nous refusons d'interposer l'écran de la raison abstraite. Et nous n'essayons pas davantage de nous dérober par le symbole. » M. Jules Romains ajoute : « Rimbaud et Paul Claudel ont pressenti la vertu de l'expression immédiate, Bergson en a donné la justification métaphysique. » A la vérité, M. Gilbert Maire (*Revue critique des idées et des livres*) lui refuse le droit de se réclamer de M. Bergson. Mais il est constant que nombre de bergsoniens insistent sur cette antinomie entre l'expression logique et la réalité profonde, entre l'intelligence et la vie. M. Léon Blum

(Revue de Paris) s'appuie sur le bergsonisme pour condamner toute notre littérature classique, à l'exception de Pascal et de La Fontaine, dont on ne voit pas très bien les titres à cet acquittement de faveur. « C'est pourquoi, remarque le même critique, M. André Suarès a pu écrire récemment de Racine lui-même que ses tragédies étaient une série d'observations exactes et d'argumentations justes sur l'amour, mais sans qu'on y touchât jamais l'amour lui-même. » Racine a eu le tort, que lui reproche M. Jules Romains, de ne pas soupçonner les bienfaits de l' « expression immédiate ».

J'avoue que ces distinctions me semblent assez arbitraires. Il n'y a pas d'expression immédiate. Un langage, quel qu'il soit, ne reproduira jamais la réalité même, ne l'atteindra jamais directement : mais son rôle est de l'évoquer dans l'esprit ou dans l'âme de l'auditeur ou du lecteur, et il n'y peut parvenir que par des moyens essentiellement intellectuels. L'art le plus imaginatif use pourtant du vocabulaire et de la syntaxe, c'est-à-dire d'une espèce d'algèbre qui se déchiffre par une opération de l'entendement. Réciproquement, l'art le plus abstrait peut tout suggérer, et par l'intermédiaire de l'idée, ébranler puissamment la sensibilité. Seulement, il faut d'abord comprendre, et l'on peut craindre que M. André Suarès n'ait pas très bien compris Racine. La couleur et la musique des mots dont les classiques connaissaient le pouvoir, sans en vouloir abuser, contribuent à la suggestion, mais ne suffisent pas à tout et ne dispensent pas d'en considérer le sens, quoi qu'en aient cru un instant quelques symbolistes, qui d'ailleurs cherchaient surtout des raffinements artistiques et ne se souciaient guère d'expression directe du réel.

Le plaisant de l'aventure, c'est qu'on n'aperçoit aucune analogie entre la manière de Rimbaud, qui a réduit en effet le plus possible l'élément logique ou rationnel, et celle de M. Jules Romains, qui est bon écrivain, mais qui, en somme, construit ses phrases à peu près comme tout le monde, ne se distingue même point par la richesse ou la fantaisie verbales, et bien plus qu'à Rimbaud ferait songer tantôt à un Sully Prudhomme plus dense, tantôt à un Coppée plus sobre ou à un Richepin moins truculent. S'il est parfois hermétique, il n'a rien d'un illuminé : la spontanéité n'est pas son fait et son inspiration ne jaillit pas. C'est un analyste subtil et un peu alambiqué sans doute, mais qui compose et développe ses poèmes avec la sage méthode d'un excellent universitaire (1). Sa versification est modeste à l'excès. Non seulement il ne se risque pas au vers libre et aligne le plus souvent des séries d'alexandrins ou (dans les *Odes*) des strophes de quatre petits vers d'une carrure qui fait presque songer aux *Emaux et Camées* ; mais il ne manque guère à l'orthodoxie que sur un seul point, et ce n'est certes pas pour se rapprocher de ceux qui ont voulu jouer du vers comme d'une musique ; bien au contraire, il pratique d'une façon à peu près constante le vers blanc, si peu musical, qui ressemble à de la prose trop uniformément rythmée et mécaniquement arrondie. Voilà pour le style ; venons au fond.

Jusqu'à maintenant, a dit M. Jules Romains, la littérature n'a exprimé que l'âme individuelle et que les relations entre les âmes individuelles : elle n'a décrit l'univers que

---

(1) M. Jules Romains est agrégé de philosophie.

tel qu'il apparaît aux individus. L'unanimisme veut exprimer aussi l'âme des groupes humains, des collectivités vivantes, et décrire l'univers tel qu'il est perçu par les collectivités. Une famille, une rue, une foule, une ville, ne c'est pas seulement quatre, cent, mille, un million d'individus. Il y a là des êtres entièrement nouveaux, qui élaborent des faits de conscience entièrement nouveaux. Nous tâchons de les saisir et de les formuler.

Si l'unanimisme n'est que cela, il remonte à la plus haute antiquité. L'*Iliade* est une épopée unanimiste, puisqu'elle oppose au groupe troyen la collectivité grecque. Dans toutes les tragédies antiques, l'élément unanimiste est représenté par le chœur. Quoi de plus unanimiste que l'histoire d'Iphigénie, sacrifiée par son peuple ? En tant qu'individu, Agamemnon voudrait bien sauver sa fille ; il consent à l'immoler parce qu'il fait partie d'un groupe et participe ainsi d'un nouvel état de conscience. A toutes les époques, il s'est rencontré des écrivains de toute qualité pour cultiver l'unanimisme. Zola, par exemple, fut certes unanimiste, ayant fait vivre d'une vie puissante tant de groupes humains et de foules en mouvement.

Autre exemple, encore plus piquant. Dans un conte assez spirituel, *le Bourg régénéré*, M. Jules Romains expose comment une inscription tracée dans un urinoir par un jeune fonctionnaire a complètement modifié l'âme d'une petite ville. Par simple caprice de plaisantin désœuvré, ce garçon avait écrit sur l'ardoise cet apophtegme : « Celui qui possède vit aux dépens de celui qui travaille ; quiconque ne produit pas l'équivalent de ce qu'il consomme est un parasite social. » De nombreux habitants lisent la phrase machinalement, et il n'en faut pas davantage pour déterminer d'abord des conversations privées et des scènes de famille, puis de proche en proche des discussions publiques, des escarmouches de guerre sociale, de grandes résolutions chez des particuliers, des votes réformateurs du conseil municipal, et finalement la transformation de cette léthargique bourgade de petits rentiers en une cité industrielle, active et florissante. M. Jules Romains a narré cette aventure avec beaucoup d'agrément. Mais sait-il que Jules Verne a fait le tableau d'une ville entière métamorphosée par la simple augmentation de la dose d'oxygène dans l'air qu'elle respire et que le célèbre romancier, joie des enfants et tranquillité des parents, a donné ainsi, avec son *Docteur Ox*, un modèle de récit unanimiste ?

M. Jules Romains s'abuse, s'il croit que « l'unanimisme se révèle comme un sens nouveau, comme une intuition inédite du monde ». Mais il a tout de même son originalité. D'abord il est conscient. On faisait autrefois de l'unanimisme sans le savoir, comme M. Jourdain faisait de la prose. Les grands écrivains notaient d'instinct les caractères propres aux collectivités, sans se rendre un compte exact de ce qui les différencie des individus dont elles ne sont pas un simple total. Il était réservé à des sociologues contemporains, à Gabriel Tarde et au docteur Gustave Le Bon, d'élucider scientifiquement cette psychologie des foules. M. Romains a profité de leurs travaux et il a exploité systématiquement le thème poétique qu'il en tirait. Tandis que les maîtres d'autrefois abordaient l'unanimisme lorsque l'occasion s'en offrait, mais sans le rechercher de parti pris, M. Jules Romains s'y est exclusivement voué. Non seulement on trouve de l'unanimisme dans tous ses livres, mais on n'y découvre jamais autre chose. Et cet unanimisme est terriblement radical. Taine considérait même les hommes supérieurs comme des produits de la race, du milieu et du moment, et c'est à ce point de vue unanimiste qu'il les étudiait. M. Jules Romains regarde sans doute Taine comme un individualiste dangereux. Il ne lui suffirait pas de prouver que la personnalité d'un individu est conditionnée par le milieu collectif : il élimine *a priori* toute personnalité et juge plus sûr de ne mettre en scène que de ombres vagues, simples parcelles détachées du groupe et n'ayant en soi aucun relief ni aucune consistance. Dans *le Bourg régénéré*, les personnages sont anonymes : il y a le jeune employé, le patron du bazar, le percepteur, le maire, le second vicaire, les pâtissiers; les balayeurs. Dans ses autres romans, *Mort de quelqu'un* et *les Copains*, M. Jules Romains donne des noms aux personnages principaux, mais ce n'est que pour la commodité du récit : il a bien soin de les faire absolument neutres et quelconques. Il pousse le principe à l'extrême et oublie qu'un personnage n'est pleinemen, représentatif qu'à la condition d'avoir une forte vie personnelle. Lequel représente le mieux l'esprit du dix-septième siècle, de Racine ou de son portier, de Bossuet ou de l'enfant de chœur qui lui servait la messe ? Le tort de M. Jules Romains est de toujours négliger Bossuet et Racine pour ne jamais s'occuper que de l'enfant de chœur et du portier... Des femmes achètent une couronne mortuaire. M. Jules Romains éprouve le besoin de noter leur bavardage chez le marchand : « — Il faut une inscription, firent-elles. — Quelle inscription, mesdames ? — Je ne sais pas. Dites vous-même, monsieur. Monsieur nous dira ce qui se met d'habitude. C'est un pauvre vieux. — Oh ! pas bien vieux encore. — Non, mais enfin pas tout jeune. Il est mort dans la maison hier... — Cette nuit, vous voulez dire !... » etc. Ce dialogue continue sur le même ton pendant des pages entières. Au moins, quand Henry Monnier recueillait de ces platitudes, il les chargeait et les rendait comiques. M. Jules Romains les enregistre avec une implacable objectivité. Il confond un peu trop unanimisme avec insignifiance. Il est vrai que beaucoup de groupes ne pensent et ne disent que des niaiseries : mais c'est donc que M. Jules Romains a peut-être tort de ne jurer que par les groupes et de vouloir les diviniser.

Cela encore n'est pas rigoureusement une nouveauté, puisque Rome avait ses temples dans tout l'empire. Mais la ville des Césars pouvait prétendre à quelques honneurs exceptionnels. Une singularité des théories de M. Jules Romains, c'est qu'il néglige les groupes naturels les plus propres à inspirer l'amour, l'enthousiasme et une sorte de culte : il n'est pas question notamment de la patrie. Il ne nomme même point Paris, ou ce n'est que par hasard. Toujours hostile aux précisions, ne goûtant pas plus la personnalité définie chez les collectivités que chez les individus, il se borne habituellement à dire : « la Ville ». Au couple et à la famille, groupes naturels, il préfère la foule, même la foule fortuite et momentanée. Dans son *Manuel de déification*, il conseille de provoquer des rassemblements dans la rue et d'encourager ceux qu'on rencontre ! L'unanimisme sera médiocrement apprécié des agents dont c'est la fonction de faire circuler. En revanche, il se rendra populaire dans les cafés, car Jules Romains recommande la fréquentation de ces lieux publics, éminemment propices à des exercices pratiques d'unanimisme. Mais il ne faut lire qu'avec réserve ce *Manuel de déification*, qui pourrait bien être l'œuvre d'un humouriste. *La Vie unanime* est au contraire un ouvrage manifestement sérieux : ce long poème, où il y a de frappantes beautés, résume la pensée de M. Jules Romains. C'est vraiment la Bible unanimiste. On y constate que le besoin religieux n'est pas une superfétation, mais le point de départ et la base du système.

C'était moins sombre tout de même
Et bien moins froid au temps de Dieu...

Comme on serait content si l'on avait un Dieu !..

Hélas ! des dieux pareils il n'en passera plus !..

Mais les autres, les dieux abstraits qu'on n'a pas vus,
Ceux que le souffle à peine chaud de la raison
Mit comme une buée aux vitres du destin,
Les dieux abstraits qui s'évaporent en divin,
Les dieux qui n'ont jamais parlé sur la montagne
Et qui ne sont pas morts après avoir pleuré,
Ils peuvent exister, nos cœurs n'en veulent point.

Ce désir passionné d'un ou de plusieurs dieux, mais vivants et concrets, s'est combiné avec le sentiment intense de la vie collective et de la solidarité humaine, sentiment d'ordre religieux, et c'est ainsi que M. Jules Romains a été conduit à édifier une nouvelle mythologie.

De grandes bêtes remuent,
Des théâtres, des casernes,
Des églises et des rues
Et des villes ;

De grandes bêtes divines
Inconscientes et nues,
Qui seront des dieux réels
Parce que c'est notre rêve
Et que nous l'aurons voulu.

Evidemment ce ne sont là que des mythes, car la conscience nouvelle qui se manifeste lorsque se constitue un groupe n'est pourtant pas un être réel. Au fond, M. Jules Romains professe, un peu au hasard, une espèce de religion de l'humanité. Il est à retenir qu'il n'aime point la nature, mais l'accuse de pousser à l'individualisme, et le fait est qu'elle détourne des villes et de l'unanimisme les rêveurs et promeneurs solitaires... *L'Etre en marche* est une application moins heureuse du principe. Dans les *Odes et prières*, les *Odes* seules sont nouvelles : les *Prières* avaient déjà paru séparément. Ces *Odes*, au titre un peu ambitieux, retracent de courtes impressions intimes, mélancolie dans la solitude, silence nocturne, crainte de la mort et de l'avenir, l'unanimisme étant toujours présent ou sous-entendu.

Mort de quelqu'un, le plus important récit en prose qu'ait encore donné M. Jules Romains, montre comment un brave homme absolument nul, et qui passait inaperçu en son vivant, commence une existence après sa mort, mobilise une quantité de gens, crée de l'unanimisme en suscitant, animant ou modifiant des groupes, jusqu'à ce qu'il tombe dans le néant définitif par l'oubli ou la disparition de tous ceux qui l'avaient connu. L'idée est intéressante, et il y a de curieuses pages, avec de fâcheuses longueurs. Le dernier roman que M. Jules Romains vient de publier : *les Copains*, relève encore de l'unanimisme, parce que ces joyeux compagnons constituent déjà un groupe, étant au nombre de sept, comme les chefs devant Thèbes, et parce qu'ils s'attaquent à d'autres groupes, aux populations des sous-préfectures d'Ambert et d'Issoire. Mais voici de l'unanimisme folâtre, et même ultra-rabelaisien. Il s'agit de formidables mystifications que les facétieux copains organisent, l'une dans une caserne, la seconde dans une église, la troisième à propos de l'inauguration d'une statue. C'est horriblement scabreux, mais d'une irrésistible gaieté et d'une désarmante « loufoquerie » de rapin montmartrois. On dirait de l'Alphonse Allais plus osé et arrangé à la sauce unanimiste.

On ne saurait porter un jugement définitif sur M. Jules Romains, qui est encore en âge de nous préparer des surprises. Ce qu'il a donné jusqu'ici révèle la coexistence étrange d'un esprit rigidement dogmatique et d'un talent étonnamment varié. Il n'est pas banal de livrer au public, à quelques jours de distance, des *Odes* d'une poésie délicate, exquise, un peu mièvre, presque morbide, et un fabliau de haulte gresse qu'annonçaient certains détails fort gaulois d'ouvrages antérieurs comme *le Bourg régénéré*. Malgré son éternel système, on n'accusera pas M. Jules Romains d'être monocorde.

CHARLES-LOUIS PHILIPPE

La mère et l'enfant (1).

C'est un tout petit livre, très simple et très beau, profondément humain et absolument original. Si court soit-il, l'auteur n'avait pu, de son vivant, le publier en entier. Cette réimpression, due aux soins d'un groupe d'amis, est en réalité la première édition complète. Le pauvre Charles-Louis Philippe n'eut jamais à se louer de la fortune. Il a laissé de fervents admirateurs. Peut-être va-t-il entrer enfin dans la gloire. Il est mort en décembre 1909, à trente-cinq ans.

Il était né à Cérilly, petit village du Bourbonnais, où son père était sabotier. « Je crois être, en France, écrivait-il dans une lettre à M. Maurice Barrès, le premier fils d'une race de pauvres qui soit allé dans les lettres. » Toute son œuvre n'est en somme, même sous la forme du roman, qu'une série de confessions. C'est un authentique héritier de Jean-Jacques, mais avec une

---

(1) 1 vol. 1911. Edition de la *Nouvelle Revue Française.*

sensibilité moins trouble et un esprit moins dogmatique. Il se borne à conter ses souffrances et celles des pauvres gens de son milieu. Un roman posthume et inachevé, *Charles Blanchard*, retrace l'enfance de son père ; il n'y a rien de plus poignant que la détresse de cet orphelin, dont la mère était réduite à la mendicité, et qui pensa périr de froid, de faim, de chlorose, d'abrutissant ennui, avant d'être recueilli par un oncle qui lui apprit à faire des sabots. Et pourtant, du fond de cette misère, Charles Blanchard renaît par le travail à une dure et virile satisfaction... Charles-Louis Philippe ne traversa point lui-même d'aussi âpres épreuves. Il ne manqua point du nécessaire, mais il ne sortit jamais non plus de la plus étroite médiocrité. Il put faire ses études, grâce à une bourse : il suivit les classes de sciences, se présenta sans succès à l'École polytechnique, trouva une maigre place à Paris dans un bureau, et à vingt-deux ans, entra à l'Hôtel de Ville, où il resta jusqu'à la fin. Il était petit et malingre, et il habitait l'île Saint-Louis. Il espéra un moment obtenir le prix Goncourt et réussir à vivre de sa plume. Les académies qui ne sont pas au coin du quai ont aussi leurs préjugés ; et les revues d'avant-garde sont parfois aussi fermées que les autres aux jeunes écrivains vraiment indépendants.

Il avait débuté par des essais en prose et même en vers, qui pouvaient à la rigueur annoncer un nouveau symboliste : il admirait Mallarmé et fréquentait chez René Ghil. Ce n'était point sa voie. Le premier de ses ouvrages, qui n'ait point passé tout à fait inaperçu, *Bubu de Montparnasse* (1901), semblait au contraire le rejeter en plein naturalisme. Si l'on ne considère que la qualité des personnages, on peut croire d'abord à une tardive imitation de l'école de Médan : on songe à *Marthe* et aux *Sœurs*

Vatard. Ce Bubu de Montparnasse vit en état de vagabondage spécial, et c'est sa protégée, Berthe Méténier, une ancienne fleuriste tombée au ruisseau, qui est l'héroïne du roman. Certes, le livre est hardi et scabreux. Mais que l'esprit en est différent de celui des romanciers naturalistes ! Ceux-ci étaient à la fois des misanthropes qui notaient avec une joie féroce les tares sociales et de fieffés gens de lettres qui cherchaient dans cette boue des thèmes d'écriture artiste. Charles-Louis Philippe ne regarde ce triste monde ni avec mépris, ni avec une curiosité d'esthète, mais avec une infinie pitié. Il est doux, tendre, ingénu. Il ne se rattache pas à Huysmans, mais à Tolstoï et à Dostoïevski.

Il avait connu cette Berthe, qui s'appelait en réalité Maria. Bubu a existé. Presque tout, dans ce roman, est composé de faits exacts. Charles-Louis Philippe le conte à son ami le littérateur belge Henri Van de Putte, dans une correspondance qui a été tout récemment publiée. Philippe ne travaillait que d'après nature. *Le Père Perdrix* (1903), ce vieux paysan réduit par l'âge à l'inaction et à l'indigence et qui finit par le suicide, est un type qu'il a observé dans sa province, qu'il a souvent repris avec quelques variantes dans d'autres contes ; et Jean Bousset, l'ingénieur à qui son indépendance a coûté son emploi et qui se prend d'amitié pour le père Perdrix jusqu'à vouloir se charger de lui, c'est Charles-Louis Philippe lui-même dans son caractère, son culte de l'amitié, sa religion de la souffrance humaine, sinon dans les incidents d'une action évidemment romancée. Qu'il a d'émotion et de grandeur tragique, ce *Père Perdrix !* Moins divertissant que *Bubu*, il est peut-être d'une qualité supérieure. *Marie Donadieu* (1904) est un livre plus décevant ; c'est d'ailleurs le récit d'une déception, comme nous l'apprennent encore les lettres à M. Van de Putte. Philippe, un peu naïf, croyait trop facilement aux petites femmes : il avait ensuite des accès de misogynie, que sa bonté foncière empêchait d'être très sérieux. Son dernier roman, *Croquignole* (1906), si savoureux, met en scène des employés et des grisettes encore, et l'on dirait un ambigu de Murger ou de Paul de Kock et de Courteline, mais cette poésie idyllique et cette gaieté légère aboutissent à un drame angoissant, où se révèle l'honnêteté sentimentale de Charles-Louis Philippe. Il avait une âme d'enfant, avec des élans de gourmandise vers les bonnes choses de la vie, une façon de paganisme innocent, avec des chagrins aussi et des stupeurs douloureuses. Son style, plus sensitif que descriptif, était tout frémissant et comme hyperesthésié, chargé de tropes, prosopopées et autres, qui prêtent à la parodie mais, chez lui, ne sentent jamais le procédé.

La Mère et l'enfant avait paru, sous sa première forme, avant *Bubu de Montparnasse*, en 1900. C'est peut-être le chef-d'œuvre de Charles-Louis Philippe : c'est en tout cas le livre qui contient ses plus belles pages, et c'est celui qui a le plus de chances d'être lu par tout le monde. Cette fois, pas l'ombre de roman : Philippe a tout bonnement évoqué ses propres souvenirs. Cette mère, c'est la sienne; cet enfant, c'est lui-même, à visage découvert. Sa mémoire et son cœur lui ont suffi pour traduire, dans le cadre le plus modeste, toute la sublime beauté de l'amour maternel et de l'amour filial. Cela ne peut guère s'analyser; ce n'est qu'une série d'impressions et d'effusions : il faudrait tout citer... L'enfant est né, comme un morceau de chaos, et tout de suite les mamans si pâles ont des sens délicieux pour apprendre à connaître leur petit enfant. Vers trois ou quatre mois, c'est le commencement de la formation de la conscience. « Alors elles le prennent à leur cou pour le promener, afin de lui montrer des spectacles éclatants. Petit bébé, voici ce qui brille, voici ce qui chante, voici tout ce qui est beau... » Et les premiers sourires! Et le premier gazouillis, indécis comme un rayon de soleil au matin!

Charles-Louis Philippe suit minutieusement ces péripéties, en observateur et en poète. « Lorsque j'avais deux ans, maman, tu étais forte comme une force de Dieu, tu étais belle de toutes sortes de beautés naturelles, tu étais douce et claire comme une eau courante. Tu ressembles à la terre facile et calme de chez nous qui s'en va, coteaux et vallons, avec des champs et des prés de verdure... Tu es le ciel qui s'étend au-dessus de nous, frère bleu de la plaine... Tu étais surtout, maman, un large fleuve tranquille qui se promène entre deux rives de feuillages, sous des cieux calmés. J'étais une barque neuve qui s'abandonne au beau fleuve et qui a l'air de lui dire : Emmène-moi, beau fleuve, où tu voudras... Mais surtout maman, tu étais ma citadelle. Magnifique et calme, tu te tiens debout sur la colline, et ton enfant n'a pas peur lorsqu'il va dans la vallée... » Ce lyrisme ne rappelle-t-il point le *Cantique des cantiques*? Charles-Louis Philippe a la métaphore biblique, c'est-à-dire subjective, procédant par affinités bilatérales, allant du moral au physique, et non par similitudes exclusivement matérielles. De même, plus loin : « Maman, lorsque tu es assise à la fenêtre, tu couds et tu penses. Tes pensées ressemblent à une allée de vieux tilleuls où c'est toujours plein d'ombre et tu t'y promènes en respirant... Mais surtout tu penses à moi...

Ton cœur est beau comme un monastère où tous les moines à genoux s'unissent pour envoyer à Dieu chacun sa pensée et pour lui faire entendre qu'il est le bien-aimé chez les hommes. Tu m'aimes comme la fin de toutes choses... » Même lorsqu'il adopte une image purement visuelle, Philippe lui prêtera une valeur de sentiment, comme dans cette phrase : « On voit ton bonnet blanc qui te coiffe, comme un toit modeste *la maison d'un bon homme.* » Il note des analogies de ce genre dans l'ironie aussi bien que dans l'exaltation fervente. Par exemple, à une pommade qui ne l'a pas guéri, il dit : « Pommade, pommade, vous étiez, blanche, aussi vaine qu'une belle dame auprès d'un accident. » Il mêle parfois l'humour à la tendresse, dans des raccourcis familiers et singulièrement pittoresques : « On la voyait passer (une vieille mendiante), tenant son panier d'une main et son enfant de l'autre main. Son panier contenait les choses de sa vie : des œufs, des légumes, du vin et son porte-monnaie, et son enfant contenait tout son bonheur... » Il n'y a point de style plus imagé, mais selon le tempérament de Philippe pour qui l'âme était toujours l'essentiel et qui n'en cherchait dans le monde visible que le reflet ou l'épanouissement.

L'enfant grandit, est longtemps malade, puis va à l'école, ensuite au lycée, où il souffre de l'absence de sa mère, du manque de tendresse, des rigueurs d'un pion... A vingt ans, après des déboires cruels, de pénibles démarches et une longue attente, il décroche une place de 3 fr. 75 par jour dans un bureau... Même dans les plaintes légitimes de Philippe, on ne sent jamais d'aigreur ni de rancune véritable. Que son enfance diffère heureusement de celle de Poil de Carotte ! Et surtout qu'il est éloigné de ressembler à Jacques Vingtras !

Et combien nous lui en sommes reconnaissants! Ce livre de *la Mère et l'enfant* peut être mis dans toutes les mains : certains morceaux sont appelés à devenir classiques et à figurer dans les anthologies. De toute l'œuvre de Charles-Louis Philippe, on peut dire que souvent empreinte d'une extrême tristesse, elle laisse pourtant une impression salubre, parce qu'elle ne contient rien que de noble et de généreux, sans colère et sans haine. Une fois, il croit caresser des rêves de vengeance à l'égard du pion persécuteur : « En ce temps-là, je voulus être officier... Je me voyais dans la rue. un sabre et un dolman, et mon regard serait plus brillant et plein de mépris, lorsque passant auprès du pion je le regarderais en pensant : homme vil et pion. » Voilà jusqu'où allait l'esprit vindicatif du bon Philippe! C'est désarmant.

Il lui a manqué sans doute une certaine largeur de culture, une certaine force de doctrine et d'objectivité. Il avait peu d'esprit critique, ne comprenait rien à Stendhal, ni à Rabelais, ni à Moréas, ni même au style de Jean-Jacques, dont il raffolait mais trouvait les phrases « longues et incorrectes... » Il avait reçu une instruction trop exclusivement scientifique. Il soutenait la funeste théorie de la spontanéité et, comme ils disent, de la Vie (par un grand V), contre la tradition, la discipline intellectuelle, l'art savant. Ce retour simpliste à la nature, cette suppression des intermédiaires entre la nature et l'écrivain, cette révolte de l'instinct, ce sont des paradoxes plus ou moins rénouvelés de Rousseau, et d'inspiration démagogique au fond. Peut-être l'excellent Charles-Louis Philippe ne s'en rendait-il pas un compte exact. Il disait : « Maintenant il faut des barbares », mais il voulait que l'écrivain fût « un bon ouvrier », sans voir la contradiction ni comprendre que le bon ouvrier suppose l'apprentissage, la règle, le goût du métier, toutes choses absolument incompatibles avec la barbarie. Il a partagé quelques préjugés d'une partie de ses contemporains. Il eut, d'ailleurs, des velléités de nietzschéisme et de catholicisme. On ne sait trop dans quel sens il eût évolué. Il comprenait moins bien les idées que les sentiments. Il n'était pas très dialecticien. Qu'importe? Son œuvre nous reste.

Charles Blanchard (1).

Lorsque Charles-Louis Philippe est mort, en décembre 1909, à l'âge de trente-cinq ans, il travaillait depuis plusieurs années à un nouveau roman, *Charles Blanchard*, et ne parvenait point à l'achever. On en a donné diverses raisons dont les meilleures paraissent être étrangères à l'œuvre. Charles-Louis Philippe avait toujours eu le travail un peu lent : une partie de ses journées était absorbée par sa besogne de fonctionnaire à l'Hôtel de Ville; et il avait entrepris en 1908 de donner régulièrement au *Matin* des contes qui ont été recueillis pour la plupart sous ce titre : *Dans la petite ville* (2). Mais on explique aussi cet inachèvement de *Charles Blanchard* par des motifs tirés du sujet même,

---

(1) Avec une préface de Léon-Paul Fargue. 1 vol. Edition de la *Nouvelle Revue française*, 1913.

(2) 1 vol. Fasquelle.

et des hésitations de Charles-Louis Philippe, qui n'aurait pu se décider entre deux conceptions différentes. C'est la théorie soutenue par M. Léon-Paul Fargue, dans la préface du présent volume. On y trouvera, en effet, trois versions des premiers chapitres de ce *Charles Blanchard*, sans compter diverses variantes, et il est vrai que deux de ces versions ont l'air de s'opposer l'une à l'autre; mais je crois que ce n'est qu'une apparence, que la conciliation était non seulement facile, mais nécessaire, et que le temps seul a manqué à Charles-Louis Philippe pour établir son plan. Le seul parti à prendre était de publier ces fragments tels quels, malgré les redites, ainsi que l'ont fait ses amis.

Le procédé de composition qu'ici nous saisissons sur le vif concorde avec ce qu'on savait ou ce qu'on avait deviné du tour d'esprit de Charles-Louis Philippe. M. Léon-Paul Fargue déclare: « Les chapitres que nous publions de *Charles Blanchard* inachevé ne sont pas des études qu'il faisait pour un tableau, mais ce tableau même qu'il recommençait autant de fois qu'il croyait le voir dans les conditions nécessaires à son achèvement définitif... » C'est jouer sur les mots. M. Léon-Paul Fargue veut dire que ces études sont très poussées, aussi poussées que des tableaux : il se peut, mais ce sont bien des études, dont aucune ne se suffit à elle-même et ne constitue un tout. Visiblement, elles préparent et amorcent un ouvrage futur. Charles-Louis Philippe n'avait pas un de ces génies puissants qui partent d'une idée centrale, d'une vue d'ensemble, et fixent la structure organique d'une œuvre, avant de passer à l'exécution. Racine disait : « Ma tragédie est faite; je n'ai plus qu'à l'écrire. » Tout au contraire, Charles-Louis Philippe commençait par écrire la sienne et même par la récrire plusieurs fois de suite, sans arriver toujours à la mettre sur ses pieds. Il se mouvait naturellement dans le concret; il avait une sensibilité trop riche pour s'asservir au fait comme les naturalistes, sous prétexte d'exactitude documentaire. A la base de chacun de ses romans, il y a bien une anecdote connue de lui ou même vécue par lui; mais il multipliait les points de vue et ne s'interdisait pas l'invention. Seulement, sa fantaisie brodait, un peu au hasard, des variations brillantes, qui parfois, ne s'enchaînaient pas très bien, et n'étant guidé ni par le scrupule de la réalité stricte, ni par une pensée nette, il pouvait être fort embarrassé pour coordonner et conclure. Il excellait dans le morceau et arrivait avec peine à l'unité.

Lorsqu'on signale la nécessité de l'élément intellectuel dans l'élaboration artistique, certains théoriciens affectent de croire qu'on souhaite le règne de l'abstraction et des froides combinaisons d'école ou encore de la pièce et du roman à thèse. Il n'est pas question de cela. On veut dire simplement qu'un artiste complet doit savoir dominer et ordonner sa matière. Si cette maîtrise n'a pas entièrement fait défaut à Charles-Louis Philippe, par ailleurs si magnifiquement doué, il faut reconnaître qu'elle ne lui était point naturelle et qu'il ne s'y haussait que grâce à de patients efforts. Il eût certainement réussi à construire son *Charles Blanchard*, s'il en avait eu le loisir. Est-ce une illusion? Il semble même que la tâche n'était pas si ardue, et que bien loin de se présenter comme contradictoires, les fragments qui subsistent se fussent aisément ajustés. Peut-être Charles-Louis Philippe eût-il finalement adopté une autre direction ; mais on discerne un lien logique entre ces feuilles dispersées.

Charles Blanchard, c'est en substance l'histoire des années d'enfance du père de l'auteur. Ce père était sabotier à Cérilly, village du Bourbonnais. Il avait été orphelin de bonne heure et très malheureux dans son jeune âge, avant de pouvoir gagner sa vie par son travail. Voilà l'essentiel de la donnée. Y avait-il plusieurs façons de la traiter ? Sans doute. Mais nous verrons qu'elles n'étaient peut-être pas incompatibles.

Les deux chapitres de la première version sont d'une accablante et mortelle tristesse. Solange Blanchard, la veuve, vit avec son petit, qui a sept ans au début du récit, dans une masure désolée. « Quatre murs surveillaient la chambre, pleins de pierres rugueuses, sans que rien en adoucît la dureté, dans un vis-à-vis terrible, dans une sévérité implacable, quatre murs entre lesquels le sol noir était nu. L'ombre qu'ils versaient, troublée par le jour verdâtre d'une fenêtre basse, s'était retirée dans les coins en attendant son heure. Quand le soir ici viendra, l'on sera bien seul, dans un monde bien dur. » Solange Blanchard gagne dix francs par mois, environ six sous par jour, à faire des ménages. Elle n'a pas d'autres ressources pour assurer sa subsistance et celle de son enfant. Avant de sortir, le matin, elle lui dit : « Surtout, ne va pas dans la rue, mon Charles. Tu courrais, tu attraperais chaud. Rappelle-toi de ce que je t'ai dit de ton pauvre père. Il était allé dans la campagne et il est rentré tout en sueur. Quand il a voulu se reposer, il a pris froid, et il est mort d'une fluxion de poitrine en six jours. » Terrorisé, le petit reste toute la journée à se morfondre sur sa chaise. L'après-midi, la mère est là, mais ne le distrait guère...

Sur sa prunelle on ne sait quoi s'était posé, qui semblait avoir un certain poids. Cela grossissait, puis à un moment donné, aucun effort n'eût pu le retenir. Cela se détachait. On apercevait alors sur la joue de Solange une larme lourde ronde, qui roulait et venait s'aplatir sur l'étoffe de sa robe, Elle était la première, mais les autres venaient après elle. Il fallait bientôt renoncer à les voir une à une. La pauvre femme rappelait ces orateurs qui sont pleins de leur sujet, et comme ils parlent, elle pleurait d'abondance.

Les rares sorties de Charles Blanchard étaient pour aller mendier avec sa mère, très loin, dans des fermes. Il avait d'abord un recul, une frayeur d'oiseau de nuit devant le jour. « L'espace était si grand, le ciel était si haut, la lumière était si pure qu'il ne pouvait croire que pareille chose existât. Il était intimidé. Il n'eût pas osé avancer au-devant de ce qu'il voyait. Il attendait que sa mère l'invitât à le suivre. » Mais les paysages ne sont pas faits pour les pauvres.

Dans la nature, seules les routes comptaient... Ils ne regardaient rien, de peur de perdre leur temps à voir des choses inutiles... Un soleil d'été, celui qui éclaire les beaux jours et qui fait qu'à leur heure dernière les hommes mêmes qui, par delà la mort, croient trouver le ciel, ne quittent la terre qu'en pleurant, un beau soleil embrasait la campagne entière et l'aimait comme un père aime le meilleur de ses enfants. De belles vapeurs d'une couleur bleue montaient vers lui, la campagne semblait lui répondre avec un doux sentiment, l'enfant du soleil le payait de retour. Charles Blanchard de tout cela ne connaissait qu'une chose. Il disait : — Maman, j'ai chaud.

On se souvient du mot de Flaubert dans *la Tentation* : « Il y a des endroits de la terre si beaux qu'on voudrait les presser sur son cœur. » La sensibilité ardente et jeune de l'espèce de primitif qu'était resté Charles-Louis Philippe le conduit à créer des mythes comme à l'époque homérique. Mais l'antithèse entre cette tendresse que la Terre échange avec le Soleil et l'abandon des déshérités est d'une amertume bien moderne. En Grèce, la condition humaine fut-elle jamais si rude que les plus misérables n'eussent pas un instant pour jouir du spectacle des choses et adorer la lumière ?

Ainsi même ces courses de bête de somme n'éclairaient pas la morne et pesante solitude de Charles Blanchard. Il n'avait même pas la notion d'une existence qui ne fût point identique à la sienne, d'hommes qui ne fussent pas tout à fait ses pareils. A force de vivre en reclus, dans un taudis obscur, il était devenu malingre et chlorotique :

> Sous ses joues transparentes, sa chair incolore semblait mélangée d'eau. Il ne faut pas dire qu'il avait la peau moite : il avait la peau humide. Sa mère parfois lui essuyait le visage : au bout d'un instant il eût fallu recommencer. Il ne suffisait même pas de dire qu'il avait la peau humide. Un singulier phénomène sans doute s'était produit dans les couches profondes de son corps ; ses veines étaient fragiles l'une d'elles s'était rompue ; il se vidait ; un liquide horrible s'écoulait à travers sa peau.

Il demeurait indéfiniment silencieux : c'était un enfant, et il avait l'air d'un vieillard. Mais les vieillards font plus de bruit, les hommes sont moins graves et les animaux se mêlent à nous davantage.

> Parfois il semblait que la pâleur et l'humidité de son visage dussent fournir une indication... Oui... Ce n'était même pas dans le règne animal qu'on eût pu lui trouver

un semblable. Lorsqu'on le voyait immobile et froid sur sa chaise, dans le coin le plus obscur de sa sombre maison, on se disait que des phénomènes insoupçonnables se passent à l'abri de la lumière du soleil et que d'étranges moisissures ont pu se développer dans une ombre glacée. Quelque monstrueux champignon, sur le sol d'une de ces chambres qui font penser à des caves, s'était accru pendant des jours et des jours : le hasard lui avait donné la forme d'un enfant.

Il n'est guère possible d'aller plus loin dans l'horreur. Charles-Louis Philippe a su donner en effet dans tout ce fragment l'impression d'une odeur de cave et d'une décoloration putride. Nous avons l'atroce sensation physique de l'extrême misère qui dissout les êtres humains et les transforme en des sortes de larves. C'est sinistre.

Lorsque Charles Blanchard a douze ans, sa mère éprouve une grande joie. Elle envoie Charles en apprentissage chez son oncle Baptiste Dumont, sabotier, et entrevoit une ère nouvelle. Le petit est effaré, craintif, taciturne : il lui faut une semaine pour comprendre qu'on ne lui veut aucun mal. Peu à peu, l'oncle Baptiste l'initie aux secrets du métier. Il obéit d'abord avec répugnance. Enfin il s'y habitue.

Il faut marquer d'une pierre blanche le jour où Charles Blanchard donna à ses sabots un peu de cette attention qu'accordent les hommes à la besogne qui les occupe. Un grand changement s'était produit dans sa vie, lorsque, ayant chassé les vaines terreurs, il put se dire un soir, après avoir râpé ses sabots : — Aujourd'hui, j'en ai râpé six paires... Il existait alors pour Charles Blanchard quelque chose qui s'appelle le travail.

Mais Charles-Louis Philippe ajoute : « Le travail ne lâche pas ceux qu'il a choisis. » Il n'insiste pas ; mais cette phrase suggère encore des réflexions affligeantes. Oui, le travail libère, et l'on s'élève en passant de la condition de mendiant à celle de travailleur. On a aussi la vie plus douce et mieux assurée. Mais n'est-ce point un autre esclavage ? Faut-il que la vie soit abominable pour qu'on puisse considérer ce travail fatigant et obsédant comme la meilleure des distractions et la plus salutaire défense non seulement contre la gêne, mais contre l'ennui !

Cette première version de *Charles Blanchard* est certes imprégnée d'un douloureux pessimisme. Cependant elle se termine sur une espérance ; car après le mot sur le travail qui ne vous lâche plus, Charles-Louis Philippe nous montre son personnage s'aguerrissant, y prenant goût. « Quand le Charles Blanchard nouveau tenta de rentrer dans le Charles Blanchard ancien, celui qui n'avait rien à faire, ne rien faire n'était plus dans sa vie ce qui lui semblait préférable. » Et c'est lui qui, sachant maintenant râper, noircir et cirer les sabots, demande spontanément, un beau matin : « Mon oncle, voulez-vous que j'essaye de fendre votre bois ?.. » Il y a lieu de distinguer entre les jugements philosophiques sur notre destinée commune et l'appréciation relative de la situation de chacun de nous. Si Charles Blanchard doit être encore à plaindre, ce sera au même titre que tous les mortels. Mais il ne connaîtra plus un malheur d'exception. Par le travail, il est sauvé, dans la mesure où un homme peut l'être. C'est bien ce qu'en littérature on appelle un dénouement optimiste.

C'est pourquoi je n'aperçois point, comme M. Léon-

Paul Fargue, une antinomie absolue entre cette version et la troisième, celle de *Charles Blanchard heureux*. En lisant la première, on est assurément ému, mais on sent un peu d'artifice et l'on articule quelques objections. Est-il bien vraisemblable que Charles Blanchard se laisse hermétiquement séquestrer dans sa chaumière, sous prétexte que son père est mort d'un chaud et froid? Déjà sa pauvre mère, par excès de sollicitude, tombe dans une erreur dont les résultats devraient bientôt la tirer. Comment! elle voit son gamin dépérir et elle ne songe pas à lui faire prendre de l'exercice! Et lui, se soumet sans murmurer! Il ne profite pas au moins des absences forcées de sa mère pour se dégourdir les jambes! Les plus pauvres enfants des moindres villages vont jouer, courir et polissonner sur les routes avec des camarades. Pour expliquer la claustration de Charles Blanchard, il faudrait des raisons que l'auteur ne donne pas. Elle a pu durer une saison ou deux, par suite de maladie ou d'intempéries: nous ne comprenons pas qu'elle dure cinq ans. D'autre part Charles Blanchard a déjà sept ans au début: qu'a-t-il fait jusque-là?

La troisième version répond à ces questions. « A quatre ans, quoiqu'il eût touché toutes les choses qu'il avait pu atteindre, il n'avait pas épuisé une grande curiosité qui était au fond de lui-même... C'est pourquoi, lorsqu'il était dans sa maison, il partait pour aller sur la rue. Lorsqu'il était dans la rue, il ne s'arrêtait pas encore... » Nous y voilà! « Charles Blanchard apprit l'existence du soleil, de l'azur du ciel, des arbres, des prairies, il sut qu'il y avait des oiseaux, des chiens, des chats, des chevaux... » Pour lui, la vie était comparable à un « magasin de déballage... » Et « il fut heureux de faire partie d'un monde qui possédait de telles merveilles... Il fut heureux comme les enfants sont heureux... On croirait que le monde a été créé pour que les enfants s'en puissent réjouir ». A la bonne heure ! Ici apparaissent le kiosque chinois de M. Tardy, avec ses clochettes, et la pluie d'étincelles que faisait jaillir le forgeron comme dans une féerie : il en avait été fait mention brièvement dans la première version, pour noter aussitôt que Charles, obtempérant aux ordres maternels, ne verrait plus jamais ces belles choses. Allons donc ! Maintenant, il se promène librement au marché, à la foire ; il a dix ans, et il consacre tout un après-midi à contempler les chevaux de bois. Bref, il redevient un enfant normal, ayant des plaisirs et des chagrins d'enfant, non les désespoirs sans éclaircie d'une grande personne dont la vie est irréparablement brisée et qui s'enferme dans une retraite farouche. Que la détresse de sa mère opprime la vie de Charles et le réduise à l'état où nous l'avons vu, c'est admissible, mais non pas sans qu'il ait eu des réactions de gaieté avant l'âge de douze ans. Observons, d'autre part, que l'épisode des chevaux de bois, dont Charles-Louis Philippe a repris une demi-douzaine de fois la rédaction, nous rejette toujours dans la tristesse. Tantôt l'enfant voudrait faire un tour de manège, comme les autres, et sa mère est obligée de lui refuser le sou que cela coûterait, parce qu'elle a besoin de ce sou pour acheter du pain. Tantôt il a, de lui-même, le sentiment vague que de si fastueux plaisirs ne sont pas à sa portée, il s'efface spontanément et s'éloigne en pleurant, ayant pris conscience de sa pauvreté et de l'inégalité qui est la loi sociale. De toute façon, la douleur rentre dans la vie de l'orphelin — et les deux versions se rejoignent.

Il fallait évidemment les coudre et les intégrer l'une

à l'autre, introduire dans la première des touches de joie enfantine empruntées à la troisième, tout en conservant la tonalité générale d'angoisse et d'accablement, que des notes contrastées eussent pu rendre encore plus poignante. Quant à ce que les éditeurs appellent la seconde version et aux variantes fort nombreuses, elles contiennent des traits et des morceaux entiers qui sont admirables, mais qui ne font que développer ou renforcer les précédents et qui eussent parfaitement trouvé place dans le texte définitif. Tous les matériaux d'un beau livre sont réunis : il suffisait d'un peu d'art et de patience pour les mettre en ordre.

JULES RENARD (1)

Le volume posthume de Jules Renard, *l'Œil clair*, se compose de morceaux divers, jusqu'ici restés inédits ou épars dans des journaux et des revues. Evidemment cela manque un peu d'unité : mais la plupart des volumes que Renard publia en son vivant n'étaient pas beaucoup moins fragmentaires, et il y a dans celui-ci des choses qu'il eût été grand dommage de laisser perdre. Dans les *Lettres à l'amie*, une confession : « Ambitieux, oui, mais dans le vague. Dès que je précise, je me sens repu. Est-ce que je voudrais être ceci ou cela? Ce grand homme, cet homme aimé? Non... Est-ce que je serais heureux d'avoir écrit la pièce de mon ami Paul qui lui rapportera deux cent mille francs? Je vous jure que non... » Renard n'avait pas besoin de

(1) A p pos de *l'Œil clair*, 1 vol. édition de la *Nouvelle Revue rançaise*.

jurer : nous ne doutions pas de lui. Mais il ajoute, et c'est plus subtil : « Vous savez combien j'aime tous nos grands écrivains. Eh bien, il arrive que je me demande après la lecture de telle page que j'admire, une page de Flaubert, oui : — Cette page, est-ce que je la signerais? — Je ne la signerais pas. » Qu'est-ce à dire? Qu'il se croit supérieur à Flaubert? Evidemment non : mais *autre*. Il ne voudrait pas être ce grand homme, cet homme aimé ; il voudrait autant de génie et de gloire en étant lui-même. Sentiment assez normal chez un homme de lettres, mais qui montre bien l'importance du moi en littérature : le réalisme absolu, la parfaite soumission à l'objet, n'existe que dans la science.

« Dehors des étoiles, des étoiles, comme s'il allait en pleuvoir. Des étoiles inutiles, qui n'expliquent rien, ne voient rien, n'éclairent rien, des étincelles dans de la suie. » Jules Renard aurait voulu trouver dans le scintillement des étoiles l'explication de l'univers. Pourquoi dans les étoiles plutôt qu'ailleurs? C'est une idée un peu déraisonnable, encore que traduite par une jolie image. Jules Renard fut un merveilleux « chasseur d'images », mais il alla moins volontiers à la chasse aux idées, d'où il risquait davantage de revenir bredouille. Par exemple, il est athée, ce qui est son droit, mais il a des raisonnements bizarres. « Dieu a bien tort de ne pas donner une preuve de son existence (cela c'est du Vigny). Ce qu'il perd d'adoration est incalculable. Au fond personne n'y croit, pas même la servante Marie. » Et il nous raconte que cette servante, si elle croyait vraiment en Dieu, devrait avoir hâte de mourir pour rejoindre le mari qu'elle a perdu et qu'elle regrette toujours. Renard oublie que cette pauvre femme peut craindre l'enfer ou, tout bonnement, obéir sans ratiociner à l'instinct du vouloir-vivre, qui coexiste avec n'importe quelle doctrine.

Dans *Ragotte*, on voyait aussi Renard taquinant une vieille paysanne pour ses croyances naïves. Mais sa propre philosophie semble un peu courte. L'abstraction n'est pas son fait. Il n'est à l'aise qu'avec les choses matérielles, visibles et tangibles. C'est peut-être pour cela que l'idée de Dieu, échappant à toute possibilité de description d'après nature, ne saurait l'intéresser. Il note avec une satisfaction manifeste qu'Alphonse Daudet a dit : « Moi qui ne suis pas une bête, je ne comprends pas Spinoza. » Il en conclut que l'illustre romancier devait tout à sa sensibilité et ne devait rien à « la raison des penseurs ». Cependant on peut s'embrouiller dans Spinoza, faute d'entraînement, et n'en pas moins user de son intelligence, même pour faire simplement œuvre d'artiste. Ce qui est certain, c'est que Jules Renard n'avait pas la vocation de l'idéologie et n'était point un intellectuel, mais surtout un visuel.

La prédominance de cette faculté maîtresse marque à la fois les limites et l'originalité de son talent. Voici, dans le présent volume, de curieux effets de neige : « La neige continuait de tomber. Elle s'installait doucement sur le sol, comme le linge blanc dans les armoires. Nous traversions, presque sans bruit, des villages en sucre qui dormaient tassés, bas comme des taupinières. Me frottant les yeux, je reconnaissais la maison d'Eusèbe couverte d'une housse blanche. » Et plus loin : « Regarde, ton cœur n'est pas plus pur. La neige, c'est de la pluie qui tombe en pureté. Elle traverse sans une tache, sans plus de bruit qu'un reflet, le miroir du canal. Les arbres ont l'air de candélabres qu'une mousseline préserve des oiseaux. Seule une corneille nage péniblement là-haut, dans la brume. Vois cette petite fumée bleue qui se déroule sur la nappe d'un toit. Les tours du château mettent leur calotte de nuit. Le mieux réussi, c'est le bonnet du clocher : il a un pompon qui se dresse ! Et la croix du village est en bras de chemise... » Et dans une autre tonalité : « Le soleil seul, un soleil myope, continue de descendre, de l'autre côté des branches fines, comme des systèmes nerveux. » Les trouvailles de ce genre abondent chez Jules Renard. Tous ses livres en sont remplis, même ceux où il conte une histoire et trace des caractères, comme *Poil de Carotte* et *l'Ecornifleur*. Le reste de son œuvre ne contient guère autre chose.

Dans des notes qu'il rédigea pour une enquête de M. Louis Vauxcelles, Jules Renard disait :

Plus je vais, moins je comprends la vie, mais plus elle m'amuse... L'œuvre en train? Aucune. Aujourd'hui, on fait du théâtre pour être de l'Académie ou pour s'acheter une automobile. Je n'ai pas besoin d'automobile et, à distance, l'Académie me fait l'effet d'un bouiboui. Alors, regardons. Par exemple, j'aurai bien regardé !

Ce n'est pas mal se connaître : Jules Renard regarde, et il s'amuse. Il s'est parfaitement défini dans ces deux mots. Il n'a pas d'imagination créatrice et se borne à copier ce qu'il a vu. Il est assez peu psychologue, et lorsqu'il met en scène des êtres humains, il les choisit parmi les plus ordinaires et les plus humbles. Les petits bourgeois mesquins, stupides, ratatinés, ne conviennent pas mal à son talent; les paysans, moins laids, moins désobligeants, parce qu'ils cèdent à l'instinct et ne doivent rien à l'artifice, mais plus élémentaires, lui conviennent encore mieux. En outre, il répugne à la narration suivie, en quoi il se distingue des Zola et des Maupassant, qui ont eu les mêmes complaisances que lui pour les personnages médiocres, mais les ont encadrés dans des récits organisés.

Le procédé préféré de Jules Renard se rattache à celui des Goncourt, qu'il pousse à l'extrême. Il accumule une série d'instantanés, de tout petits croquis, de notations minuscules : un coin de campagne, un bout de conversation, une phrase, un mot, un cri. On dirait une rubrique d'échos et de nouvelles à la main, ou encore une suite de légendes pour album illustré. Mais son triomphe, c'est le paysage, l'animal ou la nature morte. Ses tableautins sont étonnants de justesse ; ses pochades sont prises sur le vif. C'est frappant. Tout ce qui est forme, couleur, aspect physique est enregistré par Jules Renard avec une minutie et un relief prodigieux. Le concret, le détail concret, voilà son domaine. Le plus significatif de ses ouvrages, ce sont ses *Histoires naturelles*. Jamais l'allure, les gestes, le contour, la nuance des animaux familiers : poule, coq, cochon, vache, chien, chat, âne, lapin, etc..., ne furent attrapés avec un coup d'œil aussi infaillible, reproduits d'un trait aussi net et aussi exact. Un canard ou un veau décrit par Jules Renard est plus essentiellement canard ou veau et nous représente mieux son type que ne sauraient le faire tous les veaux ou tous les canards de nos basses-cours. Et cependant, même alors, Jules Renard n'est pas strictement un réaliste. Il l'est notamment beaucoup moins que Maupassant, pour la raison que j'indiquais tout à l'heure et pour une autre, qui n'en découle point par une nécessité logique, mais qui est souvent concomitante dans l'art contemporain.

Le principe esthétique de Jules Renard n'est pas le réalisme proprement dit, mais l'impressionnisme, et le plus radical, ce qui est bien différent. L'impressionniste ne se soucie pas d'étreindre toute la réalité, ni même des tranches considérables de vie réelle : c'est pourquoi il se passe fort bien de pensée, de psychologie, de composition, de variété, et presque de sujet. Il s'arrête à un tout petit coin du monde extérieur, saisi dans un de ses états fugitifs ; et superficiellement il semble ultra-réaliste, puisqu'il se contente d'un menu fragment et d'un bref moment du réel, sans doute afin de le happer au vol, pour ainsi dire, et de le piquer tout palpitant sur sa toile ou son papier, comme un papillon poignardé d'une épingle. Mais l'impressionniste prend sa revanche dans l'exécution. Son style, son « faire » est autrement complexe, subtil et fouillé que celui du simple réaliste : et s'il a réduit les proportions du sujet, c'était pour mieux l'analyser, le creuser, le déformer au besoin. En définitive, il ne se subordonne pas au réel, mais s'en sert et s'en amuse comme d'une matière d'art ou d'un prétexte.

Jules Renard ressemble, à cet égard, aux peintres tels que Degas ou Monet, aux musiciens de l'école debussyste et surtout à M. Maurice Ravel (on sait que ce dernier a proclamé publiquement les affinités de son art avec celui-ci, puisqu'il a mis en musique une partie des *Histoires naturelles).* Les descriptions de Renard, par un savant équilibre qui est le secret de son talent, sont à la fois criantes de vérité et nonobstant singulières, inattendues, souvent relevées d'humour, ou alanguies de préciosité, parfois (mais plus rarement) teintées de poésie. Il y a chez lui du japonisme et une tendance à la féerie : Jules Renard prête volontiers les apparences ou les intentions de la vie consciente aux objets inanimés.

Dans une excellente brochure sur *Jules Renard et son œuvre*, M. Henri Bachelin compare trois effets de lune. En 1800, Chateaubriand : « La lune se montra au-dessus des arbres, à l'horizon opposé... Sa lumière gris de perle descendait sur la cime indéterminée des forêts. » En 1850, Flaubert : « La lune toute ronde et couleur de pourpre, se levait à ras de terre, au fond de la prairie. Elle montait vite entre les branches des peupliers qui la cachaient de place en place, comme un rideau noir, troué. » En 1900, Renard : « La lune se lève, elle monte légère, parmi les arbres. Ils vont la toucher du bout de leurs pointes, l'accrocher au passage. Mais elle glisse, leur échappe et verse devant elle, pour annoncer sa venue, une lueur claire comme un flot de petit lait. » Cette espèce de lutte ou de jeu fantaisiste entre l'astre et les arbres est caractéristique de la manière de Jules Renard, qui dira encore : « Dans la campagne muette, les peupliers se dressent comme des doigts en l'air, et désignent la lune », et : « Cette demi-douzaine de fers à repasser, à genoux sur leur planche, par rang de taille, comme des religieuses qui prient, voilées de noir et les mains jointes... » D'autre part, il ne recule ni devant la caricature, ni devant la gauloiserie rabelaisienne. Et il écrit à merveille, avec une justesse, une finesse, une concision admirables. Il vise constamment à la perfection et y atteint presque toujours. Il possède, dans un genre un peu restreint, une supériorité éclatante. C'est un petit maître, mais c'est un maître.

Il était homme de lettres jusqu'aux moelles, et bien digne encore, à ce point de vue, d'être membre de l'Académie Goncourt. Rappelez-vous les « tablettes d'Eloi », dans le volume intitulé *le Vigneron dans sa vigne*... Quand il parle de littérature contemporaine, il ne manque pas de jugement. A propos d'un roman de Mme de Noailles, il s'écrie :

Que de vertige ! Que de volupté ! Ça éprouve tant que ça, une petite religieuse ? De la douleur éclatante, du plaisir qu'on renonce à dire ! L'âme s'élance, le cœur aussi, les poumons aussi ! Ce n'est plus la vie, c'est la vie de la vie, l'amour de l'amour ; le silence crie ; on s'évanouit à chaque odeur, même à celle des petits pois verts. Et tout ce qui pénètre dans la poitrine, jusqu'à des terrasses ! On ne sait plus si ces dames mangent un fruit, ou si c'est le fruit qui les mange. Elles meurent de larmes avec un soupir immense. C'est trop, c'est trop. Il faudra bien se calmer et remettre chaque mot à sa place : *le style, ce n'est pas la femme.*

Il a, dans ce volume de *l'Œil clair*, de fort ingénieuses observations sur la critique, les auteurs, les prix littéraires, les académies et tout ce qui s'ensuit.

Comment se fait-il que cet enragé gendelettres se soit mêlé de politique ? Non point de grande politique, ce qui est certes plein d'intérêt pour peu qu'on ait seulement les dons d'orateur de Lamartine, de Gambetta ou de Briand ; mais Jules Renard prenait plaisir à être maire de Chitry-les-Mines (Nièvre), à tracasser dans la politique arrondissementière et villageoise, à collaborer à l'*Echo de Clamecy* et à embêter son curé, car il était républicain de gauche, et même d'extrême-gauche, très anticlérical et à peu près socialiste. Dans ces notes, déjà citées, pour M. Louis Vauxcelles, il s'exprimait ainsi : « C'est une stupeur pour moi que certains hommes que j'admire ne soient pas dreyfusards, anticléricaux et pacifistes. Oui, une stupeur!... Poètes, tous aux urnes! Ecrasons le laid! Je déteste le modéré libéral, parce que ce genre-là ne me paraît pas beau. L'avenir du socialisme, c'est qu'il fait appel à tout l'idéal. » Le bon Jules Renard avait un dogmatisme un peu ingénu signe de gaucherie à se mouvoir parmi les idées et d'inaptitude à imaginer les âmes. Sans accepter toutes les opinions, on peut se les expliquer. Il politiquaillait comme il se promenait dans le Nivernais, pour butiner des observations et des images. Et il avait choisi un parti extrême par goût naturel pour les couleurs vives. Entre Paris et Chitry-les-Mines, sa personnalité se dédoublait beaucoup moins qu'on ne l'a cru. Il fut impressionniste en politique comme en littérature.

CLAUDE FARRÈRE (1)

M. Claude Farrère, on le sait peut-être, est officier de marine, comme Pierre Loti. Il est aussi turcophile, et même musulman : son plus récent volume est daté des années 1328-1330 de l'hégire. Sur cet article, il dépasse son illustre confrère, qui témoigne aux Turcs la plus vive sympathie, mais n'a point embrassé leur religion. On se plaît à croire que M. Claude Farrère ne se contente pas d'adopter le calendrier islamique et observe scrupuleusement toutes les prescriptions du Coran. En tout cas, cette façon d'écrire les dates assure au moins à la dernière page de chacun de ses livres une réelle originalité. L'an 1322 de l'hégire ou — soit dit sans l'offenser — 1905 après Jésus-Christ, il obtint le prix Goncourt pour un roman intitulé les *Civilisés*, tableau fort pittoresque de la vie à Saïgon et satire assez mordante des mœurs coloniales. La comparaison

(1) *Thomas l'Agnelet, gentilhomme de fortune.* 1 vol. Ollendorff.

avec Loti s'imposait, mais on constatait déjà que M. Claude Farrère était moins poète et moins artiste que son grand devancier. Il donnait moins à la rêverie et plus à l'observation. S'il suivait en apparence la même voie, c'était dans un tout autre esprit. Il semblait partager l'amour de Loti pour les races primitives et son horreur du progrès. Au fond, il révélait un tempérament de réaliste et d'homme d'action. Avec quelques touches d'impressionnisme, son style était en général simple, vigoureux, un peu rapide et même lâché. Le meilleur de son talent consistait dans son habileté de narrateur.

Ces traits s'accusèrent dans *l'Homme qui assassina*, récit extrêmement dramatique, dont l'action est située à Constantinople, et qui ressemble aussi peu que possible aux romans turcs de Pierre Loti. M. Claude Farrère n'a pas ce génie de paysagiste sentimental; il est bien moins sensible aux philtres de l'Orient et aux prestiges du passé. Malgré son adhésion à la loi du Prophète, il semble presque fait pour s'entendre avec M. Louis Bertrand, l'ami du moderne. C'est surtout la société cosmopolite installée dans la capitale du khalife qui intéresse M. Claude Farrère. Le drame se passe entre européens. *La Bataille* nous transporte au Japon, mais non plus dans celui de *Madame Chrysanthème*. Il s'agit de prouver que l'européanisation du Japon est superficielle, que les Japonais ne nous ont emprunté que notre outillage et ont gardé leurs traditions, héroïques sans doute, mais barbares et farouches. Les connaissances techniques de M. Claude Farrère l'ont bien servi pour sa passionnante et tragique description de la bataille navale de Tsoushima. Quant au Japon des estampes, des kakémonos, du bibelot amusant et précieux, il n'en est plus question. Ce n'est point ici une flânerie artistique, mais une étude politique et militaire. *Mademoiselle Dax, jeune fille*, nous montre la femme nouvelle, qui ne peut plus supporter l'oppression des vieux préjugés et à qui les théories libertaires ne procurent pas la sécurité. *Les Petites alliées* esquissent une apologie pour le demi-monde toulonnais. *La Maison des hommes vivants* utilise la légende du fameux comte de Saint-Germain qui aurait vécu l'existence de plusieurs générations humaines. On voit que M. Claude Farrère ne s'en est pas tenu à l'exotisme et que son œuvre ne manque pas de variété.

Thomas l'Agnelet est franchement un roman d'aventures ou, si vous voulez, un roman historique, mais qui rappelle Dumas père et surtout Gustave Aymard. Ce Thomas Trublet, dit l'Agnelet par antiphrase, est un terrible corsaire malouin de l'époque de Louis XIV. Simple maître d'équipage, tous les officiers ayant été tués, il sauve son navire attaqué par les Hollandais. Un armateur lui confie le commandement de la frégate la *Belle-Hermine*, avec laquelle il va faire la course aux Antilles. Je renonce à énumérer tous les actes d'éclat de ce redoutable capitaine qui, avec vingt canons et une centaine d'hommes, capture, coule ou met en déroute des vaisseaux de ligne et des escadres entières. Les prises sont fructueuses et il fait fortune. Pour avoir prêté main-forte à des vaisseaux du roi, en grand danger d'être déconfits par les Hollandais près du Havre de Grâce, il a l'insigne honneur d'être présenté, comme Jean-Bart, à Louis XIV, qui lui accorde des lettres de noblesse. Rien ne devrait empêcher Thomas, sieur de l'Agnelet, de vivre désormais heureux, riche et respecté, dans sa ville natale de Saint-Malo.

Mais l'amour lui est moins favorable que la guerre. Déjà il avait dû prolonger pendant plusieurs années sa croisière aux Antilles, à cause d'un duel avec le frère d'une fille qu il avait mise à mal. Ce frère a eu le sort du Valentin de Gœthe. Bien qu'il l'eût tué en loyal combat, Thomas a longtemps jugé prudent de se laisser oublier. Lorsqu'il arrive enfin à Saint-Malo, comblé de gloire, gorgé d'écus et pleinement rasséréné, il n'y revient pas seul.

Sur un galion du roi d'Espagne, dont il s'est emparé de haute lutte, en pleine mer, il a trouvé comme butin, outre les lingots d'or, une singulière fille nommée Juana, Sévillane de naissance, et cette captive a bientôt fait de lui son esclave. Il a d'abord essayé de la vaincre de force. Il ne tenait pas assez compte de la morgue espagnole. Elle lui a résisté, l'a maté et réduit à rien. Pour la conquérir, il est obligé de prendre d'assaut la ville de Ciudad-Real, en Nouvelle-Grenade, et de massacrer le père et les deux frères de la belle sous ses yeux. Il faut reconnaître qu'alors Juana s'incline et qu'elle couronne aussitôt, sans plus de tergiversations, la flamme du héros qui l'a si magistralement rendue orpheline à coups de hache d'abordage. Maintenant elle l'adore. Il n'est que de savoir se conduire avec les femmes. Mais à Saint-Malo, les choses se gâtent. Juana s'ennuie, elle déteste le climat froid et pluvieux, elle enrage d'être en butte à la malveillance de ces provinciaux. La famille de Thomas n'admettrait point qu'il l'épousât. Il se brouille avec tous les siens pour vivre avec elle. Cette liaison irrégulière fait scandale. On était très sévère sur ce chapitre, paraît-il, à Saint-Malo, sous Louis XIV, qui donnait tant d'exemples de vertu à ses fidèles sujets. Pour comble de désagrément, Thomas rencontre la fille dont il a jadis tué le frère : il avait juré à sa victime agonisante de réparer sa faute par un bon mariage. Bien que la fille ait un enfant, qui est de lui, Thomas, à n'en point douter, il n'a pas la moindre envie de tenir son serment. Il n'aime pas cette malheureuse, et il aime Juana. Mais il est inquiet. Après avoir assuré le sort de son fils bâtard, il retourne aux Indes occidentales, avec sa Juana, sur sa frégate, dont il est à présent propriétaire. Nouvelle série d'exploits mirifiques, coupés de ripailles extraordinaires dans les ports des Iles avec les camarades flibustiers.

Cependant la Juana, mégère un instant domptée, redevient dangereuse et tourne à la femme fatale. Sa célèbre morgue déteste l'humiliation d'avoir cédé. Elle entreprend de torturer Thomas, par vengeance ou simplement par plaisir. Tantôt elle lui ferme sa porte, tantôt elle le trompe avec impudence sans qu'il ose se fâcher. Une nuit pourtant, il la pince en flagrant délit, tire un coup de pistolet et ne tue qu'un innocent, son lieutenant, son ami, son frère, Louis Guénolé, tandis que l'amant réussit à s'évader sain et sauf. Il est vrai que ce meurtre adoucit l'humeur de la suave señorita, qui, devant ce cadavre, éprouve immédiatement une tendresse pour le meurtrier. D'autre part, lorsque après la paix de Nimègue, Louis XIV interdit la course et cesse de délivrer des lettres de marque, Juana excite Thomas à se révolter et à se faire pirate. Elle le pousse à commettre toutes sortes d'extravagances et d'atrocités. Elle le détourne de toutes les issues honorables. Elle l'entraîne aux abîmes. Néanmoins, tout criminel qu'il est devenu, il ne se battra pas contre un vaisseau du roi de France : il se rend à la première sommation, lui, l'invincible. Il est jugé, condamné, pendu à la grande vergue de sa frégate. Comme grâce suprême, il a demandé à revoir une dernière fois Juana. Elle s'y refuse, avec des paroles outrageantes. Comme femme fatale, on ne fait pas mieux.

Mais nous sommes un peu blasés sur ces démons femelles. Ce n'est pas sans un certain scepticisme que nous lisons les récits truculents et horrifiques de M. Claude Farrère. Quoique natif de Saint-Malo, son corsaire paraît un peu gascon. Et nous regrettons de voir cet écrivain tomber décidément dans un genre subalterne, vers lequel il penchait depuis ses débuts. Ces longues accumulations de palpitantes péripéties, en style cursif, et d'où ne se dégage aucune idée nouvelle, c'est du feuilleton populaire, ce n'est presque plus de la littérature. Voilà l'inconvénient de trop bien conter. On croit pouvoir se passer de tout le reste, et c'est justement le reste qui importe. Le récit est un moyen d'expression : il ne se suffit pas à lui-même,

> Et conter pour conter nous semble peu d'affaire.

Il pouvait y avoir un beau livre à écrire sur les corsaires d'ancien régime. M. Claude Farrère n'a pas su animer son Thomas l'Agnelet d'une vie caractéristique et d'un puissant relief. Il ne nous a donné qu'une enfilade d'anecdotes, d'ailleurs amusantes et qui raviront les amateurs de lectures faciles.

LA QUATRIÈME DIMENSION (1)

Tout le monde sait que nous concevons l'espace à trois dimensions, longueur, largeur, épaisseur, et que la géométrie classique, la géométrie d'Euclide, est fondée sur cette conception. Mais on n'ignore pas non plus que plusieurs mathématiciens modernes ont élaboré des géométries non euclidiennes. Henri Poincaré en avait donné des aperçus dans son livre sur *la Science et l'hypothèse*.

Supposons des êtres dénués d'épaisseur, infiniment plats, et se mouvant dans le même plan : ils n'attribueront à l'espace que deux dimensions. Ils auraient la géométrie de Lobatchevski. Si ces êtres dénués d'épaisseur avaient la forme non d'une figure plane, mais d'une figure sphérique, et se mouvaient tous sur une même sphère sans pouvoir s'en écarter, ce qui jouerait pour

(1) G. de Pawlowski : *Voyage au pays de la quatrième dimension*, 1 vol. Fasquelle.

eux le rôle de la ligne droite, ce qui serait pour eux le plus court chemin d'un point à un autre, ce serait un arc de cercle, et leur géométrie à deux dimensions serait une géométrie sphérique. La géométrie de Riemann est une géométrie sphérique à trois dimensions. La somme des angles d'un triangle est plus petite que deux droits dans la géométrie de Lobatchevski et plus grande que deux droits dans celle de Riemann. Cependant Henri Poincaré considère que Beltrami a victorieusement rattaché Riemann et Lobatchevski à la géométrie euclidienne, et l'on pense bien que je ne m'aviserai pas d'y contredire.

Mais la plus populaire — si l'on peut s'exprimer ainsi — des géométries non euclidiennes, c'est la géométrie à quatre dimensions. On peut même imaginer une géométrie à n dimensions : cela ne coûte rien. Nous n'en sommes pas à quelques dimensions de plus ou de moins. Il y a peut-être là une idée à creuser pour les peintres qu'on appelle improprement cubistes et dont la peinture semble avoir déjà une tendance marquée à s'évader des lois euclidiennes. Henri Poincaré, que je continue à suivre aveuglément, écrit :

> Des êtres dont l'esprit serait fait comme le nôtre et qui auraient les mêmes sens que nous, mais qui n'auraient reçu aucune éducation préalable, pourraient recevoir d'un monde extérieur convenablement choisi des impressions telles qu'ils seraient amenés à construire une géométrie autre que celle d'Euclide et à localiser les phénomènes de ce monde extérieur dans un espace à quatre dimensions... Que dis-je? Avec un peu d'efforts nous pourrions le faire également. Quelqu'un qui y consacrerait son existence pourrait peut-être arriver à se représenter la quatrième dimension.

La vie est courte, et j'avoue que cette façon de l'employer paraît un peu austère. Lorsque je reçus le volume de M. G. de Pawlowski, avant même de l'avoir ouvert, je crus devoir me préparer à cette lecture en rafraîchissant mes souvenirs relatifs à la quatrième dimension, et je me plongeai donc dans l'ouvrage de l'illustre Henri Poincaré. Les lignes que je viens de citer me rendirent rêveur : s'il fallait toute une existence pour arriver à se représenter la quatrième dimension, je me demandais comment mon confrère G. de Pawlowski, que je rencontre à toutes les répétitions générales et qui est notoirement absorbé par de multiples travaux n'ayant que de lointains rapports avec la mathématique, avait pu néanmoins trouver le temps de réaliser pour lui cette représentation, infiniment plus abstruse que celles d'une quantité illimitée de vaudevilles et de pièces à thèse. Quant à moi, il était évidemment trop tard, à mon âge, pour que je pusse me lancer dans une entreprise si épineuse et dont l'objet, à vrai dire, ne me passionnait pas à l'excès. Il y a tant de spectacles autrement intéressants ici-bas que je ne parvenais pas à déplorer de ne m'être point voué dès le collège à l'étude de la quatrième dimension et que je renonçais sans trop d'amertume à l'espoir de me la représenter jamais avec netteté. Mais je craignais de ne rien comprendre au récit que nous offre M. G. de Pawlowski de son voyage au pays de la quatrième dimension, et comme j'adore les voyages, j'en ressentais malgré tout quelque mélancolie.

Mes inquiétudes furent bientôt dissipées. Non pas que le livre de M. G. de Pawlowski soit extrêmement facile à lire : les premiers chapitres sont même un peu hérissés. Mais je ne tardai pas à discerner que la quatrième dimension dont il s'agissait ici n'était pas le moins du monde celle de Henri Poincaré, de Riemann, de Sophus Lie et autres éminents géomètres. Chez M. G. de Pawlowski, la quatrième dimension n'est qu'une métaphore ou si vous voulez, un mythe. Car une métaphore est un mythe en abrégé ou en puissance, et un mythe est une métaphore plus développée ou un ensemble de métaphores qui se suivent.

Pour M. de Pawlowski, le lieu de la quatrième dimension, c'est la pensée, affranchie du temps, du nombre et de l'espace, comme disait Leconte de Lisle, et néanmoins vivante. La géométrie non euclidienne échappait aux conditions du sens commun (dans l'acception philosophique du terme) : par analogie, M. de Pawlowski assimile à la quatrième dimension un affranchissement tout idéal de l'âme, se dérobant aux servitudes de l'expérience et de la matière. Il l'entend même de deux façons.

Premièrement, les formes de l'espace et du temps étant écartées par hypothèse, le passé, le présent et le futur coexistent *sub specie æternitatis* : la pensée, voyageant en quatrième dimension, c'est-à-dire libérée des entraves de la relativité et participant de la vision divine, aperçoit d'un même coup d'œil toute l'histoire de l'humanité, ce qui permet à M. de Pawlowski de nous donner ce que le romancier anglais Wells, l'auteur de *la Machine à explorer le temps*, appelle des « anticipations ». La pensée de M. de Pawlowski voyage utilement pour notre plaisir, comme on le verra tout à l'heure, mais enfin ce n'est pas un grand mystère ni même une grande nouveauté, et toute une existence n'est pas indispensable pour réussir à prophétiser avec agrément, ni pour apprécier la vraisemblance de ces apocalypses conjecturales.

Secondement, M. de Pawlowski oppose la liberté de la quatrième dimension à la tyrannie des trois autres; c'est-à-dire, en langage direct, que son idéalisme proteste contre les préjugés matérialistes, démagogiques et pseudo-scientifiques, dont il nous annonce l'aggravation pour un avenir prochain et la ruine pour un avenir plus éloigné. C'est la règle du genre : tout ouvrage prophétique ou utopique fait nécessairement la critique et la satire des erreurs contemporaines.

Un trait caractéristique des idées à quatre dimensions, c'est-à-dire révélatrices et transcendantales, est d'être instantanées. Bref, ce sont des « intuitions ». A l'occasion, M. de Pawlowski bergsonise un peu. « Il faut bien reconnaître, dit-il, que dans la vie d'un homme de génie, l'action vraiment créatrice semble se résumer dans le court espace de quelques secondes. Le reste n'est que mise au point, variations interminables, adaptation aux préjugés vulgaires construits à trois dimensions. » M. de Pawlowski et beaucoup de bergsoniens aperçoivent dans le génie on ne sait quel miracle surnaturel, alors qu'il n'est que le degré supérieur où atteignent des facultés de vigueur exceptionnelles, mais normales en leur essence. Pour user d'une comparaison triviale, entre un homme de génie et un homme ordinaire, il y a la même différence qu'entre un gagnant de Grand Prix de Paris et un cheval de fiacre, qui malgré tout sont tous deux des chevaux. Et le pur sang a besoin d'être « entraîné ». Et le génie n'est pas seulement une longue patience, mais le don inné n'en dispense pas. On méconnait que l'illumination soudaine, le trait de génie, est le résultat et la récompense d'une préparation laborieuse. Newton, à qui l'on demandait comment il avait découvert la gravitation universelle, répondit : « En y pensant toujours. » Baudelaire déclarait que l'inspiration, c'est de travailler sans cesse. En se bornant à écouter chanter le rossignol, Valmajour n'avait pas trouvé grand'chose. Je me persuade que sans y avoir passé toute sa vie, M. de Pawlowski a soigneusement établi le plan de son voyage fantastique et qu'il n'a pas confondu la quatrième dimension avec la quatrième vitesse.

Au seuil du futur, M. de Pawlowski discerna un étrange phénomène, dont les premiers symptômes auraient pu être signalés dès aujourd'hui et même depuis quelques années. Cet événement formidable, c'est « la naissance imprévue, gigantesque et — chose incroyable — inaperçue, d'un être nouveau, supérieur à l'homme, l'asservissant étroitement, qui lui arracha la royauté du monde sans même qu'il s'en doutât et qui prit sa succession dans l'échelle des êtres. Cet animal colossal fut appelé dans la suite le Léviathan ». Vous avez reconnu le monstre étatiste déjà dépeint par Hobbes, qui du moins lui donnait une tête, puisqu'il préconisait l'Etat despotique, la monarchie absolue. Le Léviathan de M. de Pawlowski est un acéphale, un protozoaire, absorbant tous les individus dans cet agrégat décérébré. Combien de sociologues ont comparé la société à un organisme ! La piquante fable de M. de Pawlowski est une transposition symbolique et satirique de cette théorie.

Dans ce corps gigantesque, les hommes ne furent plus que de simples cellules, mais ce fut avec joie qu'ils acceptèrent cette diminution de leur propre individualité... Lorsque le Léviathan commença à se former, il trouva un appui immédiat auprès des penseurs et des artistes, auprès de tous ceux qui passaient cependant, jusque-là, pour représenter les idées individualistes. On commença à se spécialiser chaque jour davantage, la servitude volontaire aux fonctions sociales fut consentie joyeusement.

On distingue l'allusion aux doctrines de M. Durckheim, un des champions de la démocratie étatiste, sur la « division du travail social ». M. de Pawlowski montre la disparition du type humain complet, chaque citoyen perdant son autonomie, l'activité individuelle étant réduite à une contribution partielle, monotone et réglementée à la vie collective. Toute initiative, toute velléité d'émancipation, est aussitôt réprimée. Plus de morale privée, plus de style, plus d'art original ou élevé, plus d'idéologie, plus de tradition ni d'étude du passé, plus de caractères dans les comédies ni de préoccupation intellectuelle d'aucune sorte au théâtre, où triomphent le décor et l'apparat matériel. Partout dominent la vulgarisation, la banalité, le gros tirage et la camelote égalitaire. C'est un incroyable abaissement des intelligences. Même les politiciens et les gouvernants voyaient leur prestige diminuer de jour en jour : c'est qu'en réalité ils ne gouvernaient rien et n'étaient plus des chefs, mais de simples cellules, de moins en moins différenciées, d'un organisme de plus en plus homogène.

Le tableau est amusant et assez topique. Mais pourquoi M. de Pawlowski range-t-il Renan parmi les ennemis du style ? Renan ! M. de Pawlowski n'y pense pas. Ce n'est pas sérieux. Pourquoi aussi notre auteur écrit-il :

Au lieu d'une musique individuelle où l'art personnel du chanteur était seul en jeu, on préconisa, petit à petit, une orchestration symphonique où le chanteur ne tenait plus que le rôle d'un instrument secondaire... Ce fut une sorte d'harmonie sociale ne correspondant plus au rythme individuel, dominant l'homme en l'enveloppant, une nouvelle *Marseillaise* scientifique sans charme, sans inspiration, mais harmoniquement juste selon les lois de l'acoustique et qui appartenait en propre — on ne le comprit que bien plus tard — au colossal Léviathan qui, peu à peu, développait sa formidable et complexe personnalité.

Il appert de ce passage que M. de Pawlowski goûte peu la musique moderne. Il oublie que la personnalité qui importe n'est pas celle du ténor, mais celle du musicien, et qu'elle s'affirme peut-être avec plus de force et d'éclat dans un drame symphonique de Wagner, de M. d'Indy ou de M. Dukas, que dans un opéra mélodique d'un italien quelconque, d'où la véritable mélodie est d'ailleurs généralement absente. Il n'y a aucun rapprochement à établir entre le Léviathan amorphe et la symphonie, où chaque exécutant n'est pas une cellule de zoophyte, mais le serviteur intelligent d'un ordre supérieurement organisé.

Ajoutons que cette société nivelée et protoplasmique n'a rien de commun avec une démocratie saine et humaine, qui est une société d'hommes libres, égaux en droits, mais respectueux du mérite et soumis à la raison. La démocratie parfaite est sans doute une utopie, comme toute perfection. Pratiquement, un régime démocratique, dans une nation très civilisée, peut avoir ses défauts, sans tomber à la bassesse spirituellement décrite par M. de Pawlowski. Je ne crois pas que les plus républicains des Français soient d'humeur à se laisser dévorer par le Léviathan de M. de Pawlowski, ni les plus conservateurs par celui de Hobbes. La France, a-t-on dit, est juste milieu. Entendez par là que sous n'importe quelle constitution politique, il lui faut une certaine dose de liberté et d'air respirable.

Enfin, je vois bien la platitude de la production littéraire, dramatique et artistique dont se régalent les multitudes : je constate les torts des pédagogues et des fournisseurs qui flagornent de médiocres passions. Mais je n'aperçois là rien qui soit propre à la démocratie française. Les humanités ont subi une dépression un peu partout. Où a-t-on réagi en leur faveur aussi énergiquement qu'en France? C'est l'Allemagne impériale qui a lancé les méthodes d'enseignement moderne. Les humanistes adversaires de la Nouvelle Sorbonne l'accusent précisément d'être germanisée. Les masses qui lisent et vont au spectacle dans les autres pays ne sont certes pas plus affinées que chez nous, bien au contraire. Par suite du développement universel de l'instruction primaire, et de l'accroissement des populations urbaines, une clientèle nouvelle est née pour les marchands de papier imprimé et les entrepreneurs de divertissements. De là toute une littérature subalterne qui n'avait pas de raison d'être dans les siècles anciens. Le danger serait que les écrivains cédassent trop facilement à la tentation de contenter la foule à trop bon compte, en flattant son goût instinctif au lieu de l'éduquer. Mais il y aura toujours une élite pensante, élite très ouverte et qui peut grandir, et qui ne se compose pas exclusivement, ni même principalement, des privilégiés de la fortune; et il y aura toujours de purs artistes qui travailleront pour cette élite sans autre souci que celui du beau. Notre époque de vulgarisation démocratique est peut-être celle qui aura possédé le plus grand nombre de ces artistes intransigeants, subtils et même volontiers un peu abscons. La vie d'un peuple comprend beaucoup de courants divers, souvent contradictoires, et ne se déroule pas avec une rigueur géométrique. M. de Pawlowski me semble avoir fait, d'ailleurs avec une verve très plaisante, moins le diagnostic d'un péril imminent que la juste caricature de certains systèmes sociologiques fort ridicules, mais dont la réalisation reste extrêmement improbable.

Lui-même, M. de Pawlowski accorde que le règne de son Léviathan serait éphémère et succomberait à la révolution de l'ennui. Il prévoit, pour lui succéder d'abord, une période de transition, qui serait « le règne de la science dirigé par quelques savants ». Cette idée du gouvernement d'une oligarchie intellectuelle et fondée sur la science est une fantaisie renanienne : mais Renan n'admettait point que ses savants investis de l'autorité suprême fussent des Homais de laboratoire. Ceux de M. Pawlowski n'ont pas moins que le défunt Léviathan la haine de l'art, de la beauté et de la vie. Ils croient pourvoir à tout par les progrès scientifiques et industriels. Oh ! ils sont actifs et inventifs. Ils se mettent en communication avec la planète Mars, qui leur envoie un fluide dissociant la matière et dégageant des forces formidables, ce qui manque d'amener une catastrophe, parce qu'ils ne savent plus arrêter le mouvement et sont débordés, comme l'*Apprenti sorcier*. En 1986, ils captent une partie de l'énergie de la comète de Halley et l'utilisent pour augmenter dix-sept fois la vitesse de rotation de la terre : mais alors on télégraphie avec effroi de l'Equateur que les hommes et les choses n'adhèrent plus à la surface du sol, et il faut enrayer. On arrive à voler par ses propres forces, sans aéroplane. On déplace uniquement son corps astral, tandis que le corps matériel demeure vide et inerte. Comme celui-ci est nécessaire à qui veut communiquer avec ses semblables, le corps astral en voyage loue un corps matériel inoccupé et s'y installe provisoirement. Mais des aventuriers abusent de cette mode, qui favorise les substitutions de personne, les escroqueries et même les adultères frauduleux, renouvelés d'*Amphitryon*. On est obligé d'interdire cette coutume trop féconde en quiproquos vaudevillesques. On se sert des plantes et de leur pouvoir élaborateur pour leur faire fabriquer en grand des produits organiques. Elles finissent par mourir de laideur. Les machines se révoltent, comme les ferromagnétaux de M. J.-H. Rosny. Les larves atomiques se révoltent également. La période scientifique est une période agitée. Bien entendu, on a supprimé l'amour : on perpétue l'espèce par des procédés artificiels. On conserve, au Musée d'ethnographie, un homme et une femme du type archaïque, c'est-à-dire normal, à titre de curiosité. Un des douze savants-rois du Laboratoire central trahit la science et ne résiste pas aux charmes de la nouvelle Dalila. C'est un grand scandale, et le signe précurseur de la nouvelle révolution.

Bientôt, deux esthètes sauvages, échappés aux progrès de la science et venus d'on ne sait où, physiquement constitués comme on l'était encore au début du vingtième siècle, lèvent l'étendard de l'insurrection et font un coup d'État contre le monde scientifique, où par suite de la spécialisation à outrance, personne n'a les moyens de résister à des hommes complets. Et ce fut bientôt la renaissance de l'idéalisme, le règne de la quatrième dimension, c'est-à-dire de l'idée et de l'amour, comme autrefois, mais avec des perfectionnements dont l'exposé, je dois le confesser, m'a paru un peu nébuleux. La conclusion est plus modeste et plus claire : « J'ai senti l'impérieux besoin de rappeler aux hommes, que berce la fausse certitude scientifique, le mystère immense qui les entoure ; j'ai voulu leur faire sentir tout au moins qu'au delà des choses qu'ils croient voir s'ouvre l'univers véritable tel qu'il est. » Mais quel est-il ? Je ne reprocherai pas à l'auteur de n'avoir point soulevé le voile de l'Inconnaissable. Son livre n'en est pas moins curieux, suggestif et divertissant.

LA PARODIE (1)

La parodie est un genre littéraire presque toujours amusant et parfois instructif. Mais il faut distinguer entre deux sortes de parodie, qui n'ont pas la même portée. Il y a la parodie purement burlesque, qui se contente de transposer dans le mode bouffon les personnages et les situations principales d'une œuvre. *L'Enéide travestie* de Scarron, qui eut tant de succès au XVIIe siècle, reste l'un des plus célèbres échantillons de cette catégorie. Au XVIIIe siècle, la plupart des opéras joués à l'Académie royale de musique étaient aussitôt parodiés par les auteurs comiques, fournisseurs du théâtre de la foire : le bon Favart notamment excellait à ces plaisanteries. Le XIXe siècle a connu *Arnali* ou *la Contrainte par cor* de Duvert et Lauzanne, *Folammbô* ou *les Cocasseries carthaginoises* de Clairville et Lau-

(1) Paul Reboux et Charles Muller : *A la manière de...*, 2 vol Bernard Grasset.

·encin, *le Petit Faust*, d'Hervé, une des plus réjouissantes opérettes de la bonne époque, etc... Presque toutes celles de Meilhac et Halévy sont parodiques, mais d'une façon moins directe : *la Belle Hélène* parodie toute l'antiquité homérique, *Barbe-Bleue* fait songer à Perrault, *la Périchole* à *la Favorite*, *les Brigands* rappellent Schiller et *Fra Diavolo*. Tantôt Meilhac et Halévy généralisent, tantôt ils procèdent au contraire par allusions de détail. Ils ont trop de fantaisie pour travestir méthodiquement et de bout en bout un ouvrage déterminé. Le grand maître de cette parodie très large, de cette essence parodique répandue dans une pièce sans en restreindre la liberté, c'est Aristophane. Dans cette mesure, *Don Quichotte* est également une parodie.

De nos jours, la tradition des Favart et des Duvert et Lauzanne ne subsiste plus guère que dans les revues de fin d'année, à l'acte des théâtres. Le burlesque et l'opérette ne sont plus dans un état très florissant. Mais voici qu'une autre forme de parodie plus stricte et plus subtile se développe avec MM. Paul Reboux et Charles Muller, qui ne l'ont sans doute pas inventée, mais s'y adonnent avec un esprit de suite, une maîtrise et une variété méritoires. Ce qui caractérise ce type particulier, c'est d'être d'abord un pastiche. En soi, le pastiche peut n'avoir aucune intention satirique. Par exemple, on n'aperçoit pas le plus petit mot pour rire dans la traduction qu'a faite Littré de la *Divine comédie* en vieux français. Certains pastiches sont involontaires : des écrivains peu originaux imitent de très près et reproduisent inconsciemment la manière d'un ou de plusieurs maîtres. Dans les piquants volumes qu'ils intitulent *A la manière de...*, MM. Paul Reboux et Charles Muller cultivent le pastiche parodique. Aucun lecteur n'a risqué un instant de prendre l'*Enéide* de Scarron pour une véritable traduction de Virgile ni de confondre du Duvert et Lauzanne avec du Victor Hugo. On raconte au contraire qu'Albert Sorel pastichait Hugo avec une exactitude qui pouvait faire illusion. La règle du pastiche parodique, c'est qu'au moins pendant quelques pages ou quelques lignes, il soit à la rigueur possible de supposer que l'auteur parodié aurait pu écrire ces choses. Cette vraisemblance première est ce qui donne toute sa saveur à la parodie. Lorsque éclate le trait drolatique qui révèle toute la malice des parodistes, on se dit qu'évidemment ils chargent, mais qu'enfin leur victime, par distraction et en poussant à l'extrême ses idées ou ses tournures favorites, n'aurait pas été incapable de côtoyer cet abîme de ridicule, sinon de s'y laisser choir tout à fait.

La parodie ainsi comprise est une espèce de maïeutique; elle accouche les auteurs de leurs défauts cachés, elle insiste sur leurs tics en les isolant, elle démasque les absurdités virtuelles qui se dérobaient sous l'éclat du talent. C'est là d'excellente critique littéraire, dont les conclusions demeurent partiellement valables; on exagère, puisqu'on raille et qu'on s'égaye, mais il y a souvent un fond de vrai, comme dans les caricatures réussies qui ne déforment le modèle que dans le sens indiqué par une observation pénétrante. Certes, il se commet des injustices. Mais elles se signalent d'elles-mêmes: ou bien le pastiche disparaît alors pour faire place à la simple bouffonnerie à la Scarron; ou bien la parodie est manquée et n'amuse pas. Tous les écrivains ne sont pas également faciles à parodier. Un Racine, par exemple, si pur, si sobre, si net, ne fournit à la parodie qu'une pauvre matière. C'est le cas de la plupart des classiques. Allez donc fabriquer une fable de La Fontaine ou une pensée de Pascal ! MM. Reboux et Muller ont échoué avec Racine et avec La Rochefoucauld, avec Shakespeare aussi, dont les petits côtés ont trop peu d'importance et ne tiennent pas à son génie. Les romantiques et les contemporains sont plus accessibles, parce qu'ils abondent en manies et en formules, les plus grands les ayant créées à leur usage, mais en ayant eux-mêmes un peu abusé. Dans le précédent volume, le Tolstoï, le Mirbeau, le Maeterlinck étaient particulièrement hilarants ; dans le nouveau, on s'esbaudira surtout du d'Annunzio, de l'Henry Bordeaux, du Chateaubriand, du Lenotre, du Paul Fort, de l'Abel Bonnard, du Bataille et du Bernstein. D'autres sont encore agréables, mais excessifs ou trop aisés : parodier Mallarmé, c'est l'enfance de l'art. Cela ne prouve point, d'ailleurs, qu'il ne soit pas un rare et fier poète. Mais il ne craignait point la moquerie ; il allait au-devant et la bravait.

MM. Paul Reboux et Charles Muller ont bien de l'esprit. Ils en ont quelquefois du plus aventureux et du plus rabelaisien. Leurs recueils ne sont pas *ad usum delphini*. Ce sont là, comme disait M. Jules Lemaître, divertissements de vieux mandarins, qui ne s'effarouchent pas pour si peu, et qui cherchent avant tout des plaisirs de qualité littéraire. Une connaissance étendue de la littérature ancienne et moderne était nécessaire pour composer ces petits livres, et les lettrés seuls en apprécieront tout le sel.

LES DRAMES PHILOSOPHIQUES DE M. ROMAIN ROLLAND (1)

M. Romain Rolland réédite sous ce titre commun : *les Tragédies de la foi*, trois pièces philosophiques évidemment mieux faites pour la lecture que pour le théâtre, bien que deux d'entre elles (*Aërt* et *le Triomphe de la raison*) aient été représentées jadis par les soins de M. Lugné-Poe. La première (*Saint Louis*) a paru en 1897, la seconde en 1898, la troisième en 1899 : une note de l'auteur nous avertit qu'elles avaient été composées toutes trois entre 1893 et 1898. M. Romain Rolland considère qu'elles ont repris un intérêt d'actualité. « On y verra, dit-il, s'annoncer des courants et poindre des passions, qui règnent aujourd'hui dans la jeunesse française : en *Saint Louis*, l'exaltation religieuse ; dans *Aërt*, l'exaltation nationale ; dans *le Triomphe*, l'ivresse de la raison, qui est, elle aussi, une foi ; en toutes trois, l'ardeur du sacrifice, mais debout,

(1) *Les Tragédies de la foi*, 1 vol. Hachette.

en combattant ; la double réaction contre la lâcheté de pensée et la lâcheté d'action, contre le scepticisme (1) et contre le renoncement aux grands destins de la patrie. » Bref, M. Romain Rolland estime que ces drames apportent une réponse topique au réquisitoire d'Agathon contre la jeunesse d'il y a vingt ans. Il revendique à tout le moins, relativement à cet Agathon, la qualité de précurseur.

Si cette foi, ajoute-t-il, n'a pas le caractère joyeux et confiant d'aujourd'hui, si aucun des héros ne récolte la victoire qu'il a semée, si saint Louis, mourant au pied de la montagne, ne voit Jérusalem que par les yeux de son armée qui est au faîte, c'est que nous étions alors beaucoup plus loin du but et bien plus isolés. Que nos cadets, si sévères pour leurs aînés, songent aux dures épreuves par où notre génération a passé et aux efforts qu'elle a dû faire pour défendre, comme Aërt, sa foi menacée. Elle n'a point fléchi... A présent nos pensées ont triomphé. Mais nous, nous avons marché. Le but que nous visions est en partie atteint. Au delà, il en est d'autres. Dans des œuvres nouvelles, nous tâcherons de dire nos rêves d'aujourd'hui.

Les idées d'Agathon ne satisfont donc plus M. Romain Rolland, qui s'apprête à les désavouer, ou du moins à les dépasser, dans le moment même où il se fait gloire d'en avoir été l'annonciateur vingt ans à l'avance. C'est assez piquant. Quelle que puisse être son évolution prochaine, il paraît difficile de ne pas lui donner gain de cause sur le point précis de son droit de priorité. Il

---

(1) Des mots !... Un scepticisme philosophique, sincère et réfléchi, révèle plus de courage que certaines soumissions. Le lâche, c'est le paresseux qui s'incline sans examen, ou l'esprit serf que la pensée effraye et qui bénit le joug.

est certain que les jeunes ennemis de l'intellectualisme doivent beaucoup à M. Romain Rolland. Il n'est pas moins assuré que M. Romain Rolland lui-même procédait à bien des égards de Melchior de Vogüé et de M. Paul Desjardins. Mais il n'est pas douteux non plus que la jeunesse d'il y a vingt ans était intellectualiste en majorité, et que si elle n'a pas mérité les reproches d'Agathon, ce n'est pas pour les raisons articulées par M. Romain Rolland, lequel ne représentait qu'un groupe restreint de sa génération. Il ne faudrait donc pas exagérer l'importance documentaire de ses trois drames. Ils ne fournissent pas un témoignage décisif sur l'esprit de toute une époque. Ils contribuent seulement à prouver qu'il n'y a rien de bien nouveau dans ces thèses récentes qui prétendent changer la face du monde.

Néanmoins c'est surtout à titre de documents psychologiques que *les Tragédies de la foi* pourront nous intéresser. Leur valeur proprement littéraire n'est pas très considérable. Le talent de M. Romain Rolland n'avait pas encore l'ampleur, la richesse, la force émouvante qu'il devait acquérir par la suite dans le *Beethoven* et le *Jean-Christophe*. Le don du pathétique, qui allait se développer chez lui d'une façon si remarquable, est complètement absent de ces premiers essais. En revanche, son manque d'esprit critique se manifeste plus discrètement, parce que le cadre d'une brève action dramatique ne lui permet guère les digressions et lui laisse peu de place pour se contredire (1).

(1) Un critique avait blâmé le dédain de M. Romain Rolland pour Mozart. Une admiratrice de l'écrivain cita deux textes, établissant qu'il avait parfois goûté la musique de ce maître.

Ce défaut ne se révèle en quelque sorte qu'à l'état diffus et immanent, par la débilité constitutionnelle de ce qu'on n'ose appeler la doctrine. Disons, si vous voulez, la tendance. Ce terme vague est bien celui qui convient en l'espèce.

Saint Louis part pour la croisade avec toute une armée, tout un peuple de croyants. (Je note qu'écrivant des drames philosophiques, M. Romain Rolland prend très légitimement des libertés avec l'Histoire.) Le roi dit : « C'est le cœur qui gagne les batailles, ce ne sont pas les armures. Ces pauvres gens qui ne vivent qu'en Dieu, voilà le cœur de mon armée. » Axiome un peu absolu : il est peut-être plus prudent de se munir de bonnes armures, qui n'empêchent pas d'avoir du cœur. Cette grande foi de saint Louis et de ses compagnons excite l'envie ou même la haine de quelques misérables. « Ils sont heureux de croire, s'écrie la comtesse Rosalie de Brèves ; qu'ont-ils fait pour être heureux ? Moi, je ne sens qu'une ardente souffrance... A qui, à quoi me dévouer ? Mon cœur est vide de croyance et d'amour... Ce doit être bon de s'oublier, de se laisser emporter, *sans pensée*, par ce courant de foi !... » Cette Rosalie est une égarée qui deviendra criminelle, mais se repentira, retrouvera la foi et sera donc pardonnée. Mais le traître Manfred blasphème contre la foi qu'il taxe de folie. Il hait ces croyants.

Cependant, on lit dans la *Nouvelle journée* (dernière partie de *Jean Christophe)* : « La musique n'a pas eu encore son Raphaël. Mozart n'est qu'un enfant, un petit bourgeois allemand, qui a les mains fiévreuses et l'âme sentimentale, et qui dit trop de mots et qui fait trop de gestes, et qui parle et qui pleure et qui rit pour un rien. » (*Cahiers de la quinzaine :* deuxième cahier de la quatorzième série, p. 59.)

Des gens qui croient, déclare-t-il, qui croient tous, sans un doute!... Croire, l'étrange chose! Penses-tu à ce que c'est? Songes-tu, quand tu parles à quelqu'un de ceux-là, à tout ce qu'ils voient dans le moment qu'ils te regardent?... Un amas de folies, une sorte de Dieu, des démons, des esprits, un abîme éternel... et cela constamment, à toutes les heures du jour! Cela donne le vertige... Si je pouvais au moins en faire douter quelqu'un! Cela me ferait du bien. Mais cette imbécile assurance! Ah! comme je les hais!

N'ayant pas la foi, ce Manfred ne peut être qu'un méchant et un réprouvé. Est-ce à dire que M. Romain Rolland adhère aux dogmes de la religion chrétienne et au principe : Hors de l'Église point de salut? Vous entendez bien qu'il n'est pas question de cela. L'objet de la foi lui importe peu; mais il juge nécessaire d'avoir la foi. Déjà Vogüé professait de ces choses, et M. Jules Lemaître comparait les vogüistes aux choristes d'opéra qui chantent : « Courons! Courons! » mais restent en place. Si vous voulez que nous croyions, montrez-nous la vérité que nous pourrons croire... Finalement, dans le drame de M. Romain Rolland, saint Louis, après avoir triomphé de nombreux obstacles par la vertu de sa foi, meurt pieusement tandis que ses soldats, du haut d'une montagne, aperçoivent Jérusalem... Certes nous admirons et vénérons saint Louis. Mais la foi qui l'a si bien secouru était extrêmement précise et n'avait rien de commun avec le fidéisme en l'air de M. Romain Rolland.

Aërt, fils d'un stathouder hollandais vaincu et massacré par le parti adverse, rappelle un peu Lorenzaccio et surtout l'Aiglon. (La pièce de M. Romain Rolland est antérieure à celle de M. Edmond Rostand, lequel n'a eu, d'ailleurs, qu'à s'inspirer des faits historiques.) Le stathouder régnant s'efforce de tenir dans l'ignorance et l'oisiveté le jeune Aërt, qui risquerait de devenir un rival dangereux. Aërt déjoue le plan perfidement destiné à l'écarter de la scène politique. Il veut affranchir et régénérer sa patrie, que de vils politiciens ont rendue vassale de l'étranger. A plusieurs reprises, Aërt discute avec divers personnages le problème de la paix et de la guerre. Il est pour la guerre.

J'ai, explique-t-il, un vieux maître philosophe, qui m'entretient souvent du bonheur de l'humanité. Pour lui, comme pour tant d'autres, la paix est le premier bien, la condition de tout progrès, la base des temps nouveaux; et pour frayer la voie à cette bénédiction de Dieu, la paix universelle, il se soumet sans peine et veut qu'on se soumette à l'injuste victoire, au crime accompli, à la grasse sécurité sous l'abri de la tyrannie. Je l'ai bien observé, lui et ceux de sa sorte. J'ai vu qu'il y avait plus d'égoïsme que de bonté en eux. Ils ne sont pas méchants, ils ne feraient pas le mal; mais ils le subissent plutôt que d'ébranler la quiétude de leurs petits travaux, dont ils s'exagèrent l'importance pour se faire illusion. Cet amour de l'humanité, vois-tu, c'est surtout chez eux l'amour de soi-même; et l'amour de la paix, c'est la peur de l'action.

Mais, lui-même, est-il si pur de tout égoïsme? A ce vieux maître, Aërt, bien peu philosophe quant à lui, déclare :

Que me fait cette *pensée morte*, qui m'appartient à peine? Quand vous m'avez appris un théorème nouveau, j'en éprouve une joie d'un moment; mais je me dis aussitôt: Sot! de quoi te réjouis-tu? Que viens-tu de gagner? Cette vérité qu'on t'a dite existait avant que tu l'eusses sentie;

elle n'a pas besoin de toi ; elle est dans tous les cerveaux ; elle n'est pas à toi. Ce n'est donc pas la vie... Mais je sens au contraire, quand je lutte contre les autres, que c'est bien moi qui vis ; oui, j'ai raison de vivre, je n'ai pas vécu en vain... Chacune de mes actions est faite avec mon sang, je suis tout entier en elle ; toutes mes forces sont en jeu ; tout mon être m'appartient. Je règne sur moi-même et j'accomplis ma tâche. — Laquelle ? — Je vis.

Ainsi, la guerre serait un sport ou, comme disent les Anglais, un *excitement*, ayant pour principale raison d'être de fouetter les nerfs de quelques jeunes hommes d'action, que l'étude n'amuse pas ! C'est à cette conception du patriotisme qu'aboutit l'école de la Vie ! La pensée est chose morte, parce qu'une vérité scientifique est accessible à tous ! Singulier raisonnement, et ceux qui le tiennent sont bien qualifiés pour traiter les intellectuels d'égoïstes ! Ici éclate toute la fausseté du point de vue de M. Romain Rolland. Il ne s'inquiète que des individus, de leur bonheur ou de leur hygiène morale. Quant aux vérités générales et aux intérêts collectifs, il s'en occupe peu. Cependant, c'est le bien de la patrie (et peut-être celui de l'humanité) qui doit décider de la paix ou de la guerre, non le caprice de quelques amateurs d'exercices violents. Et l'avancement de la science importe plus que les impressions plus ou moins agréables qu'elle procure aux savants ou aux apprentis. Par un étrange paradoxe, M. Romain Rolland proclame sans cesse la nécessité du sacrifice, mais il n'envisage que la joie de celui qui se sacrifie, et non le bénéfice qu'en tirera la cause pour laquelle il se sera dévoué. « La vie ne produit pas de jouissance plus haute que celle de la donner. » M. Romain Rolland prêche l'héroïsme, comme il prêchait la foi, sans en déterminer l'objet. Le profit qui pourrait en revenir au pays est de surcroît pour ainsi dire : le principal est de s'immoler, comme de croire, sans qu'on ait besoin de savoir au juste à quoi. Quel funeste dilettante que ce contempteur de l'inoffensif dilettantisme d'un Renan ! N'ayant pas réussi à libérer la Hollande, Aërt estime que l'essentiel est de se libérer lui-même, et il se suicide. Le beau résultat !

Le Triomphe de la raison met en présence des jacobins, des girondins, des royalistes, un adorateur de Charlotte Corday et des fanatiques de Marat. Tous ces gens se valent à peu près et l'on nous les présente, ou peu s'en faut, sur le même plan, parce que la première loi est d'être sincère, et qu'ils sont tous sincères ! Cependant les royalistes sont un peu moins bien traités, il en faut convenir ; mais pourquoi ? Parce que « jamais on ne doit étouffer l'avenir sous le poids du passé... » Vous reconnaissez une des marottes de M. Romain Rolland. Le passé a en lui un ennemi personnel. Le passé, c'est la mort (d'après lui), et il est l'un des chefs de l'école de la Vie. A parler franc, cela n'a aucun sens. Il y a dans le passé du bon, qu'il faut conserver, et du mauvais, qu'il faut éliminer. Certaines parties du passé sont encore très vivantes. Le critérium frivole et purement verbal de M. Romain Rolland se retournerait aujourd'hui contre la République en faveur d'un changement de régime, et l'on en déduirait d'ailleurs l'obligation d'une instabilité perpétuelle... Peut-être M. Rolland témoigne-t-il d'une bienveillance particulière pour les girondins, qui aboutissent au suicide comme le jeune Hollandais Aërt. Mais entre Marat et Charlotte Corday, il tient la balance sensiblement égale. L'adorateur de Charlotte, le naïf Adam Lux, finit même par avouer qu'elle s'est trompée : « Marat n'était pas le mal. Il voulait le bien et il faisait le mal, comme nous tous, comme toi... » Cet Adam Lux se persuade que la victoire est mauvaise, quelle qu'elle soit ; que la défaite est bonne, pourvu qu'elle soit volontaire ; enfin que le monde ne peut être lavé que par le sang d'un juste. Et il se poignarde. On ne voit pas en quoi ces holocaustes serviront à l'apothéose de la Raison.

En somme, M. Romain Rolland ne nous présente que des vaincus et semble atteint d'un assez noir pessimisme. Agathon diffère de lui en apparence, étant au contraire d'un optimisme intrépide. Mais leurs principes sont communs, et c'est peut-être M. Romain Rolland qui en a le mieux vu les conséquences normales. Il n'y a rien de plus décevant que cette manie de promouvoir l'action ou la vie à la dignité de fin en soi. Le dédain de la pensée, qui seule fait le prix de la vie et régit correctement l'action, doit conduire naturellement à de ridicules déboires ou à de tragiques désastres. Cet antiintellectualisme n'est pas sain. La juvénile ardeur d'Agathon a pu l'abuser. M. Romain Rolland, médiocre dialecticien, mais doué d'une sensibilité très vive, a découvert d'instinct la vraie conclusion.

VIEUX DE LA VIEILLE (1)

M. Lucien Descaves a toujours eu du goût pour l'étude des doctrines et des milieux révolutionnaires, comme le prouvent son roman *la Colonne* et ses deux comédies écrites en collaboration avec M. Maurice Donnay, *la Clairière* et *les Oiseaux de passage*. Son nouvel ouvrage est un roman, si l'on veut, et même assez original, puisqu'il se compose essentiellement d'une série de conversations entre l'auteur et son héros ; mais c'est surtout un tableau d'histoire anecdotique, évoquant la vie des proscrits de la Commune à l'étranger, principalement en Suisse. Le protagoniste, Etienne Colomès, ouvrier bijoutier, obscur soldat de la Commune, raconte ses souvenirs d'exil à M. Lucien Descaves, à qui le hasard le donna pour voisin, après l'amnistie, à Paris, dans le quatorzième arrondissement. Certains

(1) Lucien Descaves : *Philémon, vieux de la vieille*, 1 vol. Ollendorff.

détails ne sont pas absolument exacts, et la figure d'Etienne Colomès a été peut-être légèrement retouchée par le peintre, qui aura voulu la rendre aussi significative que possible. Mais M. Lucien Descaves a manifestement procédé à une minutieuse enquête, et dans l'ensemble son récit est d'une évidente vérité. On peut trouver plus d'intérêt intellectuel et, pour ainsi dire, esthétique, dans un livre comme *l'Enfermé*, de M. Gustave Geffroy, qui est une biographie d'un chef, de ce Blanqui dont nul ne saurait contester au moins l'admirable talent d'écrivain. Le Colomès de M. Lucien Descaves n'est pas un esprit de cette envergure, et ses aventures ne sont pas aussi passionnantes. C'est un bonhomme tout simple et tout modeste, qui n'a joué qu'un rôle effacé, mais qui n'en est que plus représentatif. M. Lucien Descaves nous a magistralement exposé la psychologie d'un type de vieux démocrate parisien, qui appartient au passé et dont les préjugés ou les erreurs n'excluaient point des qualités assez sympathiques.

Avant même d'avoir fait connaissance avec lui, M. Descaves avait surnommé son voisin Philémon, à cause des prévenances touchantes dont il le voyait entourer sa Baucis, qui s'appelait plus familièrement Phonsine. Ces deux bons vieux ne se quittaient pas d'une semelle : toute la journée ils travaillaient ensemble, en chantant. Leur seul différend portait sur le choix du répertoire. Phonsine avait une prédilection pour les romances militaires et sentimentales, sentant l'ancien régime. Le père Philémon n'admettait que les chansons humanitaires et démocratiques de Pierre Dupont, ou de Pottier. Ces ouvriers d'autrefois étaient gais, sensibles, courageux au travail, et ils avaient des vertus de famille. C'étaient des idéalistes. Leur naïf idéal révolutionnaire leur tenait lieu de religion. Leur joyeuse humeur s'accompagnait de principes austères. Le père Philémon déteste les paresseux, les inutiles et les libertins. Comme Platon, il fait peu de cas des poètes, mais son caractère a un côté poétique : c'est un brave homme et un rêveur candide. Il n'aime pas beaucoup les gens de lettres, mais il s'est efforcé de s'instruire, et il a beaucoup lu, surtout Proudhon, qui est son maître.

Internationaliste en théorie, il est pratiquement très patriote ; il a même, quoique Parisien et libre penseur, un patriotisme de clocher. « Je suis, dit-il, un enfant du quartier des Gobelins, né rue Croulebarbe, au bord de la Bièvre... du temps où il y avait une Bièvre. » Il s'attendrirait volontiers sur les transformations de son vieux Paris, comme Huysmans, M. Edouard Drumont ou M. André Hallays. Il fait avec M. Lucien Descaves de longues promenades, de l'Observatoire aux Gobelins, de la Butte-aux-Cailles au Lion de Belfort, dans ces lointains faubourgs de la rive gauche, aux larges boulevards solitaires, peu encombrés de boutiques, mais où abondent les couvents et les hôpitaux. « Qui dit boutiques, au faubourg, dit mastroquets. Le mélange agressif de vapeurs d'alcool et de relent, qui s'exhale des comptoirs assiégés, me rend plus sympathiques, par contraste, les grands murs blancs, comme un bandeau sur une bouche et sur des yeux, les derniers jardins au fond des cours, les rez-de-chaussée confiants qui prennent l'air par la fenêtre, les couloirs obscurs des maisons sans ascenseur, sans électricité, sans tapis à tous les étages... le vieux Paris enfin, où quelque chose de ce que nos parents ont connu, ont aimé, subsiste encore.

Ce Paris-là est le nôtre, à Colomès et à moi : un peu de notre sang coule dans les veines que sont ses rues... Combien ont ainsi leur village dans Paris ! » Colomès avoue qu'en exil, il était tourmenté surtout par la privation de l'air natal : « L'obsession était parfois si forte, si douloureuse, qu'elle allait jusqu'à l'étouffement. Ce qu'on appelle la nostalgie, c'est une espèce d'asthme. Le mal du pays est moral et physique : on en souffre dans la tête et dans la poitrine. Langevin, membre de la Commune, exilé à Londres, quand il respirait difficilement, allait, avec sa femme, se faire éventer par le drapeau de l'ambassade de France !... Citoyen du monde n'empêche pas d'être natif des Gobelins ! » Et il dit encore : « Quelquefois, le dimanche, nous poussions jusqu'à Hermance ou jusqu'à Ferney, histoire de mettre un pied en France, comme des gamins tentés par le fruit défendu. Ou bien, en traversant le pont des Bergues, je disais à Phonsine : — Voilà le canal Saint-Martin !... Elle se fâchait et devenait toute pâle... »

Ils étaient, en 1871, plusieurs centaines de réfugiés à Genève. Presque tous sans ressources, ils vivaient pauvres, mais fiers, en travaillant de leur état. Excellent ouvrier, Colomès s'était aisément tiré d'affaire. Il avait gardé rancune à la Suisse de quelques vexations, mais reconnaisssait que le droit d'asile avait été noblement respecté, malgré les demandes d'exfradition et les préventions d'un assez grand nombre d'habitants. Il réserve principalement ses sévérités pour les discoureurs et les piliers de café, les épaves de la bohème libérale, l'ancien entourage de Raoul Rigault. Le père Colomès avait la superstition du travail manuel : pour lui, l'ouvrier seul était digne du nom d'homme, tout intellectuel lui semblait suspect *a priori*. « On s'était demandé s'il fallait ouvrir l'Internationale aux travailleurs de la pensée et l'article 8, qui répondait affirmativement, avait été adopté à l'unanimité. *Chose triste à dire*, un grand nombre d'ouvriers, en 1873, abondaient encore dans ce sens ». Là-dessus le père Colomès reste intraitable, et M. Lucien Descaves perd son temps à le chapitrer. C'est, à sa manière, une espèce d'aristocrate. Tout contact avec la bourgeoisie lui paraît une mésalliance. Il ne pardonne pas à Karl Marx ses complaisances pour les intellectuels ni ses tendances autoritaires et centralisatrices. Contre Marx et avec Bakounine, il voulait que la constitution de l'Internationale restât autonomiste et fédérative. Cette grande querelle de Bakounine et de Marx ne fut qu'une des nombreuses causes de dissentiment qui agitaient ce petit monde de réfugiés. « Le soupçon et la médisance sont les poisons lents de toutes les proscriptions. » Ajoutez-y « l'inévitable chapitre des mouchards ». Il y en avait sans doute quelques-uns, mais on en voyait partout. « Hélas ! reprit Colomès, il n'était pas besoin d'agents provocateurs pour semer la zizanie entre nous ! Les communeux de Londres et les communards de Genève se défiaient, s'adressaient entre eux des injures et des cartels. La moitié de la proscription dénigrait l'autre moitié. Edmond Levraud, dit le Grand-Bison, bon garçon pourtant, mais aigri par le mal de poitrine qui devait l'emporter, semblait faire la navette pour colporter les calomnies et les cancans. Ce fut l'époque des réunions orageuses, des enquêtes, des procès-verbaux, des jurys d'honneur et des exécutions sèches. » Pauvres gens !

Le malheur aigrissait les exilés, les rendait méfiants et injustes. La situation de la plupart d'entre eux demeurait fort précaire. Ils n'étaient en somme que tolérés. On en cite qui furent successivement expulsés de Lausanne, de Bruxelles, de Vienne, de Strasbourg, et en péril de mourir de faim. Ils attendaient comme le Messie cette amnistie qu'ils croyaient prochaine, mais qui se fit désirer pendant près de dix ans. Le retour tant souhaité ménageait encore des déceptions à beaucoup d'entre eux, qui se trouvèrent isolés, dépaysés dans un Paris nouveau, qui les avait oubliés. Quelques-uns devinrent députés, conseillers municipaux, fonctionnaires : le fretin eut souvent de la peine à subsister. Colomès et Phonsine, vieillissant, durent se rabattre sur un métier facile, dont ils furent ensuite privés par les progrès du machinisme — encore une bête noire du père Philémon ! Baucis fut frappée d'hémiplégie, mourut. Colomès, resté seul, frustré de sa dernière ressource, une petite pension viagère que touchait sa femme, eut une belle vieillesse d'irréductible insurgé. Il refusa de rien accepter de personne, même de l'Etat : l'hospice lui faisait horreur. Plutôt que de subir l'aumône, lorsqu'il n'eut plus en sa possession que la somme nécessaire pour payer ses obsèques, il se suicida discrètement, farouchement ; et sa mort fait songer à celle du Loup, dans Alfred de Vigny.

Jusqu'à la fin, il avait été fidèle à « la cause », ne manquant point de célébrer les anniversaires de mars et de mai, prenant un infatigable plaisir à narrer ses campagnes et à remuer ces cendres avec de vieux camarades, les Vieux de la Vieille, comme dit M. Lucien Descaves. « Pourquoi pas ? Des Vieux de la Vieille, rabâchant leurs exploits ; des Vieux de la Vieille sans uniforme, sans galons sur la manche, ni croix sur la poitrine, il y en a, Dieu merci, en dehors de la grande armée impériale. On revient toujours d'un pèlerinage à la Colonne, quand on a le culte d'un drapeau, quel qu'il soit. » Colomès et ceux de sa génération avaient ce culte, et ils le défendent éloquemment contre les négations du fils de l'un d'entre eux, syndicaliste froidement positif, qui estime qu'un Français doit vivre pour lui et que rien ne vaut la peine de mourir. Les enthousiasmes, même chimériques et funestes, de ces Vieux de la Vieille avaient une autre allure qu'un tel scepticisme égoïste et desséché. Les nouvelles modes révolutionnaires commencent à faire regretter celles d'autrefois. Ce socialisme des vieilles barbes s'inspirait d'un sentiment héroïque et idyllique qui ne l'empêchait point sans doute d'être pernicieux, mais qui lui donnait un aspect moins maussade et plus français. On conçoit que les idées de 1848 aient pu séduire un Hugo et un Lamartine. On imagine malaisément des poètes de cette taille s'affiliant à la C. G. T.

TEODOR DE WYZEWA (1)

Il y a quelque vingt-cinq ans, M. Teodor de Wyzewa jouait un rôle considérable dans le mouvement symboliste et décadent. Il ne pratiquait pas précisément ces nouveautés : je ne me souviens pas qu'il ait jamais publié de vers libres, ni même de vers d'aucune sorte, et sa prose n'était pas absconse. Il collabora à la *Revue wagnérienne*, où parut un jour cette note de la direction : « A partir du prochain numéro, la *Revue* sera rédigée en termes intelligibles. » La collaboration de M. Teodor Wyzewa fut, sans doute, postérieure à la publication de cet avis mémorable. On vit également sa signature à la *Vogue*, et il fit assez longtemps la critique des livres à la *Revue indépendante*. C'est un de ses articles, parcouru un dimanche matin, au sortir du lycée, sous les galeries de l'Odéon, qui me révéla les délicieuses *Mora-*

(1) *Ma tante Vincentine*, 1 vol., Perrin.

lités légendaires de Jules Laforgue. Je viens de relire cet article, qui a été recueilli dans un volume intitulé : *Nos maîtres*. Tant d'années écoulées n'ont pas réussi à le rendre obscur.

M. de Wyzewa, en ces temps lointains, souhaitait de tout comprendre et de tout expliquer. Il traduisait en langue vulgaire les plus hermétiques sonnets de Stéphane Mallarmé. Il contribuait pour sa part à édifier la doctrine, et il l'enseignait aussi clairement que possible aux profanes. Mais y croyait-il lui-même tout à fait ? Cet esthète professionnel avait une singulière mobilité d'esprit, avec un penchant naturel à l'ironie et au dandysme. Il ne se piquait point de constance dans ses admirations ni de rigueur logique dans ses jugements. Il se fût plutôt piqué du contraire. On eût dit d'un petit Jules Lemaître d'avant-garde. Il était impressionniste et dilettante, dans une acception restreinte et un peu frivole du mot. Il n'appliquait point le haut dilettantisme intellectuel, qui consiste à étudier impartialement les diverses formes de la culture, mais il avait une façon nonchalante de se subordonner les œuvres et de les goûter plus ou moins selon les caprices du moment. « Tel jour, dit le chevalier Valbert, c'est tel acte de *Tristan* qui me paraît superbe, tel autre jour il m'ennuie. » Plus loin, ce même Valbert nous confiera qu'à une certaine époque les philosophes l'ennuyaient, les poètes aussi, et les romanciers pareillement, à l'exception toutefois de Michelet, Dickens et Dostoïevski. Ces confidences peuvent être à leur place dans un roman ; mais il est bien entendu qu'elles nous éclairent sur la psychologie du personnage, et non pas du tout sur la valeur des écrivains si cavalièrement traités.

L'objectivité est la première condition d'une critique

sérieuse. Sans doute, nous ne connaissons les œuvres que par nos impressions, et le défaut de sensibilité a déterminé de lourdes erreurs. Mais il ne s'agit point d'impressions accidentelles ni d'une sensibilité influencée par des événements étrangers à la littérature. A un homme qui a des raisons personnelles et contingentes d'être triste, une comédie ou un ouvrage gai peut paraître intolérable : il n'en résulte pas que Molière ou l'Arioste soient de mauvais écrivains. Le sens esthétique doit être une faculté différenciée, non soumise à l'action générale de l'organisme ni à la pression de l'extérieur ; pour juger une œuvre littéraire, comme pour mener à bien une expérience scientifique, il faut s'affranchir de toute considération d'un autre ordre et se trouver, si l'on peut dire, en état de grâce. M. de Wyzewa déclare, il est vrai, dans *Nos maîtres*, que « les œuvres d'art ne sont point faites pour être jugées, mais pour être aimées, pour plaire, pour distraire des soucis de la vie réelle ». A quoi l'on peut répondre que les bien juger sert à les mieux aimer, selon l'axiome de Léonard de Vinci : « L'amour est d'autant plus profond que la connaissance est plus certaine. » Les lecteurs qui se désintéressent du point de vue critique et intellectuel se privent de joies intenses, et la plupart d'entre eux finissent par se contenter de distractions subalternes. Ce pyrrhonisme radical, sans danger pratique pour les gens de goût naturellement affiné (et encore !), peut avoir les plus fâcheuses conséquences pour un public déjà trop enclin à ne pas discuter ses plaisirs. C'est pourquoi Brunetière avait raison en principe contre MM. Jules Lemaître et Teodor de Wyzewa, malgré ses préjugés et ses injustices et bien qu'il eût presque toujours tort en fait. Et c'est peut-être Brunetière qui a le plus, sinon le mieux aimé les lettres, car, lorsque M. de Wyzewa aborde une question qui lui tient vraiment au cœur, il réussit très bien à se créer une certitude et à s'y fixer.

Rien de plus significatif à cet égard que son *Valbert*. Ce curieux et spirituel roman date de 1893. On y rencontre de nombreuses traces de la période wagnérienne' symboliste et décadente de M. de Wyzewa, qui nous conte ses souvenirs de Bayreuth et fait de son héros une espèce de des Esseintes, épris de maîtresses purement imaginaires et dégoûté des femmes de la vie réelle, comme « des notes que déposent les pédants au bas d'une page de vers ». Mais il le persifle aussi, avec un fin humour répandu dans tout le récit et concentré dans des épigraphes fallacieuses : il indique minutieusement ses références, mais personne n'a jamais vu les ouvrages auxquels il prétend emprunter ces phrases, qui paraissent bien être purement et simplement de son invention. « Mon âme est basse, dit la baronne, mais je n'y peux rien. » (Attribué à Ad. Valin, les *Deux secrets*, p. 27.) Le chevalier Valbert souffrait, comme Jean-Jacques, d'une manie de « se confesser des folies et des fautes qui pesaient à sa conscience ». Ce pauvre garçon a pour destin de ne prendre jamais que les choses dont il ne veut point et de ne ressentir d'amour que pour les femmes qui l'ont quitté. D'une petite amie du quartier latin, il dit : « Les six mois que j'ai passés avec elle ont été le seul temps de ma vie où les préoccupations amoureuses n'aient tenu aucune place. » Et quelle est la cause de ces mésaventures ? Elle est résumée dans l'épigraphe du quatrième chapitre : « Malheureux ! Mais ta tête va enfler, si tu y fourres tant de livres ! » (Attribué à Dumontier : le *Fin mot*, p. 16. Et ce Dumontier est aussi inconnu au bataillon que le Valin des *Deux secrets.*)

Ici s'affirme la thèse désormais favorite de M. de Wyzewa, qui est un des précurseurs authentiques de l'antiintellectualisme et de l'école de la Vie. Son charmant esprit y mettait plus d'agrément et de bonne humeur que n'en ont montré par la suite d'autres théoriciens. Mais l'idée est énoncée en termes exprès, et même avec un peu d'insistance. On l'avait déjà vue poindre chez lui quelques années auparavant. Il écrivait, dès 1887, dans la *Revue indépendante :* « La souffrance véritable est de savoir ; qu'on empêche l'humanité d'apprendre, et on l'empêchera de sentir la douleur. » Dans la préface de *Nos maîtres* (1895), il se flatte d'avoir toujours détesté la science, mais il avoue qu'il accordait autrefois à la pensée une valeur souveraine et qu'« aux soi-disant vérités de la science il opposait une vérité supérieure, jaillissant du libre exercice de l'intelligence ». *Valbert* prouve qu'en 1893 il en était déjà bien revenu. « Comme il y a des gens qui naissent sourds ou aveugles, Valbert était né *intellectuel :* aucune infirmité n'est plus terrible que celle-là... » C'est à cette infirmité que sont imputables les ennuis qui ont troublé les relations de Valbert avec quelques jeunes actrices ou filles de brasserie. « Ah ! si les récits de Valbert pouvaient maintenir hors des voies maudites de l'intelligence et de la réflexion ne serait-ce qu'une seule âme, parmi celles qui m'entendent... » Jeunes gens, « ouvrez vos yeux, vos oreilles, votre cœur, et fermez votre cerveau où gît un poison meurtrier ! Ne vous abrutissez pas dans la science et dans la pensée ! » On peut préférer à cette éloquence le style épigrammatique de Dumontier, mais peu importe.

A la fin, guéri de son mal, Valbert s'écrie : « Je compris que la beauté véritable n'était pas où je l'avais cherchée, dans ces misérables ouvrages de l'esprit des hommes qui, seuls, jusque-là, m'avaient attiré... Je vis qu'il y avait d'inépuisables, de prodigieuses délices dans la verdeur des plaines, le mouvement des feuillages, dans le murmure des sources et dans la musique des étoiles. Je vis que dans ma pensée tout était laid, et que tout était beau en dehors d'elle. Adorable printemps de mes sens, je regardais, j'écoutais ; pour la première fois dans ma vie je découvrais la vie. » N'oublions pas que ce texte est antérieur d'une bonne dizaine d'années à l'apparition du premier volume de *Jean-Christophe*. La guérison de Valbert était due à l'audition de *Parsifal* et à la rencontre d'une honnête jeune fille, à laquelle il s'était fiancé. Pour elle, il s'était renoncé lui-même : il n'aspirait qu'à la servir, à travailler pour lui plaire, à se dévouer pour elle. « Oui, toutes mes misères m'étaient venues de ce que j'avais toujours pensé à moi-même, tandis que le secret du bonheur est de ne penser qu'à autrui. Ou plutôt le secret du bonheur est de ne point penser... » On pourrait contester ce raisonnement : car enfin les plus fameux penseurs, Platon, par exemple, ou Descartes, ou Renan, ont pensé à autre chose qu'à eux-mêmes, et l'un des bons effets de la pensée véritable, de l'art ou de la science, est justement de remplir l'esprit et de capter toutes ses forces, de manière à le détourner de l'obsession du moi. Mais le système de M. de Wyzewa se dessine avec netteté : il comporte l'adoration de la vie, opposée à l'intelligence, et un précepte de renoncement qui, par l'entremise de *Parsifal* (peut-être aussi de Tolstoï, qui n'est pas nommé ici), tend à devenir chrétien. Les *Contes chrétiens* sont, au moins en partie, contemporains de *Valbert*. Ce christianisme encore un peu littéraire évoluera peu à peu vers l'orthodoxie, sous l'influence de saint François d'Assise, pour qui M. de Wyzewa professe une dévotion particulière, et de la tante Vincentine, dont il nous offre aujourd'hui l'histoire. Ses jugements philosophiques ou religieux ont plus d'unité que ses jugements esthétiques.

Cependant, son nouvel ouvrage réalise une conception déjà ancienne. Il estimait jadis que « la forme la plus parfaite du roman serait une biographie, le simple récit d'une vraie vie, mais racontée de manière à nous paraître vivante, et usant à cet effet de tous les procédés du roman ». Ce plan a été suivi récemment par M. Maurice Barrès dans *la Colline inspirée*, et par les frères Tharaud dans *la Tragédie deRavaillac*. M. Teodor de Wyzewa aura été un grand semeur ou annonciateur d'idées fécondes ; et il y a tel passage de *Valbert* où l'on peut apercevoir le premier germe de celle qui a fourni à M. Gabriel d'Annunzio ses admirables *Vierges aux rochers*. Quoi qu'il en soit, *Ma tante Vincentine* est donc une biographie romanesque, ou un roman biographique. L'auteur nous assure que tous les événements sont exacts. Cette tante de M. de Wyzewa, Mlle Vincentine Bobrowicz, morte à Paris en 1906, dans sa soixante-dix-huitième année, fut une sainte, au témoignage de son neveu. Sa vie fut toute simple, modeste et absorbée par un infatigable dévouement au service de sa famille. Dans sa jeunesse, en Pologne, elle avait été jolie, élégante et courtisée. Elle repoussa plusieurs demandes en mariage pour ne pas se séparer de son frère, le docteur Wyzewski, ni du fils de celui-ci, ayant conçu pour cet enfant une affection maternelle. Tante

Vincentine suivit le docteur et le jeune Teodor en France, où l'adversité lui imposa de pénibles sacrifices sans jamais lasser son grand cœur. Trois fois par semaine, pendant six ans, elle fit vingt-six kilomètres à pied pour passer quelques instants avec son neveu au parloir du collège de Beauvais. M. de Wyzewa donne mille détails touchants sur la tendresse et l'abnégation de cette bonne tante, et il s'accuse d'en avoir quelque peu abusé. Peut-être exagère-t-il, par goût de la confession publique et humilité chrétienne, ces péchés d'enfance et de jeunesse. Ce récit, uniquement composé de traits familiers et de scènes intimes, échappe à l'analyse. Il s'en dégage une douceur pénétrante et hagiographique. C'est, pour M. de Wyzewa, comme une suite à sa traduction de la *Légende dorée*. La tante Vincentine avait une âme franciscaine : elle aimait la nature, la poésie, les beaux contes ; elle était enjouée, tolérante, indulgente, et savait rendre la vertu aimable. C'est une belle figure évangélique. Mais, quels que soient les mérites du livre, n'aurait-il pas mieux valu le transposer et en faire un véritable roman, que l'auteur aurait pu dédier à cette chère mémoire ? La biographie convient aux personnages historiques. Pour les autres, le roman permet de conserver toute la vérité des caractères, tout en accordant plus de liberté à l'art de l'écrivain.

CLAUDE FERVAL

ET Mme DE LA VALLIÈRE (1)

M. Jean Richepin a écrit une préface pour *Un double amour*. « La première fois, dit-il, que je fis rencontre de celle qui signe en littérature Claude Ferval, ce fut dans le monde, parmi les flots d'une réunion fort nombreuse... » Il ajoute : « Tiens ! pensai-je. Une héroïne de la Fronde. » Les premiers lecteurs de *la Chanson des gueux* auraient été bien étonnés si on leur avait prédit que l'auteur deviendrait un jour si mondain. Il était naturel, au contraire, que le premier ou l'un des premiers récits de Claude Ferval s'intitulât : *Vie de château*. Son nouvel ouvrage n'est pas un roman, et il n'est pas davantage frondeur. Le *Double amour* dont il s'agit ici, c'est celui de Louise de La Vallière pour le roi et pour Dieu. Dans son sermon pour la profession de Mme de La Vallière, duchesse de Vaujour, Bossuet définit,

---

(1) *Un double amour*, 1 vol. Fasquelle.

d'après saint Augustin, ces deux amours opposés : « L'un est l'amour de soi-même poussé jusqu'au mépris de Dieu, c'est ce qui fait la vie ancienne et la vie du monde ; l'autre est l'amour de Dieu poussé jusqu'au mépris de soi-même, c'est ce qui fait la vie nouvelle du christianisme, et ce qui, étant porté à la perfection, fait la vie religieuse. » Que ces Pères de l'Eglise sont donc austères et rudes jusque dans leur langage ! Est-il possible de qualifier d'amour de soi-même la passion, exaltée et dévouée jusqu'aux plus cruels sacrifices, qu'inspira Louis XIV à la douce La Vallière? Jamais héroïne ne démentit avec plus d'éclat l'impitoyable théorie qui ne voit qu'égoïsme dans tout sentiment dont l'objet est purement humain. Claude Ferval met plus de nuances dans sa psychologie. Malgré son admiration éperdue pour Bossuet, qui est certes un très grand écrivain, mais qu'elle proclame « le plus grand génie de son siècle » et « l'homme de qui le nom restera comme le plus pur, le plus élevé parmi lés hommes », ce qui sent peut-être un peu l'hyperbole, Mme Claude Ferval se montre plus indulgente pour des faiblesses si poétiques, et partage, en définitive, cette opinion de Sainte-Beuve : « Toutes les fois qu'on voudra se faire l'idée d'une amante parfaite, on pensera à La Vallière... Elle rappelle, comme amante, Héloïse ou encore la religieuse portugaise, mais avec moins de violence et de flamme : car celles-ci n'eurent pas seulement le génie de la passion, elles en eurent l'emportement et la fureur; La Vallière n'en a que la tendresse. Ame et beauté toute fine et suave, elle a plus de Bérénice en elle que ces deux-là. »

Le *Double amour* appartient à ce genre assez nouveau, ou du moins renouvelé, dont *la Tragédie de Ravaillac*, des frères Tharaud, a fourni récemment un brillant exemple, et qui n'est pas du tout le roman historique à la façon de Walter Scott, de Dumas père ou de Mérimée, mais qui consiste à traiter l'Histoire elle-même par les méthodes du roman. Pas d'intrigue arbitraire ni d'incidents inventés. Mais on ne se borne pas non plus à l'exposé des faits établis. On suit les documents, mais on supplée à leur sécheresse : on compose le tableau d'après leurs indications. C'est ainsi que procédaient, en somme, les historiens anciens, qui prêtaient aux personnages historiques de si éloquents discours, en général conformes à leur caractère et adaptés à la situation, mais nullement textuels. Mme Claude Ferval ne cherche pas à rivaliser avec le *Conciones*. Mais elle suppose et restitue certaines scènes sur lesquelles manquent des témoignages précis ; elle analyse les pensées et les rêveries de Louise de La Vallière, comme un romancier psychologue imagine celle de ses héros fictifs. Ce volume n'apporte pas de révélations, et les historiens graves le trouveront peut-être un peu frivole ; mais il conte de captivantes aventures avec un charme qui lui vaudra certainement la faveur du public.

Tout est romanesque dans la vie de Mlle de La Vallière. Elle était de petite noblesse tourangelle, et rien ne la prédestinait à venir au premier plan. Son caractère même semblait y répugner : elle était timide, craintive, effacée. « Jolie, mieux que jolie, touchante, avec ses yeux de tendresse, sa bouche candide, ses pâles cheveux argentés, elle avait un certain air de modestie, d'honnêteté, qui la faisait estimer en même temps qu'on la chérissait. » Mme de Sévigné a parlé de « cette petite violette qui se cachait sous l'herbe, et qui était honteuse d'être maîtresse, d'être mère, d'être duchesse »...

Ainsi rien ne put altérer sa réserve et sa pudeur natives. Sans doute le roi, dont elle n'essayait certes point d'attirer les regards, ne l'eût-il jamais remarquée, sans une comédie où on lui distribua un rôle sans la consulter. Des relations de famille l'avaient faite demoiselle d'honneur de Madame (Henriette d'Angleterre, duchesse d'Orléans). C'était déjà une fortune presque inespérée. Il se trouva que les deux reines, la jeune Marie-Thérèse, et la reine-mère Anne d'Autriche, bien mieux, Monsieur lui-même, quoique époux assez indifférent, prirent ombrage des assiduités du roi auprès de sa séduisante belle-sœur. Pour égarer les soupçons, Madame suggéra à Louis XIV l'idée de jouer l'amoureux auprès de quelqu'une des dames de la cour. Louise de La Vallière dut précisément à sa naïveté notoire, à son insignifiance apparente, d'être choisie pour « chandelier ». Or, on affirme qu'elle aimait secrètement le roi plus d'un an avant qu'il lui eût adressé la parole pour la première fois. « Surprise!... Miracle!... Là où le séducteur n'était venu chercher qu'une aventure, moins encore, une coupable simulation, que trouve-t-il? Un cœur : un petit cœur tout chaud qui n'a pu se contenir. Louise l'aime, elle l'aime depuis le premier jour qu'elle l'a vu. Pas une parcelle de son être qui ne lui soit dévouée jusqu'à la mort. »

On conçoit que l'évidente sincérité de cet amour l'ait ravi. Parmi les inconvénients du métier de roi, il faut compter l'extrême difficulté d'avoir jamais la certitude d'être aimé pour soi-même. Aussi, dans les contes de nourrices, de puissants monarques se déguisent-ils en bergers pour courtiser des bergères. Louise de La Vallière procura au roi cette satisfaction délicate. Et c'est à l'éloge de Louis XIV d'y avoir été sensible. Un excès d'orgueil aurait pu l'empêcher de se poser la question : une nature un peu plus épaisse l'aurait détourné d'y prendre tant d'intérêt et de tant goûter la qualité d'âme de cette douce Louise. Plus tard, ayant perdu la fraîcheur sentimentale de sa jeunesse, il se contentera de l'éclatante, mais avide Montespan, dont les vues intéressées ne faisaient doute pour personne et ne pouvaient guère l'abuser lui-même, à moins d'un aveuglement un peu ridicule. Tous ses contemporains, au contraire, ont rendu justice au désintéressement de La Vallière. Elle exprimait naïvement ce souhait : « Je voudrais qu'il ne fût pas d'un rang si élevé. » Bussy-Rabutin, qui n'était pas un novice, a écrit : « Elle aimait la personne du roi si fortement qu'on vit bien qu'elle l'eût aimé autant s'il avait été un simple gentilhomme et elle une grande reine. » Elle ne demandait rien, ni titres, ni bénéfices : c'est à son insu que Louis XIV résolut de la créer duchesse, et seulement peu de temps avant la disgrâce définitive, en guise de cadeau de rupture. Le rêve de La Vallière eût été de tenir secret cet amour du roi, dont d'autres ambitionnaient de se parer et d'éblouir le monde.

Est-il bien certain cependant qu'elle eût cédé à Louis XIV s'il n'avait pas été le roi? Je crois qu'elle l'eût aimé, simple gentihomme, ainsi que l'affirme Bussy-Rabutin, mais qu'elle ne lui aurait point appartenu. Elle avait toujours été très pieuse et animée de l'horreur du péché. Comment eût-elle failli et risqué la damnation pour un homme ordinaire? L'idolâtrie monarchique exerça sûrement une influence sinon sur les sentiments, du moins sur les actes de Louise de La Vallière. Elle était d'une époque où, selon l'expression de Claude Ferval, pas plus qu'à Dieu, on ne résistait à son roi. Mais elle était née pour l'idylle et n'avait pas l'étoffe d'une favorite. Chose curieuse, sa réserve et son effacement ne la préservèrent point des plus féroces inimitiés. Si douce, si inoffensive, elle fut odieusement persécutée, notamment par Madame, qui ne lui pardonnait pas le dénouement imprévu de la comédie du chandelier, et par la comtesse de Soissons, l'une des nièces de Mazarin, laquelle avait encore des desseins sur Louis XIV. On ne ménageait pas les lettres anonymes, ni même les tentatives de meurtre ou de rapt. Et son manque d'esprit d'intrigue lui interdisait d'avoir des amis ou des partisans, puisque ne sollicitant ni pour elle-même ni pour personne, elle ne pouvait servir aucune ambition ni aucune convoitise. Anne d'Autriche, la première, lui sut gré d'être si peu dangereuse et lui témoigna de la bonté. Marie-Thérèse la regretta, plus tard, par comparaison.

Louis XIV l'aima-t-il ? Cela ne semble pas contestable. Il l'aima autant qu'il pouvait aimer. Il ne fut pas seulement touché de son amour : il le partagea. Une première fois, après une querelle suscitée par son refus de dévoiler au roi le secret de la liaison de Madame et de Guiche qui lui avait été confié par une amie, elle s'enfuit dans un couvent de Chaillot. Louis XIV vint l'y chercher lui-même ! Il est vrai que cet amour du roi ne fut pas éternel. Cela prouve peut-être tout simplement que pour être roi, l'on n'en est pas moins homme. Louis XIV obéit à l'humeur inconstante et volage dont il n'avait pas le privilège exclusif : par contre, il était exposé à plus de tentations que le commun des mortels. Tout en regrettant qu'il n'ait point été le modèle des époux, ce qui d'ailleurs n'a pas si bien réussi aux deux seuls rois qui aient mérité cette louange, Louis XVI et

Louis-Philippe, on peut ne pas juger absolument nécessaire d'accabler Louis XIV. Combien de bourgeois n'ont pas eu davantage la vocation de la monogamie ! Quant à Bossuet et aux autres prédicateurs que l'on accuse parfois d'avoir été trop complaisants, ils ont plutôt montré quelque indiscrétion par leurs allusions directes à la conduite du roi. Que saint Ambroise refusât l'accès de la cathédrale de Milan à Théodose, cela se pouvait admettre, mais les fantaisies de Louis XIV étaient moins graves que les massacres de Thessalonique. Les historiens démocrates, qui reprochent à Bossuet de n'avoir pas frappé le petit-fils d'Henri IV d'excommunication majeure, ont-ils songé qu'ils réclamaient ainsi une ingérence cléricale dans la vie privée du souverain et par conséquent dans celle de ses sujets ? On est, au contraire, saisi de pitié pour La Vallière, sinon pour Louis XIV, qui avait plus de défense, lorsqu'on lit tel sermon où la pauvrette était publiquement dénoncée et flétrie devant toute la cour.

Quant au roi, l'amour qu'elle avait pour lui et celui qu'il avait eu pour elle lui imposaient le devoir d'user de ménagements, lorsqu'il se prit à en aimer une autre. Sur ce point, il n'est pas inattaquable. Accordons qu'il n'ait pas été plus capable de lutter contre sa passion pour Mme de Montespan qu'il ne l'avait été de vaincre son penchant pour Mlle de La Vallière. Du moins eût-il été plus humain en autorisant celle-ci, dès qu'elle l'en eût sollicité, à se retirer dans un cloître et en lui épargnant le spectacle du triomphe de sa rivale, laquelle triomphait sans modération et se plaisait à humilier méchamment la malheureuse. C'est vrai. Claude Ferval explique cette obstination du roi par un motif peu glorieux : il aurait tenu à garder auprès de lui La

Vallière pour éviter d'afficher la Montespan, dont le légitime seigneur et maître était un de ces maris récalcitrants que Meilhac et Halévy ont salués dans *la Périchole*. La Vallière aurait repris, bien malgré elle et avec moins de bonheur que la première fois, le rôle de chandelier. On se serait même arrangé pour que le public pût lui attribuer un ou deux bâtards d'Athénaïs. Ici, nous blâmerons le roi, sans lui refuser pourtant quelques circonstances atténuantes. Lorsque La Vallière se réfugia pour la seconde fois dans un couvent de Chaillot, pourquoi se laissa-t-elle ramener par Colbert? Elle déclara par la suite qu'elle souffrait comme une damnée : mais elle n'en laissait rien paraître. Louis XIV put croire qu'elle se résignait, comme Marie-Thérèse, que son amour s'atténuait peu à peu et que la vie lui redevenait supportable. Il espérait sans doute qu'elle s'accommoderait d'une bonne amitié, avec des égards et un rang que son titre de duchesse et la légitimation de ses enfants ne permettaient plus de lui contester. C'était mal comprendre cette âme ardente et fière. En soi, ce n'était pas forcément invraisemblable.

Il faut, d'ailleurs, reconnaître que les caractères, au dix-septième siècle, avaient une certaine dureté qui n'était point particulière au roi, et qui, selon les circonstances, paraît tantôt héroïque, tantôt presque inhumaine. Mme de Sévigné, qui n'était pas un monstre, raille la seconde retraite à Chaillot et le prompt retour de la fugitive. Evidemment, elle ne prend pas cette grande douleur au sérieux. Que dire de la mort de Madame, des bonnes paroles de Louis XIV, qui consistent à l'exhorter à bien mourir, de la réponse de la moribonde, qui déclare regretter moins la vie que les bonnes grâces de Sa Majesté, et du mot implacable de ce chanoine à la jeune femme qui, un instant, se plaignait : « Quoi, madame ! Il y a vingt ans que vous offensez Dieu, et six heures seulement que vous souffrez et faites pénitence ! » La Vallière elle-même, toute consumée de l'amour du roi et de l'amour de Dieu, semble presque insensible quant à ses enfants. De sa fille, Mlle de Blois, elle écrit au maréchal de Bellefonds : « Je l'aime, mais elle ne me retiendra pas un seul moment. Je la vois avec plaisir, je la quitterai sans peine. » La mort de son frère, le marquis de La Vallière, est commentée par elle en ces termes : « Le Seigneur m'a demandé ce sacrifice, comptant pour rien ce que je souffre, et cela n'est rien, en effet. Je me sens, puisque c'est sa sainte volonté, prête à lui immoler ce que j'ai de plus cher au monde. » Celle de son fils, le jeune comte de Vermandois, emporté par une fièvre maligne au siège de Courtrai, lui inspire ceci : « C'est trop pleurer la mort d'un fils dont je n'ai pas assez pleuré la naissance. »

Ce siècle, où le jansénisme fut persécuté, était fort imprégné d'esprit janséniste. Claude Ferval parle du « fanatisme expiatoire » auquel se livra La Vallière. C'est l'expression juste. Elle vécut trente-six ans, au couvent des Carmélites de la rue du Val-de-Grâce, dans les macérations les plus rigoureuses : jeûnes, cilice, ceintures de fer, discipline, etc. Elle resta une fois, paraît-il, trois ans sans boire ! Elle recevait des visites : la règle l'y contraignait. Elle avait dit : « Si le roi venait, je me cacherais. » Le roi ne vint point. Faut-il s'en indigner ? Il ne l'avait pas oubliée : il lui accorda très galamment une grâce qu'elle s'était décidée à demander pour son neveu. On prête au roi cette brève oraison funèbre, lorsqu'il apprit la mort de La Vallière, en-

1710 : « Pour moi, elle avait cessé d'exister le jour de son entrée au Carmel. » Mais qu'est-ce à dire? Qu'il ne pardonnait point qu'on s'éloignât de lui, de la cour, et qu'il considérait cette défection comme un crime de lèse-majesté? Ou peut-être qu'il se fût fait scrupule de troubler la pénitente en ravivant par sa présence des souvenirs désormais inopportuns ?

VILLON, D'APRÈS M. PIERRE CHAMPION (1)

Clément Marot, qui donna en 1533 une édition des œuvres de Villon, énonçait un regret que plus d'un lecteur a partagé par la suite. Pour tout comprendre, dans Villon, « il faudrait avoir été de son temps à Paris et avoir connu les lieux, les choses et les hommes dont il parle ». On sait qu'aucun poète n'a davantage farci son œuvre de noms propres et d'allusions à des faits personnels. Ses deux principaux poèmes énumèrent les legs, généralement fictifs et presque tous d'intention satirique, qu'il est censé distribuer à divers personnages de sa connaissance. D'ailleurs, il n'avait pas inventé cette formule. Le « testament » était quasiment, avant lui, un genre poétique, qu'il a seulement traité avec plus de génie que ses prédécesseurs. Clément Marot incline à l'en blâmer, parce que « la mémoire

---

(1) Pierre Champion : *François Villon, sa vie et son temps*, 2 vol. in-8°, Champion.

desquels (lieux et hommes dont il parle) tant plus se passera, tant moins se connaîtra icelle industrie de ses lais dits. Pour cette cause, qui voudra faire œuvre de longue haleine, ne prenne son sujet sur telles choses basses et particulières ». Ainsi, par principe, Marot condamne la poésie d'actualité, comme subalterne et destinée à devenir promptement indéchiffrable. Mais il ajoute : « Le reste des œuvres de notre Villon (hors cela) est de tel artifice, tant plein de bonne doctrine, et tellement peint de mille belles couleurs, que le temps, qui tout efface, jusques ici ne l'a su effacer... » Il est curieux de constater que pour Marot, écrivant en 1533, un poète né en 1431 et mort à une date inconnue, mais qui ne pouvait guère remonter à plus d'un demi-siècle, prenait déjà la figure d'un ancêtre dont on s'émerveillait que le renom eût bravé les années. Nous ne songeons pas aujourd'hui à nous étonner que Musset ou Lamartine ne soient pas encore tombés dans l'oubli. Faut-il croire que la Renaissance, même pour Marot, qui se rattache à la lignée gauloise, avait creusé un abîme entre le seizième siècle et le siècle précédent ?

Sur la solidité et les véritables titres de la gloire de Villon, maître Clément avait vu clair. Mais il était un peu exclusif et poussait le désir de comprendre un peu loin. La vraie difficulté, dans la lecture de Villon, c'est la langue. Gaston Paris avouait qu'elle a « vieilli au point d'être en certains endroits inintelligible même pour les érudits ». Chose curieuse, il en était déjà ainsi pour Marot qui, à distance, nous paraît si près de Villon. Quant à tous ces personnages dont Villon nous entretient, avons-nous tant besoin d'être renseignés sur eux pour nous amuser des traits qu'il leur décoche ? Nous intéressent-ils en eux-mêmes ? Assurément non, mais seulement à cause de l'honneur que leur a fait Villon de s'occuper d'eux. Une bonne plaisanterie se suffit sans plus. Il n'est nullement nécessaire d'avoir lu les ouvrages de Bavius et de Maevius, ni d'avoir aucune information précise sur ces deux mauvais poètes, pour savourer la fameuse épigramme de Virgile :

Qui Bavium non odit, amet tua carmina, Maevi !

L'observation de Marot est juste néanmoins concernant Villon, dont certaines facéties veulent être expliquées, ce qui prouve qu'elles n'étaient pas pleinement excellentes et ne constituent pas la meilleure part de son œuvre. Une méprise divertissante, mais dont la responsabilité incombe à Villon, est celle de Théophile Gautier, qui, dans le très brillant chapitre des *Grotesques* qu'il a consacré à l'auteur du *Testament*, célèbre avec attendrissement l'exquise sensibilité de ce pauvre poète qui soutenait trois jeunes orphelins, nommés Colin Laurens, Gérard Gossoyn et Jehan Marceau, et leur a prodigué à plusieurs reprises les plus salutaires conseils. Nous savons aujourd'hui, grâce à M. Pierre Champion, que ces « trois petits enfants tout nus » étaient en réalité trois vieux usuriers, des plus riches et des plus rapaces. Les legs et les avis que leur envoie Villon sont de pure ironie. Théophile Gautier a pris une antiphrase à la lettre. Mais comment eût-il deviné le véritable sens ? A ne considérer que le texte, on peut aisément s'y tromper, et ce sont bien là de ces « choses basses et particulières » dont Clément Marot voulait détourner les poètes.

Mais il n'avait pas prévu qu'au lieu de passer de plus en plus, la mémoire des individus et des événements mentionnés par Villon se raviverait au contraire et que le vingtième siècle les connaîtrait beaucoup mieux qu'il ne les connaissait, lui, Marot, qui n'en était séparé que par une génération. C'est à nos érudits que nous devons cette supériorité. Le regretté Auguste Longnon eut, le premier, l'idée de vérifier, au moyen des documents d'archives, si les personnages de Villon avaient existé ou non. « Il eut le bonheur — et la science — d'être récompensé de ses recherches dès les premiers pas. Et les résultats de ses premières études furent publiés dans cet *Essai biographique sur F. Villon* qui est le livre de chevet de tous ceux qui prétendent au titre, diraient les Anglais, de *Villonian scholar.* » Ainsi s'exprime Marcel Schwob, qui fut lui-même l'un des principaux continuateurs d'Auguste Longnon. Il préparait depuis longtemps, lorsque la mort le surprit, un grand ouvrage sur Villon, à qui il avait déjà consacré un article considérable dans la *Revue des Deux Mondes* du 15 juillet 1892, et de nombreuses études dans des revues spéciales. On a publié tout récemment, à tirage restreint et hors commerce, un *François Villon, rédaction et notes,* par Marcel Schwob; c'est à ce recueil de matériaux que j'ai emprunté l'hommage à Auguste Longnon. En 1901, Gaston Paris donnait à la collection des *Grands écrivains* un petit volume ingénieux et judicieux. Enfin, M. Pierre Champion, qui déclare modestement qu'il n'eût pas tenté l'entreprise si Schwob avait vécu, nous apporte aujourd'hui deux gros volumes, d'une érudition immense et d'un agrément des plus rares. M. Pierre Champion nous instruit de tout ce que l'on peut savoir sur Villon — et même, dira peut-être quelque humoriste, de certaines choses que l'on pourrait ignorer sans grand inconvénient. Cependant les innombrables détails accumulés par M. Pierre Champion ne sont jamais inutiles ; beaucoup éclairent directement une strophe ou un vers de Villon ; les autres nous font mieux pénétrer dans la familiarité de son époque et par conséquent de son œuvre. Peut-être à la rigueur se consolerait-on de ne pas posséder l'état-civil de tel ou tel comparse nommé incidemment ; mais si quelques-unes de ses plus illustres ballades ont une beauté qui s'impose en dehors de toute exégèse, Villon est pourtant un des poètes qu'il importe le plus de situer dans leur milieu historique, parce qu'il est impossible de trouver ailleurs la solution de divers problèmes, et d'abord du plus irritant, qui est celui de sa moralité.

En gros, ce problème se pose ainsi : Comment se peut-il faire qu'un grand poète ait été un apache, ou, si vous préférez, qu'un apache ait été un grand poète ? Une réponse nous serait fournie premièrement par le système de Tolstoï et de mon cher maître Emile Faguet : c'est à savoir qu'il n'existe aucune connexité entre l'art et la morale, si même on ne doit considérer l'art comme naturellement corrompu et corrupteur. Autrement dit, ce qui est étonnant, ce n'est pas qu'un grand poète ait eu une conduite déplorable, c'est que tous les poètes et tous les artistes — excepté peut-être ceux qui ont la chance de n'avoir aucun talent — ne soient pas de fieffés coquins et des gibiers de potence. S'ils ne le sont pas tous, c'est par une inconséquence heureuse et par un fortuné démenti à la logique de leur vocation. Il y a du vrai dans cette théorie de Tolstoï, mais c'est à la condition que l'on se place à son point de vue, lequel me paraît absolument faux. Sa morale, c'est l'ascétisme : il est exact que les artistes le pratiquent peu et que l'art même en est la négation. Mais si l'on conçoit la morale comme compatible avec les joies de l'imagination et des sens et comme consistant essentiellement dans le mépris de toute bassesse, l'art offre le type même de la moralité véritable. Un artiste digne de ce nom peut n'être pas un héros, mais non pas manquer d'une certaine élévation de sentiments, et s'il commet des fautes, il y a des actes trop vils qu'il ne commettra pas. On en trouve pourtant de cette espèce dans la biographie authentique de François Villon.

Sans doute, lorsqu'on y regarde de près, on découvre que certains de ses prétendus crimes seraient, pour nous, assez véniels. Tel est le cas, par exemple, de celui pour lequel il fut condamné à mort. On n'avait guère à lui reprocher que d'avoir involontairement assisté à une rixe dans laquelle un de ses camarades, Robin Dogis, avait frappé et blessé Me François Ferrebouc, notaire pontifical. C'est pour cela que le pauvre Villon subit la question de l'eau et fut déclaré bon pour le gibet par des juges cruels et, d'ailleurs, amis de ce Ferrebouc. On sait que Villon fit appel au parlement et que sa peine fut commuée en celle de dix ans d'interdiction de séjour. Cette affaire, après laquelle on ne sait plus du tout ce qu'il est devenu, est postérieure au *Testament ;* c'est elle qui lui a inspiré le quatrain :

> Je suis François, dont ce me poise,
> Né de Paris, emprès Pontoise, etc.

et sans doute aussi l'admirable *Ballade des pendus*. En vérité, il n'y avait pas de quoi fouetter un chat. Au début de sa carrière, il avait été réellement homicide. Il avait tué de sa main un prêtre, un certain Philippe Sermoise, mais il n'était pas l'agresseur. Peut-être avait-il eu des torts : le motif de la querelle semble avoir été une histoire de femme. Quoi qu'il en soit, Villon ne fit que riposter au coup de dague de ce Philippe Sermoise et usa donc du droit de légitime défense. Moralement, on peut encore l'absoudre sur cet article, ou à peu près. Ce qui est plus fâcheux, c'est le vol de cinq cents écus d'or au collège de Navarre, qu'il perpétra en compagnie de son ami Colin de Cayeux, d'un moine picard nommé dom Nicolas, et de deux individus nommés Petit-Jehan et Guy Tabary, dont le dernier démasqua les coupables par ses bavardages inconsidérés. Là, il n'y a pas à dire, Villon se révèle simple cambrioleur. C'est alors qu'il se mit à vagabonder en province, ne pouvant rester à Paris sans s'exposer à être arrêté. On trouve sa trace à Angers, à Blois, à Moulins. Il est reçu probablement à la cour du roi René, certainement à celles de Charles d'Orléans et du duc Jean de Bourbon.

Cependant, on le soupçonne d'être affilié à la bande des Coquillards, dont faisait partie son ami Régnier de Montigny, lequel fut pendu, ainsi que Colin de Cayeux. En 1460, il est en prison à Orléans et passible de la peine capitale, pour des raisons qui n'ont pas encore été élucidées. Il est libéré à l'occasion des fêtes qui marquent la naissance de la fille de Charles d'Orléans. En 1461, il est de nouveau sous les verrous, pour des causes également obscures, mais vraisemblablement sérieuses : cette fois, c'est à Meung-sur-Loire qu'il gémit sur la paille humide, dans les prisons du terrible évêque Thibault d'Aussigny, et il ne doit sa délivrance qu'à l'entrée solennelle du nouveau roi Louis XI dans cette petite ville. Il rentre alors à Paris, où il écrit le *Testament*, plein de rancune contre l'évêque qui fut son geôlier et de reconnaissance pour le souverain qui lui rendit la clef des champs. Devient-il sage? Pas encore, puisqu'en 1462, avant l'affaire Ferrebouc, il avait encore un peu séjourné au Châtelet, sous l'inculpation de vol. Villon fut un voleur, ce n'est pas contestable. Il s'est vanté, en outre, d'avoir été un souteneur. Gaston Paris inclinait à croire que la grosse Margot n'avait pas existé et que la ballade où il définit crûment son rôle auprès d'elle n'était qu'une forfanterie. Marcel Schwob et M. Pierre Champion nous garantissent l'existence de cette Margot et la réalité de l'état que tenait Villon en sa compagnie.

Oui, tout cela est vrai, et néanmoins Villon est un grand poète, et malgré ses aveux cyniques ou ingénus, son œuvre ne dénote pas une âme basse. Il a ressenti jadis un amour sincère pour de belles amies qui l'ont assez mal traité; il professe une respectueuse gratitude pour le tuteur qui l'a élevé, Me Guillaume de Villon, son « plus que père », et la tendresse la plus touchante pour sa mère, la pauvre femme ; s'il a failli, il est dévoré de remords et débordant de repentir; il aime sa patrie, il a de la piété, particulièrement envers la Vierge ; surtout, et c'est peut-être chez lui la note dominante, malgré sa « folâtrerie » naturelle ou concertée, il a le cœur doué d'une sensibilité profonde et vraiment humaine, il s'apitoie sur les souffrances de ses semblables, sur la mort à laquelle ils sont tous voués et qui lui fournit un de ses principaux thèmes, il est imbu de la *caritas generis humani* en un temps où les mœurs étaient singulièrement rudes. A beaucoup d'égards, il vaut mieux, je dis moralement, que la majorité de ses contemporains. D'où vient sa déchéance? Elle vient précisément de l'influence de cette barbare époque qu'il domine par ailleurs et de si haut. Ici, je n'invente rien.

et au surplus je préfère me couvrir d'autorités qu'on ne récusera pas.

Saint-Marc Girardin, qui n'avait rien d'un anarchiste, a dit :

Ne soyons pas trop sévères. Les *Repues franches* (1) ne sont autre chose que l'art de vivre aux dépens d'autrui : c'est ce qu'on appelle aujourd'hui l'art de faire des dettes et de ne pas les payer... Faute de civilisation, il n'y avait point encore ces maximes d'honneur et de délicatesse sociale qui nous apprennent à faire la différence entre ce qui est une bassesse et ce qui est une espièglerie. De nos jours, Villon aimerait encore la bonne chère et la joyeuseté, mais il serait honnête homme. De son temps, le libertinage allait jusqu'à l'escroquerie; il ne sut pas s'en préserver.

Gaston Paris, qui n'était pas non plus un homme très subversif, ajoute :

Il (Villon) vivait dans un temps où la moralité publique était tombée au-dessous de ce qu'on peut imaginer. Pendant toute la guerre de Cent ans, et surtout dans sa dernière période, le métier d'homme d'armes et celui de brigand n'en faisaient qu'un : piller, voler, rançonner était habituel à des gens qu'on n'en voyait pas moins figurer honorablement dans les plus hautes charges militaires et même civiles. L'effroyable misère qui sévit sur Paris et sur la France pendant tant d'années avait habitué tout le monde à chercher n'importe quel moyen de soutenir sa vie... Villon, pour avoir volé et crocheté, ne se sentait pas positivement digne de mépris, bien qu'il éprouvât de ses fautes du regret et de l'humiliation, et ses contemporains ne le jugeaient pas non plus comme nous ferions son pareil. Cela tient en grande partie à ce que la morale civile ou mondaine n'était pas

(1) Qui d'ailleurs ne sont pas de Villon.

séparée de la morale religieuse. Enfreindre n'importe lequel des commandements de Dieu, celui qui défend de voler ou même celui qui défend de tuer et celui qui défend de forniquer, c'était un péché également mortel ; et ce n'en était pas un moindre, si ce n'en était un pire, d'enfreindre un des commandements de l'Eglise. Le *Bourgeois de Paris*, après avoir rapporté toutes les atrocités des Ecorcheurs, ajoute, pour mettre le comble à l'horreur qu'il veut inspirer : *Item*, ils mangeaient chair en carême... Or, tous les hommes sont pécheurs, et tous les péchés se lavent par la pénitence : on ne faisait pas entre eux la différence que nous établissons aujourd'hui... Villon ne se sentit donc, à aucune époque de sa vie, tombé dans l'abjection morale à laquelle serait condamné de nos jours un homme conscient et convaincu de vols avec effraction, sans parler d'escroqueries de moindre importance...

La psychologie de Villon, très justement indiquée dans ces lignes de deux éminents universitaires peu suspects de complaisance pour les gens tarés et que confirme l'enquête minutieuse de M. Pierre Champion, apparaît donc très nette et très cohérente. C'était un étudiant plus ami du plaisir que du travail et démuni d'argent, comme il y en a eu beaucoup dans tous les siècles. Homme d'imagination, il était en outre prédisposé de ce chef à s'éprendre de la vie de bohème, plus aventureuse et partant plus séduisante pour lui que la vie régulière. Or, dans le siècle que nous a décrit Gaston Paris, la démarcation était extrêmement vague, pour un bohème, entre la fréquentation trop habituelle des filles et ce que notre police appelle le vagabondage spécial, entre la bonne farce d'étudiant aux dépens du bourgeois et le délit caractérisé. Certes, Villon était un grand pécheur et il risquait la corde, mais il n'était pas positivement déshonoré. Gaston Paris a très bien vu que la valeur des actes dépend dans une large mesure de l'opinion régnante et que la véritable dégradation consiste à encourir délibérément l'opprobre. Du moins lorsqu'on n'est qu'un homme, et non point un saint. C'est parce qu'il n'a pas été réellement avili aux yeux de ses contemporains ni à ses propres yeux que le pauvre Villon a pu rester poète. Enfin M. Pierre Champion a bien raison de protester, dans le dernier chapitre de son beau livre, contre la légende de Villon. On a voulu faire de lui le joyeux patron des bambocheurs et des écornifleurs, une sorte de Panurge. C'est un peu sa faute : il a, par fierté, affecté d'être avant tout un « bon folâtre » et s'est targué de boire « un traict de vin morillon, quand de ce monde voult partir ». Certes, ce gamin de Paris haïssait les pleurnicheries et ne ratait ni un bon tour ni un bon mot. Mais le vrai, le grand Villon, c'est celui de la *Ballade des dames du temps jadis*, des *Regrets de la belle Heaulmière*, de la *Ballade faite à la requête de sa mère pour prier Notre-Dame*, du « corps féminin, qui tant es tendre », etc. ; bref le poète mélancolique et poignant de la faiblesse, de la mort et de la pitié.

PRIX LITTÉRAIRES ET PRIX DE VERTU

C'était la première fois que M. Raymond Poincaré, depuis son élection à la présidence, avait l'occasion d'assister à une séance publique de l'Académie française. On avait même fait courir le bruit qu'il viendrait en habit vert, avec le grand cordon de la Légion d'honneur ! Tels sont l'enfantillage et la crédulité des foules. D'après la tradition, les membres du bureau et les secrétaires perpétuels revêtent seuls l'uniforme académique. D'autre part, M. Raymond Poincaré n'a cessé de montrer en toutes circonstances une simplicité exquise qui suffisait à démentir ce racontar. Il est venu à l'Académie non en chef d'État, mais en académicien que rien ne distinguait de ses confrères ; ou du moins la seule distinction a été faite par les chaleureux et unanimes applaudissements qui ont salué son entrée.

C'étaient, en outre, les débuts de M. Étienne Lamy comme secrétaire perpétuel. M. Étienne Lamy est surtout un politique et un historien, ce qui ne l'empêche pas d'être un parfait homme de lettres. Le *Rapport sur le budget de la marine*, que M. Étienne Lamy, alors député, rédigeait en 1879, est demeuré célèbre. Ses belles *Études sur le second Empire*, sur *Aimée de Coigny*, sur la *Femme de demain*, sur divers *Témoins des jours passés*, s'imposent par la pénétration du jugement, l'étendue de l'érudition, la vigueur du style. M. Étienne Lamy possède éminemment cette maîtrise et ce haut équilibre d'esprit qui confèrent l'autorité. Il a des opinions politiques et religieuses très nettes; il fut à la Chambre, bien avant l'ère des ralliés, un des premiers républicains catholiques; mais l'ardeur de ses convictions n'a jamais rien coûté à son impartialité, à la courtoise modération de son langage, et ne lui a jamais fait commettre une faute de goût.

Le premier rapport de M. Étienne Lamy sur les concours littéraires a répondu à l'attente générale et a remporté le plus vif succès. C'est un discours d'une grande élévation, d'une noble et souvent puissante éloquence. M. Étienne Lamy l'a dit d'une voix extrêmement sympathique et d'un ton exempt de toute emphase, qui en soulignait à peine les plus altières envolées. Gaston Boissier était un causeur plein d'esprit, de gaieté, de verve méridionale; Thureau-Dangin était un raisonneur intéressant et judicieux; M. Étienne Lamy est un magnifique orateur.

Il a fait naturellement bonne mesure, comme Thureau-Dangin, aux ouvrages historiques et à la littérature dite sérieuse. Il a heureusement défini le mérite du professeur Grasset, qui obtient un nouveau grand-prix de 10.000 francs que l'Académie décernait pour la première fois cette année. Il y avait depuis longtemps le grand-prix Gobert, pour l'histoire; il y a depuis trois ans le grand-prix de littérature pour les ouvrages d'imagination (1) ; il fallait aussi un grand-prix de même valeur pécuniaire (car tout augmente) pour la philosophie, la politique et la morale. Le professeur Grasset, de Montpellier, auteur des *Demi-fous* et de la *Responsabilité des criminels*, est, je crois, fort estimé des spécialistes en ces matières. Mais sa doctrine n'est-elle pas un peu timide? D'après M. Étienne Lamy, sans abandonner son premier principe : « Il y a des êtres moins coupables que dangereux », il l'a complété par celui-ci : « Contre les êtres dangereux, la société doit être protégée, ne fussent-ils pas coupables. » Sans doute : mais une criminologie positive n'élimine-t-elle point complètement le concept mystique ou métaphysique de culpabilité, pour n'envisager dans tous les cas que le droit de la société à se protéger?

M. Étienne Lamy, ayant à parler de M. l'abbé Augustin Sicard et de M. le vicomte de Noailles, lauréats du prix Gobert, et auteurs, le premier d'un livre sur *le Clergé de France pendant la Révolution*, le second d'études sur la *Guerre de Trente ans*, en a profité pour brosser magistralement deux grands tableaux d'Histoire. Le travail de M. l'abbé Augustin Sicard touchait à des sujets actuels et même brûlants. M. Étienne Lamy n'a pas dissimulé ce qu'il en pensait. Il loue « les prêtres à qui les crimes de la Révolution ne cachent pas les vices de l'ancien régime et qui savent la France également attachée à la société nouvelle et à la vieille foi... » Il n'évite point de signaler que sous la Terreur l'épiscopat

(1) Depuis, l'Académie en a par malheur changé le règlement et s'est autorisée elle-même à le morceler, faisant ainsi à la littérature d'imagination un traitement de défaveur spéciale.

fut « absent, trop absent pour sa gloire »... Ses sympathies vont aux curés et aux vicaires, restés seuls en France, et qui même alors « ne désavouent rien de leur assentiment à l'émancipation du peuple ». On voit que depuis l'époque où il était à peu près seul à représenter au Parlement le parti républicain catholique, M. Étienne Lamy n'a pas changé. Il n'y a, je crois, qu'une plaisanterie dans son rapport : elle vise les aumôniers « bien inoccupés » de Louis XVIII. Et M. Étienne Lamy conclut : « Rien ne pourra faire qu'une liberté dont il (le clergé) serait exclu soit la liberté. » Ce libéralisme nous paraît la vérité même; et l'expression n'en peut assurément blesser personne. M. Étienne Lamy a du tact.

M. Étienne Lamy n'a pas été moins bien inspiré lorsqu'il a parlé d'œuvres purement littéraires. Il n'a ménagé les éloges ni à M. Romain Rolland, ni à M. Paul Claudel : et s'il les a tempérés par quelques réserves, peu de lecteurs s'en étonneront. En résumé, il rend justice à *Jean Christophe*, comme au « poème de la sensibilité », mais il en signale l' « équivoque intellectuelle » et l' « insuffisance philosophique ». C'est exactement pour ces raisons que *Jean Christophe* nous est tour à tour si cher et si désagréable. On ne saurait mieux dire ni mieux tout dire.

Pour M. Paul Claudel, qui doit tant choquer et rebuter les hommes de la génération et de la culture de M. Etienne Lamy, c'est merveille qu'il l'ait si bien compris et si finement dépeint. Il a vu que l'influence prépondérante sur Claudel a été celle de la Bible. Rien ne me paraît plus juste : l'influence de Shakespeare et celle des symbolistes contemporains, même de Rimbaud, est déjà moindre; quant à celle des tragiques grecs, bien que Claudel les ait beaucoup pratiqués et qu'il ait même traduit *Agamemnon*, j'avoue que je ne l'aperçois pas du tout chez lui. M. Étienne Lamy termine son paragraphe sur Claudel par ces mots : « ... Aussi faut-il proposer à l'admiration, sans le donner en exemple, cet écrivain étrange et génial, dont les œuvres, feux de la Saint-Jean allumés sur les montagnes, font monter vers le ciel, à travers des fumées tournoyantes, les jets des hautes flammes. » Quelques claudélistes néophytes et fanatiques, de ceux qui égalent couramment Claudel à Dante et à Eschyle, trouveront sans doute M. Étienne Lamy un peu tiède. Mais les plus anciens et les plus clairvoyants admirateurs de l'auteur de la *Ville* se déclareront charmés.

Ce qui est étonnant par exemple et difficile à justifier, c'est la qualité du prix attribué à Claudel : le prix Narcisse Michaut, valant deux mille francs. L'an dernier, un prix de trois mille francs échoyait au délicieux Francis Jammes. C'est un peu ridicule. L'Académie ne semble pas se rendre un compte exact de la situation de Jammes et de Claudel. A des écrivains de ce rang, il faut un hommage digne d'eux ou un ostracisme catégorique qui est encore un hommage indirect. Lorsqu'on refusait à Taine le prix Bordin (un des plus importants à l'époque), cela avait un sens : cela signifiait que la critique indépendante en général et les opinions de Taine en particulier n'avaient pas la bienveillance de l'Académie. Du moins n'a-t-elle pas songé à se débarrasser de lui et à se tirer elle-même d'embarras avec un vague accessit d'encouragement.

Il y a cent huit lauréats dont M. Étienne Lamy a renoncé à s'occuper dans son rapport. Ils sont trop ! Certes, et cette distribution de menue monnaie, manifestement faite au hasard des relations et des camaraderies, a depuis longtemps perdu tout prestige. Il y a pourtant, dans le nombre, quelques ouvrages qui méritaient les prix qu'ils ont obtenus et même des prix supérieurs : par exemple, la biographie si documentée, si vivante, si attachante, de Berlioz, par M. Adolphe Boschot; le subtil et profond roman de Mme Pierre de Bouchaud, l'*Impossible aveu*, divers ouvrages de Mlle Camille Mallarmé, de MM. Lucien Corpechot, Émile Henriot, Albert Le Boulicaut, Louis Dimier, Daniel Mornet, Louis Roche, Jean Cocteau, Louis Le Cardonnel, etc. Et l'on eût aimé connaître l'avis de M. Étienne Lamy sur le sensationnel et fragile ouvrage d'Agathon.

C'est à la fin seulement de ce beau rapport que M. Étienne Lamy a risqué une affirmation discutable, concernant la supériorité de la vertu sur l'art. Il me semble qu'on ne peut guère comparer des choses d'essence trop différente. Ces comparaisons-là me font toujours songer à un humouriste (1) qui répondait à un garçon de restaurant lui offrant des œufs sur le plat au lieu du poisson marqué sur la carte : « Je préférerais un parapluie. » D'ailleurs, est-il bien sûr que la vertu soit plus précieuse que l'intelligence pour le bien de l'humanité? Qu'un Lamartine ou un Pasteur ne l'aient pas mieux servie même que les plus dévoués des hommes d'œuvres? La sagesse serait peut-être d'honorer également toutes les supériorités. La mode est de dénigrer aujourd'hui l'intellectuelle, mais ce n'est qu'une mode.

Je serai bref sur le discours de M. René Bazin. Ce

(1) Je ne crois pas trahir un secret de la vie privée en révélant que cet humouriste n'est autre que le spirituel Curnonsky.

qu'il contient de charmant ne comporte point de commentaires; il faut lire notamment le récit de ses visites à diverses œuvres de charité en compagnie d'un de ses confrères qu'il ne nomme point et qui n'est autre que M. Frédéric Masson. M. René Bazin a composé là quelques tableautins tout à fait jolis. Mais la partie idéologique de son discours prête à la critique et sur des sujets où l'on ne peut beaucoup s'étendre, puisque le principal reproche qu'on doit lui faire est de s'y être trop étendu. Il ne s'est pas borné à renchérir sur les dernières paroles de M. Étienne Lamy, à étaler un mépris de l'intelligence et des « gens de littérature » un peu singuliers dans un pareil milieu. Il ne s'est pas contenté de fulminer contre ceux qui ont parlé de la « volupté du sacrifice », comme si le terme était sacrilège et blasphématoire, oubliant que Bossuet, aussi moral et aussi chrétien que n'importe qui, n'a pas craint de dire, citant nommément Tertullien, que « Jésus mourut rassasié pleinement de la volupté de souffrir ».

Tout le discours de M. René Bazin affecte une allure de polémique qui n'était peut-être pas très opportune. Avec une insistance et une acrimonie imprévues, il se déchaîne contre la neutralité scolaire, l'école laïque et tout ce qui s'ensuit. Enfin il proclame sa foi et exalte son Dieu avec la ferveur d'un confesseur et d'un martyr. Certes, on a le plus grand respect pour les croyances de M. René Bazin. Mais enfin un discours académique n'est ni une harangue de réunion publique ni un sermon. M. Bazin a-t-il songé que tous ses auditeurs pouvaient ne point partager entièrement ses vues et que sa virulence pouvait leur causer un peu de gêne et d'ennui? Que dirait-il si un académicien libre penseur saisissait la première occurrence pour exprimer sur le même ton des opinions précisément opposées? La littérature, si dédaignée de M. René Bazin, conserve cet avantage d'être un des thèmes qui nous divisent le moins. C'est pourquoi l'on désire entendre à l'Académie des discours moins politiques, moins théologiques et plus purement littéraires.

FIN

INDEX DES NOMS CITÉS

FIN DE L'INDEX DES NOMS CITÉS.

TABLE DES MATIÈRES

IMPRIMERIE CHAIX, RUE BERGÈRE, 20, PARIS. — 23476-12-29.

IMPRIMERIE CHAIX, RUE BERGÈRE, 20, PARIS. — 23478-12-29. — (Encre Lorilleux).